ULLSTEIN

Das Buch

Im Mittelpunkt des vierten Falls der Bostoner Privatdetektive steht eine Kindesentführung. Patrick Kenzie und Angela Gennaro werden beauftragt, ein gekidnapptes vierjähriges Mädchen wiederzufinden. Bei ihren Ermittlungen arbeiten die beiden eng mit zwei Polizisten zusammen, die einer Sondereinheit für vermißte Kinder angehören. Als bei einer gescheiterten Geldübergabe mehrere Personen getötet werden, wird Patrick und Angie allmählich klar, daß hinter der Entführung noch viel mehr steckt, als ursprünglich vermutet. Der schwierige Fall entwickelt sich zu einer Zerreißprobe für das bewährte Duo, und je länger sich die zähen Ermittlungen hinziehen, desto undurchsichtiger wird das Ganze.

Der Autor

Dennis Lehane lebt in Boston. Für seinen ersten Thriller *Streng vertraulich!* erhielt er den Shamus Award. Alle seine Romane standen mehrere Wochen auf der Krimi-Bestsellerliste und wurden von der US-Presse begeistert aufgenommen. Hierzulande wurde Dennis Lehane bereits dreimal in Folge mit dem Deutschen Krimipreis ausgezeichnet.

Von Dennis Lehane sind in unserem Hause bereits erschienen:

Absender unbekannt
In tiefer Trauer
Mystic River
Regenzauber
Streng vertraulich!

Dennis Lehane

Kein Kinderspiel

Roman

Aus dem Englischen
von Andrea Fischer

Ullstein

Besuchen Sie uns im Internet:
www.ullstein-taschenbuch.de

Umwelthinweis:
Dieses Buch wurde auf chlor- und säurefreiem Papier gedruckt.

Ullstein Verlag
Ullstein ist ein Verlag der Ullstein Buchverlage GmbH, Berlin.
Oktober 2004

Titel der amerikanischen Originalausgabe: *Gone, Baby, Gone*
(William Morrow and Company, Inc., New York)
Übersetzung: Andrea Fischer
Redaktion: Rainer Wieland
Umschlagkonzept und -gestaltung: Nele Schütz Design, München
Titelabbildung: corbis
Gesetzt aus der Sabon
Satz: KompetenzCenter, Mönchengladbach
Druck und Bindearbeiten: Ebner & Spiegel, Ulm
Printed in Germany
ISBN 3-548-26142-6

Für meine Schwester Maureen und
meine Brüder Michael, Thomas und Gerard:
Danke, daß ihr mir zur Seite gestanden
und mich ertragen habt.
Es kann nicht leicht gewesen sein.

Und für
JCP
Du hattest nie eine Chance.

Anmerkung des Autors

Wem Boston, Dorchester, South Boston und Quincy vertraut sind und wer auch die Steinbrüche von Quincy und das Naturschutzgebiet Blue Hills kennt, wird bemerken, daß ich mir bei der Beschreibung ihrer Geographie und Topographie große Freiheiten erlaubt habe. Dies geschah mit voller Absicht. Zwar existieren diese Städte, Orte und Gebiete, doch habe ich sie den Erfordernissen des Romans angepaßt und manches nach meinem Geschmack verändert. Daher sollten sie als rein fiktiv betrachtet werden. Darüber hinaus ist jede Ähnlichkeit zwischen den Figuren und Geschehnissen in diesem Roman und lebenden oder toten Personen rein zufällig.

Port Mesa, Texas
Oktober 1998

Lange bevor die Sonne über dem Golf aufgeht, fahren die Fischerboote in die Dunkelheit hinaus. Die meisten sind auf Garnelenfang, manche fischen nach Marlinen oder Tarponen. In den Booten sitzen fast ausschließlich Männer. Die wenigen Frauen, die auf Garnelenfang gehen, bleiben meistens unter sich. Hier, an der Küste von Texas, wo im Laufe von zweihundert Jahren Seefahrt so viele Männer qualvoll ihr Leben lassen mußten, sind ihre Nachkommen und Überlebenden der Überzeugung, daß ihre Vorurteile, ihr Haß auf die vietnamesische Konkurrenz und ihr Mißtrauen gegenüber Frauen in diesem grausamen Job gerechtfertigt sind, in dem man im Dunkeln mit schweren Trossen und Haken herumfuhrwerkt und sich dabei oft genug die Hände zerschneidet.

Frauen, sagt ein Fischer in der Schwärze vor Sonnenaufgang, und der Kapitän fährt den Motor des Trawlers im schiefergrauen, aufgewühlten Meer auf ein leises Brummen herunter, Frauen sollten so sein wie Rachel. Das ist eine Frau.

Ja, das ist eine tolle Frau, stimmt ein anderer Fischer zu. Verdammt noch mal, ja.

Rachel ist noch nicht lange in Port Mesa. Sie tauchte einfach im vergangenen Juli mit ihrem kleinen Sohn in einem zerbeulten Dodge-Pickup auf, mietete ein kleines Haus nördlich der Stadt und nahm das Schild mit der Aufschrift »Aushilfe gesucht« aus dem Fenster von Crockett's Last Stand, einer auf altem Pfahlwerk gebauten Hafenkneipe, die langsam dem Meer entgegensackt.

Es dauerte Monate, bis überhaupt jemand ihren Nachnamen erfuhr: Smith.

Port Mesa zieht viele Menschen namens Smith an. Auch ein paar mit Namen Miller. Die Hälfte der Schleppnetzboote ist mit Männern besetzt, die auf der Flucht sind. Sie schlafen, wenn der Rest der Welt auf den Beinen ist, und arbeiten, wenn der Rest der Welt schläft. In der übrigen Zeit trinken sie in dunklen Spelunken, in die sich kaum ein Fremder traut. Sie folgen den Fischschwärmen und den Jahreszeiten, kommen im Westen bis Baja, im Süden bis nach Key West und werden bar bezahlt.

Dalton Voy, der Inhaber von Crockett's Last Stand, zahlt Rachel Smith in bar aus. Er würde sie in Goldbarren entlohnen, wenn sie wollte. Seitdem sie ihren Platz hinter der Theke eingenommen hat, ist der Umsatz um zwanzig Prozent gestiegen. Seltsamerweise gibt es auch weniger Schlägereien. Wenn die Kerle normalerweise aus ihren Booten steigen, die Sonne ihnen den ganzen Tag auf den Pelz gebrannt und ihr Blut erhitzt hat, sind sie reizbar und schlagen nicht selten mitten in einem Wortwechsel mit einer Flasche oder einem Billardqueue zu. Und wenn schöne Frauen in der Nähe sind, stachelt das nach Daltons Erfahrung die Männer nur noch mehr an. Zwar lachen sie schneller, aber sie fühlen sich auch schneller angegriffen.

Aber irgendwas an Rachel beruhigt die Männer.

Und macht sie vorsichtig.

Etwas in ihren Augen – ein kurzes Aufflackern, erbarmungslos und kalt, wenn jemand einen Schritt zu weit geht, ihre Hand zu lange berührt oder einen sexistischen Witz macht, der nicht lustig ist. Und man sieht es in ihrem Gesicht, an ihren Falten, ihrer verlebten Schönheit. Es sind die Spuren eines Lebens vor Port Mesa, in dem sie mehr düstere Morgengrauen und schlimme Dinge erlebte als die meisten der Garnelenfischer.

Rachel hat eine Pistole in der Handtasche. Dalton Voy hat sie einmal zufällig gesehen, und ihn überraschte nur, daß er gar nicht erstaunt war. Irgendwie hatte er es geahnt. Irgendwie ahnten es alle. Niemand läuft Rachel nach der Arbeit auf dem Parkplatz hinterher und versucht, sie in sein Auto zu locken. Niemand folgt ihr nach Hause.

Aber wenn diese Härte nicht in ihrem Blick liegt und ihr Gesicht nicht so abweisend aussieht, ja, dann bringt sie Leben in den Laden. Sie bewegt sich hinter der Theke wie eine Tänzerin; elegant dreht und wendet sie sich, anmutig füllt sie die Gläser. Beim Lachen reißt sie den Mund weit auf, und ihre Augen explodieren, und jeder in der Kneipe versucht schnell, noch einen Witz zu machen, einen besseren, nur um dieses Lachen noch einmal am ganzen Körper zu spüren.

Und dann ihr kleiner Junge. Ein hübsches blondes Kerlchen. Sieht ihr kein bißchen ähnlich, aber wenn er lacht, dann weiß man, daß er Rachels Sohn ist. Vielleicht ist er auch ein bißchen launisch, so wie sie. Manchmal hat er diesen warnenden Blick, was bei so einem kleinen Kind selten ist. Kann kaum geradeaus gehen, aber sagt der Welt schon seine Meinung: Laß mich in Ruhe.

Die alte Mrs. Hayley paßt auf den Kleinen auf, wenn Rachel arbeiten muß, und einmal hat sie Dalton Voy erzählt, daß es mit Sicherheit keinen besser erzogenen Jungen gebe, der seine Mom so aufrichtig liebt. Sie meint, aus dem Kleinen wird mal was ganz Besonderes. Präsident oder so. Ein Kriegsheld. Denk an meine Worte, Dalton. Denk dran!

Eines Abends macht Dalton seinen täglichen Spaziergang in Boynton's Cove und entdeckt Mutter und Sohn. Rachel steht bis zur Hüfte im warmen Wasser und hält den Jungen unter den Achseln fest, läßt ihn immer wieder ins Wasser plumpsen. Das Meer ist golden, seidenglatt in der untergehenden Sonne, und es scheint Dalton, als bade Rachel ihren Sohn in Gold, als führe sie ein altes Ritual durch, das der Haut des Kindes einen Schutz verleiht, so daß sie nicht durchbohrt oder verletzt werden kann.

Die beiden lachen in der bernsteingelben See, hinter ihnen versinkt die rote Sonne. Rachel küßt ihren Sohn auf den Hals und verschränkt seine Waden hinter ihrem Rücken. Er lehnt sich in ihren Armen zurück. Sie sehen sich in die Augen.

Dalton glaubt, vielleicht noch niemals etwas so Schönes wie diesen tiefen Blick zwischen den beiden gesehen zu haben.

Rachel bemerkt ihn nicht, und Dalton winkt ihr auch nicht zu. Er fühlt sich wie ein Eindringling. Er hält den Kopf gesenkt und geht den Weg wieder zurück.

Wenn man Liebe in einer so reinen Form sieht, löst das etwas aus. Man fühlt sich klein. Man fühlt sich häßlich, beschämt und unwürdig.

Als Dalton Voy Mutter und Sohn beim Spielen im bernsteinfarbenen Wasser beobachtete, erkannte er eine schlichte, einfache Wahrheit: Niemals, keine Sekunde lang, war er in seinem Leben so geliebt worden.

So geliebt? Verdammt! Diese Liebe war so rein, daß sie fast schon kriminell war.

ERSTER TEIL

Indian Summer 1997

1

Jeden Tag werden in diesem Land 2 300 Kinder als vermißt gemeldet.

Ein Großteil davon wird von einem Elternteil entführt, wenn sich Vater und Mutter auseinandergelebt haben, und in mehr als fünfzig Prozent der Fälle steht der Aufenthaltsort der Kinder von Anfang an fest. Die meisten dieser Kinder kehren innerhalb einer Woche nach Hause zurück.

Ein anderer Teil von diesen 2 300 Kindern sind Ausreißer. Auch diese sind meistens nicht lange verschwunden; und ihr Aufenthaltsort ist entweder bekannt oder wird schnell entdeckt – häufig halten sie sich bei Freunden auf.

Die nächste Kategorie vermißter Kinder sind die Ausgestoßenen – sie werden zu Hause herausgeworfen oder laufen davon, doch machen sich die Eltern nicht die Mühe, nach ihnen zu suchen. Dies sind oft die Kinder, die Notunterkünfte, Busbahnhöfe, Straßenecken in Rotlichtvierteln und schließlich die Gefängnisse bevölkern.

Von mehr als 800 000 Kindern, die jedes Jahr landesweit als vermißt gemeldet werden, fallen nur 3 500 bis 4 000 in die Kategorie, die das Justizministerium »nicht familienbedingte Entführungen« nennt. Das sind Fälle, in denen die Polizei schnell eine Entführung durch einen Elternteil, Flucht, elterliche Ablehnung oder einen Unfall des Kindes ausschließen kann.

Von diesen Fällen verschwinden jährlich 300 Kinder und kehren nie zurück.

Niemand – weder die Eltern, Freunde, der Arm des Gesetzes, Kinderhilfsorganisationen noch Vermißtenberatungsstellen – weiß, wo diese Kinder sind. Vielleicht unter der Erde, in Kellern von Pädophilen, im Nichts – aufgesaugt von einem schwarzen Loch. Nie wieder wird man von ihnen hören.

Wo immer diese 300 Kinder sind, sie kehren nicht zurück. Eine Zeitlang bedrückt ihr Verschwinden Fremde, die von dem Fall gehört haben; ihre Angehörigen quält es viel länger.

Ohne eine Leiche als Beweis für ihren Tod gelten sie nicht als verstorben. Die Leere, die sie hinterlassen, gemahnt uns an sie.

Und sie kehren nicht zurück.

»Meine Schwester«, sagte Lionel McCready und ging in unserem Büro im Glockenturm auf und ab, »hat ein schweres Leben gehabt.« Lionel war ein großer Mann mit hündisch herabhängenden Wangen und breiten Schultern, die nach vorne fielen, so als laste etwas unheimlich Schweres auf ihm. Er lächelte unsicher und schüchtern und grüßte uns mit einem festen Händedruck. Lionel trug die braune Uniform eines UPS-Angestellten und knetete den Rand der dazu passenden braunen Baseballkappe in seinen fleischigen, schwieligen Händen. »Unsere Mutter war eine, tja, eine Säuferin, um ehrlich zu sein. Und unser Vater ist abgehauen, als wir noch ganz klein waren. Bei so einer Kindheit hat man's, würde ich sagen, hat man's reichlich schwer. Man braucht 'ne Zeitlang, bis man weiß, was man will, bis man seinen eigenen

Weg findet. Das gilt nicht nur für Helene. Ich meine, ich hatte ganz schön große Probleme, hab' mit Mitte Zwanzig großen Ärger mit dem Gesetz gehabt. Ich war nicht gerade ein Engel.«

»Lionel«, mahnte seine Frau.

Er hob die Hand, als sei dies seine einzige Chance, diese Sätze auszusprechen. »Ich hatte Glück. Ich hab' Beatrice kennengelernt, hab' mein Leben in Ordnung gebracht. Was ich damit sagen will, Mr. Kenzie, Miss Gennaro: Wenn man ein bißchen Zeit bekommt, eine kleine Pause, dann wird man erwachsen. Dann kann man die Scheiße hinter sich lassen. Meine Schwester, die versucht immer noch, erwachsen zu werden, glaube ich. Vielleicht. Sie hat ein schweres Leben gehabt und ...«

»Lionel«, wiederholte seine Frau, »hör endlich auf, dich für Helene zu entschuldigen!« Beatrice McCready fuhr sich mit der Hand durch das kurze rotblonde Haar und sagte: »Schatz, setz dich bitte.«

Lionel begann erneut: »Ich versuche nur zu erklären, warum es Helene nicht leicht gehabt hat.«

»Das hast du auch nicht«, unterbrach ihn Beatrice, »aber du bist ein guter Vater.«

»Wie viele Kinder haben Sie?« fragte Angie.

Beatrice lächelte. »Einen Jungen. Matt. Er ist fünf. Er ist bei meinem Bruder und seiner Frau, bis wir Amanda wiederfinden.«

Bei der Erwähnung seines Sohnes schien Lionel ein wenig größer zu werden. »Er ist ein toller Kerl«, sagte er und schämte sich beinahe seines Stolzes.

»Und Amanda?« fragte ich.

»Die ist auch ein wunderbares Mädchen«, erwiderte Beatrice. »Und sie ist viel zu klein, um allein herumzulaufen.«

Amanda McCready war vor drei Tagen aus unserem

Stadtteil verschwunden. Seitdem war ganz Boston, so schien es, auf der Suche nach ihr. Die Polizei hatte mehr Personal aktiviert als bei der Jagd nach John Salvi, der vor vier Jahren einen Bombenanschlag auf eine Abtreibungsklinik verübt hatte. Der Bürgermeister hatte eine Pressekonferenz abgehalten, auf der er gelobte, Amandas Fall habe absolute Priorität vor jeder städtischen Angelegenheit, bis sie gefunden werde. Die Medien stürzten sich auf die Story: Jeden Morgen gab es Berichte auf den Titelseiten von beiden Bostoner Zeitungen, sie war der Aufmacher der drei großen Fernsehsendungen abends, stündlich wurden zwischen Seifenopern und Talkshows Updates gesendet.

Doch nach drei Tagen gab es noch keine Spur von ihr.

Amanda McCready war vier Jahre und sieben Monate auf dieser Welt, als sie verschwand. Ihre Mutter hatte sie am Sonntag abend zu Bett gebracht und gegen halb neun noch einmal nach ihr gesehen. Am nächsten Morgen, um kurz nach neun, war sie an Amandas Bett getreten und hatte nichts weiter gefunden als Laken und Bettdecke, die noch die knittrigen Abdrücke ihrer Tochter trugen.

Die Kleidung, die Helene McCready für ihre Tochter herausgelegt hatte – ein rosa T-Shirt, Jeanshose, rosa Socken und weiße Turnschuhe –, war weg. Ebenso Amandas blonde Lieblingspuppe, die eine beunruhigende Ähnlichkeit mit ihrer Besitzerin aufwies und von ihr Pea genannt wurde. Im Zimmer fanden sich keine Anzeichen eines Kampfes.

Helene und Amanda wohnten in der ersten Etage eines zweigeschossigen Hauses, und obwohl es möglich war, daß Amanda entführt worden war, indem jemand, um sich Eintritt zu verschaffen, eine Leiter unter ihr Schlafzimmerfenster gestellt und die Scheibe hochgeschoben hatte, so war es doch unwahrscheinlich. Fensterscheibe und Fensterbank wiesen keine Spuren auf, und in der Erde unter ihrem Fenster fanden sich keine Abdrücke einer Leiter.

Wenn man davon ausging, daß eine Vierjährige sich nicht plötzlich in den Kopf setzte, mitten in der Nacht das Haus zu verlassen, dann war viel wahrscheinlicher, daß der Entführer die Wohnung durch die Eingangstür betreten hatte, ohne das Schloß aufbrechen oder die Tür aus den Angeln heben zu müssen. Solche Anstrengungen waren bei einer nicht verschlossenen Tür nämlich nicht nötig.

Als das bekannt wurde, hatte Helene McCready in den Medien ordentlich Prügel bezogen. Vierundzwanzig Stunden nach dem Verschwinden ihrer Tochter textete die *News*, Bostons Antwort auf die *New York Post*, die Schlagzeile auf der Titelseite:

Hereinspaziert!
Mutter der kleinen Amanda ließ Tür auf

Unter der Schlagzeile prangten zwei Fotos: eins von Amanda und eins von der Wohnungstür. Die Tür stand sperrangelweit offen, was, wie die Polizei korrigierte, an dem Morgen von Amanda McCreadys Verschwinden nicht der Fall gewesen war. Unverschlossen schon. Aber nicht sperrangelweit auf.

Den meisten Menschen in der Stadt war dieser Unterschied jedoch egal. Helene McCready hatte ihre vierjährige Tochter in einer unverschlossenen Wohnung allein gelassen und war ins Nachbarhaus zu ihrer Freundin Dottie Mahew gegangen. Dort sahen die beiden fern: zwei Sitcoms und den Film der Woche *Her Father's Sins* mit Suzanne Somers und Tony Curtis. Nach den Nachrichten guckten sie noch eine Weile die Wochenendausgabe von *Entertainment Tonight*, dann ging Helene nach Hause.

Gute dreieinviertel Stunden lang war Amanda McCready in einer unverschlossenen Wohnung allein gewesen. Irgendwann mußte sie entweder von alleine gegangen oder entführt worden sein.

Angie und ich hatten den Fall genauso gespannt verfolgt wie jeder in Boston, und wir waren genauso ratlos wie alle. Wir wußten, daß sich Helene McCready einem Lügendetektortest unterzogen und bestanden hatte. Die Polizei fand keine einzige Spur, die sie verfolgen konnte; es ging das Gerücht, daß Hellseher eingeschaltet worden waren. An jenem warmen Abend im Indian Summer waren die meisten Fenster geöffnet, und auf der Straße schlenderten Fußgänger. Aber die Nachbarn, die auf der Straße gewesen waren, sagten übereinstimmend aus, nichts Auffälliges gesehen und nichts gehört zu haben, das wie das Schreien eines Kindes klang. Niemand konnte sich erinnern, eine Vierjährige allein herumlaufen oder eine verdächtige Person gesehen zu haben, die ein Kind oder ein ungewöhnliches Bündel bei sich trug.

Soweit zu beurteilen war, war Amanda McCready so vollständig verschwunden, als hätte sie nie existiert.

Beatrice McCready, ihre Tante, hatte uns am Nachmittag angerufen. Ich sagte ihr, daß wir meiner Meinung nach nicht viel für ihre Nichte tun könnten, was nicht schon hundert Polizisten, die Hälfte der Presse von Boston und Tausende von Bürgern taten.

»Mrs. McCready«, sagte ich zu ihr, »sparen Sie Ihr Geld.«

»Ich hätte lieber meine Nichte zurück«, antwortete sie.

Da saßen Angie und ich nun an diesem Mittwoch in unserem Büro im Glockenturm der Kirche St. Bartholomew in Dorchester und hörten den Ausführungen von Amandas Tante und Onkel zu. Vom Feierabendverkehr unten auf der Straße drang entferntes Motorengebrumm zu uns herauf.

»Wer ist Amandas Vater?« wollte Angie wissen.

Wieder schien sich das Gewicht auf Lionels Schultern zu legen. »Das wissen wir nicht. Wir glauben, der Typ heißt Todd Morgan. Er ist sofort abgehauen, als Helene schwanger wurde. Seitdem hat keiner mehr was von ihm gehört.«

»Aber die Liste möglicher Väter ist lang«, ergänzte Beatrice.

Lionel sah zu Boden.

»Mr. McCready«, sagte ich.

Er blickte zu mir auf. »Lionel.«

»Gut, Lionel«, wiederholte ich. »Setzen Sie sich doch.«

Er quetschte sich mühsam auf einen schmalen Stuhl auf der anderen Seite des Schreibtisches.

»Dieser Todd Morgan«, begann Angie erneut, nachdem sie den Namen auf einen Block geschrieben hatte, »weiß die Polizei, wo er sich aufhält?«

»In Mannheim in Deutschland«, erwiderte Beatrice. »Er ist bei der Army dort stationiert. Und er war in der Kaserne, als Amanda verschwand.«

»Haben sie ihn als Verdächtigen ausgeschlossen?« fragte ich. »Wurde ausgeschlossen, daß er einen Freund mit der Entführung beauftragt hat?«

Lionel räusperte sich und sah wieder zu Boden. »Die Polizei sagt, er schämt sich für meine Schwester und glaubt sowieso nicht, daß Amanda von ihm ist.« Wieder blickte er mich mit seinen traurigen, gutmütigen Augen an. »Angeblich hat er gesagt: ›Wenn ich einen Schmarotzer haben will, der die ganze Zeit rumscheißt und -schreit, dann kann ich auch einen in Deutschland kriegen.‹«

Ich konnte spüren, wie sehr es ihn schmerzte, seine Nichte einen Schmarotzer zu nennen, und nickte. »Erzählen Sie mir von Helene!« forderte ich ihn auf.

Es gab nicht viel zu erzählen. Helene McCready war Lionels vier Jahre jüngere Schwester, das heißt, sie war achtundzwanzig. Schon in ihrem ersten Jahr war sie von der Monsignor Ryan Memorial High School geflogen, hatte aber den Abschluß, obwohl sie immer davon sprach, nie nachgeholt. Mit siebzehn war sie mit einem fünfzehn Jahre älteren Kerl durchgebrannt. Zusammen hatten sie sechs Monate lang auf einem Campingplatz in New Hampshire gelebt. Dann kehrte Helene mit rot und blau geschlagenem Gesicht nach Hause zurück. Da hatte sie die erste von drei Abtreibungen bereits hinter sich. Seitdem hatte sie viele verschiedene Jobs gehabt – Kassiererin im Supermarkt, Angestellte bei Chess King, Aushilfe in einer Reinigung, Empfangsdame bei UPS –, doch nie hatte sie es geschafft, länger als achtzehn Monate durchzuhalten. Seit ihre Tochter verschwunden war, war sie nicht mehr zu ihrer Arbeit bei Li'l Peach gegangen, wo sie die Lotteriemaschine bediente, und es sah nicht so aus, als würde sie die Arbeit dort wieder aufnehmen.

»Aber sie hat das kleine Mädchen geliebt«, beharrte Lionel.

Beatrice sah aus, als sei sie anderer Meinung, schwieg jedoch.

»Wo ist Helene jetzt?« erkundigte sich Angie.

»Bei uns zu Hause«, erwiderte Lionel. »Der Anwalt, den wir gefragt haben, meinte, wir sollten sie besser so lange wie möglich bei uns verstecken.«

»Warum?« fragte ich.

»Warum?« wiederholte Lionel.

»Ja. Ich meine, ihre Tochter ist verschwunden. Wäre es da nicht besser, wenn sie an die Öffentlichkeit ginge? Wenn sie wenigstens in der Nachbarschaft herumfragen würde?«

Lionel öffnete den Mund und schloß ihn wieder. Dann sah er auf seine Schuhe.

»Helene ist dazu nicht in der Lage«, erklärte Beatrice.

»Warum nicht?« fragte Angie.

»Weil, na ja, weil sie halt Helene ist«, wich Beatrice aus.

»Überwacht die Polizei ihr Telefon, falls ihr eine Lösegeldforderung gestellt wird?«

»Ja«, bestätigte Lionel.

»Und sie ist nicht da«, warf Angie ein.

»Es wurde zuviel für sie«, sagte Lionel. »Sie brauchte ihre Ruhe.« Er streckte die Hände aus und sah uns an.

»Oh«, entfuhr es mir. »Ihre Ruhe.«

»Natürlich«, bemerkte Angie.

»Hören Sie zu« – Lionel bearbeitete wieder seine Kappe –, »ich weiß, wie sich das anhört. Echt. Aber nicht alle Leute zeigen ihre Trauer auf die gleiche Weise, stimmt's?«

Ich nickte halbherzig. »Wenn sie dreimal abgetrieben hat«, begann ich wieder, und Lionel zuckte zusammen, »warum hat sie sich dann entschieden, Amanda zur Welt zu bringen?«

»Ich glaube, sie war der Ansicht, daß es an der Zeit war.« Er beugte sich vor, und sein Gesicht leuchtete auf. »Wenn Sie gesehen hätten, wie aufgeregt sie während der Schwangerschaft war. Ich meine, ihr Leben hatte plötzlich einen Sinn, verstehen Sie? Sie war überzeugt, daß durch das Kind alles besser würde.«

»Für sie schon«, ergänzte Angie. »Aber für das Kind?«

»Hab' ich damals auch gesagt«, ließ sich Beatrice vernehmen.

Lionel wandte sich den beiden Frauen zu, die Augen verzweifelt aufgerissen. »Die beiden taten sich gut. Da bin ich mir ganz sicher.«

Beatrice blickte auf ihre Schuhe herunter. Angie sah aus dem Fenster.

Lionel wandte sich wieder an mich. »Wirklich.«

Ich nickte, und sein Hundegesicht fiel vor Erleichterung in sich zusammen.

»Lionel«, Angie sah noch immer aus dem Fenster, »ich habe die ganzen Berichte in den Zeitungen gelesen. Niemand scheint zu wissen, wer Amanda entführt haben könnte. Die Polizei steht vor einem Rätsel, und wenn man den Berichten glauben darf, hat auch Helene nicht die leiseste Ahnung.«

»Ich weiß.« Lionel nickte.

»Gut, in Ordnung.« Angie wandte sich vom Fenster ab und blickte Lionel an. »Was, glauben Sie, ist passiert?«

»Ich weiß es nicht«, erwiderte er und verdrehte die Baseballkappe in seinen großen Händen so heftig, daß ich befürchtete, sie würde zerreißen. »Es kommt mir fast vor, als ob sie vom Erdboden verschluckt wurde.«

»Hat Helene zur Zeit eine Beziehung?«

Beatrice schnaubte verächtlich.

»Hat sie eine feste Beziehung?« hakte ich nach.

»Nein«, sagte Lionel.

»In der Zeitung wird angedeutet, sie hätte sich mit ein paar unappetitlichen Gestalten herumgetrieben«, erwähnte Angie.

Lionel zuckte mit den Schultern, als sei das die normalste Sache der Welt.

»Sie hängt öfter im Filmore Tap rum«, erklärte Beatrice.

»Das ist das schlimmste Loch in Dorchester«, bemerkte Angie.

»Und um diese Ehre kämpfen nicht gerade wenige Kneipen«, ergänzte Beatrice.

»So schlimm ist es doch auch nicht.« Lionel sah mich hilfesuchend an.

Ich streckte die Hände aus. »Lionel, ich laufe ständig mit einer Waffe herum. Und trotzdem werde ich nervös, wenn ich ins Filmore gehe.«

»Das Filmore hat einen Ruf als Junkie-Kneipe«, fuhr Angie fort. »Angeblich verticken sie dort Koks und Heroin wie anderswo Bier. Hat Ihre Schwester Probleme mit Drogen?«

»Meinen Sie Heroin?«

»Sie meinen alles!« erklärte ihm Beatrice.

»Sie raucht 'n bißchen Gras«, gab Lionel zu.

»Ein bißchen?« hakte ich nach. »Oder viel?«

»Was ist viel?« fragte Lionel.

»Hat sie eine Wasserpfeife auf dem Nachttisch?« Angie sprach Klartext.

Lionel blinzelte sie an.

»Sie ist von keiner bestimmten Droge abhängig«, antwortete Beatrice. »Sie probiert mal dies und mal das.«

»Koks?« fragte ich.

Sie nickte, und Lionel starrte sie sprachlos an.

»Pillen?«

Beatrice zuckte mit den Achseln.

»Spritzt sie?« fragte ich weiter.

»Oh nein!« rief Lionel.

Beatrice erklärte: »Soweit ich weiß, nicht.« Sie dachte kurz darüber nach. »Nein. Sie ist den ganzen Sommer über in kurzen Hosen und Sonnentop herumgelaufen. Wir hätten die Einstiche gesehen.«

»Moment mal!« Lionel hob die Hand. »Moment mal, bitte. Ich denke, wir suchen nach Amanda und reden hier nicht über die schlechten Angewohnheiten meiner Schwester.«

»Wir müssen alles über Helene, über ihre Gewohnheiten und Freunde wissen«, legte ihm Angie dar. »Wenn ein Kind vermißt wird, liegen die Gründe dafür meistens im häuslichen Umfeld.«

Lionel erhob sich und warf einen Schatten auf den Schreibtisch. »Was soll das heißen?«

»Setz dich doch!« mahnte ihn Beatrice.

»Nein. Ich will jetzt wissen, was das heißen soll. Wollen Sie damit sagen, meine Schwester könnte etwas mit Amandas Verschwinden zu tun haben?«

Angie ließ ihn nicht aus den Augen. »Sagen Sie's mir!«

»Nein!« rief er aus. »Verstanden? Nein.« Er blickte auf seine Frau herab. »Sie ist kein Verbrecher, verstanden? Sie ist eine Mutter, die ihre Tochter verloren hat. Verstanden?«

Beatrice sah mit unergründlichem Blick zu ihm auf.

»Lionel«, sagte ich.

Er starrte zuerst seine Frau und dann Angie an.

»Lionel«, sagte ich erneut, und er drehte sich zu mir um. »Sie haben selbst gesagt, es kommt Ihnen vor, als sei Amanda wie vom Erdboden verschluckt. Gut. Fünfzig Polizisten suchen nach ihr. Vielleicht noch mehr. Sie beide haben sich drum gekümmert. Die Leute hier in der Gegend ...«

»Ja«, unterbrach er mich. »Alle haben geholfen. Das war klasse.«

»Gut. Wo ist sie also?«

Er sah mich an, als würde ich sie plötzlich aus einer Schublade hervorzaubern.

»Ich weiß es nicht.« Er schloß die Augen.

»Keiner weiß es«, bestätigte ich. »Und wenn wir uns diesen Fall genau ansehen – und damit habe ich nicht gesagt, daß wir das tun ...«

Beatrice richtete sich auf dem Stuhl auf und schaute mich mit festem Blick an.

»Aber *wenn*, dann müssen wir von der Annahme ausgehen, daß sie von jemandem entführt wurde, der ihr nahesteht.«

Lionel setzte sich wieder. »Also glauben Sie, daß sie jemand mitgenommen hat?«

»Sie nicht?« fragte Angie. »Wenn eine Vierjährige von zu

Hause ausreißt, kann sie nicht drei Tage lang herumlaufen, ohne von jemandem gesehen zu werden.«

»Ja«, sagte er langsam, als akzeptiere er eine Wahrheit, die er schon geahnt, aber nicht hatte erkennen wollen. »Ja. Wahrscheinlich haben Sie recht.«

»Und, was tun wir jetzt?« fragte Beatrice.

»Soll ich ehrlich sein?« sagte ich zu ihr.

Sie neigte den Kopf ein wenig zur Seite, ließ mich aber nicht aus den Augen. »Ich weiß nicht genau.«

»Sie haben einen Sohn, der bald in die Schule kommt. Stimmt's?«

Beatrice nickte.

»Sparen Sie das Geld und stecken Sie es in seine Ausbildung.«

Beatrice bewegte sich nicht; sie hielt den Kopf leicht nach rechts geneigt, aber einen Augenblick lang sah es aus, als habe sie eine Ohrfeige bekommen. »Also wollen Sie diesen Fall nicht annehmen, Mr. Kenzie?«

»Ich weiß nicht, ob das Sinn hat.«

Beatrice erhob die Stimme in unserem kleinen Büro: »Ein Kind wird ...«

»Vermißt«, ergänzte Angie. »Ja. Aber es suchen schon viele Leute nach ihr. Es steht in allen Zeitungen. Jeder in dieser Stadt, wahrscheinlich jeder in ganz Massachusetts weiß, wie sie aussieht. Glauben Sie mir, die meisten Menschen halten Ausschau nach ihr.«

Beatrice sah Lionel an. Er zuckte kaum merklich mit den Schultern. Dann sah sie mir wieder fest in die Augen. Sie war eine kleine Frau, höchstens einen Meter sechzig. Sie hatte ein blasses, herzförmiges Gesicht, das mit Sommersprossen übersät war, hellrot wie ihr Haar. Ihre Stupsnase und das Kinn waren kindlich rund, und die Wangenknochen erinnerten an Kieselsteine. Aber gleichzeitig strahlte sie eine

Unerbittlichkeit aus, als bedeute Aufgeben für sie Sterben.

»Ich bin zu Ihnen beiden gekommen«, sagte sie, »weil Sie Menschen finden. Das ist Ihr Job. Sie haben vor ein paar Jahren diesen Mann gefunden, der so viele Leute umgebracht hat, und Sie haben auf dem Spielplatz das Baby und die Mutter gerettet, Sie ...«

»Mrs. McCready!« Angie hob die Hand.

»Keiner wollte, daß ich zu Ihnen gehe«, fuhr sie fort. »Helene nicht, mein Mann nicht, die Polizei nicht. Das ist Geldverschwendung, meinten alle. Sie ist doch nicht mal dein Kind, meinten sie.«

»Liebes!« Lionel legte seine Hand auf die ihre.

Sie schüttelte ihn ab und beugte sich vor, bis ihre Arme auf dem Schreibtisch lagen und sich ihr saphirblauer Blick in meine Augen bohrte.

»Mr. Kenzie, Sie können sie finden.«

»Nein«, widersprach ich vorsichtig. »Nicht, wenn sie gut genug versteckt ist. Nicht, wenn schon viele Leute umsonst nach ihr gesucht haben, die darin genau so gut sind wie wir. Wir sind nur zwei weitere Personen, Mrs. McCready. Mehr nicht.«

»Ja, und?« Ihre Stimme war wieder leise, eisig.

»Wir meinen«, erwiderte Angie, »was können vier Augen mehr schon ausrichten?«

»Aber was schaden Sie?« gab Beatrice zurück. »Können Sie mir das sagen? Was schadet es?«

2

Vom Standpunkt eines Detektivs betrachtet, hat das Verschwinden eines Kindes viel mit einem Mordfall gemeinsam, hat man Flucht und Entführung durch ein Elternteil erst einmal ausgeschlossen: Wenn der Fall nicht in den ersten 72 Stunden gelöst wird, sinkt die Chance gegen null. Das bedeutet nicht unbedingt, daß das Kind tot ist, aber die Wahrscheinlichkeit ist sehr groß. Doch sollte das Kind noch leben, geht es ihm wahrscheinlich schlimmer als vorher. Denn wenn Erwachsene ein unbeaufsichtigtes Kind finden, gibt es nur zwei mögliche Reaktionen: entweder helfen sie ihm oder nicht. Und wenn sie ihm nicht helfen, ist das Motiv nicht schwer zu finden – selbst wenn die Methoden variieren, mit denen man ein Kind ausnutzen kann, von Entführung mit Lösegeldforderung über das Einsetzen der Kinder als Arbeitskräfte, über sexuellen Mißbrauch für persönliche oder geschäftliche Zwecke bis hin zum Mord –, so liegt doch keiner dieser Methoden ein altruistisches Motiv zugrunde. Und sollte so ein Kind überleben und irgendwann gefunden werden, hat es so tiefe Narben davongetragen, daß das Gift niemals aus seinem Blut gewaschen werden kann.

In den letzten vier Jahren hatte ich zwei Männer getötet. Ich hatte zusehen müssen, wie mein ältester Freund und eine

Frau, die ich kaum kannte, vor meinen Augen starben. Ich hatte Kinder gesehen, die auf unvorstellbare Weise geschändet waren, hatte Männer und Frauen kennengelernt, die töteten, als sei es eine Reflexhandlung, hatte Beziehungen in der Gewalt verbrennen sehen, mit der ich mich wissentlich umgeben hatte.

Und ich war es leid.

Amanda McCready war zu diesem Zeitpunkt seit mindestens sechzig Stunden verschwunden, vielleicht sogar schon seit siebzig Stunden. Ich wollte sie nicht irgendwo mit blutgetränktem Haar in einem Müllcontainer finden. Ich wollte sie nicht sechs Monate später mit leerem Blick am Straßenrand finden, verbraucht und fortgeworfen von einem Perversen mit einer Videokamera und einem pädophilen Bekanntenkreis. Ich wollte nicht einer Vierjährigen in die Augen sehen und erkennen, daß alles Reine in ihr zerstört war.

Ich wollte Amanda McCready nicht finden. Sollte es jemand anderes tun!

Aber vielleicht, weil ich mich im Laufe der letzten Tage schon ebenso intensiv mit dem Fall beschäftigt hatte wie der Rest der Stadt, oder weil es hier bei mir um die Ecke passiert war, oder weil die Worte ›vierjährig‹ und ›vermißt‹ nicht in denselben Satz gehörten, machten wir aus, Lionel und Beatrice McCready eine halbe Stunde später in Helenes Wohnung zu treffen.

»Also übernehmen Sie den Fall?« fragte Beatrice, als sie und Lionel sich erhoben.

»Das müssen wir erst miteinander besprechen«, erwiderte ich.

»Aber ...«

»Mrs. McCready«, sagte Angie, »in diesem Metier gibt es bestimmte Vorgehensweisen. Wir müssen uns beraten, bevor wir Ihnen einen Antwort geben.«

Das gefiel Beatrice nicht, aber sie merkte, daß sie nicht viel daran ändern konnte.

»Wir kommen in einer halben Stunde bei Helene vorbei«, verabschiedete ich mich.

»Vielen Dank«, erwiderte Lionel und zog seine Frau am Ärmel.

»Ja. Danke«, sagte auch sie, doch klang es nicht ganz ehrlich. Ich hatte das Gefühl, sie würde erst Ruhe geben, wenn der Präsident die Nationalgarde auf die Suche nach ihrer Nichte schickte.

Wir lauschten ihren Schritten, die im Treppenhaus des Glockenturms verhallten. Dann ging ich zum Fenster und sah ihnen nach, während sie den Schulhof neben der Kirche überquerten und zu einem heruntergekommenen Dodge Aries gingen. Die Sonne war nach Westen aus meinem Blickfeld verschwunden, und der Oktoberhimmel war noch immer sommerlich hell, durchsetzt von einigen rostroten Schlieren.

Eine Kinderstimme rief: »Vinny, warte! Vinny!« Und selbst vier Stockwerke höher klang sie irgendwie einsam und unfertig. Das Auto von Beatrice und Lionel wendete auf der Straße, und ich sah dem qualmenden Auspuff nach, bis sie aus meinem Blickfeld verschwunden waren.

»Ich weiß nicht«, sagte Angie und lehnte sich auf dem Stuhl zurück. Sie legte die Füße auf den Schreibtisch und schob ihr langes, dichtes Haar nach hinten. »Ich weiß wirklich nicht, was wir machen sollen.«

Sie trug eine schwarze Radlerhose und ein weites schwarzes Sonnentop über einem engen weißen. Auf dem schwarzen Top stand vorne in weiß NINE INCH NAILS geschrieben, hinten war PRETTY HATE MACHINE zu lesen. Sie besaß es schon seit mindestens acht Jahren, doch sah es immer noch aus, als trüge sie es zum ersten Mal. Ich lebte jetzt seit fast zwei Jahren mit Angie zusammen. Soweit ich beobachtet hatte, pflegte sie ihre Kleidung nicht besser als ich meine, und trotzdem sahen meine Hemden immer aus, als wären sie durch den Dreck gezogen worden, obwohl ich erst eine halbe Stunde zuvor das Preisschild entfernt hatte. Sie dagegen besaß Socken aus ihrer High-School-Zeit, die noch immer weiß wie Schnee waren. Frauen und ihre Kleidung – das war eins der Mysterien, die ich niemals verstehen würde. Genauso ein Rätsel wie der Verbleib von Amelia Earhart oder der Glocke, die früher in diesem Kirchturm hing.

»Mit diesem Fall?« fragte ich. »Wie meinst du das?«

»Ein vermißtes Mädchen, eine Mutter, die nicht richtig nach ihr sucht, eine aufdringliche Tante ...«

»Findest du, daß Beatrice aufdringlich war?«

»So aufdringlich wie ein Zeuge Jehovas mit einem Fuß in der Tür.«

»Sie macht sich Sorgen um die Kleine. Ist ganz verzweifelt.«

»Das verstehe ich ja auch.« Sie zuckte mit den Achseln. »Trotzdem hab ich's nicht gerne, wenn man mich drängt.«

»Stimmt, das gehört nicht zu deinen Vorzügen.«

Sie warf einen Bleistift nach mir und traf mich am Kinn. Ich rieb mir die Stelle und suchte den Stift, um ihn zurückzuwerfen.

»Das ist nur so lange lustig, bis der erste ein Auge verliert«, murmelte ich und tastete unter dem Schreibtischstuhl nach dem Stift.

»Uns geht's ziemlich gut«, stellte sie fest.

»Stimmt.« Der Stift lag nicht unter dem Stuhl und dem Schreibtisch, soweit ich es erkennen konnte.

»Wir haben jetzt schon mehr verdient als im ganzen letzten Jahr.«

»Und es ist erst Oktober.« Kein Bleistift auf dem Boden

und unter dem Mini-Kühlschrank. Vielleicht war er bei Amelia Earhart, Amanda McCready und der Glocke.

»Ja, erst Oktober«, bestätigte sie.

»Du meinst also, wir brauchen diesen Fall nicht.«

»So ungefähr.«

Ich ließ den Bleistift Bleistift sein und blickte aus dem Fenster. Die rostroten Schlieren waren inzwischen blutrot, und der helle Himmel hatte eine blaue Farbe angenommen. Im zweiten Stock des Hauses gegenüber war die erste Glühbirne des Tages eingeschaltet worden. Die Luft roch nach Jugend und Brennball, nach langen, unbeschwerten Tagen, die in lange, unbeschwerte Abende übergingen.

»Findest du nicht?« fragte Angie nach einer Weile.

Ich zuckte mit den Achseln.

»Sprechen Sie jetzt oder schweigen Sie für immer!« sagte sie leichthin.

Ich drehte mich um und sah sie an. Die Dämmerung hinter ihr glänzte golden und warf einen Schimmer auf ihr dunkles Haar. Durch den langen, trockenen Sommer, der sich bis weit in den Herbst erstreckte, war ihre honigfarbene Haut dunkler als sonst, und ihre Muskeln an Waden und Oberarm waren durch die täglichen Basketballspiele auf dem Ryan-Spielplatz stärker ausgeprägt.

Bei meinen früheren Beziehungen gehörte das Aussehen der Frauen immer zu den ersten Dingen, die ich übersah, wenn ich einige Male mit ihnen geschlafen hatte. Vom Kopf her wußte ich, daß sie schön waren, doch verlor ich nach und nach die Fähigkeit, mich davon überraschen oder überwältigen zu lassen, ja, mich daran zu berauschen. Aber bei Angie war das anders: Jeden Tag gab es Augenblicke, in denen ich sie ansah und spürte, wie mich ein süßer Schmerz durchfuhr.

»Was?« Ihr breiter Mund verzog sich zu einem Grinsen.

»Nichts«, sagte ich sanft.

Sie sah mir in die Augen. »Ich liebe dich auch.«

»Ja?«

»O ja.«

»Macht einem Angst, was?«

»Manchmal schon.« Sie zuckte mit den Achseln. »Manchmal überhaupt nicht.«

Wir saßen eine Weile da und schwiegen. Dann sah Angie zum Fenster herüber.

»Ich weiß bloß nicht, ob wir diese... diese Scheiße momentan gebrauchen können.«

»Was für eine Scheiße?«

»Ein vermißtes Kind. Nein, schlimmer: ein vom Erdboden verschlucktes Kind.« Sie schloß die Augen und atmete die warme Luft durch die Nase ein. »Ich bin gerne glücklich.« Dann schlug sie die Augen auf und blickte wieder zum Fenster herüber. Ihr Kinn zitterte leicht. »Verstehst du?«

Vor eineinhalb Jahren waren Angie und ich eine Beziehung eingegangen, die nach Meinung unserer Freunde schon seit Jahrzehnten bestand. Und diese achtzehn Monate waren gleichzeitig die erfolgreichsten in der Geschichte unseres Detektivbüros gewesen.

Vor etwas weniger als zwei Jahren hatten wir den Gerry-Glynn-Fall abgeschlossen oder hatten ihn, besser gesagt, knapp überlebt. Der erste Massenmörder in Boston seit dreißig Jahren hatte viel Aufmerksamkeit auf sich gezogen, und die war auch uns zuteil geworden, die wir ihn zur Strecke gebracht hatten. Die öffentliche Aufmerksamkeit – Zeitungsberichte in allen Staaten, immer neue Aufgüsse in den Skandalblättchen, zwei True-Crime-Taschenbücher (angeblich war ein drittes in der Mache) – hatte aus Angie und mir zwei der bekanntesten Privatermittler in dieser Stadt gemacht.

In den ersten fünf Monaten nach Gerry Glynns Tod hatten wir uns geweigert, Aufträge anzunehmen, doch das machte uns für potentielle Klienten nur noch interessanter. Nach dem Abschluß einer Ermittlung, bei der wir eine verschwundene Frau namens Desiree Stone suchten, nahmen wir wieder andere Aufträge an. In den ersten Wochen gaben sich die Auftraggeber die Klinke in die Hand.

Ohne jemals darüber gesprochen zu haben, lehnten wir spontan alle Fälle ab, die gewalttätig wirkten oder uns tiefere Einblicke in die Abgründe der menschlichen Natur gewährten. Ich glaube, wir beide hatten das Gefühl, uns eine Pause verdient zu haben. So beschränkten wir uns auf Versicherungsbetrug, rechtswidriges Handeln von Firmen und Scheidungen.

Im Februar hatten wir sogar den Bitten einer älteren Frau nachgegeben, ihren vermißten Leguan zu suchen. Das scheußliche Biest hieß Puffy und war ein 42 Zentimeter langes, schillernd grünes Monstrum mit einer, wie sich seine Besitzerin ausdrückte, »negativen Einstellung gegenüber allem Menschlichen«. Wir fanden Puffy in der Wildnis von Boston, als er gerade über das sumpfige vierzehnte Grün des Belmont Hills Country Club flitzte. Sein stacheliger Schwanz schlug bedrohlich hin und her, als er auf den schmalen Sonnenstrahl zuhechtete, den er auf dem Fairway des fünfzehnten Grüns erspähte. Er war eiskalt, doch er ergab sich kampflos. Beinahe wäre er jedoch zu einem Gürtel verarbeitet worden, als er sich auf dem Rücksitz unseres Firmenwagens erleichterte, doch bezahlte die Besitzerin die Reinigung und entlohnte uns großzügig, weil wir ihren geliebten Puffy zurückgebracht hatten.

So ein Jahr war es gewesen. Eignete sich nicht gerade gut für spannende Geschichten in der Kneipe um die Ecke, dafür hatte es unserem Konto erstaunlich gutgetan. Und auch wenn es peinlich war, einen verhätschelten Leguan über einen gefrorenen Golfplatz zu jagen, so war es doch besser, als eine Zielscheibe für andere darzustellen. Tausendmal besser.

»Meinst du, wir haben den Verstand verloren?« hatte mich Angie vor kurzem gefragt.

»Mit Sicherheit«, gab ich zurück. Und grinste.

»Was ist, wenn sie tot ist?« fragte Angie, als wir die Treppen des Glockenturms hinunterstiegen.

»Das wäre schlecht«, erwiderte ich.

»Es wäre schlimmer als das, je nachdem, wie tief wir in dem Fall steckten.«

»Dann willst du ihnen also absagen.« Ich öffnete die Tür, die auf den hinteren Schulhof führte.

Sie sah mich an, den Mund leicht geöffnet, als habe sie Angst, die Absage in Worte zu kleiden, sie auszusprechen und zu wissen, daß sie durch diesen Satz zu einem Menschen wurde, der einem Kind die Hilfe verweigerte.

»Ich bin noch nicht soweit, daß ich ihnen zusagen will«, brachte sie hervor, als wir zum Auto kamen.

Ich nickte. Ich kannte das Gefühl.

»Diese ganze Geschichte mit dem Verschwinden ist oberfaul«, meinte Angie, als wir die Dorchester Avenue hinunter zur Wohnung von Helene und Amanda fuhren.

»Ich weiß.«

»Vierjährige verschwinden nicht einfach so.«

»Mit Sicherheit nicht.«

Die Menschen kamen langsam wieder aus ihren Häusern, da die Abendbrotzeit vorbei war. Einige stellten Liegestühle auf die kleine Veranda vor ihrem Haus; andere gingen die Straße entlang zur nächsten Kneipe oder zu einem abendlichen Ballspiel. In der Luft lag der Geruch von Schwefel –

irgend jemand hatte einen Knaller gezündet –, und die feuchte Abendluft hing wie angehaltener Atem im violetten Licht, bevor es endgültig dunkel wurde.

Angie zog die Knie an und legte das Kinn darauf. »Vielleicht bin ich ja ein Feigling geworden, aber ich habe nichts dagegen, Leguane über Golfplätze zu jagen.«

Ich sah durch die Windschutzscheibe, während wir von der Dorchester Avenue auf die Savin Hill Avenue abbogen.

»Ich auch nicht«, gab ich zu.

Wenn ein Kind verschwindet, drängen auf der Stelle viele Menschen an seinen Platz. Und diese Menschen – Verwandte, Bekannte, Polizisten, Journalisten vom Fernsehen und von der Zeitung – gehen mit sehr viel Energie an die Sache. Sie machen viel Aufhebens, denn sie wollen das Gefühl vermitteln, daß sie sich gemeinsam, mit vereinten Kräften um den Fall kümmern.

Aber bei all diesem Getöse ist nichts so laut wie das Schweigen des vermißten Kindes. Dieses Schweigen ist 60 bis 90 Zentimeter groß und reicht einem Erwachsenen gerade bis zur Hüfte. Man hört es unter den Bodendielen aufsteigen, es springt einen aus den Ecken und Winkeln und dem ausdruckslosen Gesicht einer Puppe an, die neben dem Bett auf dem Boden liegt. Dieses Schweigen ist anders als die Stille nach Beerdigungen oder Totenwachen. Das Schweigen der Toten vermittelt ein Gefühl der Endgültigkeit; man weiß, es ist ein Schweigen, an das man sich gewöhnen muß. Doch an das Schweigen eines vermißten Kindes will man sich nicht gewöhnen, man will es nicht akzeptieren, und deshalb schreit es einen an.

Das Schweigen der Toten bedeutet: Auf Wiedersehen.

Das Schweigen der Vermißten bedeutet: Findet mich!

Es sah aus, als halte sich die halbe Nachbarschaft und ein Viertel der Polizei von Boston in Helene McCreadys Vier-Zimmer-Wohnung auf. Ein offener Gang verband das Wohnzimmer mit dem Eßzimmer. Diese beiden Räume bildeten das Zentrum der Geschäftigkeiten. Die Polizei hatte Telefone auf dem Fußboden des Eßzimmers aufgestellt, die auch alle benutzt wurden; dazu sprachen noch einige in ihre Handys. Ein stämmiger Mann in einem T-Shirt mit der Aufschrift ICH BIN EIN BÖRSENZOCKER sah von einem Stapel Flugblätter auf dem Couchtisch vor sich auf und rief: »Beatrice, Channel Four will Helene morgen abend um sechs!«

Eine Frau legte die Hand über die untere Hälfte ihres Handys. »Die Producer von *Annie am Vormittag* haben angerufen. Sie fragen, ob Helene bei ihnen auftreten kann.«

»Mrs. McCready«, rief ein Polizist aus dem Eßzimmer, »können Sie mal kurz rüberkommen?«

Beatrice nickte dem stämmigen Mann und der Frau mit dem Handy zu und sagte zu uns: »Amandas Zimmer ist die erste Tür rechts.«

Ich nickte, und sie stürzte sich in das Gewühl im Eßzimmer.

Die Tür zu Amandas Zimmer stand offen, der Raum selbst war ruhig und dunkel, so als könnten die Geräusche von der Straße nicht hereindringen. Plötzlich hörten wir die Toilettenspülung, und ein Streifenbeamter kam aus dem Badezimmer und sah uns an, während er mit der rechten Hand den Reißverschluß hochzog.

»Freunde der Familie?« fragte er.

»Ja.«

Er nickte. »Fassen Sie bitte nichts an!«

»Tun wir nicht«, sagte Angie.

Er nickte und ging durch den Flur in die Küche.

Mit meinem Autoschlüssel knipste ich das Licht an. Zwar

war mir klar, daß jeder Gegenstand in diesem Zimmer bereits auf Fingerabdrücke untersucht worden war, doch wußte ich auch, wie allergisch Bullen reagierten, wenn man am Tatort etwas mit bloßen Fingern berührte.

Über Amandas Bett hing eine Glühbirne an einem Kabel. Die Lüsterklemme war zu sehen, die freiliegenden Drähte waren verstaubt. Die Decke hatte einen Neuanstrich bitter nötig, und die Poster waren durch die Sommerhitze von den Wänden gefallen. Drei sah ich aufgerollt und zerknittert vor den Fußleisten liegen. An den Wänden bildeten die Klebestreifen, die die Poster gehalten hatten, schiefe Rechtecke. Es war nicht zu erkennen, wie lange sie schon so zerknickt auf dem Boden lagen.

Die Wohnung war genauso aufgeteilt und geschnitten wie meine und wie die der meisten Leute in dieser Gegend, die in Mietshäusern wohnten. Amandas Zimmer war nur halb so groß wie das Schlafzimmer von Helene. Ich nahm an, daß es rechts hinter dem Badezimmer lag, gegenüber der Küche. Von dort aus konnte man auf die hintere Veranda und in den kleinen Hof sehen. Amandas Zimmer ging auf das Nachbarhaus und war wahrscheinlich schon mittags so dunkel wie jetzt, um acht Uhr abends.

Der Raum war muffig und spärlich möbliert. Die Kommode gegenüber des Bettes sah aus, als sei sie auf einem Flohmarkt erstanden worden, und das Bett selbst hatte kein Gestell. Es bestand lediglich aus einer auf dem Boden liegenden Matratze mit Rahmen und war mit einem Laken bezogen, das nicht zum Überwurf paßte. Eine Steppdecke mit dem König der Löwen war wegen der Hitze zur Seite geschoben worden.

Am Fußende des Bettes lag eine Puppe, die ausdruckslos an die Decke starrte; neben der Kommode lag ein Stoffhase auf der Seite. Auf der Kommode stand ein alter Schwarzweißfernseher, und auf dem Nachtschrank sah ich ein kleines Radio, doch konnte ich im ganzen Zimmer keine Bücher entdecken, nicht einmal Malbücher.

Ich versuchte mir das Mädchen vorzustellen, das in diesem Zimmer geschlafen hatte. In den letzten Tagen hatte ich genügend Fotos von Amanda gesehen, um zu wissen, wie sie aussah, doch ihr Aussehen verriet mir noch lange nicht, was für einen Gesichtsausdruck sie gehabt hatte, wenn sie am Ende eines Tages in das Zimmer kam oder morgens darin aufwachte.

Hatte sie versucht, die Poster wieder aufzuhängen? Hatte sie die knallblauen und -gelben Bücher mit ausklappbaren Seiten haben wollen, die überall angeboten wurden? Wenn sie nachts in diesem dunklen, stillen Zimmer wach lag und einsam war, hatte sie dann den Nagel angestarrt, der gegenüber vom Bett aus der Wand ragte? Oder hatte sie den blaßbraunen Wasserfleck in der Ecke an der Decke betrachtet?

Ich blickte in die häßlichen, glänzenden Puppenaugen und verspürte den Drang, sie mit dem Fuß zu schließen.

»Mr. Kenzie, Miss Gennaro«, erklang Beatrices Stimme aus der Küche.

Angie und ich warfen einen letzten Blick auf das Zimmer, dann schaltete ich den Lichtschalter wieder mit dem Schlüssel aus. Zusammen gingen wir in die Küche.

Gegen den Herd gelehnt, stand ein Mann, die Hände in den Taschen vergraben. In seinem Blick, als wir auf ihn zukamen, las ich, daß er auf uns gewartet hatte. Er war ein bißchen kleiner als ich, aber kugelrund wie ein Ölfaß. Er hatte ein jungenhaftes, freundliches Gesicht, das leicht gerötet war, so als würde er viel Zeit draußen verbringen. Die Haut an seinem Hals war schlaff und klemmte im Hemdkragen – typisch für Menschen, die sich der Rente nähern. Doch lag eine Härte in seinem Blick, eine Unerbittlichkeit, die uralt zu sein schien und das gesamte Leben seines Gegenübers auf einen Blick abschätzen konnte.

»Lieutenant Jack Doyle«, stellte er sich vor und streckte mir seine Hand entgegen.

Ich schüttelte sie. »Patrick Kenzie.«

Angie stellte sich ebenfalls vor und schüttelte ihm die Hand. Dann standen wir in der kleinen Küche vor ihm, und er betrachtete uns aufmerksam. Sein Gesicht war ausdruckslos, doch sein Blick war so intensiv wie ein Magnet. Irgend etwas darin zwang die Menschen, ihn anzusehen, auch wenn sie wußten, daß sie den Blick besser abwenden sollten.

In den letzten Tagen hatte ich ihn ein paarmal im Fernsehen gesehen. Er war der Leiter der Ermittlungsgruppe Kind bei der Polizei von Boston. Wenn er in die Kamera blickte und erklärte, daß er Amanda McCready finden würde, egal wie, dann tat einem der Entführer einen kurzen Augenblick lang leid.

»Lieutenant Doyle wollte Sie gerne kennenlernen«, erklärte Beatrice.

»Das ist ja jetzt passiert«, gab ich zurück.

Doyle grinste. »Haben Sie kurz Zeit?«

Ohne eine Antwort abzuwarten, ging er zur Verandatür, öffnete sie und sah sich über die Schulter nach uns um.

»Scheinbar ja«, sagte Angie.

Das Geländer der Veranda mußte noch dringender gestrichen werden als die Decke von Amandas Zimmer. Sobald sich einer von uns dagegenlehnte, knisterte die blättrige, von der Sonne ausgetrocknete Farbe unter unseren Armen.

Ein paar Häuser weiter wurde gegrillt, das roch man; und irgendwo im nächsten Häuserblock hatte man sich im Hinterhof versammelt – ich hörte eine laute Frauenstimme, die über einen Sonnenbrand schimpfte, und ein Radio spielte die

Mighty Mighty Bosstones, dazwischen plötzliches, scharfes Gelächter wie Eiswürfel im Glas. Kaum zu glauben, daß es Oktober war. Kaum zu glauben, daß der Winter vor der Tür stand.

Kaum zu glauben, daß sich Amanda McCready immer weiter entfernte und sich die Erde trotzdem weiterdrehte.

»Und?« fragte Doyle und beugte sich über das Geländer. »Fall schon gelöst?«

Angie warf mir einen Blick zu und verdrehte die Augen.

»Nein«, entgegnete ich, »aber kurz davor.«

Doyle schmunzelte, den Blick auf den Flecken Beton vor der Veranda geheftet.

Angie begann: »Wir nehmen an, daß Sie den McCreadys davon abgeraten haben, mit uns zu sprechen.«

»Warum sollte ich?«

»In Ihrer Position würde ich das gleiche tun«, gab Angie zurück, als er sich zu ihr drehte. »Zu viele Köche.«

Doyle nickte. »Das ist einer der Gründe.«

»Was ist der andere?« fragte ich.

Er verschränkte die Finger ineinander und drückte dann die Hände durch, bis die Gelenke knackten. »Sehen diese Leute aus, als ob sie in Geld schwimmen? Als ob sie Schnellboote, goldene Kerzenleuchter oder so was herumliegen hätten?«

»Nein.«

»Und seit der Sache mit Gerry Glynn haben Sie beide ganz schön hohe Preise, hab ich gehört.«

Angie nickte. »Und noch höhere Vorschüsse.«

Doyle mußte lachen, drehte sich dann aber wieder zum Geländer um. Locker umfaßte er es mit beiden Händen und wippte auf den Absätzen. »Wenn das kleine Mädchen gefunden wird, sind Lionel und Beatrice bestimmt mit hundert Riesen in den Miesen. Mindestens. Sie sind nur Tante und

Onkel, aber sie schalten Fernsehspots, um sie zu finden, machen ganzseitige Anzeigen in jeder großen Zeitung, pflastern ihr Bild auf die Reklametafeln an den Highways, heuern Hellseher, Schamanen und Privatdetektive an.« Er sah uns wieder an. »Danach sind sie pleite. Verstehen Sie?«

»Das ist einer der Gründe, warum wir diesen Fall nicht annehmen wollen«, erklärte ich.

»Ach, wirklich?« Er hob die Augenbrauen. »Und warum sind Sie dann hier?«

»Beatrice ist hartnäckig«, erwiderte Angie.

Er blickte ins Küchenfenster. »Das ist sie wirklich, stimmt.«

»Wir finden es etwas komisch, daß Amandas Mutter nicht genauso hartnäckig ist.«

Doyle zuckte mit den Achseln. »Als ich sie das letzte Mal gesehen habe, war sie randvoll mit Beruhigungsmitteln, Prozac oder was sie den Eltern von vermißten Kindern heutzutage geben.« Er ließ das Geländer los. »Egal. Hören Sie zu! Ich will's mir nicht gleich mit zwei Leuten verderben, die mir vielleicht helfen können, die Kleine zu finden. Kein Scheiß. Ich will nur auf Nummer Sicher gehen, daß ihr a) mir nicht in die Quere kommt, b) nicht der Zeitung erzählt, man hätte euch an Bord geholt, weil die Bullen zu dämlich sind, und c) nicht den Schmerz dieser Leute da drinnen ausnutzt. Ich mag Lionel und Beatrice nämlich zufällig. Das sind gute Leute.«

»Was war noch mal b)?« Ich grinste.

Angie sagte: »Lieutenant, wie wir schon gesagt haben: Wir wollen diesen Fall wirklich nicht übernehmen. Wahrscheinlich sind wir gar nicht lange genug da, um Ihnen in die Quere zu kommen.«

Lange sah er sie mit seinem harten, offenen Blick an. »Und warum stehen Sie dann hier auf der Veranda und reden mit mir?«

»Weil Beatrice unser Nein bisher nicht akzeptiert hat.«

»Und Sie glauben, daß sich daran was ändert?« Er lächelte und schüttelte den Kopf.

»Hoffen darf man ja«, gab ich zurück.

Er nickte und wandte sich wieder ab. «'ne lange Zeit.«

»Was?« fragte Angie.

Sein Blick blieb auf den Hinterhof gerichtet. »Für 'ne vermißte Vierjährige.« Er seufzte. »'ne lange Zeit«, wiederholte er.

»Und Sie haben keine Anhaltspunkte?« fragte Angie.

Er zuckte mit den Achseln. »Nichts, wofür ich mein Haus verwetten würde.«

»Dann was anderes, wofür Sie vielleicht 'ne drittklassige Eigentumswohnung verwetten?« hakte sie nach.

Er grinste wieder und zuckte mit den Achseln.

»Das heißt für mich: eigentlich nicht«, sagte Angie.

Er nickte. »Eigentlich nicht.« Unter seinen geballten Fäusten knirschte der Lack wie trockenes Laub. »Ich sag Ihnen mal, wie ich auf die Schiene mit den Kindesentführungen gekommen bin. Ist ungefähr zwanzig Jahre her, da war meine Tochter, Shannon, plötzlich weg. Einen Tag lang.« Er drehte sich wieder zu uns um und hob den Zeigefinger. »Eigentlich nicht mal einen ganzen Tag. Genau genommen von etwa vier Uhr nachmittags bis ungefähr acht Uhr morgens, aber sie war erst sechs Jahre. Und ich kann Ihnen sagen, Sie haben keine Ahnung, wie lang so eine Nacht werden kann, wenn das eigene Kind verschwunden ist. Ihre Freunde hatten Shannon das letzte Mal gesehen, als sie mit dem Fahrrad nach Hause fuhr, und ein paar meinten, hinter ihr wäre ein Auto ganz langsam hergefahren.« Er rieb sich mit den Handrükken über die Augen und atmete tief aus. »Am nächsten Morgen fanden wir sie in einem Abwassergraben in der Nähe von einem Park. Sie war vom Fahrrad gefallen und hatte sich beide Knöchel gebrochen. Vor Schmerz war sie ohnmächtig geworden.«

Er betrachtete unseren Gesichtsausdruck und hob die Hand.

»Ihr ging's gut«, sagte er. »Zwei kaputte Knöchel tun zwar höllisch weh, und 'ne Zeitlang war sie ziemlich ängstlich, aber insgesamt war das das Schlimmste, was sie oder meine Frau und ich in unserem ganzen Leben durchmachen mußten. Da haben wir Glück gehabt. Scheiße, Riesenglück einfach.« Er bekreuzigte sich schnell. »Was ich damit sagen will? Als Shannon weg war und die ganze Gegend und meine ganzen Kollegen nach ihr suchten und Tricia und ich überall hinfuhren und hinliefen und fast verrückt wurden, haben wir uns hingesetzt und 'ne Tasse Kaffee getrunken. Damit wir nicht umkippten. Aber in den zwei Minuten, als wir bei Dunkin' Donuts standen und auf unsern Kaffee warteten, da gucke ich Tricia an und sie guckt mich an, und ohne was zu sagen, wissen wir beide, daß unser Leben vorbei ist, wenn Shannon tot ist. Unsere Ehe – vorbei. Unser Glück – vorbei. Unser Leben würde nur noch Leiden sein. Sonst nichts. Alles Gute, unsere ganze Hoffnung, alles, wofür wir lebten, würde mit unserer Tochter sterben.«

»Und deshalb sind Sie zur Ermittlungsgruppe Kind gegangen?« fragte ich.

»Deshalb habe ich die Ermittlungsgruppe Kind *gegründet«,* erwiderte er. »Das ist mein Baby. Ich habe sie aufgebaut. Hat fünfzehn Jahre gedauert, aber ich hab's geschafft. Es gibt die EGK, weil ich meiner Frau damals in diesem Doughnut-Laden in die Augen gesehen habe und in diesem Moment ohne jeden Zweifel wußte, daß niemand den Verlust eines Kindes ertragen kann. Niemand. Sie nicht, ich nicht, nicht mal so ein Loser wie Helene McCready.«

»Helene soll ein Loser sein?« fragte Angie.

Er hob eine Augenbraue. »Wissen Sie, warum sie zu ihrer Freundin Dottie gegangen ist statt andersherum?«

Wir schüttelten den Kopf.

»Die Bildröhre von ihrem Fernseher war hinüber. Mal war's in Farbe und mal nicht – das gefiel Helene nicht. Hat sie also ihr Kind allein gelassen und ist eine Tür weiter gegangen.«

»Zum Fernsehen.«

Er nickte. »Zum Fernsehen.«

»Wow!« sagte Angie.

Er sah uns eine geschlagene Minute lang an, dann zog er seine Hose hoch und sagte: »Zwei meiner besten Leute, Poole und Broussard, werden sich bei Ihnen melden. Das sind Ihre Ansprechpartner. Wenn Sie helfen können, komme ich Ihnen nicht in die Quere.« Wieder rieb er sich mit den Handrücken übers Gesicht und schüttelte den Kopf. »Scheiße, bin ich müde.«

»Wann haben Sie denn das letzte Mal geschlafen?« erkundigte sich Angie.

»Mehr als ein Nickerchen?« Er kicherte in sich hinein. »Muß ein paar Tage her sein.«

»Sie müssen doch jemanden haben, der sie ablöst«, meinte Angie.

»Will keine Ablösung«, gab er zurück. »Ich will dieses Kind. Und zwar in einem Stück. Und zwar auf der Stelle.«

3

Helene McCready betrachtete sich selbst im Fernsehen, als wir das Haus von Lionel und Beatrice betraten.

Die Helene im Fernsehen trug ein hellblaues Kleid mit einer passenden Jacke, an deren Revers eine riesige weiße Rose befestigt war. Das Haar fiel ihr auf die Schultern. Ihr Gesicht wirkte ein wenig zu stark geschminkt, um die Augen herum war die Farbe etwas hastig aufgetragen.

Die echte Helene McCready trug ein rosa T-Shirt mit der Aufschrift BORN TO SHOP über der Brust und eine weiße Jogginghose, die über dem Knie abgeschnitten war. Das Haar war zu einem lockeren Pferdeschwanz gebunden und sah aus, als sei es so oft gefärbt worden, daß es seine ursprüngliche Farbe vergessen hatte. Jetzt lag sie irgendwo zwischen Platin- und Weizenblond.

Neben der echten Helene McCready saß eine zweite Frau auf der Couch, die ungefähr genauso alt, aber dicker und blasser war. Zellulitisdellen zeichneten sich im weißen Fleisch ihrer Oberarme ab, als sie die Zigarette an die Lippen führte und sich vorbeugte, um sich auf den Fernseher zu konzentrieren.

»Guck mal, Dottie, da!« rief Helene. »Das sind Gregor und Head Sparks!«

»O ja!« Dottie zeigte auf die Mattscheibe, wo zwei Männer einem Journalisten folgten, der Helene befragte. Die Männer winkten in die Kamera.

»Guck mal, wie die winken«, grinste Helene. »Die Weicheier.«

»Angeber!« höhnte Dottie.

Helene führte eine Dose Miller mit der Hand zum Mund, in der sie auch die Zigarette hielt. Die lange Asche berührte fast ihr Kinn, als sie trank.

»Helene«, sagte Lionel.

»Moment, wart mal kurz.« Helene winkte ihm mit der Bierdose zu, den Blick auf den Fernseher geheftet. »Jetzt kommt's!«

Beatrice sah uns an und verdrehte die Augen.

Im Fernsehen fragte ein Journalist Helene, wer ihrer Meinung nach für die Entführung ihrer Tochter verantwortlich sei.

»Was soll man denn auf so eine Frage antworten?« erwiderte die Helene im Fernsehen. »Ich meine, wer soll schon mein kleines Mädchen stehlen? Was soll das? Sie hat nie einem was getan. Sie war einfach ein liebes Mädchen, das immer süß gelächelt hat. Das hat sie die ganze Zeit gemacht, immer das süße Lächeln.«

»Sie hatte wirklich ein süßes Lächeln«, fiel Dottie ein.

»Hat ein süßes Lächeln«, berichtigte Beatrice.

Die Frauen auf der Couch hatten sie offensichtlich nicht gehört.

»Ja, echt«, schwärmte Helene. »Es war super. Einfach perfekt. Macht mich fertig.« Helenes Stimme brach, und sie stellte das Bier gerade so lange ab, um sich ein Kleenex aus der Box auf dem Tisch zu nehmen.

Dottie tätschelte ihr das Knie und versuchte sie zu beruhigen.

»Helene«, sagte Lionel erneut.

Jetzt war nicht mehr Helene im Fernsehen zu sehen, sondern O. J. Simpson, der irgendwo in Florida Golf spielte.

»Es ist einfach nicht zu glauben, daß er davongekommen ist«, sagte Helene.

Dottie drehte sich zu ihr um. »Finde ich auch«, sagte sie, als würde sie ein großes Geheimnis kundtun.

»Wenn er nicht schwarz wäre«, meinte Helene, »säße er jetzt im Knast.«

»Wenn er nicht schwarz wäre«, meinte Dottie, »wäre er auf den Stuhl gekommen.«

»Wenn er nicht schwarz wäre«, meinte Angie, »wäre es euch scheißegal.«

Beide drehten sich um und schauten uns an. Sie schienen sich etwas über die Personen zu wundern, die plötzlich wie die Weisen aus dem Morgenland hinter ihnen aufgetaucht waren.

»Was?« fragte Dottie und sah mit ihren braunen Augen von einem zum anderen.

»Helene«, wiederholte Lionel.

Helene sah ihn an. Die Maskara um ihre geschwollenen Augen war verschmiert. »Ja?«

»Das sind Patrick und Angie, die zwei Detektive, von denen wir erzählt haben.«

Helene winkte uns mit ihrem nassen Taschentuch schwach zu. »Hallo!«

»Hi!« grüßte Angie.

»Hallo«, sagte ich.

»Ich kenn' dich von früher«, meinte Dottie zu Angie. »Du mich auch?«

Angie lächelte freundlich und schüttelte den Kopf.

»Von der High-School«, erklärte Dottie. »Du warst ein paar Klassen über mir.«

Angie dachte kurz darüber nach und schüttelte dann wieder den Kopf.

»Ja, richtig«, fuhr Dottie fort, »ich weiß noch genau. Madame Tausendschön. So haben wir dich immer genannt.« Sie nahm einen kräftigen Schluck Bier. »Bist du immer noch so?«

»Wie?« fragte Angie.

»Glaubst du immer noch, daß du was Besseres bist als die andern?« Sie beäugte Angie mit zugekniffenen Augen, so daß nicht zu erkennen war, ob sie rot waren. »Du warst so dermaßen eingebildet. Madame Tausendschön. Die Nase...«

»Helene.« Angie wandte sich Helene McCready zu. »Wir müssen mit dir über Amanda sprechen.«

Doch Helene betrachtete mich, die Zigarette schwebte einen Zentimeter vor ihren Lippen. »Du hast Ähnlichkeit mit einem. Stimmt doch, Dottie, oder?«

»Was?« fragte Dottie.

»Er hat Ähnlichkeit mit einem.« Schnell zog Helene zweimal an der Zigarette.

»Mit wem?« Jetzt starrte auch Dottie mich an.

»Weißt du doch«, gab Helene zurück. »Dieser Typ. Dieser Typ im Fernsehen, du weißt schon, welche Sendung ich meine.«

»Nein«, widersprach Dottie und grinste mich vorsichtig an. »Welche Sendung?«

»Diese eine«, sagte Helene. »Du mußt doch wissen, welche ich meine.«

»Nein, weiß ich nicht.«

»Doch, bestimmt.«

»Welche Sendung denn?« Dottie wandte sich zu Helene. »Welche denn?«

Helene blinzelte und runzelte die Stirn. Dann sah sie mich

wieder an. »Du siehst genauso aus wie der«, versicherte sie mir.

»Schön«, gab ich zurück.

Beatrice lehnte sich gegen den Türrahmen und schloß die Augen.

»Helene«, sagte Lionel zum wiederholten Mal, »Patrick und Angie wollen mit dir über Amanda sprechen. Allein.«

»Wie?« rief Dottie. »Bin ich hier der Blödmann?«

»Nein, Dottie«, erwiderte Lionel vorsichtig. »Das habe ich doch nicht gesagt.«

»Bin ich hier der Loser vom Dienst, oder was? Bin ich nicht mehr gut genug für meine Freundin, wenn sie mich am meisten braucht?«

»Das meint er doch gar nicht«, sagte Beatrice mit müder Stimme, die Augen noch immer geschlossen.

»Aber eben ...« begann ich.

Dottie verzog das aufgedunsene Gesicht und sah mich an.

»Helene«, ging Angie schnell dazwischen, »es wäre wesentlich schneller vorbei, wenn wir dir allein ein paar Fragen stellen könnten. Dann gehen wir dir auch nicht mehr auf die Nerven.«

Helene blickte Angie an, dann Lionel. Dann sah sie wieder zum Fernseher hinüber. Schließlich starrte sie Dotties Hinterkopf an.

Dottie guckte noch immer fragend zu mir hoch, als könne sie sich nicht entscheiden, ob sie nun verwirrt oder wütend war.

Als hielte Helene eine staatstragende Rede, gab sie bekannt: »Dottie ist meine beste Freundin. Meine allerbeste Freundin. Das heißt schon was. Wenn ihr mit mir reden wollt, müßt ihr auch mit ihr reden.«

Dottie wandte den Blick von mir ab und sah sich nach ihrer

allerbesten Freundin um. Helene stieß sie mit dem Ellenbogen an.

Ich warf Angie einen kurzen Blick zu. Wir arbeiteten schon so lange im Team, daß ich ihren Gesichtsausdruck in zwei Worten zusammenfassen konnte: Scheiß drauf.

Ich nickte ihr zu. Das Leben war zu kurz, um noch eine Sekunde länger mit Helene und Dottie zu verbringen.

Ich schaute zu Lionel hinüber, der zuckte mit den Schultern. Er sah resigniert aus.

Wir wollten gerade gehen, da schlug Beatrice die Augen auf und stellte sich uns in den Weg. »Bitte!« sagte sie.

»Nein«, erwiderte Angie leise.

»Nur eine Stunde!« bat Beatrice. »Gebt uns eine Stunde. Wir zahlen auch dafür!«

»Es geht nicht ums Geld«, antwortete Angie.

»Bitte!« wiederholte Beatrice. An Angie vorbei sah sie mir in die Augen. Sie verlagerte das Gewicht vom linken Fuß auf den rechten und ließ die Schultern hängen.

»Aber nur eine Stunde«, sagte ich. »Mehr nicht.«

Sie lächelte und nickte.

»Patrick, oder?« Helene sah mich an. »So heißt du doch, oder?«

»Ja«, bestätigte ich.

»Kannst du ein bißchen zur Seite gehen, Patrick?« fragte Helene. »Du stehst im Weg.«

Eine halbe Stunde später waren wir kein bißchen schlauer.

Mit viel Überzeugungskunst hatte Lionel seine Schwester dazu gebracht, den Fernseher auszuschalten, solange wir uns unterhielten, doch schien das fehlende Flimmern Helenes Aufmerksamkeit noch weiter zu verringern. Während unseres Gespräches schossen ihre Augen immer wieder an mir vorbei auf die schwarze Mattscheibe, als hoffe sie, sie würde durch göttliche Intervention wiederbelebt.

Dottie, die zuerst so einen Aufstand gemacht hatte, weil sie bei ihrer besten Freundin bleiben wollte, verließ das Zimmer, sobald der Fernseher aus war. Wir hörten sie in der Küche herumfuhrwerken. Sie holte eine Dose Bier aus dem Kühlschrank und kramte in den Schränken nach einem Aschenbecher.

Lionel saß neben seiner Schwester auf der Couch, und Angie und ich hockten vor dem Fernsehschrank auf dem Boden. Beatrice hatte soweit wie möglich von Helene entfernt auf der Couch Platz genommen. Sie hatte ein Bein ausgestreckt, das andere hielt sie am Knöchel fest.

Wir baten Helene, uns alles über den Tag zu erzählen, an dem ihre Tochter verschwunden war. Wir fragten sie, ob sie sich eventuell gestritten hatten, ob Helene möglicherweise jemanden verärgert hatte, ob jemand Grund gehabt hätte, ihre Tochter zu entführen, um sich an ihr zu rächen.

Helenes Stimme klang leicht verärgert, als sie uns erklärte, daß sie sich nie mit ihrer Tochter gestritten habe. Wie sollte sie sich mit jemandem streiten, der immer nur lächelte? Wenn sie zwischendurch einmal nicht lächelte, hatte Amanda ihre Mami geliebt und wurde von ihr zurückgeliebt; und so lächelten sie sich an und liebten sich und lächelten sich an. Helene fiel niemand ein, den sie verärgert haben könnte, und wie sie schon der Polizei gesagt hatte: Wer würde denn ein Kind entführen, um sich an der Mutter zu rächen? Kinder machten Arbeit, erklärte uns Helene. Man müsse sie füttern, versicherte sie uns. Man müsse sie ins Bett bringen und manchmal mit ihnen spielen.

Aha, deshalb also wurde hier so viel gelächelt.

Sie konnte uns nichts erzählen, was wir nicht schon in der

Zeitung gelesen oder von Lionel und Beatrice gehört hatten.

Was Helene anging: Je länger ich sie kannte, desto weniger wollte ich mit ihr in einem Zimmer sein. Als wir über ihre Tochter sprachen, teilte sie uns mit, wie sehr sie ihr Leben haßte. Sie sei einsam; es gebe keine guten Männer mehr; man müsse eine Mauer um Mexiko bauen, damit die Mexikaner nicht mehr rüberkommen könnten, die hier oben in Boston den anderen die Arbeit wegnahmen. Sie war überzeugt, daß es einen Plan der Liberalen gebe, die anständigen Amerikaner zu verderben, konnte uns aber nicht erklären, um was für einen Plan es sich dabei handelte. Sie wußte nur, daß er sie daran hinderte, glücklich zu sein, und dafür sorgte, daß die Schwarzen von der Sozialhilfe lebten. Sicher, sie selbst lebte auch davon, aber in den letzten sieben Jahren hatte sie sich wirklich angestrengt, um das zu ändern.

Sie sprach über Amanda, wie man von einem gestohlenen Auto oder einem entlaufenen Haustier spricht: eher verärgert als betroffen. Ihr Kind war verschwunden – Mann, war das eine Scheiße!

Es kam rüber, als hätte Gott Helene McCready zum größten Opfer der Weltgeschichte gekürt. Die anderen durften abtreten. Schluß mit lustig.

»Helene«, sagte ich gegen Ende unseres Gesprächs, »kannst du uns noch irgendwas sagen, was du bei der Polizei vielleicht vergessen hast?«

Helene blickte auf die Fernbedienung auf dem Couchtisch. »Was?« fragte sie.

Ich wiederholte meine Frage.

»Es ist schwer«, antwortete sie. »Verstehst du?«

»Was?« fragte ich.

»Wenn man ein Kind hat.« Sie blickte zu mir auf, und ihre leeren Augen weiteten sich, als gebe sie eine große

Weisheit preis. »Es ist schwer. Nicht wie in der Werbung.«

Als wir das Wohnzimmer verließen, stellte Helene den Fernseher wieder an, und wie auf ein Stichwort rauschte Dottie mit zwei Dosen Bier in der Hand an uns vorbei.

»Sie kommt mit ihren Gefühlen nicht klar«, sagte Lionel, als wir uns in der Küche niedergelassen hatten.

»Ja«, sagte Beatrice. »Sie ist 'ne Fotze.« Sie goß sich Kaffee ein.

»Ich will dieses Wort hier nicht hören«, befahl Lionel ihr. »Bitte nicht.«

Beatrice goß auch Angie Kaffee ein und sah dann mich fragend an.

Ich hob meine Coladose.

»Lionel«, bemerkte Angie, »Ihre Schwester scheint sich über Amandas Verschwinden keine allzu großen Sorgen zu machen.«

»Doch, sie macht sich Sorgen«, widersprach er. »Gestern zum Beispiel hat sie die ganze Nacht geweint. Ich glaub' einfach, daß sie im Moment keine Tränen mehr hat. Daß sie versucht, ihre ... ihre Trauer in den Griff zu kriegen.«

»Lionel«, entgegnete ich, »ich möchte Ihnen nicht zu nahe treten, aber ich sehe nur Selbstmitleid, keine Trauer.«

»Aber es stimmt!« Lionel kniff die Augen zusammen und sah zu seiner Frau. »Es stimmt. Wirklich.«

Angie sagte: »Ich weiß, daß wir das schon gesagt haben, aber ich sehe echt nicht, was wir noch tun können. Die Polizei hat doch schon alles versucht.«

»Ich weiß.« Lionel seufzte. »Ich weiß.«

»Vielleicht später«, warf ich ein.

»Ja, klar«, stimmte er zu.

»Wenn die Polizei auf dem Schlauch steht und die Sache abschreibt«, ergänzte Angie. »Dann vielleicht.«

»Ja.« Lionel stieß sich von der Wand ab und hielt uns die Hand hin. »Leute, trotzdem danke, daß ihr vorbeigekommen seid. Vielen Dank ... für alles.«

»Kein Problem.« Ich wollte ihm die Hand schütteln.

Beatrices Stimme, rauh, aber deutlich, ließ mich innehalten: »Sie ist erst vier!«

Ich sah sie an.

»Vier Jahre alt«, wiederholte sie, die Augen zur Decke erhoben. »Irgendwo da draußen. Vielleicht hat sie sich verlaufen. Vielleicht ist etwas Schlimmeres passiert.«

»Schatz«, sagte Lionel leise.

Beatrice schüttelte den Kopf. Sie blickte auf ihre Kaffeetasse hinunter, legte dann den Kopf in den Nacken und trank sie mit geschlossenen Augen leer. Danach stellte sie die Tasse auf den Tisch und beugte sich vornüber, die Hände gefaltet.

»Mrs. McCready«, flehte ich sie an, doch sie schnitt mir mit einer Handbewegung das Wort ab.

»Sie spürt jede Minute, daß niemand nach ihr sucht.« Sie hob den Kopf und öffnete die Augen.

»Schatz«, sagte Lionel wieder.

»Ich bin nicht dein Schatz!« Sie sah Angie an. »Amanda hat Angst. Sie ist verschwunden. Und Lionels Schlampenschwester sitzt mit ihrer fetten Freundin fett bei mir im Wohnzimmer rum, kippt sich das Bier rein und glotzt sich selbst im Fernsehen an. Und wer kümmert sich um Amanda? Hm?« Mit roten Augen blickte sie erst ihren Mann, dann Angie und mich an. Schließlich sah sie zu Boden. »Wer zeigt der Kleinen, daß es uns nicht scheißegal ist, ob sie lebt oder stirbt?«

Eine Minute lang war in der Küche nur das Summen des Kühlschranks zu vernehmen.

Dann sagte Angie leise: »Wir, schätze ich.«

Ich sah sie mit erhobenen Augenbrauen an. Sie zuckte mit den Achseln.

Eine seltsame Mischung aus Lachen und Schluchzen entrang sich Beatrices Mund, und sie drückte die Faust dagegen und starrte Angie an, während ihr Tränen in die Augen stiegen.

4

Auf dem Abschnitt der Dorchester Avenue, der durch unser Viertel führt, gibt es mehr irische Kneipen als in jeder anderen Straße außerhalb Dublins. Als ich klein war, nahm mein Vater immer an einer Marathon-Sauftour teil, um Geld für örtliche Wohlfahrtsvereine zu sammeln. Pro Kneipe zwei Bier und ein Schnaps, und weiter ging's zur nächsten. Sie begannen immer in Fields Corner, dem Stadtteil südlich von uns, und arbeiteten sich die Dorchester Avenue nach Norden hoch. Zweck der Übung war, einen Mann zu finden, der nicht eher umkippte, als die keine zwei Meilen entfernte Grenze zu South Boston erreicht war.

Mein Vater konnte unglaublich viel vertragen, wie auch die meisten anderen Männer, die sich für die Sauftour anmeldeten, doch in all den Jahren schaffte es nicht ein einziger Kerl bis Southie.

Die meisten dieser Kneipen gibt es heute nicht mehr, an ihrer Stelle finden sich vietnamesische Restaurants und Eckläden. Dieser heute als Ho-Chi-Minh-Pfad bekannte, vier Häuserblöcke lange Abschnitt der Straße ist aber viel reizender, als viele meiner Nachbarn glauben. Fährt man früh am Morgen dort entlang, sieht man oft alte Männer, die andere Rentner mit Tai-chi-Geschwindigkeit über die Bürgersteige führen. Man sieht Menschen in ihrer typischen Tracht, den dunklen Seidenpyjamas, und riesigen Strohhüten. Ich habe gehört, daß Straßengangs, die sogenannten Tongs, hier ihr Unwesen treiben, aber ich habe nie welche gesehen. Statt dessen sehe ich eigentlich nur vietnamesische Jugendliche mit stacheligem, gegelten Haar und Sonnenbrillen von Gargoyle herumstehen, die cool aussehen wollen, die hart wirken wollen, und erkenne mich in ihnen wieder.

Drei der wenigen alten Kneipen, die den jüngsten Strom von Einwanderern überlebt haben, liegen direkt an der Avenue. Es sind gute Kneipen: Die Wirte und Gäste haben eine Laissez-faire-Haltung gegenüber den Vietnamesen eingenommen, und genauso werden sie auch von ihnen behandelt. Keine Kultur scheint besonders interessiert an der anderen zu sein, aber das stört auch niemanden.

Die einzige Kneipe auf dem Ho-Chi-Minh-Pfad, die abseits der Hauptstraße liegt, findet sich am Ende einer unbefestigten Straße, die einfach nicht weitergeführt wurde, als der Stadt Mitte der Vierziger das Geld ausging. Nie ist auch nur ein einziger Sonnenstrahl in diese Gasse gefallen. Das hangargroße Depot einer Lkw-Spedition wirft von Süden seinen Schatten auf den Asphalt. Ein dichtes Gewirr aus Mietshäusern bildet den nördlichen Abschluß. Am Ende dieser Gasse liegt das Filmore Tap, so staubig und vergessen wie die fehlgeplante Straße, die zu ihm führt.

Zur Zeit der Dorchester-Avenue-Sauftour gingen nicht einmal Männer vom Kaliber meines Vaters – allesamt Schläger und Säufer – ins Filmore. Es wurde von der Landkarte gestrichen, als hätte es nie existiert, und solange ich lebe, habe ich noch niemanden kennengelernt, der regelmäßig in dieser Kneipe verkehrte.

Es gibt einen Unterschied zwischen einer rauhen Arbeiterkneipe und einer verkommenen Absteige für den weißen Bodensatz der Gesellschaft. Das Filmore war der Inbegriff einer Absteige. In Arbeiterkneipen gab es zwar immer wieder Schlägereien, doch wurde dabei mit Fäusten gekämpft, gelegentlich wurde jemandem eine Bierflasche über den Schädel gezogen. Im Filmore brachen nach jedem zweiten Bier Schlägereien aus, bei denen meistens Schnappmesser gezogen wurden. Aus irgendeinem Grund zog der Laden Männer an, die vor langer, langer Zeit alles verloren hatten, das ihnen etwas bedeutete. Sie kamen her, um ihrer Drogensucht, ihrem Alkoholismus und ihrem Haß zu frönen. Auch wenn man meinen konnte, daß eh nicht viele Menschen zu dieser Schar gehören wollten, waren Anwärter auf die Clubmitgliedschaft nicht besonders gerne gesehen.

Der Barkeeper warf uns einen kurzen Blick zu, als wir am Donnerstag nachmittag aus dem Sonnenlicht draußen in die Kneipe traten und unsere Augen sich an das fahlgrüne Licht gewöhnten. Vier Kerle hingen an der Ecke der Theke herum, die der Tür am nächsten war. Einer nach dem anderen drehte sich langsam um und sah uns an.

»Wo ist Lee Marvin, wenn man ihn braucht?« flüsterte ich Angie zu.

»Oder Eastwood«, sagte Angie. »Ich wäre momentan für Clint.«

Im hinteren Teil spielten zwei Männer Poolbillard. Besser gesagt: Sie hatten Pool gespielt, bis wir hereinkamen und ihnen irgendwie das Spiel versauten. Einer von ihnen sah vom Tisch auf und runzelte die Stirn.

Der Barkeeper hatte uns den Rücken zugewandt. Ganz gebannt verfolgte er in dem über ihm hängenden Fernseher eine Folge von *Gilligans Insel.* Gerade schlug der Skipper Gilligan mit der Mütze auf den Kopf. Der Professor versuchte, sie auseinanderzubringen. Die Howells lachten. Mary-Anne und Ginger waren nicht zu sehen. Vielleicht hatte das was mit der Geschichte zu tun.

Angie und ich setzten uns auf zwei Hocker am hinteren Ende der Theke, in der Nähe des Barkeepers, und warteten darauf, daß er uns ansprach.

Der Skipper schlug noch immer auf Gilligan ein. Offenbar war er sehr wütend wegen irgendeines Affen.

»Die Folge ist super«, sagte ich zu Angie. »Fast kommen sie von der Insel runter.«

»Echt?« Angie zündete sich eine Zigarette an. »Und was hindert sie daran, bitte sehr?«

»Skipper gesteht seine Liebe zu seinem kleinen Begleiter, und alle fangen ganz hektisch an, die Hochzeit vorzubereiten, aber dann klaut die Affenfrau das Boot und alle Kokosnüsse.«

»Genau, jetzt erinnere ich mich wieder«, sagte Angie.

Der Barkeeper drehte sich zu uns um. »Was wollt ihr?« fragte er.

»Ihr feinstes Ale, bitte!« bestellte ich.

»Zweimal«, ergänzte Angie.

»Okay«, gab der Barkeeper zurück. »Aber dann haltet ihr die Klappe, bis die Folge vorbei ist. Hier gibt's welche, die das noch nicht gesehen haben.«

Nach *Gilligans Insel* wurde zu *Public Enemies* umgeschaltet, eine auf Tatsachen basierende Kriminal-Doku, in der die Taten gesuchter Schwerverbrecher von völlig unfähigen Schauspielern nachgespielt wurden. Neben ihnen wirkten Van Damme und Seagal wie Laurence Olivier und John Gielgud. Die laufende Folge handelte von einem Mann aus Montana, der seine Kinder zuerst vergewaltigt, dann mit dem Messer bearbeitet und später in North Dakota einen berittenen Polizisten erschossen hatte. Er schien sein ganzes Leben damit verbracht zu haben, jedem, der ihm über den Weg lief, den Tag zu versauen.

»Wenn ihr mich fragt«, sagte Big Dave Strand zu Angie und mir, während das Gesicht des Ganoven über den Bildschirm flimmerte, »müßtet ihr euch mal mit so einem unterhalten, anstatt meine Leute hier zu nerven.«

Big Dave Strand war der Inhaber und Wirt des Filmore Tap. Wie es seinem Spitznamen entsprach, war er riesengroß, mindestens ein Meter neunzig, und dabei war sein Körper so breit, als sei das Fleisch in Lagen um die Knochen gewickelt worden und nicht natürlich gewachsen. Auf der Oberlippe trug Big Dave einen Schnäuzer, darunter einen buschigen Bart. Auf seinen Oberarmen prangten dunkelgrüne Tätowierungen. Die auf dem linken Arm zeigte einen Revolver mit dem Wort FUCK darunter. Rechts war eine Kugel abgebildet, die in einen Schädel einschlug. Darunter stand YOU.

Komisch, daß ich Big Dave noch nie in der Kirche gesehen hatte.

»Im Knast kannte ich Typen wie den«, sagte Big Dave und zapfte sich noch ein Glas Bier. »Perverse Schweine. Die wurden immer von den anderen ferngehalten, weil sie genau wußten, was wir mit denen anstellen würden. Wußten die genau.« Er trank das halbe Glas leer, sah zum Fernseher hoch und rülpste.

Aus irgendeinem Grund roch es in der Kneipe nach saurer Milch. Und Schweiß. Und Bier. Und nach dem Popcorn, das in kleinen Körbchen die Theke entlang vor jedem vierten Barhocker stand. Kunststoffbelag bedeckte den Boden, und hinter der Theke hing ein Wasserschlauch. Doch so, wie der Boden aussah, war der Schlauch schon seit Jahrzehnten nicht mehr eingesetzt worden. Zigarettenkippen und Popcorn waren in den Belag getreten, und ich war überzeugt, daß die schnellen Bewegungen im Dunkeln unter den Tischen Mäuse waren, die an den Fußleisten entlanghuschten.

Wir hatten die vier Männer nach Helene McCready befragt, doch hatte uns keiner richtig weitergeholfen. Sie waren alle älter, der jüngste von ihnen mußte Mitte Dreißig sein, sah aber zehn Jahre älter aus. Alle musterten Angie von Kopf bis Fuß, als würde sie nackt im Fenster eines Schlachters ausgestellt. Sie waren nicht gerade abweisend, aber auch nicht besonders entgegenkommend. Alle kannten Helene, hatten aber wenig zu sagen über sie. Auch wußten alle, daß ihre Tochter verschwunden war, aber darüber hatten sie ebenfalls nur wenig zu sagen. Einer von ihnen, ein abgewrackter Typ namens Lenny, mit roten Adern und gelber Haut, sagte: »Das Gör ist weg. Ja und? Die kommt wieder zurück. Ist immer das gleiche.«

»Sind Ihre Kinder auch schon mal abgehauen?« fragte Angie.

Lenny nickte. »Sind alle wiedergekommen.«

»Wo sind sie jetzt?« fragte ich.

»Einer sitzt im Knast, die andere ist in Alaska oder sonstwo.« Er schlug dem zustimmend nickenden Mann neben sich auf die Schulter. »Das hier ist mein Jüngster.«

Lennys Sohn, ein blasser, magerer Typ mit zwei blau geschlagenen Augen, sagte: »Echt geiler Alter!« und ließ den Kopf auf die Arme sinken, die auf der Theke lagen.

»Wir haben das alles schon mit den Bullen durchgekaut«, erklärte Big Dave uns. »Wir haben denen schon alles erzählt: Ja, Helene kommt öfter her; nein, sie bringt ihr Blag nicht mit; ja, sie trinkt gern mal 'n Bier; nein, sie hat ihr Kind nicht für Drogen verkauft.« Er kniff die Augen zusammen. »Wenigstens nicht hier drinnen.«

Einer der Billardspieler trat an die Theke. Er war dünn, hatte einen rasierten Kopf und schlecht gemachte Tattoos auf den Armen. Die von Big Dave zeugten von mehr Liebe zum Detail und ästhetischem Empfinden. Er stellte sich zwischen Angie und mich, obwohl rechts von uns massenhaft Platz war. Er bestellte zwei Bier und glotzte auf Angies Brüste.

»Hast du ’n Problem?« fragte sie ihn.

»Nee«, gab er zurück, »hab kein Problem.«

»Er ist problemfrei«, erklärte ich.

Der Typ wandte den Blick nicht von Angies Brüsten ab. Seine Augen sahen aus, als sei der Blitz hineingefahren und habe jede Regung ausgebrannt.

Dave stellte ihm das Bier hin, und er nahm die Gläser in Empfang.

»Die beiden fragen nach Helene«, sagte Dave.

»Ja?« Der Typ hatte eine so tonlose Stimme, daß man nicht sagen konnte, ob er überhaupt noch lebte. Er hob die beiden Gläser zwischen uns durch und hielt das linke ein bißchen schräg, so daß etwas Bier auf meinen Schuh tropfte.

Ich sah auf meinen Schuh herunter, dann ihm in die Augen. Sein Mundgeruch stank nach durchgeschwitzten Sportlersocken. Er wartete auf meine Reaktion. Als nichts kam, blickte er auf die Gläser in seiner Hand. Die Finger krampften sich um die Griffe. Er sah wieder zu mir auf; seine Augen waren schwarze Löcher.

»Ich hab’ kein Problem«, sagte er. »Du vielleicht.«

Ich verlagerte mein Gewicht ein wenig, so daß ich mich mit dem Ellenbogen besser von der Theke abdrücken konnte, falls ich plötzlich würde ausweichen müssen. Ich wartete auf die nächste Bewegung von ihm, die sein krankes Hirn ausbrütete.

Er sah wieder auf seine Hände. »Du vielleicht«, wiederholte er laut und ging.

Wir sahen ihm nach. Er ging zurück zu seinem Freund an den Pooltisch. Der Freund nahm das Bier, und der Glatzkopf gestikulierte in unsere Richtung.

»Hatte Helene Probleme mit Drogen?« fragte Angie Big Dave.

»Woher soll ich das wissen?« fuhr er sie an. »Was willst du damit sagen?«

»Dave«, versuchte ich es.

»Big Dave«, korrigierte er mich.

»Big Dave«, sagte ich. »Es ist mir scheißegal, ob du das Zeug kiloweise unter dem Tresen stehen hast. Und es ist mir scheißegal, wenn du es täglich an Helene McCready vertickst. Wir wollen einfach nur wissen, ob sie so viel mit Drogen zu tun hat, daß sie bei irgend jemandem Schulden hat.«

Er hielt meinem Blick ungefähr eine halbe Minute lang stand, wollte mir zeigen, was für ein harter Kerl er war. Dann schaute er wieder zum Fernseher hinauf.

»Big Dave«, sagte nun Angie.

Er wandte ihr seinen Bisonkopf zu.

»Ist Helene drauf?«

»Hör zu«, erwiderte Big Dave, »du bist 'ne heiße Braut. Wenn du mal Bock auf eine Nummer mit 'nem richtigen Kerl hast, ruf mich an.«

»Wieso?« fragte Angie. »Kennst du einen?«

Er sah wieder zum Fernseher hinauf.

Angie und ich warfen uns einen Blick zu. Sie zuckte mit den Achseln. Die Lethargie, an der Helene und ihre Freunde litten, war offenbar so weit verbreitet, daß eine ganze geschlossene Abteilung gefüllt werden konnte.

»Sie hatte keine großen Schulden«, begann Big Dave. »Bei mir steht sie mit ungefähr sechzig Mäusen in der Kreide. Wenn sie bei irgend jemandem Rückstände hätte wegen ... aus Gefälligkeit, dann wüßte ich das.«

»Hey, Big Dave«, rief einer der Männer am anderen Ende der Theke, »haste sie schon gefragt, ob sie auch einen bläst?«

Big Dave streckte die Arme aus und zuckte mit den Schultern. »Frag sie doch selbst!«

»Hey, Süße«, rief der Typ. »Hey, Süße!«

»Was ist mit Kerlen?« Angie hielt den Blick auf Dave gerichtet. Ihre Stimme blieb klar, so als kümmerte es sie nicht im geringsten, worüber die Arschlöcher da redeten. »War sie mit einem zusammen, der die Schnauze voll hatte von ihr?«

»Hey, Süße!« rief der Typ wieder. »Guck mal rüber! Hierher! Hey, Süße!«

Big Dave schmunzelte und wandte sich von den vier Männern ab, um sich eine frische Blume aufs Bier zu zapfen. »Es gibt Weiber, die treiben dich zum Wahnsinn, und andere, für die man sich schlagen würde.« Er lächelte Angie über sein Glas hinweg an. »Du zum Beispiel.«

»Und Helene?« fragte ich dazwischen.

Big Dave grinste mich an, als wüßte er, daß seine Anmache mich störte. Er warf den vier Männern am anderen Ende einen verstohlenen Blick zu. Er zwinkerte.

»Und Helene?« wiederholte ich.

»Du hast sie doch gesehen. Sieht ganz okay aus. Sie ist in Ordnung, würde ich sagen. Aber man merkt doch auf den ersten Blick, daß sie im Bett nichts bringt.« Er lehnte sich vor Angie über die Theke. »Aber du, du hast bestimmt schon ein paar Kerle um den Verstand gefickt. Stimmt's, Süße?«

Sie schüttelte den Kopf und grinste abfällig.

Die anderen vier waren nun ganz bei der Sache. Sie beobachteten uns mit einem Leuchten in den Augen.

Lennys Sohn rutschte von seinem Hocker und ging zur Tür.

Angie senkte den Blick auf die Theke und fummelte an ihrem schmierigen Untersetzer herum.

»Sieh mich an, wenn ich mit dir rede«, sagte Big Dave. Seine Stimme war nun belegt, so als sei sein Hals mit Schleim verklumpt.

Angie hob den Kopf und sah ihn an.

»Schon besser.« Big Dave beugte sich noch weiter vor. Er ließ den linken Arm von der Theke gleiten und tastete nach etwas.

In der Stille war ein lautes Geräusch zu hören, als Lennys Sohn die Eingangstür verschloß.

So ging das also. Eine schöne, intelligente, stolze Frau kommt in so einen Laden, und die Männer erhaschen einen Blick auf das, was sie verpaßt haben und niemals bekommen werden. Sie sind gezwungen, sich mit ihren charakterlichen Defiziten auseinanderzusetzen, die sie in so eine Absteige wie das Filmore geführt haben. Haß, Neid und Reue rasen durch ihre unterentwickelten Gehirne. Und dann kommen sie auf die Idee, die Frau dafür büßen zu lassen – für ihre Intelligenz, ihre Schönheit und ganz besonders für ihren Stolz. Sie kommen auf die Idee, zurückzuschlagen, indem sie die Frau gegen den Tresen drücken und sich voller Haß über sie hermachen.

Ich betrachtete mein Spiegelbild in der Glasscheibe des Zigarettenautomaten. Darin sah ich auch, daß hinter mir zwei Männer mit Billardqueues in der Hand näherkamen. Der Glatzkopf ging vor.

»Helene McCready«, sagte Big Dave, den Blick noch immer auf Angie geheftet, »ist eine Niete. Ein Loser. Das bedeutet, daß ihr Blag auch eine Niete wird. Was mit dem auch passiert ist, es war besser so. Was ich nicht leiden kann, sind Leute, die in meine Kneipe kommen und behaupten, ich wäre ein Dealer, und das Maul aufreißen, als wären sie was Besseres.«

Lennys Sohn lehnte sich gegen die Tür und verschränkte die Arme vor der Brust.

»Dave«, sagte ich erneut.

»Big Dave«, stieß er durch die zusammengebissenen Zähne hervor, wandte den Blick jedoch nicht von Angie ab.

»Dave«, wiederholte ich, »mach keinen Scheiß!«

»Hast du verstanden, Big Dave?« fragte Angie mit leicht zittriger Stimme. »Mach keinen Fehler!«

»Guck mich an, Dave!« forderte ich ihn auf.

Dave sah kurz in meine Richtung, wohl eher um nachzuschauen, wie weit die beiden Poolspieler hinter mir schon gekommen waren, als um meiner Aufforderung zu gehorchen, doch wurde er ganz steif, als er die .45 Colt Commander in meinem Hosenbund entdeckte.

Ich hatte die Pistole in dem Moment aus dem Holster auf meinem Rücken gezogen, als Lennys Sohn zur Eingangstür ging. Dave sah mir ins Gesicht und erkannte schnell, daß ich die Pistole nicht zum Angeben vorzeigte, sondern weil ich sie einsetzen wollte.

»Wenn einer von den beiden hinter mir noch einen einzigen Schritt nach vorne macht«, warnte ich Big Dave, »wird die Stimmung hier drinnen explosiv!«

Dave sah an mir vorbei und schüttelte schnell den Kopf.

»Sag dem Arschloch, er soll von der Tür weggehen!« befahl Angie.

»Ray!« rief Big Dave. »Setz dich wieder hin!«

»Warum?« gab Ray zurück. »Was soll der Scheiß, Big Dave? Ist doch 'n freies Land und der ganze Mist!«

Ich berührte den Kolben der .45 mit dem Zeigefinger.

»Ray«, wiederholte Big Dave, den Blick jetzt auf mich geheftet, »geh weg von der Tür, sonst ramm ich dich verdammt noch mal mit dem Kopf da durch!«

»Okay«, gab Ray nach. »Okay. Schon gut. Oh Mann, Big Dave. Echt ey, Scheiße, Mann.« Ray schüttelte den Kopf.

Doch anstatt sich wieder hinzusetzen, entriegelte er die Tür und ging nach draußen.

»Ein begabter Redner, unser Ray«, bemerkte ich.

»Los!« sagte Angie.

»Klar.« Ich schob den Barhocker mit dem Bein zur Seite.

Die beiden Poolspieler standen rechts von mir, als ich mich zur Tür umwandte. Ich sah den einen an, der mir Bier auf den Schuh gekippt hatte. Er hielt den Queue verkehrt herum in der Hand, hatte den Griff gegen die Schulter gelehnt. Er war dumm genug, noch immer dort zu stehen, aber nicht so blöd, einen Schritt nach vorne zu machen.

»Jetzt hast *du* ein Problem«, kündigte ich ihm an.

Er betrachtete den Queue, die vom Schweiß dunkel gefärbten Stellen, wo er ihn gehalten hatte.

Ich befahl ihm: »Laß den Stock fallen!«

Er schätzte die Entfernung zu mir ab. Er sah auf den Abzug meiner .45 und auf meine rechte Hand, die einen Zentimeter davon entfernt war. Er blickte mir ins Gesicht. Dann bückte er sich und legte den Stock vor seine Füße. Als sein Freund den Queue laut zu Boden fallen ließ, trat er einen Schritt zurück.

Ich wandte mich zum Gehen, doch nach fünf Schritten in Richtung Ausgang hielt ich inne. Ich sah mich nach Big Dave um. »Was?« fragte ich.

»Wie bitte?« Dave hatte den Blick auf meine Hände gerichtet.

»Ich dachte, du hättest etwas gesagt.«

»Ich hab nichts gesagt.«

»Ich dachte, du hättest gesagt, du hättest uns vielleicht doch nicht alles über Helene McCready erzählt.«

»Hab ich nicht gesagt«, erwiderte Big Dave und hielt die Hände hoch. »Ich hab gar nichts gesagt.«

»Angie«, fragte ich, »glaubst du, daß uns Big Dave alles erzählt hat?«

Sie blieb vor der Tür stehen, lehnte sich gegen den Rahmen, die .38 locker in der linken Hand. »Nee.«

»Wir glauben, daß du uns etwas verheimlichst, Dave.« Ich zuckte mit den Achseln. »Nur so 'ne Idee.«

»Ich hab' euch alles erzählt. Ich finde, ihr beide ...«

»Sollen wiederkommen, wenn du heute nacht zumachst?« ergänzte ich. »Das ist 'ne gute Idee, Big Dave. Gut. Wir kommen später wieder.«

Big Dave schüttelte mehrmals den Kopf. »Nein, nein.«

»Sagen wir, so gegen zwei, Viertel nach zwei?« Ich nickte. »Bis später, Dave.«

Ich ging ebenfalls zur Tür. Niemand sah mir in die Augen. Alle blickten auf ihr Bier.

»Sie war nicht bei ihrer Freundin Dottie«, vernahm ich Big Dave hinter mir.

Wir drehten uns um und schauten ihn an. Er stand über die Spüle gebeugt und spritzte sich mit dem Schlauch Wasser ins Gesicht.

»Hände auf den Tresen, Dave!« befahl Angie.

Er hob den Kopf und blinzelte wegen der Wassertropfen. Dann legte er die Handflächen auf die Theke. »Helene«, begann er erneut. »Sie war nicht bei Dottie. Sie war hier.«

»Mit wem?« hakte ich nach.

»Mit Dottie«, antwortete er. »Und mit Lennys Sohn Ray.«

Lenny hob den Kopf und sagte: »Halt verflucht noch mal die Schnauze, Dave.«

»Der fertige Typ an der Tür?« fragte Angie. »Das war Ray?«

Big Dave nickte.

»Was haben sie hier gemacht?« wollte ich wissen.

»Du sagst keinen Ton mehr, Dave!« drohte Lenny.

Big Dave warf ihm einen verzweifelten Blick zu und wandte sich wieder Angie und mir zu. »Getrunken. Helene wußte, daß es schon schlecht kam, daß sie ihr Kind überhaupt allein gelassen hatte. Wenn die Zeitungen oder die Bullen wüßten, daß sie zehn Blöcke weiter in einer Kneipe war und nicht nebenan, käme das noch sehr viel schlechter.«

»Was für eine Beziehung hat sie zu Ray?«

»Ich glaub', sie machen's manchmal zusammen.« Er zuckte mit den Achseln.

»Wie heißt Ray weiter?«

»David!« rief Lenny. »Halt verdammt noch mal ...«

»Likanski«, antwortete Big Dave. »Er wohnt auf der Harvest.« Er atmete tief ein.

»Du bist ein Stück Scheiße«, sagte Lenny zu ihm. »Genau das bist du und wirst es immer bleiben. Und deine beschissenen behinderten Nachkommen genauso und alles, was du anfaßt. Ein Stück Scheiße!«

»Lenny«, sagte ich.

Lenny saß mit dem Rücken zu mir. »Wenn du glaubst, daß ich auch nur ein Wort zu dir sage, Junge, dann liegst du verdammt falsch. Ich gucke vielleicht in mein Bier, aber ich weiß verdammt gut, daß du eine Knarre hast, und die Alte hat auch eine. Ja, und? Scheißegal. Schießt mich tot oder haut endlich ab!«

Draußen hörte ich ein Martinshorn näherkommen.

Lenny sah sich um, ein Lächeln auf dem Gesicht. »Hört sich an, als kommen sie euch holen, was?« Aus seinem Grinsen wurde ein hartes, bitteres Gelächter, das den Blick auf einen rotwunden Mund mit nur noch wenigen Zähnen freigab.

Er winkte mir zu, bis die Sirene so laut war, daß ich wußte, sie waren in der Gasse. »Bis dann! Niete sie um, wenn du kannst.«

Sein verbittertes Lachen klang noch härter als zuvor, eher wie das Husten einer kranken Lunge. Nach ein paar Schrecksekunden fielen seine Kumpel zuerst vorsichtig, dann immer ungehemmter in sein Gelächter ein. Wir konnten hören, daß die Türen des Polizeiwagens geöffnet wurden.

Als wir aus der Kneipe traten, klang es, als würde dort eine Party gefeiert.

5

Als wir aus der Kneipe nach draußen in die Gasse traten, liefen wir vor den Kühlergrill eines schwarzen Ford Taurus, der nur wenige Zentimeter neben der Eingangstür stand. Der jüngere der beiden Beamten, ein riesiger Kerl mit dem Grinsen eines kleinen Jungen, beugte sich gerade durch das offene Fahrerfenster ins Wageninnere und stellte die Sirene ab.

Sein Kollege saß im Schneidersitz auf der Motorhaube. Auf seinem runden Gesicht lag ein kühleres Lächeln. Er machte: »Tatü-tata, tatü-tata.« Dazu drehte er die Hand hin und her wie ein Blaulicht. Dann sagte er wieder: »Tatü-tata, tatü-tata.«

»Erschreckend realistisch!« bemerkte ich.

»Ja, nicht?« Er klatschte in die Hände und rutschte auf der Motorhaube nach vorne, bis die Füße auf dem Kühlergrill lagen und er mit den Knien beinahe meine Beine berührte.

»Sie müssen Pat Kenzie sein.« Er streckte mir die Hand entgegen. »Freut mich, Ihre Bekanntschaft zu machen.«

»Patrick«, sagte ich und schüttelte seine Hand.

Er drückte zweimal kräftig zu. »Detective Sergeant Nick Raftopoulos. Nennt mich Poole. Machen alle.« Er wandte sein feingeschnittenes koboldähnliches Gesicht Angie zu. »Und Sie sind Angela.«

Sie ergriff seine Hand. »Angie.«

»Freut mich, Sie kennenzulernen, Angie. Hat Ihnen schon mal einer gesagt, daß Sie die gleichen Augen haben wie Ihr Vater?«

Angie legte eine Hand über die Augen und ging einen Schritt auf Nick Raftopoulos zu. »Sie kannten meinen Vater?«

Poole drehte die Hände auf den Knien um. »Flüchtig. So wie man jemanden aus der gegnerischen Mannschaft kennt. Ich mochte den Kerl, Miss. Er hatte Klasse. Um ehrlich zu sein, habe ich sein... sein Ableben – sagt man das so? – bedauert. Er war eine Ausnahme.«

Angie lächelte ihn freundlich an. »Nett, daß Sie das sagen.«

Hinter uns ging die Kneipentür auf, und ich konnte wieder den schalen Whiskey riechen.

Der jüngere der beiden Polizisten sah zu dem Mann hinüber, der hinter uns auf die Straße getreten war. »Verschwinde, Idiot! Ich kenn einen, der deinen Arsch in Null Komma nichts in den Knast bringen kann.«

Der schale Whiskeygeruch verzog sich, die Tür hinter uns fiel ins Schloß.

Poole wies mit dem Daumen über seine Schulter. »Der junge Mann mit dem heiteren Wesen ist mein Kollege Detective Remy Broussard.«

Wir nickten Broussard zu, er grüßte zurück. Bei näherem Hinsehen entpuppte er sich als älter, als er zunächst gewirkt hatte. Ich schätzte ihn auf 43 oder 44. Als ich aus der Kneipe gekommen war, hatte ich ihn wegen seines unschuldigen Lausbubengrinsens für ungefähr mein Alter gehalten. Aber die Krähenfüße um seine Augen, die Falten in seinen eingefallenen Wangen und die grauen Strähnen, die sich durch seine dunkelblonden Locken zogen, korrigierten meine Schätzung um zehn Jahre nach oben. Er hatte die Statur eines Menschen, der mindestens viermal pro Woche bis zur Erschöpfung Sport trieb, seine Muskulatur sorgfältig trainierte. Er hatte seinen kostbaren Körper in einen olivgrünen italienischen Zweireiher gehüllt. Darunter trug er ein Hemd mit feinen Nadelstreifen, dessen oberster Knopf geöffnet war, und eine blau-goldene Krawatte von Bill Blass, die er ebenfalls gelockert hatte.

Ein Dressman, war meine erste Wertung, als er sich Staub vom Rand seines linken Designerschuhs wischte. Wahrscheinlich gehörte er zu den Männern, die an keinem Spiegel vorbeigehen konnten, ohne einen prüfenden Blick hineinzuwerfen. Doch als er sich auf die offene Fahrertür stützte und uns ansah, spürte ich seine scharfe Beobachtungsgabe, seine ungeheure Intelligenz. Schon möglich, daß er vor Spiegeln stehenblieb, doch entging ihm mit Sicherheit nicht, was währenddessen hinter seinem Rücken vorging.

»Unser leidenschaftlicher Lieutenant Jack Doyle meinte, wir sollten uns mit Ihnen treffen«, sagte Poole. »Da wären wir.«

»Ja, da sind Sie«, wiederholte ich.

»Wir fahren gerade die Straße zu Ihrem Büro hoch«, erzählte Poole, »als wir Skinny Ray Likanski aus dieser Gasse kommen sehen. Rays Vater, müssen Sie wissen, war früher eine der linksten Bazillen hier. Den kenne ich schon ziemlich lange. Detective Broussard könnte Skinny Ray nicht von Sugar Ray unterscheiden, aber ich sagte zu ihm: ›Halt die Kutsche an, Remy. Jener Wandersmann ist niemand anders als Skinny Ray Likanski, und er sieht mächtig bekümmert aus.« Poole grinste und trommelte mit den Fingern auf seinen Knien herum. »Ray schreit irgendwas, in der feinen Gaststätte würde jemand mit einer Knarre herumfuchteln.« Er sah mich mit erhobenen Augenbrauen an. »Eine Knarre? frage ich Detective Broussard. In einem Altherrenclub wie dem Filmore Tap? Nie im Leben!«

Ich blickte zu Broussard herüber. Er stand gegen die Fahrertür gelehnt, die Arme vor der Brust verschränkt. Er zuckte mit den Achseln, als wolle er sagen: Mein Kollege ist schon 'ne Nummer.

Poole trommelte auf die Motorhaube des Taurus, damit ich ihm wieder zuhörte. Ich drehte mich zu ihm um, und er grinste mit seinem verwitterten Koboldgesicht zu mir auf. Er war ungefähr Ende Fünfzig und untersetzt. Sein kurzes, krauses Haar hatte die Farbe von Zigarettenasche. Er rieb sich über die Bartstoppeln und blinzelte ins nachmittägliche Sonnenlicht. »Könnte mögliche besagte Waffe die mögliche Colt Commander sein, die ich möglicherweise an ihrer Hüfte sehe, Mr. Kenzie?«

»Möglicherweise«, erwiderte ich.

Poole grinste und sah zum Filmore Tap hinüber. »Unser Mr. Big Dave Strand, ist er da drinnen immer noch an einem Stück?«

»Als ich ihn zum letzten Mal sah, schon«, antwortete ich.

»Sollten wir euch zwei wegen Körperverletzung festnehmen?« Broussard zog einen Kaugummi aus einer Packung Wrigley's und schob ihn sich in den Mund.

»Da müßte er schon Anzeige erstatten.«

»Und ihr glaubt nicht, daß er das tut?« fragte Poole.

»Da sind wir uns ziemlich sicher«, bestätigte Angie.

Poole sah uns mit erhobenen Augenbrauen an. Dann wandte er sich zu seinem Kollegen um. Broussard zuckte mit den Schultern. Beide verzogen ihren Mund zu einem breiten Grinsen.

»Na, ist das nicht wunderbar?« fragte Poole.

»Ich nehme an, Big Dave hat sich bemüht, seinen ganzen Charme spielen zu lassen, was?« fragte Broussard Angie.

»Bemüht ist schon das richtige Wort«, gab sie zurück.

Broussard biß auf seinem Kaugummi herum, lächelte und richtete sich dann zu seiner vollen Größe auf, wobei er seinen nachdenklichen Blick nicht von Angie ließ.

»Jetzt mal im Ernst«, begann Poole, obwohl er immer noch locker klang, »hat einer von euch da drinnen seine Waffe abgefeuert?«

»Nein«, antwortete ich.

Poole streckte die Hand aus und schnippte mit den Fingern.

Ich zog die Pistole aus dem Hosenbund und reichte sie ihm.

Er ließ das Magazin aus dem Griff in seine Hand fallen, vergewisserte sich, daß die Pistole leer war, und schnupperte am Lauf. Er nickte. Dann legte er mir die Pistole in die rechte und das Magazin in die linke Hand.

Ich steckte die Pistole zurück ins Holster auf dem Rücken und ließ die Munition in meine Jackentasche gleiten.

»Und eure Waffenscheine?« fragte Broussard.

»Sind gültig und in unseren Brieftaschen«, parierte Angie.

Poole und Broussard grinsten sich wieder an. Dann starrten sie uns so lange an, bis wir merkten, worauf sie warteten.

Wir beide holten die Ausweise hervor und reichten sie Poole, der immer noch auf der Motorhaube saß. Der warf einen flüchtigen Blick darauf und gab sie uns zurück.

»Müssen wir die Stammkunden verhören, Poole?«

Poole sah Broussard an. »Ich hab Hunger.«

»Ich könnte auch was essen«, gab Broussard zurück.

Poole schaute uns wieder mit erhobenen Augenbrauen an. »Was ist mit euch? Hunger?«

»Keinen großen«, lehnte ich ab.

»Schon in Ordnung. Der Ort, an den ich denke«, Poole

schob mir sanft eine Hand unter den Ellenbogen, »da ist das Essen sowieso fürchterlich. Aber da gibt's hervorragendes Wasser. Das beste in der ganzen Gegend. Direkt aus dem Hahn.«

Das Victoria Diner befand sich in Roxbury, nicht weit von Dorchester entfernt, und hatte wirklich tolles Essen. Nick Raftopoulos aß Schweinekoteletts, Remy Broussard eine Truthahnkeule.

Angie und ich tranken Kaffee. »Ihr kommt also kein Stück voran«, resümierte Angie.

Poole tunkte sein Schweinefleisch in Apfelsauce. »Ehrlich gesagt, nein.«

Broussard wischte sich den Mund mit der Serviette ab. »Wir beide haben noch nie an einem dermaßen öffentlichen Fall gearbeitet, der sich so lange hinzog und gut ausgegangen wäre.«

»Ihr glaubt also nicht, daß Helene was damit zu tun hat?« wollte ich wissen.

»Anfangs schon«, entgegnete Poole. »Am Anfang ging ich davon aus, daß sie ihr Kind verkauft hat oder daß irgendein Dealer, dem sie noch Geld schuldet, die Kleine entführt hat.«

»Und dann?« fragte Angie.

Poole kaute sein Essen und stieß Broussard an, damit der antwortete.

»Der Lügendetektor. Sie hat ihn mit eins plus bestanden. Außerdem, wenn dieser Typ hier, der die Koteletts verschlingt, und ich jemanden gemeinsam in die Mangel nehmen, ist es ziemlich schwer, uns anzulügen. Das soll nicht heißen, daß Helene nicht lügt, aber nicht, was das Verschwinden ihrer Tochter angeht. Sie weiß wirklich nicht, was mit ihr passiert ist.«

Rita Mae Brown / Sneaky Pie Brown
Mord auf Rezept
Ein Fall für Mrs. Murphy
€ [D] 7,95
3-548-25673-2
Zwei mysteriöse Morde in Crozet und Frauchen Harry in Gefahr: Mrs. Murphy muss zur Höchstform auflaufen, um den Absender für das Rezept zu finden, auf dem Mord steht …

Dorothy Cannell
Wisch und weg
Roman
€ [D] 7,95
3-548-25703-8
Ellie Haskell und ihre Haushälterin, Mrs Malloy, sind einem Fluch auf der Spur, der die Familie Krumley bedroht. Eine harte Nuss für das ungewöhnliche Detektivduo.

Der Witwenclub
Roman
€ [D] 8,95
3-548-25873-5
Hinter der gediegenen englischen Fassade des Witwenclubs schmieden frustrierte Ehefrauen düstere Pläne – frei nach dem Motto »Der Tod ist mehr Freund als Feind« …

Mary Jane Clark
Tod liegt in der Luft
Roman
€ [D] 8,95
3-548-25849-2
Die Nachrichtenredakteurin Annabelle Murphy bangt um ihr Leben. Denn auch sie hat das Manuskript eines pikanten Enthüllungsromans, dessen Verfasser mittlerweile durch Milzbrand ums Leben kam – oder besser: gebracht wurde?

Blake Crouch
Bruderherz
Thriller
€ [D] 7,95
3-548-25865-4
»Ein geniales, ein teuflisches Debüt, das alle unsere gängigen Moralvorstellungen in Frage stellt.«
Val McDermid

Linda Davies
Die Löwengrube
Roman
€ [D] 8,95
3-548-25521-3
Ein ungewöhnlicher Auftrag führt die Devisenhändlerin und freie Ermittlerin Sarah Jensen an die Seite ihres Exgeliebten. Doch die wieder aufflammenden Gefühle werden von Drohbriefen überschattet.

»Was ist mit der Nacht, in der Amanda verschwand?« stellte ich die entscheidende Frage.

Broussards Sandwich schwebte in der Luft. »Was soll damit sein?«

»Glaubt ihr die Story, die sie der Presse erzählt hat?« erklärte Angie.

»Gibt es einen Grund, daß wir das nicht tun sollten?«

Poole tunkte seine Gabel in die Apfelsauce.

»Big Dave hat uns eine andere Version erzählt.«

Poole lehnte sich auf seinem Stuhl zurück und wischte sich die Krümel von den Händen. »Und die lautet?«

»Habt ihr Helenes Geschichte geglaubt oder nicht?« beharrte Angie.

»Nicht so ganz«, lenkte Broussard ein. »Wenn man dem Lügendetektor glaubt, war sie mit Dottie zusammen, aber vielleicht nicht bei Dottie zu Hause. Sie besteht aber darauf.«

»Wo war sie denn?« drängte Poole.

»Wenn man Big Dave glaubt, war sie im Filmore.«

Poole und Broussard sahen sich an, dann wieder uns.

»Also hat sie uns verarscht«, sagte Broussard ganz langsam.

»Wollte sich ihre fünfzehn Sekunden nicht versauen«, bemerkte Poole.

»Ihre fünfzehn Sekunden?« wiederholte ich.

»Ihren Auftritt«, erklärte Poole. »Früher waren es fünfzehn Minuten, heutzutage nur noch Sekunden.« Er seufzte. »Im Fernsehen, als sie in dem schicken blauen Kleid die trauernde Mutter spielte. Erinnert ihr euch noch an die brasilianische Frau in Allston, deren Sohn vor ungefähr acht Monaten verschwand?«

»Er wurde nie gefunden.« Angie nickte.

»Genau. Mir geht's aber um die Mutter, ja? Sie hatte eine

dunkle Hautfarbe, war schlampig angezogen und guckte immer irgendwie breit in die Kamera, stimmt's? Es dauerte nicht lange, da war den Menschen der vermißte Junge scheißegal, denn die Mutter war ihnen so unsympathisch.«

»Aber Helene McCready ist weiß«, sagte Broussard. »Sie macht sich zurecht, wirkt gut vor der Kamera. Vielleicht merken die Leute, daß sie nicht gerade die Hellste ist, aber sie wirkt sympathisch und liebenswert.«

»Finde ich nicht«, widersprach Angie.

»Ja, in Wirklichkeit!« Broussard schüttelte den Kopf. »In Wirklichkeit ist sie so liebenswert wie eine Kiste voller Schlangen. Aber auf dem Bildschirm? Wenn sie nicht länger als fünfzehn Sekunden zu sehen ist? Die Kamera mag sie, die Leute mögen sie. Sie hat ihre Tochter knappe vier Stunden allein gelassen, sicher, die Leute regen sich auf, aber die meisten sagen: ›Laßt sie in Ruhe. Wir machen alle mal einen Fehler.‹«

»Wahrscheinlich hat sie noch nie in ihrem Leben so viel Unterstützung gehabt«, überlegte Poole. »Und wenn Amanda gefunden wird oder wenn was anderes passiert, das den Fall von der Titelseite verdrängt, und das passiert immer, dann ist Helene wieder dieselbe wie zuvor. Aber im Moment genießt sie ihre fünfzehn Sekunden. *Das* meine ich.«

»Und ihr glaubt, nur deshalb erzählt sie nicht, wo sie wirklich gewesen ist?« wollte ich wissen.

»Wahrscheinlich«, antwortete Broussard. Er wischte sich die Mundwinkel mit der Serviette ab und schob den Teller fort. »Versteht uns nicht falsch. Wir fahren gleich zu ihrem Bruder rüber und reißen ihr so richtig den Arsch auf, weil sie uns angelogen hat. Und wenn mehr dahintersteckt, finden wir es raus.« Er zeigte mit dem Finger auf uns. »Dank euch.«

»Seit wann sitzt ihr an dem Fall?« fragte Poole.

Angie sah auf ihre Armbanduhr. »Seit gestern nacht.«

»Und ihr habt schon etwas herausgefunden, was uns entgangen ist?« kicherte Poole. »Da seid ihr ja wirklich so tüchtig, wie wir gehört haben.«

Angie klimperte mit den Wimpern. »Oh, danke sehr.«

Broussard lächelte. »Ich treff mich manchmal mit Oscar Lee. Wir haben damals vor tausend Jahren zusammen als Kontaktbeamte in Sozialsiedlungen angefangen. Als Gerry Glynn vor ein paar Jahren auf dem Spielplatz dran glauben mußte, habe ich Oscar nach euch beiden gefragt. Wollt ihr wissen, was er geantwortet hat?«

Ich zuckte mit den Achseln. »Wie ich Oscar kenne, hat er bestimmt gelästert.«

Broussard nickte. »Er meinte, ihr beiden wärt so richtige Versager in fast allen Lebenslagen.«

»Klingt wie Oscar«, bemerkte Angie.

»Aber er hat auch gesagt, wenn ihr beide es euch einmal in den Kopf gesetzt hättet, einen Fall zum Abschluß zu bringen, dann könnte euch nicht mal Gott im Himmel davon abbringen.«

»Unser Oscar!« grinste ich. »Ein Schatz!«

»Und jetzt sitzt ihr an der gleichen Sache wie wir.« Poole faltete seine Serviette sorgfältig zusammen und legte sie auf seinen Teller.

»Stört euch das?« fragte Angie.

Poole sah Broussard an, der zuckte mit den Schultern.

»Prinzipiell stört es uns nicht«, erwiderte Poole.

»Aber«, ergänzte Broussard, »es gibt ein paar grundsätzliche Regeln.«

»Die wären?«

»Die wären ...« Poole holte eine Packung Zigaretten hervor. Langsam wickelte er die Zellophanhülle ab, entfernte die Alufolie und zog eine filterlose Camel heraus. Er roch daran, atmete den Tabakgeruch tief ein, legte den Kopf in den Nacken und schloß die Augen. Dann beugte er sich vor und drückte die ungebrauchte Zigarette in den Aschenbecher, bis sie in der Mitte zerbrach. Anschließend ließ er die Schachtel wieder in der Tasche verschwinden.

Broussard grinste uns an, die linke Augenbraue hochgezogen.

Poole bemerkte, daß wir ihn anstarrten. »Entschuldigt bitte. Ich habe aufgehört.«

»Wann?« wollte Angie wissen.

»Vor zwei Jahren. Aber ich brauche dieses Ritual.« Er lächelte. »Rituale sind wichtig.«

Angie griff in ihre Handtasche. »Stört es euch, wenn ich rauche?«

»Ach, würden Sie das wirklich für mich tun?« scherzte Poole.

Er sah Angie zu, die sich eine Zigarette anzündete. Dann verlagerte er den Blick ein wenig. Seine Augen suchten und fanden meine. Sie schienen in der Lage zu sein, sich mit einem Blinzeln Eintritt in das Innerste meiner Seele oder meines Herzens zu verschaffen.

»Grundsätzliche Regeln«, wiederholte er. »Es darf nichts an die Presse durchsickern. Ihr seid Freunde von Richie Colgan von der *Trib.*«

Ich nickte.

»Colgan ist kein Freund der Polizei«, bemerkte Broussard.

Angie gab zurück: »Das ist auch nicht sein Job. Er ist Journalist.«

»Dagegen habe ich auch gar nichts«, erwiderte Poole. »Aber es geht nicht, daß jemand von der Presse etwas über die Ermittlungen weiß, wenn wir das nicht wollen. Einverstanden?«

Ich warf Angie einen Blick zu. Sie studierte Poole durch den Qualm ihrer Zigarette. Schließlich nickte sie. »Einverstanden.«

»Magic!« freute sich Poole mit schottischem Akzent.

»Wo habt ihr bloß diesen Kerl aufgetrieben?« fragte Angie Broussard.

»Ich bekomme jede Woche hundert extra, weil ich mit ihm arbeite. Gefahrenzulage.«

Poole beugte sich vor und hielt die Nase in Angies Qualm, schnupperte daran. »Zweitens«, fuhr er fort, »habt ihr beiden unorthodoxe Methoden. Das ist in Ordnung. Aber es geht nicht an, daß ihr mit dem Fall in Verbindung gebracht werdet, und dann hören wir, daß ihr eure Waffen zieht und eure Antworten mit Gewalt aus den Leuten rausholt, so wie bei Big Dave Strand.«

Angie berichtigte ihn: »Big Dave Strand wollte mich gerade vergewaltigen, Sergeant Raftopoulos.«

»Verstehe«, sagte Poole.

»Nein, tun Sie nicht«, widersprach Angie. »Sie haben keine Ahnung.«

Poole nickte. »Tut mir leid. Trotzdem: Könnt ihr uns versichern, daß das, was heute nachmittag bei Big Dave passiert ist, eine einmalige Ausnahme war? Daß sich das nicht wiederholen wird?«

»Ja«, antwortete Angie.

»Ich nehme euch beim Wort. Was haltet ihr bis jetzt von unseren Bedingungen?«

»Wenn wir uns bereit erklären, nichts an die Presse durchsickern zu lassen, was unsere Freundschaft zu Richie Colgan auf eine harte Probe stellen wird, das könnt ihr mir glauben, dann müßt ihr uns auf dem laufenden halten. Wenn wir das Gefühl haben, daß wir nicht anders behandelt werden als die Journalisten, bekommt Colgan einen Anruf.«

Broussard nickte. »Damit habe ich kein Problem. Poole?«

Poole zuckte mit den Achseln, ließ die Augen nicht von mir.

Angie warf ein: »Ich finde es schwer zu glauben, daß eine Vierjährige an einem warmen Abend einfach so verschwindet, ohne daß sie jemand sieht.«

Broussard drehte an seinem Ehering. »Ich auch.«

»Was habt ihr herausgefunden?« fragte Angie. »Das Ganze läuft seit drei Tagen. Ihr müßt doch etwas haben, was nicht in der Zeitung steht.«

»Wir haben zwölf Geständnisse«, eröffnete Broussard. »Sie fangen an mit: ›Ich hab das Kind geholt und aufgefressen‹ bis zu ›Ich hab das Kind geholt und an die Moon-Sekte verkauft‹, denn die zahlen offensichtlich besonders viel.« Er lächelte uns sorgenvoll an. »Keins von den zwölf Geständnissen ist echt. Es gibt Irre, die behaupten, sie wäre in Connecticut, sie wäre in Kalifornien; nein, sie ist immer noch in Massachusetts, aber in einer Waldgegend. Wir haben Lionel und Beatrice McCready verhört, die haben wasserdichte Alibis. Wir haben alle Abwasserkanäle abgesucht. Wir haben alle Nachbarn auf der Straße in ihren Häusern vernommen, nicht nur um herauszubekommen, was sie in der Nacht gesehen oder gehört haben, sondern um ihre Häuser nebenbei nach irgendeiner Spur von dem Mädchen zu durchsuchen. Jetzt wissen wir, welcher Nachbar kokst, wer Alkoholiker ist, wer seine Frau schlägt und wer von ihr geschlagen wird, aber wir haben nicht das Geringste gefunden, das einen von ihnen mit dem Verschwinden von Amanda McCready in Verbindung bringen könnte.«

»Null«, sagte ich. »Ihr habt wirklich nichts.«

Broussard drehte den Kopf langsam zu Poole herum.

Nachdem Poole uns ungefähr eine Minute lang über den

Tisch hinweg angesehen hatte, sich mit der Zunge im Mund herumgefahren war, sie gegen die Unterlippe gedrückt hatte, griff er in den abgegriffenen Aktenkoffer, der auf dem Sitz neben ihm lag, und holte einige Hochglanzfotos hervor. Eins davon reichte er uns über den Tisch.

Es war das schwarzweiße Porträtfoto eines Mannes Ende Fünfzig, dessen Gesicht aussah, als sei die Haut über den Knochen gestrafft, nach hinten gezogen und mit einer Metallklammer hinter den Ohren befestigt worden. Seine blassen Augen quollen fast aus den Höhlen, der schmale Mund verschwand beinahe unter einer riesigen Hakennase. Die eingefallenen Wangen waren so gerunzelt, als bisse er in eine Zitrone. Zehn, zwölf Strähnen grauen Haares waren mit den Fingern über seinen kahlen spitzen Schädel gekämmt worden.

»Schon mal gesehen?« fragte Broussard.

Wir schüttelten den Kopf.

»Heißt Leon Trett. Verurteilter Kinderschänder. Dreimal verurteilt. Beim ersten Mal wurde er in eine geschlossene Anstalt eingewiesen, die letzten beiden Male saß er im Knast. Vor ungefähr zweieinhalb Jahren hat er die letzte Strafe abgesessen, konnte Bridgewater verlassen und verschwand von der Bildfläche.«

Poole reichte uns ein zweites Foto, ein Farbbild, das eine riesige Frau zeigte, die Schultern wie ein Kleiderschrank hatte und mit ihrer Körperfülle und der struppigen braunen Mähne einem aufrecht stehenden Bernhardiner glich.

»Du lieber Gott!« staunte Angie.

»Roberta Trett«, erklärte Poole. »Die reizende Ehefrau des oben erwähnten Leon. Die Aufnahme wurde vor zehn Jahren gemacht, die Dame könnte sich also ein wenig verändert haben, ich bezweifle jedoch, daß sie geschrumpft ist. Roberta besitzt den berühmten grünen Daumen. Normalerweise ernährt sie sich und ihren geliebten Leon als Floristin. Vor zweieinhalb Jahren hängte sie ihren Job an den Nagel, zog aus ihrer Wohnung in Roslindale und ward seitdem nicht mehr gesehen.«

»Aber ...« warf Angie ein.

Poole reichte das dritte und letzte Foto über den Tisch. Es zeigte in Großaufnahme einen kleinen Mann mit heller Haut und zerknirschten, verwirrten Gesichtszügen. Mit hängendem rechten Augenlid schielte er in die Kamera, als stehe er in einem dunklen Zimmer und könne nichts sehen. Sein Gesicht spiegelte hilflose Wut und bestürzte Aufregung wider.

»Corwin Earle«, erklärte Poole. »Noch ein verurteilter Kinderschänder. Wurde vor einer Woche aus Bridgewater entlassen. Aufenthaltsort unbekannt.«

»Aber hat mit den Tretts zu tun«, riet ich.

Broussard nickte. »Saß mit Leon in Bridgewater. Als Leon zurück ins Leben durfte, bekam Corwin Earle einen neuen Zellennachbarn, einen Kriminellen aus Dorchester namens Bobby Minton. Der durfte sich, wenn er Corwin nicht gerade zu Brei prügelte, weil er ein Kinderficker war, die Phantasien des geistig Zurückgebliebenen anhören. Glaubt man Bobby Minton, so hatte Corwin einen großen Traum: Wenn er aus dem Gefängnis entlassen würde, wollte er sich auf die Suche nach seinem alten Zellennachbar Leon und seiner wunderbaren Frau Roberta machen und mit ihnen zusammen als eine glückliche große Familie leben. Aber Corwin wolle nicht ohne ein Geschenk bei seinen Freunden auf der Matte stehen. Gilt wohl als schlechtes Benehmen. Bobby Minton behauptet, mit dem Geschenk meinte er nicht eine Flasche Schnaps für Leon und einen Strauß Rosen für Roberta. Es mußte ein Kind sein. Ein kleines Kind, sagte Bobby. Corwin und Leon mögen die Kleinen besonders gern. Höchstens neun Jahre.«

»Hat sich dieser Bobby Minton bei euch gemeldet?« fragte Angie.

Poole nickte. »Sofort, als er von Amanda McCreadys Verschwinden erfuhr. Mr. Minton hat Corwin Earle scheinbar ständig mit lebhaft ausgemalten Geschichten traktiert, was die braven Leute aus Dorchester mit einem Kinderficker machen. Daß Corwin die Dorchester Avenue keine zehn Meter hinuntergehen könnte, bis ihm jemand den Schwanz abschneiden und ins Maul stopfen würde. Mr. Minton ist der Überzeugung, Corwin Earle habe absichtlich Dorchester gewählt und dort sein Mitbringsel für die Tretts geholt, weil er Mr. Minton auf diese Weise ins Gesicht spucken wollte.«

»Und wo ist Corwin Earle jetzt?« fragte ich.

»Weg. Verschwunden. Wir lassen das Haus seiner Eltern in Marshfield überwachen, aber bisher ohne Erfolg. Er hat den Knast mit einem Taxi verlassen, ließ sich zu einem Stripschuppen in Stoughton kutschieren, und danach hat ihn keiner mehr gesehen.«

»Und der Telefonanruf von diesem Bobby Minton, oder wie der heißt, ist der einzige Anhaltspunkt, der Earle und die Tretts mit Amanda in Verbindung bringt?«

»Nicht gerade viel, hm?« bestätigte Broussard. »Ich hab ja gesagt, wir haben nicht viel. Könnte sein, daß Earle es nicht bringt, ein Kind in einer ihm unbekannten Gegend zu entführen. In seiner Akte ist nichts, was darauf verweisen würde. Er wurde verurteilt, weil er vor sieben Jahren in einem Sommerlager Kinder belästigt hat. Keine Gewaltanwendung, keine Entführung. Er hat vor seinem Zellenkollegen wahrscheinlich einfach nur herumgeprahlt.«

»Was ist mit den Tretts?« fragte Angie.

»Also, Roberta ist sauber. Die einzige größere Sache, für die sie verurteilt wurde, war Hehlerei nach einem Überfall auf einen Schnapsladen in Lynn in den späten Siebzigern. Sie hat ein Jahr abgesessen, kam dann auf Bewährung raus und hat seitdem keine einzige Nacht mehr im Bau verbracht.«

»Und Leon?«

»Leon.« Broussard hob die Augenbrauen und pfiff. »Leon ist böse, richtig böse. Wurde dreimal verurteilt, aber mindestens zwanzigmal angeklagt. Die meisten Klagen wurden fallengelassen, weil die Opfer die Aussage verweigerten. Ich weiß nicht, ob ihr die Gesetze von Kinderfickern kennt, aber das ist genauso wie bei Ratten und Kakerlaken: Wenn man ein Exemplar sieht, sind hundert andere in der Nähe. Faßt man so ein Schwein, das ein Kind mißbraucht, kann man mit ruhigem Gewissen davon ausgehen, daß er das schon mindestens dreißigmal gemacht hat und nicht dabei erwischt wurde, wenn er sich halbwegs intelligent angestellt hat. Bei einer vorsichtigen Schätzung hat Leon um die fünfzig Kinder mißbraucht. Und er wohnte in Randolph und später in Holbrook, als dort Kinder auf Nimmerwiedersehen verschwanden. Bei den Kollegen dort und bei denen von der Bundespolizei führt er die Liste von Verdächtigen an, was die Morde an diesen Kindern betrifft. Damit ihr eine abgerundete Vorstellung von Leons Persönlichkeit bekommt, hier noch eine Zusatzinformation: Als er das letzte Mal aufflog, fand die Polizei von Kingston einen riesigen Haufen automatischer Waffen in der Nähe seines Hauses vergraben.«

»Kam er deswegen vor Gericht?« fragte Angie.

Broussard schüttelte den Kopf. »Er war schlau genug, sie auf dem Grundstück seines Nachbarn zu vergraben. Die Bullen in Kingston wußten genau, daß sie ihm gehörten – sein ganzes Haus war voll von Rundschreiben der National Rifle Association, Bedienungsanleitungen für Waffen, rechtsradikalen Hetzschriften – also die üblichen Utensilien wohlsortierter Waffenfreaks –, aber sie konnten es ihm nicht nachweisen. An Leon bleibt nur wenig kleben. Er ist sehr vorsichtig, und er weiß, wann er untertauchen muß.«

»Offensichtlich«, bemerkte Angie mit verbittertem Tonfall.

Poole legte seine Hand auf ihre. »Behaltet die Fotos. Prägt sie euch ein! Und haltet die Augen offen, falls ihr einen von den dreien seht. Ich weiß nicht, ob sie etwas mit der Sache zu tun haben – schließlich behauptet das nur ein Knastbruder –, aber sie sind momentan die auffälligsten verurteilten Kinderschänder in dieser Gegend.«

Angie lächelte mit Blick auf Pooles Hand. »Okay.«

Broussard hob seine seidene Krawatte hoch und entfernte einen Fussel. »Mit wem war Helene McCready am Sonntag abend im Filmore?«

»Mit Dottie Mahew«, antwortete Angie.

»Sonst noch jemand?«

Weder Angie noch ich sagten etwas.

»Nicht vergessen«, mahnte Broussard, »keine Geheimnisse!«

»Skinny Ray Likanski«, verriet ich.

Broussard wandte sich Poole zu. »Erzähl mir, was du über den Typen weißt, Kollege!«

»Dieser Schurke!« fluchte Poole. »Wenn ich daran denke, daß wir seine Heiligkeit noch vor knapp einer Stunde in den Händen hatten.« Er schüttelte den Kopf. »Na, das ging ja toll daneben.«

»Wieso?« fragte ich.

»Skinny ist ein berufsmäßiger Nichtsnutz. Hat er von seinem Vater. Er weiß wahrscheinlich, daß wir ihn suchen, und ist untergetaucht. Für 'ne Zeitlang wenigstens. Hat uns wahrscheinlich nur erzählt, ihr beiden würdet im Filmore mit Knarren herumfuchteln, damit wir ihn laufen ließen und er Zeit hatte, sich aus dem Staub zu machen. Die Likanskis haben Verwandte in Allegheny, Remy. Kannst du vielleicht ...«

»Ich rufe die Kollegen da an«, sagte Broussard. »Können wir eine Rasterfahndung nach ihm einleiten?«

Poole schüttelte den Kopf. »Er ist seit fünf Jahren nicht mehr verurteilt worden. Nichts abzusitzen. Kein Bewährungshelfer. Er ist sauber.« Poole klopfte mit dem Zeigefinger auf den Tisch. »Irgendwann taucht er wieder auf. Unkraut vergeht nicht.«

»Alle fertig?« fragte Broussard, als die Kellnerin an den Tisch trat.

Poole zahlte die Rechnung, und wir gingen nach draußen.

»Wenn ihr wetten würdet«, sagte Angie, »was würdet ihr sagen, ist mit Amanda McCready passiert?«

Broussard holte einen Streifen Kaugummi heraus und stopfte sich ihn in den Mund, kaute langsam. Pool rückte seine Krawatte zurecht und studierte sein Spiegelbild im Beifahrerfenster seines Autos.

»Ich würde sagen«, entgegnete Poole, »es steckt nichts Gutes dahinter, wenn eine Vierjährige seit mehr als achtzig Stunden vermißt wird.«

»Detective Broussard?« fragte Angie.

»Ich würde sagen, sie ist tot, Ms. Gennaro.« Er ging um den Wagen herum zur Fahrertür und öffnete sie. »Wir leben in einer häßlichen Welt, die es mit Kindern noch nie gut gemeint hat.«

6

Im Savin Hill Park trugen die Astros gegen die Orioles ein abendliches Match aus, doch hatten beide Mannschaften offensichtlich Probleme mit den Bewegungsabläufen. Als ein guter Schläger der Astros einen Ball bis zur Third Base Line drosch, verschlief der dritte Baseman, den Ball zu fangen und zurückzuwerfen, weil er an dem Unkraut zu seinen Füßen herumzupfte. Da nahm sich der Baserunner der Astros den Ball und lief mit ihm auf die Homebase zu. Kurz bevor er das Schlagmal erreichte, warf er den Ball in die ungefähre Richtung des Pitchers, der ihn aufhob und zum ersten Baseman weiterwarf. Der fing den Ball, doch anstatt den Runner mit dem Ball zu berühren, drehte er sich um und warf ihn ins Außenfeld. Centerfielder und Rightfielder stießen über dem Ball zusammen und gerieten aneinander. Der Leftfielder winkte seiner Mutter zu.

Die T-Ball-Liga für Vier- bis Sechsjährige von North Dorchester spielte einmal pro Woche auf dem kleineren der beiden Felder im Savin-Hill-Park, der durch einen Maschendrahtzaun vom ungefähr fünfzig Meter entfernten Southeast Expressway abgetrennt war. Von Savin Hill kann man auf die Schnellstraße und auf eine kleine Bucht namens Malibu Beach sehen, wo angeblich die Boote des Dorchester Yacht Clubs vor Anker liegen. Mein ganzes Leben lang habe ich noch nie eine einzige Yacht in dieser Bucht festmachen sehen, aber vielleicht habe ich immer an den falschen Tagen nachgeguckt.

Als ich zwischen vier und sechs war, spielten wir Baseball, weil es damals noch kein T-Ball gab. Damals hatten wir Trainer und Eltern, die am Spielfeldrand standen und lauthals Konzentration einforderten. Wir Kinder wußten schon damals, wie man den Ball abtropfen ließ und unter dem Tag Play des zweiten Basemans durchtauchte. Die Väter prüften uns auf der Abwurfstelle mit schnellen oder mit Effet geworfenen Bällen. Unsere Spiele gingen über sieben Innings, bei denen wir uns erbitterte Schlachten mit den anderen Gemeinden lieferten. Und als wir mit sieben oder acht in die Mini-Liga kamen, hatten sich die Teams aus St. Bart's, St. William's und St. Anthony's aus North Dorchester schon einen gefürchteten Ruf erkämpft.

Ich stand mit Angie auf der Tribüne und sah ungefähr dreißig kleinen Jungen und Mädchen zu, die wie Verrückte herumliefen und die Bälle verpaßten, weil sie sich die Mütze ins Gesicht zogen oder gerade die untergehende Sonne anstarrten. Ich war mir ziemlich sicher, daß die Methoden in meiner Kindheit besser auf die Härte des Baseballs vorbereiteten, doch schienen mir die Kinder beim T-Ball deutlich mehr Spaß zu haben.

Zum ersten konnte ich nicht erkennen, daß sie mit Outs spielten. Das gesamte Aufgebot jeder Mannschaft war nacheinander mit dem Schlagen an der Reihe. Sobald alle fünfzehn Kinder geschlagen hatten, wechselten die Teams Schläger gegen Handschuhe aus. Der Spielstand wurde nicht festgehalten. War eins der Kinder aufmerksam genug, den Ball zu fangen *und* den Runner mit dem Ball zu berühren, wurden beide Kinder vom Basecoach überschwenglich gelobt, und der Läufer durfte auf der Base bleiben. Einige

Eltern riefen: »Jetzt nimm doch den Ball in die Hand, Andrea!« oder »Los, Eddie, lauf! Nein, nicht dahin! In die andere Richtung!« Doch meistens beklatschten Eltern und Trainer jeden Treffer, der mehr als eineinhalb Meter weit rollte, jeden zurückgeworfenen Ball, der irgendwo in der Nähe des Feldes herunterkam, und jeden erfolgreichen Lauf vom ersten zum dritten Mal, selbst wenn das Kind dafür über die Abwurfstelle lief.

Amanda McCready hatte in dieser Liga gespielt. Sie war von Lionel und Beatrice angemeldet und zu den Spielen gebracht worden. Sie war bei den Orioles gewesen, und ihr Trainer erzählte uns, sie habe normalerweise den zweiten Baseman gespielt und konnte ganz gut fangen, solange sie sich nicht für den Vogel auf ihrem T-Shirt interessierte.

»Ein paar Bälle hat sie deswegen verschlafen«, lächelte Sonya Garabedian kopfschüttelnd. »Sie stand immer da hinten, wo Aaron jetzt steht, und zog an ihrem T-Shirt herum und betrachtete den Vogel. Manchmal sprach sie sogar mit ihm. Wenn ein Ball in ihre Richtung kam, na, dann mußte er halt warten, bis sie den schönen Vogel lange genug angesehen hatte.«

Der rundliche und für sein Alter ziemlich große Junge, der jetzt an dem T stand, pfefferte den Ball weit nach links, und alle Außenfeldspieler und die meisten Innenfeldspieler rannten ihm hinterher. Als der dicke Junge die zweite Base erreicht hatte, überlegte er es sich anders und lief zu den kreischenden Kindern im Außenfeld, die sich gegenseitig anrempelten und zu Boden warfen.

»So was hätte Amanda nie getan«, sagte Sonya Garabedian.

»Was? Einen Homerun schlagen?«

Sonya schüttelte den Kopf. »Na ja, das auch. Aber ich meine, sehen Sie diesen Haufen von Kindern da hinten? Wenn jetzt nicht einer von uns da rübergeht und dem eine Ende macht, dann spielen sie gleich ›Wer ist zuerst oben?‹ und vergessen, warum sie überhaupt hier sind.«

Zwei Erwachsene gingen auf den Platz und liefen zu dem Durcheinander von Kindern, die sich immer wieder auf die anderen warfen und wie Zirkusartisten von dem Haufen purzelten. Sonya zeigte auf ein kleines rothaariges Mädchen, das an der dritten Base stand. Sie war ungefähr fünf Jahre alt und kleiner als die meisten Mannschaftskameraden. Das Trikot hing ihr bis auf die Schienbeine. Sie schaute dem Tohuwabohu auf dem Außenfeld zu, zu dem sich immer mehr Kinder gesellten, dann bückte sie sich und fing an, mit einem Stein im Gras herumzugraben.

»Das ist Kerry«, sagte Sonya. »Egal was passiert, selbst wenn ein Elefant aufs Feld käme und alle Kinder den Rüssel herunterrutschen lassen würde, Kerry wäre nicht dabei. Sie käme einfach nicht auf die Idee.«

»Ist sie so schüchtern?« fragte ich.

»Daran liegt es nur teilweise.« Sie nickte. »Es liegt eher daran, daß sie nicht auf die Dinge anspricht, die bei allen anderen Kindern ankommen. Sie ist eigentlich nicht richtig traurig, aber auch nie richtig froh. Verstehen Sie, was ich meine?«

Einen Augenblick hob Kerry den Kopf und blinzelte mit ihrem Sommersprossengesicht in die untergehende Sonne, die vom Tribünendach gespiegelt wurde. Dann machte sie sich wieder ans Graben.

»In dieser Hinsicht ist Amanda wie Kerry«, sagte Sonya. »Sie reagiert nicht groß auf unmittelbare Stimulation.«

»Ist sie introvertiert?« fragte Angie.

»Auch, aber nicht so, daß man den Eindruck hat, hinter ihrer Stirn wäre eine Menge los. Es liegt nicht daran, daß sie in ihrer kleinen Welt eingeschlossen ist, sondern eher daran, daß sie in unserer Welt nicht viel interessant findet.« Sie drehte sich um und sah zu mir hoch. Etwas Hartes und Trauriges lag in ihrem vorgeschobenen Kinn und dem entschlossenen Blick. »Kennen Sie Helene?«

»Ja.«

»Und was halten Sie von ihr?«

Ich zuckte mit den Achseln.

Sie lächelte. »Mehr fällt einem zu ihr nicht ein, oder?«

»Kommt sie zu den Spielen?« wollte Angie wissen.

»Einmal war sie da«, antwortete Sonya. »Einmal, und da war sie betrunken. Sie war zusammen mit Dottie Mahew da. Beide waren ziemlich durch den Wind und schrien herum. Ich glaube, Amanda hat sich geschämt. Sie hat mich die ganze Zeit gefragt, wann das Spiel vorbei ist.« Sie schüttelte den Kopf. »Kinder in dem Alter haben eine andere Vorstellung von Zeit als wir. Sie spüren nur, ob sie langsam oder schnell vergeht. An dem Tag muß Amanda das Spiel wie eine Ewigkeit vorgekommen sein.«

Inzwischen befanden sich noch mehr Eltern und Trainer auf dem Feld, daneben die meisten der Astros. Einige Kids warfen sich noch immer auf den Haufen, doch genauso viele hatten sich zu kleineren Gruppen zusammengefunden und spielten Fangen, warfen sich gegenseitig die Handschuhe zu oder wälzten sich einfach wie Seehundbabys auf dem Rasen.

»Miss Garabedian, haben Sie jemals gesehen, daß Fremde bei diesen Spielen zuguckten?« Angie zeigte ihr die Bilder von Corwin Earle, Leon und Roberta Trett.

Sie betrachtete sie und atmete laut ein, als sie Roberta erblickte. Schließlich schüttelte sie den Kopf.

»Sehen Sie den riesigen Kerl da hinten bei den Kindern?« Sie zeigte auf einen großen, breitschultrigen Mann Anfang Vierzig mit einem Kurzhaarschnitt. »Das ist Matthew Hoagland. Er ist ein Profi-Bodybuilder. Vor ein paar Jahren war er mal Mr. Massachusetts. Echt netter Typ. Und wie er seine Kinder liebt! Letztes Jahr stand hier mal so ein schäbiger Typ am Spielfeldrand und sah zu. Wir fanden alle, daß er komische Augen hatte. Matt sorgte dafür, daß er verschwand. Keine Ahnung, was er zu dem Typen sagte, aber er wurde kalkweiß und haute sofort ab. Seitdem war keiner mehr da. Vielleicht haben solche Leute so eine Art... Netzwerk und sagen es weiter oder so. Keine Ahnung. Aber bei unseren Spielen schauen keine Fremden zu.« Sie sah uns an. »Außer Sie beide, heißt das.«

Ich fuhr mir durchs Haar. »Sehe ich nicht schäbig aus?«

Sie kicherte. »Ein paar haben Sie erkannt, Mr. Kenzie. Wir wissen, daß Sie dieses Kind auf dem Spielplatz gerettet haben. Sie können jederzeit für jeden von uns den Babysitter machen.«

Angie stieß mich an. »Unser Held!«

»Sei bloß still!« gab ich zurück.

Es dauerte noch einmal zehn Minuten, bis auf dem Außenfeld wieder Ruhe herrschte und weitergespielt werden konnte.

In der Zwischenzeit stellte uns Sonya Garabedian einigen Eltern vor, die auf der Tribüne standen. Ein paar von ihnen kannten Helene und Amanda. Den Rest des Spiels unterhielten wir uns mit ihnen. Die Gespräche bestärkten uns darin, daß Helene McCready ein nur den eigenen Interessen verpflichteter Mensch war, doch konnten wir uns auch ein deutlicheres Bild von Amanda machen.

Im Gegensatz zu Helenes Darstellung von Amanda, sie habe wie eine Barbiepuppe immer nur gelächelt, behaupteten die meisten Leute, mit denen wir uns unterhielten, daß Amanda sehr selten lächelte, daß sie meistens apathisch wirkte und viel zu still für eine Vierjährige war.

»Unsere Jessica zum Beispiel!« schwärmte Frances Neagly. »Im Alter von zwei bis ungefähr fünf Jahren konnte sie keine fünf Minuten still sitzen. Und dann die ganzen Fragen! Immer nur: Mami, warum können Tiere nicht reden, so wie wir? Wieso haben wir Zehen? Wieso ist das Wasser manchmal kalt und manchmal heiß?« Frances lächelte uns müde an. »Ich meine, das ging so in einer Tour. Jede Mutter, die ich kenne, stöhnt, wie anstrengend solche Vierjährigen sind. In dem Alter entdecken sie die Welt jede Minute neu!«

»Und Amanda?« fragte Angie.

Frances Neagly lehnte sich zurück und warf einen Blick auf das Stadion. Es war dunkler geworden. Die Schatten krochen über die Kinder auf dem Feld, schienen sie schrumpfen zu lassen. »Ich hab ein paarmal auf sie aufgepaßt. Immer ohne Absprache. Helene kam einfach vorbei und fragte: ›Kannst du mal kurz auf sie aufpassen?‹ Sechs oder sieben Stunden später kam sie zurück und holte sie ab. Ich meine, was soll man da sagen, nein vielleicht?« Sie zündete sich eine Zigarette an. »Amanda war so still. Es gab nie Ärger mit ihr. Kein einziges Mal. Aber das ist doch nicht normal für eine Vierjährige! Man konnte sie einfach irgendwo hinsetzen, da blieb sie dann und starrte die Wand an oder den Fernseher oder sonstwas. Sie hat nie das Spielzeug meiner Kinder in die Hand genommen oder die Katze geärgert oder so etwas. Sie saß einfach nur da und fragte nicht ein einziges Mal, wann ihre Mutter zurückkäme und sie abholte.«

»Ist sie geistig zurückgeblieben?« fragte ich. »Vielleicht autistisch?«

Sie schüttelte den Kopf. »Nein. Wenn man mit ihr redet, antwortet sie ganz normal. Es überrascht sie immer ein bißchen, aber sie ist wirklich nett und spricht sehr gut für ihr Alter. Nein, sie ist ein kluges Mädchen. Nur nicht leicht aus der Reserve zu locken.«

»Und das kommt einem komisch vor«, bemerkte Angie.

Sie zuckte mit den Achseln. »Ja, schätze schon. Wissen Sie, wie das ist? Ich habe das Gefühl, daß sie daran gewöhnt war, nicht beachtet zu werden.« Eine Taube flog im Tiefflug über die Abwurfstelle hinweg, und ein Kind warf den Handschuh nach ihr. Frances lächelte uns kaum merklich an. »Ich schätze, das nervt ganz schön.«

Sie wandte sich ihrer Tochter zu, die zum Schlagmal ging. Sie hielt den Schläger schief in der Hand, während sie den Ball und das T vor sich betrachtete.

»Schlag ihn aus dem Stadion, Jessica!« rief Frances. »Los, das schaffst du!«

Ihre Tochter drehte sich um und sah sie an. Sie grinste. Dann schüttelte sie ein paarmal den Kopf und warf den Schläger auf den Boden.

7

Nach dem Spiel fuhren wir auf ein Bier und etwas zu essen ins Ashmont Grille, wo Angie mit einem verspäteten Zusammenbruch auf die Geschehnisse im Filmore Tap reagierte.

Im Ashmont Grille wurde gekocht wie früher bei meiner Mutter: Hackbraten mit Kartoffeln und richtig viel Sauce, und die Kellnerinnen benahmen sich auch alle wie Mütter. Wenn man den Teller nicht vollkommen leer aß, fragten sie, was die hungernden Kinder in Afrika wohl dazu sagen würden. Ich war immer darauf gefaßt, daß sie mich nicht aufstehen lassen würden, solange ich den Teller nicht leer gegessen hatte.

In dem Fall hätte Angie eine Woche lang dort sitzen müssen, so wie sie in ihrem Chicken Marsala herumstocherte. Obwohl Angie eine so zierliche, schmale Person war, konnte sie normalerweise schaufeln wie ein Fernfahrer nach einer Zehn-Stunden-Schicht. Aber heute wickelte sie die Nudeln um die Gabel und vergaß sie sofort wieder. Sie legte die Gabel auf den Teller zurück, trank einen Schluck Bier und starrte in die Ferne, so als suche sie wie Helene McCready nach einem Fernsehapparat.

Als sie sich den vierten Bissen in den Mund schob, hatte ich bereits alles verputzt. Das nahm Angie zum Anlaß, ihre

Mahlzeit zu beenden. Sie schob den Teller in die Mitte des Tisches.

»Man kennt die Leute nie so richtig«, bemerkte sie, die Augen auf den Tisch gerichtet. »Oder? Man versteht sie nicht. Es geht nicht. Man kann nicht… ergründen, warum sie das tun, was sie tun, warum sie so denken. Wenn man nicht genauso denkt, hat man keine Chance, oder?« Sie blickte zu mir auf, die Augen gerötet und feucht.

»Meinst du Helene?«

»Helene«, sie räusperte sich , »Helene und Big Dave und die Typen in der Kneipe und wer Amanda entführt hat. Es geht mir nicht in den Kopf. Sie sind…« Eine Träne fiel auf ihre Wange. Sie wischte sie mit dem Handrücken fort. »Scheiße.«

Ich ergriff ihre Hand, und sie biß auf der Innenseite ihrer Wangen herum und blickte zum Ventilator an der Decke.

»Ange«, versuchte ich es, »diese Kerle im Filmore, die sind der Abschaum. Die sind keinen einzigen Gedanken wert.«

»Aham.« Sie atmete mit offenem Mund tief ein, und ich konnte hören, wie sich die Luft an dem Kloß in ihrem Hals vorbeidrängte. »Ja.«

»Hey«, sagte ich. Ich strich ihr mit der Hand über den Unterarm. »Das meine ich ernst. Die Kerle sind Nieten. Sie sind…«

»Sie hätten mich vergewaltigt, Patrick. Das weiß ich ganz genau.« Sie sah mir ins Gesicht, und ihr Mund zuckte nervös, bis sie ihn zu einem kurzen Lächeln zwang, eins der seltsamsten Lächeln, das ich je gesehen habe. Sie tätschelte meine Hand, und dann verzog sich ihr Mund und kurz darauf das ganze Gesicht. Tränen schossen ihr in die Augen, und sie versuchte, mich weiter anzulächeln und mir die Hand zu tätscheln.

Ich kannte diese Frau schon mein ganzes Leben und konnte an einer Hand abzählen, wie oft sie in meiner Gegenwart geweint hatte. Im Moment war mir nicht ganz klar, was diesen Gefühlsausbruch hervorgerufen hatte – schließlich hatte ich Angie schon in viel härteren Situationen als der in der Kneipe heute erlebt, die sie einfach so abgeschüttelt hatte –, doch was der Grund auch war, ihr Schmerz war echt. Es tat mir weh, ihn in ihrem Gesicht zu sehen.

Ich rutschte aus der Sitzecke und kam zu ihr herüber. Sie winkte mich weg, aber ich schob mich neben sie, und dann riß sie sich nicht länger zusammen. Sie krallte sich an meinem Hemd fest und weinte leise an meiner Schulter. Ich strich ihr übers Haar, küßte sie auf die Stirn und hielt sie einfach nur fest. Ich spürte, wie das Blut durch ihren Körper floß, während sie in meinen Armen zitterte.

»Ich fühle mich wie eine dumme Gans«, schimpfte Angie.

»Mach dich nicht lächerlich!« gab ich zurück.

Wir hatten das Ashmont Grille verlassen. Angie hatte mich gebeten, zum Columbia Park nach South Boston zu fahren. Eine unüberdachte Tribüne aus Granit in Hufeisenform umgab die staubige Kampfbahn an dem einen Ende des Parks. Wir hatten vorher einen Six-Pack gekauft, den wir neben uns abstellten, nachdem wir ein paar Splitter von der hölzernen Sitzbank gewischt hatten.

Columbia Park ist Angies ganz besonderer Ort. Vor mehr als zwanzig Jahren verschwand ihr Vater Jimmy bei einem Mafiacoup, und ihre Mutter wählte den Park, um Angie und ihrer Schwester beizubringen, daß der Vater tot sei, auch wenn es keine Leiche gab. In mancher hoffnungslosen Nacht, wenn sie nicht schlafen konnte, wenn ihr schwarze Gedanken durch den Kopf geisterten, ging Angie in den Park.

Der Ozean war nur fünfzig Meter von uns entfernt, und die

Brise vom Meer war kalt genug, daß wir uns aneinanderschmiegen mußten, um nicht zu frieren.

Sie beugte sich vor, starrte auf die Laufbahn und den weitläufigen grünen Park dahinter. »Weißt du was?«

»Nein.«

»Ich verstehe Leute nicht, die anderen Menschen absichtlich weh tun.« Sie drehte sich zu mir um und sah mich an. »Damit meine ich nicht Leute, die mit Gewalt auf Gewalt reagieren. In der Hinsicht sind wir selbst nicht besser als alle anderen. Ich meine Menschen, die anderen ohne jeden Grund weh tun. Denen das Spaß macht. Die es toll finden, andere mit sich in den Dreck zu ziehen.«

»Die Männer in der Kneipe.«

»Zum Beispiel. Die hätten mich vergewaltigt, Patrick. Mich – vergewaltigt.« Einen Augenblick lang blieb ihr Mund offenstehen, so als verstände sie erst jetzt so richtig, was das bedeutete. »Und dann wären sie nach Hause gegangen und hätten gefeiert. Nee, stimmt gar nicht.« Sie hob den Arm vors Gesicht. »Nein, hätten sie nicht. Sie hätten gar nicht gefeiert. Das wär noch nicht mal das Schlimmste gewesen. Das Schlimmste ist, daß sie überhaupt nicht groß darüber nachgedacht hätten. Sie hätten mir den Körper aufgerissen, hätten mich auf jede kranke Art geschändet, zu der ihr verkümmertes Hirn fähig ist, und wenn sie damit fertig gewesen wären, hätten sie sich daran erinnert wie an eine Tasse Kaffee. Nichts zum Feiern, nur eine Sache, die einem den Tag nicht so lang vorkommen läßt.«

Ich sagte nichts. Es gab nichts zu sagen. Ich sah ihr in die Augen und wartete, daß sie weitersprach.

»Und Helene«, fuhr sie fort, »ist fast genauso schlimm wie diese Typen, Patrick.«

»Bei allem Respekt, aber jetzt übertreibst du, Angie.«

Sie schüttelte mit weit aufgerissenen Augen den Kopf.

»Nein, tue ich nicht. Vergewaltigung ist eine unmittelbare Gewalttat. In der kurzen Zeit, die so ein Arschloch braucht, um seinen Schwanz in dich zu schieben, brennt er dich von innen aus und macht ein Nichts aus dir. Aber was Helene mit ihrem Kind macht...« Sie blickte kurz auf die Laufbahn vor uns und trank einen Schluck Bier. »Du hast gehört, was die anderen Mütter erzählt haben. Du hast gesehen, wie sie mit dem Verschwinden ihrer kleinen Tochter umgeht. Ich bin mir sicher, daß sie Amanda Tag für Tag kaputtmacht, nicht durch Vergewaltigung oder Gewalt, sondern durch Teilnahmslosigkeit. Sie hat das Kind von innen ganz langsam verätzt, wie Gift. Das ist Helene. Sie ist Arsen.« Sie nickte sich zu und wiederholte flüsternd: »Sie ist Arsen.«

Ich nahm ihre Hand in meine. »Ich kann sofort vom Auto aus telefonieren und den Fall abgeben.«

»Nein.« Sie schüttelte den Kopf. »Auf keinen Fall! Diese Leute, diese egoistischen Schweine wie Big Dave und Helene, die machen die Welt kaputt. Aber ich weiß, daß sie ernten werden, was sie gesät haben. Gut so. Aber ich tue keinen einzigen Schritt mehr, bis wir das Mädchen gefunden haben. Beatrice hatte recht. Sie ist allein. Und keiner steht für sie ein.«

»Außer uns.«

»Außer uns.« Sie nickte. »Ich werde das Kind finden, Patrick.«

Ihre Augen leuchteten so wild, wie ich es noch nie bei ihr erlebt hatte.

»Okay, Ange«, willigte ich ein. »Gut.«

»Okay.« Sie stieß mit mir mit der Bierdose an.

»Und wenn sie schon tot ist?« fragte ich.

»Ist sie nicht«, widersprach Angie. »Das kann ich spüren.«

»Aber wenn doch?«

»Ist sie nicht.« Sie leerte ihre Dose und warf sie in den Beutel auf dem Boden. »Ist sie einfach nicht.« Sie sah mich an. »Verstanden?«

»Klar«, sagte ich.

In meiner Wohnung verließen Angie fast auf der Stelle jede Energie und Kraft, so daß sie auf der Bettdecke einschlief. Ich zog sie unter ihr hervor, deckte sie damit zu und machte das Licht aus.

Ich setzte mich an den Küchentisch, schrieb *Amanda McCready* auf eine Aktenmappe und faßte die letzten vierundzwanzig Stunden auf ein paar Blatt Papier zusammen: unsere Gespräche mit den McCreadys, den Männern im Filmore und den Eltern beim T-Ball-Spiel. Als ich fertig war, stand ich auf, nahm mir ein Bier aus dem Kühlschrank und trank es noch im Stehen mitten in der Küche. Ich hatte die Rollos vor den Fenstern nicht heruntergezogen, und jedes Mal, wenn ich auf eines der dunklen Quadrate blickte, grinste mich Gerry Glynns Gesicht an, das Haar mit Diesel getränkt, das Gesicht besprenkelt mit dem Blut seines letzten Opfers, Phil Dimassi.

Ich zog die Rollos herunter.

Patrick, flüsterte Gerry in meinem Kopf, *ich warte auf dich.*

Als Angie, Oscar, Devin, Phil Dimassi und ich den Kampf gegen Gerry Glynn, seinen Partner Evandro Arujo und einen inhaftierten Irren namens Alec Hardiman aufnahmen, war wohl keinem von uns klar, welchen Preis wir dafür zahlen würden. Gerry und Evandro hatten Menschen ausgelöscht, hatten sie enthauptet, ausgeweidet und gekreuzigt, einfach weil sie es lustig fanden oder weil sie einen Haß verspürten oder weil Gerry wütend auf Gott war oder ohne jeden Grund. Ihre Beweggründe habe ich niemals richtig verstanden. Und ich glaube auch nicht, daß irgend jemand das verstehen kann. Früher oder später verblassen die Motive vor den Taten, die daraus erwachsen.

Ich träumte oft von Gerry. Immer nur von ihm. Nicht von Evandro, nicht von Alec Hardiman. Immer nur von Gerry. Wahrscheinlich, weil ich ihn schon mein Leben lang gekannt hatte. Als er noch Polizist war und bei uns im Viertel seine Runde machte. Er hatte immer ein Lächeln auf den Lippen und strich uns Kindern freundlich übers Haar. Als Gerry sich zur Ruhe gesetzt hatte und Inhaber und Wirt des Black Emerald geworden war, hatte ich mit ihm getrunken und mich nächtelang mit ihm unterhalten. Ich hatte mich bei ihm wohl gefühlt, ihm vertraut. Und die ganze Zeit, dreißig Jahre lang, hatte er ausgerissene Kinder getötet. Ein vergessenes Volk, nach dem niemand suchte und das niemand vermißte.

Ich hatte verschiedene Alpträume, doch meistens brachte Gerry darin Phil um. Vor meinen Augen. Tatsächlich hatte ich nicht gesehen, wie er Phil die Kehle durchschnitt, obwohl ich nur zweieinhalb Meter entfernt gewesen war. Ich hatte auf dem Boden von Gerrys Kneipe gelegen und seinen deutschen Schäferhund davon abgehalten, die Zähne in mein Gesicht zu schlagen. Aber ich hatte Phil schreien hören, ich hatte gehört, wie er kreischte: »Nein, Gerry! Nicht!« Und er war in meinen Armen gestorben.

Phil Dimassi war zwölf Jahre lang mit Angie verheiratet gewesen. Bis zu ihrer Hochzeit war er auch mein bester Freund. Nachdem Angie die Scheidung einreichte, hatte Phil zu trinken aufgehört und sich wieder eine Arbeit gesucht. Ich glaube, er war auf dem Weg zu einer Art Rehabilitation. Aber Gerry hatte das vereitelt.

Gerry hatte Angie in den Bauch geschossen. Er hatte mir mit einer Rasierklinge in den Kiefer geschnitten. Gerry hatte dazu beigetragen, daß meine Beziehung zu einer Frau namens Grace Cole und ihrer Tochter Mae in die Brüche ging.

Als Gerrys Körper schon halb in Flammen stand und er ein Gewehr auf meinen Kopf richtete, erschoß ihn Oscar von hinten mit drei Kugeln.

Gerry hätte uns alle beinahe vernichtet.

Und ich warte da unten auf dich, Patrick. Ich warte.

Ich hatte keinen Grund zu der Annahme, daß die Suche nach Amanda McCready in so einem Blutbad enden würde, zu dem die Begegnung mit Gerry Glynn und seinen Freunden geführt hatte – dafür gab es keinen logischen Grund. Es lag an dieser Nacht, redete ich mir ein, an dieser ersten kühlen dunklen Nacht nach so vielen Wochen, die mir diese Ängste bescherte. Wenn es so wäre wie gestern nacht, so feucht und mild, dann hätte ich nicht solche Gedanken.

Aber andersherum ...

Was wir bei unserer Jagd nach Gerry Glynn zweifellos gelernt hatten, war dasselbe, wovon Angie heute abend gesprochen hatte: daß man andere Menschen kaum verstehen kann. Wir alle sind schwer zu fassende Wesen, unser Verhalten wird von den unterschiedlichsten Trieben beherrscht, die wir oftmals selbst nicht begreifen.

Warum entführte jemand Amanda McCready?

Ich hatte keine Ahnung.

Warum wollte jemand, in diesem Fall sogar mehrere, eine Frau vergewaltigen?

Ich hatte keine Ahnung.

Eine Weile saß ich mit geschlossenen Augen da und versuchte, Amanda McCready vor mir zu sehen, zu erspüren, ob sie noch am Leben war. Doch hinter den geschlossenen Augenlidern war nichts als Dunkelheit.

Ich trank das Bier aus und sah nach Angie.

Sie schlief auf dem Bauch mitten im Bett. Einen Arm hatte sie über mein Kopfkissen gelegt, die andere Hand vor dem Hals zur Faust geballt. Ich wollte zu ihr gehen und sie festhalten, bis das, was im Filmore passiert war, nicht mehr durch ihren Kopf geisterte, bis ihre Angst nachließ, bis Gerry Glynn verschwand, bis die Welt und alles Häßliche in ihr über unsere Körper hinweg mit dem Nachtwind aus unserem Leben verschwand.

Lange stand ich in der Tür, betrachtete sie und hing meinen dummen Hoffnungen nach.

8

Nachdem sich Angie von Phil getrennt hatte, aber bevor sie mit mir zusammenkam, hatte sie eine Beziehung mit einem Producer des New England Cable News Network – NECN. Ich hatte den Typ einmal gesehen und war nicht sonderlich beeindruckt, ich weiß nur noch, daß er einen hervorragenden Geschmack hatte, was Krawatten betraf. Aber er hatte zuviel Aftershave benutzt. Und zuviel Haarfestiger. Und er ging mit Angie. Von Anfang an standen die Chancen schlecht, daß wir uns irgendwann spätabends auf ein Nintendo-Spiel treffen oder samstags zusammen Softball spielen würden.

Doch stellte sich der Kerl im nachhinein als nützlich heraus, denn Angie blieb mit ihm in Verbindung und besorgte uns hin und wieder, wenn wir sie brauchten, Aufzeichnungen von Bostoner Nachrichtensendungen. Ich staunte immer darüber, wie sie das schaffte, mit jemandem befreundet zu bleiben, die Verbindung nicht abbrechen lassen, denjenigen zu überreden, ihr einen Gefallen zu tun, obwohl sie ihn zwei Jahre zuvor in die Wüste geschickt hatte. Ich wäre schon froh, wenn ich von einer Exfreundin meinen eigenen Toaster zurückbekommen würde. Vielleicht mußte ich ein bißchen an meiner Trennungstechnik feilen.

Am nächsten Morgen, als Angie duschte, klingelte FedEx unten an der Tür. Ich unterschrieb den Zettel und bekam ein

Paket von Joel Calzada von NECN ausgehändigt. In unserer Stadt gibt es acht Fernsehsender: die Ableger der großen Sender Channel Four, Five und Seven, die Kanäle von UPN, Warner Brothers und Fox, besagter NECN sowie ein unabhängiger staatlicher Sender ohne Werbung. Alle acht Sender bringen um zwölf Uhr mittags und sechs Uhr abends Nachrichten, drei davon zusätzlich um fünf Uhr, zwei um halb sechs, vier um zehn Uhr abends. Die anderen vier senden noch mal um elf. In den Morgenstunden gibt es Nachrichten nonstop; die ersten beginnen um fünf Uhr. Zusätzlich bringt jeder Sender mehrmals täglich einminütige Kurznachrichten.

Auf Angies Bitte hatte Joel jede Nachrichtensendung auf jedem Kanal herausgesucht, die sich seit der Nacht, in der Amanda McCready verschwunden war, mit ihrem Fall befaßte. Keine Ahnung, wie er das geschafft hatte. Vielleicht tauschten die Producer ständig Bänder untereinander aus. Vielleicht konnte Angie sie besonders gut um den Finger wickeln. Vielleicht lag es an Joels Krawatten.

Am Abend zuvor hatte ich einige Stunden gebraucht, um sämtliche Zeitungsmeldungen über Amanda durchzugehen, doch war nichts dabei herausgekommen. Ich hatte bloß so schmutzige Hände von der Druckerschwärze, daß ich vor dem Zubettgehen noch eine kleine Collage von Fingerabdrücken auf einem Blatt Papier anfertigte. Wenn ein Fall seine Geheimnisse so hartnäckig verbirgt, hilft manchmal nichts anderes, als einen ganz neuen Ansatz auszuprobieren – wenigstens hielten wir ihn für innovativ. Wir wollten uns die Bänder ansehen, weil wir hofften, daß uns etwas auffallen würde.

Ich holte acht VHS-Kassetten aus der FedEx-Schachtel und stapelte sie neben dem Fernseher im Wohnzimmer auf dem Boden. Dann frühstückten Angie und ich am Couchtisch, verglichen unsere Aufzeichnungen und versuchten, uns einen Schlachtplan für den Tag zurechtzulegen. Abgesehen davon, Skinny Ray Likanski zu suchen und Helene, Beatrice und Lionel McCready noch einmal in der verzweifelten Hoffnung zu befragen, ihnen könnte etwas Entscheidendes über besagte Nacht eingefallen sein, das sie bisher vergessen hatten, hatten wir keine großartigen Einfälle.

Angie lehnte sich auf der Couch zurück, ich griff nach ihrem leeren Teller. »Manchmal«, begann sie, »manchmal gibt es so Momente, da denkt man, wieso habe ich eigentlich nicht bei der Stadtverwaltung angefangen?« Sie sah zu mir auf, während ich ihren Teller auf meinen stellte. »Erstklassige Sozialleistungen.«

»Hervorragende Altersversorgung.« Ich brachte die Teller in die Küche und stellte sie auf die Spülmaschine.

»Geregelte Arbeitszeiten!« rief Angie aus dem Wohnzimmer herüber. Dann hörte ich ihr Feuerzeug klicken, mit dem sie sich die erste Zigarette des Tages anzündete. »Zahnarztbehandlung vom Feinsten!«

Ich machte uns eine Tasse Kaffee und ging zurück ins Wohnzimmer. Angies dichtes Haar war noch immer feucht vom Duschen, und in Jogginghose und T-Shirt, die sie morgens immer trug, sah sie kleiner und hilfsbedürftiger aus als sonst.

»Danke.« Ohne aufzusehen, nahm sie mir die Kaffeetasse aus der Hand und blätterte in ihren Aufzeichnungen herum.

»Die bringen dich noch mal um«, sagte ich.

Sie nahm die Zigarette aus dem Aschenbecher, den Blick noch immer auf die Blätter gerichtet. »Ich rauche, seit ich sechzehn Jahre alt bin.«

»Ganz schön lange.«

Sie blätterte wieder um. »Und die ganze Zeit hast du kein Wort dazu gesagt.«

»Ist ja dein Körper«, lenkte ich ein.

Sie nickte. »Aber weil wir jetzt miteinander schlafen, gehört er auch irgendwie dir, ja?«

In den letzten sechs Monaten hatte ich mich an ihre morgendlichen Launen gewöhnt. Oft war sie ungewöhnlich energiegeladen, hatte bereits Aerobic oder einen Spaziergang auf Castle Island gemacht, bevor ich überhaupt aufwachte. Aber selbst dann war sie morgens alles andere als eine Plaudertasche. Und wenn sie der Meinung war, in der Nacht zu viel von sich preisgegeben zu haben, verletzlich oder schwach gewesen zu sein (was in ihren Augen meistens das gleiche war), dann umgab sie ein feiner, kalter Hauch wie Bodennebel in der Dämmerung. Sie war zwar da, das sah ich ja, aber sobald ich die Augen nur eine Sekunde lang von ihr abwandte, war sie fort, war verschwunden hinter weißen Nebelschwaden und würde eine Zeitlang nicht wieder hervorkommen.

»Nerve ich?« fragte ich.

Sie sah zu mir auf und lächelte kühl. »Kann man so sagen.« Sie nippte an ihrem Kaffee und blickte wieder auf ihre Zettel. »Hier ist nichts zu finden.«

»Geduld.« Ich stellte den Fernseher an und schob die erste Kassette in den Videorekorder.

Das Startband zählte von sieben rückwärts, die schwarzen Zahlen verschwammen ein wenig vor dem blauen Hintergrund. Dann wurde das Datum von Amandas Verschwinden eingeblendet, und plötzlich saßen wir im Studio bei Gordon Taylor und Tanya Biloskirka, den außergewöhnlichen Nachrichtensprechern von Channel Five. Gordon sah immer aus, als habe er Mühe, seine dunklen Haare aus der Stirn zu streichen – in Zeiten gefriergetrockneter Anchormen sicher eine Seltenheit. Doch als Ausgleich für sein unbändiges Haar besaß er einen stechenden, selbstgerechten Blick, und seine

Stimme bebte ständig vor Empörung, selbst wenn er über die Eröffnung des Weihnachtsmarktes oder einen Auftritt von Mickymaus berichtete. Tanya mit dem unaussprechlichen Nachnamen trug eine Brille, um sich einen Anstrich von Intellektualität zu geben, doch alle mir bekannten Männer dachten trotzdem, daß sie ein echter Feger war, und das war wahrscheinlich auch beabsichtigt.

Gordon zog seine Manschetten zurecht, und Tanya machte diese berühmte Bewegung, auf dem Stuhl herumzurücken und gleichzeitig ein paar Blätter aufzunehmen und ihre Kanten gerade auszurichten. Sie bereitete sich auf ihren Text im Teleprompter vor. Die Worte »KIND VERMISST« wurden in dem Kasten zwischen ihren Köpfen eingeblendet.

»In Dorchester ist ein Kind verschwunden«, verkündete Gordon ernst. »Tanya?«

»Danke, Gordon.« Die Kamera zeigte ihr Gesicht in Großaufnahme. »Das Verschwinden eines vierjährigen Mädchens in Dorchester stellt die Polizei vor ein Rätsel und beunruhigt die Nachbarn. Es geschah vor nur wenigen Stunden. Die kleine Amanda McCready verschwand aus ihrer Wohnung in der Sagamore Street, ohne, wie die Polizei sagt,« – sie beugte sich einen Millimeter vor und senkte die Stimme um eine Oktave – »eine Spur zu hinterlassen.«

Sie blendeten zurück zu Gordon, der nicht damit gerechnet hatte. Seine Hand schwebte auf halbem Weg zur Stirn, zwischen seinen Fingern lugte eine Locke seines widerspenstigen Haars hervor. »Mehr über diese furchtbare Geschichte jetzt live von Gerti Broderick. Gerti?«

Die Straße war voll von Nachbarn und Neugierigen. Gerti Broderick stand mit dem Mikrophon in der Hand da und wiederholte, was Gordon und Tanya uns gerade erzählt hatten. Ungefähr sechs Meter hinter ihr, jenseits eines gelben Absperrungsbandes und uniformierten Polizeibeamten, war eine hysterische Helene auf ihrer Veranda zu sehen, die von Lionel festgehalten wurde. Sie schrie irgendwas, das bei dem Lärm der Zuschauer, dem Summen der Stromgeneratoren und Gertis Atemlosigkeit schwer zu verstehen war.

»... und mehr scheint die Polizei bisher nicht zu wissen. Sehr wenig.« Gerti starrte in die Kamera und versuchte, nicht zu blinzeln.

Gordon Taylor unterbrach die Livereportage: »Gerti!«

Gerti hielt sich die Hand ans linke Ohr. »Ja, Gordon. Gordon?«

»Gerti.«

»Ja, Gordon. Ich höre.«

»Ist das die Mutter des kleinen Mädchens dort auf der Veranda hinter dir?«

Die Kamera zoomte auf die Veranda, wurde schärfer und hielt auf die Gesichter von Helene und Lionel. Helene hatte den Mund geöffnet, Tränen liefen ihr die Wangen hinunter, und der Kopf fiel ihr ständig auf die Brust, so als hätten ihre Nackenmuskeln wie bei einem Neugeborenen nicht die Kraft, ihn aufrecht zu halten.

Gerti erklärte: »Wir nehmen an, daß das Amandas Mutter ist. Bisher wurde das aber noch nicht von offizieller Seite bestätigt.«

Helene hämmerte Lionel mit den Fäusten auf die Brust, die Augen weit aufgerissen. Dann begann sie zu heulen. Ihre linke Hand schoß über Lionels Schulter und zeigte auf etwas hinter der Kamera. Wir wurden Zeugen eines Live-Zusammenbruchs dort auf der Veranda, eine tiefe Verletzung der Intimsphäre eines trauernden Menschen.

»Sie wirkt aufgebracht«, urteilte Gordon. Dieser Gordon, dem entging wirklich nichts.

»Ja«, bestätigte Tanya.

»Da der Zeitfaktor hier von größter Bedeutung ist«, fuhr

Gerti fort, »bittet die Polizei um jede Information. Jeder, der die kleine Amanda gesehen hat...«

»Die *kleine* Amanda?« rief Angie und schüttelte den Kopf. »Was soll sie mit vier Jahren denn sonst sein? Die riesige Amanda? Die erwachsene Amanda?«

»... jeder, der auch nur die kleinste Information über dieses kleine Mädchen hat ...«

Ein Foto von Amanda füllte den Bildschirm aus.

»... möge sich bitte an die unten angegebene Telefonnummer wenden.«

Die Nummer der Ermittlungsgruppe Kind wurde kurz unter Amandas Bild eingeblendet, dann wurde zurück ins Studio geschaltet. In dem Kästchen zwischen den beiden Ansagern stand nun nicht mehr »KIND VERMISST«. Jetzt wurde darin die Liveübertragung mit Gerti Broderick gezeigt, die in der Ferne weiterhin ihr Mikro liebkoste und mit nichtssagendem, leicht verwirrtem Blick in die Kamera schaute, während Helene auf der Veranda noch immer beängstigend schrie und strampelte und Beatrice zu Lionel geeilt war, um ihm bei seiner schwierigen Aufgabe beizustehen.

»Gerti«, fragte Tanya, »hast du schon ein Wort mit der Mutter wechseln können?«

Gerti verzog das Gesicht zu einem verkniffenen Lächeln, obwohl es in ihren verdutzten Augen verärgert aufblitzte. »Nein, Tanya. Bisher hält uns die Polizei mit dem gelben Absperrungsband, das hinter mir zu sehen ist, zurück, so daß wir, wie gesagt, noch eine Bestätigung brauchen, daß die hysterische Frau hinter mir auf der Veranda tatsächlich Helene McCready ist.«

»Tragisch«, bemerkte Gordon, und hinter ihm warf sich Helene wieder auf Lionel und heulte so herzzerreißend, daß Gerti die Schultern verkrampfte.

»Tragisch«, stimmte Tanya zu, während das Gesicht von Amanda und die Telefonnummer der Ermittlungsgruppe Kind noch einmal für den Bruchteil einer Sekunde eingeblendet wurden.

»Nun zu einem ebenso erschütternden Vorfall«, kündigte Gordon an, als er wieder auf dem Bildschirm zu sehen war. »Bei einem Einbruch in ein Privathaus in Lowell wurden mindestens zwei Personen getötet und drei durch Schüsse verletzt. Wir schalten zu Martha Torsney in Lowell. Martha?«

Vorübergehend flimmerte der Bildschirm, kurzzeitig abgelöst von einer schwarzen Mattscheibe, dann erschien Martha. Wir lehnten uns zurück, um uns den Rest des Bandes anzusehen. Wir konnten uns darauf verlassen, daß Gordon und Tanya uns mitteilten, wie wir uns angesichts der uns vorgetragenen Ereignisse zu fühlen hatten. Sie würden die emotionale Leere füllen.

Acht Kassetten und neunzig Minuten später hatten wir nur steife Glieder und eine noch deprimiertere, nüchternere Meinung vom Mainstream-Journalismus als zuvor. Abgesehen von den Kameraeinstellungen, glichen sich die einzelnen Berichte wie ein Ei dem anderen. Je länger sich die Suche nach Amanda hinzog, desto einförmiger wurden die Bilder in den Nachrichten: Immer die gleichen Aufnahmen von Helenes Haus, Helene bei einem Interview, Broussard oder Poole bei einer offiziellen Stellungnahme, Nachbarn, die Flugblätter auf den Straßen verteilten, Polizisten, die sich über eine Motorhaube beugten und mit der Taschenlampe eine Karte der Umgebung beleuchteten oder einen Suchhund an der Leine hielten. Es stumpfte ab. Und auf jeden Bericht folgte der gleiche markige, widerlich rührselige Kommentar, die gleiche einstudierte Traurigkeit und das gleiche moralisierende

Kopfschütteln der Nachrichtensprecher. *Und jetzt zurück zu unserem regulären Programm...*

»Tja.« Angie reckte sich, und ich hörte die Wirbel in ihrem Rückgrat krachen wie Walnüsse in einem Nußknacker. »Abgesehen davon, daß wir ein paar Leute im Fernsehen gesehen haben, die wir aus der Nachbarschaft kennen – was haben wir heute morgen erreicht?«

Ich beugte mich vor und streckte selbst meinen Hals, daß es krachte. Bald mußten wir beide Halskrausen tragen. »Nicht viel. Ich habe Lauren Smythe gesehen. Dachte immer, sie wäre umgezogen.« Ich zuckte mit den Achseln. »Ist mir wahrscheinlich nur aus dem Weg gegangen.«

»Ist das die, die mit einem Messer auf dich losgegangen ist?«

»Mit einer Schere«, verbesserte ich sie. »Aber ich sage mir, daß es das Vorspiel sein sollte. Sie war halt nicht sehr gut darin.«

Angie schlug mir mit dem Handrücken auf die Schulter. »Warte mal. Ich hab April Norton und Susan Siersma gesehen, die ich mindestens seit der High-School nicht mehr gesehen habe. Dann Billy Boran und Mike O'Connor, der hat ganz schön Haar verloren, nicht?«

Ich nickte. »Aber er hat auch ganz schön abgenommen.«

»Wen interessiert das? Er hat eine Glatze.«

»Manchmal habe ich das Gefühl, daß du noch simpler gestrickt bist als ich.«

Sie zuckte mit den Achseln und zündete sich eine Zigarette an. »Wer war noch dabei?«

»Danielle Genter«, antwortete ich. »Babs Kerins. Der ätzende Chris Mullen war überall.«

»Ist mir auch aufgefallen. Aber immer nur am Anfang.«

Ich nippte am kalten Kaffee. »Hä?«

»Nur am Anfang. Er hing immer nur am Anfang von jeder Kassette im Hintergrund herum, am Ende nie.«

Ich gähnte. »Unser Chris ist halt ein Grenzgänger.« Ich nahm ihre leere Kaffeetasse und hielt sie zusammen mit meiner mit einem Finger fest. »Noch mehr Kaffee?«

Sie schüttelte den Kopf.

Ich ging in die Küche, stellte ihre Tasse in die Spüle und goß mir selbst neuen Kaffee ein. Als ich den Kühlschrank öffnete und die Sahne herausholte, kam Angie herein.

»Wann hast du Chris Mullen das letzte Mal hier in der Gegend gesehen?«

Ich machte den Kühlschrank wieder zu und sah sie an. »Wann hast du die ganzen anderen Leute das letzte Mal gesehen, die auf den Videos waren?«

Sie schüttelte den Kopf. »Laß die anderen mal da raus. Ich meine, die haben doch die ganze Zeit hier gewohnt. Aber Chris? Der ist doch in die Innenstadt gezogen. Hat sich so um 1987 herum eine Wohnung in den Devonshire Towers gekauft.«

Ich sah sie verständnislos an. »Noch mal: ja und?«

»Womit bitte verdient denn Chris Mullen sein Geld?«

Ich stellte die Sahne neben die Tasse auf den Tresen. »Er arbeitet für Cheese Olamon.«

»Der zufällig im Knast sitzt.«

»Große Überraschung.«

»Weshalb?«

»Was?«

»Weshalb sitzt Cheese im Knast?«

Wieder griff ich zur Sahne. »Weshalb schon!« Langsam drehte ich mich um und hörte meinen eigenen Worten zu. »Rauschgifthandel«, sagte ich langsam.

»Da liegst du verdammt richtig.«

9

Amanda McCready lachte nicht. Sie sah mich mit ruhigem, leeren Blick an. Das aschblonde Haar hing ihr glatt an den Seiten herunter, als habe man es mit nassen Händen seitlich an den Kopf geklatscht. Sie besaß das gleiche ängstliche Kinn wie ihre Mutter, zu eckig und zu klein für ihr ovales Gesicht. Die leicht eingefallenen Wangen deuteten auf eine unausgewogene Ernährung hin.

Sie runzelte nicht die Stirn, auch wirkte sie nicht verärgert oder traurig. Sie saß einfach nur da, ohne irgendeine Reaktion. Fotos von sich machen zu lassen war für sie gleichbedeutend mit Essen oder Anziehen oder Fernsehen gucken oder mit einem Spaziergang mit ihrer Mutter. Es schien, als reihten sich alle Erfahrungen in ihrem jungen Leben unterschiedslos aneinander – ohne Abweichungen nach oben oder unten.

Ihr Foto befand sich ein wenig oberhalb der Mitte auf einem weißen Blatt Papier. Unter dem Bild war die Personenbeschreibung. Darunter wiederum stand zu lesen: WENN SIE AMANDA SEHEN, WENDEN SIE SICH BITTE AN: und darauf folgten die Namen von Lionel und Beatrice mit ihrer Telefonnummer. Außerdem war noch die Nummer der Ermittlungsgruppe Kind angegeben; als Kontaktperson wurde Lieutenant Jack Doyle genannt sowie die Notrufnummer

911. Ganz unten stand der Name von Helene mit ihrer Telefonnummer.

Der Stapel mit Flugblättern lag auf Lionels Küchentheke, wo er ihn abgelegt hatte, nachdem er am Morgen nach Hause gekommen war. Die ganze Nacht war Lionel unterwegs gewesen, um die Flugblätter an Straßenlaternen, Pfeiler von U-Bahn-Stationen, Bauzäune und an mit Holz verbarrikadierte Häuser zu kleben. Er hatte die Innenstadt von Boston und Cambridge übernommen, während Beatrice und drei Dutzend Nachbarn den Rest des gesamten Einzugsbereichs der Stadt unter sich aufgeteilt hatten. Bei Sonnenaufgang hatten sie Amandas Gesicht an jeden erlaubten und verbotenen Fleck geklebt, der sich in einem Radius von zwanzig Meilen in und um Boston fand.

Als wir eintraten, war Beatrice im Wohnzimmer und absolvierte ihre morgendliche Pflichtübung. Sie rief alle mit dem Fall befaßten Polizisten und Journalisten an und bat um einen Lagebericht. Danach telefonierte sie die Krankenhäuser durch. Als nächstes waren die Geschäfte und Firmen an der Reihe, die sich geweigert hatten, in ihren Aufenthaltsräumen oder Cafeterien ein Flugblatt von Amanda aufzuhängen. Sie wurden nach dem Grund für diese Weigerung befragt.

Ich wußte nicht, wann oder ob sie überhaupt schlief.

Helene war mit uns in der Küche. Sie saß am Tisch, aß eine Schüssel Cornflakes und litt demonstrativ an ihrem Kater. Als Angie und ich gemeinsam mit Broussard und Poole eintrafen, folgten Lionel und Beatrice uns in die Küche, möglicherweise ahnten sie schon etwas. Lionel hatte noch nasse Haare, kleine Tropfen glänzten auf seiner UPS-Uniform. In Beatrices kleinem Gesicht stand die Erschöpfung eines Kriegsflüchtlings geschrieben.

»Cheese Olamon«, sagte Helene langsam.

»Cheese Olamon«, wiederholte Angie. »Ja.«

Helene kratzte sich am Hals, wo eine kleine Ader wie ein unter der Haut eingeschlossener Käfer pulsierte. »Keine Ahnung.«

»Was soll das heißen, keine Ahnung?« fragte Broussard.

»Ich mein', den Namen kenn ich von irgendwoher.« Helene sah zu mir auf und fummelte an einem Riß in der Plastikoberfläche des Tisches herum.

»Von irgendwoher?« wiederholte Poole. »Von irgendwoher, Miss McCready? Darf ich Sie so zitieren?«

»Was?« Helene fuhr sich mit der Hand durch das dünne Haar. »Was? Ich hab gesagt, er kommt mir bekannt vor.«

»Ein Name wie Cheese Olamon«, sagte Angie, »kommt einem nicht irgendwie vor. Entweder kennt man ihn oder nicht.«

»Ich denke nach.« Helene tupfte sich leicht auf die Nase, dann starrte sie ihre Finger an.

Mit einem unangenehmen Geräusch zog Poole einen Stuhl heran und setzte sich vor Helene.

»Ja oder nein, Miss McCready. Ja oder nein.«

»Ja oder nein was?«

Broussard seufzte laut, drehte an seinem Ehering und klopfte mit dem Fuß auf den Boden.

»Kennen Sie Mr. Cheese Olamon?« flüsterte Poole. Es klang, als hätte er Kies und Glassplitter in der Kehle.

»Ich weiß nicht ...«

»Helene!« Angies Stimme gellte so scharf, daß selbst ich mich erschrak.

Helene sah zu ihr auf, und der Käfer unter der Haut an ihrem Hals zappelte wie verrückt. Sie versuchte, Angies Blick eine Zehntelsekunde standzuhalten, dann ließ sie den Kopf sinken. Das Haar fiel ihr ins Gesicht, dann erklang ein leiser, krächzender Laut, während sie die nackten Füße übereinanderschlug und die Muskeln in den Waden anspannte.

»Ich kenne Cheese«, gab sie zu. »Ein bißchen.«

»Ein kleines oder ein großes Bißchen?« Broussard holte einen Kaugummi hervor und wickelte ihn aus. Das Geräusch der Alufolie lief mir den Rücken herunter.

Helene zuckte mit den Achseln. »Ich kenne ihn.«

Zum ersten Mal, seitdem wir in der Küche waren, bewegten sich Beatrice und Lionel. Sie ging hinüber zum Ofen und stellte sich zwischen Broussard und mich, während sich ihr Mann auf einen Stuhl in der Ecke setzte, gegenüber von seiner Schwester. Beatrice hob einen gußeisernen Kessel vom Herd und stellte ihn unter den Wasserhahn.

»Wer ist Cheese Olamon?« Lionel zog die rechte Hand seiner Schwester von ihrem Gesicht fort. »Helene? Wer ist Cheese Olamon?«

Beatrice sah sich nach mir um. »Er ist so was wie ein Dealer, oder?«

Sie sprach so leise, daß nur Broussard und ich sie bei dem laufenden Wasser verstehen konnten.

Ich streckte die Hände aus und zuckte mit den Schultern.

Beatrice widmete sich wieder dem Wasserkessel.

»Helene?« fragte Lionel erneut. Jetzt klang seine Stimme unsicher, höher als sonst.

»Irgend so ein Typ, Lionel.« Helenes Stimme war müde und ausdruckslos, so als sei sie Lichtjahre entfernt.

Lionel blickte uns an.

Angie und ich wichen seinem Blick aus.

»Cheese Olamon«, erklärte Remy Broussard und räusperte sich, »ist, unter anderem, ein Dealer, Mr. McCready.«

»Und was noch?« fragte Lionel mit der ungeduldigen Neugier eines Kindes.

»Was?«

»Sie haben gesagt, unter anderem. Was ist er sonst noch?«

Beatrice drehte den Wasserhahn zu, stellte den Kessel auf den Herd und entzündete die Flamme darunter. »Helene, warum antwortest du nicht, wenn dir dein Bruder eine Frage stellt?«

Helene saß da, das Haar fiel ihr ins Gesicht, und ihre Stimme kam aus unendlicher Entfernung: »Warum gehst du nicht los und lutscht einen dicken Niggerschwanz, Bea?«

Lionel schlug so heftig mit der Faust auf den Tisch, daß sich ein Spalt in dem billigen Plastik bildete, so als reiße ein Strom durch einen Canyon.

Helenes Kopf flog in den Nacken, das Haar fiel ihr aus dem Gesicht.

»Hör mir gut zu!« Bebend fuchtelte Lionel mit dem Zeigefinger vor der Nase seiner Schwester herum. »Du beleidigst nicht meine Frau, und du machst keine rassistischen Sprüche in meiner Küche!«

»Lionel ...«

»Nicht in meiner Küche!« Wieder schlug er mit der Faust auf den Tisch. »Helene!«

Diese Stimme hatte ich noch nie gehört. Zwar hatte Lionel bei unserer ersten Begegnung in unserem Büro die Stimme erhoben, doch war er da nicht wirklich außer sich geraten. Das hier war etwas anderes. Ein Donnern. Diese Stimme ließ Zement zerbröckeln und brachte Eichen zum Zittern.

»Wer ist Cheese Olamon?« wiederholte Lionel und umkrallte mit der anderen Hand die Tischkante.

»Er ist ein Drogendealer, Mr. McCready.« Poole suchte in seinen Taschen herum und zog eine Schachtel Zigaretten hervor. »Und handelt mit pornographischem Material. Und er ist ein Zuhälter.« Er holte eine Zigarette aus der Schachtel, stellte sie aufrecht auf den Tisch und beugte sich vor, um an der Spitze zu schnuppern. »Außerdem hat er Steuern hinterzogen, ob Sie's glauben oder nicht.«

Lionel, der Pooles Zigarettennummer offenbar noch nicht kannte, ließ sich vorübergehend davon ablenken. Dann blinzelte er und wandte seine Aufmerksamkeit wieder Helene zu.

»Du hast mit einem Zuhälter zu tun?«

»Ich ...«

»Mit einem Pornohändler, Helene?«

Sie drehte sich zur Seite, ließ den rechten Arm auf dem Tisch ruhen und sah an uns allen vorbei aus dem Küchenfenster.

»Was haben Sie für ihn gemacht?« fragte Broussard.

»Hin und wieder was rumgefahren.« Helene zündete sich eine Zigarette an, wobei sie das Streichholz mit der Hand abschirmte und anschließend so lethargisch ausschüttelte, als kreide sie einen Billardqueue.

»Drogenkurier also«, bemerkte Poole.

Sie nickte.

»Von wo nach wo?« hakte Angie nach.

»Von hier nach Providence. Von hier nach Philly. Kam drauf an, was gerade da war.« Sie zuckte mit den Schultern. »Oder was gerade gefragt war.«

»Und was bekamen Sie dafür?« wollte Broussard wissen.

»Mal Knete, mal Stoff.« Wieder zuckte sie mit den Schultern.

»Heroin?« fragte Lionel.

Sie drehte sich um und sah ihn an. Die Zigarette hing lose zwischen ihren Fingern, ihre Körperhaltung war schlaff und kraftlos. »Ja, Lionel. Manchmal. Mal Koks, mal E und manchmal ...«, – sie schüttelte den Kopf und blickte in den Raum, »ach, scheißegal.«

»Aber«, widersprach Beatrice, »dann hätten wir doch Einstiche sehen müssen.«

Poole tätschelte Helenes Knie. »Sie hat es geschnupft.« Er blies die Nasenlöcher auf und neigte sich über seine Zigarette. »Stimmt's?«

Helene nickte. »Ist nicht so gefährlich.«

Poole grinste. »Natürlich nicht.«

Helene schob seine Hand von ihrem Knie und stand auf. Sie ging zum Kühlschrank und holte eine Dose Miller heraus, die sie mit einem lauten Plopp öffnete, so daß das Bier nach oben sprudelte. Sie schlürfte es auf.

Ich blickte auf die Uhr: halb elf vormittags.

Broussard rief zwei Beamte der EGK an und erteilte ihnen den Auftrag, sofort die Überwachung von Chris Mullen aufzunehmen. Abgesehen von den Detectives, die Amanda von Anfang an suchten, und den beiden, die für die Suche nach Ray Likanski abgeordnet worden waren, machte jetzt auch die gesamte EGK Überstunden.

»Dies ist ein absoluter ›Niemand-außer-mir-Auftrag‹«, sprach er in die Muschel. »Das bedeutet, daß niemand außer mir wissen braucht, womit ihr momentan beschäftigt seid, klar?«

Nachdem er aufgelegt hatte, folgten wir Helene mit ihrem Morgenbier auf die hintere Veranda. Flache kobaltblaue Wolken zogen über unseren Köpfen dahin. Die morgendliche Luft wurde träge und grau, ging in eine undurchdringliche Feuchtigkeit über, die für den Nachmittag Regen versprach.

Mit dem Bier schien sich Helene besser konzentrieren zu können. Sie lehnte sich gegen die Verandabrüstung, blickte uns ohne Angst und Selbstmitleid in die Augen und beantwortete alle Fragen über Cheese Olamon und seine rechte Hand Chris Mullen.

»Seit wann kennen Sie Mr. Olamon?« begann Poole.

Sie zuckte mit den Achseln. »Zehn, zwölf Jahre vielleicht. Ich kenne ihn hier aus der Gegend.«

»Und Chris Mullen?«

»Ungefähr genauso lange.«

»Wo fand der erste Kontakt statt?«

Helene ließ das Bier sinken. »Hä?«

»Wo hast du diesen Cheese das erste Mal gesehen?« übersetzte Beatrice.

»Im Filmore.« Sie trank einen Schluck Bier aus der Dose.

»Wann hast du angefangen, für ihn zu arbeiten?« wollte Angie wissen.

Wieder Achselzucken. »Ich hab' im Laufe der Jahre 'n paar kleine Dinger für ihn gemacht. Vor zirka vier Jahren brauchte ich mehr Geld wegen Amanda ...«

»Du meine Güte!« rief Lionel.

Sie warf ihm einen kurzen Blick zu und sprach dann weiter mit Poole und Broussard. »... da hat er mich ein paarmal losgeschickt. War aber fast nie was Großes.«

»Fast nie«, wiederholte Poole.

Sie blinzelte und nickte dann schnell.

Poole wandte den Kopf ab und drückte die Zunge gegen die Unterlippe. Broussard sah ihm in die Augen und holte wieder einen Streifen Kaugummi aus der Tasche.

Poole kicherte leise. »Miss McCready, wissen Sie, bei welchem Dezernat Detective Broussard und ich gearbeitet haben, bevor wir zur EGK versetzt wurden?«

Helene verzog das Gesicht. »Mir doch egal.«

Broussard schob sich den Kaugummi in den Mund. »Kann ich mir vorstellen. Aber der Vollständigkeit halber ...«

»Beim Rauschgift«, erklärte Poole.

»Die EG Kind ist ziemlich klein«, fügte Broussard hinzu,

»wenig Kollegen. Deshalb hängen wir meistens mit den Typen vom Rauschgift rum.«

»So bleiben wir auf dem laufenden«, sagte Poole.

Helene blinzelte Poole an, versuchte zu verstehen, worauf die beiden hinauswollten.

»Sie sagten, Sie hätten Stoff durch den Philadelphia-Korridor geschleust«, stellte Broussard fest.

»Aham.«

»Zu wem?«

Sie schüttelte den Kopf.

»Miss McCready«, sagte Poole wieder, »wir sind hier nicht bei einem Einsatz vom Rauschgiftdezernat. Nennen Sie uns den Namen, damit wir feststellen können, ob Sie wirklich für Cheese Ol...«

»Rick Lembo.«

»Ricky the Dick«, bemerkte Broussard und grinste.

»Wo wurden die Geschäfte abgewickelt?«

»Im Ramada am Flughafen.«

Poole nickte Broussard zu.

»Sind Sie auch mal nach New Hampshire hochgefahren?«

Helene trank einen Schluck Bier und schüttelte den Kopf.

»Nein?« Erstaunt hob Broussard die Augenbrauen. »Nichts über Nashua, keine schnellen Geschäfte mit den Bikern?«

Wieder schüttelte Helene den Kopf. »Nein. Ich nicht.«

»Wieviel haben Sie Cheese abgeknöpft, Miss McCready?«

»Wie bitte?« fragte Helene.

»Cheese hat vor drei Monaten seine Bewährungsauflagen verletzt. Dafür bekommt er zehn bis zwölf Jahre aufgebrummt.« Broussard spuckte den Kaugummi über die Brüstung. »Wieviel haben Sie von ihm abgezogen, als Sie von seiner Verhaftung hörten?«

»Nichts.« Helene starrte auf ihre nackten Füße.

»Blödsinn.«

Poole trat an Helene heran und nahm ihr vorsichtig die Bierdose aus der Hand. Er beugte sich über die Brüstung und neigte die Dose, so daß sich ihr Inhalt auf die Zufahrt hinter dem Haus ergoß.

»Miss McCready«, sagte er, »was die sprichwörtlichen Spatzen in den letzten paar Monaten von den sprichwörtlichen Dächern pfeifen, ist folgendes: Cheese Olamon schickte kurz vor seiner Inhaftierung einen Beutel Stoff an ein paar Biker in ein Hotel in Nashua. Der Stoff wurde bei einer Razzia gefunden, das Geld nicht. Da die Biker, allesamt kräftige Burschen, den Inhalt dieses Beutels noch nicht angerührt hatten, spekulieren unsere gesetzesvollstreckenden Freunde aus den nördlichen Gefilden, daß der Deal wenige Minuten vor der Razzia vonstatten gegangen sein muß. Außerdem sind viele der Meinung, daß der Kurier mit dem Geld abgehauen ist. Der wiederum war, glaubt man den modernen Mythen der Großstadt, neu im Lager von Cheese Olamon.«

»Wo ist das Geld?« fragte Broussard.

»Ich weiß nicht, was Sie meinen.«

»Lust auf den Lügendetektor?«

»Hab' ich schon hinter mir.«

»Diesmal mit anderen Fragen.«

Helene drehte sich zur Brüstung und sah auf den kleinen geteerten Parkplatz und die vertrockneten Bäume dahinter.

»Wieviel, Miss McCready?« Pooles Stimme war sanft, keine Spur von Bedrohung oder Eile war in ihr auszumachen.

»Zweihunderttausend.«

Eine Minute lang sprach niemand auf der Veranda.

»Wer hatte die Knarre?« fragte Broussard schließlich.

»Ray Likanski.«

»Wo ist das Geld?«

Die Muskeln in Helenes magerem Nacken versteiften sich. »Ich weiß es nicht.«

»Lügen haben kurze Beine«, sagte Poole.

Sie drehte sich zu uns um. »Ich weiß es nicht. Ich schwöre bei Gott.«

»Sie schwört bei Gott.« Poole blinzelte mir zu.

»Na ja, dann«, sagte Broussard, »dann müssen wir ihr wohl glauben.«

»Miss McCready?« Poole zog die Manschetten seines Hemdes unter seinem Sakko hervor und strich sie glatt. Seine Stimme klang leicht und fast musikalisch.

»Wirklich, ich ...«

»Wo ist das Geld?« Je leichter und musikalischer sein Singsang wurde, desto bedrohlicher wirkte Poole.

»Ich weiß nicht ...« Helene rieb sich mit der Hand übers Gesicht, ihr Körper sackte gegen die Brüstung. »Ich war voll breit, ja? Wir sind aus diesem Hotel gekommen, und zwei Sekunden später war der Parkplatz gerammelt voll mit Bullen aus New Hampshire. Ray hat mich in den Arm genommen, und wir sind einfach mittendurch gegangen. Amanda war am Heulen – die dachten bestimmt, wir wären eine normale Familie.«

»Amanda hattest du dabei?« rief Beatrice ungläubig. »Helene!«

»Ja, und?« gab sie zurück. »Hätte ich sie vielleicht im Auto lassen sollen?«

»Dann sind Sie also losgefahren«, rekapitulierte Poole. »Sie waren stoned. Und dann?«

»Ray ist zu einem Freund gefahren. Wir waren so ungefähr eine Stunde lang da.«

»Wo war Amanda?« fragte Beatrice.

Helene funkelte sie böse an. »Was weiß ich, Bea! Im Auto

oder mit uns im Haus. Eins von beiden. Ich hab' doch gesagt, daß ich voll drauf war.«

»Hatten Sie das Geld noch dabei, als Sie das Haus verließen?« fragte Poole.

»Glaub' nicht.«

Broussard schlug seinen Stenoblock auf. »Wo war das Haus?«

»In so 'ner Gasse.«

Er schloß kurz die Augen. »Wo befand es sich? Geben Sie mir die Adresse, Miss McCready!«

»Ich hab' ihnen doch gesagt, ich war voll breit. Ich ...«

»Dann halt die verdammte *Stadt*!« Broussard biß die Zähne zusammen.

»Charlestown«, antwortete sie. Dann legte sie den Kopf schief und dachte darüber nach. »Ja, ganz bestimmt. Oder Everett.«

»Oder Everett«, wiederholte Angie. »Das grenzt die Sache natürlich ein.«

Ich sagte: »Charlestown ist die Stadt mit dem riesigen Denkmal, Helene.« Ich lächelte aufmunternd. »Du weißt schon. Sieht aus wie das Washington Monument, aber es steht auf dem Bunker Hill.«

»Macht er sich über mich lustig?« fragte Helene Poole.

»Dazu möchte ich mich nicht äußern«, erwiderte Poole. »Aber Mr. Kenzie hat recht. Wenn Sie in Charlestown waren, könnten Sie sich an das Denkmal erinnern, oder?«

Wieder dauerte es eine Weile, in der Helene das ihr verbliebene Stück Hirn quälte. Ich fragte mich, ob ich ihr noch ein Bier holen sollte. Vielleicht würde das die Sache beschleunigen.

»Ja«, sagte sie schließlich ganz langsam. »Auf dem Rückweg sind wir über den großen Hügel mit dem Denkmal gefahren.«

»Also war das Haus im Osten der Stadt«, folgerte Broussard.

»Im Osten?« wiederholte Helene.

»Sie waren näher an der Siedlung Bunker Hill, an Medford Street und Bunker Hill Avenue als an der Main Street oder Warren Street.«

»Wenn Sie das sagen.«

Broussard neigte den Kopf und fuhr sich mit dem Handrücken langsam über die Bartstoppeln auf seiner Wange. Einige Male atmete er flach ein und aus.

»Miss McCready«, sagte Poole, »abgesehen von der Tatsache, daß sich das Haus am Ende einer Gasse befand, können Sie sich noch an etwas anderes erinnern? Hatte es ein oder zwei Wohnungen?«

»Es war superklein.«

»Das heißt bei uns Einfamilienhaus.« Poole kritzelte in sein Notizbuch. »Farbe?«

»Sie waren weiß.«

»Wer?«

»Die Freunde von Ray. Eine Frau und ein Typ. Beide weiß.«

»Hervorragend!« lobte Poole. »Aber das Haus, welche Farbe hatte das?«

Sie zuckte mit den Achseln. »Weiß nicht mehr.«

»Los, wir gehen Likanski suchen«, schlug Broussard vor. »Wir können ja in Pennsylvania anfangen. Scheißegal – ich fahre!«

Poole hob die Hand. »Einen kleinen Moment noch, Detective. Miss McCready, bitte denken Sie gründlich nach! Rufen Sie sich diese Nacht ins Gedächtnis! Die Gerüche. Die Musik, die bei Ray Likanski im Auto lief. So daß Sie sich wieder in die Situation im Auto hineinversetzen können. Sie fuhren von Nashua nach Charlestown. Dafür braucht man ungefähr eine Stunde, vielleicht ein bißchen weniger. Sie waren stoned. Sie hielten in dieser Gasse an, und dann ...«

»Haben wir nicht.«

»Was?«

»Wir sind nicht in die Gasse gefahren. Wir haben an der Straße geparkt, weil da so'n altes kaputtes Auto in der Sackgasse stand. Wir sind ewig lang rumgekurvt, bis wir einen Parkplatz fanden. Scheiße zu parken da.«

Poole nickte. »Dieses kaputte Auto in der Sackgasse, können Sie sich an irgend etwas erinnern?«

Sie schüttelte den Kopf. »Das war nur ein Haufen Rost, es war aufgebockt. Keine Reifen, nichts.«

»Deshalb war es aufgebockt«, erklärte Poole. »Sonst nichts?«

Helene wollte gerade wieder den Kopf schütteln, hielt dann jedoch inne und kicherte.

»Möchten Sie den Grund Ihrer Erheiterung mit dem Rest der Klasse teilen?« fragte Poole.

Sie sah ihn noch immer lächelnd an. »Was?«

»Warum lachen Sie, Miss McCready?«

»Garfield.«

»James A. Garfield? Der zwanzigste Präsident der USA?«

»Hä?« Helenes Augäpfel traten hervor. »Nein. Der Kater.«

Wir starrten sie alle an.

»Der fette Kater! Aus dem Comic.«

»Ach so«, sagte ich.

»Wißt ihr noch, als alle solche Garfields an den hinteren Scheiben kleben hatten? Und in diesem Auto war auch so einer. Deshalb kam ich auf die Idee, daß es schon seit Ewigkeiten da stand. Ich meine, wer hat denn heute noch so einen Garfield im Fenster kleben.«

»Genau«, sagte Poole. »Ganz genau.«

10

Als Winthrop mit den ersten Siedlern die Neue Welt erreichte, ließen sie sich auf einem größtenteils hügeligen Stück Land von einer Quadratmeile Ausdehnung nieder und benannten es nach der Stadt, die sie in England hinter sich gelassen hatten, Boston. Während des grausamen Winters, den Winthrops Pilger dort verbrachten, merkten sie, daß das Wasser unbeschreiblich brackig war. Deshalb überquerten sie den Fluß und übertrugen den Namen Boston auf das andere Ufer, wodurch die Gegend, die später einmal Charlestown genannt werden sollte, fürs erste wieder namenlos und unbewohnt war.

Seither hat sich Charlestown den Charakter eines Vorpostens bewahrt. Diese ursprünglich irische Siedlung, seit Generationen Heimat von Fischern, Seefahrern und Dockarbeitern, ist berüchtigt für das dort herrschende Gesetz des Schweigens. Dieser Unwille, mit der Polizei zu sprechen, hat der Stadt die höchste Rate ungelöster Mordfälle im gesamten Land beschert, obwohl die Mordrate an sich gar nicht so hoch ist. Die Angewohnheit, den Mund zu halten, kommt sogar zum Tragen, wenn lediglich nach dem Weg gefragt wird. Fragt man einen Bewohner von Charlestown, einen Townie, wie man zu dieser oder jener Straße komme, kneift er die Augen zusammen. »Was zum Teufel hast du hier zu suchen, wenn du nicht mal weißt, wo du hinwillst?« mag die höfliche Antwort lauten, eventuell gefolgt von einem ausgestreckten Mittelfinger (aber nur wenn man ihm wirklich sympathisch ist).

Charlestown ist also eine Stadt, in der man sich schnell verirrt. Schilder mit Straßennamen verschwinden alle naselang, und die Häuser stehen oft so eng beieinander, daß der schmale Weg dazwischen, der zu weiteren Häusern führt, nicht zu erkennen ist. Die Straßen, die auf den Hügel hinaufführen, enden meistens in einer Sackgasse oder leiten den Fahrer von seinem Ziel fort in die entgegengesetzte Richtung.

Auch weisen die Stadtteile von Charlestown erstaunliche Unterschiede auf. Je nachdem, in welche Richtung man fährt, können direkt auf die Sozialbausiedlung Mishawum die feinen Stadthäuser aus braunem Sandstein folgen, die in Hufeisenform um den Edwards Park gruppiert sind. Andere Straßen, die an herrschaftlichen Kolonialhäusern aus rotem Ziegelstein mit weißen Schmuckelementen am Monument Square vorbeiführen, versanden ohne Vorwarnung im Dunkelgrau der Sozialbausiedlung Bunker Hill, eine der am stärksten verarmten weißen Wohnsiedlungen diesseits von West Virginia.

Doch finden sich hier und dort vereinzelte Spuren von historischem Bewußtsein – Backstein und Mörtel, Holzverschalungen aus der Kolonialzeit, Kopfsteinpflaster, Gasthäuser aus vorrevolutionärer Zeit, Seemannsquartiere vom Anfang des Jahrhunderts –, die in ganz Amerika ihresgleichen suchen.

Nervt trotzdem, wenn man durchfahren muß.

Und genau das hatten wir in der letzten Stunde getan: Wir folgten Poole und Broussard, die mit Helene auf dem Rücksitz ihres Taurus kreuz und quer durch Charlestown kurvten.

Wir waren den gesamten Hügel abgefahren, hatten uns die Rückseiten von beiden Sozialsiedlungen angesehen, waren Stoßstange an Stoßstange über das Kopfsteinpflaster in der Yuppie-Enklave um das Bunker Hill Monument und hinunter bis zum Ende der Warren Street geschaukelt. Wir hatten den Docks einen Besuch abgestattet, waren an Old Ironsides vorbeigeglitten, an der Hafenzone mit den einst schmuddeligen Lagerhäusern und Schiffdocks, die nun zu kostspieligen Eigentumswohnungen umgebaut worden waren. Wir waren die kaputten Straßen entlanggehoppelt, die die ausgebrannten Überreste längst vergessener Fischereien am Ende jener Landzunge säumten, wo mehr als ein Mafioso seinen letzten Blick auf den im Mondlicht gebadeten Mystic River getan hatte, während eine Kugel das Geschütz verließ und in seinen Kopf einschlug.

Wir waren dem Taurus die Main Street und Rutherford Avenue entlang gefolgt, hatten ihn bergauf zur High Street, bergab zur Bunker Hill Avenue und noch hinter der Medford Street nicht aus den Augen gelassen, wir hatten jede winzige Straße dazwischen abgecheckt, hatten bei laufendem Motor in die schmalen Gassen gespäht, die wir immer erst in letzter Minute entdeckten. Auf der Suche nach einem aufgebockten Auto, zweihunderttausend Mäusen und Garfield.

»Früher oder später«, bemerkte Angie, »geht uns das Benzin aus.«

»Oder die Geduld«, fügte ich hinzu. Gerade zeigte Helene auf irgend etwas.

Ich trat auf die Bremse, und wieder hielt der Taurus vor uns an. Broussard stieg mit Helene aus, ging mit ihr zu einer Gasse hinüber und spähte hinein. Broussard fragte sie etwas, und Helene schüttelte den Kopf. Sie gingen zurück zum Auto, und ich nahm den Fuß von der Bremse.

»Warum suchen wir noch mal das Geld?« fragte Angie

einige Minuten später, als wir den Hügel auf der anderen Seite wieder herunterfuhren. Die Motorhaube unseres Crown Victoria zeigte steil nach unten, die Bremsen schleiften, und ich konnte die Füße kaum auf den Pedalen halten.

Ich zuckte mit den Achseln. »Vielleicht weil das der erste Anhaltspunkt ist, den es seit langer Zeit gibt, oder weil Broussard und Poole die ganze Angelegenheit jetzt vielleicht für eine Entführung in der Drogenszene halten.«

»Und wo ist dann die Lösegeldforderung? Wieso haben sich Chris Mullen oder Cheese Olamon oder einer von seinen Leuten noch nicht bei Helene gemeldet?«

»Vielleicht warten sie, bis sie von selbst darauf kommt.«

»Da erwarten sie aber ein bißchen viel von jemandem wie Helene.«

»Chris und Cheese sind ja auch nicht gerade Atomwissenschaftler.«

»Stimmt, aber ...«

Wieder hielten wir an, und diesmal war Helene noch vor Broussard aus dem Auto. Wild gestikulierend, zeigte sie auf einen Bauschuttcontainer auf dem Bürgersteig. Die Bauarbeiter, die an dem Haus auf der anderen Straßenseite arbeiteten, waren nicht zu sehen. Ich wußte jedoch, daß sie in der Nähe sein mußten, wenn auch nur, weil ein Gerüst vor der Fassade aufgestellt war.

Ich zog die Handbremse und stieg aus. Schon bald sah ich, warum Helene so aufgeregt war. Der eins zwanzig mal eins fünfzig große Container verdeckte die Gasse hinter ihm. Da stand ein Gran Torino aus den späten Siebzigern aufgebockt, und am Heckfenster klebte mit Saugnäpfen ein fetter oranger Kater, die Pfoten weit ausgestreckt. Er grinste wie ein Idiot durch die schmutzige Scheibe.

Es stellte sich als unmöglich heraus, in zweiter Reihe auf der Straße zu parken, ohne sie vollständig für den Verkehr zu sperren. Deshalb brauchten wir noch mal fünf Minuten, um Parkplätze auf der Bartlett Street den Hügel hoch zu finden. Dann gingen wir zu fünft zu der kleinen Straße zurück. In der Zwischenzeit waren die Bauarbeiter zurückgekehrt und tummelten sich nun mit literweise Bier in den Kühltaschen um das Gerüst herum. Sie pfiffen Helene und Angie hinterher, als wir den Hügel herunterkamen.

Poole grüßte einen von ihnen beim Näherkommen. Schnell blickte der Mann zur Seite.

»Mr. Fred Griffin«, sagte Poole. »Immer noch eine Vorliebe für Amphetamine?«

Fred Griffin schüttelte den Kopf.

»Entschuldige dich!« befahl Poole in seinem bedrohlichen Singsang im Weitergehen.

Fred räusperte sich. »Sorry, die Damen.«

Helene zeigte ihm einen Vogel, und der Rest der Bauarbeiter johlte.

Wir ließen uns ein bißchen zurückfallen. Angie stieß mich an: »Hast du auch das Gefühl, daß Poole hinter seinem breiten Grinsen ganz schön verbissen ist?«

»Ich persönlich würde mich nicht mit ihm anlegen«, antwortete ich. »Aber ich bin ja auch ein Warmduscher.«

»Das bleibt unser Geheimnis, Baby.« Sie tätschelte mir den Hintern, als wir in die Gasse einbogen, worauf auf der anderen Straßenseite wiederum ein Gejohle ertönte.

Der Gran Torino war schon lange nicht mehr gefahren worden. Da hatte Helene recht gehabt. Rost und schmutzigbraune Flecken zierten die Hohlziegel unter den Reifen. Auf den Fensterscheiben hatte sich so viel Staub angesammelt, daß es ein Wunder war, daß wir Garfield überhaupt hatten erkennen können. Eine Zeitung, auf deren Titelseite von

Lady Dianas Friedensmission in Bosnien berichtet wurde, lag auf dem Armaturenbrett.

Die Gasse war mit Kopfstein gepflastert und an einigen Stellen aufgerissen oder löchrig, so daß die rosagraue Erde darunter durchschimmerte. Aus zwei Plastikmülleimern unter einem zersprungenen Gaszähler quoll der Unrat. Die Straße zwischen den beiden zweistöckigen Gebäuden rechts und links war so eng, daß ich mich wunderte, daß das Auto überhaupt hereingepaßt hatte.

Am Ende der Gasse, ungefähr zehn Meter von der Hauptstraße entfernt, stand ein kastenförmiges Häuschen, das wahrscheinlich aus den vierziger oder fünfziger Jahren stammte, nach seiner phantasielosen Bauweise zu urteilen. Es bestand aus nur einem Geschoß. Vielleicht war es die Unterkunft eines Vorarbeiters auf der Baustelle gewesen oder eine kleine Empfangsstation. Wahrscheinlich wäre es gar nicht weiter aufgefallen, wenn es sich nicht in einer so architektonisch arrivierten Gegend befunden hätte, aber hier war es ein Schandfleck. Es führten keine Stufen zu der schiefen Tür hinauf, die sich ungefähr zwanzig Zentimeter über dem Boden befand. Die Holzschindeln waren mit schwarzer Teerpappe überzogen, als hätte jemand die Seitenwandungen mit Aluminium verkleiden wollen, es sich aber doch noch anders überlegt.

»Wissen Sie noch, wie die Leute heißen?« fragte Poole Helene und ließ mit dem Daumen die Riemen seines Holsters aufspringen.

»Nein.«

»Natürlich nicht«, sagte Broussard. Sein Blick flog über die acht Fenster, die auf die Straße gingen. Die schmierigen Rolläden dahinter waren bis auf die Fensterbänke heruntergezogen. »Sie haben gesagt, es waren zwei.«

»Ja. Ein Typ mit seiner Freundin.« Helene sah zu den anderen hohen Gebäuden empor, die ihren Schatten auf uns warfen.

Hinter uns wurde ein Fenster aufgerissen. Wir fuhren herum.

»Heilige Scheiße!« fluchte Helene.

Eine Frau Ende Fünfzig steckte den Kopf aus einem Fenster im ersten Stock und schaute auf uns herunter. In der Hand hielt sie einen Holzlöffel, von dem sich ein paar Spaghetti lösten und auf die Straße fielen.

»Seid ihr die Leute vom Tierschutzverein?«

»Wie bitte?« Poole blinzelte zu ihr hoch.

»Vom Tierschutz!« antwortete sie und schwang den Holzlöffel. »Gehört ihr zu denen?«

»Wir fünf?« fragte Angie zurück.

»Ich hab' angerufen«, erklärte die Frau. »Ich hab' da angerufen.«

»In welcher Angelegenheit?« erkundigte ich mich.

»In der Angelegenheit dieser Scheißkatzen, du Klugscheißer, deshalb. Ständig liegt mir mein Enkel Jeffrey im Ohr, und mein Mann heult mir das andere voll. Seh' ich etwa aus, als ob ich noch ein drittes Ohr hinten am Kopf hab', um mir das Geheul von den Scheißkatzen anzuhören?«

»Nein, Ma'am«, antwortete Poole. »Ich sehe kein drittes Ohr.«

Broussard räusperte sich. »Wir können Sie hier natürlich nur von vorne sehen, Ma'am.«

Angie hustete in die Faust, und Poole senkte den Kopf und betrachtete seine Schuhe.

»Ihr seid Bullen«, sagte die Frau. »Das merke ich.«

»Womit haben wir uns verraten?« fragte Broussard.

»Sie haben keinen Respekt vor den Arbeitern!« Die Frau warf das Fenster so heftig zu, daß die Scheiben bebten.

»Wir können Sie nur von vorne sehen!« Poole kicherte.

»Hat dir gefallen?« Broussard ging zur Tür des kleinen Hauses und klopfte an.

Ich schaute in die vollgestopften Mülleimer beim Gaszähler und erblickte mindestens zehn kleine Dosen Katzenfutter.

Broussard klopfte noch einmal. »Ich habe wohl Respekt vor Arbeitern«, sagte er zu sich.

»Meistens schon«, stimmte Poole zu.

Ich sah zu Helene herüber. Warum hatten Poole und Broussard sie nicht im Auto gelassen?

Broussard klopfte zum dritten Mal, und drinnen schrie eine Katze.

Broussard trat einen Schritt zurück. »Miss McCready?«

»Ja.«

Er wies auf die Tür. »Wären Sie bitte so freundlich, am Türknauf zu drehen?«

Helene sah ihn zweifelnd an, gehorchte aber. Die Tür ging nach innen auf.

Broussard grinste sie an. »Würden Sie auch noch einen Schritt hinein machen?«

Wieder gehorchte Helene.

»Hervorragend!« lobte Poole. »Können Sie etwas sehen?«

Sie schaute nach draußen. »Es ist dunkel. Riecht aber komisch.«

Broussard kritzelte in sein Notizbuch und sagte: »Zeugin stellt ungewöhnlichen Geruch im Haus fest.« Er verschloß den Stift. »Okay. Sie können wieder herauskommen, Miss McCready.«

Angie und ich warfen uns einen Blick zu und schüttelten den Kopf. Das mußte man Poole und Broussard lassen: Indem sie Helene die Tür öffnen und den ersten Schritt machen ließen, hatten sie einen Durchsuchungsbefehl umgangen. »Ungewöhnlicher Geruch« reichte wahrscheinlich als Grund aus, und nachdem Helene die Tür geöffnet hatte, konnte eigentlich jeder das Haus betreten.

Helene blieb auf dem Kopfsteinpflaster stehen und sah zu dem Fenster hinauf, wo sich die Frau über die Katzen beschwert hatte.

Eine davon, eine abgemagerte, hellbraun getigerte Katze, die bis auf die Rippen abgemagert war, schoß an Broussard vorbei, um mich herum, sprang hoch und landete auf den Mülleimern. Sofort steckte sie den Kopf in die Dosen mit Katzenfutter.

»Hey, Leute!« sagte ich.

Poole und Broussard wandten sich in der Tür um.

»Die Katze, sie hat getrocknetes Blut an den Pfoten.«

»Äh, wie ekelig«, sagte Helene.

Broussard zeigte auf sie. »Sie bleiben da stehen! Keine Bewegung, bis wir Sie rufen!«

Sie wühlte in der Tasche nach den Zigaretten. »Das brauchen Sie mir nicht zweimal sagen.«

Poole steckte den Kopf ins Haus und schnupperte. Dann wandte er sich wieder Broussard zu und runzelte die Stirn. Gleichzeitig nickte er.

Angie und ich traten neben die beiden.

»Blähbäuche«, sagte Broussard. »Hat einer von euch Kölnisch Wasser oder Parfüm dabei?«

Angie und ich schüttelten den Kopf. Poole holte ein kleines Fläschchen Aramis aus der Tasche. Ich hatte gar nicht gewußt, daß das noch hergestellt wurde.

»Aramis?« fragte ich. »Gab's kein Irish Moos mehr?«

Poole hob mehrmals die Augenbrauen. »Old Spice war leider auch aus.«

Er reichte das Fläschchen herum, und wir verteilten die Flüssigkeit großzügig auf der Oberlippe. Angie tränkte auch ein Taschentuch damit. So furchtbar es auch roch, als es auf die Schleimhäute in meiner Nase traf – es war immer noch besser, als einen Blähbauch zu riechen.

Blähbäuche sind in der Sprache von Bullen, Sanitätern und Ärzten Leichen, die schon längere Zeit tot sind. Wenn die Gase und Säuren nach Eintreten der Totenstarre im Körper ungebändigt ihrem Werk nachgehen können, bläht sich die Leiche auf wie ein Ballon. Auch sonst geschehen damit noch einige sehr appetitliche Dinge.

Der Eingangsbereich war nicht breiter als mein Auto. Mit einer Kruste aus getrocknetem Salz überzogene Winterstiefel klebten auf einer Zeitung vom Februar. Daneben standen ein Spaten mit rissigem Holzgriff, ein verrosteter Grill und eine Tüte mit leeren Bierdosen. Der dünne grüne Teppich war an mehreren Stellen zerrissen, die Katzen hatten ihre blutigen Pfotenabdrücke darauf hinterlassen.

Als nächstes gingen wir ins Wohnzimmer. Zu dem Licht, das durch die Fenster fiel, gesellte sich das silberne Flimmern eines Fernsehers, dessen Lautstärke heruntergestellt war. Im gesamten Haus war es dunkel, nur durch die Seitenfenster fiel graues Licht und erfüllte die Zimmer mit einem zinnfarbenen Ton, der die verwahrloste Umgebung nicht gerade angenehmer erscheinen ließ. Die Teppichstücke auf dem Boden paßten kein bißchen zueinander, sondern waren scheinbar mit dem Schönheitsempfinden eines Drogenabhängigen kombiniert worden. An mehreren Stellen, wo die einzelnen Teile zugeschnitten und nebeneinandergelegt worden waren, zogen sich kleine Flusen die Nähte entlang. Die Wände waren mit hellem Sperrholz verkleidet, die weiße Farbe löste sich von der Decke. Eine zerschlissene Futoncouch stand vor der Wand. Als wir in der Mitte des Zimmers standen und uns an das graue Licht gewöhnten, sah ich auf dem zerrissenen Stoff mehrere Augenpaare funkeln.

Dann kam vom Sofa ein elektrisches Summen, so als surrten Zikaden um einen Generator, und die Augenpaare bewegten sich in Zickzacklinie.

Dann griffen sie an.

Jedenfalls dachte ich das im ersten Moment. Auf ein hohes Miauen aus einem Dutzend Kehlen folgte der wilde Exodus der Katzen – Siamkatzen, weiße, getigerte Katzen und eine Havanna-Katze sprangen von der Couch über den Tisch, rasten über den geflickten Fußboden, schossen zwischen unseren Beinen hindurch und flitzten zur Tür.

»Heilige Mutter Gottes!« rief Poole und hüpfte auf einem Bein.

Ich drückte mich gegen die dünne Wand, Angie stand neben mir, und über meinen Fuß hüpfte ein dickes Stück Fleisch im Fell.

Broussard sprang nach rechts, dann nach links und schlug wild um sich.

Doch hatten es die Katzen nicht auf uns abgesehen. Sie wollten ans Tageslicht.

Draußen kreischte Helene auf, als die Tiere durch die Tür stürmten. »Heilige Scheiße! Hilfe!«

»Was habe ich gesagt?« schrie eine Stimme, die der Frau aus dem Nachbarhaus gehörte. »Eine Schande! Eine gottverdammte Schande in so einer Stadt wie Charlestown!«

Im Haus war es plötzlich so leise, daß ich das Ticken einer Uhr aus der Küche hören konnte.

»Katzen«, stieß Poole verächtlich aus und trocknete sich mit einem Taschentuch die Stirn.

Broussard überprüfte die Aufschläge seiner Hose und wischte sich ein Katzenhaar vom Schuh.

»Katzen sind klug.« Angie löste sich von der Wand. »Klüger als Hunde.«

»Aber Hunde holen dir morgens die Zeitung«, widersprach ich.

»Außerdem zerkratzen Hunde einem nicht die Couch«, fügte Broussard hinzu.

»Und sie fressen nicht die Leiche ihres Besitzers, wenn sie Hunger haben«, gab Poole zu bedenken. »Katzen schon.«

Angie gab ein würgendes Geräusch von sich. »Das stimmt doch nicht, oder?«

Langsam gingen wir in die Küche.

Ich mußte kurz stehenbleiben, den Atem anhalten und das Parfüm auf der Oberlippe einatmen.

»Scheiße«, stieß Angie hervor und vergrub das Gesicht im Taschentuch.

Ein nackter Mann war an einen Stuhl gefesselt. Keinen Meter von ihm entfernt kniete eine Frau auf dem Boden. Das Kinn war ihr auf die Brust gefallen. Das mit Blut getränkte weiße Negligé hing ihr in Fetzen bis zu den Ellenbogen herunter. Arm- und Fußgelenke waren hinter ihr zusammengebunden. Beide Leichen waren aufgedunsen und weiß wie Vulkanasche, jetzt, wo das Blut nicht mehr durch ihre Adern floß.

Der Mann war in der Brust getroffen. Eine ungeheure Detonation hatte sein Brustbein und den oberen Brustkorb zerstört. Nach der Größe des Loches zu urteilen, war der Schuß aus kurzer Entfernung von einem Gewehr abgegeben worden. Und leider hatte Poole recht gehabt, was die Freßgewohnheiten und die fragwürdige Loyalität von Katzen betraf. Nicht nur Schrot hatte sich in das Fleisch des Mannes gefressen. Durch die Auswirkungen von Kugeleinschlag, Zeit und Katzenzähnen sah der obere Teil seines Brustkorbs aus, als sei er mit der Schere eines Chirurgen freigelegt worden.

»Das ist nicht, was ich denke, daß es ist, oder?« sagte Angie mit Blick auf das klaffende Loch.

»Bedaure, Ihnen mitteilen zu müssen – aber das sind die Lungen des Herrn«, gab Poole bekannt.

Er hob den Kopf des Toten am Kinn mit einem Kugelschreiber an und trat einen Schritt zurück. »Oh, hallo David!«

»David Martin?« fragte Broussard und machte einen Schritt auf den Toten zu.

»Genau der.« Poole ließ den Kopf wieder fallen und berührte das dunkle Haar der Leiche. »Du siehst irgendwie krank aus, David.«

Broussard wandte sich uns zu. »David Martin. Auch bekannt als Mini-David.«

Angie hustete in ihr Taschentuch. »Für meine Begriffe sieht er ziemlich groß aus.«

»Es hat auch nichts mit seiner Körpergröße zu tun.«

Angie warf einen kurzen Blick auf die Leistengegend des Toten. »Oh.«

»Und das hier muß Kimmie sein«, erklärte Poole und stieg über die Pfütze getrockneten Bluts zu der Frau im Negligé herüber.

Er hob auch ihren Kopf mit dem Stift an und stieß aus: »Allmächtiger Gott!«

Eine schwarze Wunde zog sich wie eine tiefe Schlucht über Kimmies Hals. Kinn und Wangen waren mit schwarzen Blutflecken übersät, und ihre Augen waren nach oben gerichtet, als bitte sie um Rettung, um Hilfe oder um einen Beweis, daß irgend etwas jenseits dieser Küche auf sie wartete.

Die Arme wiesen mehrere tiefe Schnittwunden auf, angeschwollen und blutverkrustet. Auf Schultern und Schlüsselbeinen befanden sich kreisförmige Löcher, die ich als Zigarettenverbrennungen identifizierte.

»Sie wurde gefoltert.«

Broussard nickte. »Vor ihrem Freund. Sag mir, wo es ist, oder ich schneide sie noch mal. So ungefähr.« Er schüttelte den Kopf. »Das ist wirklich ätzend. Für eine Koksnase war Kimmie eigentlich ganz in Ordnung.«

Poole trat von Kimmies Leiche zurück. »Die Katzen haben sie nicht angerührt.«

»Was?« fragte Angie.

Er zeigte auf Mini-David. »Wie ihr sehen könnt, haben sie sich an Mr. Martin gütlich getan. Aber nicht an Kimmie.«

»Was meinen Sie damit?« fragte ich.

Er zuckte mit den Achseln. »Sie mochten Kimmie. Mini-David mochten sie nicht. Schade, daß die Killer nicht genauso gedacht haben.«

Broussard trat neben seinen Kollegen. »Glaubst du, Mini-David hat verraten, wo die Ware ist?«

Poole ließ Kimmies Kopf vorsichtig auf die Brust zurücksinken und schnaubte verächtlich. »Er war ein geldgieriges Schwein.« Über die Schulter sah er sich nach uns um. »Will ja nicht schlecht von einem Toten sprechen, aber ...« Er zuckte mit den Schultern.

»Mini-David ist vor ein paar Jahren mal mit einer ehemaligen Freundin in eine Apotheke eingebrochen, hat Valium oder Morphium gesucht, was weiß ich. Egal, als die Bullen kommen, verschwinden Mini-David und seine Freundin durch die Hintertür. Sie müssen aus dem Notausgang im ersten Stock in die Gasse herunterspringen. Das Mädchen verstaucht sich den Knöchel. Und Mini-David liebt sie so sehr, daß er ihr die Ware abnimmt und sie allein dort in der Gasse liegenläßt.«

Zuerst Big Dave Strand. Jetzt Mini-Dave Martin. Fürs erste sollten wir unsere Kinder nicht mehr David nennen.

Ich sah mich in der Küche um. Die Bodenfliesen waren herausgerissen, die Essensvorräte aus den Regalen gefegt worden; Berge von Dosen und leeren Kartoffelchipstüten flogen auf dem Boden herum. Die Deckenleisten waren abgenommen worden und lagen nun in einer weißen Staubwolke neben dem Küchentisch. Ofen und Kühlschrank waren von der Wand gezogen worden. Die Türen der Schränke standen offen.

Wer Mini-David und Kimmie umgebracht hatte, war offenbar äußerst gründlich gewesen.

»Sollen wir Bescheid sagen?« fragte Broussard.

Poole zuckte mit den Achseln. »Wir können doch erst noch ein bißchen herumstochern!«

Er zog mehrere dünne Plastikhandschuhe aus der Jackentasche, die er voneinander trennte und dann an uns verteilte.

»Dies ist ein Tatort«, klärte Broussard Angie und mich auf. »Bringt nichts durcheinander!«

Schlafzimmer und Bad waren in demselben Zustand wie Küche und Wohnzimmer. Alles war umgeworfen, aufgeschnitten, auf den Boden entleert worden. Doch hatte ich schon einige Wohnungen von Drogenabhängigen gesehen – da war diese eigentlich nicht schlimmer.

»Der Fernseher!« schlug Angie vor.

Ich steckte den Kopf aus dem Schlafzimmer, Poole kam aus der Küche und Broussard aus dem Badezimmer. Wir gruppierten uns um Angie und den Fernseher.

»Den haben sie vergessen!«

»Wahrscheinlich, weil er läuft«, überlegte Poole.

»Und?«

»Nicht so einfach, zweihundert Riesen darin zu verstecken und ihn weiterlaufen zu lassen«, sagte Broussard. »Meint ihr nicht?«

Angie zuckte mit den Achseln und sah zu, wie auf dem Bildschirm einer der Gäste von Jerry Springer festgehalten wurde. Sie machte lauter.

Einer von Jerrys Gästen beschimpfte zuerst einen Mann als schwul, dann einen anderen als dreckige Sau.

Broussard seufzte. »Ich hole einen Schraubenzieher.«

Jerry Springer blickte wissend ins Publikum. Die Leute johlten. Die meisten Wörter wurden durch einen Piepton ersetzt.

Hinter uns sagte Helene: »Oh, cool! Springer läuft gerade!«

Broussard kehrte mit einem winzigen Schraubenzieher mit Gummigriff aus dem Badezimmer zurück. »Miss McCready«, sagte er, »ich möchte, daß Sie draußen warten.«

Helene setzte sich auf den Rand des zerschlissenen Futons und richtete den Blick auf den Fernseher. »Die Frau da draußen schreit wegen der Katzen rum. Sie meint, sie ruft die Polizei.«

»Haben Sie ihr nicht gesagt, daß wir die Polizei sind?«

Helene lächelte geistesabwesend, während eine von Jerrys Gästen einer anderen einen halbherzigen Schlag versetzte. »Hab' ich ihr gesagt. Sie meinte, sie würde trotzdem da anrufen.«

Broussard schwang drohend den Schraubenzieher und nickte Angie zu. Sie schaltete mitten in einem Piepton ab.

Helene fluchte: »Scheiße!« Sie schnupperte. »Es stinkt.«

»Möchten Sie ein bißchen Parfüm?«

Sie schüttelte den Kopf. »Im Wohnwagen von meinem Exfreund stank es schlimmer. Er hat immer seine schmutzigen Socken in der Spüle eingeweicht. Das stinkt vielleicht mal, kann ich euch sagen.«

Poole neigte den Kopf zu Seite, als wolle er etwas sagen, warf ihr dann jedoch nur einen kurzen Blick zu und überlegte es sich anders. Er stieß einen lauten, hoffnungslosen Seufzer aus.

Broussard schraubte die hintere Verkleidung des Fernsehers ab, und ich half ihm beim Abnehmen. Wir spähten hinein.

»Und?« fragte Poole.

»Kabel, Drähte, Lautsprecher, ein Netzteil, die Bildröhre«, zählte Broussard auf.

Wir schraubten die Verkleidung wieder fest.

»Macht, was ihr wollt«, sagte Angie. »Es war nicht die schlechteste Idee heute.«

»Oh nein, natürlich nicht.« Poole hob beschwichtigend die Hände.

»Aber auch nicht die beste«, murmelte Broussard in sich hinein.

»Wie bitte?« fragte Angie.

Broussard warf ihr sein unwiderstehliches Lachen zu. »Was?«

»Könnt ihr ihn wieder anmachen?« bat Helene.

Poole kniff die Augen zusammen und schüttelte den Kopf. »Patrick?«

»Ja?«

»Hinter dem Haus ist ein Hof. Können Sie Miss McCready mit nach draußen nehmen, während wir hier drinnen zu Ende machen?«

»Was ist mit dem Fernsehen?« nörgelte Helene.

»Ich erzähl's dir später«, erbot ich mich. »Schwule Sau, du dreckiges Schwein, piep, piep, piep!«

Helene sah mich an, ich hielt ihr die Hand hin. »Hört sich nicht gerade normal an«, sagte sie.

»Sie hat's kapiert!« jubelte ich.

Als wir uns der Küche näherten, befahl Poole: »Machen Sie die Augen zu, Miss McCready.«

»Was?« Helene wich vor ihm zurück.

»Das ist nichts für Sie da drinnen.«

Bevor wir sie zurückhalten konnten, beugte sich Helene vor und reckte ihren Kopf über seine Schulter.

Pooles Gesicht fiel in sich zusammen. Er trat zur Seite.

Helene betrat die Küche und hielt inne. Ich stand hinter ihr und wartete darauf, daß sie schreien oder ohnmächtig werden oder auf die Knie fallen oder zurück ins Wohnzimmer laufen würde.

»Sind die tot?« fragte sie.

»Ja«, bestätigte ich. »Sehr tot.«

Sie ging durch die Küche auf die Hintertür zu. Ich warf Poole einen Blick zu. Er hob die Augenbrauen.

Als Helene an Mini-David vorbeiging, blieb sie stehen, um seine Brust zu betrachten.

»Genau wie in diesem Film«, bemerkte sie.

»Welcher?«

»Wo die ganzen Aliens den Leuten aus dem Körper platzen. Wie heißt der noch mal?«

»*Alien*«, antwortete ich.

»Ja, ich weiß. Die sind denen immer aus der Brust rausgeplatzt. Aber wie hieß noch mal der Film?«

Angie lief zum nächsten Dunkin' Donuts und war kurz darauf wieder bei Helene und mir im Hinterhof, während Poole und Broussard das Haus mit Notizbüchern und Fotoapparaten durchforsteten.

Der Hof hatte diese Bezeichnung kaum verdient. Der Wandschrank in meinem Wohnzimmer ist größer. Dave und Kimmie hatten einen verrosteten Metalltisch und Stühle nach draußen gestellt. Wir nahmen Platz und lauschten den Geräuschen aus der Nachbarschaft, während der Tag in den späten Nachmittag überging und die Luft kühler wurde. Mütter riefen nach ihren Kindern, die Bauarbeiter auf der anderen Seite des Hauses lärmten mit Schlagbohrmaschinen, ein paar Blöcke weiter war ein Federballspiel im Gange.

Helene trank ihre Cola mit einem Strohhalm. »Echt Scheiße! Die beiden kamen mir ganz nett vor.«

Ich trank einen Schluck Kaffee. »Wie oft hast du sie getroffen?«

»Nur das eine Mal.«

Angie fragte: »Kannst du dich an etwas Besonderes aus der Nacht erinnern?«

Helene dachte darüber nach und schlürfte weiter an dem Strohhalm. »Die ganzen Katzen. Die waren wirklich überall. Eine von ihnen hat Amanda über die Hand gekratzt, die kleine Hexe.« Sie lächelte uns an. »Die Katze, mein ich.«

»Also war Amanda doch bei euch im Haus.«

»Nehm' ich an.« Sie zuckte mit den Achseln. »Klar.«

»Weil du bis jetzt nicht genau wußtest, ob sie nicht im Auto geblieben war.«

Wieder zuckte sie mit den Schultern, und ich widerstand dem Drang, mich vorzubeugen und sie ordentlich an den Schultern durchzuschütteln. »Echt? Stimmt, bis mir die Katzen wieder eingefallen sind, war ich mir nicht sicher. Doch, sie war mit im Haus.«

»Kannst du dich sonst noch an etwas erinnern?« Angie trommelte mit den Fingern auf den Tisch.

»Sie war nett.«

»Wer, Kimmie?«

Sie zeigte mit dem Finger auf mich und grinste. »Stimmt. So hieß sie: Kimmie. Sie war gut drauf. Sie hat Amanda und mich mit in ihr Zimmer genommen und hat uns Fotos von einem Wochenende in Disney World gezeigt. Amanda war vollkommen hin und weg. Auf dem Weg nach Hause ging es immer nur, Mami, können wir auch Micky und Minnie besuchen? Können wir auch nach Disney World fahren?« Sie schnaubte verächtlich. »Kinder! Als ob ich Geld dafür hätte.«

»Ihr hattet zweihunderttausend Dollar, als ihr ins Haus gegangen seid.«

»Aber das war Rays Sache. Ich meine, ich würde so einen abgedrehten Typ wie Cheese Olamon doch nicht alleine abzocken. Ray meinte, er würde mir was abgeben. Er hat mich noch nie angelogen. Also gehe ich davon aus, daß es seine Sache ist, sein Problem, wenn Cheese das Ding herausfindet.« Wieder zuckte sie mit den Schultern.

»Ich kenne Cheese schon ziemlich lange«, bemerkte ich.

»Ja, echt?«

Ich nickte. »Chris Mullen auch. Wir haben früher zusammen Baseball gespielt, uns zusammen rumgetrieben.«

Sie hob die Augenbrauen. »Ohne Scheiß?«

Ich hob die Hand. »Ich schwör' es bei Gott. Und Cheese, echt, Helene, weißt du, was der tun würde, wenn er sich von einem abgezockt fühlt?«

Sie griff nach ihrem Glas und setzte es wieder ab. »He, hör zu, es war Ray. Ich bin nur mit ihm in dieses Motel gegangen ...«

»Cheese – und da waren wir noch jung, so um die fünfzehn – hat einmal gesehen, wie seine Freundin einen anderen Typen anguckte, ja? Er hat eine Bierflasche an einer Laterne zerschlagen und ihr damit das Gesicht zerschnitten. Hat ihr die Nase abgetrennt, Helene. Das hat er mit fünfzehn gemacht. Was glaubst du, was er jetzt macht?«

Sie nuckelte an ihrem Strohhalm, bis das Eis auf dem Boden des Glases klickerte. »Es war Rays Sache ...«

»Meinst du, daß er nur das kleinste Problem hat, deine Tochter abzustechen?« rief Angie. »Helene!« Sie griff über den Tisch nach Helenes knochigen Handgelenken. »Was meinst du?«

»Cheese?« fragte Helene mit unsicherer Stimme. »Meinst du, er hat vielleicht was mit Amanda zu tun?«

Angie starrte sie eine halbe Minute lang an. Dann schüttelte sie den Kopf und ließ Helenes Hand fallen. »Darf ich dich mal was fragen?«

Helene rieb sich die Handgelenke und starrte wieder auf ihre Cola. »Ja?«

»Von was für einem abgefuckten Planeten kommst du eigentlich?«

Danach sagte Helene eine Weile gar nichts mehr.

Um uns herum ging der Herbst in bunten Farben seinem Ende entgegen. Grelle Gelb- und feurige Rottöne, brennendes Orange und rostiges Grün färbten die Blätter, die von den Zweigen fielen und sich im Gras sammelten. Der für den Herbst so typische durchdringende Geruch der Vergänglichkeit lag in der Luft, die uns in Böen durch die Kleidung fuhr, uns die Muskeln anspannen und die Augen aufreißen ließ. Nirgendwo inszeniert sich die Vergänglichkeit so stolz und eindrucksvoll wie im Oktober in Neuengland. Die Sonne war hinter den am Morgen noch dräuenden Gewitterwolken hervorgebrochen und verwandelte die Fensterscheiben in hellglänzende Quadrate und tauchte die den kleinen Hof umgebenden Reihenhäuser aus Backstein in einen gedämpften Farbton, der zu den dunkleren Blättern paßte.

Das ist nicht der Tod, dachte ich. Der Tod ist direkt hinter uns, in der schmierigen Küche von Mini-David und Kimmie. Der Tod ist das schwarze Blut und die treulosen Katzen, die einfach alles fressen.

»Helene«, sagte ich.

»Ja?«

»Als du mit Kimmie in dem Zimmer warst und die Fotos von Disney World angesehen hast, wo waren David und Ray in der Zeit?«

Sie öffnete leicht den Mund.

»Schnell!« drängte ich sie. »Antworte, ohne darüber nachzudenken!«

»Im Hinterhof«, antwortete sie.

»Im Hof.« Angie zeigte auf den Boden. »Hier also.«

Helene nickte.

»Konntest du von Kimmies Zimmer aus in den Hof sehen?« fragte ich.

»Nein. Die Rollos waren heruntergezogen.«

»Woher weißt du dann, daß die beiden draußen waren?« hakte ich nach.

»Rays Schuhe waren total schmutzig, als wir gingen«, sagte sie langsam. »Ray achtet ja echt nicht auf seine Sachen.« Sie berührte mich am Arm, als wolle sie ein sehr intimes Geheimnis mit mir teilen. »Aber auf seine Schuhe paßt er auf!«

11

Zweihundert R + cool bleiben = Kind

»Zweihundert R?« fragte Angie.

»Zweihundert Riesen«, erklärte Broussard ruhig.

»Wo habt ihr den Zettel gefunden?« fragte ich.

Er zeigte über die Schulter zum Haus. »Fest zusammengerollt hinter dem Bund von Kimmies Spitzenunterwäsche. War wohl als Überraschung gedacht.«

Wir standen zusammen im Garten.

»Das Geld ist hier«, sagte Angie und zeigte auf einen kleinen Erdhügel neben einer morschen Ulme. Der Boden dort war frisch umgegraben und die einzige Stelle im ganzen Hinterhof, die nicht ganz glatt war.

»Ich glaube Ihnen, Miss Gennaro«, sagte Broussard. »Was machen wir jetzt?«

»Wir graben das Geld aus«, entgegnete ich.

»Und beschlagnahmen es und geben die Angelegenheit weiter«, ergänzte Poole. »Und teilen der Presse mit, daß das Geld mit Amanda McCreadys Verschwinden zu tun hat.«

Ich sah mich um, das vertrocknete Gras, die bordeauxroten Blätter, die gerollt auf dem Rasen lagen. »Da ist seit längerer Zeit keiner mehr dran gewesen.«

Poole nickte. »Was schließen Sie daraus?«

»Wenn es da liegt«, ich wies auf die Erhebung, »dann hat Mini-David nichts verraten, obwohl Kimmie vor seinen Augen zu Tode gefoltert wurde.«

»Wir haben ja nie behauptet, daß Mini-David ein Kandidat für das Friedenskorps war«, gab Broussard zurück.

Poole ging zum Baum hinüber, stellte sich breitbeinig über die Erhebung und blickte zu Boden.

Drinnen saß Helene im Wohnzimmer, fünf Meter von zwei aufgeblähten Leichen entfernt, und sah fern. Auf Jerry Springer folgte eine andere Talkshow, in der zur nächsten Runde geläutet wurde: auf zur öffentlichen Bekenntnistherapie, zur endlosen Verwässerung des Begriffs »Trauma«, auf zur nächsten Riege von Dummköpfen, die von einem Podium ins Leere schreien. Helene schien das egal zu sein. Sie beschwerte sich lediglich über den Geruch und bat uns, das Fenster zu öffnen. Niemand hatte etwas dagegen einzuwenden, und so ließen wir sie dort bei geöffnetem Fenster sitzen, das Gesicht vom silbernen Flimmern erleuchtet.

»Dann sind wir also draußen«, bemerkte Angie leise. Sie klang traurig und verwundert zugleich. Plötzlich mußte sie sich damit abfinden, daß der Fall so abrupt zu Ende war.

Ich dachte nach. Jetzt handelte es sich um einen Entführungsfall, den das FBI übernehmen mußte. Alles war da: Erpresserbrief und Verdächtige mit einem Motiv. Wie jeder andere Sesselfurzer in diesem Bundesstaat würden wir den Fall in den Nachrichten verfolgen können. Wir konnten drauf warten, daß Helene zusammen mit anderen Eltern, die ihre Kinder verlegt hatten, bei Springer auftrat.

Ich streckte Broussard die Hand hin. »Angie hat recht. War nett, mit Ihnen zu arbeiten.«

Broussard schüttelte mir die Hand und nickte, sagte jedoch nichts. Er sah zu Poole hinüber.

Poole fuhr mit dem Schuh über den kleinen Erdhügel und wandte den Blick nicht von Angie ab.

»Wir *sind* doch draußen, oder?« fragte Angie ihn.

Poole hielt ihrem Blick kurz stand, dann schaute er wieder zu Boden.

Ein paar Minuten lang sagte niemand etwas. Ich wußte, daß wir jetzt gehen sollten. Angie wußte es auch. Und dennoch blieben wir stehen, als seien wir dort in dem kleinen Hof mit der toten Ulme festgewachsen.

Ich drehte mich um und betrachtete das häßliche Haus hinter uns. Ich konnte den Kopf von David und den oberen Teil des Stuhls erkennen, an den er gefesselt war. Hatte er gespürt, daß seine nackten Schulterblätter gegen die billige Rückenlehne aus Korbgeflecht drückten? War das seine letzte Wahrnehmung gewesen, bevor der Schrot seine Brusthöhle öffnete, als seien Knochen und Fleisch aus Seidenpapier? Oder fühlte er, wie sich das Blut in seinen angeketteten Handgelenken staute, bis die Finger blau und taub wurden?

Die Menschen, die das Haus am letzten Tag im Leben der beiden betreten hatten, wußten, daß sie Kimmie und Mini-David umlegen würden. Dort in der Küche hatte eine professionelle Exekution stattgefunden. Kimmie war die Kehle in einem letzten Versuch durchschnitten worden, Mini-David zum Reden zu bringen, doch war sie, der Vorsicht halber, mit einem Messer getötet worden.

Nachbarn deuten einen Schuß fast immer als etwas anderes: als Fehlzündung eines Autos oder als aufheulenden Motor. Und wenn eine Schrotflinte abgefeuert wird, glauben sie, ein Porzellanschrank sei umgefallen. Ganz besonders, wenn das Geräusch aus dem Haus von Drogendealern oder Abhängigen kommt, die in der Nachbarschaft sowieso schon für ihre seltsamen nächtlichen Geräusche bekannt sind.

Niemand will in Erwägung ziehen, daß er tatsächlich einen

Schuß gehört hat und somit zum Zeugen eines Mordes geworden ist, wenn auch nur akustisch.

Die Killer mußten Kimmie schnell und leise getötet haben, wahrscheinlich ohne Vorwarnung. Mini-David aber, den hatten sie mit dem Gewehr eine Zeitlang bedroht. Sie wollten, daß er ihren gekrümmten Finger am Abzug sah, daß er den Aufschlag des Hammers auf die Hülse, das explosive Klicken der Zündung hörte.

Und das waren die Leute, die Amanda McCready in ihrer Gewalt hatten.

»Ihr wollt die zweihunderttausend gegen Amanda eintauschen«, stellte Angie fest.

Jetzt war es heraus. Was wir seit fünf Minuten wußten. Was Poole und Broussard nicht hatten in Worte fassen wollen. Eine grobe Verletzung der Dienstvorschriften.

Poole studierte den Stamm des toten Baumes. Broussard hob mit dem Schuh ein rotes Blatt vom grünen Gras.

»Hab ich recht?« fragte Angie.

Poole seufzte. »Mir wäre es lieber, wenn die Entführer keinen Koffer voller Zeitungen oder numerierter Scheine öffnen und die Kleine dann umbringen, bevor wir sie finden.«

»Ist das schon mal passiert?« erkundigte sich Angie.

»Das ist bei Fällen passiert, die ich ans FBI weitergeben mußte«, erklärte Poole. »Das ist unser Problem hier, Miss Gennaro. Entführung ist eine Bundesangelegenheit.«

»Gehen wir zum FBI«, ergänzte er, »wandert das Geld in den Schrank mit den Beweismitteln, und die Detectives verhandeln mit den Entführern, damit sie beweisen können, wie schlau sie sind.«

Angie betrachtete den kleinen Hof, die violetten Blütenblätter, die von der anderen Seite durch den Maschendrahtzaun wuchsen. »Ihr wollt ohne die Typen vom FBI mit den Entführern verhandeln.«

Poole grub die Hände in die Hosentaschen. »Ich habe schon zu viele tote Kinder in Wandschränken gefunden, Miss Gennaro.«

Sie sah Broussard an. »Und Sie?«

Er lächelte. »Ich hasse das FBI.«

Ich merkte an: »Wenn es schiefgeht, seid ihr eure Pension los, vielleicht noch schlimmer.«

Auf der anderen Hofseite hängte ein Mann einen Läufer aus einem Fenster im zweiten Stock und fing an, ihn mit einem Hockeyschläger ohne Schlagfläche zu klopfen. Der Staub stieg in flüchtigen Wolken auf. Der Mann schien uns nicht zu bemerken.

Poole hockte sich hin und zupfte an einem Grashalm neben der Erhebung im Erdboden. »Könnt ihr euch an den Jeannie-Minnelli-Fall erinnern? Ist schon ein paar Jahre her.«

Angie und ich zuckten mit den Schultern. Es ist traurig, wie viel Furchtbares man vergißt.

»Ein neunjähriges Mädchen«, erklärte Broussard. »Es verschwand, als es mit seinem Fahrrad in Somerville unterwegs war.«

Ich nickte. Langsam dämmerte es mir.

»Wir haben sie gefunden, Mr. Kenzie, Miss Gennaro.« Poole knickte den Grashalm zwischen den Fingern. »In einer Tonne. Einzementiert. Aber der Zement war noch nicht hart geworden, weil die Idioten, die sie umgebracht hatten, Wasser und Zement im falschen Verhältnis gemischt hatten.« Er klatschte in die Hände, um Dreck oder Blütenstaub abzuklopfen. »Wir haben die Leiche einer Neunjährigen in einer Tonne voll wäßrigem Zement gefunden.« Er stand auf. »Hört sich das nett an?«

Ich blickte zu Broussard. Die Erinnerung daran hatte ihn erbleichen lassen. Schauer liefen ihm über den Arm, bis er die

Hände in die Taschen steckte und die Ellenbogen an seinen Körper drückte.

»Nein«, antwortete ich. »Aber wenn es schiefgeht, dann ...«

»Was?« fragte Poole. »Dann bin ich meine Sozialleistungen los? Ich gehe bald in Rente, Mr. Kenzie. Schon mal gesehen, was die Gewerkschaft der Polizei mit Leuten macht, die versuchen, einem hochdekorierten Beamten mit dreißig Dienstjahren die Pension zu streichen?« Poole drohte uns mit dem Finger. »Da kann man genausogut halbverhungerten Hunden zusehen, die sich auf Fleisch stürzen, das einem Mann an die Klöten gehängt wurde. Nicht gerade hübsch.«

Angie schmunzelte. »Sie sind schon eine Nummer, Poole.«

Er legte ihr die Hand auf die Schulter. »Miss Gennaro, ich bin ein kaputter alter Mann mit drei Exfrauen. Ich bin ein Nichts. Aber meinen letzten Fall würde ich gerne als Sieger abschließen. Mit etwas Glück bringe ich Chris Mullen zur Strecke und versenke gleichzeitig Cheese Olamon für den Rest seines Lebens im Knast.«

Angie sah auf seine Hand, dann in sein Gesicht. »Und wenn Sie es vermasseln?«

»Dann trinke ich mich zu Tode.« Poole zog die Hand fort und rieb sich die kurzen Stoppeln auf dem Kopf. »Mit billigem Wodka. Was Besseres kann man sich bei meiner Bullenrente nicht leisten. Wie hört sich das an?«

Angie grinste. »Hört sich gut an, Poole, wirklich gut.«

Poole warf einen Blick über die Schulter auf den Mann, der seinen Läufer klopfte. Dann wandte er sich wieder uns zu. »Mr. Kenzie, haben Sie den Spaten im Windfang gesehen?«

Ich nickte.

Poole lächelte.

»Oh«, sagte ich. »Verstehe.«

Ich ging ins Haus, um den Spaten zu holen. Als ich auf dem Rückweg am Wohnzimmer vorbeikam, fragte Helene: »Bleiben wir noch lange hier?«

»Nicht mehr lange.«

Sie sah den Spaten und die Plastikhandschuhe. »Habt ihr das Geld gefunden?«

Ich zuckte mit den Achseln. »Vielleicht.«

Sie nickte und sah wieder zum Fernseher.

Ich wollte gerade weitergehen, doch hielt mich ihre Stimme in der Tür zur Küche fest.

»Patrick?«

»Ja?«

Durch das Licht vom Bildschirm blitzten ihre Augen wie die der Katzen. »Sie tun ihr doch nicht weh, oder?«

»Meinst du Chris Mullen und den Rest von Cheese Olamons Mannschaft?«

Sie nickte.

Im Fernsehen sagte eine Frau zu einer anderen, sie solle ihre Tochter in Ruhe lassen und schimpfte sie ein Lesbenschwein. Das Publikum johlte.

»Tun sie doch nicht, oder?« Helenes Augen waren noch immer auf den Bildschirm gerichtet.

»Doch«, antwortete ich.

Sie sah sich plötzlich zu mir um. »Nein.« Sie schüttelte den Kopf, als könne sie es dadurch verhindern.

Ich hätte ihr sagen sollen, daß ich nur Spaß machte. Daß alles gut werde mit Amanda. Daß sie zurück nach Hause käme und alles wieder normal würde, so daß sie sich mit Fernsehen, Alkohol oder Drogen betäuben könne oder was sie sonst nahm, um sich vor der häßlichen Welt da draußen zu schützen.

Aber ihre Tochter war da draußen in dieser häßlichen Welt, war allein und voller Angst an eine Heizung oder einen

Bettpfosten gefesselt, die untere Gesichtshälfte mit Isolierband verklebt, damit sie keinen Laut von sich geben konnte. Oder sie war bereits tot. Und der Grund dafür lag auch in Helenes Zügellosigkeit, in ihrer Überzeugung, sie könne tun, was sie wolle, ohne daß sie die Konsequenzen oder eine entsprechende Reaktion zu verantworten hätte.

»Helene«, sagte ich.

Sie zündete sich eine Zigarette an. Der Kopf des Streichholzes verfehlte einige Male das Ziel, bevor der Tabak Feuer fing. »Ja?«

»Bekommst du das hier eigentlich mit?«

Sie sah zum Fernseher, dann wieder zu mir. Ihre Augen waren feucht und blutunterlaufen. »Was?«

»Deine Tochter wurde entführt. Weil du etwas gestohlen hast. Den Männern, die sie in ihrer Gewalt haben, ist sie scheißegal. Vielleicht geben sie sie nicht wieder her.«

Zwei Tränen rollten Helenes Wangen hinunter, und sie wischte sie mit dem Handrücken ab.

»Ich weiß«, antwortete sie mit Blick auf den Fernseher. »Ich bin ja nicht blöd.«

»Doch, bist du wohl«, gab ich zurück und ging wieder in den Hinterhof.

Wir bildeten einen Kreis um den Erdhügel, um ihn von den Blicken der Nachbarn abzuschirmen. Broussard stieß den Spaten in den Boden und hob mehrmals Erde ab, bis wir die zerknüllte Spitze einer grünen Plastiktüte erblickten.

Er grub noch ein bißchen weiter, dann sah sich Poole um und beugte sich vor, zog an der Tüte und entwand sie dem Erdloch.

In der Eile war die Tüte nicht einmal verschlossen, sondern nur mehrmals zugedreht worden. Poole ließ sie in der Hand baumeln, so daß sie sich aufdrehte. Das grüne Plastik knisterte, während sich die Falten am Griff lösten und die Tüte immer größer wurde. Poole ließ sie zu Boden fallen. Die Öffnung gähnte uns entgegen.

Darin lag eine Unmenge loser Geldscheine, größtenteils Hunderter und Fünfziger, alt und weich.

»Das ist 'ne Menge Geld!« staunte Angie.

Poole schüttelte den Kopf. »Das, Miss Gennaro, ist Amanda McCready.«

Bevor Poole und Broussard die Forensiker und Gerichtsmediziner riefen, schalteten wir den Fernseher im Wohnzimmer ab und erzählten Helene, was wir vorhatten.

»Ihr wollt das Geld gegen Amanda tauschen«, sagte sie.

Poole nickte.

»Dann überlebt sie.«

»Das hoffen wir.«

»Und was muß ich noch mal machen?«

Broussard hockte sich vor sie. »Sie müssen gar nichts tun, Miss McCready. Sie müssen sich jetzt nur entscheiden. Wir vier hier sind der Meinung«, er machte eine ausladende Handbewegung, »daß das die richtige Entscheidung sein könnte. Aber wenn meine Chefs rauskriegen, was ich hier vorhabe, werde ich vom Dienst suspendiert oder gefeuert. Verstehen Sie das?«

Sie nickte vorsichtig. »Wenn Sie es weitersagen, wandert Chris Mullen in den Knast.«

Broussard nickte. »Wahrscheinlich. Oder dem FBI könnte das Ergreifen des Entführers wichtiger sein als die Sicherheit Ihrer Tochter.«

Noch ein halbherziges Nicken, als stieße ihr Kinn auf dem Weg nach unten auf ein unsichtbares Hindernis.

Poole sagte: »Miss McCready, wir wollen damit sagen, es ist Ihre Entscheidung. Wenn Sie es wollen, machen wir hier auf der Stelle Schluß, übergeben das Geld und überlassen es den Profis.«

»Anderen Leuten?« Sie sah Broussard an.

Er griff nach ihrer Hand. »Ja.«

»Ich will keine anderen Leute. Ich will...« Sie schwankte ein wenig. »Was muß ich tun, wenn wir es so machen, wie Sie sagen?«

»Den Mund halten.« Broussard erhob sich. »Sie dürfen nicht mit der Presse oder mit der Polizei sprechen. Sie dürfen nicht einmal mit Lionel und Beatrice darüber reden.«

»Und ihr wollt dann mit Cheese reden?«

»Das wird dann wohl die nächste Maßnahme sein«, antwortete ich.

»Im Moment scheint Mr. Olamon die Zügel in der Hand zu haben«, sagte Broussard.

»Was ist denn, wenn ihr einfach nur Chris Mullen verfolgt? Vielleicht bringt er euch zu Amanda, ohne es zu wissen!«

»Das werden wir ebenfalls tun«, stimmte Poole zu. »Aber ich habe das Gefühl, daß sie das eh erwarten. Ich bin mir sicher, daß sie Amanda sehr gut versteckt haben.«

»Sagen Sie ihm, daß es mir leid tut.«

»Wem?«

»Cheese. Sagen Sie ihm, ich hab's nicht böse gemeint. Ich will nur mein Kind zurückhaben. Sagen Sie ihm, er soll ihr nichts tun. Können Sie das machen?« Sie blickte zu Broussard auf.

»Ja, klar.«

»Ich hab Hunger«, sagte Helene.

»Wir können Ihnen...«

Sie schüttelte den Kopf. »Nicht ich. Ich nicht. Das hat Amanda gesagt.«

»Was? Wann?«

»Als ich sie in der Nacht ins Bett gebracht habe. Das war das letzte, was sie zu mir gesagt hat: ›Mami, ich hab' Hunger.‹« Helene lächelte, doch ihre Augen füllten sich mit Tränen. »›Ist schon gut, mein Schatz‹, hab' ich zu ihr gesagt. ›Morgen früh gibt's was zu essen.‹«

Niemand sagte etwas. Wir warteten ab, ob sie zusammenbrechen würde.

»Ich meine, die geben ihr doch was zu essen, oder?« Sie lächelte noch immer, obwohl ihr die Tränen die Wangen herunterliefen. »Sie hat doch nicht immer noch Hunger, oder?« Sie sah mich an. »Oder?«

»Ich weiß es nicht«, erwiderte ich.

12

Cheese Olamon war ein 1,85 Meter großer, 215 Kilo schwerer Skandinavier mit gelbblondem Haar, der irgendwann der Einbildung erlegen war, er sei so schwarz wie Richard Roundtree in *Shaft*.

Obwohl sein Fleisch beim Gehen schwabbelte und sich sein Modebewußtsein auf Fleeceshirts oder dicke Baumwollsweatshirts beschränkte, wie sie gerne von Übergewichtigen getragen werden, wäre es ein Riesenfehler gewesen, Cheese für einen lustigen Dicken zu halten oder von seiner Körpermasse auf fehlende Schnelligkeit zu schließen.

Cheese lächelte viel, und in der Gegenwart mancher Menschen schien er von aufrichtiger Freude überwältigt zu werden. Und obwohl seine veraltete Pseudo-Shaft-Sprache schon viele Leute hatte zusammenzucken lassen, hatte sie etwas seltsam Liebenswertes und Ansteckendes an sich. Man hörte ihm zu und fragte sich irgendwann, was er mit seinem Slang, den nur sehr wenige Menschen außerhalb eines Films von Fred Williamson und Antonio Fargas, egal ob schwarz oder weiß, jemals gesprochen hatten, eigentlich ausdrücken wollte? Seine Verehrung der schwarzen Ghettokultur, einen verdrehten Rassismus oder sogar beides? So oder so konnte seine Art verdammt einnehmend sein.

Doch kannte ich auch den Cheese, der eines Nachts in

einer Bar einen Kerl mit einer so beherrschten Feindseligkeit angesehen hatte, daß ich wußte, dessen Lebenserwartung war gerade auf ungefähr eineinhalb Minuten gesunken. Ich kannte den Cheese, der dermaßen ausgezehrte, dünne Mädchen für sich laufen ließ, daß sie sich hinter einem Baseballschläger verstecken konnten. Er nahm ihnen die Scheine ab, wenn er mit dem Auto neben ihnen hielt, tätschelte ihre knochigen Hintern und schickte sie wieder an die Arbeit.

Doch all die Runden, die er in der Kneipe ausgab, all die Fünf- und Zehndollarscheine, die er abgehalfterten Pennern in die Hand drückte und sie dann zum nächsten Chinesen fuhr, all die Truthähne, die er zu Weihnachten unter den Armen unserer Gegend verteilte, konnten nicht die Junkies aufwiegen, die mit der Spritze im Arm in einem Korridor starben, die jungen Frauen, die offenbar über Nacht zu häßlichen Megären mit blutenden Körperöffnungen wurden und in der U-Bahn um Geld bettelten, um eine Aids-Behandlung bezahlen zu können, oder all die Namen, die er persönlich aus dem Telefonbuch gestrichen hatte.

Von Natur und Elternhaus benachteiligt, war Cheese in der Grundschule klein und kränklich gewesen; sein Brustkorb schien wie der Fingerknochen eines alten Mannes durch sein billiges weißes Hemd. Manchmal hatte er so heftige Hustenkrämpfe, daß er sich übergeben mußte. Er sprach fast nie. Ich kann mich nicht daran erinnern, daß er Freunde hatte, und während die meisten von uns unser Pausenbrot aus Butterbrotdosen mit Bildern von Adam-12 oder Barbie holten, nahm Cheese seins aus einer braunen Papiertüte, die er anschließend sorgfältig zusammenfaltete und wieder mit nach Hause nahm, um sie erneut zu benutzen.

In den ersten Jahren brachten ihn seine Eltern jeden Morgen bis zum Tor des Schulhofs. Sie unterhielten sich in einer fremden Sprache, ihre scharfen Laute wehten zu uns herüber, wenn sie sich über die Haare oder den Schal des Sohnes aufregten und an den Knöpfen seines schweren Bauernmantels herumfummelten, bevor sie ihn laufen ließen. Dann gingen die beiden riesigen Figuren zurück nach Hause. Mr. Olamon trug einen mindestens vor fünfzehn Jahren aus der Mode gekommenen Fedorahut aus Satin mit einer zerschlissenen orangenen Feder im Hutband. Er hielt den Kopf leicht geneigt, als erwarte er, verhöhnt oder zusammen mit seiner Frau von den Veranden im ersten Stock mit Müll beworfen zu werden. Cheese sah ihnen nach, bis sie aus dem Blickfeld verschwanden, manchmal zuckte er zusammen, wenn seine Mutter stehenblieb, um sich die heruntergerutschte Socke wieder über ihren dicken Knöchel zu ziehen.

Aus irgendeinem Grund sind meine Erinnerungen an Cheese und seine Eltern im fahlen Sonnenlicht des frühen Winters gefangen: Schnappschüsse eines häßlichen kleinen Jungen am Rande des mit halb zugefrorenen Pfützen übersäten Schulhofs, der seinen Eltern nachsieht, während sie mit vornübergebeugten Schultern unter sich wiegenden schwarzen Bäumen fortgehen.

Cheese mußte unglaublich viel einstecken, bekam oft Prügel für seinen leichten Akzent, für den stärkeren Akzent seiner Eltern, für seine bäuerliche Kleidung und seine Haut, die gelblich glänzte und die Kinder an schlechten Käse erinnerte. Daher sein Spitzname.

Als Cheese in der siebten Klasse auf St. Barts' war, wurde sein Vater, Hausmeister einer vornehmen Grundschule in Brookline, vor Gericht gestellt, weil er einen zehnjährigen Schüler, der auf den Boden gespuckt hatte, körperlich angegriffen hatte. Das Kind, Sohn eines Neurochirurgen am Massachusetts General Hospital mit einer Dozentur in Harvard, hatte durch Mr. Olamons Angriff in Sekundenschnelle einen gebrochenen Arm und eine gebrochene Nase davongetragen.

Es drohte eine hohe Strafe. In dem Jahr wuchs Cheese in fünf Monaten 25 Zentimeter.

Im nächsten Jahr, als sein Vater zu einer Haftstrafe von drei bis sechs Jahren verurteilt wurde, ging Cheese in die Breite.

Vierzehn Jahre Unterdrückung wurden zu Muskelmasse umgebildet, vierzehn Jahre Spott und Hohn über seinen leichten Akzent, vierzehn Jahre Demütigung und heruntergeschluckter Zorn wurden zu einer heißen Kugel Galle in seinem Magen.

Der Sommer zwischen achter Klasse und High-School wurde für Cheese Olamon zum Sommer der Rache. Wenn Kinder um die Ecke bogen, bekamen sie ohne Vorwarnung einen Schlag in die Magengrube und sahen dann vom Bürgersteig auf, wie Cheese' Schuhe Größe 12 auf ihre Rippen niedertraten. Es hagelte gebrochene Nasenbeine und Arme, und Carl Cox – einer von Cheese' ältesten und gnadenlosesten Peinigern – traf ein Stein am Kopf, der vom Dach eines zweistöckigen Hauses herunterfiel. Er riß ihm das halbe Ohr ab, und den Rest des Lebens redete Carl irgendwie komisch.

Nicht nur die Jungen aus unserer Abschlußklasse in St. Bart's bekamen es ab; mehrere vierzehnjährige Mädchen hatten den Sommer über eingegipste Nasen oder mußten zum Zahnarzt, um sich eingeschlagene Zähne richten zu lassen.

Aber schon damals wußte Cheese, wen er als Opfer wählte. Wer seiner Meinung nach zu ängstlich oder machtlos war, um etwas gegen ihn zu unternehmen, dem zeigte er sein Gesicht, wenn er ihm weh tat. Wem er aber Schlimmeres zufügte und wer daher möglicherweise hinterher mit der Polizei oder den Eltern sprach, der bekam überhaupt nichts zu sehen.

Phil, Angie und ich entkamen Cheese' Rache, da wir ihn nie geärgert hatten, wenn auch nur, weil wir selbst mindestens ein unerwünschtes immigriertes Elternteil hatten. Und Cheese ließ auch Bubba Rogowski in Ruhe. Ich weiß nicht, ob sich Cheese jemals mit Bubba angelegt hatte. Doch in jedem Fall war Cheese klug genug zu wissen, daß er bei einem Kampf mit Bubba die deutsche Armee darstellte und Bubba den russischen Winter. So kämpfte Cheese an der Front gegen diejenigen, denen er überlegen war.

Wieviel stärker, verschlagener und gefährlicher der irre Cheese mit den Jahren auch wurde, in Bubbas Gegenwart blieb er immer ein fast unterwürfiger Mensch. Das ging so weit, daß er sogar persönlich Bubbas Hunde fütterte und pflegte, wenn Bubba wegen Waffengeschäften in Übersee weilte.

Soviel zu Bubba: Menschen, die uns Angst machen, füttern seine Hunde.

»Mutter in Anstalt eingewiesen, als betreffende Person siebzehn war«, las Broussard aus Cheese Olamons Akte vor. Poole fuhr uns am Walden Pond Naturpark vorbei zum Gefängnis von Concord. »Vater wurde ein Jahr später aus Norfolk entlassen, verschwand darauf spurlos.«

»Angeblich soll Cheese ihn umgebracht haben«, bemerkte ich. Ich saß hinten und hatte den Kopf an die Fensterscheibe gepreßt, hinter der die herrlichen Bäume von Concord vorbeiflogen.

Nachdem Broussard und Poole den zweifachen Mord in Charlestown gemeldet hatten, nahmen Angie und ich die Tüte mit dem Geld und brachten Helene zurück zu Lionel. Danach fuhren wir zu Bubbas Lagerhaus.

Zwei Uhr nachmittags ist Bubbas bevorzugte Schlafenszeit. An der Tür begrüßte er uns in einem feuerroten japanischen Kimono und mit leicht verärgertem Ausdruck auf seinem Engelsgesicht.

»Warum bin ich aufgewacht?« fragte er.

»Wir brauchen deinen Safe«, antwortete Angie.

»Ihr habt selbst einen Safe.« Wütend sah er mich an.

Ich wich seinem Blick nicht aus. »Wir haben aber kein Minenfeld drum herum.«

Er streckte die Hand aus, und Angie reichte ihm die Tüte.

»Was ist drin?« fragte er.

»Zweihundert Riesen.«

Bubba nickte, als hätten wir gerade von den Erbstücken meiner Großmutter gesprochen. Wir hätten ihm sagen können, die Tüte enthalte Beweise für die Existenz von außerirdischem Leben – er hätte genauso reagiert. Solange man für Bubba kein Date mit Jane Seymour arrangierte, war er ziemlich schwer zu beeindrucken.

Angie holte die Bilder von Corwin Earle und Leon und Roberta Trett aus der Tasche und hielt sie ihm vor das schläfrige Gesicht. »Kennst du einen von denen?«

»Heilige Scheiße!« rief er aus.

»Du kennst sie?« fragte Angie.

»Hä?« Er schüttelte den Kopf. »Nein. Aber das ist ein Riesenweib! Läuft die aufrecht und alles?«

Angie seufzte und schob die Bilder in ihre Tasche zurück.

»Die beiden Männer waren Knackis«, stellte Bubba fest. »Hab' sie zwar noch nie gesehen, aber so was merkt man immer.«

Er gähnte, nickte und schlug uns die Tür vor der Nase zu.

»Als er im Knast war, hab ich seine Gegenwart nicht unbedingt vermißt«, bemerkte Angie.

»Eher schon den engagierten verbalen Austausch«, fügte ich hinzu.

Angie ließ mich bei meiner Wohnung raus, wo ich auf Poole und Broussard wartete, während sie zu Chris Mullens Eigentumswohnung fuhr, um die Überwachung aufzunehmen. Sie hatte sich freiwillig dafür gemeldet, weil sie noch nie heiß darauf gewesen war, in den Männerknast zu gehen. Außerdem benahm sich Cheese in ihrer Gegenwart immer irgendwie komisch, lief öfter mal rot an und fragte sie, mit wem sie momentan zusammen war. Ich fuhr mit Poole und Broussard hin, weil ich ein angeblich befreundetes Gesicht war und Cheese bekannt dafür war, mit den Herren in Blau nicht sonderlich gerne zusammenzuarbeiten.

»Verdächtiger im Mordfall Jo Jo McDaniel 1986«, las Broussard vor, als wir zur Route 2 hochfuhren.

»Sein Mentor im Drogenhandel«, sagte ich.

Broussard nickte. »Verdächtiger im Fall des verschwundenen und wahrscheinlich getöteten Daniel Caleb 1991.«

»Davon hab' ich nichts gehört.«

»Buchhalter.« Broussard blätterte um. »Führte angeblich ein paar unappetitlichen Menschen die Bücher.«

»Dann hat ihn Cheese mit der Hand in der Kasse erwischt.«

»Sieht so aus.«

Poole sah mich im Rückspiegel an. »Sie haben ja so einige Verbindungen zur kriminellen Szene, Patrick!«

Ich setzte mich auf. »Ach, Poole, was meinen Sie denn damit?«

»Freund von Cheese Olamon und Chris Mullen«, erklärte Broussard.

»Das sind keine Freunde. Ich bin nur mit ihnen groß geworden.«

»Sind Sie nicht auch mit dem verstorbenen Kevin Hurlihy groß geworden?« Poole bremste auf der linken Spur ab und wartete auf eine Lücke im Verkehr auf der Gegenfahrbahn, damit er die Route 2 überqueren und in die Einfahrt zum Gefängnis einbiegen konnte.

»Ich hab nur gehört, daß Kevin vermißt wird«, sagte ich.

Broussard drehte sich um und grinste mich an. »Und vergessen wir nicht den berüchtigten Mr. Rogowski.«

Ich zuckte mit den Achseln. Ich war es gewohnt, daß meine Freundschaft mit Bubba andere Menschen die Stirn runzeln ließ. Ganz besonders Bullen.

»Ist ein Freund von mir«, erklärte ich.

»Super Freund!« sagte Broussard. »Stimmt es, daß er den Boden seines Lagers vermint hat?«

Wieder zuckte ich mit den Achseln. »Besuchen Sie ihn mal und sehen Sie selbst!«

Poole kicherte. »Apropos vorzeitiger Ruhestand.« Er bog auf die Kieseinfahrt zum Gefängnis ab. »Eine ganz schöne Gegend, aus der Sie da kommen, Patrick. Nicht schlecht.«

»Wir werden bloß alle mißverstanden«, gab ich zurück. »In Wirklichkeit haben wir alle ein gutes Herz.«

Wir stiegen aus. Broussard streckte sich und sagte: »Oscar Lee hat mir erzählt, Sie spielen nicht gerne Richter.«

»Nicht gerne was?« fragte ich und sah die Gefängnismauer hoch. Typisch Concord. Selbst der Knast sah einladend aus.

»Richter«, wiederholte Broussard. »Oscar meint, Sie verurteilen Menschen nicht gerne.«

Ich verfolgte den gewundenen Stacheldraht oben auf der Mauer mit den Augen. Plötzlich wirkte der Knast gar nicht mehr so einladend.

»Er meint, deshalb hängen Sie mit solchen Spinnern wie Rogowski rum und behalten Kontakt zu Typen wie Cheese Olamon.«

Ich blinzelte gegen die helle Sonne. »Nein«, sagte ich. »Ich bin nicht sehr gut darin, über Leute zu urteilen. Aber manchmal mußte ich es doch tun.«

»Und?« fragte Poole.

Ich zuckte mit den Schultern. »Hinterher war mir immer komisch zumute.«

»Also war Ihr Urteil falsch?« fragte Poole leichthin.

Ich dachte darüber nach, daß ich Helene vor ein paar Stunden blöd genannt hatte. Das Wort machte sie klein und schien sie gleichzeitig zu erdolchen. Ich schüttelte den Kopf. »Nein. Das Urteil war richtig. Fühlte sich hinterher nur komisch an. Mehr nicht.«

Ich schob die Hände in die Hosentaschen und ging zur Eingangstür des Gefängnisses, bevor Poole und Broussard noch mehr Fragen einfielen, die sie mir über meinen vorhandenen oder nicht vorhandenen Charakter stellen konnten.

Die Gefängnisleitung hatte je einen Wachmann an den beiden Toren postiert, die in den kleinen Besucherhof des Gefängnisses von Concord führten. Die Wachleute auf den Türmen widmeten uns ihre Aufmerksamkeit. Als wir in den Hof traten, war Cheese schon da. Er war der einzige Insasse im Hof, da Broussard und Poole um ein Höchstmaß an Intimität gebeten hatten.

»Yo, Patrick, wie ist die Lage?« rief Cheese mir zu, als wir ihm auf dem Hof entgegenkamen. Er stand neben einem Springbrunnen, der neben ihm so klein wirkte wie eine Schnecke neben einem Orca-Wal mit blondem Haar.

»Nicht schlecht, Cheese. Schöner Tag heute.«

»Seh' ich verdammt noch mal genauso, Bruder.« Er schlug mit der Faust auf meine. »Yo man. 'n Tag wie heute ist wie 'ne ordentliche Nummer im Bett, 'ne Flasche Jack Daniels und 'ne Packung Fluppen zusammen. Weißt du Bescheid?«

Wußte ich nicht, grinste aber trotzdem. So war das mit

Cheese. Man nickte, grinste und fragte sich, wann sein Gerede endlich ein bißchen Sinn ergeben würde.

»Yo man. Shit!« Cheese kippte auf den Hacken nach hinten. »Du hast ja das Gesetz hergeschleppt! Ultrakrasse Aktion!« rief er. »Ultrakrass! Poole und ...«, er schnippte mit den Fingern, »Broussard. Richtig? Ich dachte, ihr wärt nicht mehr beim Rauschgift.«

Poole lächelte in die Sonne. »Sind wir auch nicht, Mr. Cheese. Ganz bestimmt nicht mehr.« Er zeigte auf eine lange dunkle Kruste an Cheese' Kinn. Es sah aus, als sei die Wunde mit einer zackigen Schneide gezogen worden. »Hast du dir hier ein paar Feinde gemacht?«

»Das hier? Shit. Man!« Cheese verdrehte die Augen. »Der Motherfucker ist noch nicht geboren, der den Cheese langmachen kann.«

Broussard kicherte und scharrte mit dem rechten Fuß über den Boden. »Ja, Cheese, klar. Du hast deine schwarze Rapnummer abgezogen, und das hat irgendeinen Bruder angekotzt, der keine weißen Jungen abkann, die nicht wissen, wohin sie gehören. Stimmt's?«

»Yo, Poole«, sagte Cheese. »Was treibt sich denn so eine supercoole Pussycat wie du eigentlich mit so einem Motherfucker mit vollgeschissenen Windeln herum, der seinen eigenen Arsch nicht ohne Anleitung finden kann?«

»Ach du Scheiße«, bemerkte Poole. Ein kleines Lächeln umspielte Broussards Mundwinkel.

»Hab' gehört, du hast 'ne Tüte Geld verloren«, sagte Broussard.

»Ach, ja?« Cheese rieb sich das Kinn. »Hmm. Kann mich eigentlich nicht dran erinnern, Officer, aber wenn Sie Knete übrig haben und nicht wissen, wohin damit – nehm ich Ihnen natürlich gerne ab! Yo man. Shit. Mein Mann, Patrick hier, der paßt drauf auf, bis ich wieder draußen bin.«

»Oh, Cheese«, sagte ich, »das ist aber eine Ehre.«

»Wir sind klar, Bruder, weil ich weiß, daß du gut drauf bist. Wie geht's Bruder Rogowski?«

»Gut.«

»Der Motherfucker hat ein Jahr in Plymouth gesessen, was? Die Leute da scheißen sich wahrscheinlich jetzt noch in die Hose. Hatte schon Angst, er würd' nicht mehr rauskommen, weil's ihm da drinnen zu gut gefällt.«

»Der geht nicht wieder zurück«, erwiderte ich. »Der hat ein Jahr Fernsehen verpaßt, das holt er jetzt auf.«

»Wie geht's den Hunden?« flüsterte Cheese, als teile er mir ein Geheimnis mit.

»Belker ist vor knapp einem Monat gestorben.«

Diese Mitteilung erschütterte Cheese vorübergehend. Er blickte zum Himmel hoch, und eine leichte Brise wehte ihm ins Gesicht. »Wie ist er gestorben?« Er sah mich wieder an. »Gift?«

Ich schüttelte den Kopf. »Von einem Auto überfahren.«

»Mit Absicht?«

Wieder schüttelte ich den Kopf. »Kleine alte Frau am Steuer. Belker ist einfach so auf die Straße gelaufen.«

»Wie kommt Bubba damit zurecht?«

»Er hatte Belker einen Monat vorher kastrieren lassen.« Ich zuckte mit den Achseln. »Er ist ziemlich sicher, daß es Selbstmord war.«

»Klingt logisch.« Cheese nickte. »Klar.«

»Das Geld, Cheese.« Broussard wedelte Cheese mit der Hand vor dem Gesicht herum. »Das Geld.«

»Mir fehlt keins, Officer. Hab' ich schon gesagt.« Cheese zuckte mit den Schultern und wandte sich von Broussard ab, ging zu einer Bank und setzte sich auf die Rückenlehne. Dort wartete er auf uns.

»Cheese«, sagte ich und setzte mich neben ihn, »bei uns in

der Nachbarschaft ist ein Kind verschwunden. Vielleicht hast du davon gehört.«

Cheese hob einen Grashalm von seinem Schuhband und drehte ihn zwischen seinen dicken Fingern. »Hab' was gehört. Amanda irgendwas, oder?«

»McCready«, ergänzte Poole.

Cheese spitzte die Lippen und schien kurz darüber nachzudenken, dann zuckte er mit den Schultern. »Kommt mir nicht bekannt vor. Was ist denn jetzt mit der Knete?«

Broussard kicherte in sich hinein und schüttelte den Kopf.

»Stellen wir mal eine Theorie auf«, schlug Poole vor.

Cheese faltete die Hände zwischen den Beinen und blickte Poole mit einem eifrigen Kleine-Jungen-Gesicht an. »Okeydokey.«

Poole stellte einen Fuß neben Cheese auf die Bank. »Sagen wir mal, nur so zum Spaß ...«

»Nur so zum Spaß«, wiederholte Cheese fröhlich.

»... daß jemand einem Gentleman an dem Tag Geld stiehlt, an dem dieser Gentleman verhaftet wird, weil er seine Bewährungsauflagen verletzt hat.«

»Kommen in dieser Geschichte auch ein paar Titten vor?« fragte Cheese. »Der Cheese hört sich am liebsten Geschichten mit Titten an.«

»Da komme ich noch drauf, versprochen«, sagte Poole.

Cheese stieß mich mit dem Ellenbogen an, grinste breit und wandte sich wieder Poole zu. Broussard hockte sich neben uns und beobachtete die Wachtürme.

»Diese Person also, die tatsächlich Brüste besitzt, bestiehlt einen Mann, den sie besser in Ruhe gelassen hätte. Ein paar Monate später verschwindet ihr Kind.«

»Pech«, warf Cheese ein. »Eine richtige Schande, wenn ihr den Cheese fragt.«

»Ja«, bestätigte Poole. »Eine Schande. Nun wurde ein nachweislicher Freund des Mannes, den die Frau verärgert hat...«

»Bestohlen hat«, korrigierte Cheese.

»Entschuldigung.« Poole tippte sich an einen nicht vorhandenen Hut. »Ein nachweislicher Freund des Mannes, den die Frau bestohlen hat, wurde nun also in der Nacht, als das Kind verschwand, vor dem Haus der Frau in der Menschenmenge gesichtet.«

Cheese rieb sich übers Kinn. »Interessant.«

»Und dieser Mann arbeitet für Sie, Mr. Olamon.«

Cheese hob die Augenbrauen. »Ehrlich und ohne Scheiß?«

»Aham.«

»Sie sagen, vor diesem Haus waren eine Menge Leute?«

»Genau.«

»Na, dann würde ich mal sagen, da hat eine ganze Wagenladung von Leuten gestanden, die nicht für mich arbeiten.«

»Das stimmt ebenfalls.«

»Befragt ihr die etwa auch?«

»Die hat die Mutter ja nicht abgezogen«, erklärte ich.

Cheese sah mich an. »Woher weißt du das denn? Wenn eine Alte so blöd ist, daß sie den Cheese abzockt, dann könnte sie doch genausogut alle verfluchten Leute in der Gegend abgezockt haben? Hab' ich recht, Bruder?«

»Also geben Sie zu, daß Sie von ihr bestohlen wurden?« fragte Broussard.

Cheese sah mich an und wies mit dem Daumen auf Broussard. »Ich dachte, das hier wär' reine Theorie.«

»Ja, klar.« Broussard hob die Hand. »Ich entschuldige mich, Euer Hoheit.«

»Jetzt kommt der Deal«, sagte Poole.

»Uh«, bemerkte Cheese. »Ein Deal.«

»Mr. Olamon, wir werden das nicht öffentlich machen. Es bleibt unter uns.«

»Unter uns«, wiederholte Cheese und verdrehte die Augen.

»Aber wir wollen, daß das Kind heil zurückkommt.«

Cheese sah ihn lange an und verzog das Gesicht dabei langsam zu einem Lachen. »Mal sehen, ob ich das richtig verstanden habe. Sie sagen, daß Sie – der ultrakrasse Typ – meinen theoretischen Laufjungen das theoretische Geld holen lassen im Austausch für ein theoretisches Kind, und dann ist Friede, Freude, Eierkuchen? Diesen Scheiß wollen Sie mir verkaufen, Officer?«

»Detective Sergeant«, korrigierte Poole ihn.

»Egal«, schnaubte Cheese und streckte die Hände aus.

»Sie kennen das Gesetz, Mr. Olamon. Allein dadurch, daß wir Ihnen diesen Deal anbieten, sitzen wir in der Falle. Sie können mit diesem Bullen machen, was Sie wollen, Sie kommen dafür nicht vor Gericht.«

»Gequirlter Dünnschiß!«

»Kein Dünnschiß«, gab Poole zurück.

»Cheese«, mischte ich mich ein, »wem schadet dieser Deal?«

»Hä?«

»Mal ernsthaft. Einer bekommt sein Geld zurück. Ein anderer bekommt sein Kind zurück. Alle sind froh.«

Er drohte mir mit dem Finger. »Patrick, mein Bruder, versuch's bloß nie als Autoverkäufer. Wem das schadet? Das willst du wissen? Welchem Motherfucker das schadet?«

»Ja. Wem?«

»Dem Motherfucker, der abgezockt wurde, natürlich!« Er warf die Arme nach oben und ließ sie mit einem klatschenden Geräusch auf seine breiten Oberschenkel fallen. Er beugte den Kopf vor, so daß wir beinahe zusammenstießen. »Der

Motherfucker hat den Schaden. Der Motherfucker wird so richtig in den Arsch gefickt. Was, er soll dem krassen Typ vertrauen? Dem Typen und seinem Deal?« Er legte mir eine Hand in den Nacken und drückte zu. »Fuck, Nigger, bist du auf Crack oder was?«

»Mr. Olamon«, sagte Poole, »wie können wir Sie überzeugen, daß wir es ehrlich meinen?«

Cheese ließ mich los. »Könnt ihr nicht. Besser, ihr zieht euch zurück, laßt etwas Gras über die Sache wachsen, und die Leute machen den Scheiß unter sich aus.« Er drohte Poole mit seinem dicken Finger. »Vielleicht sind dann alle zufrieden.«

Poole streckte ihm hilflos die Arme entgegen. »Das können wir nicht machen, Mr. Olamon. Das wissen Sie doch.«

»Okay, okay.« Cheese beeilte sich zu nicken. »Vielleicht muß man einem bestimmten korrekten Motherfucker eine Reduzierung der Haftstrafe anbieten, wenn er hilft, daß dieses Geschäft über die Bühne geht. Was haltet ihr denn davon?«

»Das würde bedeuten, daß der Staatsanwalt davon erfährt«, erklärte Poole.

»Und?«

»Vielleicht haben Sie den Teil verpaßt, als wir sagten, daß wir keinen Staub aufwirbeln wollen«, sagte Broussard. »Wir wollen das Mädchen zurück, dann sind wir zufrieden.«

»Also, wenn euer theoretischer Mann so einen Deal mitmacht, dann ist er ein Wichser. Ein theoretischer Dummfikker, das könnt ihr mir verdammt noch mal glauben.«

»Wir wollen einfach nur Amanda McCready zurück«, sagte Broussard. Er faßte sich mit der Hand in den Nacken und knetete die Haut. »Lebendig.«

Cheese lehnte sich zurück, wandte das Gesicht der Sonne zu und sog die Luft durch die Nase ein, als wolle er einen Teppich staubsaugen.

Poole trat einen Schritt zurück, verschränkte die Arme vor der Brust und wartete.

»Hatte mal 'ne Alte in meinem Stall, die hieß McCready«, sagte Cheese schließlich. »Hat hin und wieder was gemacht, nicht regelmäßig. Sah nicht besonders aus, aber wenn man ihr das richtige Spielzeug gab, konnte man sie losschicken. Ihr wißt Bescheid?«

»Stall?« Broussard trat an den Tisch. »Soll daß heißen, Sie haben Helene McCready zum Zweck der Prostitution beschäftigt, Mr. Supercheese?«

Cheese beugte sich vor und lachte. »Zum Z-z-z-zweck der P-p-p-prostitution! Wow, hört sich das cool an, was? Ich gründe 'ne Band und nenn' sie Zum Zweck der Prostitution, dann sind die Konzerte mit Sicherheit immer rappelvoll!«

Mit einer schnellen Drehung des Handgelenks schlug Broussard Cheese Olamon auf die Nase. Nicht gerade ein zarter Klaps. Cheese hielt sich die Hände vors Gesicht, und sofort sickerte ihm Blut durch die Finger. Broussard schob sich zwischen die geöffneten Beine des riesigen Mannes und packte ihn am rechten Ohr. Er drehte es, bis ich die Knorpel knirschen hörte.

»Hör mir mal gut zu, du Stück Scheiße. Hörst du zu?«

Cheese gab ein Geräusch von sich, daß wie eine Bestätigung klang.

»Helene McCready ist mir scheißegal. Meinetwegen kannst du sie am Ostersonntag an eine ganze Rotte Priester verscherbeln. Deine abgefuckten Drogendeals und welche Straßen du von hier aus kontrollierst, scheren mich einen Scheißdreck. Mir geht's um Amanda McCready.« Er beugte sich vor und verdrehte das Ohr noch ein bißchen mehr. »Hast du den Namen verstanden? Amanda McCready. Und wenn du mir nicht sagst, wo sie ist, du Möchtegern-Stück-Negerscheiße, dann besorg' ich mir die Namen von den vier fettesten schwarzen Arschlöchern hier im Bau, die so richtig gut auf dich zu sprechen sind, und sorg' dafür, daß sie eine Nacht mit dir in Einzelhaft verbringen: nur sie mit ihren Schwänzen und einem Zippo. Hast du das verstanden, oder muß ich dich noch einmal schlagen?«

Er ließ das Ohr los und trat zurück.

Durch den Schweiß war das Haar von Cheese dunkler geworden. Hinter den vorgehaltenen Händen machte er ein schweres, rasselndes Geräusch. Es hörte sich an wie damals, wenn er als Kind einen Hustenanfall hatte und sich kurz darauf übergeben mußte.

Broussard machte eine schwungvolle Geste in Cheese' Richtung und sah zu mir herüber. »Menschenkenntnis!« sagte er verächtlich und wischte sich die Hand an der Hose ab.

Cheese ließ die Hände sinken und lehnte sich auf der Bank zurück. Das Blut tröpfelte ihm über die Oberlippe in den Mund. Er atmete mehrmals tief durch, ließ Broussard dabei jedoch nicht aus den Augen.

Die Wachen auf dem Turm blickten in den Himmel. Die beiden Wachmänner an den Toren musterten ihre Schuhe, als hätten sie sie am selben Morgen geschenkt bekommen.

Ich hörte das ferne Geräusch von aneinanderschlagendem Stahl. Wahrscheinlich schleppte sich jemand mit Gewichten an den Füßen hinter den Gefängnismauern vorbei. Ein kleiner Vogel stürzte sich in den Besucherhof hinunter. Er war so winzig und flog so schnell, daß ich nicht einmal seine Farbe erkennen konnte, da stieg er schon wieder an der Wand auf und entschwand über dem Stacheldraht meinem Blickfeld.

Broussard trat von der Bank zurück, stellte sich breitbeinig hin und starrte Cheese mit einem derart leeren und gefühllosen Blick an, als betrachte er eine Baumrinde. So hatte ich Broussard noch nicht gesehen.

Als Kollegen hatte er Angie und mich mit beruflichem

Respekt und sogar einer gewissen Freundlichkeit behandelt. So kannten ihn bestimmt die meisten Menschen: der gutaussehende, weltgewandte Beamte mit dem tadellosen Äußeren und dem Lächeln eines Filmstars. Aber im Gefängnis von Concord offenbarte sich mir der Straßenbulle, der Gassenjunge, der Schläger, der seine Opfer bei nächtlichen Vernehmungen verprügelte. Als er Cheese mit seinem düsteren Blick betrachtete, erkannte ich den selbstgerechten Guerillakämpfer, den Dschungelfighter, der um jeden Preis gewinnen wollte.

Cheese spuckte eine Mischung aus Schleim und Blut auf den Boden.

»Yo, Mark Fuhrman«, sagte er, »leck mich an meinem schwarzen Arsch!«

Broussard wollte sich wieder auf ihn stürzen, doch hielt ihn Poole davon ab, indem er ihn hinten an der Jacke packte. Cheese taumelte rückwärts und sprang von der Bank.

»Das sind ein paar armselige Spinner, mit denen du herumhängst, Patrick!«

»Hey, du Wichser!« schrie Broussard. »Denk dran! Eine Nacht in Einzelhaft! Verstanden?«

»Hab' 'n Foto von deiner Alten in meiner Zelle, wie sie's mit einem Haufen Zwerge treibt«, sagte Cheese. »Das hab' ich. Soll ich's dir zeigen?«

Wieder wollte Broussard loslegen, und nun schlang Poole seinem größeren Kollegen die Arme um die Brust, hob ihn hoch und trug ihn von der Bank fort.

Cheese ging auf das Tor zu. Ich lief ihm hinterher.

»Cheese.«

Im Gehen wandte er den Kopf nach hinten.

»Cheese, hör doch zu, sie ist erst vier Jahre alt!«

Er ging weiter. »Tut mir echt leid. Sag dem Typ, er muß noch etwas an seinen Umgangsformen feilen.«

Der Wachmann am Tor hielt mich auf und ließ Cheese hindurchgehen. Der Wächter trug eine verspiegelte Sonnenbrille, und ich erblickte mein verzerrtes Spiegelbild in den Gläsern. Zweimal mein Gesicht, nur kleiner und glänzender, zweimal der gleiche, bescheuerte Gesichtsausdruck.

»Los, komm, Cheese. Komm schon, Mann!«

Cheese drehte sich zum Zaun um, hakte die Finger in die Maschen und sah mich lange an.

»Ich kann dir nicht helfen, Patrick, klar?«

Ich wies hinter mich auf Poole und Broussard. »Die meinten es ernst.«

Langsam schüttelte Cheese den Kopf. »Scheiße, Patrick. Bullen sind um nichts besser als Knastbrüder, Mann. Bei den Motherfuckern ist immer ein Haken dabei.«

»Die kommen mit einer ganzen Armee zurück, Cheese. Du weißt doch, wie das läuft. Jetzt haben sie sich festgebissen und haben die Schnauze voll.«

»Und ich weiß einen Scheiß.«

»Du weißt wohl etwas.«

Er grinste breit. Das Blut auf seiner Oberlippe war geronnen und angetrocknet. »Dann beweis es«, sagte er und drehte sich um. Langsam ging er über den Kiesweg, der ihn über eine kleine Wiese zurück ins Gefängnis führte.

Auf dem Weg zum Tor für Besucher ging ich an Broussard und Poole vorbei.

»Super Menschenkenntnis!« bemerkte ich. »Wie aus einem verdammten Bilderbuch!«

13

Auf dem Weg durch den Gang zum Empfang holte mich Broussard ein. Er hielt mich von hinten am Ellenbogen fest und zwang mich, mich umzudrehen.

»Haben Sie ein Problem mit meiner Methode, Mr. Kenzie?«

»Was für eine Methode?« Ich entwand ihm meinen Arm. »So nennen Sie das, was Sie da drinnen abgezogen haben?«

Poole holte uns zusammen mit dem Wachmann ein und sagte: »Nicht hier, Gentlemen. Wir haben einen Ruf zu verlieren.«

Er führte uns durch den Gang und die Metalldetektoren zum letzten Tor. Ein Sergeant, dem das Haar in kleinen, krausen Büscheln aus der Kopfhaut sproß, händigte uns die Waffen aus. Dann traten wir nach draußen auf den Parkplatz.

Sobald wir auf dem Kiesweg waren, legte Broussard los. »Wieviel Müll wollten Sie sich von diesem Stück Scheiße eigentlich noch anhören, Mr. Kenzie? Hä?«

»Soviel Müll, wie ich mir anhören muß ...«

»Vielleicht wollen Sie ja wieder reingehen und darüber quatschen, wie alberne Tölen Selbstmord begehen ...«

»... um den abgefuckten Deal mit ihm machen zu können, Detective Broussard! Das will ich ...«

»... und wie gut Sie sich mit Ihrem Cheese *verstehen*!«

»Meine Herren!« Poole trat zwischen uns.

Das Echo unserer Stimmen hallte laut über den Parkplatz, und wir hatten vom Schreien rote Gesichter. Die Sehnen an Broussards Hals standen wie bis zum Zerreißen gespannte Seile hervor. Ich spürte, wie mir das Adrenalin durch die Adern rauschte.

»Meine Methode ist ordentlich«, sagte Broussard.

»Ihre Methode«, berichtigte ich, »ist für den Arsch.«

Poole legte Broussard die Hand auf die Brust. Der senkte den Kopf und sah eine Weile auf die Hand hinab. Seine Kiefer malmten langsam.

Ich ging über den Parkplatz und spürte, wie das Adrenalin meine Beinen zu Gelee machte, ich hörte den Kies unter den Füßen knirschen, hörte den scharfen Schrei eines Vogels, der vom Walden Pond kommend durch die Lüfte schwebte, und sah die Sonne beim Untergehen hinter den Bäumen weicher und breiter werden. Ich lehnte mich gegen den Kofferraum des Taurus und stellte einen Fuß auf die Stoßstange. Poole drückte die Hand immer noch gegen Broussards Brust. Er redete auf ihn ein, die Lippen nah am Ohr des jüngeren Mannes.

Auch wenn ich laut geschrien hätte – richtig schlechte Laune sah bei mir anders aus. Wenn ich wirklich sauer war, wenn der Schalter in meinem Kopf umgelegt war, dann wurde meine Stimme ganz flach, ausdruckslos und monoton. Dann bohrte sich ein roter Lichtstrahl durch meinen Schädel und löschte alles aus – Angst, Vernunft, Verständnis. Und je heißer dieser Strahl glühte, desto kälter wurde mein Blut. Schließlich war es blau wie Edelmetall, und meine Stimme senkte sich zu einem Flüstern.

Dieses Flüstern wurde dann – meistens ohne jede Vorwarnung für mich oder andere – jäh durch einen Schlag meiner Hand oder einen Tritt meines Fußes unterbrochen. Das

Zusammenspiel von dem rotem Lichtstrahl in meinem Schädel und dem metallisch kalten Blut ließ meine Muskeln in Sekundenbruchteilen kontrahieren.

Das war der Jähzorn meines Vaters.

Bevor mir bewußt war, daß ich ihn geerbt hatte, kannte ich ihn schon. Ich hatte darunter gelitten.

Der entscheidende Unterschied zwischen meinem Vater und mir ist, so hoffe ich, der Umgang mit diesem Jähzorn. Mein Vater ließ diesen Zorn in sich explodieren, wann immer und wo immer es ihm paßte. Er ließ sich von seinen Launen beherrschen, so wie sich andere Männer von Alkohol, Stolz oder Eitelkeit beherrschen lassen.

So wie sich das Kind eines Alkoholikers vornimmt, nie in seinem Leben zu trinken, schwor ich mir schon sehr früh, auf der Hut zu sein, wenn der rote Lichtstrahl bohrte, das Blut kalt und die Stimme monoton wurde. Uns entscheiden zu können, hebt uns von den Tieren ab. Davon war ich immer überzeugt. Ein Affe kann sich nicht entscheiden, keinen Appetit zu haben. Ein Mensch schon. In bestimmten, furchtbaren Momenten war mein Vater ein Tier. Ich weigerte mich, eines zu werden.

Obwohl ich Broussards Zorn verstand, seine Verzweiflung, Amanda vielleicht nicht zu finden, nachfühlen konnte und auch verstehen konnte, daß er Cheese geschlagen hatte, weil er ihn nicht ernst nahm, wollte ich ihm nicht verzeihen. Weil das niemanden weiterbrachte. Es half Amanda nicht weiter, versenkte sie höchstens tiefer in dem Loch, in dem sie schon lag, machte sie für uns noch schwerer erreichbar.

Vor meinen Füßen tauchten die Schuhe von Broussard auf. Ich spürte, daß er zwischen mir und der Sonne stand.

»Ich halte das nicht mehr aus.« Er sprach so leise, daß seine Stimme fast nicht zu hören war.

»Was, bitte?« fragte ich.

»Daß solche Schweine Kindern weh tun und dann einfach weitergehen und sich auch noch toll vorkommen. Ich packe das nicht.«

»Dann hängen Sie Ihren Job an den Nagel«, riet ich ihm.

»Wir haben sein Geld. Er muß über uns gehen und das Mädchen eintauschen, damit er es zurückbekommt.«

Ich sah ihm ins Gesicht, sah die Angst darin, die verrückte Hoffnung, nie wieder ein totes und furchtbar mißbrauchtes Kind sehen zu müssen.

»Was ist, wenn ihm das Geld egal ist?« fragte ich.

Broussard blickte zur Seite.

»Das ist ihm nicht egal.« Poole trat zu uns ans Auto, legte die Hände auf das Dach, klang aber nicht sehr überzeugt.

»Cheese hat massenweise Geld«, warf ich ein.

»Sie kennen diese Typen«, widersprach Poole, »die haben nie genug davon. Die wollen immer mehr.« Broussard stand unbeweglich mit einem neugierigen Gesichtsausdruck da.

»Zweihundert Riesen sind auch für Cheese kein Taschengeld«, sagte ich, »aber genausowenig der große Wurf. Das ist Kleingeld zum Bestechen und für die Einkommensteuer. Für ein Jahr. Was ist, wenn es ihm hier ums Prinzip geht?«

Broussard schüttelte den Kopf. »Cheese Olamon hat keine Prinzipien.«

»Oh doch.« Ich schlug mit der Hacke gegen die Stoßstange und wunderte mich noch mehr als die anderen über die Vehemenz in meiner Stimme. Ruhiger wiederholte ich: »Doch, die hat er. Und das oberste Gebot in seiner Welt lautet: Leg dich nicht mit Cheese an.«

Poole nickte. »Und das hat Helene getan.«

»Stimmt genau.«

»Sie meinen, wenn Cheese sauer genug ist, dann tötet er das Mädchen und scheißt auf das Geld, damit wir diese Botschaft verstehen?«

Ich nickte. »Und hat deswegen noch nicht mal Alpträume.«

Poole wurde grau im Gesicht. Er trat zwischen Broussard und mich. Plötzlich wirkte er sehr alt. Er sah nicht mehr bedrohlich aus, sondern bedroht. Der koboldhafte Schalk war aus seinem Gesicht verschwunden.

»Was ist«, fragte er so leise, daß ich mich vorbeugen mußte, um ihn zu verstehen, »wenn Cheese uns etwas beweisen, aber nicht auf sein Geld verzichten will?«

»Wenn er uns nur ködern will?« fragte Broussard.

Poole vergrub die Hände in den Hosentaschen und stemmte Rücken und Schultern gegen den plötzlich aufkommenden Wind.

»Möglicherweise haben wir unsere Karten aufgedeckt, Remy.«

»Wieso?«

»Cheese weiß, daß wir das Kind unbedingt zurückhaben wollen. Wir würden sogar gegen das Gesetz verstoßen, unsere Ausweise zu Hause lassen und uns auf einen Austausch ohne Polizei einlassen.«

»Und wenn Cheese als Sieger aus dieser Sache hervorgehen will...«

»Dann darf kein anderer einen Vorteil daraus ziehen«, ergänzte Poole.

»Wir müssen uns an Chris Mullen halten«, schlug ich vor. »Wir müssen sehen, wohin er uns führt. Bevor der Austausch über die Bühne geht.«

Poole und Broussard nickten.

»Mr. Kenzie!« Broussard streckte mir die Hand entgegen. »Ich war da drinnen eben von der Rolle. Ich hab' mich von dem Gauner zu etwas hinreißen lassen und hätte die ganze Sache damit beinahe versaut.«

Ich ergriff seine Hand. »Wir holen die Kleine nach Hause.«

Er drückte zu. »Lebendig.«

»Lebendig«, wiederholte ich.

»Meinst du, Broussard hält dem Druck nicht stand?« fragte Angie.

Wir saßen im Auto, das am Rand des Bankenviertels auf der Devonshire Street geparkt war, und beobachteten die Rückseite von Devonshire Place, dem Hochhaus, in dem Chris Mullen eine Wohnung besaß. Die Beamten von der Ermittlungsgruppe Kind, die Mullen bisher verfolgt hatten, waren zum Schlafen nach Hause gefahren. Auch die anderen wichtigen Leute von Cheese' Truppe wurden von zweiköpfigen Teams bewacht. Broussard und Poole hatten die Vorderseite des Gebäudes auf der Washington Street übernommen. Es war kurz nach Mitternacht. Mullen war seit drei Stunden zu Hause.

Ich zuckte mit den Achseln. »Hast du Broussards Gesicht beobachtet, als Poole erzählte, wie er die Leiche von Jeannie Minnelli in einem Faß mit Zement fand?«

Angie schüttelte den Kopf.

»Es sah viel schlimmer aus als das von Poole. Broussard sah aus, als würde er jeden Moment einen Nervenzusammenbruch bekommen. Seine Hände fingen an zu zittern, er wurde ganz weiß im Gesicht, die Haut glänzte. Der Mann sah echt schlimm aus.« Ich blickte zu den drei erleuchteten Fenstern im vierzehnten Stockwerk hinauf, die zu Mullens Wohnung gehörten. Eins davon wurde dunkel. »Vielleicht ist er kurz vorm Durchdrehen. Bei Cheese hat er auf jeden Fall überreagiert, das steht fest.«

Angie zündete sich eine Zigarette an und machte das Fenster einen Spaltbreit auf. Die Straße war ruhig. Wie ein Fluß wand sie sich durch eine Schlucht von Häuserfronten aus weißem Kalkstein und schimmernden Wolkenkratzern mit blauer Verglasung. Die Gegend sah aus wie ein Drehort bei Nacht, ein riesiges Modell der Wirklichkeit, das jedoch nicht von echten Menschen bewohnt wurde. Tagsüber herrschte auf der Devonshire Street ein manchmal heiteres, manchmal fast aggressives Durcheinander von Fußgängern und Börsenmaklern, Rechtsanwälten und Sekretärinnen, Fahrradkurieren, Lkws und hupenden Taxis, Aktenkoffern, Krawatten und Handys. Aber ungefähr ab neun Uhr abends war Schluß, und wenn man dann in einem Auto inmitten der riesigen, leeren Gebäude saß, fühlte man sich wie ein Ausstellungsstück in einem riesigen Museum, nachdem die Lichter gelöscht und die Wachleute gegangen waren.

»Weißt du noch, als Glynn auf mich geschossen hat?« fragte Angie.

»Ja.«

»Kurz davor, als ich mit dir und Evandro im Dunkeln kämpfte und die ganzen Kerzen in meinem Schlafzimmer wie Augen leuchteten, da weiß ich noch, daß ich gedacht habe, ich halte es nicht länger aus. Ich kann kein bißchen, kein einziges Stück mehr von mir in diese Gewalt und die ganze Scheiße stecken.« Sie sah mich an. »Vielleicht geht es Broussard ja auch so. Ich meine, wie oft kann man ein Kind in Zement eingemauert finden?«

Ich dachte über den Ausdruck in seinen Augen nach, nachdem er Cheese geschlagen hatte. Das reine Nichts. Ein so absolutes Nichts, daß es selbst seinen Zorn verschluckt hatte.

Angie hatte recht. Wie oft konnte man ein totes Kind finden?

»Er würde die ganze Stadt abfackeln, wenn er glaubt, daß ihn das zu Amanda bringt«, bemerkte ich.

Angie nickte. »Beide würden das tun.«

»Und vielleicht ist sie schon längst tot.«

Angie aschte durch den kleinen Spalt in ihrem Fenster nach draußen. »Sag so was nicht.«

»Ich kann nicht anders. Es ist immerhin möglich. Du weißt das auch. Genau wie ich.«

Einen Moment legte sich die Stille der großen Gebäude draußen über das Innere des Autos.

»Cheese haßt Zeugen«, sagte Angie schließlich.

»Stimmt.«

»Wenn das Kind tot ist«, fuhr Angie fort und räusperte sich, »dann dreht Broussard auf jeden Fall durch – und Poole höchstwahrscheinlich auch.«

Ich nickte. »Und Gott stehe dem bei, den sie für schuldig halten, seine Hände im Spiel zu haben.«

»Glaubst du, Gott wird da helfen?«

»Hä?«

»Gott«, wiederholte sie und drückte die Zigarette im Aschenbecher aus. »Glaubst du, er hilft Amandas Entführern eher als ihr selbst?«

»Wahrscheinlich nicht.«

»Aber andersrum ...« Sie blickte durch die Windschutzscheibe nach draußen.

»Was?«

»Wenn Amanda tot ist und Broussard durchdreht und ihre Entführer umlegt, dann hilft Gott ja doch.«

»Ist aber ein seltsamer Gott.«

Angie zuckte mit den Achseln. »Besser als gar keiner«, sagte sie.

14

Mir war bekannt, daß Chris Mullen nur zu den Öffnungszeiten der Banken arbeitete. Er bevorzugte es, seine dunklen Geschäfte bei Tageslicht abzuwickeln, und so verließ er am nächsten Morgen um genau 8:55 Uhr die Devonshire Towers und bog nach rechts ab in die Washington Street.

Ich hatte einen halben Häuserblock hinter dem Hochhaus geparkt, und als ich im Rückspiegel sah, daß Mullen in Richtung State Street ging, drückte ich auf den Sendeknopf des Walkie-talkies, der neben mir auf dem Beifahrersitz lag und sagte: »Er ist gerade vorne rausgegangen.«

Von ihrem Posten auf der Devonshire Street, wo morgens keine Autos parken oder auch nur anhalten durften, gab Angie zurück: »Verstanden.«

Gegenüber von mir vor der Pi Alley stand Broussard in einem grauen T-Shirt, einer schwarzen Jogginghose und einer dunkelblau-weißen Warm-up-Jacke. Er schlürfte Kaffee aus einem Styroporbecher und las die Sportseiten der Zeitung. Er sah aus wie ein Jogger, der gerade seinen Morgensport absolviert hatte. Er hatte einen Kopfhörer an einen Empfänger gebastelt, der an seinem Hosenbund befestigt war, und beide gelb und schwarz angemalt, damit es wie ein Discman aussah. Er hatte sich vor fünf Minuten sogar Wasser über das T-Shirt gegossen, damit es aussah, als schwitze er. Diese Leute von Rauschgift und Sitte – Meister der Tarnung bis ins Detail!

Als Mullen am Blumenladen vor dem Old State House rechts abbog, überquerte Broussard die Washington Street und folgte ihm. Ich sah, wie er den Kaffeebecher zum Mund führte und die Lippen bewegte, während er in den Sender sprach, den er unter das Armband seiner Uhr geklebt hatte.

»Bewege mich östlich auf der State. Hab' ihn. Es geht los, Kinder!«

Ich schaltete das Funkgerät aus und ließ es in meiner Manteltasche verschwinden. Ich hatte meine Rolle noch zu spielen. Angelehnt an das Tarnungsmotto des heutigen Tages, trug ich den ältesten grauen Trenchcoat von allen Pennern dieser Stadt und hatte ihn am Morgen noch frisch mit Eidotter und Pepsi beschmiert. Mein fleckiges T-Shirt war über der Brust eingerissen, Jeans und Schuhe waren mit Farbe und Schmutz besprenkelt. Die Schuhsohlen hatten sich vom Rest des Leders gelöst, so daß meine nackten Zehen vorne herausschauten. Die Sohlen machten beim Gehen ein leicht klatschendes Geräusch. Ich hatte mir das Haar aus der Stirn gekämmt und es hochgeföhnt, so daß ich wie Don King aussah. Den Rest des Eises vom Trenchcoat hatte ich mir im Bart verschmiert.

Stilvolle Aufmachung.

Während ich über die Washington Street stolperte, öffnete ich den Reißverschluß und goß mir den Rest des Kaffees über die Brust. Die Menschen, die mir entgegenkamen, wichen meinem schwerfälligen Gang und meinen rudernden Armen aus, und ich murmelte unentwegt Wörter in den Bart, die ich nicht von meiner Mutter gelernt hatte. So stieß ich die goldumrandeten Eingangstüren von Devonshire Place auf.

Junge, dem Portier fielen fast die Augen aus dem Kopf, als er mich sah.

Genauso erging es den drei Menschen, die aus dem Aufzug stiegen und auf dem Marmorboden einen weiten Bogen um mich machten. Lüstern glotzte ich den beiden Frauen hinterher, die dabei waren. Grinsend betrachtete ich ihre Beine, die unter dem Saum von Anne-Klein-Kostümen hervorschauten.

»Lust auf 'ne Pizza?« fragte ich.

Der Geschäftsmann lotste die Frauen weiter, und der Portier rief: »He, Sie da!«

Ich drehte mich zu ihm um, während er hinter seinem glänzendschwarzen, hufeisenförmigen Tresen hervorkam. Er war jung und schlank, und zeigte unhöflich mit dem Finger auf mich.

Der Geschäftsmann schob die Frauen aus dem Haus und holte ein Handy aus der Innentasche seines Sakkos. Er zog die Antenne mit den Zähnen heraus, blieb dabei aber nicht stehen, sondern ging die Washington Street herunter.

»Los, kommen Sie«, sagte der Portier. »Machen Sie kehrt und verschwinden Sie so, wie Sie hereingekommen sind. Und zwar sofort! Los!«

Ich schwankte vor ihm hin und her und leckte mir den Bart. Ich hatte Eierschale auf der Zunge. Mit offenem Mund kaute ich darauf herum.

Der Portier stellte sich breitbeinig hin und legte die Hand an seinen Schlagstock. »Hey!« wiederholte er, als spreche er mit einem Hund. »Los!«

Ich murmelte etwas Unverständliches und schwankte weiter hin und her.

Die Glocke über dem Aufzug kündigte die Ankunft der nächsten Kabine an.

Der Portier griff nach meinem Ellenbogen, doch wich ich ihm aus, und er faßte ins Leere.

Ich faßte in meine Tasche. »Ich hab hier etwas für Sie!«

Der Portier zog den Schlagstock aus dem Holster. »Hey! Halten Sie Ihre Hände so, daß ich sie sehen kann ...«

»Ach du meine Güte«, sagte einer von den Leuten, die aus dem Fahrstuhl stiegen, und ich zog eine Banane hervor und richtete sie auf den Hilfssheriff.

»Gütiger Gott, er hat eine Banane!« rief eine Stimme hinter mir. Angie.

Immer muß sie improvisieren! Nie hält sie sich ans Drehbuch.

Die Menschen, die aus dem Fahrstuhl gestiegen waren, wollten die Lobby durchqueren, vermieden aber jeden Blickkontakt mit mir. Dennoch versuchten sie, alles genau zu verfolgen, um später im Büro die beste Geschichte erzählen zu können.

»Sir«, sagte der Portier und versuchte, gleichzeitig autoritär und höflich zu klingen, da ja zahlreiche Mieter als Zeugen anwesend waren, »lassen Sie die Banane fallen!«

Ich richtete sie wieder auf ihn. »Die hab ich von meinem Cousin bekommen. Er ist ein Orang-Utan.«

»Sollte nicht besser jemand die Polizei verständigen?« fragte eine Frau.

»Ma'am«, antwortete der Portier mit einer Spur von Verzweiflung in der Stimme, »ich habe die Sache unter Kontrolle.«

Ich warf ihm die Banane zu. Er ließ den Schlagstock fallen und sprang zurück, als sei auf ihn geschossen worden.

Jemand schrie auf, und mehrere Leute liefen auf die Eingangstür zu.

Angie stand bei den Aufzügen und sah mich an. Mit Blick auf mein Haar artikulierte sie lautlos: »Cool!« Dann schlüpfte sie in den Fahrstuhl, und die Türen schlossen sich hinter ihr.

Der Portier hob seinen Schlagstock auf und ließ die Banane fallen. Er sah aus, als wolle er sich auf mich stürzen. Ich wußte nicht, wie viele Menschen noch hinter mir standen – vielleicht drei –, aber immerhin konnte einer von ihnen auf die Idee kommen, den Helden zu spielen und sich auf mich, den Penner, zu werfen.

Ich drehte mich um und stand nun mit dem Rücken zum Portierstisch und den Aufzügen. Es waren nur noch zwei Männer, eine Frau und der Portier da. Beide Männer bewegten sich langsam auf die Tür zu. Die Frau jedoch sah dem Schauspiel fasziniert zu. Sie hatte den Mund geöffnet und hielt die Hand an den Hals gedrückt.

»Was ist eigentlich aus Men at Work geworden?« fragte ich sie.

»Was?« Der Portier machte noch einen Schritt auf mich zu.

»Diese australische Gruppe.« Ich wandte mich dem Portier zu und blickte ihn freundlich und neugierig an. »Waren Anfang der Achtziger ziemlich bekannt. Kamen groß raus. Wissen Sie, was aus denen geworden ist?«

»Was? Nein.«

Ich sah ihn mit seitlich geneigtem Kopf an und kratzte mich an der Schläfe. Einen Moment lang bewegte sich niemand in der Lobby, keiner schien überhaupt zu atmen.

»Ach«, sagte ich schließlich und zuckte mit den Schultern. »War mein Fehler. Behalten Sie die Banane!«

Auf dem Weg nach draußen stieg ich über sie hinweg. Die beiden Männer drückten sich gegen die Wand.

Ich blinzelte einem von ihnen zu. »Erstklassigen Portier haben Sie da. Wenn der nicht wär', hätte ich das ganze Haus in die Luft gejagt!« Ich öffnete die Tür.

Als ich Poole, der im Taurus auf der Ecke School Street und Washington saß, gerade verdeckt den aufrechten Daumen zeigen wollte, trafen mich zwei Handkanten auf der Schulter. Ich fiel gegen die Hauswand.

»Verschwinde hier, du ätzender Penner!«

Ich drehte mich gerade noch rechtzeitig um, um sehen zu können, daß Chris Mullen das Haus durch die Drehtür betrat, dem erstarrten Portier irgendwelche Anweisungen in bezug auf mich gab und auf die Aufzüge zuging.

Ich mischte mich unter die Fußgänger auf der Straße, holte das Walkie-talkie aus der Tasche und schaltete es an.

»Poole, Mullen ist zurückgekommen.«

»Positiv, Mr. Kenzie. Broussard versucht gerade, Miss Gennaro zu erreichen. Gehen Sie zu Ihrem Auto zurück. Lassen Sie uns nicht auffliegen!« Ich konnte erkennen, wie sich seine Lippen hinter der Windschutzscheibe bewegten, dann legte er das Funkgerät neben sich und sah mich böse an.

Ich kehrte um.

Eine Frau mit flaschenbodendicken Brillengläsern und so straff zurückgekämmtem Haar, daß sie wie ein Insekt aussah, starrte mich an.

»Sind Sie ein Bulle oder so?«

Ich legte den Finger auf die Lippen. »Psst.« Dann steckte ich das Walkie-talkie wieder in den Trenchcoat und ließ die Frau mit geöffnetem Mund stehen. Ich kehrte zum Auto zurück.

Als ich den Kofferraum öffnete, sah ich Broussard, der sich gegen das Schaufenster von Eddie Bauer lehnte. Er hielt die Hand am Ohr und sprach mit seinem Handgelenk.

Unter die Kofferraumklappe gebeugt, stellte ich seinen Kanal ein.

»...wiederhole, Miss Gennaro, Objekt kommt zurück. Aktion abbrechen.«

Ich wischte mir Eierschale aus dem Bart und setzte mir eine Baseballmütze auf.

»Wiederhole«, flüsterte Broussard. »Aktion jetzt abbrechen. Raus da.«

Ich warf den Trenchcoat in den Kofferraum und holte meine schwarze Lederjacke heraus, zog sie an, steckte das Funkgerät in die Jackentasche und machte den Reißverschluß zu. Dann schloß ich den Kofferraum und folgte den Passanten bis zu Eddie Bauer, wo ich die Schaufensterpuppen anglotzte.

»Hat sie sich gemeldet?«

»Nein«, antwortete Broussard.

»Hat sie ihn eingeschaltet?«

»Weiß ich nicht. Ich gehe davon aus, daß sie mich gehört hat und ausgeschaltet hat, damit Mullen nichts mitbekommt.«

»Wir gehen hoch«, schlug ich vor.

»Wenn Sie auch nur einen Schritt auf das Haus zu machen, puste ich Ihnen die Beine unter dem Körper weg.«

»Sie ist ihm ausgeliefert da oben. Wenn ihr Walkie-talkie kaputt ist und sie nichts gehört hat ...«

»Ich lasse nicht zu, daß Sie diesen Einsatz auffliegen lassen, nur weil Sie mit ihr schlafen.« Er löste sich von der Schaufensterscheibe und ging mit lockeren, wiegenden Schritten an mir vorbei. »Sie ist ein Profi. Fangen Sie auch an, sich wie einer zu verhalten!«

Er ging weiter. Ich sah auf meine Uhr: 9:15 Uhr.

Mullen war seit vier Minuten im Haus. Warum war er überhaupt zurückgekommen? Hatte er Broussard erkannt?

Nein. Broussard war zu gut. Auch ich hatte ihn nur erkannt, weil ich wußte, wie er getarnt war. Und trotzdem hatte ich ihn beim ersten Mal übersehen, als ich ihn suchte. So gut war er in der Masse untergetaucht.

Ich sah wieder auf meine Uhr: 9:16.

Wenn Broussard Angie die Nachricht sofort hatte zukommen lassen, als er merkte, daß Mullen zurück zu seiner Wohnung ging, wäre sie gerade im Aufzug gewesen oder möglicherweise schon vor Mullens Wohnungstür angekommen. Sie wäre umgedreht und die Treppe heruntergegangen. Und wäre inzwischen wieder hier.

9:17.

Ich beobachtete den Eingang zum Devonshire Place. Ein paar junge Börsenmakler in glänzenden Boss-Anzügen, Gucci-Schuhen und Geoffrey-Beene-Krawatten traten nach draußen. Sie hatten sich so viel Gel ins Haar geschmiert, daß nur ein Spachtel es wieder würde ablösen können. Sie machten den Weg frei für eine schlanke Frau in einem dunkelblauen Kostüm mit dazu passender Sonnenbrille von Revo und begafften ihren Hintern, als sie in ein Taxi stieg.

9:18.

Wenn Angie noch da oben war, war sie gezwungen gewesen, sich in Mullens Apartment zu verstecken. Oder er hatte sie vor oder in seiner Wohnung überrascht.

9:19.

Sie wäre nie so blöd gewesen, mit dem Fahrstuhl herunterzufahren, wenn sie Broussards Nachricht denn wirklich bekommen hatte. Die Türen wären aufgegangen, und Chris Mullen hätte vor ihr gestanden …

Hey, Ange, lange nicht gesehen.

Ja, stimmt, Chris.

Was machst du hier?

Hab 'ne Freundin besucht.

Ja? Arbeitest du nicht an dem Fall mit dem vermißten Mädchen?

Wieso richtest du diese Waffe da auf mich, Chris?

9:20.

Ich warf einen kurzen Blick zur Ecke School Street.

Poole sah mich an und schüttelte ganz langsam den Kopf.

Vielleicht war sie schon wieder in der Lobby und wurde nur von diesem Portier aufgehalten.

Warten Sie kurz, Miss. Ich hab' Sie hier noch nie gesehen.

Ich bin neu hier.

Das glaube ich nicht. Er greift nach dem Telefon und wählt die 911 ...

Aber dann wäre sie schon längst draußen.

9:22.

Ich machte einen Schritt auf das Haus zu. Noch einen. Dann hielt ich inne.

Wenn alles nach Plan verlaufen war, hatte Angie einfach das Funkgerät ausgestellt, damit sie sich nicht durch das Krächzen verriet. Dann stünde sie nun hinter der Notausgangstür im vierzehnten Stock und beobachtete Mullens Wohnungstür durch eine kleine Glasscheibe, während ich gerade mitten vor der Eingangstür des Gebäudes stand. Würde Mullen jetzt nach draußen kommen und mich erkennen ...

Ich lehnte mich gegen die Wand.

9:24.

Es war vierzehn Minuten her, seit Mullen mich gegen die Wand gedrückt hatte und ins Haus gegangen war.

Das Walkie-talkie in meiner Jackentasche begann zu summen. Ich holte ihn heraus. Es gab ein kurzes, leises Blöken, dann hörte ich: »Er kommt wieder herunter.«

Angies Stimme.

»Wo bist du?«

»Gott sei Dank, daß es Fernseher mit großem Bildschirm gibt, kann ich nur sagen.«

»Sind Sie drinnen?« fragte Broussard.

»Ja, klar. Sieht nett aus, aber die Schlösser! Mannomann, ging das leicht!«

»Wieso ist er zurückgekommen?«

»Wegen seinem Anzug. Ist 'ne lange Geschichte. Erzähl' ich euch später. Er müßte jeden Moment unten ankommen.«

Mullen trat mit einem blauen Anzug aus dem Gebäude. Vorher hatte er einen schwarzen getragen. Auch trug er eine andere Krawatte. Ich starrte gerade auf den Krawattenknoten, als er sich zu mir umdrehte. Schnell blickte ich auf meine Füße, ohne den Kopf zu bewegen. Hektische Bewegungen sind das erste, was so ein paranoider Drogendealer bemerkt. Daher blieb ich ruhig stehen.

Ich zählte ganz langsam von zehn an rückwärts und stellte mit dem Daumen die Lautstärke des Geräts in meiner Tasche leiser. Broussards Stimme war kaum noch zu hören: »Er ist wieder da. Hab ihn.«

Ich blickte wieder auf. Mullen ging vor einem jungen Mädchen in einer knallgelben Jacke. Ich erkannte Broussard, der sich durch die Menschenmassen wühlte, wo die Court Street in die State Street überging. Mullen war vor dem Old State House wieder in die schmale Straße eingebogen.

Ich drehte mich zu Eddie Bauers Schaufenster um und sah mein Spiegelbild.

»Puh!« stieß ich erleichtert aus.

15

Eine Stunde später öffnete Angie die Beifahrertür des Crown Victoria und sagte: »Der ist am Netz, Mann!«

Ich war mit dem Auto auf das vierte Parkdach im Parkhaus Pi Alley gefahren und zeigte auf Devonshire Place.

»Du hast alle Räume verwanzt?«

Sie zündete sich eine Zigarette an. »Die Telefone auch.«

Ich sah auf meine Uhr. Sie war knapp eine Stunde lang fort gewesen. »Was bist du, die CIA?«

Sie grinste mich mit der Zigarette zwischen den Lippen an. »Paß auf, vielleicht muß ich dich anschließend umlegen, Baby.«

»Was war denn nun mit seinem Anzug?«

Mit verträumtem Blick betrachtete sie durch die Windschutzscheibe die Fassade von Devonshire Place. Dann schüttelte sie leicht den Kopf.

»Ach ja, der Anzug. Er redet mit sich selbst.«

»Mullen?«

Sie nickte. »In der dritten Person.«

»Muß er von Cheese übernommen haben.«

»Er kam durch die Tür und sagte, ›da hast du dir ja eine Scheiße ausgesucht, Mullen. Ein schwarzer Anzug an einem Freitag. Bist du nicht ganz bei Sinnen, oder was?‹ So ähnlich.«

»So kannst du doch nicht unter die Leute gehen, Chris, guck dich doch mal an!«

Sie kicherte. »Genau so. Dann geht er ins Schlafzimmer. Ich höre ihn herumwühlen, er zieht den Anzug aus, rumort mit den Bügeln im Schrank herum und so weiter. Egal, er braucht ein paar Minuten, dann hat er einen neuen Anzug ausgesucht und zieht ihn an, und ich denke, Gott sei Dank ist er gleich wieder draußen. Ich wurde nämlich langsam steif da hinter dem Fernseher, da lagen massenweise Kabel herum wie Schlangen ...«

»Und?«

Angie konnte leicht den Faden verlieren, deshalb mußte ich sie manchmal ein bißchen anschieben.

Böse blickte sie mich an. »Zurück zum Fall, habe verstanden. Also... plötzlich höre ich ihn wieder reden: ›Wichskopf. Hey, du Wichskopf. Ja, du!‹«

»Was?« Ich beugte mich vor.

»Sind wir wieder interessiert, ja?« Sie zwinkerte mir zu. »Und ich denke, er hat mich entdeckt. Ich sitze in der Scheiße, denke ich. Aufgeflogen.« Ihre braunen Augen waren weit aufgerissen.

»Okay.«

Sie zog an der Zigarette. »Aber nix da. Er hat wieder mit sich gesprochen.«

»Er nennt sich selbst Wichskopf?«

»Wenn ihm danach ist, offenbar schon. ›Hey, du Wichskopf, willst du tatsächlich eine gelbe Krawatte zu *diesem* Anzug anziehen? Das ist ja klasse! Echt klasse, Wichsgesicht!‹«

»Wichsgesicht?«

»Ich schwöre es. Etwas eingeschränkter Wortschatz, würde ich sagen. Also geht das Gewühle wieder los, als er eine neue Krawatte sucht. Er bindet sie sich um und quatscht in einem fort vor sich hin. Und ich denke: Jetzt hat er die richtige Krawatte, aber wenn er gleich an der Tür steht, fällt ihm ein, daß es das falsche Hemd ist. Bis dahin habe ich so verkrampfte Muskeln, daß ich nur mit fremder Hilfe hinter dem Fernseher hervorkomme.«

»Und?«

»Dann ist er gegangen. Und ich hab' euch angerufen.« Sie warf die Zigarette aus dem Fenster. »Ende im Gelände.«

»Warst du schon in der Wohnung, als Broussard dir sagte, daß Mullen zurückkommt?«

Sie schüttelte den Kopf. »Da habe ich gerade Mullens Tür geknackt.«

»Willst du mich verarschen?«

»Wieso?«

»Du bist da eingebrochen, obwohl du wußtest, daß er zurückkommt?«

Sie zuckte mit den Achseln. »Kam so über mich.«

»Du bist durchgedreht.«

Sie lachte kehlig. »Durchgedreht genug, um dich bei der Stange zu halten, du feiner Pinkel. Mehr brauche ich nicht.«

Ich wußte nicht, ob ich sie küssen oder umbringen wollte.

Zwischen uns begann das Walkie-talkie zu piepsen, dann war Broussards Stimme zu hören. »Poole, hast du ihn?«

»Positiv. Taxi fährt in südlicher Richtung auf der Purchase Street. Richtung Schnellstraße.«

»Kenzie?«

»Ja?«

»Ist Miss Gennaro bei Ihnen?«

»Positiv«, sagte ich mit tiefer Stimme. Angie boxte mir auf den Arm.

»Warten Sie ab. Mal sehen, wo er hinwill. Ich gehe jetzt zurück.«

Wir hörten ungefähr eine Minute die Wellen rauschen, bis

Poole erneut sprach. »Er fährt auf der Schnellstraße Richtung Süden.«

»Ja, Poole.«

»Sind unsere Freunde alle an ihrem Platz?«

»Jeder einzelne.«

»Stellen Sie auf Empfang und verlassen Sie Ihren Standort. Nehmen Sie Broussard mit und fahren Sie Richtung Süden.«

»Verstanden. Detective Broussard?«

»Ich bin auf der Broad Street.«

Ich legte den Rückwärtsgang ein.

»Wir nehmen Sie an der Ecke Broad und Batterymarch auf.«

»Roger.«

Als ich das Parkhaus verließ, schaltete Angie den tragbaren Empfänger auf dem Rücksitz an und regelte die Lautstärke, bis wir das leise Zischen von Mullens leerem Apartment hörten. Ich fuhr die Ausfahrt hinunter, vor Devonshire Place vorbei, bog links auf die Water Street, vorbei am Postamt und dem Liberty Square und entdeckte Broussard vor einem Delikatessengeschäft. Er stand gegen eine Straßenlaterne gelehnt.

Er sprang ins Auto. Pooles Stimme kam wieder durch das Walkie-talkie. »Verlasse die Schnellstraße in Dorchester beim South Bay Shopping Center.«

»Immer wieder die gleiche Ecke«, bemerkte Broussard. »Ihr Jungs aus Dorchester könnt es einfach nicht lassen.«

»Die Gegend zieht uns magisch an«, bestätigte ich.

»Vergeßt es«, meldete sich Poole. »Er ist nach links auf die Boston Street abgebogen und fährt Richtung Southie.«

»Ist bloß kein besonders starker Zauber«, fügte ich hinzu.

Zehn Minuten später passierten wir Pooles leeren Taurus auf der Gavin Street im Herzen der Sozialsiedlung Old Colony in South Boston und parkten einen Häuserblock weiter. In seiner letzten Nachricht hatte Poole uns mitgeteilt, er verfolge Mullen zu Fuß in der Old Colony. Bis er sich wieder meldete, konnten wir nicht viel mehr tun, als dasitzen und warten und die Umgebung betrachten.

Eigentlich war der Ausblick gar nicht so übel. Die Straßen waren sauber und mit Bäumen gesäumt und wanden sich elegant an Gebäuden aus rotem Backstein mit frisch gestrichenen weißen Holzverzierungen vorbei. Vor den meisten Häusern waren kleine Hecken und gepflegte Rasenflächen. Die Gartenzäune standen aufrecht und waren nicht verrostet. Soweit man das von einer Sozialsiedlung sagen kann, ist die Old Colony eines der ansehnlichsten Projekte, das man in unserem Land finden kann.

Es gibt dort jedoch ein Heroinproblem. Und die Selbstmordrate bei Jugendlichen ist ziemlich hoch, was wahrscheinlich mit dem Heroin zu tun hat. Und das mit den Drogen kommt wohl daher, daß es zwar die schönste Sozialsiedlung der Welt ist, aber trotzdem immer noch ein Ort der Benachteiligung. Heroin ist zwar nicht toll, aber immer noch besser, als sein Leben lang die gleichen Mauern, Steine und Zäune anzustarren.

»Ich bin hier aufgewachsen«, bemerkte Broussard auf dem Rücksitz. Er spähte aus dem Fenster, als erwarte er, daß die Häuser vor ihm schrumpften oder wuchsen.

»Mit diesem Namen?« fragte Angie. »Das meinen Sie doch nicht ernst.«

Er grinste und zuckte leicht mit den Schultern. »Mein Vater war Kaufmann bei der Handelsmarine in New Orleans, oder ›Nawlins‹, wie er es immer nannte. Er wurde dort in irgendwas verwickelt und arbeitete schließlich in den

Docks, zuerst in Charlestown, dann in Southie.« Er wies mit dem Kopf auf die Backsteinhäuser. »Wir haben hier gewohnt. Jeder dritte Junge hieß Frankie O'Brien, und der Rest hieß Sullivan, Shea, Carroll oder Connelly. Und wenn sie nicht Frank hießen, dann hießen sie Mike oder Sean oder Pat.« Er sah mich mit erhobenen Augenbrauen an.

Ich hob entschuldigend die Hände. »Ups.«

»Wenn man also einen Namen wie Remy Broussard hat... ja, ich schätze, da wird man ganz schön gestählt.« Er grinste breit und sah nach draußen. Dabei pfiff er leise vor sich hin. »Tja, auf einmal steht man wieder hier...«

»Wohnen Sie nicht mehr in Southie?« fragte Angie.

Er schüttelte den Kopf. »Bin weggezogen, als mein Vater starb.«

»Fehlt es Ihnen?«

Er schürzte die Lippen und sah ein paar Kindern zu, die kreischend auf dem Bürgersteig vorbeiliefen und sich etwas zuwarfen, was wie ein Kronkorken aussah.

»Nein, eigentlich nicht. Hab' mich hier in der Stadt immer wie ein Junge vom Land gefühlt, irgendwie fehlplaziert. Selbst in New Orleans.« Er zuckte mit den Schultern. »Ich mag Bäume.«

Er drehte am Frequenzwähler seines Funkgeräts und hielt es an die Lippen. »Detective Pasquale, hier ist Broussard. Over.«

Pasquale gehörte zu den Beamten der EG Kind, die auf das Gefängnis in Concord angesetzt waren, um die Besucher von Cheese zu überwachen. »Hier ist Pasquale.«

»Was passiert?«

»Nichts. Keine Besucher seit euch gestern.«

»Anrufe?«

»Negativ. Seitdem Olamon letzten Monat Zoff auf dem Hof gehabt hat, hat er seine Telefonerlaubnis verloren.«

»Okay. Broussard out.« Er ließ das Walkie-talkie auf den Sitz sinken. Plötzlich hob er den Kopf und sah auf ein Auto, das auf uns zugefahren kam. »Was haben wir denn da?«

Ein rauchgrauer Lexus RX 300 mit einem extra angefertigten Nummernschild, auf dem PHARO stand, fuhr an uns vorbei und wendete zwanzig oder dreißig Meter weiter. Dann parkte er am Bordstein, wodurch er die Zufahrt zu einer Gasse versperrte. Es war ein Geländewagen für mindestens fünfzigtausend Dollar, mit dem man durch die Wildnis fahren oder an diesen Safaris teilnehmen kann, die hier gelegentlich veranstaltet werden. Der ganze Wagen glänzte wie geleckt und poliert. Er reihte sich unauffällig zwischen all die Escorts, Golfs und Hondas, die entlang der Straße geparkt waren. Ganz hervorragend paßte er auch zu dem Buick aus den frühen Achtzigern, dem man grüne Müllbeutel über die zerschmetterte Heckscheibe geklebt hatte.

»Der RX 300«, sagte Broussard mit dem tiefen Bass eines Sprechers in der Werbung. »Ehrlicher Komfort für den Rauschgifthändler, der von Schneestürmen und schlechten Straßen nicht aufgehalten werden darf.« Er beugte sich vor und legte die Arme auf unsere Rückenlehnen, die Augen auf den Rückspiegel geheftet. »Ladies und Gentlemen, hier kommt Pharaoh Gutierrez, der Großlord der Stadt Lowell.«

Ein dünner Spanier stieg aus dem Lexus. Er trug schwarze Leinenhosen und ein limonengrünes Hemd, das am Hals mit einer schwarzen Spange zusammengehalten wurde. Darüber einen schwarzen Seidensmoking mit einem Rockschoß, der ihm bis zu den Kniekehlen reichte.

»Ein richtiger Dressman!« staunte Angie.

»Ja, nicht?« gab Broussard zurück. »Und dabei ist er heute noch konservativ gekleidet. Ihr solltet den Typen sehen, wenn er auf die Rolle geht.«

Pharaoh Gutierrez glättete den Rockschoß und strich sich über die Oberschenkel.

»Was zum Teufel macht der hier?« fragte Broussard leise.

»Wer ist das denn überhaupt?«

»Er ist Cheese' Mann für Lowell und Lawrence, für die echt geilen alten Mühlenstädte. Angeblich ist er der einzige, der mit den ganzen durchgedrehten Fischern oben in New Bedford zurechtkommt.«

»Dann ergibt es ja einen Sinn«, bemerkte Angie.

Broussard blickte noch immer in den Rückspiegel. »Was denn?«

»Daß er sich mit Chris Mullen trifft.«

Broussard schüttelte den Kopf. »Nein, nein, nein. Mullen und der Pharaoh hassen sich bis aufs Blut. Soll was mit einer Frau zu tun haben, hab' ich gehört; ist auch schon ein paar Jährchen her. Deshalb wurde Gutierrez auf die Müllkippen am Ring verbannt, und Mullen durfte in der City bleiben. Nein, das hier ergibt keinen Sinn.«

Gutierrez sah die Straße hoch und runter, wobei er wie ein Richter die Hände an das Revers seines Smokings legte. Das Kinn hielt er vorgestreckt. Mit der langen, dünnen Nase schnupperte er die Luft. Seine steife Körperhaltung kam mir irgendwie feindselig vor; auch paßte sie nicht zu seiner zarten Gestalt. Er gab das Bild eines Mannes ab, der keine Beleidigung duldete, jedoch immer mit einer zu rechnen schien. Er war so unsicher, daß er für den Beweis des Gegenteils zu töten bereit war.

Er erinnerte mich an ein paar Jungs von früher, meistens kleinere oder schmächtiger gebaute Typen, die jedoch fest entschlossen waren, den Großen ihre Gefährlichkeit zu beweisen, so daß sie nie zu kämpfen aufhörten, nie Atem holten, immer hastig aßen. Solche Männer wurden entweder Bullen oder Verbrecher. Darüber hinaus schien die Auswahl nicht groß zu sein. Viele von ihnen starben zu schnell und zu früh mit einem ungläubig fragenden Gesichtsausdruck.

»Er sieht aus wie ein Arschloch«, bemerkte ich.

Broussard legte die Hände auf die Rückenlehnen und stützte das Kinn darauf. »Ja, das ist wohl eine gute Beschreibung. Gegen ihn liegt so viel vor, daß wir nicht genug Zeit haben, ihm alles nachzuweisen. Ich hab' immer geglaubt, daß er eines Tages durchdreht, vielleicht zu Chris Mullen geht und ihm einen Gruß in die Stirn pustet, scheiß auf Cheese Olamon.«

»Vielleicht ist heute dieser Tag«, mutmaßte Angie.

»Vielleicht«, wiederholte Broussard.

Gutierrez ging um den Lexus herum und lehnte sich gegen die Frontverkleidung. Er beobachtete die Gasse, die er mit dem Auto verstellte, dann blickte er auf die Uhr.

»Mullen kommt!« flüsterte Poole aus dem Funkgerät.

»Gegnerische Partei vor uns«, gab Broussard zurück. »Halt dich zurück, Mann.«

»Verstanden.«

Angie griff zum Rückspiegel und drehte ihn ein wenig nach rechts, so daß wir Gutierrez, den Lexus und den Eingang zur Gasse gut im Blick hatten.

Mullen tauchte am Ende der Gasse auf. Er fuhr sich mit der Hand über die Krawatte und warf einen Blick auf Gutierrez und den Lexus, der ihm den Weg verstellte.

Broussard lehnte sich nach hinten, zog seine Glock aus dem Hosenbund und lud sie durch.

»Hier gibt's Ärger. Bleibt im Auto sitzen! Ruft die 911 an!«

Mullen hielt eine kleine schwarze Reisetasche hoch und grinste.

Gutierrez nickte.

Broussard duckte sich hinter unseren Sitzen, die Hand am Griff der Beifahrertür.

Mullen streckte die leere Hand aus, und nach einer Weile ergriff Gutierrez sie. Dann umarmten sich die beiden Männer und klopften sich gegenseitig mit den Fäusten auf den Rücken.

Broussard ließ den Türgriff los. »Ach, das ist ja interessant!«

Als sie sich voneinander lösten, hatte Gutierrez die Reisetasche in der Hand. Er wandte sich zum Lexus um und öffnete die Tür mit einer schwungvollen Geste und einer kleinen Verbeugung, und Mullen stieg auf den Beifahrersitz. Dann ging Gutierrez um den Wagen herum zur Fahrertür, stieg ein und ließ den Motor an.

»Poole«, sprach Broussard in das Walkie-talkie, »vor uns stehen Pharaoh Gutierrez und Chris Mullen und benehmen sich wie zwei, die sich seit Ewigkeiten nicht gesehen haben.«

»Erzähl mir nichts!«

»Doch, ich schwör's bei Gott, Mann.«

Der Lexus von Pharaoh Gutierrez fuhr an uns vorbei.

Broussard nahm das Funkgerät wieder in die Hand. »Hör zu, Poole. Wir verfolgen einen dunkelgrauen Geländewagen, einen Lexus, der von Gutierrez gefahren wird. Mullen hat die Knarre. Sie verlassen gerade die Siedlung.«

Als wir an der zweiten Gasse vorbeifuhren, kam Poole herausgerannt. Er trug eine ähnliche Verkleidung wie ich zuvor, nur daß er sich noch zusätzlich mit einem dunkelblauen Bandana geschmückt hatte. Das nahm er ab, als er hinter uns die Straße überquerte und zu seinem Taurus trottete. Wir folgten dem Lexus bis zur Boston Street. Dort bog Gutierrez nach rechts ab, und wir fuhren hinter ihm her auf den Andrew Square und dann über die Nebenstraße, die parallel zur Schnellstraße verlief.

»Wenn Mullen und Gutierrez jetzt Kumpel sind«, fragte Angie, »was bedeutet das?«

»Verdammt schlechte Nachrichten für Cheese Olamon.«

»Cheese sitzt im Knast, und seine beiden Stellvertreter – angeblich Todfeinde – verbünden sich gegen ihn?«

Broussard nickte. »Sie übernehmen die Herrschaft.«

»Und wo bleibt Amanda?« fragte ich.

Broussard zuckte mit den Achseln. »Irgendwo in der Mitte.«

»In der Mitte von was?« fragte ich. »Vom Fadenkreuz?«

16

Eine der Regungen, die sich einstellen, wenn man solche Schweine eine Zeitlang verfolgt, ist, daß man ein wenig neidisch auf ihre Lebensweise wird.

Dabei geht es gar nicht um die großen Sachen – um ihre Sechzigtausend-Dollar-Schlitten, die millionenschweren Eigentumswohnungen und Sitzplätze an der Fünfzig-Yard-Linie bei den Heimspielen der Patriots –, die einen nerven, obwohl sie schon ärgerlich sind. Nein, es sind die kleinen täglichen Freiheiten, die sich ein Drogendealer leisten kann und die für den Rest der arbeitenden Bevölkerung völlig undenkbar sind.

Zum Beispiel habe ich Chris Mullen oder Pharaoh Gutierrez in der ganzen Zeit, in der ich sie beobachtete, kein einziges Mal ein Verkehrsschild beachten sehen. Rote Ampeln waren in ihren Augen offenbar nur etwas für Schlappschwänze, Stoppzeichen für Wichser. Die Geschwindigkeitsbeschränkung von 50 Meilen pro Stunde auf der Schnellstraße? Also, wirklich. Warum soll man 55 fahren, wenn man mit 90 doch viel schneller ans Ziel kommt? Warum die Überholspur benutzen, wenn der Standstreifen vollkommen frei ist?

Und dann die Sache mit den Parkplätzen. Ein Parkplatz in Boston ist ungefähr ein so geläufiger Anblick wie eine Skipiste in der Sahara. Kleine alte Ladies in Nerzstolen haben schon mit Pistolen um eine Lücke gekämpft. Mitte der achtziger Jahre hat irgendein Trottel tatsächlich eine Viertelmillion Dollar für die urkundliche Übertragung eines Garagenplatzes auf dem Beacon Hill hingelegt, und die monatlichen Betriebskosten waren noch nicht einmal darin enthalten.

Das ist Boston: klein und kalt, aber für eine Parklücke werden hier Menschen umgebracht. Besuchen Sie uns mit der ganzen Familie!

Gutierrez, Mullen und viele ihrer Gehilfen, die wir in den nächsten Tagen verfolgten, hatten dieses Problem nicht. Sie parkten einfach in zweiter Reihe, wo und wann es ihnen gefiel und solange es nötig war.

Einmal nahm Chris Mullen im Hammersleys auf der Columbus Avenue im South End sein Mittagessen ein. Als er wieder auf die Straße trat, wartete ein deutlich genervter Künstler auf ihn, mit extravagantem Ziegenbärtchen und drei Steckern im Ohr. Chris hatte den klobigen Honda Civic des Künstlers mit seinem schnittigen schwarzen Benz zugeparkt. Der Künstler hatte seine Freundin dabei, also mußte er einen Aufstand machen. Von dort, wo wir im Auto saßen, einen Block weiter auf der anderen Straßenseite, konnten wir das Gespräch nicht verstehen, doch war der Tenor unverkennbar. Der Künstler und seine Freundin schrien und gestikulierten. Chris näherte sich den beiden, schob den Kaschmirschal unter den dunklen Regenmantel von Armani, strich sich über die Krawatte und trat dem Künstler so geschickt gegen die Kniescheibe, daß der Kerl auf dem Boden lag, bevor seine Freundin zu Ende geredet hatte. Chris stand so nah vor der Frau, daß man sie für ein Liebespaar hätte halten können. Er setzte ihr den Zeigefinger auf die Stirn und winkelte den Daumen an. So hielt er die Hand einen Moment, doch ihr mußte es wie eine Ewigkeit vorkommen men. Dann drückte er ab. Anschließend führte er den Zeigefinger an die Lippen und pustete. Er grinste sie an, beugte sich vor und gab ihr einen schnellen Kuß auf die Wange.

Danach stiefelte Chris um seinen Wagen herum, stieg ein und fuhr davon. Betäubt starrte ihm das Mädchen hinterher, wahrscheinlich hatte sie noch immer nicht bemerkt, daß ihr Freund vor Schmerz heulte und sich wie eine Katze mit gebrochener Wirbelsäule auf dem Bürgersteig wand.

Abgesehen von uns und Broussard und Poole nahmen noch mehrere Beamte der Ermittlungsgruppe Kind an der Überwachung teil. Außer Gutierrez und Mullen beobachteten wir die ganze Ganovenriege von Cheese Olamons Männern. Beispielsweise Carlos »the Shiv« Orlando, dem das Tagesgeschäft in den Sozialbausiedlungen unterstand und der immer einen Stapel Comics bei sich trug. Oder J J MacNally, der sich zum Oberluden aller nichtvietnamesischen Nutten von North Dorchester hochgearbeitet hatte, jedoch in eine kleine Vietnamesin verliebt war, die höchstens fünfzehn sein konnte. Joel Green und Hicky Vister koordinierten in einer Sitzecke des Elsinore's, einer Bar von Cheese in Lower Mills, Geld- und Wettgeschäfte. Und Buddy Perry und Brian Box – zwei hohle Nüsse, die nur mit einer Wegbeschreibung aufs Klo finden würden – machten die Leibgarde.

Schon auf den ersten Blick war zu erkennen, daß es sich bei Cheese' Mannen nicht gerade um eine Denkfabrik handelte. Cheese war langsam nach oben gekommen, indem er sein Schutzgeld abdrückte und jedem, der stärker war als er, Respekt zollte und seine Hochachtung bezeugte. Er stieg nur eine Stufe höher, wenn er in ein Machtvakuum vorstoßen konnte. Das größte Vakuum entstand vor ein paar Jahren, als Jack Rouse, der Pate der irischen Mafia in Dorchester und

Southie, zusammen mit seinem Handlanger Kevin Hurlihy, der statt eines Gehirns ein Hornissennest besaß, von der Bildfläche verschwand. Cheese meldete Ansprüche auf das nördliche Dorchester an und konnte sich durchsetzen. Er war schlau, Chris Mullen nicht gerade dumm, und Pharaoh Gutierrez schien auch ein wenig auf Lager zu haben. Der Rest von Cheese' Leuten jedoch entsprach seinem Grundsatz, nur Leute anzuheuern, die gierig waren (das hielt Cheese in seinem Geschäft für gegeben), aber nicht klug genug, die Gier in die Tat umzusetzen.

Deshalb holte er Schwachköpfe, abgedrehte Spinner und andere Typen zu sich, die ihr Geld bevorzugt mit Gummibändern zusammenhielten und gerne das Maul weit aufrissen, darüber hinaus aber keinerlei Ehrgeiz besaßen.

Jedesmal, wenn Mullen oder Gutierrez ein Gebäude betraten, sei es eine Wohnung, ein Lager oder ein Bürohaus, wurde es postwendend in die Liste der von der EGK zu überwachenden Häuser aufgenommen und drei Tage lang rund um die Uhr beobachtet, möglicherweise wurde sogar jemand eingeschleust.

Die Wanzen, die wir bei Mullen versteckt hatten, verrieten uns, daß er jeden Abend um sieben Uhr seine Mutter anrief und das gleiche Gespräch darüber führte, warum er nicht verheiratet war, warum er so egoistisch war, seiner Mutter keine Enkelkinder zu schenken, warum er nicht mit netten Mädchen ausging und wieso er immer so blaß aussah, wo er doch so einen guten Job bei der Forstverwaltung hatte. Jeden Abend um halb acht sah er *Jeopardy!* und beantwortete die Quizfragen laut, wobei er im Durchschnitt 300 Punkte erzielte. In Geographie war er wirklich gut, versagte aber auf ganzer Linie, wenn es um französische Künstler des siebzehnten Jahrhunderts ging.

Wir hörten zu, wie er mit verschiedenen Freundinnen

sprach, mit Gutierrez über Autos, Filme und den Bostoner Hockeyclub The Bruins quatschte, doch wie alle Ganoven schien er ein gesundes Mißtrauen zu besitzen, das ihn davon abhielt, Geschäftliches am Telefon zu besprechen.

An allen anderen Fronten war die Suche nach Amanda McCready bisher vergeblich gewesen, und die Polizei zog ihre Kräfte langsam von der EGK ab und übertrug den Beamten andere Aufgaben.

Am vierten Tag der Überwachung erhielten Broussard und Poole einen Anruf von Lieutenant Doyle, daß sie sich in einer halben Stunde zusammen mit uns auf der Dienststelle einfinden sollten.

»Das könnte häßlich werden«, mutmaßte Poole auf dem Weg in die Innenstadt.

»Warum sollen wir dabei sein?« fragte Angie.

»Das meinte ich ja mit häßlich«, erwiderte Poole ihr grinsend, und sie streckte ihm die Zunge heraus.

Doyle schien nicht den besten Tag erwischt zu haben. Seine Haut war grau, er hatte dunkle Ringe unter den Augen und dünstete einen Geruch von kaltem Kaffee aus.

»Machen Sie die Tür zu!« blaffte er Poole an, als wir eintraten.

Wir setzten uns ihm gegenüber an den Schreibtisch, während Poole die Tür hinter uns schloß.

Doyle legte los: »Als ich die EGK gründete und nach guten Leuten suchte, habe ich mich überall umgehört außer bei Sitte und Rauschgift. Warum habe ich das wohl getan, Broussard?«

Broussard spielte mit seiner Krawatte. »Weil alle Angst haben, mit Sitte und Rauschgift zu arbeiten, Sir.«

»Und woran liegt das, Sergeant Raftopoulos?«

Poole grinste. »Weil wir so hübsch sind, Sir.«

Doyle machte eine auffordernde Geste mit der Hand und nickte sich selbst zu.

»Weil«, erklärte er schließlich, »die Leute von Sitte und Rauschgift Cowboys sind. Durchgedrehte Bullen. Stehen auf Macht, Kohle und Streß. Machen die Sachen am liebsten auf ihre Weise.«

Poole nickte. »Oft ein unglücklicher Nebeneffekt ihrer Aufgaben, ja, Sir.«

»Doch hat mir euer Lieutenant vom 6. Revier versichert, daß ihr beiden zuverlässige Männer seid, sehr effektiv und sehr gesetzestreu. Ja?«

»So erzählt man sich, Sir«, bestätigte Broussard.

Doyle lächelte ihn verkniffen an. »Sie sind letztes Jahr zum Detective ersten Grades ernannt worden, Broussard. Stimmt das?«

»Ja, Sir.«

»Wie wär's, wenn Sie wieder zweiter oder dritter Grad würden, vielleicht sogar ein einfacher Streifenarsch?«

»O nein, Sir. Das würde mir nicht besonders gefallen, Sir.«

»Dann hören Sie auf, mir mit Ihrer Klugscheißerei auf den Sack zu gehen, Detective.«

Broussard hustete in die Faust. »Ja, Sir.«

Doyle hob ein Blatt Papier vom Tisch, überflog es kurz und legte es wieder hin. »Die Hälfte der EGK-Mannschaft arbeitet an der Überwachung von Olamons Leuten. Als ich nach dem Grund fragte, sagten Sie mir, Sie hätten einen anonymen Hinweis erhalten, daß Olamon mit dem Verschwinden von Amanda McCready zu tun habe.« Wieder nickte er sich zu, dann blickte er auf und sah Poole in die Augen. »Stehen Sie noch zu dieser Aussage?«

»Wie bitte, Sir?«

Doyle sah auf seine Uhr und erhob sich. »Ich zähle jetzt

von zehn an rückwärts. Wenn ihr mir die Wahrheit sagt, bevor ich bei eins bin, könnt ihr vielleicht euren Job behalten. Zehn«, begann er.

»Sir.«

»Neun.«

»Sir, wir wissen nicht ...«

»Oh. Acht. Sieben.«

»Wir glauben, daß Amanda McCready von Cheese Olamon gekidnappt wurde, damit er das Geld zurückbekommt, daß ihre Mutter ihm gestohlen hat.« Poole lehnte sich zurück und sah Broussard achselzuckend an.

»Also Kindesentführung«, resümierte Doyle und setzte sich wieder.

»Möglicherweise«, warf Broussard ein.

»Und die ist ein Bundesverbrechen.«

»Nur wenn wir sicher sind«, warf Poole ein.

Doyle öffnete eine Schublade, holte einen Kassettenrekorder hervor und stellte ihn auf den Tisch. Zum ersten Mal, seit wir in das Zimmer gekommen waren, sah er Angie und mich an. Dann drückte er die Starttaste.

Zuerst rauschte es, dann hörte man ein Telefon klingeln, und eine Stimme, die ich als die von Lionel erkannte, meldete sich mit einem »Hallo«.

Am anderen Ende sagte eine Frau: »Sag deiner Schwester, sie soll den alten und den jungen Bullen mit den zwei Detektiven morgen abend um acht zum Steinbruch von Granite Rail schicken. Sag ihnen, sie sollen von Quincy her kommen und die Böschung mit den alten Schienen nehmen.«

»Entschuldigung, wer ist da bitte?«

»Sag ihnen, sie sollen mitbringen, was sie in Charlestown gefunden haben.«

»Ma'am, ich weiß nicht, was ...«

»Richte ihnen aus, was sie in Charlestown gefunden

haben, wird gegen das ausgetauscht, was wir in Dorchester gefunden haben.« Ihre tiefe Stimme wurde höher. »Hast du verstanden, Honey?«

»Nicht genau. Kann ich einen Zettel holen?«

Sie lachte kehlig. »Du bist auf der Hut, Honey, was? Ist doch alles auf Band. Für alle, die hier mithören: Wenn wir morgen irgend jemand beim Granite Rail sehen außer den vier Leuten, die ich eben genannt habe, fliegt das Paket aus Dorchester über die Klippe.«

»Niemand hört ...«

»Bye-bye, Honey. Jetzt sei lieb, verstanden?«

»Nein, einen Moment bitte ...«

Es klickte, gefolgt von Lionels heftigem Atem. Dann wurde wieder gewählt.

Doyle stellte den Rekorder aus. Er lehnte sich zurück und preßte die Handflächen gegeneinander. Mit den Fingerspitzen berührte er seine Unterlippe.

Nach einigen Minuten des Schweigens fragte er: »Was habt ihr in Charlestown gefunden, Leute?«

Niemand antwortete.

Er drehte sich auf dem Stuhl zu Poole und Broussard um. »Soll ich wieder bei zehn anfangen?«

Poole sah Broussard an. Der streckte die Hand aus und wies zurück auf ihn.

»Danke, mein Lieber.« Poole wandte sich an Doyle. »Im Hinterhof von David Martin und Kimmie Niehaus haben wir zweihunderttausend Dollar gefunden.«

»Bei den Blähbäuchen in Charlestown«, bemerkte Doyle.

»Ja, Sir.«

»Und diese zweihunderttausend, die wurden doch sicherlich als Beweismaterial deklariert.«

Diesmal wies Poole auf Broussard.

Der blickte auf seine Schuhe hinunter. »Nicht so ganz, Sir.«

»Also, wirklich.« Doyle griff nach einem Stift und kritzelte etwas in einen Notizblock vor sich. »Wenn sich Innere Angelegenheiten um euch gekümmert hat und ihr beide fristlos aus diesem Revier gefeuert worden seid, bei welcher Sicherheitsgesellschaft wollt ihr dann arbeiten?«

»Also, wissen Sie ...«

»Oder doch lieber in einer Kneipe?« Doyle grinste breit. »Das gefällt den Leuten, wenn sie wissen, daß der Barkeeper früher mal Bulle war. Gibt's 'ne Menge Geschichten zu erzählen.«

»Lieutenant«, entgegnete Poole, »bei allem Respekt, aber wir würden unsere Jobs gerne behalten.«

»Das glaube ich gerne.« Doyle schrieb wieder etwas in das Notizbuch. »Daran hätten Sie besser gedacht, bevor Sie Beweisstücke in einem Mordfall veruntreuten. Das ist ein Schwerverbrechen, Gentlemen.« Er griff zum Hörer, drückte auf zwei Tasten und wartete. »Michael, gib mir doch bitte die Namen der zuständigen Ermittler im Mordfall David Martin/Kimmie Niehaus. Ich warte.« Er klemmte sich den Hörer zwischen Kinn und Schulter, pochte mit dem Radiergummi auf den Schreibtisch und pfiff leise durch die Zähne. Dann erklang eine blecherne Stimme im Hörer, und er beugte sich vor. »Ja. Hab' ich.« Er schrieb etwas nieder und legte auf. »Das sind Daniel Guden und Mark Leonhard. Kennt ihr die?«

»Flüchtig«, antwortete Broussard.

»Dann kann ich also davon ausgehen, daß Sie versäumt haben, ihnen mitzuteilen, was Sie im Hinterhof der Opfer gefunden haben?«

»Ja, Sir.«

»Ja, Sir, Sie haben es ihnen mitgeteilt? Oder: Ja, Sir, Sie haben es versäumt?«

»Letzteres«, gab Poole zu.

Doyle faltete die Hände hinter seinem Kopf und lehnte sich wieder im Stuhl zurück. »Jetzt erzählt ihr mir die Geschichte, Gentlemen, und nur, wenn es nicht genauso übel riecht, wie es im Moment den Anschein hat, dann habt ihr eure Jobs nächste Woche vielleicht noch – aber nur vielleicht. Aber eins verspreche ich euch: Ihr bleibt nicht bei der EGK. Wenn ich verfluchte Cowboys brauche, guck ich mir *Rio Bravo* an.«

Poole erzählte ihm alles. Er begann damit, daß Angie und ich Chris Mullen auf unseren Videos mit den Nachrichten erkannt hatten. Das einzige, was er ausließ, war die Lösegeldforderung, die er in Kimmies Unterwäsche gefunden hatte. Doch als ich mir das Band mit Lionels Telefongespräch noch einmal durch den Kopf gehen ließ, wurde mir klar, daß es außer diesem Zettel keinen wasserdichten Beweis dafür gab, daß die Anruferin Geld für ein Kind verlangte. Kein Beweis für eine Kindesentführung – kein FBI.

»Wo ist das Geld?« fragte Doyle, als Poole geendet hatte.

»Das habe ich«, antwortete ich.

»Ja klar, natürlich«, sagte er, ohne mich anzusehen. »Das ist ja klasse, Sergeant Poole. Zweihunderttausend Dollar in gestohlenen Scheinen – gestohlenes Beweismaterial, darf ich hinzufügen – in den Händen eines Privatmannes, dessen Name im Laufe der Jahre im Zusammenhang mit drei ungeklärten Mordfällen und – so sagen manche – mit dem Verschwinden von Jack Rouse und Kevin Hurlihy in Verbindung gebracht wurde.«

»Das bin ich nicht«, widersprach ich. »Da verwechseln Sie mich bestimmt mit diesem anderen Patrick Kenzie.«

Angie trat mir gegen den Knöchel.

»Pat«, sagte Doyle und beugte sich vor.

»Patrick«, korrigierte ich ihn.

»'tschuldigung. Patrick, ich lasse Sie festnageln wegen

Annahme von Hehlerware, Behinderung der Justiz, Einmischung in die Untersuchung eines Kapitalverbrechens und Unterschlagung von Beweisen in ebendieser Ermittlung. Wollen Sie mir vielleicht noch weiter auf die Eier gehen, damit ich Sie so richtig auf dem Kieker habe und noch ein bißchen mehr herumgrabe?«

Ich rutschte nervös auf dem Stuhl herum.

»Wie bitte?« fragte Doyle. »Ich habe Sie nicht verstanden.«

»Nein«, antwortete ich.

Er hielt sich die Hand hinters Ohr. »Wie bitte?«

»Nein, Sir«, sagte ich.

Er grinste und schlug mit der Hand auf den Tisch. »Sehr gut, mein Sohn. Red nur, wenn du gefragt wirst. Ansonsten bleibt die Klappe zu.« Er nickte Angie zu. »So wie Ihre Kollegin. Hab schon gehört, daß Sie den Grips haben, Ma'am. Scheint sich hier zu bewahrheiten.« Er wandte sich wieder Poole und Broussard zu. »Ihr beiden Leuchten habt also beschlossen, in einer Liga mit Cheese Olamon zu spielen und Geld gegen Kind zu tauschen.«

»So ungefähr, Sir.«

»Und aus welchem Grund sollte ich den Fall nicht ans FBI übergeben?« Er streckte die Hände aus.

»Weil es noch keine offizielle Lösegeldforderung gibt«, erklärte Broussard.

Doyle warf einen Blick auf den Rekorder. »Und was haben wir da gerade gehört?«

»Also, Sir.« Poole beugte sich über den Tisch und zeigte auf das Gerät. »Wenn Sie sich das noch mal anhören, dann merken Sie, daß die Frau nur sagt, sie wolle ›etwas‹ aus Charlestown gegen ›etwas‹ aus Dorchester eintauschen. Die Frau könnte dabei auch von Biefmarken und Baseballkarten sprechen.«

»Daß sie die Mutter eines vermißten Kindes anrief, könnte unsere Freunde von der Bundesbehörde nicht womöglich interessieren?«

»Also, genaugenommen«, wandte Broussard ein, »hat sie den Bruder der Mutter eines vermißten Kindes angerufen.«

»Und gesagt: Sag deiner Schwester«, fügte Doyle hinzu.

»Ja, stimmt. Aber trotzdem ist das noch kein endgültiger Beweis, daß wir es hier mit Kidnapping zu tun haben, Sir. Und Sie kennen doch die Leute vom FBI: Die haben Ruby Ridge und Waco versaut, haben wahnsinnige Geschäfte mit der Bostoner Mafia gemacht, haben ...«

Doyle hob die Hand. »Wir alle kennen die jüngsten Vergehen des FBI, Detective Broussard.« Er blickte auf den Rekorder, dann auf die hingekritzelten Anmerkungen neben sich. »Der Steinbruch der Granite-Rail-Gesellschaft gehört nicht zu unserem Zuständigkeitsbereich. Dafür sind die Staatspolizei und das Revier von Quincy zuständig. Also ...« Er faltete die Hände. »Okay.«

»Okay?« wiederholte Broussard ungläubig.

»Okay bedeutet: keine explizite Erwähnung der kleinen McCready, bedeutet: Wir schlagen ein gemeinsames Vorgehen mit den Staties und den Leuten von Quincy vor. Die Leute vom FBI können zu Hause bleiben. Die Anruferin hat gesagt, außer euch beiden dürften keine Bullen auf der Straße im Steinbruch von Granite Rail sein. Gut. Aber wir werden diese Gegend da hinten verriegeln, Gentlemen. Wir ziehen einen richtigen Ring um die Steinbrüche von Quincy, und sobald das Kind außer Gefahr ist, decken wir Mullen, Gutierrez und alle, die sonst noch dabei sind und sich auf zweihundert Riesen freuen, mit einem richtigen Bleiteppich ein.« Wieder schlug er mit der Hand auf den Tisch. »Wie hört sich das an?«

»Gut, Sir.«

»Gut, Sir.«

Er schenkte ihnen sein breites, eisiges Lächeln. »Und wenn das erledigt ist, dann jage ich euch Trottel aus meiner Einheit und aus meinem Revier. Wenn morgen da in diesem Steinbruch was schiefgeht, dann lasse ich euch zum Bombenräumkommando versetzen. Dann vertreibt ihr euch die Zeit bis zu eurer Rente, indem ihr unter Autos kriecht und hofft, daß sie nicht über eurem Arsch hochgehen. Noch Fragen?«

»Nein, Sir.«

»Nein, Sir.«

Er drehte sich uns zu. »Mr. Kenzie und Miss Gennaro, Sie sind Privatleute. Es gefällt mir nicht, daß Sie hier in meinem Büro sind. Gar nicht davon zu sprechen, daß Sie morgen abend diesen Hügel hochgehen, aber ich habe keine große Wahl. Hier die Bedingungen: Sie werden sich keinen Schußwechsel mit den Verdächtigen liefern. Sie werden nicht mit den Verdächtigen sprechen. Sollte es eine Konfrontation geben, lassen Sie sich auf die Knie fallen und schützen Ihren Kopf. Wenn die Sache vorbei ist, werden Sie kein Wort über diesen Vorgang an die Presse verlieren. Und Sie werden kein Buch über diesen Fall schreiben. Verstanden?«

Ich nickte.

Angie nickte.

»Wenn Sie mich in einem dieser Punkte enttäuschen, werde ich Ihre Führerscheine und Waffenscheine einziehen lassen, meine Kollegen noch mal auf den Mord an Marion Socia ansetzen und meine Freunde bei der Presse an das seltsame Verschwinden von Jack Rouse und Kevin Hurlihy erinnern. Verstanden?«

Wir nickten.

»Ja, Lieutenant Doyle, heißt das.«

»Ja, Lieutenant Doyle«, murmelte Angie.

»Ja, Lieutenant Doyle«, wiederholte ich.

»Hervorragend.« Er lehnte sich zurück und streckte die Arme aus. »Und jetzt verpißt euch aus meinem Zimmer!«

»Super Typ«, sagte Angie unten auf der Straße.

»Der ist doch ein alter Softie«, entgegnete Poole.

»Ach, ja?«

Poole sah mich an, als schnüffelte ich Klebstoff, und schüttelte langsam den Kopf.

»Aha«, sagte ich.

»Das Geld ist doch sicher, Mr. Kenzie, oder?«

Ich nickte. »Wollt ihr es jetzt haben?«

Poole und Broussard sahen sich an und zuckten mit den Achseln.

»Gibt's keinen Grund für«, erwiderte Broussard. »Morgen findet im Laufe des Tages eine Einsatzbesprechung mit den Staties und den Jungs von Quincy statt. Bringen Sie es dorthin mit.«

»Wer weiß?« begann Poole. »Wo wir doch momentan mit so vielen Leuten an Olamons Mannschaft hängen, könnte es doch sein, daß wir einen von denen packen, wenn er morgen mit dem Kind im Schlepptau zum Steinbruch loszieht. Dann haben wir sie, und die ganze Sache ist vorbei.«

»Na klar, Poole«, sagte Angie. »Sicher. So einfach wird das sein.«

Poole seufzte und stellte sich auf die Absätze seiner Schuhe.

»Mann«, sagte Broussard. »Ich hab' keinen Bock, beim Bombenräumkommando zu arbeiten.«

Poole kicherte. »Das hier«, sagte er, »ist die Sprengstofftruppe, Junge!«

Wir saßen auf den Treppenstufen zur vorderen Veranda von Beatrice und Lionel und hielten sie, so gut wir konnten, über die Entwicklung des Falles auf dem laufenden. Wir umgingen die Einzelheiten, mit denen wir sie möglicherweise mitschuldig machten und für die sie vor ein Bundesgericht gestellt werden konnten, wenn wir mit dieser Geschichte irgendwann auffliegen sollten.

»So«, sagte Beatrice schließlich. »Das ist alles nur passiert, weil Helene eine von ihren beschissenen Ideen hatte und den Falschen abgezockt hat.«

Ich nickte.

Lionel fingerte an einer großen Schwiele am Daumen herum und seufzte in einem fort. »Sie ist meine Schwester«, gab er schließlich von sich, »aber das hier ... das hier ist ...«

»Unverzeihlich«, ergänzte Beatrice.

Er sah sie an und drehte sich dann zu mir um, als habe man ihm Wasser ins Gesicht gespritzt. »Ja. Unverzeihlich.«

Angie stellte sich neben mich ans Geländer. Ich erhob mich und spürte ihre warme Hand in meiner.

»Wenn das ein Trost für euch ist«, sagte sie, »ich bezweifle, daß das jemand ahnen konnte.«

Beatrice ging über die Veranda und setzte sich neben ihren Mann auf die Stufen. Sie nahm seine großen Hände in ihre, und dann blickten beide fast eine Minute lang die Straße herunter. Beatrices Miene war gleichzeitig angespannt, leer und wütend.

»Ich kann es einfach nicht verstehen«, sagte sie. »Ich kann es einfach nicht verstehen«, flüsterte sie.

»Werden sie sie umbringen?« Lionel sah sich über die Schulter zu uns um.

»Nein«, antwortete ich. »Das ergäbe keinen Sinn.«

Angie drückte meine Hand, damit ich das Gewicht meiner Lüge ertragen konnte.

Zurück in der Wohnung, duschte ich zuerst, um die vier Tage von mir abzuwaschen, die ich bei der Verfolgung dieser Schweine durch die ganze Stadt im Auto verbracht hatte. Danach war Angie dran.

Als sie herauskam, stellte sie sich in den Türrahmen zum Wohnzimmer. Das weiße Handtuch hatte sie sich um ihren honigfarbenen Körper gewickelt. Mit einer Bürste fuhr sie sich durchs Haar und sah mich dabei an, während ich im Sessel saß und mir Notizen zu unserem Gespräch mit Lieutenant Doyle machte.

Ich sah auf, blickte ihr in die Augen.

Sie hat wunderbare Augen, große, karamelfarbene Seen. Manchmal denke ich, ich könnte darin ertrinken. Und das wäre in Ordnung, wirklich. Vollkommen in Ordnung.

»Du hast mir gefehlt«, klagte sie.

»Wir haben dreieinhalb Tage zusammen in einem Auto gesessen. Wie konntest du mich da vermissen?«

Sie neigte leicht den Kopf und sah mich so lange an, bis ich verstand.

»Ach so«, sagte ich. »So meinst du das.«

»Ja.«

Ich nickte. »Wie sehr denn?«

Sie ließ das Handtuch fallen.

»So sehr!« staunte ich, und irgendwas saß mir im Hals. »O je!«

Nach dem Sex befinde ich mich eine Weile in einer Welt der Geräusche und Bilder. Dann liege ich in der feuchten Dunkelheit, und Angies Herz schlägt auf meinem, ich drücke meine Fingerspitzen auf ihre Wirbelsäule oder wärme meine Hände auf ihren Hüften und kann das Echo ihres sanften Stöhnens hören, ihr kurzes Keuchen, das tiefe, kehlige Lachen, das sie immer ausstößt, wenn wir uns verausgabt haben und sie den

Kopf kurz zurückwirft, damit ihr das Haar nicht ins Gesicht fällt. Mit geschlossenen Augen sehe ich dann ganz groß vor mir, wie sie sich mit den Schneidezähnen auf die Unterlippe beißt, wie sich ihre Wade in der weißen Matratze abdrückt, sich das Schulterblatt ins Fleisch bohrt, wie Verklärung und Lust plötzlich ihren Blick trüben und glänzen lassen, wie sie die Spitzen ihrer rosa Fingernägel in meiner Brust vergräbt.

Nach dem Sex mit Angie bin ich eine halbe Stunde lang zu nichts zu gebrauchen. Meistens bin ich noch nicht mal in der Lage, eine Telefonnummer zu wählen. Nur die einfachsten Bewegungen sind möglich. Intelligente Unterhaltung steht vollkommen außer Frage. Ich schwebe einfach in der Erinnerung an Geräusche und Bilder.

»Hey!« Sie trommelte mir mit den Fingern auf die Brust und drückte mit dem Oberschenkel gegen meinen.

»Ja?«

»Hast du schon mal gedacht...«

»Momentan nicht.«

Sie lachte und hakte den Fuß unter meinen Knöchel. Sie stemmte sich ein wenig hoch und fuhr mir mit der Zunge über den Hals. »Jetzt mal ernsthaft, nur ganz kurz.«

»Schieß los!« brachte ich heraus.

»Hast du schon mal daran gedacht, ich meine, wenn du in mir bist, daß wir dadurch, wenn wir es zulassen würden, Leben schaffen könnten?«

Ich legte den Kopf zur Seite und schlug die Augen auf, sah sie an. Sie hielt meinem Blick ruhig stand. Die verschmierte Maskara unter ihrem linken Auge sah in der weichen Dämmerung unseres Schlafzimmers wie ein Bluterguß aus.

Und es war doch jetzt unser Schlafzimmer, oder? Zwar besaß sie noch das Haus in der Howes Street, in dem sie aufgewachsen war, auch hatte sie noch den Großteil ihrer Möbel dort untergestellt, doch hatte sie seit fast zwei Jahren keine Nacht mehr dort verbracht.

Unser Schlafzimmer. Unser Bett. Unsere Bettdecken wikkelten sich um unsere Körper, die so eng beieinanderlagen, deren Herzen pochten, deren Fleisch so fest gegeneinandergepreßt war, daß ein Beobachter nur schwerlich beurteilen konnte, welches Körperteil zu wem gehörte. Selbst ich hatte da manchmal Schwierigkeiten.

»Ein Kind«, sagte ich.

Sie nickte.

»Ein Kind«, wiederholte ich, »in diese Welt setzen. Bei unserer Arbeit.«

Wieder nickte sie, und diesmal glänzten ihre Augen.

»Willst du das?«

»Das habe ich nicht gesagt!« flüsterte sie und küßte mich auf die Nasenspitze. »Ich hab' dich gefragt, ob du schon mal darüber nachgedacht hast. Hast du dir schon mal Gedanken gemacht über die Macht, die wir besitzen, wenn wir uns in diesem Bett lieben und die Federn laut quietschen und wir laut stöhnen und sich alles so ... ja, so herrlich anfühlt, und nicht nur vom Körper her, sondern weil wir – du und ich – in dem Moment vereint sind?« Sie drückte die Hand auf meine Lenden. »Wir sind imstande, Leben zu schaffen, mein Schatz. Du und ich. Ich brauche nur eine Pille vergessen – die Chancen stehen eins zu, was war das noch mal, hunderttausend? –, und schon würde in diesem Augenblick in mir ein Leben entstehen. Dein Leben. Mein Leben.« Sie küßte mich. »Unser Leben.«

So wie wir dalagen, so eng, erwärmt durch die Hitze des anderen, so tief miteinander verbunden, war die Vorstellung nicht schwer, daß in diesem Moment in ihrem Bauch ein Leben entstand. Alles Heilige und Geheimnisvolle am Körper einer Frau im allgemeinen und an Angies Körper im besonderen schien in diesem Kokon von Decken eingefangen zu sein, auf dieser weichen Matratze in diesem quietschenden Bett. Alles schien so klar zu sein.

Aber die Welt war nicht wie dieses Bett. Die Welt war kalt wie Zement und scharf wie ein Messer. Die Welt war voller Monster, die auch einmal Babys gewesen waren und als Zweizeller im Mutterleib begonnen hatten. Auch sie waren aus einer Frau hervorgegangen. Das einzige Wunder, das im 20. Jahrhundert noch übriggeblieben war. Doch waren sie im Zorn oder Wahnsinn auf die Welt gekommen oder dazu bestimmt, so zu werden. Wie viele Liebende hatten in so einem Kokon gelegen, in so einem Bett, und das gespürt, was wir nun fühlten? Wie viele Monster hatten sie geschaffen? Und wie viele Opfer?

»Sag etwas!« forderte Angie mich auf und strich mir das feuchte Haar aus der Stirn.

»Ich hab' darüber nachgedacht«, sagte ich.

»Und?«

»Es versetzt mich in Staunen.«

»Mich auch.«

»Es macht mir Angst.«

»Mir auch.«

»Eine Menge Angst.«

Sie kniff die Augen zusammen. »Wieso?«

»Kleine Kinder in Zementfässern, Amanda McCready verschwindet, als hätte es sie nie gegeben, Kinderschänder durchforsten die Straßen mit Isolierband und Nylonschnüren in den Taschen. Diese Welt ist ein Saustall, Schatz.«

Sie nickte. »Und?«

»Und was?«

»Ja, sie ist ein Saustall. In Ordnung. Und weiter? Ich meine, unsere Eltern wußten wahrscheinlich auch, daß sie ein Saustall ist, aber sie haben uns trotzdem bekommen.«

»Wir hatten auch wirklich eine tolle Kindheit.«

»Wäre es dir lieber, nie geboren worden zu sein?«

Ich legte beide Hände auf ihren Po, und sie drückte sich dagegen. Sie löste sich von mir, und die Decke rutschte ihr vom Rücken. Sie setzte sich auf meinen Schoß und sah auf mich hinunter. Das Haar fiel ihr über die Schulter, und sie saß nackt vor mir. Das Schönste und Perfekteste, was ich je gesehen habe.

»Ob es mir lieber wäre, nie geboren worden zu sein?«

»Das ist die Frage«, flüsterte sie sanft.

»Natürlich nicht«, erwiderte ich. »Aber was würde Amanda McCready sagen?«

»Unser Kind wäre nicht Amanda McCready.«

»Woher sollen wir das wissen?«

»Weil wir keine Rauschgiftdealer bestehlen würden, die anschließend das Kind entführen, um ihr Geld zurückzubekommen.«

»Täglich verschwinden Kinder aus viel nichtigeren Gründen, und das weißt du. Kinder verschwinden, weil sie einfach nur zur Schule gehen, zur falschen Zeit um die falsche Ecke biegen, beim Einkaufen ihre Eltern verlieren. Und dann sterben sie, Ange. Sie sterben.«

Eine Träne fiel ihr auf die Brust, rollte über ihre Brustwarze und fiel auf meine Brust. Als ich sie spürte, war sie bereits kalt.

»Das weiß ich«, sagte sie. »Aber wie dem auch sei, ich möchte ein Kind von dir. Nicht heute, vielleicht noch nicht nächstes Jahr. Aber ich will eins. Ich möchte mit meinem Körper etwas Schönes erschaffen, das aus uns hervorgeht und doch ganz anders ist als wir.«

»Du willst ein Kind.«

Sie schüttelte den Kopf. »Ich will dein Kind.«

Irgendwann dösten wir ein.

Ich wenigstens. Dann wachte ich auf und merkte, daß sie aufgestanden war. Ich stand auf und tappte durch die dunkle Wohnung in die Küche, wo sie am Tisch neben dem Fenster saß. Ihre nackte Haut schien blaß im gebrochenen Mondlicht, das durch die Spalten des Rollos fiel.

Neben ihr auf dem Tisch lag ein Notizblock, vor ihr lag die Akte des Falles, und sie blickte auf, als ich in der Tür stand, und sagte zu mir: »Sie können Amanda nicht weiterleben lassen.«

»Cheese und Mullen?«

Sie nickte. »Das wäre taktisch unklug. Sie müssen die Kleine umbringen.«

»Bisher haben sie sie leben lassen.«

»Woher sollen wir das wissen? Und selbst wenn, dann vielleicht nur so lange, bis sie das Geld haben. Nur um sicherzugehen. Aber dann müssen sie sie umbringen. Sie weiß zu viel.«

Ich nickte.

»Du hast dich schon damit auseinandergesetzt«, bemerkte sie.

»Ja.«

»Und morgen?«

»Finden wir wahrscheinlich eine Leiche.«

Sie zündete sich eine Zigarette an. Kurz wurde ihr Körper vom Licht des Feuerzeugs erhellt. »Kannst du damit leben?«

»Nein.« Ich stellte mich zu ihr an den Tisch, legte ihr die Hand auf die Schulter, mir unserer Nacktheit in der Küche wohl bewußt, und bemerkte, daß ich immer wieder über die Macht nachdachte, über die wir in unserem Bett und in unseren Körpern verfügten. Dieses potentielle dritte Leben, das wie ein Geist über uns schwebte.

»Bubba?« fragte sie.

»Wahrscheinlich schon.«

»Poole und Broussard wird das nicht gefallen.«

»Deswegen werden wir ihnen auch nichts davon erzählen.«

»Sollte Amanda noch leben, wenn wir im Steinbruch ankommen, und wir können sie finden, wenigstens ihren Aufenthaltsort ausmachen ...«

»Dann wird Bubba den erledigen, der sie festhält. Wird ihn wie ein Stück Scheiße erledigen und noch in der Nacht verschwinden.«

Sie lächelte. »Willst du ihn anrufen?«

Ich schob das Telefon über den Tisch: »Bitte sehr.«

Sie schlug beim Wählen die Beine übereinander und beugte den Kopf vor. »Hey, großer Junge«, sagte sie, als er sich meldete, »kommst du morgen abend mit uns spielen?«

Sie hörte kurz zu und grinste dann breiter.

»Wenn du ganz viel Glück hast, Bubba, ja, dann darfst du jemanden erschießen.«

17

Major John Dempsey von der Massachusetts State Police hatte ein breites irisches Gesicht, das so platt wie ein Pfannkuchen war, und die müden Glupschaugen einer Eule. Er blinzelte sogar wie eine Eule: mit einem plötzlichen Zucken der Augenmuskeln fielen die dicken Lider über die Pupillen, wo sie eine Zehntelsekunde länger verharrten als normal. Dann wurden sie wie Fensterläden wieder hochgezogen und verschwanden unter den Brauen.

Wie bei den meisten Beamten der State Police, die ich kannte, war sein Rückgrat offenbar aus einer Eisenstange geschmiedet. Die Lippen waren farblos und zu dünn – in seinem flachen, bleichen Gesicht wirkten sie wie mit einem weichen Bleistift gezeichnet. Seine Hände waren von einem zarten Weiß, die Finger lang und feminin, die Nägel so glatt gefeilt wie der Rand einer Silbermünze. Doch stellten die Hände das einzig Weiche an ihm dar. Der Rest des Körpers schien aus Schiefer gehauen. Er hatte einen sehnigen Körperbau und verfügte über kein Gramm Fett, so daß ich dachte, wenn er vom Podium fiele, würde er in viele Teile zersplittern.

Die Uniform der Massachusetts State Police hat mich schon immer beunruhigt, besonders die der oberen Dienstgrade. All dieses glattpolierte schwarze Leder, die auffälligen Epauletten, das glänzende Silber und das Offizierskoppel mit dem Schulterriemen, der sich von der rechten Schulter zur linken Hüfte zog, hatten etwas aggressiv Teutonisches an sich. Genau wie der um sechs Millimeter längere Mützenschirm, der auf der Stirn ruhte und die Augen verdeckte.

Beamte von der Stadtpolizei erinnern mich immer an die Infanteristen in alten Kriegsfilmen. Egal, wie nett sie angezogen sind, scheinen sie doch nur einen Schritt davon entfernt zu sein, auf dem Bauch die Strände der Normandie hochzurobben, eine nasse Zigarre zwischen die Zähne geklemmt, in Schmutz und Regen gebadet. Aber wenn ich mir den durchschnittlichen Statie ansehe – der entschlossene Kiefer, die arrogante Haltung des Kinns, die Uniformabzeichen, deren einziger Zweck es ist, die Sonne zu spiegeln, konnte ich mir ohne weiteres vorstellen, wie sie im Herbst 1939 im Stechschritt durch die Straßen von Polen marschierten.

Major Dempsey hatte, kurz nachdem wir uns alle versammelt hatten, seine große Mütze abgenommen und den Blick auf sein feuerrotes Haar darunter freigegeben. Es war so kurz geschoren, daß die hellen Stoppeln wie Kunstrasen vom Schädel abstanden, doch diese beunruhigende Assoziation anderer Menschen schien ihm bekannt zu sein. Er glättete die Seiten mit den Händen, nahm den Zeigestock vom Tisch und pochte damit auf seine Handfläche, während seine Eulenaugen den Raum leicht verächtlich überblickten. Links von ihm saßen auf einer kleinen Stuhlreihe an der Wand Lieutenant Doyle und der Polizeichef von Quincy unter dem Wappen des Staates Massachusetts. Beide trugen ihren besten Beerdigungsanzug. Alle drei beobachteten den Raum mit einem eindrucksvoll starren Blick.

Wir hatten uns im Mannschaftsraum der State Police in der Kaserne von Milton versammelt. Die gesamte linke Seite wurde von den Staties oder Troopers, wie wir sie auch nannten, eingenommen: Adleraugen, glatte Haut, die Mützen forsch unter den Arm geschoben, nicht die kleinste Falte in den Hosen und Hemden.

Auf der anderen Seite saßen die Beamten von Quincy in den vorderen Reihen und die von Boston im hinteren Teil. Die Bullen aus Quincy schienen den Staties Konkurrenz machen zu wollen, obwohl ich ein paar Falten und einige Mützen entdecken konnte, die neben den Füßen auf dem Boden lagen. Es waren fast ausschließlich junge Männer und Frauen, die Wangen so glatt und glänzend wie Messing. Ich hätte eine Menge Geld darauf gewettet, daß noch keiner von ihnen in Ausübung seiner Pflicht von der Schußwaffe Gebrauch gemacht hatte.

Im Vergleich dazu sah der hintere Teil des Raumes wie die Warteecke einer Armenküche aus. Die uniformierten Beamten gingen gerade noch, aber die Frauen und Männer von der EGK und all die anderen Beamten, die vorübergehend von ihren Einheiten zur EGK abgeordnet worden waren, bildeten eine buntgescheckte Menge: Kaffeeflecken, Drei-Tage-Bärte, Mundgeruch, zerzaustes Haar und zerknitterte Kleidung. Die meisten Detectives hatten von Anfang an am Fall Amanda McCready gearbeitet und die »Leck-mich-am-Arsch«-Miene aller Cops angenommen, die zu viele Überstunden gemacht und an zu vielen Türen geklopft hatten. Anders als die Staties und die Bullen von Quincy lümmelten sich die Angehörigen der Bostoner Einheit auf ihren Sitzen, traten sich gegenseitig und husteten ständig.

Angie und ich waren erst kurz vor Beginn der Besprechung eingetroffen und hatten hinten Platz genommen. In ihrer frischgewaschenen schwarzen Jeans, dem losen schwarzen Baumwollshirt und der braunen Lederjacke sah Angie gepflegt genug aus, um sich zu den Leuten aus Quincy zu gesellen, doch ich trug konsequent Schlabberlook: ein weißes T-Shirt mit Ren & Stimpy drauf, ein zerrissenes Flanellhemd und Jeans mit weißen Farbflecken. Nur meine Basketballschuhe waren niegelnagelneu.

»Sind das die, die man aufpumpen kann?« fragte Broussard, als wir uns neben ihn und Poole auf die Stühle gleiten ließen.

Ich fegte einen Fussel von meinen neuen Tretern. »Nein.«

»Schade. Die find' ich nämlich gut.«

»Wenn man der Werbung glaubt«, erklärte ich, »helfen sie mir, so hoch wie Michael Jordan zu springen und gleich zwei Mädels auf einmal abzuschleppen.«

»Na, dann sind sie ihr Geld wohl wert.«

Hinter Major Dempsey hingen zwei Staties eine riesige topographische Karte der Steinbrüche von Quincy und des Naturschutzgebietes Blue Hills auf. Sobald sie befestigt war, hob Dempsey den Zeigestock und klopfte auf einen Punkt in der Mitte der Karte.

»Der Steinbruch von Granite Rail«, sagte er knapp. »Jüngste Entwicklungen im Fall Amanda McCready führen uns zu der Annahme, daß dort heute abend um zwanzig Uhr ein Austausch stattfinden wird. Die Entführer wollen das Kind gegen eine Tasche gestohlenen Geldes eintauschen, die sich gegenwärtig in der Obhut der Polizei von Boston befindet.« Mit dem Stock zog er einen großen Kreis um das Zentrum der Karte. »Wie Sie sehen können, wurden die Steinbrüche vermutlich gewählt, weil sie über Myriaden von möglichen Fluchtwegen verfügen.«

»Myriaden«, flüsterte Poole lautlos. »Gutes Wort.«

»Selbst wenn uns Hubschrauber zur Verfügung stehen und eine komplette Einsatztruppe an strategischen Punkten über die Steinbrüche und den Naturpark verteilt ist, wird dieses Gebiet nicht leicht abzuriegeln sein. Um die Angelegenheit noch weiter zu erschweren, haben die Entführer gefordert, daß sich heute abend nur vier Personen in der Gegend aufhalten. Bis die Übergabe abgewickelt ist, müssen wir vollkommen unsichtbar bleiben.«

Ein Statie hob die Hand und räusperte sich. »Major, wie sollen wir einen Kreis um das Gebiet bilden und trotzdem unsichtbar bleiben?«

»Da liegt der Hase im Pfeffer.« Dempsey rieb sich das Kinn.

»Das hat er doch gerade nicht gesagt, oder?« flüsterte Poole.

»Doch.«

»Wow!«

»Kommandoposten I«, fuhr Dempsey fort, »wird in diesem Tal aufgestellt werden, am Fuß dieses Anfänger-Skihügels in den Blue Hills. Von hier aus ist der höchste Punkt des Granite-Rail-Steinbruchs mit dem Hubschrauber weniger als eine Minute entfernt. Der Großteil unserer Kräfte wird dort auf Abruf stehen. Sobald uns mitgeteilt wird, daß die Übergabe abgeschlossen ist, schwärmen wir aus und bilden einen Kreis um das Gebiet, versperren die Quarry Street an beiden Enden, die Chickatawbut und die Saw Cut Notch Street an beiden Seiten, blockieren den Nord- und Südausgang und die Auffahrten zur Südost-Schnellstraße, und sperren so den ganzen Kladderadatsch flächendeckend ab.«

»Kladderadatsch«, wiederholte Poole.

»Kommandoposten II steht hier am Eingang zum Friedhof von Quincy, und Kommandoposten III ...«

Wir hörten eine geschlagene Stunde zu, wie Dempsey den Einsatzplan erklärte und die Aufgaben zwischen der State Police und den einzelnen Revieren aufteilte. Mehr als einhundertfünfzig Bullen würden aufmarschieren und sich im Bereich der Steinbrüche und am Rand des Naturschutzgebiets aufhalten. Drei Hubschrauber standen zur Verfügung. Die Sondereinheit für Geiselnahmen der Polizei von Boston würde vor Ort sein. Lieutenant Doyle und der Polizeichef von Quincy würden als »Pfadfinder« fungieren – jeder sollte im Dunkeln in seinem Auto mit ausgeschalteten Scheinwerfern die Steinbrüche umrunden.

»Dann können wir nur beten, daß sie keinen Unfall bauen«, bemerkte Poole.

Die Steinbrüche umfaßten ein großes Gebiet. Auf dem Höhepunkt des Granitbooms in Neuengland waren mehr als sechzig Steinbrüche in Betrieb gewesen. Granite Rail gehörte zu den zweiundzwanzig, die noch nicht zugeschüttet worden waren. Die übrigen erstreckten sich weit über die zerklüftete Hügellandschaft zwischen der Schnellstraße und den Blue Hills. Wir würden das Gebiet bei Dunkelheit betreten. Selbst die Ranger, die Dempsey dazuholte, um das Gebiet zu beschreiben, gaben zu, daß es unzählige Trampelpfade in diesen Hügeln gebe, von denen einige nur den Menschen bekannt seien, die sie benutzten.

Doch die Wege waren nicht das eigentliche Problem. Letztendlich führten sie alle irgendwohin, und zwar zu einer kleinen Straße oder einem öffentlichen Park. Selbst wenn die Entführer dem Schleppnetz auf den Hügeln entwischen konnten, würden sie irgendwann weiter unten geschnappt. Wenn es nur um uns vier und ein paar Bullen ginge, die die Hügel bewachten, hätte ich die Leute von Cheese im Vorteil gesehen. Aber bei 150 Bullen konnte ich schwerlich verstehen, warum die Entführer der Meinung waren, unbemerkt von dort entkommen zu können.

Und egal, wie bescheuert die meisten Leute von Cheese waren – selbst sie mußten wissen, daß bei einer Geiselnahme sehr viele Polizisten anwesend sein würden, auch wenn sie das Gegenteil gefordert hatten.

Wie also wollten sie von dort entkommen?

Als Dempsey die nächste Pause machte, hob ich die Hand.

Da er so tat, als wolle er mich übergehen, sagte ich: »Major!«

Er sah auf seinen Zeigestock. »Ja?«

»Ich verstehe nicht, wie die Entführer entkommen sollen.«

Mehrere Polizisten lachten, Dempsey grinste.

»Nun, das sollen sie ja auch nicht, Mr. Kenzie, oder?«

Ich grinste zurück. »Das verstehe ich schon, aber glauben Sie nicht, daß die Entführer das auch bedenken?«

»Wie meinen Sie das?«

»Die haben diesen Ort vorgeschlagen. Denen wird doch klar sein, daß die Polizei vor Ort sein wird, oder?«

Dempsey zuckte mit den Achseln. »Verbrechen macht blöd.«

Erneutes höfliches Gelächter von den Männern in Blau.

Ich wartete, bis es sich gelegt hatte. »Major, wenn sie sich aber auf so ein Kontingent eingestellt haben, was ist dann?«

Sein Grinsen wurde noch breiter, doch reichte es nicht bis zu seinen Eulenaugen. Er kniff sie zusammen, ein wenig verwirrt, ein wenig verärgert. »Es gibt keinen Weg da heraus, Mr. Kenzie. Egal, was die Entführer glauben. Die Chancen stehen eins zu einer Million.«

»Aber trotzdem haben sie die Steinbrüche vorgeschlagen.«

»Dann haben sie halt einen dummen Vorschlag gemacht.« Dempsey blickte böse auf den Zeigestab. »Noch mehr blöde Fragen?«

Um sechs trafen wir uns mit Detective Maria Dykema von der Sondereinheit für Psychologische Verhandlungsführung in einem Lieferwagen, der ungefähr dreißig Meter abseits vom Ricciuti Drive unter einem Wasserturm geparkt war.

Der Ricciuti Drive verläuft quer durch das Herz der Steinbrüche von Quincy. Detective Dykema war eine zierliche, schlanke Frau Anfang Vierzig mit weißblondem kurzem Haar und Mandelaugen. Sie trug ein dunkles Kostüm und zerrte fast das ganze Gespräch hindurch geistesabwesend an einem Perlenohrring im linken Ohrläppchen.

»Wenn einer von Ihnen die Entführer und das Kind vor sich sieht, was tun Sie dann?« Sie streifte uns vier mit einem flüchtigen Blick und richtete ihn auf die Wand des Wagens, an die jemand eine Abbildung aus dem *National Lampoon* gehängt hatte, auf der einem Hund eine Pistole an den Kopf gesetzt wurde. Darunter stand: KAUFEN SIE DIESE ZEITSCHRIFT, ODER WIR ERSCHIESSEN DIESEN HUND. »Ich warte«, sagte sie.

Broussard begann: »Wir sagen dem Verdächtigen, er soll...«

»Sie *bitten* den Verdächtigen«, korrigierte sie.

»Wir bitten den Verdächtigen, das Kind freizulassen.«

»Und wenn der ›Fick dich‹ antwortet und statt dessen den Hahn spannt, was dann?«

»Dann...«

»Dann ziehen Sie sich zurück«, ergänzte sie. »Sie behalten ihn im Auge, aber Sie lassen ihm Raum. Gerät er in Panik, ist das Kind tot. Fühlt er sich bedroht, ebenfalls. Als erstes müssen Sie ihm den Eindruck vermitteln, er habe Platz, Raum zum Atmen. Sie wollen nicht, daß er sich Ihnen überlegen fühlt, aber sie wollen auch nicht, daß er sich hilflos fühlt. Sie möchten, daß er merkt, daß er die Wahl hat.« Sie wandte den Blick von dem Foto ab, zog an ihrem Ohrring und sah mir in die Augen. »Klar?«

Ich nickte.

»Reizen Sie den Verdächtigen nicht unnötig, egal, was Sie tun. Machen Sie keine plötzlichen Bewegungen. Wenn Sie etwas vorhaben, sagen Sie es ihm zuerst. Zum Beispiel: Ich ziehe mich jetzt zurück. Ich senke jetzt die Waffe et cetera.«

»Ihn zu bemuttern«, sagte Broussard, »das empfehlen Sie uns.«

Sie lächelte schwach, den Blick auf ihren Rocksaum geheftet. »Detective Broussard, ich habe sechs Jahre Erfahrung im Verhandeln mit Entführern und bisher nur eine Geisel verloren. Wenn Sie sich lieber die Lunge aus dem Hals schreien wollen: ›Runter, du Arschloch‹, wenn Sie in so eine Situation geraten – tun Sie sich keinen Zwang an. Aber tun Sie mir den Gefallen und ersparen Sie mir Ihre Pilgerreise durch alle Talkshows, wenn der Knilch Ihnen Amanda McCreadys Herz über das ganze Hemd pustet.« Sie sah ihn mit erhobenen Augenbrauen an. »Okay?«

»Detective«, erwiderte Broussard. »Ich wollte Ihre Methoden nicht in Frage stellen. Ich habe bloß eine Feststellung gemacht.«

Poole nickte. »Wenn wir ihn bemuttern sollen, um dieses Mädchen zu retten, stecke ich den Kerl sogar in eine Wiege und singe ihm Schlaflieder vor. Das garantiere ich Ihnen.«

Sie seufzte, lehnte sich zurück und fuhr sich mit den Händen durchs Haar. »Die Wahrscheinlichkeit, daß einer von Ihnen den Verbrecher mit Amanda McCready trifft, ist fast gleich Null. Aber wenn, dann vergessen Sie nicht: Die haben nur das Mädchen. Menschen, die Geiseln nehmen und dann in eine Sackgasse geraten, reagieren wie in die Enge getriebene Ratten. Meistens sind sie vollkommen verängstigt, aber zu allem entschlossen. Und diese Leute werden weder sich selbst noch Ihnen die Schuld an der ganzen Sache geben. Die geben dem Mädchen die Schuld. Und wenn Sie nicht ganz vorsichtig sind, schneiden sie ihr die Kehle durch.«

Sie wartete, bis wir das verdaut hatten. Dann holte sie vier

Visitenkarten aus der Jackentasche und reichte jedem von uns eine. »Haben Sie alle ein Handy?«

Wir nickten.

»Meine Nummer ist auf der Rückseite der Karte. »Wenn Sie mit diesem Entführer an einen ausweglosen Punkt kommen und nicht mehr wissen, was Sie sagen sollen, dann rufen Sie mich an und geben das Telefon an den Entführer weiter. Okay?«

Sie blickte aus dem Heckfenster auf die schwarzen Felsmassen aus Hügeln und Gesteinsblöcken, auf die hoch aufragende Silhouette der zerklüfteten Granitberge.

»Die Steinbrüche«, sagte sie nachdenklich. »Wer wählt eigentlich so einen Ort aus?«

»Ist nicht gerade ein Ort, von dem man leicht flüchten könnte«, bemerkte Angie. »Unter diesen Umständen.«

Detective Dykema nickte. »Und trotzdem haben sie ihn ausgesucht. Was wissen die, was wir nicht wissen?«

Um sieben trafen wir uns in der mobilen Kommandozentrale der Polizei von Boston, wo uns Lieutenant Doyle seine Version einer schmissigen Rede lieferte.

»Wenn ihr das verbockt, gibt es da oben eine Menge Klippen, von denen ihr euch runterstürzen könnt. Also«, er tätschelte Pooles Knie, »verbockt es nicht!«

»Sehr aufmunternd, Sir.«

Doyle langte unter den Wandtisch, zog eine hellblaue Sporttasche hervor und warf sie auf Broussards Schoß. »Das Geld, das Mr. Kenzie heute morgen hergebracht hat. Es wurde gezählt, die Seriennummern wurden registriert. In dieser Tasche sind ganz genau zweihunderttausend Dollar. Kein Penny weniger. Sehen Sie zu, daß es so ankommt.«

Aus dem Funkgerät, das ein gutes Drittel des Wandtischchens einnahm, schepperte es: »Zentrale, hier ist Einheit 5–9. Over.«

Doyle hob den Empfänger von der Gabel und legte den Schalter um. »Hier ist die Zentrale. Bitte kommen, 59.«

»Mullen hat die Wohnung im Devonshire Place mit einem gelben Taxi auf dem Storrow Drive Richtung Westen verlassen. Wir sind dran. Over.«

»Westen?« wiederholte Broussard. »Warum fährt der nach Westen? Und warum ist er auf dem Storrow Drive?«

»59«, sagte Doyle, »haben Sie eine eindeutige Identifizierung von Mullen unternommen?«

»Äh...« Es folgte eine lange Pause, die von Rauschen unterbrochen wurde.

»Wiederholen Sie, 59. Over.«

»Zentrale, wir haben Mullens Gespräch mit der Taxigesellschaft abgehört und ihn gesehen, als er am Hintereingang auf der Devonshire Street einstieg. Over.«

»59, Sie klingen nicht sehr überzeugt.«

»Ähm, Zentrale, wir haben einen Mann gesehen, auf den die Beschreibung von Mullen paßte. Er trug eine Kappe von den Celtics und Sonnenbrille ... ähm ... Over.«

Doyle schloß einen Moment die Augen und hielt sich den Empfänger vor die Stirn. »59, haben Sie die Identität des Verdächtigen eindeutig identifiziert oder nicht? Over.«

Noch eine lange Pause.

»Ähm, Zentrale, wenn ich's mir genau überlege, wohl eher nicht ganz. Aber wir sind uns ziemlich sicher ...«

»59, wer war mit Ihnen am Devonshire Place stationiert? Over.«

»6–7, Zentrale. Sir, sollen wir ...«

Doyle schnitt den Satz ab, indem er den Schalter umlegte. Dann drückte er einen Knopf am Gerät und sprach in den Hörer.

»67, hier Zentrale. Bitte melden. Over.«

»Zentrale, hier ist 67. Over.«

»Wo befinden Sie sich?«

»Tremont Richtung Süden, Zentrale. Kollege zu Fuß. Over.«

»67, warum sind Sie auf der Tremont? Over.«

»Wir verfolgen den Verdächtigen, Zentrale. Verdächtiger ist zu Fuß unterwegs, läuft die Common in südlicher Richtung hinunter. Over.«

»67, wollen Sie sagen, Sie verfolgen Mullen auf der Tremont in Richtung Süden?«

»Positiv, Zentrale.«

»67, weisen Sie den Kollegen an, Mr. Mullen festzunehmen. Over.«

»Ähm, Zentrale, wir können ...«

»Weisen Sie den Kollegen an, den Verdächtigen festzunehmen, 67. Over.«

»Verstanden, Sir.«

Doyle legte den Empfänger einen Moment auf den Wandtisch, griff sich mit den Fingern an den Nasenrücken und seufzte.

Angie und ich sahen Poole und Broussard an. Broussard zuckte mit den Achseln. Poole schüttelte verächtlich den Kopf.

»Ähm, Zentrale, hier 67. Over.«

Doyle griff nach dem Empfänger. »Bitte kommen.«

»Ja, Zentrale, also, ähm ...«

»Der Mann, den Sie verfolgen, ist nicht Mullen. Positiv?«

»Positiv, Zentrale. Person war wie der Verdächtige gekleidet, aber ...«

»Over, 67.«

Doyle warf den Empfänger gegen das Funkgerät und

schüttelte den Kopf. Er lehnte sich auf dem Stuhl nach hinten und sah Poole an.

»Wo ist Gutierrez?«

Poole faltete die Hände im Schoß. »Als ich das letzte Mal nachgesehen habe, war er in einem Zimmer im Prudential Hilton. Ist letzte Nacht von Lowell hergekommen.«

»Wer ist dran?«

»Ein Team aus vier Männern: Dean, Gallagher, Gleason und Halpern.«

Doyle überprüfte die Namen auf der Liste neben ihm, auf der auch die Zahlencodes der Männer standen. Wieder legte er den Schalter um.

»Einheit 49, hier Zentrale. Bitte kommen. Over.«

»Zentrale, hier 49. Over.«

»Wo befinden Sie sich? Over.«

»Dalton Street, Zentrale, beim Hilton. Over.«

»49, wo ist«, – Doyle schaute auf die Liste, »Einheit 73? Over.«

»Detective Gleason ist in der Lobby des Hotels, Zentrale. Detective Halpern ist am Hinterausgang. Over.«

»Und wo ist der Verdächtige? Over.«

»Verdächtiger ist in seinem Zimmer, Zentrale. Over.«

»Bitte bestätigen, 49. Over.«

»Positiv. Wir melden uns wieder. Over and out.«

Während wir auf die Antwort warteten, sagte niemand etwas. Wir sahen uns nicht einmal an. So wie man sich manchmal ein Footballspiel ansieht und weiß, daß die eigene Mannschaft trotz eines Vorsprungs von sechs Punkten und einer Restspielzeit von vier Minuten das Spiel noch verbokken wird, so schienen wir fünf im hinteren Teil der Kommandozentrale zu spüren, wie der Vorteil, den wir eventuell gehabt hatten, unter der Tür in die zunehmende Dunkelheit entschwunden war. Wenn Mullen vier erfahrenen Kriminalbeamten so einfach entkommen war, wie oft hatte er das dann in den vergangenen Tagen schon getan? Wie viele Male war die Polizei überzeugt gewesen, Mullen zu überwachen, und hatte in Wirklichkeit jemand anders verfolgt? Soweit wir wußten, konnte Mullen Amanda McCready besucht haben. Er konnte seinen Fluchtweg aus den Hügeln für heute abend ausgearbeitet haben. Er konnte Bullen dafür bezahlt haben, in die falsche Richtung zu gucken, damit er sich aussuchen konnte, wen er nach acht Uhr in den stockdunklen Steinbrüchen aus der Gleichung strich.

Wenn Mullen von Anfang an gewußt hatte, daß wir ihn verfolgten, konnte er uns nur das sehen lassen, was er wollte, und während wir das beobachteten, geschahen hinter unserem Rücken die Dinge, die wir nicht sehen sollten.

»Zentrale, hier 49. Wir haben ein Problem. Gutierrez ist weg. Ich wiederhole: Gutierrez ist weg. Over.«

»Wie lange schon, 49? Over.«

»Schwer zu sagen, Zentrale. Sein Mietwagen steht noch in der Garage. Das letzte Mal persönlich wurde er heute morgen um sieben gesehen. Over.«

»Zentrale out.«

Einen Moment lang schien sich Doyle mit dem Gedanken zu tragen, den Empfänger in der Hand zu zerdrücken, doch dann legte er ihn ganz vorsichtig auf die Ecke des Wandtischchens.

Broussard sagte: »Wahrscheinlich hat er sich ein oder zwei Tage vorher ein zweites Auto in die Garage gestellt.«

Doyle nickte. »Wenn ich die anderen Teams überprüfe, wie viele von Olamons Leuten, meint ihr, sind dann verschwunden?«

Niemand wußte eine Antwort, aber ich glaube, er erwartete auch keine.

18

Wenn man von meiner Heimatstadt Dorchester aus Richtung Süden fährt und den Neponset River überquert, landet man schließlich in Quincy, der Stadt, in der die Generation meines Vaters lange Zeit eine Zwischenstation für die Iren sah, die wohlhabend genug waren, Dorchester hinter sich zu lassen, aber nicht reich genug, um in Milton zu wohnen, dem hauptsächlich von Iren bewohnten schicken Bostoner Vorort ein paar Meilen nordwestlich. Wenn man die Interstate 93 in südliche Richtung fährt, sieht man vor Braintree im Westen eine Landschaft aus sandigen braunen Hügeln, die den Eindruck erwecken, jeden Moment in sich zusammenzufallen.

In diesen Hügeln entdeckten die großen alten Männer aus Quincys Vergangenheit ein derart mit schwarzen Silikaten und grauem Quarz angereichtertes Granit, daß es zu ihren Füßen wie Diamanten gefunkelt haben muß. Die erste für den Handel bestimmte Eisenbahn wurde 1827 erbaut, und gleichzeitig wurden in Quincy, oben in den Hügeln, die ersten Schienen mit fingerdicken Nägeln und Metallbolzen in den Boden gehämmert, so daß das Granit an die Ufer des Neponset River transportiert werden konnte, wo es auf Schoner verladen wurde, die es nach Boston oder bis nach Manhattan, New Orleans, Mobile und Savannah brachten.

Dieser hundert Jahre währende Granitboom ließ Bauten entstehen, die errichtet wurden, um der Zeit und der Mode zu trotzen: eindrucksvolle Bibliotheken und Regierungssitze, hoch aufragende Kirchen, Gefängnisse, die Lärm, Licht und Fluchthoffnungen dämpften, Zollämter mit monolithischen Säulen und natürlich das Denkmal von Bunker Hill. Und als dieses ganze Gestein aus der Erde gehoben worden war, blieben nur noch Löcher übrig. Tiefe Löcher. Breite Löcher, die sich mit Wasser füllten.

In den Jahren nach dem Untergang der Granitindustrie wurden die Steinbrüche zu einer beliebten Entsorgungsstätte für so gut wie alles: gestohlene Autos, alte Kühlschränke, kaputte Herde, Leichen. Alle paar Jahre, wenn ein Kind hereinsprang und nicht mehr auftauchte oder wenn ein zu lebenslanger Haft Verurteilter aus Walpole der Polizei erzählte, er habe eine vermißte Nutte über die Klippen gestoßen, wurden die Steinbrüche abgesucht. Die Zeitungen brachten Abbildungen von topographischen Karten oder Unterwasserfotos, die eine unterirdische Landschaft aus Bergketten, gewaltsam zerklüftetem Gestein, plötzlich aus den Tiefen hervorschießenden Zacken und Felsspitzen zeigten, die wie der Geist von Atlantis in dreißig Meter Tiefe auftauchten.

Manchmal wurden diese Leichen gefunden. Manchmal auch nicht. Die Steinbrüche, unter der Wasseroberfläche oft von Stürmen und unerklärlichen Veränderungen ihrer Landschaft heimgesucht und voller unbekannter Vorsprünge und Abgründe, gaben ihre Geheimnisse so ungern preis wie der Vatikan.

Während wir den Abhang der alten Eisenbahntrasse hochkraxelten, uns Zweige ins Gesicht schnellten, wir über Unkraut trampelten, im Dunkeln vorwärtsstolperten, von glatten Steinen abrutschten und leise vor uns hin fluchten, kam mir der Gedanke, daß wir schon längst tot wären, wenn wir Pioniere wären, die diese Hügel durchquerten, um das Wasserreservoir auf der anderen Seite der Blue Hills zu erreichen. Irgendein Bär, ein genervter Elch oder ein Indianer auf dem Kriegspfad hätte uns schon längst umgebracht, weil wir seinen Frieden störten.

»Versucht mal, etwas lauter zu sein«, schlug ich vor, als Broussard im Dunkeln ausrutschte, mit dem Schienbein gegen einen Felsblock stieß und sich aufrichtete, als wolle er dagegentreten.

»Hey«, erwiderte er, »sehe ich vielleicht aus wie der Mann aus den Bergen? Als ich das letzte Mal im Wald war, war ich besoffen, hatte Sex und konnte von der Stelle aus die Autobahn sehen.«

»Sie hatten Sex?« wiederholte Angie. »Ach du Scheiße!«

»Haben Sie was gegen Sex?«

»Ich hab was gegen Käfer«, gab Angie zurück. »Iiih.«

»Stimmt es, daß der Geruch Bären anzieht, wenn man Sex im Wald hat?« fragte Poole. Er stützte sich kurz an einem Baumstamm ab und sog die Nachtluft ein.

»Hier in der Gegend gibt es keine Bären mehr.«

»Das weiß man nie«, erwiderte Poole und sah hoch in die dunklen Baumwipfel. Er stellte die Sporttasche mit dem Geld neben sich ab und holte ein Taschentuch hervor, tupfte sich damit den Schweiß vom Hals und wischte sich über das gerötete Gesicht. Er stieß Luft aus und schluckte mehrmals.

»Alles in Ordnung, Poole?«

Er nickte. »Ja. Nur etwas außer Form. Ach ja, und alt.«

»Soll einer von uns die Tasche tragen?« erbot sich Angie.

Poole verzog das Gesicht und hob die Tasche hoch. Er wies auf den Hügel. »Noch einmal stürmt die Bresche, liebe Freunde.«

»Das ist keine Bresche«, gab Broussard zurück. »Das ist ein Hügel.«

»Ich habe Shakespeare zitiert, du Ignorant.« Poole löste sich vom Baum und schickte sich an, weiterzukraxeln.

»Dann hättest du besser gesagt: Mein Königreich für ein Pferd«, bemerkte Broussard. »Das wäre passender gewesen.«

Angie holte ein paarmal tief Luft und sah Broussard an, der dasselbe tat. »Wir sind alt.«

»Stimmt.«

»Ist an der Zeit, den Job an den Nagel zu hängen?«

»Liebend gerne.« Er grinste, beugte sich vor und atmete nochmals tief ein. »Hier, meine Frau, die hatte kurz vor unserer Hochzeit einen Autounfall. Hatte ein paar Knochen gebrochen. Aber keine Krankenversicherung. Wißt ihr, was das kostet, ein paar Knochenbrüche? Mann, ich werde erst in Rente gehen können, wenn ich den Ganoven mit einem Spazierstock hinterherjage.«

»Hat hier einer Spazierstock gesagt?« fragte Poole. Er blickte den steilen Abhang hinauf. »Der käme mir jetzt recht.«

Als Kind war ich des öfteren diese Strecke gegangen, um zu den Seen des Granite Rail und des Swingle's Quarry zu gelangen. Natürlich war es eigentlich verbotenes Gelände, umgeben von Zäunen und patrouilliert von Rangern, doch wußten wir immer, wo sich eine gezackte Öffnung in dem Maschendrahtzaun befand, und wer es nicht wußte, der brachte sich das notwendige Werkzeug mit, um sich selbst eine reinzuschneiden. Die Ranger waren unterbesetzt, doch selbst eine kleine Armee hätte ihre liebe Mühe gehabt, an einem glühendheißen Sommertag Hunderte von Kindern in Dutzenden von Steinbrüchen zu überwachen.

Ich also war diese Hügelkette schon früher emporgeklettert. Vor fünfzehn Jahren. Bei Tageslicht.

Jetzt war es ein bißchen anders. Erstens war ich nicht mehr so wendig, wie ich als Teenager gewesen war. Zu viele Blutergüsse, Kneipentouren und Zusammenstöße im Dienst mit Menschen und Billardtischen – vor allem die Bekanntschaft mit einer Windschutzscheibe und kurz darauf mit der Straße – hatten meinem Körper die Beschwerden und ständigen dumpfen Schmerzen eines Mannes zugefügt, der entweder doppelt so alt war wie ich oder Profifootballer.

Zweitens war ich, wie Broussard, nicht unbedingt der Mann aus den Bergen. Meine Vertrautheit mit einer Welt ohne Asphalt und Imbißbuden hielt sich in Grenzen. Einmal im Jahr unternahm ich mit meiner Schwester und ihrer Familie eine Wanderung zum Mount Rainier in Washington, und vor vier Jahren war ich von einer Frau, die sich für naturverbunden hielt, weil sie in den Läden der Army und Navy einkaufte, zu einer Campingtour durch Maine gezwungen worden. Die Reise war über drei Tage geplant gewesen, aber wir hatten es nur eine Nacht mit einer Dose Insektenabwehrmittel ausgehalten und waren dann auf der Suche nach weißen Bettlaken und Zimmerservice nach Camden gefahren.

Ich dachte über meine Begleiter nach, während wir die Böschung zum Steinbruch von Granite Rail hochstiegen. Ich hätte darauf gewettet, daß keiner von ihnen überhaupt die erste Nacht jener Campingtour damals überstanden hätte. Vielleicht wären wir bei Tageslicht, mit ordentlichen Wanderschuhen, einem stabilen Stock und einem erstklassigen Skilift gut vorangekommen, aber so brauchten wir zwanzig Minuten, bis wir zum ersten Mal das Wasser riechen konnten. Zwanzig Minuten, in denen wir aufwärts stapften, die Taschenlampen auf die Fußabdrücke der anderen und gelegentlich auf eine Schwelle der Eisenbahnlinie gerichtet, die vor fast hundert Jahren eingestellt worden war.

Nichts roch so sauber, kalt und vielversprechend wie das Wasser in Steinbrüchen. Ich wußte nicht, was der Grund dafür war, denn eigentlich war es ja nichts anderes als jahrzehntelang gesammeltes Regenwasser zwischen Granitwänden, erneuert und ergänzt von unterirdischen Quellen. Doch sobald der Geruch an meine Nase drang, war ich wieder sechzehn und spürte den Druck in meiner Brust, wenn ich vom Rand des Heaven's Peak sprang, einer zwanzig Meter hohen Klippe im Swingle's Quarry. Wieder sah ich das hellgrüne Wasser wie eine ausgestreckte Hand auf mich warten, fühlte mich wieder schwerelos und körperlos – reiner Geist in der ehrfurchtgebietenden Leere um mich herum. Dann fiel ich, und die Luft wurde zu einem Tornado, der aus dem immer näher kommenden grünen See emporschoß, und die bunten Graffiti auf den Felsvorsprüngen, an den Wänden und Klippen um mich herum explodierten, entluden sich zu roten, schwarzen, goldenen und blauen Tönen, und plötzlich konnte ich den kalten, sauberen und beängstigenden Geruch vom Regenwasser eines ganzen Jahrhunderts riechen, kurz bevor ich auf das Wasser auftraf, die Zehen nach unten gestreckt, die Hände seitlich an den Körper gepreßt, und dann tauchte ich in die Tiefe ein, wo Autos, Kühlschränke und Leichen lagen.

Im Laufe der Jahre, wenn die Steinbrüche mal wieder das Leben eines Kindes gefordert hatten, von den Leichen ganz zu schweigen, die mitten in der Nacht über die Klippen geworfen wurden und, wenn überhaupt, erst Jahre später entdeckt wurden, hatte ich in den Zeitungen oft die Frage gelesen, die sich Herausgeber, Bürgervereine und trauernde Eltern stellten: »Warum? Warum nur?«

Warum verspürten Kinder – Steinbruchratten, wie wir uns damals nannten – das Bedürfnis, von Klippen, die bis zu 30 Meter emporragten, in bis zu 60 Meter tiefes Wasser zu springen, in dem sich plötzliche Vorsprünge, Autoantennen, Baumstämme und alles mögliche andere verbargen?

Ich hatte keine Ahnung. Ich sprang, weil ich ein Kind war. Weil mein Vater ein Arschloch war und bei uns zu Hause immer Razzia gespielt wurde: Meine Schwester und ich verbrachten viel Zeit damit, ein Versteck vor unserem prügelnden Vater zu suchen. Das fanden wir nicht toll. Ich sprang, weil ich oft, wenn ich auf einem dieser Felsvorsprünge stand, über den Rand auf die grüne Schüssel voll Wasser heruntersah und den Hals immer weiter reckte, um mehr davon zu sehen, weil ich dann in meinem Bauch ein kaltes Kribbeln verspürte und mir jedes einzelnen Körperglieds, jedes Knochens und jeder Blutbahn bewußt wurde. Weil ich mich in der Luft rein und im Wasser sauber fühlte. Ich sprang, um meinen Freunden etwas zu beweisen, und als das bewiesen war, sprang ich aus Spaß daran, brauchte ich höhere Klippen, tiefere Sprünge. Ich sprang aus demselben Grund, warum ich Privatdetektiv geworden war – weil ich gespannt bin, was als nächstes kommt.

»Ich muß mal kurz Luft holen«, keuchte Poole. Er griff nach dem dicken Zweig einer Kletterpflanze, die vor uns aus dem Boden wuchs, und sank langsam mit ihr zu Boden. Die Sporttasche glitt ihm aus der Hand, mit dem Fuß rutschte er im Dreck aus, dann fiel er auf die Tasche, die Kletterpflanze noch immer in der geballten Faust.

Wir waren noch ungefähr fünfzehn Meter vom Hügelkamm entfernt. Ich konnte einen schwachen Schimmer des grünen Wassers erkennen, das wie ein Wolkenfetzen hinter dem Gestein im kobaltblauen Himmel hing und die dunklen Klippen reflektierte.

»Klar, Kumpel, sicher.« Broussard hielt an und stellte sich neben seinen Kollegen, während sich der ältere Mann die Taschenlampe in den Schoß legte und nach Luft rang.

Poole war so bleich, wie ich ihn noch nie gesehen hatte. Er war schweißnaß. Sein rauher Atem rasselte, die Augen flatterten unruhig in den Höhlen umher, schienen etwas zu suchen, das sie nicht finden konnten.

Angie kniete sich neben ihn und hielt ihm die Hand unter den Kiefer. Sie fühlte seinen Puls. »Atmen Sie tief durch.«

Poole nickte. Seine Augen quollen hervor, er rang nach Luft.

Broussard hockte sich ebenfalls hin. »Alles in Ordnung, Kumpel?«

»Sicher«, brachte Poole hervor. »Spitze.«

Der Schweiß auf seinem Gesicht breitete sich bis zum Hals aus und durchnäßte seinen Kragen.

»Bin verflucht zu alt, um meinen alten Arsch einen lächerlichen ...«, er hustete, »Hügel hochzuschleppen.«

Angie sah Broussard an, der blickte sich zu mir um.

Poole hustete wieder. Ich senkte die Taschenlampe und sah kleine Blutspritzer an seinem Kinn.

»Nur eine Minute«, keuchte er.

Ich schüttelte den Kopf, und Broussard nickte. Er zog das Funkgerät aus der Jackentasche.

Poole griff nach seinem Handgelenk und klammerte sich daran fest. »Was machst du da?«

»Ich rufe Verstärkung«, antwortete Broussard. »Wir müssen dich von diesem Hügel runterbekommen, Junge.«

Poole griff fester um Broussards Handgelenk und hustete so heftig, daß ich befürchtete, er bekäme einen Krampf.

»Du rufst überhaupt nichts«, befahl er. »Nur wir vier dürfen hier sein.«

»Poole«, versuchte es Angie, »Sie haben ein Problem.«

Er sah lächelnd zu ihr auf. »Mir geht's gut.«

»Blödsinn!« sagte Broussard und vermied es, das Blut auf Pooles Kinn anzusehen.

»Wirklich.« Poole verlagerte sein Gewicht und wickelte die Kletterpflanze um seinen Unterarm. »Geht auf den Hügel, Kinder. Geht auf den Hügel.« Er lächelte, doch zuckten seine Mundwinkel, und seine Wangen glänzten.

Wir blickten auf ihn hinunter. Er sah aus, als trenne ihn nur noch eine letzte Bewegung, ein Augenrollen vom Grab. Seine Haut hatte die Farbe rohen Muschelfleisches, und der Blick entglitt ihm immer wieder. Sein Atem klang wie Regen auf einer Fensterscheibe.

Doch umklammerte er Broussards Handgelenk noch immer mit der Kraft eines Knastbruders. Er sah zu uns auf und schien zu erraten, was wir dachten.

»Ich bin alt und verschuldet«, flüsterte er. »Mir geht's gut. Wenn ihr das kleine Mädchen nicht findet, wird es ihr nicht gut ergehen.«

Broussard bemerkte: »Aber ich *kenne* sie nicht einmal, Poole. Verstehst du das?«

Poole nickte und verstärkte noch einmal seinen Griff um Broussards Handgelenk, bis die Haut unter seiner Hand rot wurde. »Danke dir, Kleiner. Ehrlich. Was habe ich dir als erstes beigebracht?«

Broussard blickte zur Seite, seine Augen schimmerten im Licht von Angies Taschenlampe, das von der Brust seines Kollegen in seine Pupillen sprang.

»Was habe ich dir als erstes beigebracht?« wiederholte Poole.

Broussard räusperte sich und spuckte aus.

»Hm?«

»Den Fall abschließen«, erwiderte Broussard, und seine Stimme klang, als habe Poole nun die Hand um seinen Hals gedrückt.

»Und zwar immer«, ergänzte Poole. Er verdrehte die Augen zum Hügelkamm hinter sich. »Also, schließt ihn ab!«

»Ich ...«

»Und wag es nicht, auf mich Rücksicht zu nehmen, Kleiner! Wage es nicht! Nimm die Tasche!«

Broussard senkte das Kinn auf die Brust. Er zog die Tasche unter Poole hervor und schlug den Dreck vom Boden ab.

»Los!« befahl Poole uns. »Geht los!«

Broussard entwand seine Hand Pooles Griff und erhob sich. Er blickte in den dunklen Wald wie ein kleines Kind, das gerade begriffen hatte, was es hieß, allein zu sein.

Poole sah Angie und mich an und lächelte. »Ich schaff' das schon. Rettet das Mädchen und ruft dann jemanden dazu.«

Ich wich seinem Blick aus. Soweit ich das beurteilen konnte, hatte Poole gerade entweder einen kleinen Herzinfarkt oder einen Schlaganfall erlitten. Und das Blut aus seinen Lungen gab nicht gerade Anlaß zu Optimismus. Ich sah auf einen Mann hinunter, der sterben würde, wenn er nicht auf der Stelle Hilfe bekam.

Angie sagte: »Ich bleibe hier.«

Wir sahen sie alle an. Sie hockte noch immer neben Poole auf den Knien und fuhr ihm mit der Hand über seine bleiche Stirn, über sein stoppeliges Haar.

»Ganz bestimmt nicht«, gab er zurück und schlug nach ihrer Hand. Er neigte den Kopf zur Seite und sah ihr ins Gesicht. »Dieses Kind wird heute abend sterben, Miss Gennaro.«

»Angie.«

»Dieses Kind wird heute abend sterben, Angie.« Er knirschte einen Moment mit den Zähnen und verzog das Gesicht, als ihm etwas die Speiseröhre hochschoß. Er mußte ein paarmal schlucken, um es zurückzudrängen. »Wenn wir nichts tun. Wir brauchen jeden einzelnen, den wir haben, um sie dort unversehrt herauszuholen.« Er zog sich ein Stück an der Kletterpflanze hoch. »Und jetzt gehen Sie da hoch zu den Seen. Und Sie auch, Patrick.« Er wandte sich Broussard zu. »Und du auch, verflucht noch mal. Los jetzt! Haut ab.«

Keiner von uns wollte gehen. Das war klar. Aber dann streckte Poole den Arm aus und drehte uns das Handgelenk zu, so daß wir alle die beleuchteten Zeiger seiner Armbanduhr erkennen konnten: drei Minuten nach acht.

Wir hatten Verspätung.

»Los!« zischte er.

Ich blickte zum Hügelkamm hinauf, dann in den dunklen Wald hinter Poole, schließlich auf den kranken Mann selbst. Wie er da lag, die Beine gespreizt, ein Fuß zur Seite, sah er wie eine umgekippte Vogelscheuche aus.

»Los!« wiederholte er.

Wir ließen ihn allein.

Broussard führte uns den Hügel hinauf, während der Pfad durch Dickicht, Sträucher und Gestrüpp immer enger wurde. Von unseren Geräuschen abgesehen, war die Nacht so still, daß es leicht gewesen wäre zu glauben, wir seien die einzigen Wesen in der Dunkelheit.

Drei Meter vom Hügelkamm entfernt stießen wir auf einen ein Meter zwanzig hohen Zaun, doch merkten wir schnell, daß er kein unüberwindliches Hindernis darstellte. Ein Abschnitt von der Breite eines Garagentors war herausgeschnitten worden, so daß wir, ohne anzuhalten, durch das Loch treten konnten.

Auf dem Kamm des Hügels angelangt, blieb Broussard kurz stehen, um sein Walkie-talkie einzuschalten und leise hereinzusprechen. »Haben den See erreicht. Sergeant Raftopoulos ist krank. Schicken Sie auf mein Signal hin – ich wiederhole: auf mein Signal – jemand zum Abtransport die Eisenbahnschienen hoch. Er liegt fünfzehn Meter vom Kamm entfernt. Warten Sie auf mein Signal. Bitte kommen.«

»Verstanden.«

»Out.« Broussard steckte das Funkgerät zurück in den Regenmantel.

»Was nun?« fragte Angie.

Wir standen auf einer Klippe ungefähr zehn Meter über dem Wasser. In der Dunkelheit konnte ich die Umrisse von anderen Klippen, Felsenspitzen, krummen Bäumen und Vorsprüngen im Gestein ausmachen. Links neben uns erhob sich zersprengter, zerklüfteter Granit, einige der schartigen Spitzen ragten drei bis fünf Meter hoch in die Luft. Rechts von uns dehnte sich der Boden ungefähr sechzig Meter weit glatt aus, dahinter wurde er wieder hügelig und unregelmäßig. Unter uns wartete das Wasser, ein großer, hellgrauer Kreis vor einer schwarzen Klippenwand.

»Die Frau, die Lionel angerufen hat, sagte, wir sollten auf weitere Anweisungen warten«, sagte Broussard. »Könnt ihr was sehen?«

Angie leuchtete mit der Lampe auf den Boden, gegen die Granitwände und hoch in die Bäume und ins Gebüsch. Das tanzende Licht glich einem trägen Auge, das uns bruchstückhaft Einblick in eine fremde Welt gewährte, die sich immer wieder dramatisch veränderte: Gestein, daneben Moos, verwitterte weiße Baumrinde und tiefgrüne Vegetation. Und zwischen den Bäumen schimmerten die silbernen Abschnitte des Maschendrahtzauns hindurch.

»Ich sehe keine Anweisungen«, bekannte Angie.

Ich wußte, daß Bubba irgendwo in der Nähe war. Wahrscheinlich konnte er uns sogar sehen. Vielleicht sah er sogar Mullen und Gutierrez und ihre mutmaßlichen Komplizen. Vielleicht sah er sogar Amanda McCready. Er hatte sich von Milton durch den Cunningham Park herangeschlichen, hatte einen Weg benutzt, den er vor Jahren ausfindig gemacht hatte, als er heiße Ware, Waffen, Autos oder Leichen verschwinden lassen mußte. Was Leute wie Bubba halt in Steinbrüchen verschwinden ließen.

Er hatte sein Gewehr sicherlich mit einem Zielfernrohr mit Nachtsichtvorrichtung ausgestattet, durch das er uns beobachten konnte. In seinen Augen mußte es aussehen, als stünden wir in einer trüben Unterwasserwelt oder bewegten uns auf einem Foto, das sich noch entwickelte.

Das Walkie-talkie von Broussard begann zu piepsen. In der Stille klang das Geräusch wie ein Schrei. Er drückte auf ein paar Tasten und hielt ihn an die Lippen.

»Broussard hier.«

»Hier ist Doyle. Das 16. Revier hat gerade einen Anruf von einer Frau erhalten, die eine Botschaft für euch hat. Ist scheinbar die Frau, die auch bei Lionel McCready angerufen hat.«

»Verstanden. Wie lautet die Nachricht?«

»Sie gehen nach rechts, Detective Broussard, auf die südlichen Klippen. Kenzie und Gennaro sollen nach links gehen.«

»Das ist alles?«

»Ja. Over.«

Broussard steckte das Funkgerät wieder fort und sah zu den Klippen auf der anderen Seite des Sees hinüber. »Ausschwärmen und Stellung einnehmen.«

Er sah uns an, seine Augen waren klein und leer. Er wirkte viel jünger als sonst. Die Nervosität und die Angst gaben seinem Gesicht zehn Jahre zurück.

»Vorsichtig, ja?« sagte Angie.

»Ihr auch«, gab er zurück.

Wir standen noch ein paar Sekunden lang da, als könnten wir, indem wir uns nicht bewegten, das Unvermeidliche abwenden: den Moment, in dem wir sahen, ob Amanda McCready tot oder lebendig war, den Moment, in dem das

Hoffen und Planen unseren Händen entrissen wurde und wir nicht mehr bestimmen konnten, wer verletzt, vermißt oder getötet wurde.

»Tja«, sagte Broussard. »Scheiße.« Er zuckte mit den Schultern und ging dann über den Fußweg davon. Das Licht der Taschenlampe hüpfte vor ihm durch den Staub.

Angie und ich entfernten uns ungefähr drei Meter vom Abhang und gingen weiter, bis sich ein Spalt vor uns auftat, hinter dem sich eine etwa fünfzehn Zentimeter hohe Granitplatte erhob. Ich ergriff Angies Hand, und zusammen schritten wir über den Spalt auf den nächsten Vorsprung, der nach ungefähr zehn Metern vor einer Wand endete.

Sie war gute dreieinhalb Meter hoch. Das Cremeweiß war mit schokoladenbraunen Einschlüssen durchsetzt. Die Wand erinnerte mich an einen Marmorkuchen. Ein Marmorkuchen mit sechs Tonnen Gesamtgewicht, aber immerhin.

Wir blinkten mit den Taschenlampen nach links, sahen aber nur, daß sich die Wand noch mindestens zehn Meter weiter in den Wald erstreckte. Ich richtete den Lichtkegel wieder auf den Abschnitt direkt vor uns und entdeckte einige Unebenheiten im Stein, als wären wie beim Schiefer ganze Platten abgeplatzt. Auf einer Höhe von 75 Zentimetern klaffte ein kleiner Einschnitt von ungefähr dreißig Zentimetern Breite wie ein lachender Mund. Ein Meter zwanzig weiter oben entdeckte ich eine noch breiter lachende Spalte.

»Bist du in letzter Zeit mal geklettert?« fragte ich Angie.

»Du meinst doch nicht...?« Sie ließ ihren Lichtkegel über die Wand tanzen.

»Ich weiß keine andere Lösung.« Ich reichte ihr meine Taschenlampe und hob den Fuß, bis ich mit der Schuhspitze im ersten kleinen Einschnitt Halt fand. Über die Schulter sah ich mich nach Angie um. »Wenn ich du wäre, würde ich besser nicht direkt hinter mir stehen. Vielleicht bin ich ganz schnell wieder unten.«

Sie schüttelte den Kopf und trat einen Schritt nach links. Mit beiden Lampen beleuchtete sie das Gestein, während ich die Schuhspitze in den Spalt drückte und sie ein wenig hin und her bewegte, um zu sehen, wie stabil der Stein war. Als nichts geschah, holte ich tief Luft, drückte mich ab und griff nach dem nächsthöheren Vorsprung. Meine Finger fanden Halt, doch dann rutschten sie an Staub und Steinsalz ab, und ich fiel auf den Hintern.

»Das war gut«, bemerkte Angie. »Du besitzt definitiv eine genetische Veranlagung zu sportlichen Aktivitäten.«

Ich rappelte mich hoch und wischte mir den Staub von den Händen an der Jeans ab. Ich warf Angie einen bösen Blick zu und versuchte es erneut. Wieder landete ich auf dem Po.

»Jetzt wird die Veranlagung langsam nervös«, meldete Angie.

Beim dritten Versuch konnte ich die Finger tatsächlich gute fünfzehn Sekunden in dem Schlitz halten, bevor ich den Halt verlor.

Angie leuchtete mir ins Gesicht, während ich zu der verfluchten sturen Wand aus Granit emporsah.

»Darf ich mal?« fragte sie.

Ich nahm ihr die Lampen ab und beleuchtete das Gestein. »Bitte sehr.«

Sie trat ein paar Schritte zurück und beäugte die Granitwand. Dann ging sie in die Hocke und wippte mehrmals, streckte den Oberkörper aus und dehnte die Finger. Bevor ich ahnte, was sie vorhatte, erhob sie sich und lief mit voller Geschwindigkeit auf die Wand zu. Ein paar Zentimeter, bevor sie wie Tom oder Jerry dagegengeprallt wäre, grub sie den Fuß in den unteren Schlitz und griff mit der rechten Hand in den oberen. Als sie mit dem linken Arm über die

Kante faßte, konnte sie ihren leichten Körper noch einen weiteren halben Meter nach oben hieven.

Dann hing sie gut dreißig Sekunden lang an der Wand, eng gegen den Stein gedrückt, als habe sie jemand dort hingeklatscht.

»Und was hast du jetzt vor?« fragte ich.

»Ich dachte, ich bleib' mal 'ne Weile hier hängen.«

»Klingt etwas ironisch.«

»Ach, jetzt erkennst du plötzlich Ironie?«

»Das ist eine von meinen Stärken.«

»Patrick!« erklang ihre Stimme von oben in einem Ton, der mich an meine Mutter und verschiedene Nonnen erinnerte, »stell dich unter mich und schieb mich hoch.«

Ich klemmte mir eine Taschenlampe hinter den Gürtel, so daß mir das Licht ins Gesicht schien. Die andere steckte ich in die Gesäßtasche. Dann stellte ich mich unter Angie und drückte mit beiden Händen gegen ihre Schuhe. Die beiden Taschenlampen waren wahrscheinlich schwerer als sie. Sie stieg an der Wand hoch, und ich streckte die Arme aus, bis es nicht mehr ging. Oben angekommen, drehte sie sich um und sah auf Händen und Knien zu mir herunter. Sie streckte mir die Hand entgegen.

»Bist du soweit, mein Zehnkämpfer?«

Ich hustete in die Faust. »Blöde Kuh!«

Sie zog die Hand zurück und grinste. »Was hast du gerade gesagt?«

»Ich hab gesagt, ich schaff das nie so schön wie du.«

»Aha.« Sie hielt mir wieder die Hand hin. »Ja, klar.«

Nachdem sie mich hochgezogen hatte, ließen wir die Lichtkegel über das Gestein schweifen. Im Umkreis von mindestens zwanzig Metern fand sich nicht die geringste Unebenheit. Der Stein war so glatt wie eine Bowlingkugel. Ich legte mich auf den Bauch und schob den Kopf und die Taschenlampe über den Abhang. Unter mir fiel die Klippe jäh über zwanzig Meter ab.

Wir befanden uns ungefähr auf der Hälfte der Strecke zur Nordseite des Steinbruchs. Direkt gegenüber, auf der anderen Seite des Sees, erhob sich eine Reihe von Klippen und Felsvorsprüngen, übersät mit Graffiti und sogar einigen vereinzelten Kletterhaken. Das Wasser schimmerte im Schein meiner Lampe vor den steinigen Klippen wie Asphalt in der Sommerhitze. Ich konnte mich an das blasse Grün erinnern, damals etwas milchiger, doch wußte ich, daß diese Farbe trog. Als Taucher im letzten Sommer nach einer Leiche suchten, mußten sie die Suche schließlich ergebnislos abbrechen, da die hohe Konzentration von Schlickablagerungen zusammen mit der von Natur aus schlechten Sicht in Tiefen über fünfzig Metern es unmöglich machte, mehr als einen Meter weit zu sehen. Mit der Lampe suchte ich das Wasser ab. Der Lichtstrahl hüpfte über ein zerbeultes Nummernschild, das im grünen Wasser trieb, über einen Holzstamm, der in der Mitte von Tieren angenagt worden war, so daß er nun wie ein Kanu aussah, und dann kurz über ein rundes, fleischfarbenes Etwas.

»Patrick!« rief Angie. »Warte kurz. Leuchte noch mal da unten hin.«

Ich schwenkte den Strahl wieder nach rechts, wo ich den runden Gegenstand gesehen hatte, doch erblickte ich nichts als grünes Wasser.

»Ange«, mahnte ich, »los, beeil dich.«

Sie legte sich neben mich auf den Felsblock und hielt ihre Lampe in die gleiche Richtung wie ich. Unten auf dem See, in mehr als zwanzig Metern Entfernung, war das Licht nicht mehr so stark. Die hellgrüne Farbe des Wassers erschwerte das Sehen noch zusätzlich. Unsere Lichtkegel bewegten sich wie ein Augenpaar hin und her, kreuz und quer über die Wasseroberfläche.

»Was hast du gesehen?«

»Weiß ich nicht. Kann auch nur ein Stein gewesen sein...«

Der kaffeebraune Baumstamm trieb umher, dann fand ich wieder das Nummernschild, das so zerbeult war, als sei es von starken Händen zerdrückt worden.

Vielleicht war es ja tatsächlich ein Stein gewesen. Das helle Licht, das grüne Wasser und die schwarze Umgebung konnten meinen Augen einen Streich gespielt haben. Wenn es ein Körper gewesen wäre, hätten wir ihn längst gefunden. Außerdem schwammen Leichen nicht. Nicht in den Steinbrüchen.

»Ich hab' was!«

Ich folgte Angies Licht, bis beide Strahlen den runden Kopf und die toten Augen von Amanda McCreadys Puppe Pea erfaßten. Sie schwamm auf dem Rücken im grünen Wasser. Das Kleid mit dem Blumendruck war schmutzig und durchnäßt.

O Gott, dachte ich. Nein.

»Patrick«, sagte Angie, »sie ist vielleicht da unten.«

»Warte...«

»Sie ist vielleicht da unten«, wiederholte Angie. Dann hörte ich einen Tritt, als sie sich auf den Rücken rollte und den linken Schuh abstreifte.

»Angie, warte. Wir sollen doch...«

Auf der anderen Seite des Steinbruchs ging die Baumreihe hinter den Klippen in Feuer auf. Mündungsfeuer platzte durch die Zweige. Gelb und weiß explodierte die Luft.

»Ich sitze fest! Ich sitze fest!« schrie Broussard über das Walkie-talkie. »Brauche sofort Unterstützung! Ich wiederhole: Brauche sofort Unterstützung!«

Ein Splitter prallte vom Boden ab und sprang mir an die Wange. Und plötzlich begannen die Bäume hinter uns zu summen und mit den Zweigen zu peitschen, und vom Gestein zu unseren Füßen prallten metallisch schwirrende Funken ab.

Angie und ich robbten vom Abhang fort. Ich sprach in das Walkie-talkie. »Hier ist Kenzie. Wir sind unter Beschuß. Ich wiederhole: Wir sind unter Beschuß von der Südseite des Steinbruchs.«

Ich kroch noch weiter in die Dunkelheit und sah meine Taschenlampe am Klippenrand liegen, wo ich sie vergessen hatte. Sie warf ihren Lichtkegel noch immer über den See. Wer vom anderen Ufer aus schoß, zielte wahrscheinlich auf dieses Licht wie auf einen Leuchtturm.

»Bist du verletzt?«

Angie schüttelte den Kopf. »Nein.«

»Bin sofort wieder da.«

»Was?«

Ein erneuter Kugelhagel trommelte auf die Felsen und Bäume hinter uns. Ich hielt den Atem an, wartete auf eine Pause. Als es plötzlich still war, eine ohrenbetäubende Stille, stolperte ich durch die Dunkelheit und schlug die Taschenlampe mit dem Handrücken über den Abhang ins Wasser hinunter.

»Scheiße!« sagte Angie, als ich wieder bei ihr war. »Was sollen wir tun?«

»Keine Ahnung. Wenn die Nachtsichtgeräte an den Gewehren haben, sind wir tot.«

Wieder wurde das Feuer eröffnet. Hinter Angie wirbelte das Laub der Bäume umher. Kugeln blieben in den Stämmen stecken, peitschten gegen dünne Äste. Für den Bruchteil einer Sekunde wurde das Mündungsfeuer unterbrochen, der Schütze nahm uns erneut ins Visier, dann hörten wir, wie etwas Metallisches in den Fels vor uns einschlug. Die Schüsse hämmerten auf das Gestein wie ein Hagelsturm. Wenn der

Schütze den Arm nur zwei, drei Zentimeter hob, würden uns die Kugeln ins Gesicht treffen.

»Brauche Unterstützung!« schrie Broussard über das Walkie-talkie. »Jetzt sofort! Werde von zwei Seiten unter Beschuß genommen!«

»Unterstützung ist unterwegs«, antwortete eine ruhige, kühle Stimme.

Ich drückte auf den Sendeknopf, als der Beschuß kurz nachließ: »Broussard?«

»Ja. Seid ihr in Ordnung?«

»Wir sitzen fest.«

»Ich auch.« Wieder war unversehens ein Kugelhagel von seiner Seite zu vernehmen. Als ich über den See blickte, konnte ich das gleichmäßige weiße Mündungsfeuer in den Bäumen erkennen.

»Verfluchtes Schwein!« schrie Broussard.

Dann wurde es plötzlich taghell, als sich zwei Hubschrauber mitten über den See stellten. Die Scheinwerfer an ihrem Bug waren so stark, daß sie ein ganzes Stadion erhellt hätten. Kurzfristig war ich von dem gleißenden Licht geblendet. Alles verlor seine Farbe, wurde weiß: die Bäume, die Klippen, das Wasser.

In dem zornigen Weiß tauchte plötzlich ein langer, dunkler Gegenstand auf, der über der Baumreihe einen Bogen beschrieb, sich in der Luft überschlug und dann über den Abhang ins Wasser fiel. Ich verfolgte den Gegenstand und konnte ihn als Gewehr identifizieren, bevor er aus meinem Blickfeld verschwand. Der Beschuß von den Bäumen am anderen Ufer ließ nicht nach.

Dann war Schluß. Ich blickte ins grelle Licht und erkannte gerade noch das stumpfe Ende eines zweiten Gewehrs, das durch die Dunkelheit ins Wasser fiel.

Ein Hubschrauber stand in Schräglage über den Bäumen

hinter Broussard. Ich hörte das Knattern der Automatikwaffen aus der Kabine und hörte Broussard über das Walkie-talkie rufen: »Hört auf! Hört auf, ihr verfluchten Irren!«

Die grünen Baumwipfel zerpflückten sich fast gegenseitig im gleißenden Licht. Sie peitschten und schlugen umher, doch dann hörte das Geknatter aus dem Hubschrauber auf, während der zweite in Schräglage ging und mir direkt ins Gesicht leuchtete. Der Wind von den Rotorblättern ergriff mich und warf mich zu Boden. Angie schnappte sich das Walkie-talkie und rief: »Verschwindet. Wir sind in Ordnung. Ihr seid in der Schußlinie!«

Kurz wurde das weiße Licht abgeblendet, und als ich wieder sehen konnte und der Wind nachließ, erkannte ich, daß der Hubschrauber ungefähr fünfzehn Meter in die Höhe gestiegen war. Dort schwebte er über dem See und beleuchtete das Wasser.

Das Schießen hatte aufgehört. Das Wüten des Maschinenfeuers war vom Heulen der Hubschrauberturbinen und dem Schlagen der Rotorblätter abgelöst worden.

Ich blickte hinunter auf den weißen See und sah das grüne Wasser brodeln. Der Baumstamm und das Nummernschild schlugen gegen Amandas Puppe. Als ich mich zu Angie umdrehte, streifte sie gerade den rechten Schuh ab und zog gleichzeitig das Sweatshirt über den Kopf. Schließlich trug sie nur noch einen schwarzen BH und Jeans, zitterte in der kühlen Luft und blies die Wangen auf.

»Du willst doch wohl nicht da runter«, sagte ich.

»Allerdings.« Sie nickte und bückte sich nach ihrem Sweatshirt, dann stürzte sie an mir vorbei. Als ich mich nach ihr umdrehte, war sie schon in der Luft und strampelte mit den Beinen, den Oberkörper vorgewölbt. Der Hubschrauber neigte sich nach rechts, und in seinem Licht konnte ich sehen, daß sich Angie ganz gerade streckte.

Sie glich einem Projektil.

Im Licht erschien ihr Körper dunkel. Die Hände an ihre Hüften gepreßt, sah sie aus wie eine kleine ägyptische Statue im freien Fall.

Sie durchschnitt die Wasseroberfläche wie ein Schlachtermesser, glatt und lautlos. Dann war sie verschwunden.

»Es ist jemand im Wasser«, hörte ich eine Stimme aus dem Walkie-talkie. »Es ist jemand im Wasser.«

Als sei er überzeugt, daß ich Angie folgen würde, näherte sich der Hubschrauber der Klippe, drehte nach rechts und blieb auf der Stelle stehen, ruckte nur manchmal ein wenig zur Seite, und bildete so direkt vor mir eine Wand.

Wenn man vom Steinbruch aus ins Wasser taucht, sind Geschwindigkeit und Sprungkraft ausschlaggebend. Man muß soweit wie möglich springen, damit man beim Fallen nicht durch die Launen von Luft und Schwerkraft gegen die Wand oder die aus dem Wasser ragenden Steine gedrückt wird. Da der Hubschrauber so nah vor mir war, würde ich, selbst wenn es mir gelänge, unter ihm durchzutauchen, von dem Sog gegen die Felswand gepreßt werden, wo ich wie ein Schmutzfleck kleben bleiben würde.

Ich lag auf dem Bauch und suchte Angie. So wie sie die Oberfläche durchschnitten hatte, mußte sie sehr tief gesunken sein, selbst wenn sie in dem Moment, als sie sich vollständig unter Wasser befand, zu strampeln begonnen hatte. Und in diesen künstlichen Seen konnte alles unter der Oberfläche auf einen warten: Holzstämme oder ein alter Kühlschrank, der auf einem unterirdischen Felsvorsprung lag.

Fünfzehn Meter von der Puppe entfernt, tauchte sie wieder auf, sah sich hektisch um und ging sofort wieder unter Wasser.

Auf der Südseite des Sees erschien Broussard auf einem zerklüfteten Felsen. Er winkte, und der Helikopter, der in seiner

Nähe war, kam auf ihn zu. Broussard hob die Arme. Das Kreischen der Turbine durchdrang die Nacht, während sich der Hubschrauber langsam zu Broussard herabsenkte. Der griff nach den Kufen der Maschine, doch wurde sie von einer Windböe erfaßt und zur Seite geworfen.

Ebendiese Windböe traf auch den Hubschrauber vor mir. Fast hätten die Rotorblätter den Stein berührt. Doch fing er sich, neigte sich nach rechts, flog zur Mitte des Sees hinaus, drehte dort und kam wieder zu mir zurück. Ich streifte mir gerade die Schuhe ab und zog die Jacke aus.

Unten kam Angie wieder an die Oberfläche und schwamm zur Puppe herüber. Sie sah sich um, blickte zu den Hubschraubern hoch und tauchte wieder unter.

Auf der anderen Seite näherte sich der andere Helikopter erneut Broussard, der auf dem unebenen Boden einen Schritt nach hinten machte und beinahe den Halt verlor. Dann aber streckte er die Arme in die Höhe und konnte die Kufen der Maschine ergreifen, die nun mit dem Bug zum Wasser über ihm schwebte. Broussard strampelte mit den Beinen, ein paarmal schien er fast in die Tiefe zu fallen, doch schließlich wurde er in die Kabine gezogen.

Der Helikopter auf meiner Seite kam geradewegs auf mich zu. Fast schon zu spät merkte ich, daß er zu landen versuchte. Ich griff nach meinen Schuhen und der Jacke und wollte das Felsgesims nach links verlassen. Die vordere Spitze der Kufen neigte sich dem Boden zu, wurde dann aber wieder hochgerissen, und der Hubschrauber drehte den Heckrotor nach links.

Dann kehrte er mit leicht erhöhter Drehzahl zurück, so daß der Druck von den Blättern stark genug war, mich von den Beinen zu reißen. Das Heulen der Turbine bohrte sich wie eine Spitzhacke in mein Trommelfell.

Ich rappelte mich auf, der Hubschrauber prallte einmal,

zweimal vom glatten Untergrund ab. Ich konnte sehen, wie der Pilot im Cockpit mit verkniffenem Gesicht um die Landung kämpfte. Die Nase senkte sich, das Heck hob sich, und eine Sekunde lang dachte ich, die Rotorblätter würden gegen die Gesteinsbrocken schlagen, die sich zwischen den Klippen und der Baumreihe befanden.

Ein Bulle mit schwarzem Helm und dunkelblauem Overall sprang aus der Kabine und lief mit gesenktem Kopf und Oberkörper auf mich zu.

»Kenzie?« rief er.

Ich nickte.

»Los, kommen Sie!« Er packte mich am Arm und drückte meinen Kopf herunter, während sich der andere Hubschrauber in Richtung der Böschung entfernte, wo wir Poole zurückgelassen hatten. Er würde dort nie und nimmer aufsetzen können, das war mir klar. Die Stelle war zu dicht bewachsen, bot keinen Landeplatz. Die einzige Chance, Poole zu bergen, bestand darin, einen Mann mit einem Korb herunterzulassen und Poole darin hochzuziehen.

Der Bulle schob mich in die Kabine. Über unseren Köpfen schlugen die Rotorblätter weiter, und sobald ich mich im Cockpit befand, stieg der Hubschrauber auf und ließ sich über den Rand der Klippe fallen.

Unter uns konnte ich Angie sehen. Wir näherten uns ihr. Sie hatte Amandas Puppe in der Hand und tauchte wieder unter. Als der Hubschrauber über die Wasseroberfläche glitt, begann das Wasser zu brodeln.

»Zieht ihn hoch!« schrie ich.

Der Kopilot drehte sich zu mir um.

Ich zeigte mit dem Daumen nach oben. »Ihr bringt sie um! Geht nach oben!«

Der Kopilot stieß den Piloten an, der daraufhin am Steuerknüppel zog. Mein Magen rutschte mir in die Hose, als der

Hubschrauber in Schräglage ging und sich einer mit Graffiti bemalten Steinwand näherte. Dann stiegen wir auf, drehten eine Runde und warteten in ungefähr zehn Metern Höhe über der Stelle, wo wir Angie zum letzten Mal gesehen hatten.

Sie tauchte auf und ruderte mit den Armen gegen die Wasserwirbel an. Sie spuckte Wasser aus und legte sich auf den Rücken.

»Was macht sie da?« fragte der Beamte neben mir.

»Sie schwimmt an Land«, antwortete ich, und unter uns kraulte Angie auf dem Rücken auf die Felswand zu. Die Puppe in ihrer linken Hand machte die windmühlenartigen Bewegungen mit.

Der Bulle nickte. Sein Gewehr zeigte auf die Baumreihe.

Angies High-School hatte keine Schwimmannschaft besessen. Deshalb bewarb sie sich bei den Girls Clubs of America, wo sie mit sechzehn bei einem Landeswettbewerb die Silbermedaille gewann. Trotz des jahrelangen Rauchens hatte sie noch immer einen kräftigen Schlag. Ihr Körper schnitt durch das Wasser, wirbelte es kaum auf. Sie verursachte so wenig Wellen, daß sie ein Aal hätte sein können, der sich aufs Ufer zubewegte.

»Sie wird zu Fuß zurücklaufen müssen«, rief der Kopilot. »Da unten können wir nicht landen.«

Angie erahnte eine zerklüftete Gesteinsspitze hinter sich, bevor sie damit zusammenstieß. Sie drehte sich auf den Bauch und glitt die verbleibenden Meter zu den Steinen hinüber, legte die Puppe vorsichtig in eine Felsspalte und hievte sich aus dem Wasser.

Der Pilot senkte den Hubschrauber ab und sprach durch ein Megaphon, das über den Scheinwerfern angebracht war: »Miss Gennaro, wir können Sie hier nicht aufnehmen. Die Wände sind zu nah, es gibt keine Landefläche.«

Angie nickte und winkte müde. Im harschen Licht des

Scheinwerfers wirkte ihr Körper kalkweiß. Das lange, schwarze Haar klebte ihr in Strähnen auf den Wangen.

»Direkt hinter den Felsen«, rief der Pilot über den Lautsprecher, »ist ein Weg. Folgen Sie ihm und halten Sie sich links. Dann gelangen Sie auf den Ricciuti Drive. Dort wartet jemand auf Sie.«

Angie streckte ihm den erhobenen Daumen entgegen und setzte sich auf den Felsen, atmete tief ein und legte die Puppe in ihren Schoß.

Als der Hubschrauber sich seitwärts neigte und die Felswände hochstieg, schrumpfte sie zu einem kleinen Punkt vor einer schwarzen Wand. Unter uns raste die Landschaft viel zu schnell dahin, als wir über die alte Eisenbahntrasse flogen und dann in westliche Richtung auf die Skihänge der Blue Hills zuhielten.

»Was hat sie eigentlich da unten gesucht?« Der Polizist neben mir ließ das Gewehr sinken.

»Das Mädchen«, erwiderte ich.

»Scheiße«, antwortete er, »wir gehen doch mit Tauchern da rein.«

»Heute nacht?« fragte ich.

Der Polizist sah mich durch sein Visier an. »Wahrscheinlich«, gab er leicht zögernd zurück. »Aber auf jeden Fall morgen früh.«

»Ich denke, sie wollte die Kleine finden, bevor es soweit kommt«, sagte ich.

Der Bulle zuckte mit den Achseln. »Mann, wenn Amanda McCready in dem See liegt, dann weiß nur Gott allein, ob wir ihre Leiche finden.«

19

Wir landeten auf dem Anfängerskihang des Naturschutzgebiets Blue Hills. Sauber kamen wir zwischen den Skiliften herunter und sahen zu, wie es uns der zweite Hubschrauber nachtat. Er landete in ungefähr zwanzig Metern Entfernung.

Wir wurden begrüßt von mehreren Polizei- und Krankenwagen, zwei Autos der Ranger und einigen Streifenwagen der State Police.

Broussard sprang aus dem zweiten Hubschrauber, rannte auf den erstbesten Polizeiwagen zu und zog den uniformierten Beamten vom Fahrersitz.

Ich lief zu ihm, als er den Motor anließ. »Wo ist Poole?«

»Weiß ich nicht«, antwortete er. »Er war nicht mehr da, wo wir ihn zurückgelassen haben. Auch nicht auf dem Weg. Ich denke, er hat entweder versucht, auf eigene Faust zurückzukommen, oder er ist nach oben gelaufen, als er die Schüsse hörte.«

Major Dempsey kam über die Wiese auf uns zugelaufen. »Broussard, was zum Teufel ist da oben passiert?«

»Lange Geschichte, Major.«

Ich setzte mich neben Broussard ins Auto.

»Wo ist das Mädchen?«

»Da oben war kein Mädchen«, erwiderte er. »Das war eine Falle.«

Dempsey beugte sich ins Fenster. »Hab' gehört, die Puppe von der Kleinen schwamm im See?«

Broussard sah mich mit wildem Blick an.

»Ja«, bestätigte ich. »Aber sie selbst hab ich nicht gesehen.«

Broussard legte einen Gang ein. »Ich muß Poole finden, Sir.«

»Sergeant Raftopoulos hat vor zwei Minuten angerufen. Er ist auf der Pritchett Street. Hat gesagt, es gebe ein paar Tote.«

»Wer?«

»Weiß ich nicht.«

Dempsey richtete sich auf. »Ich habe einen Ranger zum Ricciuti Drive herübergeschickt, damit er Ihre Kollegin abholt, Mr. Kenzie.«

»Danke.«

»Wer hat da oben so wild herumgeballert?«

»Ich weiß es nicht, Sir. Aber ich saß richtig in der Falle.«

Das plötzliche Aufheulen der Turbinen erfüllte die Luft, und Dempsey mußte schreien, damit wir ihn verstanden.

»Sie kommen hier nicht raus«, rief er. »Sie sind eingeschlossen. Es gibt keinen Weg nach draußen!«

»Ja, Sir.«

»Keine Spur von dem Mädchen?« Dempsey schien zu glauben, daß er, wenn er die Frage nur oft genug stellte, früher oder später die erhoffte Antwort erhalten würde.

Broussard schüttelte den Kopf. »Hören Sie, Sir, bei allem Respekt, aber Sergeant Raftopoulos hatte auf dem Weg so was wie einen Herzinfarkt. Ich will zu ihm rüber.«

»Dann los!« Dempsey trat zur Seite und bedeutete mehreren Wagen, hinter uns herzufahren, während Broussard aufs Gas stieg und den Abhang herunterraste. An einer Baumreihe riß er das Lenkrad herum und wirbelte auf einen staubigen Feldweg, einige Sekunden später bog er nach links ab und schoß einen mit Schlaglöchern gepflasterten Weg hinunter auf die Abfahrt der Schnellstraße zu, die über einen Kreisverkehr zur Pritchett Street führte.

Es ging noch über zwei weitere staubbedeckte Wege, bis wir in die Quarry Street abbogen und die Südseite der Hügel hinunterrasten. Im Rückspiegel hüpften rote und blaue Lichter auf und ab.

Broussard schoß, ohne zu verlangsamen, über ein Stoppschild am Ende der Quarry Street. Mit quietschenden Bremsen fuhr er über die Standspur und bog in den Kreisverkehr, wo er das Gaspedal noch tiefer herunterdrückte. Einen Moment lang verweigerten sich die vier Reifen des Wagens. Das schwere Auto schien zu bocken und sich zu krümmen, als würde es jeden Moment umkippen, doch dann griffen die Reifen, der starke Motor heulte auf, und wir schossen durch den Kreisverkehr. Broussard drehte wieder am Lenkrad, erneut rutschten wir über die Standspur, Gras und Erde flogen auf die Motorhaube. Wir rasten an einer einsamen Mühle vorbei, und ungefähr fünfzig Meter weiter saß Poole am linken Straßenrand vor einem Lexus RX 300.

Er hatte den Kopf an den Kotflügel gelehnt. Sein Hemd war bis zum Bauchnabel geöffnet, eine Hand hielt er aufs Herz gepreßt.

Broussard trat in die Bremsen und sprang aus dem Fahrzeug, rutschte im Dreck aus und fiel neben Poole auf die Knie.

»Hey, Kollege!«

Poole schlug die Augen auf und lächelte schwach. »Hab' mich verlaufen.«

Broussard fühlte seinen Puls, legte ihm die Hand aufs Herz und schob das linke Augenlid mit dem Daumen hoch.

»Schon gut, Kumpel, schon gut. Du schaffst das, ganz bestimmt.«

Mehrere Polizeiwagen fuhren an uns vorbei. Ein junger Bulle stieg aus dem ersten, er war aus Quincy, und Broussard wies ihn an: »Mach die Hintertür auf!«

Der junge Mann fummelte nervös mit einer Taschenlampe herum und ließ sie fallen. Er bückte sich, um sie aufzuheben.

»Mach die verfluchte Tür auf!« schrie Broussard. »Und zwar sofort!«

Der Mann trat die Taschenlampe unter das Auto, bevor er hinter sich griff und die Tür aufhielt.

»Kenzie, hilf mir mal!«

Ich nahm Pooles Beine in die Hand. Broussard schob sich vorsichtig hinter ihn und legte ihm die Arme um die Brust. Zusammen trugen wir ihn zum Wagen und schoben ihn auf die Rückbank.

»Mir geht's gut«, sagte Poole. Seine Pupillen glitten nach links ab.

»Ja, sicher.« Broussard lächelte. Er wandte das Gesicht dem jungen Bullen zu, der sehr nervös zu sein schien. »Kannst du schnell fahren?«

»Ähm, ja, Sir.«

Hinter uns schlichen mehrere Trooper und Beamte aus Quincy mit gezogenen Waffen auf den Lexus zu.

»Kommen Sie aus dem Auto heraus!« rief einer der Staties und richtete die Waffe auf die Windschutzscheibe von Gutierrez' Wagen.

»Welches Krankenhaus ist näher?« fragte Broussard. »Quincy oder Milton?«

»Ähm, von hier aus eher Milton, Sir.«

»Wie lange brauchst du bis da?« fragte Broussard ihn.

»Drei Minuten.«

»Jetzt nur zwei!« Broussard klopfte dem jungen Polizisten auf die Schulter und schob ihn zur Fahrertür.

Er sprang hinter das Lenkrad. Broussard drückte Poole die Hand und sagte: »Wir sehen uns später.«

Poole nickte schläfrig.

Wir traten zur Seite, und Broussard schlug die Tür zu.

»Zwei Minuten!« erinnerte er den Beamten. Die Reifen des Wagens schleuderten Schotter in die Luft und wirbelten Staub auf, so schnell raste der junge Polizist auf die Straße. Er schaltete das Licht an und flitzte über den Asphalt, als sei er von einer Abschußrampe katapultiert worden.

»Heilige Scheiße!« sagte ein anderer Bulle. Er stand vor dem Lexus. »Heilige Scheiße!« wiederholte er.

Broussard und ich gingen zu dem Wagen, er winkte ein paar Trooper heran, wies auf die verlassene Mühle und sagte: »Sichert das Gebäude, los!«

Sie stellten keine Fragen, sondern legten die Hände an die Waffen und rannten die Straße hinunter auf die Mühle zu.

Vor dem Lexus bahnten wir uns den Weg durch die Polizisten, die an der vorderen Stoßstange standen, und sahen dann durch die Windschutzscheibe Chris Mullen und Pharaoh Gutierrez. Gutierrez saß am Steuer, Mullen daneben. Die Scheinwerfer brannten noch. Der Motor lief. Vor jedem befand sich ein Loch in der Scheibe, umgeben von einem kleinen Spinnennetz.

Auch die Löcher in ihren Köpfen glichen sich stark – beide ungefähr so groß wie ein Zehncentstück mit einem ausgefransten weißen Rand. Aus beiden rann ein schmales Blutrinnsal auf die Nase herab.

Es sah aus, als sei Gutierrez der erste gewesen. In seinem Gesicht stand noch ein wenig Ungeduld geschrieben, seine Hände waren leer und lagen mit den Handflächen nach oben auf dem Sitz. Der Schlüssel steckte im Zündschloß, er stand auf Parken. Chris Mullens rechte Hand lag auf der Pistole in seinem Hosenbund, seine Miene drückte gleichzeitig Angst und Überraschung aus. Vielleicht war ihm eine halbe Sekunde geblieben, in der er wußte, daß er sterben mußte, vielleicht weniger. Doch es mußte gereicht haben, damit alles um ihn herum plötzlich in Zeitlupe geschah und unzählige ängstliche Gedanken durch sein zorniges Hirn stürmten. In der Zeit hatte er verstanden, daß Pharaoh von einer Kugel getötet worden war, hatte nach der Waffe gegriffen und gehört, wie die nächste Kugel die Scheibe mit einem spuckenden Laut durchbrach.

Bubba, dachte ich.

Die verlassene Mühle mit ihrer durchhängenden Holzterrasse, fünfzig Meter vom Lexus entfernt, stellte einen perfekten Ort für Scharfschützen dar.

Im Lichtkegel der Scheinwerfer des Autos konnte ich sehen, wie sich zwei Staties langsam dem Gebäude näherten. Sie gingen mit leicht gebeugten Knien, hatten die Waffen gezogen und zielten auf die Terrasse. Der eine winkte dem anderen zu, dann schlichen sie auf die Seitentür zu. Einer riß sie auf, der andere stellte sich mit der Pistole in Brusthöhe in den Rahmen.

Bubba, dachte ich, ich hoffe, du hast das nicht einfach so zum Spaß gemacht. Sag mir, daß du Amanda McCready hast.

Broussard folgte meinem Blick. »Was wollen wir wetten, daß der Einschußwinkel der Projektile bestätigt, daß die Kugeln von der Mühle da hinten abgegeben wurden?«

»Ich wette nie«, gab ich zurück.

Zwei Stunden später versuchten wir noch immer, uns durch das Chaos zu finden. Es war plötzlich kalt geworden, und ein leichter Graupelschauer fiel auf die Fensterscheiben.

Die Staties, die das Gebäude untersucht hatten, hatten ein Gewehr gefunden, ein Unterhebelrepetiergewehr der Marke Winchester 94 mit Nachtsichtzielfernrohr. Das Gewehr hatte in einem Faß mit Altöl im zweiten Stock gelegen, rechts neben einem Fenster, das auf die Holzterrasse ging. Die Registriernummer war abgefeilt, und als der Mann von der Spurensicherung gefragt wurde, ob sich Fingerabdrücke darauf befinden könnten, hatte der nur ein höhnisches Lachen übrig.

Es wurden noch mehr Trooper in die Mühle geschickt, um weiteres Beweismaterial zu suchen, doch zwei Stunden später hatten sie weder Patronenhülsen noch sonst etwas gefunden, und die Spurensicherung hatte erfolglos versucht, Fingerabdrücke vom Geländer der Terrasse oder vom Türrahmen zu nehmen, der darauf hinausführte.

Der Ranger, der Angie auf der Rückseite des Hügels zum Swingle's Quarry gefunden hatte, hatte ihr einen orangenen Regenmantel und ein Paar dicke Socken gegeben, doch zitterte sie noch immer und rieb das dunkle Haar mit einem Handtuch, obwohl es schon längst hätte trocken sein müssen oder inzwischen gefroren war. Der Indian Summer war offensichtlich vorbei, verschwunden wie die Indianer von Massachusetts.

Zwei Taucher hatten versucht, den See des Granite Rail Quarry zu durchsuchen, berichteten aber, die Sicht sei ab zehn Metern Tiefe gleich Null. Und als das schlechte Wetter einsetzte, hatte der von den Granitwänden gelöste Treibsand selbst im flachen Wasser die Suche vereitelt.

Um zehn Uhr gaben die Taucher auf. Sie hatten nichts gefunden, nur eine Herrenjeans, die ungefähr sieben Meter unter der Oberfläche auf einem Felsvorsprung lag.

Als Broussard die Südseite des Steinbruchs erreicht hatte, fast genau gegenüber der Stelle, wo Angie und ich die Puppe entdeckten, wartete ein Zettel auf ihn. Er lag ordentlich unter einem kleinen Stein und wurde von einer fingerdicken Taschenlampe erleuchtet, die an einem Zweig darüber hing.

»Toter Mann«, stand darauf.

Als Broussard nach dem Zettel langte, brach in den Bäumen das Feuer los, so daß er nach seiner Pistole und dem Walkie-talkie griff, von den Bäumen zur Klippe hinüberlief und die Tasche mit dem Geld und die Taschenlampe bei den Bäumen liegenließ. Die zweite Salve trieb ihn bis an den Abgrund der Klippe, wo er in der Dunkelheit, seinem einzigen Schutz, lag und mit der Pistole auf die Bäume zielte, sich aber nicht zu schießen traute, weil er Angst hatte, das Mündungsfeuer würde seine Position verraten.

Eine Untersuchung von Broussards letzter Position förderte den Zettel, die kleine Leuchte der Entführer und Broussards Taschenlampe zutage sowie die geöffnete, leere Tasche. Allein in der letzten Stunde waren mehr als einhundert Patronenhülsen in den Bäumen und auf den Felsen auf Broussards Seite gefunden worden. Der Trooper, der die Meldung durchgab, sagte: »Wir finden mit Sicherheit noch viel mehr. Sieht aus, als wollten die Leute auf Nummer Sicher gehen. Mein Gott, da oben sieht es aus wie nach der Schlacht um Grenada.«

Die Staties und Ranger auf unserer Seite des Steinbruchs hatten angerufen und gemeldet, Hülsen von mindestens fünfzig Patronen gefunden zu haben, die auf die Klippe und die Bäume hinter uns gefeuert worden waren.

Die allgemeine Stimmung wurde von einem Trooper recht treffend zusammengefaßt, den wir über Funk hörten: »Major Dempsey, Sir, eins steht verdammt fest: Die sollten da oben auf keinen Fall lebend herauskommen.«

Alle Zufahrts- und Ausfallsstraßen blieben gesperrt. Aufgrund der Tatsache, daß alle Schüsse von der Südseite des Granite Rail abgegeben worden waren, wurden Staties, Ranger und die örtliche Polizei mit Suchhunden entsendet, um dort verstärkt nach den Verdächtigen zu suchen. Zwischendurch sahen wir selbst von der Straße auf der Nordseite des Steinbruchs eine Symphonie aus Lichtern in den Baumwipfeln.

Poole hatte, wie die Ärzte sagten, einen Myokardininfarkt erlitten, der durch seinen Abstieg zur Quarry Street noch verschlimmert worden war. Dort angekommen, hatte Poole, der bereits die Orientierung verloren hatte und phantasierte, offenbar Gutierrez und Mullen in ihrem Lexus in Richtung Pritchett Street fahren sehen und war ihnen gefolgt. Als er sie erreichte, entdeckte er nur noch ihre Leichen und rief vom Autotelefon des Lexus in der Zentrale an.

Die letzte Nachricht lautete, Poole läge in kritischem Zustand auf der Intensivstation des Krankenhauses von Milton.

»Hat schon einer die Gleichung gelöst?« fragte uns Dempsey. Wir standen gegen die Motorhaube unseres Crown Victoria gelehnt. Broussard rauchte eine von Angies Zigaretten, sie selbst schlürfte bibbernd Kaffee aus einer Tasse, während ich ihr immerzu mit der Hand über den Rücken fuhr, um sie wieder warm zu reiben.

»Welche Gleichung?« fragte ich.

»Die Gleichung, daß Gutierrez und Mullen zur gleichen Zeit auf der Straße alle gemacht wurden, während ihr drei unter Beschuß standet.« Er kaute auf einem roten Zahnstocher aus Plastik herum, fummelte zwischendurch mit Daumen und Zeigefinger daran herum, nahm ihn jedoch nicht aus dem Mund. »Es sei denn, sie hatten auch einen Hubschrauber. Aber irgendwie glaube ich nicht ganz daran – ihr vielleicht?«

»Ich glaub' nicht, daß sie einen Hubschrauber hatten«, bestätigte ich.

Er grinste. »Okay. Da wir das jetzt ausgeschlossen haben, gibt es ja keine Möglichkeit mehr, daß sie oben in den Hügeln waren und eine Minute später hier unten in ihrem Lexus herumgekurvt sind. Das klingt irgendwie, weiß nicht, irgendwie unglaubwürdig. Könnt ihr mir folgen?«

Zähneklappernd fragte Angie: »Wer war denn dann da oben?«

»Das ist hier die Frage, nicht wahr? Unter anderem.« Er blickte über die Schulter auf den dunklen Umriß der Hügel hinter sich, die sich jenseits der Schnellstraße erhoben. »Weitere Fragen lauten: Wo ist das Mädchen? Wo ist das Geld? Wer sind die Personen, die da oben losgeballert haben wie in einem Schwarzenegger-Film? Wer sind die Personen, die Gutierrez und Mullen so lautlos um die Ecke gebracht haben?« Er stellte den Fuß auf die Stoßstange, griff wieder nach dem Zahnstocher und sah zu den Autos hoch, die auf der Schnellstraße entlangrasten. »Die Zeitungen werden heute einen großen Tag haben.«

Broussard nahm einen langen Zug von der Zigarette und atmete laut aus. »Sie spielen IRMA mit uns, Dempsey, stimmt es?«

Dempsey zuckte mit den Schultern, die Eulenaugen auf die Schnellstraße gerichtet.

»IRMA?« fragte Angie schnatternd.

»Ich Rette Meinen Arsch«, erklärte Broussard. »Major Demspey will nicht als der Bulle in die Geschichte eingehen, der Amanda McCready, zweihunderttausend Dollar und zwei Menschenleben verlor, und zwar in einer Nacht. Stimmt's?«

Dempsey wandte sich um, bis der Zahnstocher in Richtung von Broussard zeigte. »Nein, als der Bulle möchte ich nicht in die Geschichte eingehen, Detective Broussard.«

»Dann werde ich es wohl sein«, gab der zurück.

»Sie haben das Geld verloren«, fuhr Dempsey fort. »Wir haben zugelassen, daß wir nach Ihren Spielregeln spielen, und das ist jetzt daraus geworden.« Er hob die Augenbrauen, als zwei Assistenten des Coroners die Leiche von Gutierrez aus dem Lexus zogen und sie in eine schwarze Plastikhülle wickelten, die sie auf der Straße ausgebreitet hatten. »Und Ihr Lieutenant Doyle, der hängt seit halb acht heute morgen am Telefon und versucht, die Geschichte dem Polizeichef persönlich zu erklären. Als ich ihn eben gesehen habe, hat er gerade versucht, Sie und Ihren Partner aus der Scheiße zu ziehen. Ich hab' ihm gesagt, das sei reine Zeitverschwendung.«

»Was genau hätte er eigentlich tun sollen, als die so auf ihn losballerten?« fragte Angie. »Hätte er die Geistesgegenwart besitzen müssen, sich die Tasche zu nehmen und damit von der Klippe zu springen?«

Dempsey zuckte mit den Achseln. »Das wäre sicherlich eine Möglichkeit gewesen.«

»Verfluchte Scheiße, das kann ich nicht glauben«, rief Angie. Sie hatte aufgehört, mit den Zähnen zu klappern. »Er hat sein Leben riskiert für ...«

»Miss Gennaro«, unterbrach Broussard sie und legte ihr eine Hand aufs Knie. »Major Dempsey sagt nichts anderes, als was Lieutenant Doyle sagen wird.«

»Hören Sie auf Detective Broussard, Miss Gennaro«, bekräftigte Dempsey.

»Irgend jemand muß die Schuld für diese Scheiße auf sich nehmen«, erklärte Broussard, »und dazu haben sie mich auserkoren.«

Dempsey schmunzelte: »Sie waren der einzige, der sich um das Amt beworben hat.«

Er ließ uns stehen und ging zu einer Gruppe Staties, sprach

in sein Walkie-talkie und blickte zu den Hügeln des Steinbruchs hinauf.

»Das ist nicht fair«, sagte Angie.

»Doch«, gab Broussard zurück, »Ist es.« Er warf die Zigarette fort, die bis auf den Filter abgeraucht war. »Ich hab's verbockt.«

»*Wir* haben's verbockt«, korrigierte Angie.

Er schüttelte den Kopf. »Wenn wir das Geld noch hätten, könnten wir damit leben, daß Amanda noch vermißt ist oder sogar tot. Aber ohne das Geld stehen wir da wie eine Lachnummer. Und das ist meine Schuld.« Er spuckte auf die Straße, schüttelte den Kopf und trat mit der Hacke gegen den Autoreifen.

Angie sah zu, wie ein Techniker von der Spurensicherung Amandas Puppe in eine Plastiktüte schob, sie versiegelte und mit einem Edding beschriftete.

»Sie ist da oben irgendwo, stimmt's?« Angie blickte auf die dunklen Hügel.

»Ja, sie ist da oben«, bestätigte Broussard.

20

Als der Morgen graute, waren wir noch immer dort. Ein Abschleppwagen zog den Lexus die Pritchett Street herunter und bog in den Kreisverkehr ein, der auf die Schnellstraße führte.

Beamte von der State Police gingen in die Hügel und kehrten mit Säcken voller Patronenhülsen und Patronensplitter zurück, die sie aus Gestein oder Baumstämmen geborgen hatten. Angeblich hatte auch einer von ihnen Angies Sweatshirt und Schuhe gerettet, doch schien niemand zu wissen, wo sie waren und was er damit getan hatte. Im Laufe unserer Nachtwache hatte ein Polizist aus Quincy Angie eine Decke über die Schultern gelegt, doch hörte sie nicht auf zu zittern. Ihre Lippen sahen im Schein der Straßenlaternen, der Autoscheinwerfer und Lampen am Tatort richtig blau aus.

Gegen ein Uhr nachts kam Lieutenant Doyle aus den Hügeln und winkte Broussard mit gekrümmtem Finger zu sich. Sie gingen zusammen bis zum gelben Absperrband, das um die alte Mühle gespannt war. Sobald sie stehengeblieben waren und sich gegenüberstanden, donnerte Doyle los. Man konnte die einzelnen Worte nicht verstehen, doch war sein Geschrei deutlich zu vernehmen, und wir erkannten genau, wie er Broussard den Zeigefinger vor die Nase hielt und ihn überzeugte, daß ein »Mensch, wir haben es schließlich versucht« seine Laune nicht gerade verbesserte. Broussard hielt den Kopf die meiste Zeit gesenkt, doch es dauerte eine ganze Weile, mindestens zwanzig Minuten, wobei sich Doyle immer heftiger aufregte. Als er fertig war, blickte Broussard auf, und Doyle schüttelte den Kopf auf eine Art, daß wir selbst aus einer Entfernung von fünfzig Metern verstanden, wie endgültig dieses Urteil war. Er ließ Broussard stehen und ging in die alte Mühle.

»Schlechte Nachrichten, nehme ich an«, begrüßte ihn Angie, und Broussard schnorrte noch eine Zigarette aus ihrer Packung, die auf der Motorhaube des Autos lag.

»Ich werde irgendwann morgen suspendiert, eine Anhörung der Staatsanwaltschaft ist anhängig.« Broussard zündete die Zigarette an und zuckte mit den Schultern. »Meine letzte Dienstaufgabe wird es sein, Helene McCready zu informieren, daß wir ihre Tochter nicht bekommen haben.«

»Und Ihr Lieutenant?« fragte ich. »Der diesen Einsatz genehmigt hat? Trägt der auch Verantwortung dafür?«

»Nein.« Broussard lehnte sich gegen die Stoßstange, zog an der Zigarette und atmete blaue Luft aus.

»Nein?« wiederholte Angie.

»Nein.« Broussard aschte auf die Straße. »Ich nehme die Schuld und die Verantwortung auf mich und gebe zu, sachdienliche Hinweise unterschlagen zu haben, um den Ruhm und die Abzeichen allein zu kassieren. So kann ich wenigstens bei der Polizei bleiben.« Er zuckte wieder mit den Schultern. »Kleine Einführung in die Politik der Polizei.«

»Aber ...«, begann Angie erneut.

»Ach ja«, unterbrach Broussard und sah sie an, »der Lieutenant hat mich ausdrücklich darauf hingewiesen, daß er euch, wenn ihr mit irgend jemandem über diese Angelegenheit sprecht – mal sehen, ob ich das noch hinkriege –, daß er euch für den Mord an Marion Socia den Arsch bis zum Blinddarm aufreißt.«

Ich sah zur Tür der Mühle hinüber, wo Doyle verschwunden war. »Einen Scheiß tut der.«

Broussard schüttelte den Kopf. »Der blufft nie. Wenn er sagt, er kriegt euch deswegen ran, dann kann er das auch.«

Ich dachte darüber nach. Vor vier Jahren hatten Angie und ich einen Zuhälter und Crackdealer namens Marion Socia kaltblütig unter dem Southeast Expressway getötet. Wir hatten nicht registrierte Waffen benutzt und die Fingerabdrücke abgewischt.

Doch hatten wir einen Zeugen gehabt, einen zukünftigen Bandenkönig namens Eugene. Seinen Nachnamen hatte ich nie erfahren, und damals war ich überzeugt gewesen, daß Eugene Socia umgebracht hätte, wenn ich ihn nicht vorher erledigt hätte. Nicht auf der Stelle, aber irgendwann. Ich nahm an, daß Eugene im Laufe der Jahre ein paarmal in der Patsche gesessen hatte – eine Karriere beim Bankhaus Shearson Lehman schien bei ihm nicht sehr wahrscheinlich – und dann in der Hoffnung auf einen Straferlaß unsere Namen genannt hatte. Aufgrund des absoluten Mangels an Beweisen, die uns mit dem Tod von Socia in Verbindung bringen konnten, hatte der Staatsanwalt sicherlich entschieden, die Sache nicht weiterzuverfolgen. Doch irgend jemand hatte diese Information erhalten und sie an Doyle weitergegeben.

»Er hat uns am Schlawittchen, das wollen Sie sagen.«

Broussard sah kurz mich, dann Angie an und grinste. »Euphemistisch gesagt natürlich. Aber: ja. Er hat euch in der Hand.«

»Wie tröstlich!« seufzte Angie.

»Diese Woche war von vorne bis hinten tröstlich.« Broussard warf seine Zigarette fort. »Ich suche jetzt mal ein

Telefon, ruf meine Frau an und erzähl ihr die guten Neuigkeiten.«

Er ging in Richtung der Polizisten und Einsatzwagen, die um Gutierrez' Lexus herumstanden. Er hatte die Schultern hochgezogen und die Hände in den Taschen vergraben. Seine Schritte waren ein klein wenig unsicher, so als fühle sich der Untergrund für ihn nun anders an als eine halbe Stunde zuvor.

Angie schüttelte sich vor Kälte, und ich tat es ihr nach.

Als der Morgen mit Farben von tiefschwarzem Violett bis Dunkelrosa über den Hügeln anbrach, gingen die Taucher wieder ins Wasser. Die Polizisten hatten sich auf den morgendlichen Verkehr eingerichtet, indem sie die Pritchett und die Quarry Street mit gelbem Band und Holzböcken abgesperrt hatten. Eine Einheit von Troopern bildete eine Menschenkette vor den Hügeln. Um fünf Uhr morgens wurden weitere Beamte an den Zufahrten zu allen größeren Straßen postiert, doch durften die Autos die Kontrollpunkte passieren, auch die Auf- und Abfahrten der Autobahnen wurden wieder geöffnet. Schon bald campierten Übertragungswagen des Fernsehens und Zeitungsreporter auf der Schnellstraße und blockierten den Standstreifen, als hätten sie hinter der nächsten Ecke gewartet. Sie leuchteten auf uns herunter und in die Hügel. Mehrmals riefen Journalisten Angie zu, warum sie keine Schuhe trage. Mehrmals antwortete Angie, indem sie den Kopf gesenkt hielt und den Mittelfinger ausstreckte.

Anfangs waren die Presseleute gekommen, weil durchgesickert war, daß in den Steinbrüchen von Quincy mehrere hundert Schuß aus einer automatischen Waffe abgefeuert und zwei Leichen auf der Pritchett Street gefunden worden seien, deren Zustand auf eine professionelle Exekution schließen ließ. Dann wehte der Name Amanda McCready irgendwie mit der morgendlichen Brise von den Hügeln herunter, und der Zirkus begann.

Einer der Journalisten auf der Schnellstraße erkannte Broussard, die anderen schließlich auch, und schon bald fühlten wir uns wie Galeerensklaven.

»Detective, wo ist Amanda McCready?«

»Ist sie tot?«

»Ist sie im Steinbruch?«

»Wo ist Ihr Kollege?«

»Stimmt es, daß die Entführer von Amanda McCready letzte Nacht erschossen wurden?«

»Ist an dem Gerücht, daß das Lösegeld verloren ist, irgend etwas dran?«

»Wurde Amandas Leiche aus dem See geborgen? Tragen Sie deshalb keine Schuhe, Ma'am?«

Wie auf ein Stichwort hin überquerte ein Trooper mit einer Papiertasche die Pritchett Street und reichte sie Angie. »Ihre Sachen, Ma'am. Haben sie uns zusammen mit ein paar Blindgängern runtergeschickt.«

Angie dankte ihm mit gesenktem Kopf. Dann holte sie ihre Doc Martens aus der Tüte und zog sie an.

»Mit dem Sweatshirt wird das aber komplizierter werden«, sagte Broussard mit einem kleinen Lächeln.

»Ach, ja?« Angie rutschte von der Motorhaube und wandte den Journalisten den Rücken zu, während einer von ihnen versuchte, über die Absperrung zu springen. Ein Statie hielt ihn mit gezücktem Schlagstock auf Abstand.

Angie ließ die Decke fallen und legte den Regenmantel ab. Sofort wurden mehrere Kameras in unsere Richtung gedreht: nackte Haut und ein schwarzer BH.

Sie sah mich an. »Soll ich einen langsamen Strip hinlegen, vielleicht ein bißchen mit dem Arsch wackeln?«

»Das ist deine Nummer«, sagte ich. »Ich glaube, du stehst jetzt im Mittelpunkt.«

»Bei mir jedenfalls«, warf Broussard dazwischen und starrte ungeniert auf Angies Brüste unter der schwarzen Spitze.

»Ach, wie schön.« Sie verzog das Gesicht, schlüpfte in das Sweatshirt und rollte es herunter.

Irgend jemand klatschte oben auf der Schnellstraße, ein anderer pfiff. Angie hielt den Journalisten den Rücken zugewandt und zog das schwere Haar unter dem Pullover hervor.

»Meine Nummer?« fragte sie mich mit einem traurigen Lächeln und schüttelte den Kopf. »Junge, das ist ihre Nummer. Ganz allein ihre.«

Kurz nach Sonnenaufgang war Pooles Zustand nicht mehr kritisch, sondern vorsichtig optimistisch. Da wir nichts anderes tun konnten als warten, verließen wir die Pritchett Street und folgten Broussard in seinem Taurus bis zum Krankenhaus in Milton.

Dort mußten wir erst einmal mit der Oberschwester diskutieren, wie viele von uns auf die Intensivstation durften, da wir alle nicht mit Poole verwandt waren. Ein Arzt ließ uns durch, warf einen Blick auf Angie und fragte sie: »Ist Ihnen bewußt, daß Ihre Haut blau ist?«

Nach einer weiteren kurzen Diskussion folgte Angie dem Arzt hinter einen Vorhang und wurde auf Erfrierungen untersucht, und die Oberschwester ließ uns widerwillig auf die Intensivstation zu Poole.

»Myokardininfarkt«, ächzte er und setzte sich in den Kissen auf. »Wahnsinnswort, was?«

»Riesenhammer«, sagte Broussard und drückte Poole linkisch den Arm.

»Egal. Das war ein scheiß Herzinfarkt, das war das.« Als er sich wieder bewegte, sog er vor Schmerz zischend die Luft ein.

»Bleib ruhig!« sagte Broussard. »Um Himmels willen.«

»Was ist da oben für eine Scheiße abgelaufen?« erkundigte sich Poole.

Wir erzählten ihm das wenige, das wir wußten.

»Zwei Schützen in den Büschen und einer unten an der Straße?« fragte er schließlich.

»So sieht's aus«, erwiderte Broussard. »Oder ein Schütze mit zwei Gewehren im Gebüsch und einer auf der Terrasse.«

Poole machte ein Gesicht, als glaube er das genausowenig wie die Theorie, daß JFK von einem einzigen Schützen niedergestreckt wurde. Er drehte den Kopf und sah mich an. »Haben Sie ganz bestimmt gesehen, daß zwei Gewehre über die Klippe geworfen wurden?«

»Bin mir ziemlich sicher«, bestätigte ich. »Das war der reine Wahnsinn da oben.« Ich zuckte mit den Achseln, dann nickte ich. »Doch, ich bin mir sicher. Zwei Gewehre.«

»Und der Schütze in der Mühle läßt seine Waffe einfach liegen?«

»Ja.«

»Aber die Patronenhülsen nicht.«

»Stimmt.«

»Und der Schütze oder die Schützen im Gebüsch entsorgen die Waffen, lassen aber die Patronenhülsen überall herumliegen.«

»Genau so ist es, Sir«, sagte Broussard.

»Scheiße«, bemerkte Poole. »Das verstehe ich nicht.«

Dann kam Angie herein, preßte einen Baumwolltupfer auf den Arm und drückte den Unterarm gegen den Bizeps. Sie trat zu Poole ans Bett und grinste ihn an.

»Was sagt der Arzt?« fragte Broussard.

»Erfrierungen ersten Grades.« Sie zuckte mit den Achseln. »Hat mir Hühnersuppe oder so was eingeflößt. Er meinte, dann würde ich meine Finger und Zehen behalten.«

Ihre Farbe war etwas zurückgekehrt – zwar sah sie noch nicht aus wie sonst, aber immerhin. Sie setzte sich neben Poole aufs Bett und sagte: »Poole, wir beide, wir sehen aus wie zwei Gespenster.«

Als er lächelte, sprangen seine Lippen auf. »Ich habe gehört, Sie haben die berühmten Klippentaucher von den Galapagos-Inseln übertroffen, meine Liebe.«

»Acapulco«, verbesserte Broussard. »Auf Galapagos gibt es keine Klippentaucher.«

»Dann halt von den Fiji-Inseln«, sagte Poole. »Und hör auf, mich zu verbessern. Ich frage noch einmal, Leute, was zum Teufel ist hier los?«

Angie tätschelte seine Wange. »Sagen Sie's uns. Was ist mit Ihnen passiert?«

Einen Moment schürzte er die Lippen. »Ich weiß es nicht genau. Aus irgendeinem Grund bin ich den Hügel hinuntergegangen. Das Problem war, daß ich mein Walkie-talkie und die Taschenlampe vergessen hatte.« Er hob die Augenbrauen. »Helle, was? Und als ich die ganzen Schüsse hörte, hab' ich versucht, wieder dahin zurückzulaufen, wo ich hergekommen war. Aber wie ich es auch anstellte, ich hatte immer das Gefühl, mich weiter von dem Lärm zu entfernen. Die ganzen Bäume«, erklärte er mit einem Kopfschütteln. »Dann weiß ich noch, daß ich an der Ecke stehe, wo die Abfahrt der Schnellstraße auf die Quarry Street trifft, und plötzlich rast der Lexus an mir vorbei. Ich laufe hinterher. Als ich da ankomme, haben unsere Freunde schon das Loch im Kopf, und mir war irgendwie schwindelig.«

»Weißt du noch, daß du es gemeldet hast?« fragte Broussard.

»Wirklich?«

Broussard nickte. »Über das Autotelefon.«

»Wow«, staunte Poole. »Ganz schön gut drauf, was?«

Angie grinste und nahm ein Tuch von dem Wägelchen neben Pooles Bett, mit dem sie ihm die Stirn abwischte.

»Junge, Junge«, sagte Poole mit schwerer Zunge.

»Was denn?«

Kurz verschwamm ihm der Blick, dann konzentrierte er sich wieder. »Hä? Schon gut, aber diese Medikamente hauen mich um. Ist schwer, sich zu konzentrieren.«

Die Oberschwester blickte durch den Vorhang. »Sie müssen jetzt bitte gehen.«

»Was ist da oben passiert?« murmelte Poole.

»Jetzt bitte«, wiederholte die Schwester. Pooles Pupillen rollten nach links, er schmatzte leicht und schlug mit den Augenlidern. »Mr. Raftopoulos hält das noch nicht durch.«

»Nein«, widersprach Poole. »Wartet!«

Broussard tätschelte ihm den Arm. »Wir kommen wieder, Kumpel. Mach dir keine Sorgen.«

»Was ist passiert?« wiederholte Poole und schlief dabei ein. Wir traten vom Bett zurück.

Gute Frage, dachte ich, als wir die Intensivstation verließen.

Als wir wieder in unserer Wohnung waren, nahm Angie eine heiße Dusche, und ich rief Bubba an.

»Was?« meldete er sich.

»Sag mir, daß du sie hast.«

»Was? Patrick?«

»Sag mir, daß du Amanda McCready hast.«

»Nein. Wieso? Wieso soll ich sie haben?«

»Du hast Gutierrez und Mullen erledigt und ...«

»Nein, hab' ich nicht.«

»Bubba«, sagte ich, »sicher hast du das. Mußtest du doch.«

»Gutierrez und Mullen? Ganz bestimmt nicht, Kumpel. Ich habe zwei Stunden lang mit dem Gesicht in der Scheiße im Cunningham Park gelegen.«

»Du bist nicht mal dagewesen?«

»Ich bin zu Boden geschlagen worden. Irgend jemand hat da gewartet, Patrick. Ich hab' einen Schlag mit einem Vorschlaghammer oder so auf den Hinterkopf gekriegt, bin voll umgekippt. Ich bin nicht mal aus dem Park rausgekommen.«

»Gut«, sagte ich. Mein Kopf fühlte sich an, als schwämme das Gehirn in Öl. »Noch mal, aber langsam. Du bist in den Cunningham Park gegangen...«

»So gegen halb sieben. Ich hab' mir meine Utensilien genommen und bin durch den Park zu den Bäumen gegangen. Gerade will ich an den Bäumen vorbei in Richtung Hügel, als ich etwas höre. Ich will mich gerade umdrehen, da bekomme ich – krach – einen auf den Hinterkopf. Was mich, weißt du ja, sowieso schon ärgert, aber ich konnte auch nichts mehr sehen, ich bin ausgewichen, hab' mich umgedreht, und dann noch mal – krach. Ich knicke mit einem Bein ein, bekomme den dritten Schlag. Vielleicht hab' ich auch noch einen vierten kassiert, aber ich weiß nur noch, daß ich in einer Blutlache aufgewacht bin, da war es halb neun. Als ich wieder in die Büsche gehen will, ist alles voller Staties. Da bin ich abgehauen und zum Kicherdoc gegangen.«

Der Kicherdoc war ein ätherschnüffelnder Arzt, den Bubba und die Hälfte der Mafiosi in der ganzen Stadt konsultierten, wenn sie Verletzungen hatten, die nicht offiziell werden durften.

»Wie geht's dir jetzt?« fragte ich.

»In meinem Kopf klingelt es die ganze Zeit, und zwischendurch wird alles schwarz, und dann läuft es wieder. Aber ich schätze, das geht in Ordnung. Ich will dieses Arschloch haben, Patrick. Mich schlägt keiner um, verstehst du?«

Ich verstand. Von all den Dingen, die ich in den letzten zehn Stunden gehört hatte, deprimierte mich dies am meisten. Jemand, der so schnell und geschickt war, daß er Bubba ausschalten konnte, mußte hervorragend sein.

Und noch etwas: Wenn man schon so mit Bubba umsprang, warum hatte man ihn dann am Leben gelassen? Die Entführer hatten Mullen und Gutierrez umgebracht und versucht, Broussard, Angie und mich zu töten. Warum hatten sie nicht einfach Bubba aus der Entfernung erschossen, dann wären sie ihn losgewesen?

»Kicherdoc meinte, ein Schlag mehr, und die Sehnen hinten in meinem Kopf wären durch gewesen. Mann, ich bin stinksauer«, sagte er.

»Sobald ich weiß, wer das war, sag' ich dir Bescheid«, beruhigte ich ihn.

»Ich hab mich auch schon erkundigt, verstehst du? Der Kicherdoc hat mir von Pharaoh und Mullen erzählt, dann hab' ich Nelson ein bißchen herumtelefonieren lassen. Hab' gehört, daß die Bullen Geld verloren haben.«

»Stimmt.«

»Aber das Mädchen haben sie nicht.«

»Nein.«

»Diesmal hast du dich mit ein paar gefährlichen Arschlöchern angelegt, Junge.«

»Ich weiß.«

»Hey, Patrick!«

»Ja?«

»Cheese wäre niemals so blöd, jemand mit einem Stock auf mich anzusetzen.«

»Nicht wissentlich. Vielleicht dachte er nicht, daß du dasein würdest.«

»Cheese weiß genau, wie gut wir beide uns kennen. Ihm mußte halbwegs klar sein, daß du mich zum Schutz mit reinbringen würdest.«

Er hatte recht. Cheese war klug genug, um zu wissen, daß Bubba seine Hand im Spiel haben könnte. Und Cheese mußte auch wissen, daß Bubba in der Lage war, eine Granate auf Cheese' Leute zu werfen, nur weil die entfernte Möglichkeit bestand, daß er dadurch den tötete, der ihn geschlagen hatte. Wenn Cheese also diese Anweisung gegeben hatte, wieso hatte er es dann nicht ein für allemal geregelt? Wenn Bubba tot wäre, müßte Cheese nicht aus Angst vor der Rache Blut und Wasser schwitzen. Indem er ihn am Leben ließ, hatte Cheese nur noch *eine* Chance, wenn er nach dem Knast noch ein paar Leute haben wollte, die für ihn arbeiteten: Dann mußte er mindestens einen der Leute an Bubba ausliefern, die in der Nacht im Wald gewesen waren. Es sei denn, er hatte noch andere Möglichkeiten, die ich nicht kannte.

»Scheiße!« fluchte ich.

»Hab noch was Schönes für dich«, sagte Bubba.

Ich war mir nicht sicher, ob ich noch einen weiteren Knoten mit meinem schon völlig verknoteten Hirn verarbeiten konnte, doch sagte ich: »Schieß los.«

»Es gibt ein Gerücht über Pharaoh Gutierrez.«

»Ich weiß. Er hatte sich mit Mullen zusammengetan, um Cheese auszuschalten.«

»Nein, das meine ich nicht. Das weiß ja jeder. Ich habe gehört, Pharaoh war keiner von uns.«

»Was war er denn dann?«

»Ein Bulle, Patrick«, erwiderte Bubba, und ich spürte, wie mir schwindelig wurde. »Man sagt, er arbeitete für die Rauschgiftbehörde.«

21

»Ein Spitzel von der Rauschgiftbehörde?« wiederholte Angie. »Willst du mich verarschen?«

Ich zuckte mit den Achseln. »Hat Bubba gehört. Du weißt ja, wie das mit solchen Gerüchten ist: manche sind absoluter Blödsinn, manche die absolute Wahrheit. Kann man im Moment noch nicht sagen.«

»Wie also? Gutierrez hat sechs Jahre undercover gearbeitet, eingeschleust bei Cheese Olamon, und dann hört er, daß eine Vierjährige entführt wird, und gibt diese Information nicht an seine Vorgesetzten weiter?«

»Ergibt keinen großen Sinn, oder?«

»Nein. Aber was wissen wir noch Neues?«

Ich lehnte mich auf dem Küchenstuhl zurück und widerstand dem Drang, gegen die Wand zu schlagen. Ich konnte mich an keinen Fall erinnern, der mich ähnlich zur Verzweiflung getrieben hätte. Nichts, wirklich gar nichts ergab einen Sinn. Eine Vierjährige verschwindet. Die Ermittlungen verleiten uns zu der Annahme, daß die Mutter der Kleinen ein paar Drogendealer bestohlen hat, die das Mädchen daraufhin entführen. Die Forderung nach dem gestohlenen Geld erreicht uns von einer Frau, die offensichtlich für die Dealer arbeitet. Die Lösegeldübergabe erweist sich als Hinterhalt. Die Dealer werden getötet. Einer der Dealer ist möglicherweise ein Undercover-Ermittler für die Bundesbehörde zur Drogenbekämpfung. Das vermißte Mädchen bleibt verschwunden oder liegt auf dem Grund des Sees im Steinbruch.

Angie griff über den Tisch und legte ihre warme Hand auf meinen Arm. »Wir müssen wenigstens versuchen, ein paar Stunden Schlaf zu bekommen.«

Ich drehte meine Hand um, so daß ihre in meiner lag. »Ergibt auch nur ein kleiner Teil dieses Falls für dich irgendeinen Sinn?«

»Jetzt, wo Gutierrez und Mullen aus dem Rennen sind? Nein. Es gibt niemanden in Cheese' Organisation, der den Stab übernehmen könnte. Ach, Scheiße, es gibt in der ganzen Mannschaft nicht mal einen, der gerissen genug wäre, diese Sache hier abzuziehen.«

»Wart mal kurz ...«

»Was?«

»Hast du doch selbst gerade gesagt. In Cheese' Organisation gibt es jetzt ein Machtvakuum. Was ist, wenn es genau darum ging?«

»Hä?«

»Was ist, wenn Cheese wußte, daß Mullen und Gutierrez etwas im Schilde führten? Oder vielleicht wußte er es zumindest von Mullen und hatte Gerüchte gehört, daß Gutierrez noch eine andere Identität hatte?«

»Also hat sich Cheese das alles ausgedacht: die Entführung, die Lösegeldforderung und so weiter, nur damit er Mullen und Gutierrez loswerden konnte?« Angie ließ meine Hand los. »Meinst du das ernst?«

»Ist nur 'ne Theorie.«

»Aber eine bescheuerte«, gab sie zurück.

»He, he!«

»Nein, denk doch mal drüber nach. Warum sollte er sich

den ganzen Ärger machen, wenn er genausogut ein paar Killer hätte anheuern können, die Mullen und Gutierrez einfach im Schlaf um die Ecke brachten?«

»Weil er zusätzlich noch stinksauer auf Helene ist und seine zweihundert Riesen zurückhaben will.«

»Und deshalb befiehlt er Mullen, das Mädchen zu entführen, denkt sich diese komplizierte Übergabeaktion aus und läßt Mullen dann von jemandem abmurksen, während die Sache über die Bühne geht?«

»Warum nicht?«

»Weil dann immer noch ein paar Fragen offen sind: Wo ist Amanda? Wo ist das Geld? Wer hat gestern nacht von den Bäumen geschossen? Wer hat Bubba umgehauen? Wieso merkte Mullen nicht, daß er in eine Falle lief? Hast du eine Vorstellung davon, wie viele von Cheese' Leuten an dieser riesigen, komplizierten Verschwörung hätten beteiligt sein müssen, damit sie funktionieren konnte? Und Mullen war ja nicht blöd. Er war der schlauste von Cheese' Leuten. Meinst du nicht, daß er Lunte gerochen hätte, wenn so ein Plan existiert hätte?«

Ich rieb mir die Augen. »Scheiße. Mein Kopf tut weh.«

»Meiner auch. Und du machst es nicht gerade leichter.«

Ich sah sie böse an, doch sie grinste.

»Okay«, fuhr sie fort, »fangen wir noch mal von vorne an: Amanda wurde entführt. Warum?«

»Weil ihre Mutter Cheese zweihundert Riesen gestohlen hat.«

»Warum hat Cheese nicht einfach jemanden zur Einschüchterung bei ihr vorbeigeschickt? Ich bin mir ziemlich sicher, daß sie eingeknickt wäre. Das wissen die doch auch.«

»Vielleicht haben sie drei Monate gebraucht, um zu merken, daß die Polizei das Geld bei der Razzia bei den Bikern nicht beschlagnahmt hat.«

»Gut, aber dann wären sie schnell in Aktion getreten. Als wir Ray Likanski sahen, hatte er zwei blaue Augen.«

»Meinst du, das war Mullen?«

»Mullen hätte noch ganz was anderes mit ihm gemacht, wenn er der Meinung gewesen wäre, daß Likanski ihn verarscht hätte. Verstehst du, das meine ich doch die ganze Zeit. Wenn Mullen geglaubt hätte, daß Likanski und Helene das Geld abgezockt haben, dann hätte er doch nicht Helenes Kind entführt. Er hätte einfach Helene umgelegt.«

»Also war es vielleicht gar nicht Cheese, der Amanda entführt hat?«

»Vielleicht nicht.«

»Und das mit den Zweihunderttausend war Zufall?« Ich neigte den Kopf zur Seite und sah sie mit hochgezogenen Augenbrauen an.

»Du meinst, das wäre ein reichlich großer Zufall?«

»Ich meine, daß wäre ein Zufall so groß wie Neuengland. Insbesondere, da auf dem Zettel in Kimmies Unterwäsche stand, wir sollten das Geld gegen das Kind eintauschen.«

Sie nickte, klemmte den Griff der Kaffeetasse zwischen zwei Finger und schob sie auf dem Tisch hin und her. »Gut. Wären wir also wieder bei Cheese. Und bei den Fragen, warum er sich die ganze Mühe überhaupt gemacht hat.«

»Ich gebe zu, daß das keinen großen Sinn ergibt und sich nicht sonderlich nach Cheese anhört.«

Sie sah von ihrer Kaffeetasse auf. »Wo ist sie also, Patrick?«

Ich berührte ihren Arm und schob die Hand unter den Ärmel ihres Bademantels. »Sie ist im Wasser, Ange.«

»Warum?«

»Keine Ahnung.«

»Sie wurde entführt, als Köder eingesetzt und dann umgebracht. So einfach soll das sein?«

»Ja.«

»Warum?«

»Weil sie die Gesichter ihrer Entführer gesehen hat? Weil die Leute, die gestern abend im Steinbruch waren, die Polizei gerochen haben, und wußten, daß wir versuchten, beide Seiten gegeneinander auszuspielen? Ich weiß es nicht. Weil Kinder einfach umgebracht werden.«

Sie stand auf. »Los, wir besuchen Cheese!«

»Wollten wir nicht schlafen?«

»Das können wir machen, wenn wir tot sind.«

22

Der Graupelschauer, von dem wir am Abend zuvor einen kleinen Vorgeschmack bekommen hatten, kehrte am Morgen zurück, und als wir das Gefängnis von Concord erreicht hatten, klang es, als würden Münzen auf unsere Motorhaube prasseln.

Diesmal war ich nicht in Begleitung zweier Angehöriger der Exekutive gekommen, deshalb wurde Cheese in das Besucherzimmer gebracht. Durch eine dicke Glasscheibe sah er uns an. Angie und ich griffen nach den Telefonhörern in unserer Sitzecke. Cheese begrüßte uns.

»Hey, Angie«, sagte er, »gut siehst du aus.«

»Hey, Cheese.«

»Wenn ich hier eines Tages rauskomme, können wir doch mal eine heiße Schokolade zusammen trinken oder so, hm?«

»Eine heiße Schokolade?«

»Klar!« Er bewegte die Schultern. »Oder einen Milchshake. Irgend so was.«

Sie kniff die Augen zusammen. »Sicher, Cheese. Ganz bestimmt. Ruf mal an, wenn du entlassen wirst.«

»Verflucht!« Cheese klatschte die wuchtige Pranke gegen die Scheibe. »Das weißt du ganz genau!«

»Cheese«, sagte ich.

Er hob die Augenbrauen.

»Chris Mullen ist tot.«

»Schon gehört. Ist 'ne Schande.«

Angie bemerkte: »Scheint dir ja nicht viel auszumachen.«

Cheese lehnte sich zurück, betrachtete uns einen Moment und kratzte sich träge die Brust. »Yo man. So ist das in unserem Geschäft. Motherfucker sterben früh.«

»Pharaoh Gutierrez auch.«

»Ja.« Cheese nickte. »Das ist traurig mit Pharaoh. Der Motherfucker hatte Geschmack. Wißt ihr, was ich meine?«

Ich warf ein: »Hab' gehört, daß Pharaoh nicht nur für dich gearbeitet hat.«

Cheese hob eine Augenbraue und wirkte für einen Moment verdutzt. »Noch mal, bitte, Bruder.«

»Hab' gehört, Pharaoh hätte für die Rauschgiftbehörde gearbeitet.«

»Scheiße!« Cheese grinste breit und schüttelte den Kopf, doch seine Augen waren noch immer weit aufgerissen und schossen unruhig umher. »Wenn du alles glaubst, was auf der Straße erzählt wird, dann wirst du besser – keine Ahnung – ein dreckiger Bulle oder so.«

Das war eine Schlappschwanz-Antwort, und Cheese wußte es. Daß seine Antworten, selbst die Drohungen, schnell, glatt und witzig aus seinem Mund kamen, war das Besondere an Cheese. Und seine verwirrte Antwort zeigte uns deutlich, daß ihm bisher noch nie die Möglichkeit durch den Kopf gegangen war, Pharaoh könne ein Spitzel sein.

Ich grinste. »Ein Bulle, Cheese. Unter deinen Leuten. Denk mal, was das für deinen Ruf bedeutet.«

Sein Blick gewann seine nachdenkliche Wißbegier zurück. Er war wieder ganz er selbst. »Hier, der Typ Broussard, der ist vor ungefähr einer Stunde hier bei mir aufgekreuzt und hat mit aufrichtiger Anteilnahme erzählt, daß Mullen und Gutierrez weg vom Fenster sind. Er meinte, ich hätte meine eigenen Leute geopfert. Er will mich dafür bluten lassen. Er meinte, ich wäre schuld daran, daß er suspendiert wird und daß sein Freund, der alte Knacker, krank geworden ist. Der ist mir ganz schön auf den Sack gegangen, wenn ihr es wissen wollt.«

»Tut mir leid, das zu hören, Cheese.« Ich beugte mich vor, bis ich nah an der Scheibe war. »Es gibt noch jemand anders, der die Schnauze ziemlich voll hat.«

»Ja? Und wer?«

»Bruder Rogowski.«

Cheese hörte auf, sich die Brust zu kratzen. »Warum ist Bruder Rogowski erzürnt?«

»Weil ihn einer von deinen Leuten mehrmals von hinten auf den Kopf geschlagen hat.«

Cheese schüttelte den Kopf. »Keiner von meinen Leuten, Baby. Das kann nicht sein.«

Ich sah Angie an.

»Das ist aber ein Pech«, sagte sie.

»Ja«, bestätigte ich. »Kann man wohl sagen.«

»Was denn?« fragte Cheese. »Ihr wißt genau, daß ich die Hand niemals gegen Bruder Rogowski erheben würde.«

»Kannst du dich noch an den einen Typen erinnern?« fragte Angie.

»Welchen denn?« fragte ich zurück.

»Das ist schon ein paar Jahre her, er war ein hohes Tier bei der irischen Mafia, du weißt schon ...« Sie schnippte mit den Fingern.

»Jack Rouse«, antwortete ich.

»Ja. Der war doch so was wie der irische Pate oder nicht?«

»Wartet mal«, unterbrach uns Cheese. »Niemand weiß, was mit Jack Rouse passiert ist. Angeblich hat er die Patrisos angepinkelt oder so was.«

Er sah uns durch die Scheibe an, während wir beide langsam den Kopf schüttelten.

»Wartet mal. Ihr wollt doch nicht sagen, daß Jack Rouse von...«

»Psst«, machte ich und legte den Finger auf die Lippen.

Cheese legte den Telefonhörer auf den Tisch und blickte zur Decke hoch. Als er uns wieder ansah, wirkte er wie um dreißig Zentimeter geschrumpft. Die nassen Haare klebten ihm in Locken auf der Stirn und machten ihn um zehn Jahre jünger. Er hob den Hörer wieder hoch.

»Das Gerücht mit der Bowlingbahn?« flüsterte er.

Vor ein paar Jahren hatten sich Bubba, ein Profikiller namens Pine, Phil Dimassi und ich mit Jack Rouse und dessen geistig zurückgebliebenem Helfersknecht Kevin Hurlihy auf einer nicht mehr benutzten Bowlingbahn getroffen. Sechs Menschen hatten das Gebäude betreten, vier waren wieder herausgekommen. Gefesselt, geknebelt und von Bubba mit ein paar Bowlingkugeln gefoltert, hatten Jack Rouse und Kevin Hurlihy nicht die geringste Chance gehabt. Die Ermordung war von Fat Freddy Constantine abgesegnet worden, dem Kopf der italienischen Mafia in Boston, und wir vier, die wir das Gebäude wieder verlassen hatten, wußten, daß niemand die Leichen finden würde und eigentlich niemand so dumm sein würde, nach ihnen zu suchen.

»Stimmt das?« flüsterte Cheese.

Ich antwortete nicht, sondern starrte ihn ausdruckslos an.

»Bubba muß doch wissen, daß ich nichts mit dem Angriff auf ihn zu tun habe.«

Ich blickte Angie an. Sie seufzte, warf einen Blick auf

Cheese und dann auf das schmale Regal vor der Fensterscheibe.

»Patrick«, begann Cheese erneut, und aus seiner Stimme war die ganze aufgesetzte Selbstsicherheit gewichen. »Das mußt du Bubba ausrichten.«

»Was denn?« hakte Angie nach.

»Daß ich nichts damit zu tun habe.«

Angie lächelte und schüttelte den Kopf. »Ja, klar, Cheese. Ganz bestimmt.«

Er schlug mit dem Handrücken gegen die Fensterscheibe. »Jetzt hört mir mal zu! Ich habe mit dieser Sache nichts zu tun!«

»Bubba sieht das aber anders, Cheese.«

»Dann sag's ihm!«

»Warum?« fragte ich.

»Weil es wahr ist.«

»Das kaufe ich dir nicht ab, Cheese.«

Cheese rückte mit dem Stuhl vor und umklammerte den Telefonhörer so fest, daß ich dachte, er würde ihn entzweibrechen. »Jetzt hör mir verdammt noch mal zu, du kleines Stück Scheiße. Wenn dieser Irre glaubt, ich hätte ihm einen überziehen lassen, dann könnte ich hier genausogut einen Wachmann um die Ecke bringen, denn dann bleibe ich für den Rest meines Lebens in Einzelhaft. Der Typ ist eine lebende Todesstrafe, verfluchte Scheiße! Und du wirst ihm sagen ...«

»Leck mich, Cheese.«

»Was?«

Ich wiederholte es ganz langsam.

Dann fügte ich hinzu: »Vor zwei Tagen bin ich bei dir gewesen und habe um das Leben eines vierjährigen Mädchens gebettelt. Jetzt ist sie tot. Wegen dir. Und du willst Gnade? Ich werde zu Bubba gehen und sagen, es täte dir *leid*, daß er geschlagen wurde.«

»Nein.«

»Ich sag ihm, du wolltest dich entschuldigen. Du würdest es irgendwie wiedergutmachen.«

»Nein.« Cheese schüttelte den Kopf. »Das kannst du nicht machen.«

»Guck mal, Cheese!«

Ich hielt den Hörer in die Höhe und tat, als wolle ich auflegen.

»Sie ist nicht tot.«

»Was?« fragte Angie.

Ich hielt den Hörer wieder ans Ohr.

»Sie ist nicht tot«, wiederholte Cheese.

»Wer?« fragte ich.

Cheese verdrehte die Augen und wies mit dem Kopf auf den Wärter, der neben der Tür stand.

»Ihr wißt schon.«

»Wo ist sie?« wollte Angie wissen.

Cheese schüttelte den Kopf. »Ich brauche ein paar Tage.«

»Nein«, entschied ich.

»Ihr habt keine Wahl.« Er blickte über seine Schulter, beugte sich dann näher zu der Scheibe und flüsterte in den Hörer: »Es wird sich jemand bei euch melden. Glaubt mir. Ich muß vorher noch ein paar Sachen klären.«

»Bubba ist supersauer«, warf Angie ein. »Und er hat Freunde.« Sie betrachtete die Wände des Besucherzimmers.

»Scheiße«, gab Cheese zurück. »Seine Freunde, die abgefuckten Twoomey-Brüder, wurden gerade wegen einem Banküberfall in Everett gekrallt. Die wandern nächste Woche zur Veredelung in den Knast. Also hört auf damit, mir angst zu machen. Ich hab' Schiß. Okay? Aber ich brauche Zeit. Pfeift den Hund zurück. Ich schicke euch eine Nachricht, versprochen.«

»Woher weißt du so genau, daß sie lebt?«

»Ich weiß es einfach, okay?« Er lächelte uns kläglich an. »Ich beiden habt nicht die geringste Ahnung, was hier eigentlich los ist. Wißt ihr das?«

»Jetzt ja«, gab ich zurück.

»Richte Bubba aus, daß ich nichts mit dem zu tun habe, was mit ihm passiert ist. Ihr braucht mich lebendig. Okay? Ohne mich ist das Kind weg. Ende, aus. Habt ihr verstanden? Ende, aus, Mickymaus.«

Ich betrachtete ihn eine Weile. Er wirkte aufrichtig, aber das war schließlich seine Masche. Er hatte eine eigene Technik entwickelt: Und zwar suchte er die Dinge, mit denen er Menschen weh tun konnte. Und dann wartete er auf Menschen, die diese Dinge brauchten, ja, nicht ohne sie leben konnten. Er wußte, wie man eine Tüte Heroin vor den Augen einer abhängigen Frau hin- und herschwingen läßt, sie dann dazu bringt, fremden Männern einen dafür zu blasen und ihr schließlich nur halb soviel gibt, wie man versprochen hat. Er wußte, wie man Halbwahrheiten vor den Augen von Bullen und Staatsanwälten aufdeckt, sie dazu bringt, auf der gestrichelten Linie zu unterschreiben und ihnen dann nur einen Abklatsch von dem liefert, das man ihnen versprochen hat.

»Ich brauche mehr«, forderte ich.

Der Wachmann klopfte gegen die Tür und sagte: »Noch sechzig Sekunden, Insasse Olamon.«

»Mehr? Was willst du noch?«

»Ich will das Mädchen«, sagte ich. »Ich will sie jetzt.«

»Ich weiß nicht ...«

»Leck mich am Arsch.« Ich schlug gegen die Scheibe. »Wo ist sie, Cheese? Wo ist sie?«

»Wenn ich es dir sage, dann wissen sie, daß ich es war, und ich bin morgen früh tot.« Er entfernte sich rückwärts, die Hände erhoben, das breite Gesicht angsterfüllt.

»Gib mir was Handfestes. Irgendwas, wo ich mich dranhängen kann.«

»Unabhängige Beweise«, schlug Angie vor.

»Unabhängige was?«

»Noch dreißig Sekunden«, meldete der Wachmann.

»Gib uns irgendwas, Cheese.«

Cheese blickte verzweifelt über die Schulter, dann auf die ihn umgebenden Mauern und die dicke Glasscheibe zwischen uns.

»Los!« drängte ich ihn.

»Zwanzig Sekunden«, sagte Angie.

»Nicht! Paßt auf...«

»Fünfzehn.«

»Nein, ich...«

»Tick-tack«, sagte ich. »Tick-tack.«

»Der Freund von der Schlampe«, zischte Cheese. »Wißt ihr Bescheid?«

»Der ist nicht mehr da«, erwiderte Angie.

»Dann sucht ihn«, flüsterte Cheese. »Mehr hab' ich nicht. Fragt ihn, wo er in der Nacht war, als das Mädchen verschwand.«

»Cheese...« begann Angie.

Hinter ihm stand drohend der Wachmann und legte ihm die Hand auf die Schulter.

»Egal, was ihr glaubt«, sagte Cheese, »ihr seid nicht mal annähernd dran. Ihr liegt so meilenweit daneben, daß ihr genausogut im gottverdammten Grönland sein könntet. Verstanden?«

Der Wachmann nahm ihm das Telefon aus der Hand.

Cheese stand auf und ließ zu, daß ihn der Wachmann zur Tür zerrte. Als dieser die Tür öffnete, blickte sich Cheese noch einmal um und formte mit den Lippen ein Wort: »Grönland.«

Mehrmals zog er die Augenbrauen hoch, dann schob ihn der Wachmann durch die Tür.

Am nächsten Tag fanden die Taucher im See des Steinbruchs von Granite Rail ein zerschlissenes Stück Stoff, das auf einen Granitzacken gespießt war, der fünf Meter unter der Wasseroberfläche wie ein Eispickel aus einem Felsvorsprung an der Südwand emporragte.

Um drei Uhr identifizierte Helene den Stoff als Teil des T-Shirts, das ihre Tochter in der besagten Nacht getragen hatte. Der Fetzen war aus dem Rückenteil des T-Shirts gerissen worden, direkt unter dem Kragen. Mit einem Filzstift waren die Initialen A McC daraufgeschrieben worden.

Nachdem Helene den Stoff im Wohnzimmer von Beatrice und Lionel identifiziert hatte, sah sie Broussard zu, der den rosa Fetzen wieder in der Plastiktüte verstaute. In ihrer Hand zerbrach das Glas mit Pepsi.

»Jesses«, rief Lionel. »Helene!«

»Sie ist tot, stimmt's?« Helene ballte die Hand zu einer Faust, so daß die Glassplitter noch tiefer ins Fleisch schnitten. In dicken Tropfen fiel das Blut auf den Holzboden.

»Miss McCready«, sagte Broussard, »das wissen wir nicht. Zeigen Sie mir mal bitte Ihre Hand.«

»Sie ist tot«, wiederholte Helene, diesmal lauter. »Stimmt das?« Sie entzog Broussard die Hand. Das Blut tropfte auf den Couchtisch.

»Helene, um Himmels willen!« Lionel legte seiner Schwester eine Hand auf die Schulter und griff nach der verletzten Hand.

Helene wich ihm aus und verlor das Gleichgewicht, fiel zu Boden und blieb dort sitzen. Die Hand wiegend, blickte sie zu uns auf. Sie sah mich an, und mir fiel wieder ein, daß ich sie bei Mini-Dave dumm genannt hatte.

Sie war nicht dumm, sie war betäubt. Sie nahm nichts richtig wahr, weder die Welt an sich, die Gefahr, in der sich ihre Tochter befunden hatte, noch die Glassplitter, die sich in ihr Fleisch, ihre Sehnen und Arterien gruben.

Doch langsam erreichte sie der Schmerz. Endlich brach er durch. Während sie mir in die Augen sah, wurden ihre Pupillen immer größer und heller. Die Wahrheit hatte sie gefunden. Es war ein grausames Erwachen, das wie eine Kernschmelze in ihre Pupillen stieg. Es wurde von der Erkenntnis begleitet, was die eigene Ignoranz die Tochter gekostet hatte, wie bösartig und heftig die Schmerzen für ihr Kind gewesen sein mußten, welche Alpträume mit Gewalt in den kleinen Kopf gepreßt worden waren.

Helene riß den Mund auf und heulte ohne einen Laut.

Sie saß auf dem Boden, Blut tropfte von der verletzten Hand auf die Jeans. Ihr Körper zitterte vor Einsamkeit, Leid und Schrecken, und sie ließ den Kopf in den Nacken fallen, blickte zur Decke empor. Tränen strömten ihr aus den Augen. Sie hockte auf den Fersen und schaukelte hin und her. Und heulte ohne einen Laut.

Um sechs Uhr abends gingen Bubba und Nelson Ferrare in eine Bar von Cheese in Lower Mills. Wir hatten noch keine Gelegenheit gehabt, mit Bubba zu sprechen. Sie rieten den drei abgewrackten Gästen und dem Kellner, eine kleine Pause einzulegen. Zehn Minuten später flog die halbe Einrichtung nach draußen auf den Parkplatz. Eine ganze Sitzecke kam durch die Eingangstür geflogen und demolierte den Honda Accord eines Stadtrats, der gesetzeswidrig auf einem Behindertenparkplatz abgestellt worden war. Feuerwehrmänner, die vor Ort eintrafen, mußten Sauerstoffmasken überziehen. Die Explosion war so heftig gewesen, daß sie sich offenbar selbst gelöscht hatte. In der Kneipe selbst brannte fast gar nichts, nur im Keller stießen die Feuerwehrmänner auf einen brennenden Scheiterhaufen reinsten Heroins; nachdem sich die ersten beiden, die durch die Kellertür traten, übergeben mußten, zog sich die Feuerwehr zurück und ließ das Heroin verbrennen, bis sie einen ordentlichen Atemschutz hatte.

Ich hätte versucht, Cheese eine Botschaft zukommen zu lassen, daß Bubba ohne Rücksprache mit mir gehandelt hatte, doch rutschte Cheese um halb sieben auf einem frisch gebohnerten Flur im Gefängnis aus. Er fiel unglücklich. Irgendwie verlor er vollkommen das Gleichgewicht und stürzte über das Geländer im dritten Stock. Von dort fiel er fünfzehn Meter tief auf den Steinboden, landete auf seinem riesengroßen gelben Kopf, der immer nur Blödsinn redete, und starb.

ZWEITER TEIL

Winter

23

Es vergingen fünf Monate ohne eine Spur von Amanda McCready. Ihr Foto mit dem schlaff herunterhängenden Haar und dem leeren, ausdruckslosen Blick hing an Baustellenabsperrungen und Telefonmasten, oft vom Wind zerrissen und vom Regen verwaschen, und erschien von Zeit zu Zeit in einer Fernsehsendung. Je öfter wir das Foto sahen, desto undeutlicher wurde es, desto mehr wirkte Amanda wie ein Geist auf uns, desto mehr wurde ihr Bild zu einem von vielen Fotos, die über die Mattscheibe flimmerten oder von Reklameflächen herunterstarrten, so daß die Menschen Amandas Gesichtszüge schließlich mit nachdenklicher Wehmut wahrnahmen, aber nicht mehr wußten, wer sie war und warum ihr Bild an der Straßenlaterne neben der Bushaltestelle klebte.

Die, denen es wieder einfiel, überlief bei der Erinnerung vielleicht ein kalter Schauer, doch steckten sie den Kopf wieder in die Zeitung oder sahen dem nahenden Bus entgegen. Was ist die Welt doch grausam, dachten sie. Jeden Tag geschehen fürchterliche Dinge. Mein Bus hat Verspätung.

Die Durchsuchung der Steinbrüche dauerte einen Monat, förderte aber nichts zutage und wurde abgebrochen, als die

Temperatur in den Keller fiel und Novemberwinde durch die Hügel peitschten. Die Taucher versprachen, es im kommenden Frühjahr erneut zu versuchen. Wieder wurde vorgeschlagen, die künstlichen Seen auszupumpen und anschließend zuzuschütten, doch sorgten sich die Verantwortlichen der Stadt Quincy um die Millionen von Dollar, die das kosten würde, und bildeten eine ungewöhnliche Allianz mit verschiedenen Umweltschützern, die vor den Folgen einer Einebnung für die Umwelt warnten. Sie gaben zu bedenken, daß auf diese Weise Wanderer und Radler um eine Vielzahl schöner Aussichtspunkte und die Gemeinde Quincy um einen Schauplatz von großer historischer Bedeutung gebracht würde, außerdem zerstöre man dadurch eines der besten Kletterreviere in ganz Massachusetts.

Im Februar, sechs Monate vor seinem dreißigjährigen Dienstjubiläum, kehrte Poole zurück an die Arbeit. Er wurde wieder dem Rauschgiftdezernat zugeteilt und still und leise zum Detective ersten Grades zurückgestuft. Verglichen mit Broussard hatte er allerdings noch Glück. Broussard wurde vom Detective ersten Grades zum Streifenpolizisten degradiert und mußte eine neunmonatige Probezeit bei der Fahrbereitschaft absolvieren. Einen Tag nach seiner Versetzung – seit der Nacht im Steinbruch war etwas mehr als eine Woche vergangen – hatten wir uns mit ihm auf einen Drink getroffen. Verbittert hatte er auf den kleinen Plastikquirl heruntergelächelt, mit dem er die Eiswürfel in seinem Gin-Wodka mit Tonic verrührte.

»Cheese meinte also, sie wäre noch am Leben, und euch hat jemand erzählt, Gutierrez hätte für die Drogenbekämpfung gearbeitet.«

Ich nickte. »Und daß sie noch am Leben ist, könnte uns Ray Likanski bestätigen, meinte Cheese.«

Broussards Lächeln wirkte plötzlich verloren. »Wir haben hier und in Pennsylvania gründlich nach Likanski gefahndet. Wenn ihr wollt, laß' ich weitermachen.« Er zuckte leicht mit den Schultern. »Kann ja nicht schaden.«

»Sie meinen also, Cheese hat gelogen«, sagte Angie.

»Daß Amanda McCready noch lebt?« Er nahm den Plastikquirl aus dem Glas, leckte ihn ab und legte ihn dann auf den Rand der Serviette. »Ja, Miss Gennaro, ich glaube, Cheese hat gelogen.«

»Warum?«

»Weil er ein Gangster war, und die können nicht anders. Er hat genau gewußt, was ihr hören wolltet, und da hat er euch eben erzählt, daß sie noch lebt.«

»Und als Sie ihn kurz vorher besuchten, hat er Ihnen nichts davon erzählt?«

Broussard schüttelte den Kopf und holte eine Schachtel Marlboro aus der Tasche. Er rauchte wieder richtig. »Er schien ehrlich überrascht zu sein, daß es Mullen und Gutierrez erwischt hatte. Ich hab' ihm gesagt, ich würde ihm das Leben zur Hölle machen, und wenn es das letzte ist, was ich tue. Er hat nur gelacht. Am nächsten Tag war er tot.« Er zündete die Zigarette an. Weil das Streichholz so hell aufflammte, kniff er ein Auge zusammen. »Das schwöre ich euch, am liebsten hätte ich ihn selbst umgebracht. Oder noch besser, ich hätte mir einen von den Knastbrüdern gekauft. Echt. Am liebsten stelle ich mir vor, daß ihn irgend jemand kaltgestellt hat, dem das kleine Mädchen was bedeutet hat, und daß er bei seinem qualvollen Gang hinunter zur Hölle wußte, warum er sterben mußte.«

»Wer hat ihn umgebracht?« fragte Angie.

»Hab' gehört, die Kollegen sehen sich diesen durchgeknallten Jungen aus Arlington genauer an, der gerade für zweifachen Mord verknackt wurde.«

»Der Junge, der letztes Jahr seine beiden Schwestern umgebracht hat?« fragte Angie.

Broussard nickte. »Peter Popovich. Er hat einen Monat lang gesessen, und angeblich hat er sich mit Cheese beim Hofgang gestritten. Entweder war er es, oder Cheese ist wirklich auf dem Boden ausgerutscht.« Er zuckte mit den Schultern. »Egal, mir ist beides recht.«

»Finden Sie es nicht verdächtig, daß Cheese uns sagt, er wüßte etwas über Amanda McCready, und am nächsten Tag ist er tot?«

Broussard nippte an seinem Glas. »Nein. Hört zu, ich will mal ehrlich sein: Ich weiß nicht, was mit der Kleinen passiert ist, und das liegt mir im Magen. Das macht mir richtig Bauchschmerzen. Aber ich glaube nicht, daß sie noch lebt, und ich glaube auch nicht, daß Cheese Olamon auch nur einmal die Wahrheit gesagt hat, selbst wenn ihm das einen Vorteil verschafft hätte.«

»Was ist mit dem Gerücht, daß Gutierrez für die Rauschgiftbehörde gearbeitet hat?« hakte Angie nach.

Broussard schüttelte den Kopf. »Auf keinen Fall. Das hätte man uns inzwischen erzählt.«

»Und?« fragte Angie ruhig. »Was ist dann mit Amanda McCready passiert?«

Broussard blickte eine Weile auf den Tisch und streifte die weiße Asche der Zigarette am Rand des Aschenbechers ab. Als er wieder aufsah, glänzten Tränen in seinen geröteten Augen.

»Ich weiß es nicht«, flüsterte er. »Es tut mir so leid, daß ich es nicht anders gemacht habe. Daß ich nicht das FBI eingeschaltet habe. Es tut mir leid ...« Seine Stimme brach. Er senkte den Kopf und verdeckte das rechte Auge mit dem Handrücken. »Es tut mir leid ...«

Sein Adamsapfel hüpfte auf und ab. Er schluckte und

schluchzte einmal laut auf, doch fügte er nichts mehr hinzu.

Im Laufe des Winters nahmen Angie und ich andere Fälle an, doch hatte keiner von ihnen mit vermißten Kindern zu tun. Allerdings gab es auch nicht viele verzweifelte Eltern, die uns einen Auftrag erteilen wollten. Schließlich hatten wir Amanda McCready nicht gefunden, und der ätzende Geruch dieses Versagens schien an uns zu haften, wenn wir abends unterwegs waren oder am Samstag nachmittag im Supermarkt einkauften.

Ray Likanski tauchte auch nicht wieder auf, und das nervte mich an diesem Fall mehr als alles andere. Soweit ich wußte, wurde er nicht mehr gesucht. Es gab also keinen Grund für ihn, sich weiter zu verstecken. Über mehrere Monate verfielen Angie und ich zwischendurch immer mal wieder auf die Idee, das Haus seines Vaters einen Tag und eine Nacht zu bewachen, doch das einzige Ergebnis unserer Mühen war der Geschmack von kaltem Kaffee im Mund und steife Beine durch das stundenlange Herumsitzen im Auto. Im Januar setzte Angie eine Wanze ins Telefon von Lenny Likanski. Zwei Wochen lang hörten wir ihn ab und wurden Zeugen, wie er Telefonsexnummern wählte oder beim Home Shopping Service bepflanzbare Tierfiguren aus Terrakotta bestellte, doch nicht ein einziges Mal meldete er sich bei seinem Sohn oder wurde von ihm angerufen.

Eines Tages hatten wir die Nase voll und fuhren über Nacht nach Allegheny, Pennsylvania. Wir fanden die Likanski-Sippe im Telefonbuch und überwachten sie ein Wochenende lang. Die drei Brüder Yardack, Leslie und Stanley waren Cousins von Ray. Alle drei arbeiteten in einer Papierfabrik, die die Luft mit Abgasen verpestete, so daß es in der Gegend wie in einem Kopiergeschäft stank. Jeden Abend betranken sich die drei in derselben Kneipe, flirteten mit denselben Frauen und kehrten allein in ihr gemeinsames Haus zurück.

Am vierten Abend folgten Angie und ich Stanley in eine kleine Gasse, wo er einer Frau auf einer Enduro Koks abkaufte. Sobald die Enduro die Gasse verlassen hatte und Stanley den Stoff auf seinem Handrücken verteilte und schnupfte, trat ich hinter ihn und kitzelte ihn mit meiner .45 am Ohrläppchen. Ich fragte ihn, wo sein Cousin Ray sei.

Stanleys Blase entleerte sich an Ort und Stelle; zwischen seinen Füßen dampfte der gefrorene Boden. »Keine Ahnung, Mann. Ich hab Ray vorletzten Sommer das letzte Mal gesehen.«

Ich spannte den Hahn und stieß ihm den Lauf gegen die Schläfe.

»O Gott, nein!« betete Stanley.

»Du lügst mich an, Stanley, deshalb muß ich dich jetzt leider erschießen, okay?«

»Bitte nicht! Ich weiß es nicht! Ich schwöre bei Gott! Ray, Ray, den habe ich seit fast zwei Jahren nicht mehr gesehen. Bitte glaubt mir, um Himmels willen!«

Ich warf Angie einen fragenden Blick zu, die ihm ins Gesicht starrte. Sie nickte. Stanley sagte die Wahrheit.

»Koks macht den Schwanz weich«, sagte Angie zu ihm. Dann kehrten wir zu unserem Auto zurück und verließen Pennsylvania.

Einmal pro Woche besuchten wir Beatrice und Lionel. Ein ums andere Mal gingen wir gemeinsam durch, was wir wußten und was nicht. Letzteres schien immer mehr zu werden.

Eines Abends Ende Februar, als wir uns gerade von ihnen

verabschieden wollten und sie vor Kälte zitternd auf der Veranda standen, um sich wie immer zu vergewissern, daß uns auf dem Weg zum Auto nichts zustieß, sagte Beatrice: »Ich denke immer über den Grabstein nach.«

Wir hielten kurz vor dem Bürgersteig inne und drehten uns zu ihr um.

»Was?« fragte Lionel.

»Nachts«, antwortete Beatrice, »wenn ich nicht schlafen kann, dann überlege ich immer, was wir auf ihren Grabstein schreiben sollen. Und ob wir ihr einen besorgen sollen.«

»Schatz, laß doch ...«

Sie schnitt ihm das Wort ab und zog die Strickjacke fester um sich: »Ich weiß, ich weiß. Es sieht so aus, als würden wir aufgeben, als würden wir zugeben, daß sie tot ist, obwohl wir glauben wollen, daß sie noch lebt. Ich weiß. Aber ... ich meine ... es gibt nichts, keinen Hinweis, daß es sie überhaupt gegeben hat.« Sie wies auf die Veranda. »Hier ist nichts, was uns daran erinnert, daß sie gelebt hat. Unser Gedächtnis ist nicht gut genug, verstehst du? Es verblaßt langsam.« Sie nickte sich zu. »Es verblaßt«, wiederholte sie und ging zurück ins Haus.

Einmal sah ich Helene Ende März, als ich mit Bubba in Kelly's Tavern Darts spielte, aber sie nahm mich nicht wahr oder tat wenigstens so. Sie saß allein in einer Ecke der Kneipe und hatte eine volle Stunde lang ein einziges Glas vor sich. Sie starrte in das Glas, als schwämme das Bild von Amanda in der Flüssigkeit.

Bubba und ich waren erst spät gekommen und gingen nach dem Dartspiel zum Billardtisch. In dem Moment stürzten all die Gäste herein, die noch ihre letzte Bestellung aufgeben wollten, und innerhalb von zehn Minuten standen sie in Dreierreihen vor der Theke. Dann war Schluß. Bubba und ich beendeten unser Spiel, tranken unser Bier aus und stellten die leeren Gläser auf dem Weg zur Tür auf den Tresen.

»Danke schön.«

Ich drehte mich um und sah die Theke entlang. Dort saß Helene in einer Ecke, umgeben von Barhockern, die der Barkeeper schon hochgestellt hatte. Irgendwie hatte ich gedacht, sie sei schon gegangen.

Vielleicht hatte ich es auch nur gehofft.

»Danke schön«, wiederholte sie ganz leise, »daß ihr es versucht habt.«

Ich stand dort auf den Gummifliesen und merkte, daß ich nicht wußte, wohin mit den Händen. Und den Armen. Und allen anderen Körperteilen. Ich fühlte mich linkisch und unbeholfen.

Helene sah nicht von ihrem Glas auf, das ungewaschene Haar fiel ihr ins Gesicht. Verloren saß sie zwischen den umgedrehten Hockern in dem trüben Licht, das die Kneipe noch erleuchtete.

Ich wußte nicht, was ich sagen sollte. Ich war mir noch nicht einmal sicher, ob ich sprechen konnte. Ich wollte zu ihr gehen, sie in den Arm nehmen und mich dafür entschuldigen, daß ich ihre Tochter nicht gerettet hatte, daß ich Amanda nicht gefunden hatte, daß ich versagt hatte. Ich hätte am liebsten geheult.

Statt dessen drehte ich mich um und ging zur Tür.

»Mr. Kenzie.«

Ich hielt inne, wandte mich aber nicht um.

»Ich würde alles anders machen«, sagte sie, »wenn ich könnte. Ich würde ... ich würde sie keine Sekunde aus den Augen lassen.«

Ich weiß nicht, ob ich nickte oder ihr irgendwie zeigte, daß ich sie verstanden hatte. Aber ich weiß, daß ich mich nicht umdrehte. Ich sah zu, daß ich nach draußen kam.

Am nächsten Morgen wachte ich vor Angie auf und kochte in der Küche Kaffee.

Ich versuchte, Helene McCready und ihre furchtbaren Worte aus meinem Kopf zu vertreiben.

»Danke schön.«

Ich ging die Zeitung holen, klemmte sie mir unter den Arm und stieg wieder nach oben. Ich goß mir eine Tasse Kaffee ein und nahm sie mit ins Eßzimmer, wo ich die Zeitung aufschlug und erfuhr, daß das nächste Kind verschwunden war.

Es hieß Samuel Pietro und war acht Jahre alt.

Er war zuletzt gesehen worden, als er am Samstag nachmittag von einem Spielplatz in Weymouth nach Hause ging. Jetzt war Montag morgen. Seine Mutter hatte ihn erst gestern vermißt gemeldet.

Er war ein hübscher Junge mit großen dunklen Augen, die mich an Angies erinnerten. Das Foto von ihm war aus dem Abschlußfoto der dritten Klasse geschnitten worden. Er hatte ein freundliches, schiefes Lächeln. Er sah zuversichtlich aus, jung, hoffnungsvoll.

Ich überlegte kurz, die Zeitung vor Angie zu verstecken. Seitdem wir Rays Cousin in Allegheny verlassen hatten und unsere Entschlossenheit und Energie dort irgendwo auf der Strecke geblieben war, beschäftigte sich Angie noch stärker mit Amanda McCready. Doch suchte sich diese Besessenheit kein Ventil, da es nicht viel zu tun gab. Und so brütete Angie stundenlang über unseren Aufzeichnungen, erstellte auf riesigen Zetteln Tabellen über die Zeitabläufe und Schlüsselfiguren und unterhielt sich immer wieder mit Broussard oder Poole. Unzählige Male ging es um die gleichen Fragen. Sie drehten sich im Kreis.

Diese langen Gespräche ergaben keine neuen Theorien oder überraschenden Antworten, auch lieferten die Tabellen keine neuen Erkenntnisse, doch Angie hielt daran fest. Und jedesmal, wenn ein Kind vermißt wurde und darüber in den landesweiten Nachrichten berichtet wurde, lauschte sie gebannt auch noch den kleinsten Details.

Wenn die Kinder tot aufgefunden wurden, weinte sie.

Immer heimlich, immer hinter verschlossenen Türen, immer wenn sie glaubte, ich befände mich am anderen Ende der Wohnung und hörte sie nicht.

Mir war erst vor kurzem klargeworden, wie tief der Tod ihres Vaters Angie getroffen hatte. Nicht das Sterben an sich, das glaube ich nicht. Nein, es war die Ungewißheit, auf welche Weise er gestorben war. Ohne eine Leiche, die man im Boden versenken konnte, war ihr Vater für sie vielleicht nie richtig tot gewesen.

Einmal war ich dabei, als sie Poole danach fragte. Und ich sah in Pooles Gesicht die Angst davor, seine Antwort könne ungenügend sein. Er erklärte Angie, daß er den Mann kaum gekannt habe, ihn lediglich hin und wieder auf der Straße gesehen oder bei einer Glücksspielrazzia in irgendeinem Hinterzimmer getroffen habe. Der schöne Jimmy, immer der perfekte Gentleman, ein Mann, der wußte, daß die Bullen genauso ihren Job machten wie er auch.

»Sie sind immer noch nicht drüber weg, hm?« hatte Poole gefragt.

»Nicht so richtig«, gab Angie zu. »Das Problem ist, den Kopf dazu zu bringen, es zu akzeptieren, obwohl das Herz sich nie so richtig daran gewöhnen kann.«

Und so war es auch mit Amanda McCready. So war es mit allen Kindern, die während der langen Wintermonate im ganzen Land verschwanden und nicht wieder gefunden wurden, weder tot noch lebendig. Vielleicht, überlegte ich mir einmal, war ich Privatdetektiv geworden, weil ich gespannt war, was als nächstes passierte. Vielleicht war

Angie einer geworden, weil sie die Ungewißheit nicht ertragen konnte.

Ich sah mir das lachende, zuversichtliche Gesicht von Samuel Pietro an, betrachtete seine Augen, in denen man versinken konnte wie in Angies.

Ich wußte, daß es sinnlos war, die Zeitung zu verstecken. Es würde auch in anderen Zeitungen stehen, würde im Fernsehen und im Radio bekanntgegeben werden, Leute im Supermarkt und in der Kneipe oder beim Tanken würden darüber sprechen.

Vielleicht war es vor vierzig Jahren noch möglich, den Nachrichten aus dem Weg zu gehen, heute war es das nicht mehr. Die Nachrichten waren überall, sie informierten uns, wurden uns eingebleut, klärten uns vielleicht sogar auf. Aber sie waren immer da. Immer. Man konnte ihnen nicht entkommen, konnte sich nicht vor ihnen verstecken.

Mit dem Finger fuhr ich den Umriß von Samuel Pietros Gesicht nach und schickte zum ersten Mal seit fünfzehn Jahren ein Stoßgebet zum Himmel.

DRITTER TEIL

Der grausamste Monat

24

Als es April wurde, verbrachte Angie mittlerweile fast jede Nacht mit den Tabellen und Aufzeichnungen des Amanda-McCready-Falls und dem kleinen Schrein, den sie in dem winzigen zweiten Schlafzimmer in meiner Wohnung errichtet hatte. Normalerweise hatte ich darin Koffer und Kisten aufbewahrt, die ich irgendwann bei der Wohlfahrt abgeben wollte, und kleine Elektrogeräte, die darauf warteten, daß ich sie zur Reparatur brachte.

Angie hatte den kleinen Fernseher und einen Videorekorder in das Zimmer gestellt und sah sich immer wieder die Nachrichten vom Oktober an. Seitdem Samuel Pietro vor zwei Wochen verschwunden war, hatte sie jeden Abend mindestens fünf Stunden in dem Zimmer verbracht, an dessen Wand über dem Fernseher Fotos von Amanda hingen, auf denen sie den Betrachter ungerührt ansah.

Wie die meisten Leute wohl auch, war ich der Ansicht, daß diese Art von Besessenheit Angie bisher noch nicht schadete. Im Laufe des langen Winters hatte ich mich an die Vorstellung gewöhnt, daß Amanda McCready tot war. Ich stellte mir vor, daß sie zusammengerollt auf einem Felsvorsprung in 60 Metern Tiefe lag und das flachsfarbene Haar von den kleinen Launen der Strömung hin- und hergetrieben wurde. Aber ich war noch nicht soweit, daß ich jeden, der noch glaubte, daß sie am Leben war, belächelte oder mich über ihn lustig machte.

Angie klammerte sich an Cheese' Behauptung, daß Amanda noch am Leben sei. Sie war überzeugt, daß der Hinweis auf ihren Aufenthaltsort irgendwo in unseren Aufzeichnungen verborgen war, irgendwo in unseren Protokollen oder denen der Polizei. Sie hatte Broussard und Poole überredet, ihr Kopien von ihren Notizen und den täglichen Berichten zu überlassen. Auch bekam sie die Abschriften fast aller Verhöre, die die übrigen mit dem Fall befaßten Mitglieder der Ermittlungsgruppe Kind geführt hatten. Und sie war überzeugt, sagte sie mir, daß das ganze Papier- und Filmmaterial früher oder später die Wahrheit enthüllen würde.

Die Wahrheit, sagte ich einmal zu ihr, lautete, daß einer von Cheese' Leuten Mullen und Gutierrez verraten hatte, nachdem sie Amanda die Klippe hinuntergeworfen hatten. Anschließend legte er sie um und ging um zweihunderttausend Dollar reicher nach Hause.

»Cheese war da anderer Ansicht«, gab sie zurück.

»Aber Broussard hatte recht. Cheese war ein notorischer Lügner.«

Sie zuckte mit den Achseln. »Das sehe ich anders.«

Und so kehrte sie nachts zurück in den Herbst und ging alles durch, was falsch gelaufen war. Ich dagegen las ein Buch, sah mir einen alten Film auf AMC an oder ging mit Bubba Billard spielen. Das tat ich auch gerade, als er zu mir sagte: »Ich brauche dich nächste Woche als Unterstützung bei einer Sache in Germantown.«

Zu dem Zeitpunkt hatte ich erst ein halbes Bier getrunken, so daß ich mir ziemlich sicher war, ihn richtig verstanden zu haben.

»Du willst, daß ich dich bei einem Geschäft begleite?«

Ich starrte Bubba über den Billardtisch an, als irgendein Idiot in der Musikbox ein Lied von The Smiths wählte. Ich hasse The Smiths. Lieber würde ich an einen Stuhl gefesselt und gezwungen werden, Lieder von Suzanne Vega und Natalie Merchant anzuhören, während sich Performancekünstler vor meinen Augen Nägel durch die Genitalien treiben, als Morrissey und The Smiths länger als dreißig Sekunden zuzuhören, die in ihrer Wohlstandsangst herumjammern, daß sie nur Menschen seien und geliebt werden wollten. Vielleicht bin ich zynisch, aber wenn man geliebt werden will, sollte man aufhören, das allen die ganze Zeit vorzuheulen. Eventuell findet man dann jemanden zum Flachlegen, und das wär' doch ein vielversprechender erster Schritt.

Bubba blickte sich zum Tresen um und schrie: »Welcher Schwachkopf hat diese Scheiße angemacht?«

»Bubba!« mahnte ich ihn.

Er hob einen Finger. »Wart mal kurz.« Wieder wandte er sich dem Rest des Raumes zu. »Wer hat dieses Lied angemacht, hä?«

»Bubba«, sagte der Wirt, »beruhige dich doch.«

»Ich möchte einfach nur wissen, wer dieses Lied angestellt hat.«

Gigi Varon, eine verschrumpelte dreißigjährige Alkoholikerin, die wie fünfundvierzig aussah, saß in der hintersten Ecke der Kneipe und hob ihr schmales Händchen. »Ich wußte es nicht, Mr. Rogowski. Es tut mir leid. Ich zieh' den Stekker raus.«

»Ach, Gigi!« Bubba winkte großzügig ab. »Hallo! Nein, ist schon gut.«

»Doch, mach ich, wirklich.«

»Nein, schon gut.« Bubba schüttelte den Kopf. »Paulie, gib Gigi zwei auf meine Rechnung.«

»Danke, Mr. Rogowski.«

»Schon gut. Aber Morrissey ist Scheiße, Gigi. Echt. Frag Patrick. Frag jeden hier.«

»Ja, Morrissey ist Scheiße«, stimmte einer der alten Männer zu, und einige seiner Kumpanen bestätigten es.

»Als nächstes wähle ich die Amazing Royal Crowns«, kündigte Gigi an.

Ich hatte Bubba vor ein paar Monaten von den Amazing Royal Crowns überzeugt, jetzt war es seine Lieblingsband.

Bubba streckte die Arme aus. »Paulie, gib ihr drei auf mich.«

Wir waren im Live Bootleg, einer winzigen Kneipe an der Grenze zwischen Southie und Dorchester, die kein Schild im Fenster hatte. Von draußen war der Backstein schwarz gestrichen, und der einzige Hinweis auf den Namen des Ortes war in roter Schrift auf die untere rechte Ecke der Wand gemalt, die auf die Dorchester Avenue wies. Vorgeblich gehörte sie Carla Dooley, genannt »Lovely Carlotta«, und ihrem Mann Shakes, doch in Wirklichkeit war das Live Bootleg Bubbas Kneipe, und ich hatte noch nie erlebt, daß ein Stuhl in der Kneipe leer war und der Alkohol nicht in Strömen floß. Außerdem war das Publikum gut; in den drei Jahren, seit Bubba den Laden eröffnet hatte, hatte es keine einzige Schlägerei oder eine Schlange vor der Toilette gegeben, weil irgendein Junkie das Klo zu lange in Beschlag nahm. Natürlich wußte jeder Gast, wer der wirkliche Besitzer war und was der davon halten würde, wenn man der Polizei Anlaß gab, die Kneipe einmal näher zu durchsuchen. Und deshalb war das Live Bootleg trotz seiner düsteren Einrichtung und des zweifelhaften Rufs ungefähr so gefährlich wie das wöchentliche Bingospiel in St. Barts am Mittwoch abend. Und hier war die Musik besser, meistens jedenfalls.

»Verstehe trotzdem nicht, warum du Gigi deshalb einen

kleinen Herzinfarkt einjagen mußt«, sagte ich. »Die Musikbox gehört doch dir. Du hast die Smiths-CD eingelegt.«

»Ich hab' da keine beschissene Smiths-CD reingelegt«, gab Bubba zurück. »Das ist einer von diesen Samplern, Best of the Eighties oder so. Das Lied von The Smiths hab' ich in Kauf genommen, weil ›Come on, Eileen‹ und noch 'ne ganze Menge andere gute Sachen drauf sind.«

»Was denn? Katrina and the Waves?« fragte ich zurück. »Bananarama? So richtig coole Bands?«

»Hey«, sagte er, »Nena ist mit drauf, also halt die Klappe.«

»Ninety-nine red balloons«, ergänzte ich. »Okay, dann ist es in Ordnung.« Ich beugte mich über den Tisch und versenkte die Sieben. »Also, was war das eben, daß ich dich bei einem Geschäft begleiten soll?«

»Ich brauche Unterstützung. Nelson ist nicht in der Stadt, und die Twoomeys sitzen ihre zwei bis sechs Jahre ab.«

»Für einen Hunderter würden dir eine Menge Leute helfen.« Ich versenkte die Sechs, doch streifte sie Bubbas Zehn. Ich trat einen Schritt zurück.

»Ich hab' zwei Gründe.« Nun beugte er sich vor und ließ den Spielball von der Neun abprallen. Er sah zu, wie die Kugel quer über den Tisch rollte. Als sie in die Seitentasche fiel, schloß er die Augen. Für jemand, der so oft Billard spielt, ist Bubba echt eine Niete.

Ich legte die weiße Kugel wieder auf den Tisch und zielte auf die Vier. »Grund Nummer eins?«

»Ich vertraue dir, und du bist mir was schuldig.«

»Das sind zwei Gründe.«

»Das ist einer. Halt's Maul und mach hin!«

Ich versenkte die Vier, und die weiße Kugel rollte langsam weiter und blieb netterweise genau vor der Zwei liegen.

»Grund Nummer zwei ist«, fuhr Bubba fort und kreidete

seinen Queue mit langen, quietschenden Strichen, »ich möchte gerne, daß du dir diese Leute ansiehst, die mir was abkaufen.«

Ich schoß die Zwei ab, doch blieb der Spielball hinter einer von Bubbas Kugeln liegen.

»Warum?«

»Vertrau mir. Wird dich interessieren.«

»Kannst du's mir nicht einfach sagen?«

»Ich bin mir nicht ganz sicher, daß sie es wirklich sind, die ich glaube. Du mußt schon mitkommen und selber gucken.«

»Wann?«

»Sobald ich hier gewonnen habe.«

»Wie gefährlich ist es?« wollte ich wissen.

»Nicht gefährlicher als sonst auch.«

»Aha«, gab ich zurück, »also sehr gefährlich.«

»Stell dich nicht so an. Los, mach weiter!«

Germantown lag am Hafen, der Quincy von Weymouth trennte. Ihren Namen erhielt die Stadt Mitte des 17. Jahrhunderts, als eine Glasmanufaktur vertraglich verpflichtete Arbeiter aus Deutschland rekrutierte und einen Ort mit typisch deutschen breiten Straßen und großen Plätzen entwarf. Doch konnte sich die Fabrik nicht halten. Als den Verantwortlichen klar wurde, daß es billiger sein würde, die Verträge der deutschen Arbeiter aufzuheben als sie an einem anderen Ort neu anzusiedeln, überließ man sie einfach sich selbst.

Es folgte ein Fehlschlag nach dem anderen. Das Pech schien die kleine Hafenstadt und die Nachfahren der ersten Arbeiter regelrecht heimzusuchen: Fabriken für Keramik, Schokolade, Strümpfe, Walölprodukte, medizinisches Salz und Salpeter wurden aus dem Boden gestampft und verfielen innerhalb von zweihundert Jahren wieder. Eine Zeitlang erfreute sich die Kabeljaufischerei und der Walfang einer gewissen Beliebtheit, doch auch diese Industrien zogen auf der Suche nach besseren Fängen und besseren Gewässern schließlich in den Norden nach Gloucester oder weiter in den Süden Richtung Cape Cod.

Germantown wurde zu einem vergessenen Landstrich. Die Bewohner waren durch einen Maschendrahtzaun vom Küstenstreifen abgetrennt, der von den Abwässern der Schiffswerft von Quincy, eines Elektrizitätswerks, Öltanks und der Fabrik von Procter & Gamble verschmutzt wurde, die das Stadtbild von Germantown ausmachten. Das experimentelle Bauvorhaben, staatliche Häuser für Kriegsveteranen zu errichten, verschandelte den Küstenstreifen mit einer bimssteingrauen Sozialbausiedlung. Jeder Häuserblock bestand aus vier Gebäuden mit jeweils sechzehn Wohnungen, die hufeisenförmig um eine Sackgasse gruppiert waren. In der Mitte steckten verrostete Stangen im aufgeplatzten Teer, an denen sich Wäscheleinen wie Skelette aus Metall über die Höfe spannten.

Das Haus, vor dem Bubba seinen riesengroßen Geländewagen parkte, befand sich nicht direkt am Hafen, sondern eine Straße weiter. Die Gebäude zu beiden Seiten des Hauses sahen aus, als würden sie bald wieder zu Staub verfallen. In der Dunkelheit wirkte auch das Haus selbst ein wenig eingesunken, und obwohl ich nichts Genaues erkennen konnte, spürte ich doch die hier herrschende Atmosphäre des Verfalls.

Der alte Mann, der die Tür öffnete, trug einen dichten schwarzen Backenbart, der jedoch nicht über die Kerbe in seinem langen Kinn wuchs, so daß dort eine Spalte runzliger rosa Haut prangte. Er mußte so zwischen fünfzig und sechzig sein, aber seine mürrische, gekrümmte Haltung machte die kleine Gestalt noch älter. Er trug eine ausgewaschene Baseballmütze der Red Sox, die selbst für seinen kleinen Kopf zu klein war, dazu ein gelbes kurzes T-Shirt, das den Blick auf seinen milchigweißen, faltigen Bauch freigab, und eine schwarze Nylonstrumpfhose ohne Füße, die im Schritt so eng saß, daß man denken konnte, er halte eine geballte Faust dahinter.

Der Mann zog sich die Baseballmütze tiefer in die Stirn und fragte Bubba: »Bist du Jerome Miller?«

Jerome Miller war Bubbas Lieblingspseudonym. Es war der Name von Bo Hopkins in *Killer-Elite,* und den Film hatte Bubba schon ungefähr tausendmal gesehen. Er konnte ihn auf Zuruf rezitieren.

»Was denkst du denn?« Bubbas riesiger Körper ragte vor dem schmächtigen Mann auf und verdeckte ihn vor mir.

»Ich frag' ja nur«, gab er zurück.

»Ich bin der Osterhase und steh bei dir in der Tür, weil ich die ganze Sporttasche da voller Waffen habe.« Bubba beugte sich drohend vor. »Jetzt laß uns rein, verdammt noch mal!«

Der Alte trat zur Seite, und wir gingen in ein dunkles Wohnzimmer, in dem es nach Zigaretten roch. Der Alte beugte sich zum Couchtisch hinunter und nahm eine brennende Zigarette aus einem überfüllten Aschenbecher, saugte mit feuchten Lippen an dem Stummel und starrte uns durch den Rauch an. Seine blassen Augen glühten in der Dunkelheit.

»Los, dann zeigt mal her«, sagte er.

»Mach mal das Licht an!« forderte Bubba.

»Kein Licht hier«, gab der Alte zurück.

Bubba schenkte ihm ein breites, kaltes Lächeln. »Dann bring mich in ein Zimmer, wo es Licht gibt.«

Der Mann zuckte die knochigen Schultern. »Sucht euch eins aus!«

Als wir ihm durch den schmalen Flur folgten, fiel mir auf, daß der Verschluß der Baseballmütze an seinem Hinterkopf offen stand. Die Enden klafften zu weit auseinander, als daß man sie hätte schließen können, und sowieso saß die Kappe nicht richtig, sie stand zu weit vom Kopf ab. Ich dachte krampfhaft darüber nach, an wen mich der Kerl erinnnerte. Da ich nicht viele alte Typen kannte, die kurze T-Shirts und Strumpfhosen trugen, mußte die Liste der Verdächtigen eigentlich ziemlich kurz sein. Aber irgendwas an dem Kerl kam mir bekannt vor, und ich hatte das Gefühl, entweder der Bart oder die Baseballkappe führten mich in die Irre.

Im Flur roch es nach schmutzigem, abgestandenem Badewasser. Die Wände stanken nach Schimmel. Vier Türen gingen vom Flur ab, der direkt zur Hintertür führte. Plötzlich hörten wir über uns in der ersten Etage ein dumpfes Geräusch. Bässe ließen die Decke vibrieren, die Boxen mußten voll aufgedreht sein, obwohl die Musik selbst so leise war, eigentlich nur ein blechernes Flüstern, daß sie vom nächsten Häuserblock hätte kommen können. Gute Schallisolierung, dachte ich. Vielleicht spielte da oben eine Band, alte Männer in Strumpfhosen und T-Shirts, die ihre morschen Knochen zu den Songs von Muddy Waters wiegten.

Wir näherten uns den ersten zwei Türen auf der Hälfte des Flures, und ich warf einen kurzen Blick in das Zimmer zu meiner Linken, sah aber nichts weiter als die Umrisse eines Lehnstuhls und einen Stapel Bücher oder Zeitschriften. Aus diesem Raum kam der Geruch von abgestandenem Zigarrenrauch. Die Tür rechts führte in eine Küche, die so hell erleuchtet war, daß das Licht aus industriellen Neonröhren kommen mußte. So etwas fand man normalerweise nur in Lagerhallen, aber nicht in Privathäusern. Anstatt den Raum zu beleuchten, vertilgte das Licht ihn. Ich mußte mehrmals die Augen zusammenkneifen, bis ich wieder sehen konnte.

Der Mann nahm etwas von der Küchentheke und warf es mir zu. Mit nur halb geöffneten Augen sah ich den Gegenstand von tief rechts auf mich zufliegen und fing ihn auf. Es war eine kleine Papiertüte, und es gelang mir gerade noch, sie am Tütenboden festzuhalten. Geldbündel drohten auf den Boden zu fallen. Schnell drehte ich die Tüte um und schob die Scheine wieder hinein. Dann reichte ich sie an Bubba weiter.

»Gute Reaktion«, sagte der Mann. Er grinste Bubba mit seinen tabakgelben Zähnen an. »Und jetzt die Sporttasche, Sir.«

Bubba warf dem Alten die Tasche gegen die Brust. Sie war so schwer, daß er auf den Hosenboden fiel. Ausgestreckt lag er auf den schwarzweißen Fliesen. Mit den Händen versuchte er sich abzustützen.

»Schlechte Reaktion«, bemerkte Bubba. »Wie wär's, wenn ich die Tasche einfach auf den Tisch stelle?«

Der Mann sah zu ihm auf und nickte. Das helle Licht ließ ihn blinzeln.

Es war seine Nase, die mir so bekannt vorkam, dachte ich, diese gekrümmte Adlernase. Sie stak aus dem ansonsten vollkommen flachen Gesicht des Mannes heraus wie ein Felsvorsprung und war so stark gebogen, daß die Spitze einen Schatten auf die Oberlippe warf.

Er stand wieder auf und schlug sich den Staub vom Gesäß. Als er am Tisch stand und Bubba beim Öffnen der Tasche zusah, rieb er sich die Hände. In seinen Augen brannten zwei kleine orange Flammen wie die Rücklichter eines Autos im Dunkeln. Auf seiner Oberlippe standen Schweißtropfen.

»Da sind ja meine Babys«, sagte er, während Bubba die Tasche aufschlug und den Blick auf vier Maschinenpistolen vom Typ Calico M-110 freigab, deren schwarze Aluminiumlegierung wie Öl glänzte. Die Calico M-110 ist eine der seltsamsten Waffen, die ich je gesehen habe: eine Pistole, die mit einem Magazin geladen wird. Es enthält hundert Schuß, die mit einer Schraubenfeder in die Kammer gedrückt werden. Das gleiche System verwendet der Hersteller auch für seine Karabiner. Sie ist zirka 42 Zentimeter lang, wobei sich der Großteil des Gehäuses und der Schlitten hinter dem Griff befinden. Sie erinnerte mich an die Spielzeugpistolen, die wir uns als Kinder aus Gummibändern, Wäscheklammern und Eisstielen bastelten, um uns mit Büroklammern zu beschießen.

Doch mit Gummibändern und Eisstielen konnten wir nicht mehr als zehn Büroklammern pro Minute abschießen. Im Automatikbetrieb war die M-110 in der Lage, in ungefähr fünfzehn Sekunden einhundert Kugeln auszuspuken.

Der Alte nahm eine der Pistolen aus der Tasche und legte sie flach auf seine Hand. Er wog sie abschätzend, und seine blassen Augen leuchteten, als wären sie wie die Waffe geölt worden. Er leckte sich die Lippen, als könne er die Schüsse schmecken.

»Gibt's hier bald Krieg oder was?« fragte ich.

Bubba warf mir einen Blick zu und fing an, das Geld in der Papiertüte zu zählen.

Der Mann grinste die Pistole an, als sei sie ein kleines Kätzchen. »Die Verfolger sind immer und überall. Man muß auf der Hut sein, mein Lieber.« Er fuhr mit den Fingerspitzen über den Rahmen. »Ja, ja, meine Schöne«, säuselte er.

Da erkannte ich ihn.

Es war Leon Trett, der Kinderschänder, von dem mir Broussard ein Bild gegeben hatte, als Amanda McCready gerade verschwunden war. Der Mann wurde verdächtigt, mehr als fünfzig Kinder mißbraucht und zwei umgebracht zu haben.

Und wir hatten ihn gerade mit Waffen beliefert.

Wunderbar.

Plötzlich blickte er mir ins Gesicht, so als hätte er meine Gedanken erraten. In seinen wäßrigen, blassen Augen kam ich mir klein und kalt vor.

»Munition?« fragte er.

»Wenn ich fertig bin«, erwiderte Bubba. »Bring mich hier nicht beim Zählen durcheinander.«

Er machte einen Schritt auf Bubba zu. »Nein, nein. Nicht erst zum Schluß«, sagte Leon Trett. »Jetzt.«

Bubba erwiderte: »Halt's Maul. Ich zähle gerade.« Ich konnte ihn murmeln hören: »... vierhundertfünfzig, sechzig, fünfundsechzig, siebzig, fünfundsiebzig ...«

Leon Trett schüttelte mehrmals den Kopf, als würde die Munition dadurch auftauchen, als könne er Bubba dadurch umstimmen.

»Jetzt«, sagte Trett. »Jetzt. Ich will die Munition jetzt haben. Ich hab' dafür bezahlt.«

Er griff nach Bubbas Arm, und Bubba schlug ihm mit dem Handrücken gegen die Brust, so daß er gegen den kleinen Tisch unter dem Fenster fiel.

»Du Arschloch!« Bubba hörte auf zu zählen und schob die Geldscheine zusammen. »Jetzt kann ich noch mal von vorne anfangen!«

»Gib mir meine Patronen«, jammerte Trett. Seine Augen wurden feucht, und seine Stimme klang wie die eines beleidigten achtjährigen Kindes. »Gib sie mir.«

»Leck mich.« Bubba fing von neuem an, die Scheine zu zählen.

Tretts Augen füllten sich mit Tränen. Er nahm die Waffe von einer Hand in die andere.

»Was ist denn los, mein Schatz?«

Ich drehte mich zu der Stimme um, die gerade gesprochen

hatte, und erblickte die dickste Frau, die ich je gesehen hatte. Sie war nicht einfach nur eine riesige Amazone, sie war ein massiger Yeti mit zotteligem grauem Haar, das mindestens zehn Zentimeter in die Höhe stand und dann seitlich am Kopf herunterfiel, ihre Wangenknochen und Augenwinkel verdeckte und wie Urwaldmoos auf ihre breiten Schultern wallte.

Sie war von Kopf bis Fuß in Dunkelbraun gekleidet. Unter den Falten der lockeren Kleidung schienen die Fettmassen zu wabbeln und zu tanzen, während sie mit einer .38 in der riesigen Pranke in der Küchentür stand.

Roberta Trett. Das Foto wurde ihr nicht gerecht.

»Die wollen mir nicht die Munition geben«, jammerte Leon wieder. »Das Geld haben sie genommen, aber die Munition wollen sie mir nicht geben.«

Roberta machte einen Schritt in die Küche und sah sich mit einer langsamen Kopfbewegung von rechts nach links um. Der einzige, der sie noch nicht bemerkt hatte, war Bubba. Er saß noch immer mitten im Zimmer, hielt den Kopf gesenkt und versuchte, sein Geld zu zählen.

Roberta richtete die Waffe lässig in meine Richtung. »Gib uns die Munition.«

Ich zuckte mit den Schultern. »Hab' ich nicht.«

»Hey, du!« Sie winkte Bubba mit der Pistole. »Hey!«

»... achthundertfünfzig«, zählte Bubba, »achthundertsechzig, achthundertsiebzig ...«

»Hey!« rief Roberta noch einmal. »Guck mich an, wenn ich mit dir rede!«

Bubba bewegte den Kopf ein wenig in ihre Richtung, hielt den Blick jedoch auf das Geld gesenkt. »Neunhundert. Neunhundertzehn, neunhundertzwanzig ...«

»Mr. Miller«, sagte Leon verzweifelt, »meine Frau redet mit Ihnen!«

»... neunhundertfünfundsechzig, neunhundertsiebzig...«

»Mr. Miller!« Leon kreischte so schrill, daß es mir bis tief in den Hirnstamm fuhr.

»Eintausend.« Bubba hielt inne und schob sich den Stapel, den er schon gezählt hatte, in die Jackentasche.

Leon seufzte deutlich hörbar auf. Die Erleichterung stand ihm ins Gesicht geschrieben.

Bubba sah mich an, als wisse er nicht, worum es hier eigentlich ginge.

Roberta ließ die Pistole sinken. »Also, Mr. Miller, wenn Sie uns nur...«

Bubba befeuchtete seinen Daumen und blätterte am obersten Geldschein des zweiten Stapels. »Zwanzig, vierzig, sechzig, achtzig, hundert...«

Leon Trett sah aus, als erleide er gerade eine Embolie. Sein kalkweißes Gesicht wurde dunkelrot und blähte sich auf. Er umschloß das leere Gewehr mit beiden Händen und hüpfte vor und zurück, als müsse er dringend zur Toilette.

Roberta Trett hielt die Waffe wieder hoch, und diesmal wirkte es überhaupt nicht lässig. Sie zielte auf Bubbas Kopf und kniff das linke Auge zu. Sie visierte ihn an und spannte den Hahn.

Das grelle Licht in der Küche hob die Umrisse von Bubba und Roberta hervor, so wie die beiden in der Mitte des Zimmer standen und eher zwei Felsen ähnelten, die man mit Seilen und Kletterhaken bestieg, als menschlichen Lebewesen.

Ich zog meine .45 aus dem Holster auf dem Rücken, hielt sie hinter dem rechten Bein und entsicherte sie.

»Zweihundertzwanzig«, zählte Bubba, und Roberta Trett machte noch einen Schritt auf ihn zu. »Zweihundertdreißig, zweihundertvierzig, Kumpel, erschieß die Schlampe, verstanden, zweihundertfünfzig, zweihundertsechzig...«

Roberta Trett hielt inne und neigte den Kopf ein wenig zur Seite, als sei sie sich nicht sicher, richtig verstanden zu haben. Sie sah aus, als wisse sie nicht, wie es weitergehen sollte. Als sei ihr dieses Gefühl unbekannt.

Ich bezweifelte, daß sie in ihrem ganzen Leben schon einmal ignoriert worden war.

»Mr. Miller, Sie hören jetzt auf zu zählen!« Sie hielt den Arm waagerecht. Die Fingerknöchel über dem schwarzen Stahl der Pistole wurden weiß.

»... dreihundert, dreihundertzehn, dreihundertzwanzig, ich hab gesagt, erschieß die fette Schlampe, dreihundertdreißig ...«

Diesmal war sie sich sicher, ihn richtig verstanden zu haben. Ihre Handgelenke begannen zu zucken, die Pistole zitterte.

»Ma'am«, sagte ich, »nehmen Sie die Pistole runter!«

Ihre Pupillen rollten nach rechts. Sie sah, daß ich mich nicht bewegt hatte, daß ich keine Pistole auf sie richtete. Doch dann fiel ihr auf, daß sie meine rechte Hand nicht sehen konnte, und in dem Moment zog ich mit dem Daumen den Hahn meiner .45 zurück. Das Geräusch durchschnitt das Summen der hellen Neonröhren so deutlich wie ein Schuß.

»... vier fünfzig, vier sechzig, vier siebzig ...«

Roberta Trett blickte über Bubbas Schultern auf Leon. Die .38 zitterte noch ein bißchen stärker, und Bubba zählte weiter.

Im Flur hörte ich, wie eine Tür geöffnet und ganz schnell wieder geschlossen wurde. Es kam aus dem hinteren Teil des Hauses, vom Ende des langen Flurs, der das Gebäude in eine linke und eine rechte Hälfte teilte.

Roberta hatte es auch gehört. Kurz zuckte ihr Blick nach links, dann sah sie wieder Leon an.

»Sag ihm, daß er aufhören soll«, quengelte Leon. »Er soll damit aufhören. Es tut weh.«

»... sechshundert«, zählte Bubba, und seine Stimme schwoll deutlich an. »Sechs zehn, sechs zwanzig, sechs fünfundzwanzig – das waren alle Fünfer –, sechs dreißig ...«

Vom Flur aus näherten sich leise Schritte, und Roberta wurde ganz steif.

Leon bettelte: »Er soll aufhören. Sag ihm, daß er mit dem Zählen aufhören soll!«

Ein Mann, der noch schmächtiger war als Leon, trat über die Schwelle und erstarrte. Verwirrt riß er die dunklen Augen auf. Ich nahm die Pistole hinter meinem Oberschenkel hervor und richtete sie auf seine Stirn.

Seine Brust war so eingefallen, daß sie wie umgestülpt wirkte: Brustbein und Brustkorb wölbten sich nach innen, während der kleine Bauch wie der eines Pygmäen vorstand. Sein rechtes Auge war krank, es rutschte immer wieder zur Seite, als befände es sich in einem kenternden Boot auf hoher See. Die kleinen Kratzer über seiner rechten Brustwarze fielen in der Helligkeit besonders auf.

Er trug nichts außer einem kleinen blauen Frottierhandtuch. Seine Haut glänzte vor Schweiß.

»Corwin«, sagte Roberta, »geh zurück in dein Zimmer.«

Corwin Earle. Hatte wahrscheinlich die Familie seiner Träume gefunden.

»Corwin bleibt schön hier«, widersprach ich und streckte den Arm aus. Corwins gesundes Auge blickte geradewegs in den Lauf der .45.

Corwin nickte und stemmte die Hände in die Hüften.

Alle außer mir wandten ihre volle Aufmerksamkeit wieder Bubba zu.

»Zweitausend!« krähte er und hob das Geld in die Höhe.

»Jetzt haben Sie Ihr Geld bekommen«, sagte Roberta

Trett. Ihre Stimme zitterte wie die Pistole in ihrer Hand. »Und jetzt wickeln wir den Rest des Geschäfts ab, Mr. Miller. Her mit der Munition!«

»Her mit der Munition!« kreischte Leon.

Bubba sah sich nach ihm um.

Corwin Earle trat einen Schritt zurück, und ich sagte: »Das ist hier streng verboten.«

Er schluckte. Ich winkte ihn mit der Pistole ein Stück heran, und er gehorchte.

Bubba kicherte. Es war ein tiefes, weiches, hämisches Lachen, bei dem sich Roberta Tretts Nacken versteifte.

»Die Munition«, sagte Bubba und wandte sich wieder Roberta zu, wobei er zum ersten Mal die auf ihn gerichtete Pistole zu bemerken schien. »Ja, sicher.«

Er schürzte die Lippen und blies Roberta einen Kuß zu. Sie blinzelte und wich aus, als sei er giftig.

Bubba griff nach der Tasche seines Trenchcoats, doch dann ließ er den Arm hochschnellen.

»Hey!« rief Leon.

Bubba schlug Robertas Arm nach hinten. Die .38 fiel ihr aus der Hand und segelte über die Spüle auf den Küchentresen zu.

Alle außer Bubba zogen den Kopf ein.

Die Pistole schlug gegen die Wand über dem Tresen. Durch den Aufprall fiel der Hahn herunter, und die Waffe entlud sich.

Die Kugel riß ein Loch in das billige Resopal hinter der Spüle, prallte ab und grub sich in die Wand neben dem Fenster, wo Leon kauerte.

Mit einem lauten Knall fiel die .38 auf den Tresen und drehte sich, bis der Lauf auf das schmutzige Geschirrgestell zeigte.

Bubba sah zu dem Loch in der Wand hinüber. »Cool«, sagte er.

Alle anderen außer Leon richteten sich wieder auf. Er saß auf dem Boden und hatte eine Hand aufs Herz gelegt. Seine blassen Augen wurden ganz hart, und ich merkte, daß er gar nicht so zerbrechlich war, wie er uns durch seine Heulsusennummer, während Bubba zählte, hatte weismachen wollen. Es war nur eine Maske, eine Rolle, die er spielte, damit wir ihn einfach vergaßen. Und diese Maske fiel nun ab, als er auf dem Boden saß und mit nacktem Haß zu Bubba hochstarrte.

Bubba stopfte sich das zweite Geldbündel in die Manteltasche. Er ging auf Roberta zu und tippte so lange mit dem Fuß vor ihr auf den Boden, bis sie den Kopf hob und ihn ansah.

»Du hast eine Waffe auf mich angelegt, du Kampfmaschine.« Er rieb sich das Kinn und erfüllte die Küche mit dem Geräusch von Bartstoppeln, die über Haut kratzen.

Roberta ließ die Arme hängen.

Bubba lächelte sie freundlich an.

Ganz vorsichtig fragte er: »Soll ich dich jetzt also umbringen?«

Roberta schüttelte den Kopf.

»Bestimmt nicht?«

Roberta nickte ganz langsam.

»Schließlich hast du eine Pistole auf mich gerichtet.«

Roberta nickte erneut. Sie versuchte zu sprechen, doch kam nur ein Gurgeln heraus.

»Wie bitte?« hakte Bubba nach.

Sie schluckte. »Tut mir leid, Mr. Miller.«

»Aha.« Bubba nickte.

Er blinzelte mir zu. In seinen lachenden Augen tanzte wieder dieses grüne, irrsinnige Leuchten, das ich schon einmal gesehen hatte. Es bedeutete, daß alles passieren konnte. Alles.

Hinter Bubba zog sich Leon am Küchentisch hoch.

»Kleiner Mann«, sagte Bubba, ohne den Blick von Roberta abzuwenden, »wenn du an die Charter 22 willst, die unter dem Tisch klebt, dann blas ich dir damit die Eier weg.«

Leon ließ die Hand vom Tischrand sinken.

Aus Corwins Haar troff der Schweiß, er blinzelte und hielt sich am Türrahmen fest, um aufrecht stehen zu bleiben.

Bubba kam zu mir herüber, beugte sich vor und flüsterte mir ins Ohr, ohne das Zimmer dabei aus den Augen zu lassen: »Die Schweine sind bis an die Zähne bewaffnet. Wir müssen hier irgendwie rauskommen, verstanden?«

Ich nickte.

Als Bubba zurück zu Roberta ging, merkte ich, daß Leon zuerst einen kurzen Blick auf den Tisch warf, dann zum Schrank und schließlich zum rostigen Geschirrspüler, dessen Tür mit Schmutz verkrustet war. Wahrscheinlich hatte die Maschine keinen einzigen Teller mehr gewaschen, seit ich in der High-School gewesen war.

Ich entdeckte, daß Corwin Earle das gleiche tat. Anschließend sahen er und Corwin sich in die Augen, und ihre Angst versickerte.

Ich mußte Bubbas Einschätzung zustimmen. Allem Anschein nach standen wir mitten in Tombstone. Sobald wir unsere Deckung sinken ließen, würden die Tretts und Corwin Earle zu den Waffen greifen und uns eine Neuauflage von O.K. Corral vorführen.

»Bitte«, sagte Roberta Trett zu Bubba, »gehen Sie jetzt.«

»Was ist mit den Patronen?« fragte Bubba. »Ihr wolltet doch Munition. Wollt ihr immer noch welche?«

»Ich ...«

Bubba hob ihr Kinn mit den Fingerspitzen an. »Ja oder nein?«

Sie schloß die Augen. »Ja.«

»Sorry.« Bubba strahlte. »Kriegt ihr aber nicht. Muß jetzt weg.«

Er sah mich an, legte den Kopf schräg und ging zur Tür.

Corwin drückte sich gegen die Wand, und ich hielt die Pistole ins Zimmer gerichtet, während ich Bubba rückwärts nach draußen folgte. Ich sah die kalte Wut in Leon Tretts Augen und wußte, daß alle drei sofort aufspringen würden, sobald wir um die Ecke gebogen waren.

Ich packte Corwin Earle im Nacken und schob ihn neben Roberta in die Küche. Dann sah ich wieder Leon an.

»Ich bring dich um, Leon«, warnte ich. »Bleib bloß in der Küche!«

Als er wieder sprach, hatte er nicht länger die weinerliche Stimme eines Achtjährigen. Statt dessen war sie tief, etwas rauh und kalt wie Eis: »Du mußt es bis zur Haustür schaffen, Junge. Und das ist ein langer Weg.«

Ich ging rückwärts in den Flur, die .45 weiterhin auf die Küche gerichtet. Bubba stand ein paar Meter hinter mir und pfiff.

»Sollen wir laufen?« flüsterte ich ihm aus dem Mundwinkel zu.

Er sah über die Schulter zurück. »Wahrscheinlich besser.«

Und schon legte er los. Wie ein Linebacker warf er sich der Eingangstür entgegen, seine Stiefel stampften über die alten Holzdielen. Er lachte wie von Sinnen, sein donnerndes Hahaha hallte durch das ganze Haus.

Ich ließ den Arm sinken und rannte ihm hinterher. Der dunkle Flur und das düstere Wohnzimmer tanzten vor meinen Augen.

Ich hörte, wie die drei hinter uns in der Küche herumwühlten, hörte, wie die Tür der Spülmaschine mit ihren quietschenden Scharnieren geöffnet wurde. Ich hatte das Gefühl, eine Zielscheibe auf dem Rücken zu haben.

Bubba hielt nicht an, um die Gittertür zwischen uns und der Freiheit zu öffnen. Er stürmte einfach hindurch. Der Holzrahmen zersplitterte, und das grüne Drahtgewebe umhüllte seinen Kopf wie ein Schleier.

Als ich die Türschwelle erreichte, riskierte ich einen Blick nach hinten und sah, daß Leon Trett mit ausgestrecktem Arm in den Flur getreten war. Ich lief rückwärts weiter und legte auf ihn an. Dann war ich draußen auf der Veranda, und zwischen uns lag der dunkle Flur.

Leon ließ den Arm sinken und schüttelte den Kopf. »Das nächste Mal«, schrie er.

»Klar«, rief ich zurück.

Draußen auf dem Rasen warf Bubba den Rest der Tür, der ihm noch um den Hals hing, in die Luft und begleitete das Wurfgeschoß mit seinem wahnsinnigen Gelächter.

»Hahaha! Ich bin Conan!« rief er und breitete die Arme aus. »Der große Schlächter der bösen Gnome! Kein Mensch wage es, meinen Mut und meine Kampfeskraft herauszufordern! Hahaha!«

Ich überquerte den Rasen, und zusammen liefen wir zu seinem Wagen. Ich hatte dem Auto den Rücken zugewandt, den Blick weiterhin aufs Haus gerichtet und die Waffe in beiden Händen, während Bubba einstieg und meine Tür entriegelte. Im Haus bewegte sich nichts.

Ich kletterte in den riesigen Wagen, und Bubba raste los, ehe ich die Tür zugeschlagen hatte.

»Warum hast du ihnen die Munition nicht gegeben?« fragte ich, als sich ein ganzer Häuserblock zwischen uns und den Tretts befand.

Bubba fuhr über ein Stoppschild. »Weil sie mich geärgert haben und mich beim Zählen durcheinandergebracht haben.«

»Nur deshalb? Deshalb hast du sie ihnen nicht gegeben?«

Er warf mir einen bösen Blick zu. »Ich kann das nicht ab, wenn ich beim Zählen unterbrochen werde. Das hasse ich. Ehrlich, ich hasse es.«

»Übrigens«, sagte ich, als wir um eine Ecke bogen, »was war das mit den bösen Gnomen?«

»Was?«

»In *Conan der Barbar* gab es keine böse Gnome.«

»Echt nicht?«

»Nee.«

»Scheiße.

»Tut mir leid.«

»Warum mußt du immer alles kaputtmachen?« fragte er. »Mensch, du verdirbst einem auch wirklich alles.«

25

»Ange!« rief ich, als ich mit Bubba in meine Wohnung stürmte.

Sie steckte den Kopf aus dem kleinen Schlafzimmer, in dem sie arbeitete. »Was ist?«

»Du hast den Pietro-Fall doch ziemlich intensiv verfolgt, oder?«

Ein Ausdruck des Schmerzes flammte kurz in ihren Augen auf. »Ja.«

»Komm mal ins Wohnzimmer!« Ich zog sie hinter mir her. »Los, komm mal!«

Sie sah erst mich, dann Bubba an, der sich auf den Absätzen zurücklehnte und mit seinen dicken, gummiartigen Lippen ein Bazooka zu einem riesigen rosa Ballon aufblies.

»Was habt ihr beiden getrunken?«

»Nichts«, erwiderte ich. »Los, komm!«

Wir machten das Licht im Wohnzimmer an und erzählten ihr von unserem Ausflug zu den Tretts.

»Ihr seid zwei bescheuerte Idioten«, sagte sie schließlich. »Zwei kleine Spinner, die glauben, sie könnten es mit den Bösen aufnehmen.«

»Schon gut, schon gut«, unterbrach ich sie. »Angie, was hatte Samuel Pietro an dem Tag an, als er verschwand?«

Sie schloß für einen Moment die Augen. »Jeans, ein weißes

T-Shirt, darüber ein rotes Sweatshirt, einen blauroten Parka, schwarze Handschuhe und hohe Basketballschuhe.« Sie sah mich mit zusammengekniffenen Augen an. »Ja, und?«

»Ist das alles?« fragte Bubba.

Sie zuckte mit den Achseln. »Ja. Und natürlich diese Baseballkappe von den Red Sox.«

Ich sah Bubba an, und er nickte. Dann streckte er die Hände aus.

»Ich kann nichts machen in der Sache. Das sind meine Waffen da in dem Haus.«

»Kein Problem«, beruhigte ich ihn. »Wir rufen Poole und Broussard an.«

»Warum bitte rufen wir Poole und Broussard an?« fragte Angie.

»Sie haben gesehen, daß Trett eine Kappe von den Red Sox trug?« wiederholte Poole, der uns in einem Café in Wollaston gegenübersaß.

Ich nickte. »Die drei bis vier Nummern zu klein für ihn war.«

»Und das verleitet Sie zu der Annahme, daß sie Samuel Pietro gehört.«

Ich nickte erneut.

Broussard fragte Angie: »Sind Sie derselben Meinung?«

Sie zündete sich eine Zigarette an. »Die Indizien passen. Die Tretts wohnen in Germantown, das liegt direkt neben Weymouth und ist nur wenige Meilen von dem Spielplatz am Nantasket Beach entfernt, wo Pietro das letzte Mal gesehen wurde. Und die Steinbrüche, die sind auch nicht allzuweit von Germantown entfernt, und ...«

»O bitte nicht!« Broussard zerknüllte eine leere Zigarettenschachtel und warf sie auf den Tisch. »Wieder Amanda

McCready? Ihr glaubt, nur weil die Tretts fünf Meilen von den Steinbrüchen entfernt leben, müssen sie sie umgebracht haben? Meint ihr das ernst?«

Er sah zu Poole hinüber, und beide schüttelten den Kopf.

»Sie haben uns die Bilder von den Tretts und von Corwin Earle gezeigt«, konterte Angie. »Wissen Sie das noch? Sie haben uns erzählt, Corwin Earle wollte ein Kind für die Tretts besorgen. Sie haben uns gesagt, wir sollten die Augen nach ihnen offenhalten. Das haben Sie doch gesagt, Detective Broussard, oder etwa nicht?«

»Streifenpolizist«, erinnerte Broussard sie. »Detective bin ich nicht mehr.«

»Tja«, sagte Angie lakonisch, »vielleicht werden Sie's ja wieder, wenn wir bei den Tretts vorbeifahren und uns dort ein bißchen umsehen.«

Das Haus von Leon Trett lag inmitten eines Feldes aus hohem Gras und war ungefähr zehn Meter von der Straße entfernt. Durch den bernsteingelben Regen sah das kleine weiße Haus aus, als habe es jemand mit schmutzigen Fingern beschmiert. Vor dem Gebäude war ein kleiner Garten angelegt worden; die Blumen begannen gerade zu knospen oder zu blühen. Es hätte hübsch aussehen können, doch wirkte ein so sorgfältig gepflegtes Beet mit violetten Krokussen, weißen Schneeglöckchen, leuchtendroten Tulpen und gelben Forsythien im Schatten eines dermaßen verwahrlosten, verfallenen Hauses eher beunruhigend.

Mir fiel wieder ein, daß Roberta Trett früher Floristin gewesen war, offenbar eine ganz erfolgreiche, wenn sie es geschafft hatte, der harten Erde und dem langen Winter diese Farbenpracht abzutrotzen. Ich konnte es einfach nicht verstehen: diese schwerfällige Frau, die gestern abend die Pistole auf Bubba gerichtet und den Hahn ihrer .38 gespannt hatte, sollte eine Begabung für das Sanfte, Filigrane haben, sollte in der Lage sein, etwas Lebendiges aus der Erde zu zaubern und zarte Blütenblätter und zerbrechliche Schönheit hervorzubringen.

Das kleine Haus bestand nur aus Erdgeschoß und erstem Stockwerk, und die oberen Fenster zur Straße hin waren mit schwarzem Holz verschalt. Die Schindeln unter den Fenstern waren zerbrochen oder fehlten an mehreren Stellen, so daß das obere Drittel des Hauses wie ein dreieckiges Gesicht mit schwarzen Augen und einem schief lächelnden Mund aussah.

Wieder empfand ich das gleiche, das ich schon in der Dunkelheit am Abend zuvor gespürt hatte: Das Haus strömte Fäulnis aus, und das Blumenbeet konnte nicht viel daran ändern.

Ein hoher, mit Stacheldraht bewehrter Zaun trennte das Grundstück der Tretts nach hinten vom Nachbaranwesen ab. Seitlich von den beiden vernachlässigten, verfallenen Häusern befand sich nichts außer einer weiten Fläche von Gestrüpp.

»Da kommt man nur durch die Vordertür rein«, stellte Angie fest.

»Scheint zu stimmen«, bestätigte Poole.

Die Gittertür, die Bubba am Abend zuvor niedergetrampelt hatte, lag auf der Wiese vor dem Haus. An ihrer Stelle befand sich nun eine weiße Tür aus Holz mit Rissen in der Mitte. Die ruhige Sackgasse ließ erahnen, daß sie nur selten von Nachbarn aufgesucht wurde. Seitdem wir hier standen, war erst ein Auto an uns vorbeigefahren.

Die Hintertür des Crown Victoria wurde geöffnet, und Broussard setzte sich neben Poole auf die Rückbank. Er schüttelte sich den Regen aus dem Haar, der auf Pooles Kinn und Wangen fiel.

Poole wischte sich das Gesicht ab. »Bist du neuerdings ein Hund?«

Broussard grinste. »Ich trockne mich.«

»Das habe ich gemerkt.« Poole holte ein Taschentuch aus der Brusttasche. »Ich frage noch einmal: Bist du neuerdings zum Hund mutiert?«

»Wuff.« Wieder schüttelte Broussard den Kopf. »Die Hintertür ist da, wo Kenzie gesagt hat. Ungefähr auf gleicher Höhe wie die Vordertür. Ein Fenster im ersten Stock geht nach Osten raus, eins nach Westen, eins nach hinten. Alle verrammelt. Dicke Vorhänge vor allen Fenstern im Erdgeschoß. Eine verschlossene Spundwand hinten an der Hausecke, ungefähr drei Meter rechts von der Hintertür.«

»Gibt es Hinweise auf Leben hinter diesen Mauern?« fragte Angie.

»Kann man nicht sagen, bei den Vorhängen.«

»Also, was machen wir jetzt?«

Broussard nahm Poole das Taschentuch aus der Hand, wischte sich das Gesicht trocken und warf es Poole auf den Schoß. Der sah es mit einer Mischung aus Verwunderung und Abscheu an.

»Wir?« wiederholte Broussard. »Ihr beiden?« Er hob die Augenbrauen. »Gar nichts. Ihr seid normale Bürger. Wenn ihr durch diese Tür geht oder Leon Trett die Hand gebt, dann verhafte ich euch. Mein ehemaliger und zukünftiger Kollege und ich werden jetzt gleich zu dem Haus gehen und an die Tür klopfen. Wir sehen, ob Mr. Trett oder seine Frau Lust auf einen kleinen Plausch haben. Wenn sie uns sagen, wir sollen uns verpissen, gehen wir wieder und bitten das Revier von Quincy um Unterstützung.«

»Warum holen wir nicht jetzt schon Unterstützung?« fragte Angie.

Broussard blickte Poole an. Zusammen sahen sie Angie an und schüttelten den Kopf.

»Entschuldigung, daß ich geistig zurückgeblieben bin«, sagte Angie.

Broussard grinste. »Ohne triftigen Grund können wir keine Unterstützung anfordern, Miss Gennaro.«

»Aber sobald ihr einmal an die Tür geklopft habt, habt ihr einen triftigen Grund?«

»Wenn einer von denen dumm genug ist, aufzumachen, dann ja«, antwortete Poole.

»Warum?« fragte ich. »Glaubt ihr etwa, ihr könnt mal kurz einen Blick hereinwerfen, und dann steht da Samuel Pietro und hält ein Schild hoch, auf dem HILFE steht?«

Poole zuckte mit den Achseln. »Es ist wirklich erstaunlich, was man durch eine Tür alles hören kann, die nur einen Spaltbreit geöffnet ist, Mr. Kenzie. Echt, ich kenne Bullen, die einen pfeifenden Wasserkessel mit dem Schreien eines Kindes verwechselt haben. Es ist natürlich eine Schande, wenn Türen eingetreten, Möbel zerschlagen und die Bewohner wegen so eines Irrtums mißhandelt werden müssen, aber das alles ist erlaubt, wenn ein triftiger Grund vorliegt.«

Broussard streckte die Hände aus. »Unsere Gesetze sind voller Unzulänglichkeiten, aber wir versuchen, damit zurechtzukommen.«

Poole holte einen Penny aus der Tasche, legte ihn auf den Daumennagel und stieß Broussard an. »Sag an!«

»Welche Tür?« fragte Broussard.

»Statistisch gesehen«, antwortete Poole, »bekommt die Vordertür immer mehr Feuer ab.«

Broussard sah durch den Regen nach draußen. »Statistisch gesehen.«

Poole nickte. »Aber wir wissen beide, daß es zur Hintertür ziemlich weit ist.«

»Wobei man über ungeschütztes Gelände muß.«

Poole nickte wieder.

»Der Verlierer muß an der Hintertür klopfen.«

»Wieso geht ihr nicht zusammen zur Vordertür?« fragte ich.

Poole verdrehte die Augen. »Weil die mindestens zu dritt sind, Mr. Kenzie.«

»Ausschwärmen und den Ort einnehmen«, sagte Broussard.

»Was ist mit den ganzen Waffen?« fragte Angie.

»Die euer geheimnisvoller Freund dort angeblich gesehen hat?« fragte Poole.

Ich nickte. »Genau die. Calico M-110, meinte er.«

»Aber sie hatten keine Munition dafür.«

»Gestern abend nicht«, gab ich zu. »Aber wer weiß, ob sie sich in den letzten sechzehn Stunden nicht was besorgt haben?«

Poole nickte. »Wenn sie die Munition haben, dann sind sie stark bewaffnet.«

»Darum kümmern wir uns, wenn es soweit ist.« Broussard wandte sich an Poole. »Ich verlier' immer, wenn eine Münze geworfen wird.«

»Dann hast du jetzt eine neue Chance.«

Broussard seufzte. »Kopf.«

Poole schnipste mit dem Daumen, und die Münze flog im Halbdunkel des Autos in die Höhe. Für einen Sekundenbruchteil fing sich das bernsteinfarbene Licht des Regens in ihr, und sie glänzte wie spanisches Gold. Dann landete sie in Pooles Hand, der sie auf den Rücken der anderen Hand legte.

Broussard schielte auf das Geldstück und verzog das Gesicht. »Wer von dreimal zweimal gewinnt?«

Poole schüttelte den Kopf und steckte die Münze wieder fort. »Ich nehme die Vordertür, du gehst nach hinten.«

Broussard lehnte sich zurück. Eine volle Minute lang sagte niemand etwas. Wir starrten durch den schräg fallenden Regen auf das schmutzige kleine Haus. Eigentlich war es nicht mehr als eine Kiste, und die durchhängende Veranda, die fehlenden Schindeln und die vernagelten Fenster vermittelten das Gefühl von Verkommenheit.

Wenn man das Haus betrachtete, konnte man sich nicht vorstellen, daß man sich in seinen Schlafzimmern liebte, daß Kinder auf dem Hof spielten oder Gelächter bis zu den Dachbalken schallte.

»Gewehre?« fragte Broussard schließlich.

Poole nickte. »Wie in einem richtigen Western, Kollege.«

Broussard griff nach der Türklinke.

»Ich will diese Hommage an John Wayne ja nicht kaputtmachen«, mischte sich Angie ein, »aber müssen die Gewehre den Bewohnern des Hauses nicht merkwürdig vorkommen, wenn ihr angeblich nur ein paar Fragen stellen wollt?«

»Die sehen die Gewehre nicht«, entgegnete Broussard, während er die Tür öffnete. »Dafür hat Gott ja den Trenchcoat erschaffen.«

Broussard überquerte die Straße, ging ein Stück weiter zu seinem Taurus und öffnete den Kofferraum. Sie hatten das Auto neben einem Baum geparkt, der so alt sein mußte wie die Stadt selbst: Er war groß und verwachsen, und seine Wurzeln hatten den Bürgersteig aufgerissen. Er schirmte das Auto und Broussard vor dem Haus der Tretts ab.

»Wir sind soweit«, sagte Poole leise auf dem Rücksitz.

Broussard holte einen Trenchcoat aus dem Kofferraum und zog ihn über. Er warf Poole einen Blick zu.

»Wenn irgendwas schiefgeht, nehmt das Handy und wählt neun eins eins.« Er beugte sich vor und hielt uns den Zeigefinger vors Gesicht. »Und ihr entfernt euch unter keinen Umständen von diesem Fahrzeug. Haben wir uns verstanden?«

»Verstanden«, erwiderte ich.

»Miss Gennaro?«

Angie nickte.

»Na, dann ist es ja gut.« Poole öffnete die Tür und stieg aus.

Er überquerte die Straße und gesellte sich zu seinem Kollegen vor dem Kofferraum des Taurus. Broussard nickte, als Poole etwas zu ihm sagte. Er sah zu uns herüber und schob sich das Gewehr unter den Trenchcoat.

»Diese Cowboys!« sagte Angie.

»Das ist vielleicht Broussards Chance, wieder zum Detective aufzusteigen. Klar ist er aufgeregt.«

»Vielleicht zu aufgeregt?« gab Angie zu bedenken.

Broussard schien Gedanken lesen zu können. Durch den Regen, der an unseren Fensterscheiben herunterlief, lächelte er uns zu und zuckte mit den Schultern. Dann wandte er sich wieder Poole zu und flüsterte dem älteren Mann etwas ins Ohr. Poole klopfte ihm auf den Rücken, und Broussard ging los. Im peitschenden Regen lief er die Straße hinauf, bog östlich von Tretts Vorgarten ab und schlenderte lässig durch das Gestrüpp auf die Hinterseite des Hauses zu.

Poole schloß den Kofferraum und zerrte am Trenchcoat herum, bis er das Gewehr verdeckte. Er hielt es mit dem rechten Arm an die Brust gedrückt. Seine Glock hatte er in der linken Hand hinter dem Rücken. Er blickte zu den vernagelten Fenstern empor.

»Hast du gesehen?« fragte Angie.

»Was?«

»Das Fenster links von der Haustür. Ich glaube, die Gardine hat sich bewegt.«

»Bist du sicher?«

Sie schüttelte den Kopf. »Ich hab' gesagt, ich glaube.« Sie

nahm das Handy aus der Handtasche und legte es auf den Schoß.

Poole hatte die Treppe erreicht. Er hob den linken Fuß und wollte auf die unterste Stufe treten, doch mußte er etwas gesehen haben, das ihm nicht gefiel, denn er hob das Bein über die unterste Stufe und trat auf die zweite. Dann stieg er zur Veranda hoch.

Der Verandaboden gab in der Mitte leicht nach, und Poole schwankte ein wenig nach links. Der Regen lief in die Mulde zwischen seinen Füßen.

Er blickte zum Fenster links von der Tür, sah angestrengt hinein, wandte den Kopf dann dem rechten Fenster zu, das er ebenfalls eine Weile anstarrte.

Ich holte meine .45 aus dem Handschuhfach.

Angie beugte sich ebenfalls vor und nahm ihre .38 hervor, ließ die Trommel mit einer Handbewegung herausrutschen, überprüfte sie und schob sie wieder zurück.

Poole stand nun vor der Tür, hob die Hand mit der Glock und klopfte mit den Fingerknöcheln an die Tür. Er trat einen Schritt zurück und wartete. Er sah nach links, nach rechts, dann wieder zur Tür. Er beugte sich vor und klopfte noch einmal gegen das Holz.

Es regnete fast lautlos. Die kleinen Tropfen fielen in einem schrägen Winkel. Außer dem hohen Pfeifen des Windes war nichts zu hören.

Poole beugte sich vor und drehte den Türknauf nach rechts und links. Die Tür blieb verschlossen. Er klopfte ein drittes Mal.

Ein Auto fuhr an uns vorbei, ein beiger Volvo-Kombi, auf dessen Dachgepäckträger Fahrräder befestigt waren. Hinter dem Lenkrad saß verkrampft eine Frau mit einem aprikotfarbenen Stirnband und verkniffenem Gesicht. Wir sahen zu, wie ihre Bremslichter vor dem Stoppschild hundert Meter weiter rot aufleuchteten. Dann bog das Auto nach links ab.

Die Detonation eines Gewehres auf der Hinterseite des Hauses platzte durch den heulenden Wind. Glas zersplitterte. Durch den leise fallenden Regen ertönte ein Kreischen, als würden Bremsen versagen.

Poole sah sich kurz zu uns um. Dann holte er aus, um die Tür einzutreten. Im selben Augenblick ging er in einer Detonation von Splittern, Feuer und Lichtblitzen unter, begleitet vom Geknatter einer automatischen Waffe.

Die Explosion riß ihn von den Füßen, und er stürzte mit solcher Wucht gegen das Geländer der Veranda, daß es zerbrach und wie ein an der Schulter ausgekugelter Arm nach außen baumelte. Die Pistole fiel ihm aus der Hand und landete im Blumenbeet unter der Veranda. Sein Gewehr rutschte die Stufen herunter.

Das Schießen hörte genauso plötzlich auf, wie es begonnen hatte.

Einen Moment lang saßen wir wie angewachsen im Auto und lauschten dem blechernden Geräusch, das nach einem Schuß die Luft erfüllt. Pooles Gewehr rutschte von der untersten Stufe, und der Kolben verschwand im Gras, während der Lauf schwarz und naß auf dem Gehweg glänzte. Eine starke Böe peitschte den Regen mit neuerwachter Kraft gegen das Haus. Es heulte und krachte, als der Wind gegen sein Dach drückte und an den Fenstern rüttelte.

Ich öffnete die Wagentür, stieg aus und rannte gebückt auf das Haus zu. Im leise fallenden Regen hörte ich meine Gummisohlen auf den feuchten Teer und den Kies klatschen.

Angie war bei mir. Sie hielt das Handy am rechten Ohr und sprach aus dem Mundwinkel hinein: »Polizeibeamter verletzt in Germantown, Admiral Farragut Road 322. Ich wiederhole: Polizeibeamter verletzt in Germantown, Admiral Farragut Road 322.«

Wir liefen über den Weg zur Treppe. Ich untersuchte schnell die beiden Fenster und die Tür. Die Tür sah aus, als sei sie von großen Tieren mit spitzen Klauen attackiert worden. Löcher prangten im Holz wie große Tränen; an mehreren Stellen konnte ich durch die Löcher ins Haus sehen und einen Blick auf gedämpfte Farben oder Licht erhaschen.

Als wir die Stufen erreichten, wurden die Löcher plötzlich dunkel. Ich stieß Angie auf die Wiese, sie fiel hin, und ich sprang nach links.

Es war, als würde die Welt explodieren. Man ist nie auf das Geräusch einer Waffe vorbereitet, die sieben Schüsse pro Sekunde abfeuert. Durch die Holztür gemildert, klang der Kugelhagel fast menschlich, eine Kakophonie tollwütiger, tödlicher Raserei.

Poole ließ sich auf die Seite fallen, die Kugeln prallten von der Veranda ab. Ich griff nach seinem Gewehr im Gras. Meine .45 schob ich zurück ins Holster. Dann stützte ich mich auf ein Knie. Durch den Regen zielte ich auf die Tür und drückte ab. Das Holz qualmte. Als sich der Rauch verzogen hatte, konnte ich durch ein Loch von der Größe meiner Faust sehen. Ich wollte aufstehen, rutschte jedoch auf dem nassen Gras aus. Links von mir hörte ich das helle Geräusch von zersplitterndem Glas.

Ich wirbelte herum und feuerte über das Verandageländer in das Fenster. Glasscheibe und Holzrahmen zersplitterten, im schwarzen Vorhang gähnte ein großes Loch.

Im Haus schrie jemand.

Das Schießen hatte aufgehört. Das Echo des Gewehrs und das Geknatter der Automatik vibrierten in meinem Schädel.

Angie kniete neben dem Treppenabsatz. Mit verzerrtem Gesicht hielt sie die .38 auf das Loch in der Tür gerichtet.

»Alles in Ordnung?« fragte ich.

»Mein Knöchel ist im Arsch.«

»Angeschossen?«

Sie schüttelte den Kopf, ließ die Tür aber nicht aus den Augen. »Ich glaube, er hat geknackst, als du mich zu Boden geworfen hast.« Langsam zog sie durch die zusammengepreßten Zähne Luft ein.

»Meinst du geknackst wie gebrochen?«

Sie nickte und atmete noch einmal tief durch.

Poole stöhnte. Aus seinem Mundwinkel floß ein heller Strom Blut.

»Ich muß ihn von der Veranda holen«, sagte ich.

Angie nickte. »Ich geb' dir Deckung.«

Ich legte das Gewehr ins nasse Gras und streckte mich nach dem Geländer. Ich bekam den Teil zu fassen, der durch Pooles Aufprall losgerissen worden war. Mit dem Fuß stemmte ich mich gegen das Fundament der Veranda und zerrte an dem Geländer. Ich spürte, wie der senkrechte Teil nachgab und sich aus dem verrotteten Holz löste. Noch einmal zog ich kräftig, dann hatte ich das halbe Geländer aus dem Verandaboden gerissen. Poole fiel auf mich, und wir landeten im nassen Gras.

Wieder stöhnte er auf und krümmte sich in meinen Armen. Ich rutschte unter ihm hervor und sah gleichzeitig, daß sich die Gardine im rechten Fenster bewegte.

»Angie!« rief ich, doch sie hatte sich schon umgedreht. Sie feuerte drei Schüsse auf das Fenster. Das Glas zersplitterte und regnete auf die Veranda.

Ich kroch an den niedrigen Büschen vor der Veranda entlang, doch wurde nicht zurückgeschossen. Poole wölbte den Rücken, Blut sprudelte zwischen seinen Lippen hervor.

Angie ließ die Pistole sinken und warf einen letzten langen Blick auf Tür und Fenster. Dann rutschte sie auf Knien auf uns zu. Ihr linker Fuß stand seltsam verdreht ab. Ich zog meine .45 und gab Angie Deckung, solange sie kroch. Dann begab ich mich an die andere Seite von Poole.

Erneut detonierte die automatische Waffe im hinteren Teil des Hauses.

»Broussard!« Poole spuckte das Wort aus. Er hielt Angies Arm umklammert und schlug mit den Hacken auf den Rasen.

Angie sah mich an.

»Broussard«, wiederholte Poole mit einem dickflüssigen Gurgeln im Hals. Er versuchte, sich aufzubäumen.

Angie zog ihr Sweatshirt aus und drückte es auf den dunkel sprudelnden Blutbrunnen in der Mitte von Pooles Brust. »Pssst.« Sie legte ihm eine Hand auf die Wange. »Pssst.«

Wer auch immer im hinteren Teil des Hauses herumschoß, hatte ein riesiges Magazin. Volle zwanzig Sekunden lang war das stakkatoartige Stammeln des Gewehrs zu hören. Dann folgte eine kurze Pause, doch kurz darauf begann es von neuem. Ich war mir nicht ganz sicher, ob das die Calico oder eine andere automatische Waffe war, aber eigentlich war es auch egal. Eine Maschinenpistole ist eine Maschinenpistole.

Ich schloß eine Sekunde lang die Augen und schluckte, weil meine trockene Kehle schmerzte. Ich spürte, wie das Adrenalin mein Blut wie Gift überschwemmte.

»Patrick«, sagte Angie, »laß es dir bloß nicht einfallen!«

Ich wußte, daß ich den Rasen niemals verlassen würde, wenn ich sie jetzt ansah. Irgendwo in diesem Haus saß Broussard in der Klemme, vielleicht war sogar schon Schlimmeres passiert. Samuel Pietro konnte dort sein, und Kugeln umschwirrten ihn wie Hornissen.

»Patrick!« schrie Angie, doch da war ich schon die drei Stufen hochgesprungen und auf dem Spalt gelandet, wo die Veranda zerborsten war.

Der Türknauf war bei dem Überfall auf Poole abgeschossen worden, deshalb trat ich die Tür auf und schoß erst einmal auf Brusthöhe ins Dunkel. Ich wirbelte nach rechts, nach links und leerte dabei das Magazin, ließ es aus dem Kolben fallen und hatte schon ein neues hereingeschoben, bevor das alte zu Boden gefallen war. Das Zimmer war leer.

»Brauche unverzüglich Hilfe!« kreischte Angie draußen in ihr Handy. »Beamter verletzt! Beamter verletzt!«

Im Haus war es dunkel. Die Dunkelheit paßte zum trüben Himmel draußen. Ich entdeckte eine Blutspur auf dem Boden, die von jemandem verursacht worden sein mußte, der sich in den Flur geschleppt hatte. Am anderen Ende des Flurs fiel durch die Löcher in der Hintertür Licht herein. Die Tür selbst hing schief im Rahmen, da das untere Scharnier herausgerissen war.

Auf der Hälfte des Flurs bog die Blutspur nach rechts ab in die Küche. Ich ging ins Wohnzimmer, sah in alle dunklen Ecken, entdeckte die Glasscherben unter den Fenstern und was die Schüsse sonst noch angerichtet hatten: Holzsplitter und Stoffetzen des Vorhangs lagen herum, und aus der alten Couch, auf der Unmengen von Bierdosen lagen, quoll die Füllung heraus.

Das Geschützfeuer der Maschinenpistole hatte ausgesetzt, als ich das Haus betreten hatte. Im Moment hörte ich nichts außer den Regentropfen auf der Veranda hinter mir, das Ticken einer Uhr irgendwo im hinteren Teil des Hauses und meinen eigenen abgehackten, flachen Atem.

Die Bodendielen quietschten, als ich vorsichtig das Wohnzimmer durchquerte und der Blutspur im Flur folgte. Schweiß lief mir über das Gesicht und machte meine Hände feucht. Mein Blick schoß von der Tür am Ende des Ganges zu den vier Zimmertüren, die vor mir vom schmalen Flur abgingen. Die nächste Tür zu meiner Rechten, drei Meter entfernt, führte in die Küche. Durch die offene Tür links von mir fiel gelbes Licht in den Flur.

Ich drückte mich gegen die rechte Wand und rückte Stück für Stück vor, bis ich den Raum zu meiner Linken größtenteils überblicken konnte. Es schien eine Art Aufenthaltsraum zu sein. Rechts und links von einer in der Wand eingelassenen Vitrine standen zwei Sessel. Einen davon hatte ich schon am Abend zuvor im Dunkeln erahnt. Der andere sah ähnlich aus. Die Vitrine befand sich in der Mitte der Wand, doch fehlten die Glastüren. In den Regalen lagen Stapel von Zeitungen und Hochglanzmagazinen, weitere Zeitschriften stapelten sich auf dem Boden neben den Sesseln. Zwei altmodische Zinnaschenbecher auf drei Beinen standen neben den Armlehnen der Ledersessel, und in einem qualmte eine nur zur Hälfte gerauchte Zigarre. Ich stand an die Wand gedrückt und zielte mit der Pistole auf den rechten Teil des Zimmers, wartete auf eine Bewegung im Dunkeln, lauschte auf eine quietschende Bodendiele.

Nichts.

Mit zwei Schritten war ich wieder im Flur, drückte mich gegen die andere Wand und richtete die Pistole in die Küche.

Über den schwarzweiß gefliesten Boden zogen sich Streifen aus Blut und Schleim. Feuchte Fingerabdrücke, die im Neonlicht in kräftigem Orange leuchteten, prangten auf den Schränken und der Kühlschranktür. Rechts im Zimmer sah ich einen Schatten lauern und hörte jemanden stoßartig atmen.

Ich holte einmal tief Luft, zählte von drei bis null und sprang am Türrahmen vorbei auf die andere Seite. Dabei erkannte ich, daß das Lesezimmer mit den Sesseln rechts von mir leer war. Dann starrte ich am Lauf meiner Pistole entlang auf Leon Trett, der auf dem Küchentresen saß und mich beobachtete.

Direkt hinter der Tür lag eine Calico M-110. Beim Betreten der Küche trat ich sie unter den Tisch.

Leon sah mich mit einem schmerzverzerrten Grinsen näher kommen. Er hatte sich den Bart abrasiert. Seine weiche, pokkige Haut glänzte ungesund, irgendwie roh, als sei sie mit einer Drahtbürste geschrubbt und dann mit Öl eingerieben worden, so daß sie nun ohne weiteres vom Knochen abgelöst werden konnte. Ohne den Bart wirkte sein Gesicht länger. Die Wangen waren so eingefallen, daß sein Mund ein Oval bildete.

Sein linker Arm hing schlaff herunter, aus einem Loch im Bizeps quoll dunkles Blut. Den rechten Arm drückte er auf seinen Bauch. Er versuchte, die Gedärme zurückzupressen. Die gelbbraune Hose war mit seinem Blut getränkt.

»Bekomme ich jetzt die Munition?« fragte er.

Ich schüttelte den Kopf.

»Hab' mir heute morgen selber welche geholt.«

Ich zuckte mit den Achseln.

»Wer bist du?« fragte er mit leiser Stimme und hob die rechte Augenbraue.

»Auf den Boden!« befahl ich.

Er grunzte. »Schätzchen, du siehst doch wohl, daß ich meine Gedärme festhalte, oder? Wie soll ich mich damit bewegen, ohne daß sie rausfallen?«

»Ist mir egal«, gab ich zurück. »Auf den Boden!«

Er streckte den langen Unterkiefer vor. »Nein.«

»Leg dich jetzt auf den Scheißboden!«

»Nein«, sagte er wieder.

»Leon! Los!«

»Leck mich. Erschieß mich doch!«

»Leon ...«

Kurz schweifte sein Blick nach links ab, und die Entschlossenheit wich aus seinem Unterkiefer. »Hab Mitleid mit mir, Baby, bitte«, sagte er.

Ich merkte wieder, daß sein Blick zur Seite glitt. Auf seinen Lippen erschien der Anflug eines Lächelns, und ich ließ mich in dem Moment auf die Knie fallen, als Roberta Trett auf die Stelle schoß, an der ich gerade noch gestanden hatte. Doch pustete sie statt dessen mit einem Dauerfeuer aus der M-110 ihrem Mann den Kopf vom Hals.

Vor Entsetzen und Überraschung schrie sie gellend auf. Leons Gesicht verschwand wie ein Luftballon, in den man mit einer Nadel gestochen hat. Ich drehte mich auf den Rükken und drückte ab. Die Kugel traf sie an der rechten Hüfte. Sie fiel gegen die Wand.

Dann wirbelte Roberta zu mir herum. Das wallende graue Haar schlug ihr ins Gesicht. Die M-110 zeigte leider ebenfalls in meine Richtung. Mit dem verschwitzten Finger griff sie zum Abzug, rutschte aber immer wieder vom Bügel ab. Mit der anderen Hand tastete sie nach der Wunde in der Hüfte, doch hielt sie den Blick unverwandt auf den kopflosen Rumpf ihres Mannes gerichtet. Ich sah in die Mündung des Maschinengewehrs und wußte, daß sie jeden Moment aus dem Schock erwachen und den Abzug betätigen konnte.

Geduckt rannte ich aus der Küche zurück in den Flur. Als Roberta Trett sich um hundertachtzig Grad drehte und mit der Calico auf mich zielte, warf ich mich nach rechts. Dann richtete ich mich auf und lief auf die Hintertür zu, kam ihr immer näher, doch hörte ich gleichzeitig, daß Roberta hinter mir in den Flur getreten war.

»Du hast meinen Leon umgebracht, du Arschloch! Du hast meinen Leon umgebracht!«

Als Roberta den Finger um den Abzug krümmte und abdrückte, wurde der Gang wie von einem Erdbeben erschüttert.

Ohne nachzudenken, warf ich mich durch die Tür links von mir und bemerkte zu spät, daß es gar kein Raum war, sondern eine nach oben führende Treppe.

Mit der Stirn schlug ich gegen die siebte oder achte Stufe von unten. Der Zusammenprall von Holz und Knochen durchfuhr mich wie ein elektrischer Schlag. Ich hörte Robertas schwere Schritte den Flur entlang auf die Treppe zustolpern.

Was mich am meisten beunruhigte, war, daß sie nicht schoß.

Sie wußte, daß ich in der Falle saß.

Ich schlug mit dem Schienbein gegen die Kante einer Stufe. Es tat höllisch weh. Ich rutschte aus und kletterte höher. Am Ende der Treppe erblickte ich eine Metalltür. Ich betete, bitte, lieber Gott, bitte laß sie offen sein.

Roberta erreichte das untere Treppenende. In dem Moment sprang ich auf die Tür zu, schlug mit dem Handrücken dagegen und merkte, daß sie nachgab.

Ich fiel mit dem Oberkörper der Länge nach hin, und hinter mir entlud Roberta ihre Waffe. Ich warf mich nach links und schlug die Tür hinter mir zu. Es klang, als schlage schweres Blei auf ein Blechdach. Die Tür war massiv und dick – wie in einem Kühlraum oder Kellergewölbe – und von innen mit vier Bolzenschlössern versehen, das erste in knapp fünfzehn Zentimetern Höhe, das letzte ungefähr ein Meter sechzig über dem Boden. Ich verriegelte eins nach dem anderen und hörte die Kugeln auf der anderen Seite vom Stahl abprallen. Die Tür war kugelsicher, und sie konnte die Schlösser nicht von außen aufschießen, da sie auf meiner Seite mit Stahlplatten gesichert waren.

»Du hast meinen Leon umgebracht!«

Jetzt wurde nicht mehr geschossen. Statt dessen stieß Roberta auf der anderen Seite der Tür das Geheul einer

Wahnsinnigen aus. Es klang so verletzt und war von solch furchtbarer Einsamkeit durchdrungen, daß sich etwas in meiner Brust verkrampfte.

»Du hast meinen Leon umgebracht! Du hast ihn umgebracht! Ich bringe dich um! Du Schwein!«

Etwas Schweres schlug gegen die Tür. Beim zweiten Mal wurde mir klar, daß es Roberta Trett selbst war, die ihren überdimensionierten Körper wie einen Rammbock immer wieder gegen die Tür warf. Sie heulte, kreischte, rief den Namen ihres Mannes und warf sich ohne Unterlaß gegen das einzige Hindernis zwischen uns: bumm, bumm, bumm.

Selbst wenn sie ihre Waffe verloren hatte und ich meine noch besaß, wußte ich doch, daß sie mich mit bloßen Händen in Stücke reißen würde, wenn sie jemals ins Zimmer gelangen sollte, selbst wenn ich ein ganzes Magazin auf sie abfeuerte.

»Leon! Leon!«

Ich horchte auf das Geheul von Sirenen, auf das Krächzen von Walkie-talkies, das Blöken eines Megaphons. Die Polizei müßte doch inzwischen längst da sein. Ganz bestimmt.

Da kam mir die Erkenntnis, daß ich außer Robertas Geschrei nichts hören konnte. Und auch sie vernahm ich nur, weil sie direkt auf der anderen Seite der Tür war.

Eine nackte Vierzig-Watt-Birne beleuchtete den Raum. Als ich mich umdrehte und meine Umgebung wahrnahm, rauschte die kalte Angst durch meine Adern.

Ich befand mich in einem großen Zimmer, das zur Straße hinausging. Die Fenster waren vernagelt. Massive schwarze Planken waren mit je vierzig bis fünfzig kleinen Flachkopfnägeln, die mich jetzt von jedem Fenster mit ihren toten Silberaugen anstarrten, an den Rahmen befestigt worden.

Der nackte Fußboden war übersät mit Exkrementen von Mäusen und Ratten. Es lagen Tüten von Kartoffelchips,

Maischips und Tortillachips herum, die Krümel waren ins Holz getreten. Drei unbezogene Matratzen, verschmutzt mit Fäkalien, Blut und Gott weiß, was sonst noch, lagen vor der Wand. Die Wände selbst waren mit Abschnitten aus grauem Schaumstoff und schalldichtem Styropor verkleidet, so wie es auch in Aufnahmestudios zu finden ist. Nur war das hier kein Aufnahmestudio.

Direkt über den nackten Matratzen waren Metallvorrichtungen in der Wand befestigt, an die kleine Ringe geschweißt worden waren, an denen wiederum Handschellen hingen. Ein kleiner Metallkorb in der westliche Ecke des Raumes enthielt eine Auswahl an Reitgerten, Peitschen, stacheligen Dildos und Lederbändern. Der ganze Raum roch nach verdorbenem, besudeltem Fleisch. Der Geruch der Verdorbenheit mußte den Menschen in den Kopf gestiegen und sich ihrer ermächtigt haben.

Roberta schlug nun nicht mehr gegen die Tür, doch hörte ich ihr unterdrücktes Jammern auf der Treppe.

Ich ging in die östliche Seite des Zimmers. Dort war eine Wand eingerissen worden, um den Raum zu vergrößern. Auf dem Boden lagen noch immer Häufchen von Gips und Staub. Eine dicke Maus mit hochstehendem Fell lief an mir vorbei, bog am östlichen Ende des Zimmers rechts ab und verschwand hinter der Wand.

Ich lief mit gezückter Waffe weiter, watete durch Chipstüten, Rundschreiben von der Vereinigung für Knabenliebhaber und leere Bierdosen, deren Löcher bereits Schimmel ansetzten. Auf billigstem Glanzpapier gedruckt, gähnten mich Zeitschriften an: Jungen, Mädchen, Erwachsene, selbst Tiere bei etwas, was kein Sex war, obwohl es so aussah. In dieser halben Sekunde, bevor ich mich abwenden konnte, brannten sich diese Fotos in mein Hirn ein. Was sie zeigten, was dort auf Zelluloid gebannt war, hatte nichts mit dem zu tun, was Menschen normalerweise miteinander taten. Sie dokumentierten eine Krankheit – kranke Köpfe, Herzen und Organe.

Ich kam zu der Ecke, wo die Maus verschwunden war. Dahinter entdeckte ich einen schmalen Raum unter der Dachschräge, der sich bis zur Regenrinne zog. Genau vor mir war eine kleine blaue Tür.

Davor stand Corwin Earle, den Rücken unter den Dachsparren gebeugt. Er richtete eine Armbrust auf mich. Er hatte sie auf seiner Schulter abgestützt und versuchte, mit dem linken Auge durch das Visier zu sehen, doch blinzelte er dabei immer wieder, weil ihm Schweiß ins Auge rann. Das kranke rechte Auge versuchte zu fokussieren, rutschte aber ständig ab, und er mußte es wie mit einem Motor wieder nach rechts ziehen. Schließlich kniff er es zusammen und korrigierte den Sitz der Armbrust auf seiner Schulter. Er war nackt. Seine Brust war mit Blut verschmiert, und auch auf dem vorstehenden Bauch prangten ein paar Tropfen. Überdruß und Trotz standen ihm ins traurig verzogene Gesicht geschrieben.

»Trauen dir die Tretts nicht zu, eine Maschinenpistole zu benutzen, Corwin?«

Er schüttelte leicht den Kopf.

»Wo ist Samuel Pietro?« fragte ich.

Erneut schüttelte er den Kopf, diesmal langsamer. Unter dem Gewicht der Armbrust spannte er die Schultern an.

Ich fixierte die Spitze des Pfeiles. Sie zitterte leicht. Auch an der Unterseite von Corwin Earles Armen liefen Schauer herunter.

»Wo ist Samuel Pietro?« wiederholte ich.

Wieder schüttelte er den Kopf. Ich schoß ihm in den Bauch.

Er gab keinen Laut von sich. Er klappte in der Hüfte nach vorne und ließ die Armbrust vor sich auf den Boden fallen. Dann sank er auf die Knie und kippte nach rechts um. Schließlich lag er wie ein Embryo zusammengekauert auf dem Boden. Die Zunge hing ihm aus dem Mund wie bei einem Hund.

Ich trat über ihn hinweg und öffnete die blaue Tür, hinter der sich ein Badezimmer von der Größe eines Einbauschranks befand. Ich erblickte das mit schwarzem Holz vernagelte Fenster, einen zerrissenen Duschvorhang, der unter dem Spülstein lag, und Blut auf den Fliesen, der Toilette und an der Wand, als sei ein ganzer Eimer entleert worden.

In der Spüle lag die weiße Baumwollunterwäsche eines Kindes. Sie war blutgetränkt.

Ich sah in die Badewanne.

Ich weiß nicht, wie lange ich dort mit gesenktem Kopf und offenem Mund stand. Ich fühlte etwas Heißes, Nasses auf meinen Wangen, es floß in Strömen, doch erst als ich eine halbe Ewigkeit auf den kleinen, nackten, zusammengerollten Körper in der Badewanne gestarrt hatte, merkte ich, daß ich weinte.

Ich verließ das kleine Badezimmer und sah Corwin Earle auf den Knien vorwärtsrutschen. Er hatte die Arme um den Bauch geschlungen und mir den Rücken zugewandt.

Ich blieb hinter ihm stehen und wartete. Ich richtete die Waffe auf ihn, sein schwarzes Haar befand sich genau auf einer Linie mit dem schwarzen Metallauf.

Er gab beim Kriechen ein tuckerndes Geräusch von sich, ein schwaches Tsch-tsch-tsch, das mich an das Tuckern eines Generators erinnerte.

Als er die Armbrust erreicht hatte und eine Hand nach dem Griff ausstreckte, sagte ich: »Corwin.«

Er sah sich über die Schulter nach mir um, bemerkte die auf ihn gerichtete Pistole und kniff die Augen zusammen. Dann wandte er sich wieder ab und umklammerte die Armbrust fest mit der blutverschmierten Hand.

Ich versetzte ihm einen Schuß in den Nacken und ging weiter, hörte die Patronenhülse über den Holzboden gleiten und Corwin auf dem Boden aufschlagen. Dann ging ich nach links ins große Zimmer und lief auf die Tür des Verlieses zu. Ich öffnete einen Riegel nach dem anderen.

»Roberta«, sagte ich, »bist du noch da? Kannst du mich hören? Ich bring dich jetzt um, Roberta.«

Als ich das letzte Schloß entriegelt hatte, riß ich die Tür auf und blickte in den Lauf eines Gewehrs.

Remy Broussard ließ seine Waffe sinken. Zwischen seinen Beinen lag Roberta Trett mit dem Gesicht auf den Treppenstufen. In ihrem Rücken gähnte ein dunkelrotes Oval von der Größe einer Suppenschüssel.

Broussard hielt sich am Geländer fest. Der Schweiß rann ihm wie warmer Regen aus dem Haar.

»Mußte das Schloß in der Spundwand aufbrechen und dann durch den Keller hochkommen«, sagte er. »Tut mir leid, daß es so lange gedauert hat.«

Ich nickte.

»Alles klar hier?« Er atmete tief ein und beobachtete mich mit dunklen Augen.

»Ja.« Ich räusperte mich. »Corwin Earle ist tot.«

»Samuel Pietro?« fragte er.

Ich nickte. »Ja, ich glaube, es ist Samuel Pietro.« Ich blickte auf meine Pistole hinunter und sah, daß sie wackelte, so sehr zitterte mein Arm. Mein Körper wurde von einem nervösen Schütteln heimgesucht, als erlitte ich mehrere kleine Schlaganfälle. Ich sah zu Broussard auf und fühlte wieder die warmen Bäche aus meinen Augen springen. »Ich kann es nicht sagen«, flüsterte ich, und mir brach die Stimme.

Broussard nickte. Ich sah, daß auch er weinte.

»Im Keller«, brachte er hervor.

»Was?«

»Skelette«, antwortete er. »Zwei Stück. Kinder.«

Meine Stimme klang nicht wie meine eigene, als ich sagte: »Ich weiß nicht, wie ich das verkraften soll.«

»Ich auch nicht«, gab er zurück.

Wir warfen einen Blick auf die Leiche von Roberta Trett. Broussard senkte das Gewehr und legte es an ihren Hinterkopf. Dann krümmte er den Finger um den Abzug.

Ich dachte, nun würde er die leblose Gehirnmasse im ganzen Treppenhaus verteilen.

Doch nach einer Weile hob er das Gewehr wieder und seufzte. Mit dem Fuß trat er ihr gegen den Kopf und schubste sie so die Treppe hinunter.

Das war der Anblick, der sich den Polizisten von Quincy bot, als sie die Tür zur Treppe öffneten: Roberta Tretts riesige Leiche rutschte aus der Dunkelheit auf sie zu. Oben am Treppenabsatz standen zwei Männer, die wie Kinder weinten, weil sie nicht gewußt hatten, daß die Welt so grausam sein konnte.

26

Es dauerte zwanzig Stunden, bis bestätigt werden konnte, daß die Leiche in der Badewanne tatsächlich die von Samuel Pietro war. Durch das, was die Tretts und Corwin Earle mit seinem Gesicht angestellt hatten, war ein Vergleich der Zahnabdrücke die einzig mögliche Form der Identifizierung. Gabrielle Pietro erlitt einen Zusammenbruch, als sie, bevor die Polizei sie hatte benachrichtigen können, von einem Journalisten der *News* auf einen Tip hin angerufen und um eine Stellungnahme zum Tod ihres Sohnes gebeten wurde.

Als ich Samuel Pietro fand, war er seit gerade 45 Minuten tot. Der Amtsarzt stellte fest, daß der Junge in den zwei Wochen seit seinem Verschwinden wiederholt sexuell mißbraucht, auf Rücken, Gesäß und Beine gepeitscht und mit so eng sitzenden Handschellen gefesselt worden war, daß das Fleisch an seinen Handgelenken bis auf die Knochen durchgescheuert war. Seit er das Haus seiner Mutter verlassen hatte, hatte er nichts anderes als Kartoffelchips, Maischips und Bier zu sich genommen.

Weniger als eine Stunde, bevor wir das Haus der Tretts betreten hatten, hatte entweder Corwin Earle oder einer der beiden Tretts (vielleicht auch alle drei gemeinsam, wer wußte das schon, aber was machte es für einen Unterschied?) dem Jungen mit einem Messer zuerst ins Herz gestochen und ihm dann den Hals durchschnitten, wobei die Halsschlagader durchtrennt wurde.

Ich hatte den Morgen und den Großteil des Nachmittags in unserem vollgestopften Büro im Glockenturm der Kirche St. Bartholomew verbracht, hatte das Gewicht des großen Bauwerks um mich gespürt, die zum Himmel aufragenden Türme. Ich starrte aus dem Fenster. Ich versuchte, nicht zu denken. Ich saß einfach nur da und trank kalten Kaffee. In der Brust und im Kopf spürte ich ein leises Tikken.

In der vergangenen Nacht war Angies Knöchel in der Notaufnahme des New England Med gerichtet und gegipst worden. Heute morgen war sie ganz früh, als ich gerade aufwachte, mit einem Taxi zu ihrem niedergelassenen Arzt gefahren, damit er sich die Arbeit seiner Kollegen aus der Notaufnahme ansah und ihr sagte, was sie nun zu erwarten hatte, da ihr Bein in Gips lag.

Als ich von Broussard die Angaben über Samuel Pietro erhalten hatte, verließ ich unser Büro im Glockenturm und ging die Treppe hinunter in die Kapelle. Im stillen Halbdunkel setzte ich mich in die erste Reihe, roch den noch in der Luft liegenden Duft von Weihrauch und Chrysanthemen, blickte den Heiligen in den Bleiglasfenstern in die funkelnden Augen und beobachtete die Lichter der kleinen Votivkerzen, die auf dem Altargeländer aus Mahagoni flackerten. Warum, fragte ich mich, hatte ein achtjähriges Kind nur so lange auf dieser Erde leben dürfen, bis es alles Abscheuliche in ihr kennengelernt hatte.

Ich blickte zu dem Jesus im Bleiglasfenster über dem goldenen Tabernakel hinauf, der seine Arme ausbreitete.

»Acht Jahre alt«, flüsterte ich. »Erklär mir das mal!«

Kann ich nicht.

Kannst du nicht oder willst du nicht?

Keine Antwort. Aber da befindet sich Gott in bester Gesellschaft.

Du setzt ein Kind in diese Welt und gestehst ihm acht Jahre zu. Du läßt zu, daß es vierzehn Tage lang entführt, gefoltert, gequält und vergewaltigt wird – mehr als 330 Stunden, 19 800 lange Minuten lang –, und dann schenkst du ihm zum Abschluß, als letztes Bild, die Gesichter seiner Peiniger, die ihm die Klinge ins Herz stoßen, ihm das Fleisch aus dem Gesicht schneiden und das Blut aus seinem Hals auf den Boden des Badezimmers laufen lassen.

Worauf willst du hinaus?

»Worauf willst du denn hinaus?« fragte ich laut. Meine Stimme hallte von den Wänden wider.

Stille.

»Warum?« flüsterte ich.

Wieder Stille.

»Darauf gibt es keine verfluchte Antwort, stimmt's?«

In der Kirche wird nicht geflucht!

Da wußte ich, daß das nicht Gottes Stimme in meinem Kopf war. Eher die meiner Mutter oder einer toten Nonne. Ich bezweifle nämlich, daß sich Gott in so einer Zeit der Not an technischen Fragen aufhalten würde.

Aber andersherum, was wußte ich schon? Vielleicht war Gott, wenn er denn existierte, genauso kleingeistig und albern wie wir auch. Und wenn das stimmte, konnte ich ihn nicht als Gott anerkennen.

Und doch blieb ich in der Bank sitzen. Ich war unfähig, mich zu bewegen.

Ich glaube an Gott, aber weshalb?

Wegen der Gaben, die er Menschen wie Van Gogh, Michael Jordan, Stephen Hawking oder Dylan Thomas verliehen hat – sie waren für mich immer so etwas wie ein Beweis für die Existenz Gottes. Und die Liebe.

Ja, gut, ich glaube an dich. Aber ich bin mir nicht sicher, ob ich dich auch mag.

Das ist deine Sache.

»Wozu soll es gut sein, wenn ein Kind mißbraucht und getötet wird?«

Stell keine Fragen, die dein Hirn nicht beantworten kann.

Eine Weile sah ich den flackernden Kerzen zu, nahm die Stille in mir auf, schloß die Augen und wartete auf den Augenblick, in dem ich Transzendenz, den Zustand der Gnade oder des Friedens erlangen würde, oder wie auch immer der Zustand genannt wurde, auf den man warten sollte, wenn die Welt einem über ist. So hatten es mich die Nonnen gelehrt.

Nach ungefähr einer Minute schlug ich die Augen wieder auf. Aus dem Grund bin ich wohl nie ein erfolgreich praktizierender Katholik geworden: Mir fehlte die Geduld.

Die rückwärtige Tür der Kirche wurde geöffnet, und ich hörte Angies Krücken klappernd gegen das Holz fallen, hörte sie »Scheiße« sagen, dann fiel die Tür ins Schloß, und sie trat auf den Treppenabsatz zwischen Kapelle und Treppenhaus zum Glockenturm. Sie bemerkte mich erst, als sie sich umdrehte, um die Treppe hinaufzusteigen. Unbeholfen wand sie sich um, sah mich an und lächelte.

Sie humpelte die beiden mit Teppich belegten Stufen zur Kapelle herunter und schob sich an den Beichtstühlen und dem Taufbecken vorbei. Neben der Altarumfassung vor der Bank, in der ich saß, hielt sie inne und hievte sich hoch, die Krücken lehnte sie neben sich gegen die Brüstung.

»Hey!«

»Hey!« grüßte ich zurück.

Sie blickte zum Gemälde vom Letzten Abendmahl an der Decke auf und sah mich dann wieder an. »Du sitzt hier vor dem Altar, und die Kirche ist nicht zusammengefallen!«

»Wahnsinn, hm?« gab ich zurück.

Wir saßen eine Weile da, keiner von uns sagte etwas. Angie legte den Kopf in den Nacken und betrachtete die Decke, die Schnitzereien am Abschluß des nächsten Stützpfeilers.

»Wie lautet das Urteil über das Bein?«

»Der Arzt sagt, es ist eine Belastungsfraktur der unteren linken Fibula.«

Ich grinste. »Das erzählst du gerne, was?«

»Belastungsfraktur der Fibula?« Sie lächelte breit zurück. »O ja. Dann komm' ich mir vor, als würde ich bei *Emergency Room* mitspielen. Als nächstes sage ich dir, du sollst ein EKG machen und den Blutdruck messen. Schwester, Tupfer bitte.«

»Der Arzt hat dir bestimmt gesagt, du sollst 'ne Zeitlang aussetzen, oder?«

Sie zuckte mit den Achseln. »Ja, aber das sagen sie ja immer.«

»Wie lange muß der Gips dranbleiben?«

»Drei Wochen.«

»Kein Aerobic.«

Sie zuckte wieder mit den Achseln. «'ne ganze Menge Dinge nicht.«

Ich blickte kurz auf meine Schuhe, dann wieder zu ihr auf.

»Was ist?« fragte sie.

»Es tut so weh. Das mit Samuel Pietro. Ich komme da einfach nicht drüber weg. Als Bubba und ich gestern im Haus waren, lebte er noch. Er war oben, und er war ... wir ...«

»Du warst zusammen mit drei schwerbewaffneten, völlig abgedrehten Kriminellen in einem Haus. Du hättest nie und nimmer ...«

»Diese Leiche«, begann ich wieder. »Sie war ...«

»Ist bestätigt worden, daß es seine Leiche war?«

Ich nickte. »Er war so klein. Er war so klein«, flüsterte ich. »Er war nackt und zerschnitten und ... o Gott, o Gott.« Ich wischte mir die brennenden Tränen aus den Augen und legte den Kopf in den Nacken.

»Mit wem hast du gesprochen?« erkundigte sich Angie leise.

»Mit Broussard.«

»Wie geht's ihm?«

»Ungefähr so wie mir.«

»Gibt's Nachrichten von Poole?« Sie beugte sich leicht vor.

»Sieht schlecht aus mit ihm, Ange. Sie glauben nicht, daß er durchkommt.«

Sie nickte und hielt den Kopf eine Weile gesenkt. Das gesunde Bein ließ sie hin und her baumeln.

»Was hast du in diesem Badezimmer gesehen, Patrick? Ich meine, was genau?«

Ich schüttelte den Kopf.

»Los, komm«, drängte sie mich sanft. »Ich bin's doch nur. Ich kann's verkraften.«

»Ich aber nicht«, gab ich zurück. »Nicht noch mal. Nicht noch mal. Wenn ich auch nur kurz dran denke, schießt mir das Bild wie ein Blitz durch den Kopf, und ich will sterben. Ich möchte es nicht mehr mit mir herumtragen. Ich möchte sterben, damit es weggeht.«

Sie ließ sich vorsichtig von der Brüstung gleiten und zog sich an der Bank entlang. Ich rückte zur Seite, und sie setzte sich neben mich. Sie nahm mein Gesicht in ihre Hände, doch konnte ich ihr nicht in die Augen sehen. Ich war überzeugt, daß ich mich irgendwie noch besudelter fühlen würde, noch mehr aus der Bahn geworfen, wenn ich die Wärme und Liebe in ihren Augen sah.

Sie küßte mich auf die Stirn und auf die Augenlider, küßte

die trocknenden Tränen auf meinen Wangen, lehnte meinen Kopf gegen ihre Schulter und küßte mich in den Nacken.

»Ich weiß nicht, was ich sagen soll«, flüsterte sie.

»Sag einfach nichts.« Ich räusperte mich und schlang die Arme um ihren Bauch. Ich konnte ihren Herzschlag hören. Sie fühlte sich so wunderbar, so herrlich an. Sie fühlte sich an wie alles, das gut war auf dieser Welt. Und ich wollte noch immer sterben.

Am Abend versuchten wir uns zu lieben, und am Anfang ging es auch ganz gut. Es war sogar lustig, als wir versuchten, mit dem Gips zurechtzukommen, und Angie kicherte die ganze Zeit, weil sie starke Schmerzmittel bekommen hatte. Doch als wir beide nackt waren und das Mondlicht durch das Schlafzimmerfenster fiel, verschmolz ihre Haut mit dem Bild von Samuel Pietro. Ich berührte ihre Brüste, und sah Corwin Earles schwabbeligen, mit Blut bespritzten Oberkörper. Ich fuhr ihr mit der Zunge über den Bauch und sah das Blut an den Fliesen des Badezimmers, als sei ein Eimer umgekippt worden.

Dort vor der Badewanne hatte ich einen Schock bekommen. Ich hatte alles gesehen, und ich konnte auch weinen, doch ein Teil meines Gehirns hatte sich aus einem Schutzmechanismus heraus abgeschaltet, so daß der wahre Schrecken der Situation vor meinen Augen nicht vollständig verarbeitet worden war. Was ich gesehen hatte, war schlimm, blutig und gewissenlos gewesen – soviel wußte ich –, doch schwebten die Bilder in meinem Kopf wahllos umher, schwebten vor einem Hintergrund aus weißer Keramik und schwarzweißen Fliesen.

In den letzten dreißig Stunden hatte mein Gehirn nur Informationen gesammelt, und jetzt saß ich allein in der Badewanne mit der nackten, mißbrauchten Leiche von Samuel Pietro.

Die Tür zum Badezimmer war verschlossen, ich kam nicht heraus.

»Was ist?« fragte Angie.

Ich rollte von ihr fort und sah durch das Fenster den Mond an.

Mit ihrer warmen Hand streichelte sie mir über den Rücken. »Patrick?«

Ein Schrei erstickte in meiner Kehle.

»Komm, Patrick, sprich mit mir!«

Das Telefon klingelte. Ich hob ab.

Es war Broussard. »Wie geht's dir?«

Als ich seine Stimme hörte, verspürte ich ein Gefühl der Erleichterung, spürte, daß ich nicht alleine war.

»Ziemlich schlecht. Und dir?«

»Ziemlich beschissen, wenn du weißt, was ich meine.«

»Ich weiß, was du meinst«, erwiderte ich.

»Kann noch nicht mal mit meiner Frau drüber reden und ihr alles erzählen.«

»Geht mir genauso.«

»Hey, Patrick ... ich bin noch in der Stadt. Hab' eine Flasche. Willst du was mit mir trinken?«

»Ja.«

»Ich warte auf dem Ryan-Spielplatz. In Ordnung?«

»Klar.«

»Bis gleich also.«

Er legte auf, und ich wandte mich zu Angie um.

Sie hatte die Decke hochgezogen und griff zu ihren Zigaretten auf dem Nachtschrank. Den Aschenbecher stellte sie in ihren Schoß, zündete die Zigarette an und sah mich durch den Rauch hindurch an.

»Das war Broussard«, erklärte ich.

Sie nickte und zog wieder an der Zigarette.

»Er will sich treffen.«

»Mit uns beiden?« Sie blickte auf den Aschenbecher.

»Nur mit mir.«

Sie nickte. »Dann lauf mal besser los.«

Ich beugte mich zu ihr herunter. »Ange...«

Sie hielt die Hand hoch. »Brauchst dich nicht entschuldigen. Los, lauf!« Mit einem Blick auf meinen nackten Körper fügte sie lächelnd hinzu: »Aber zieh dir erst noch was über.«

Ich hob meine Klamotten vom Boden auf und zog sie an, während Angie mir rauchend zusah.

Als ich aus dem Zimmer ging, drückte sie die Zigarette aus und sagte: »Patrick.«

Ich steckte den Kopf wieder zur Tür herein.

»Wenn du reden willst, dann bin ich ganz Ohr. Ich hör mir alles an, was du loswerden mußt.«

Ich nickte.

»Aber wenn du nicht reden willst, ist es auch okay. Verstehst du?«

Ich nickte wieder.

Sie stellte den Aschenbecher zurück auf den Nachtschrank, wobei die Bettdecke herunterrutschte.

Lange Zeit sagte keiner von uns beiden etwas.

»Nur damit du Bescheid weißt«, sagte Angie schließlich. »Ich bin nicht so wie diese Bullenfrauen im Fernsehen.«

»Was meinst du damit?«

»Ich nerve dich nicht die ganze Zeit damit, daß du endlich reden sollst.«

»Das habe ich bei dir auch nicht erwartet.«

»Die wissen nie, wann es zuviel ist, diese Frauen.«

Ich ging noch einen Schritt vor und sah sie eindringlich an.

Sie schob sich das Kopfkissen unter den Kopf. »Könntest du das Licht ausmachen, wenn du gehst?«

Ich schaltete es aus, doch stand ich noch etwas länger dort und fühlte Angies Blick auf mir.

27

Das war vielleicht ein betrunkener Bulle, den ich da auf dem Ryan-Spielplatz traf! Erst als ich ihn dort auf einer Schaukel sitzen sah, ohne Krawatte, die Anzugjacke zerknittert unter einem völlig sandigen Mantel, ein Schuhband offen, wurde mir klar, daß ich ihn noch nie auch nur ein klein wenig ungepflegt gesehen hatte. Selbst nach der Sache im Steinbruch und dem Sprung an die Kufen des Hubschraubers hatte er tadellos ausgesehen.

»Du bist Bond«, sagte ich.

»Hä?«

»James Bond«, erklärte ich. »Du bist James Bond, Broussard. Der perfekte Gentleman.«

Er grinste und trank den letzten Rest aus einer Flasche Mount Gay. Dann warf er sie in den Sand und holte eine neue aus dem Mantel, die er sofort aufdrehte. Mit einem Schnippen des Daumens landete der Deckel im Sand. »Ist schon eine Belastung, wenn man so gut aussieht. Hähä.«

»Wie geht's Poole?«

Broussard schüttelte mehrmals den Kopf. »Unverändert. Er lebt, aber nur durch die Geräte. Er hat noch nicht wieder das Bewußtsein erlangt.«

Ich setzte mich neben ihn auf die Schaukel. »Und die Aussichten?«

»Nicht gut. Selbst wenn er überlebt – er hat in den letzten dreißig Stunden mehrere Schlaganfälle gehabt, sein Gehirn hat längere Zeit keinen Sauerstoff bekommen. Wenn er überlebt, ist er teilweise gelähmt, meinen die Ärzte, wahrscheinlich auch taub. Er wird nie wieder aus dem Bett herauskommen.«

Ich erinnerte mich an den Nachmittag, als ich Poole kennengelernt hatte, an das erste Mal, als ich sein seltsames Ritual mit der Zigarette gesehen hatte, an der er erst schnupperte und die er dann entzweibrach, und wie er mir mit seinem Koboldgrinsen ins Gesicht geschaut und gesagt hatte: »Entschuldigen Sie bitte. Ich habe aufgehört.« Und als Angie ihn fragte, ob es ihn störe, wenn sie rauchte, hatte er geantwortet: »Ach, würden Sie das wirklich für mich tun?«

Scheiße. Mir war gar nicht klargeworden, wie sehr ich ihn mochte.

Kein Poole mehr. Keine schalkhaften Bemerkungen mehr, die mit einem wissenden, belustigten Leuchten in den Augen gemacht wurden.

»Tut mir leid, Broussard.«

»Remy«, korrigierte er mich und reichte mir einen Plastikbecher. »Man weiß ja nie. Er ist der härteste Hund, den ich je gekannt habe. Hat einen unglaublich starken Lebenswillen. Vielleicht schafft er es. Wie steht's mit dir?«

»Hä?«

»Dein Lebenswille!«

Ich wartete, bis er den Becher zur Hälfte mit Rum gefüllt hatte.

»War schon mal größer«, antwortete ich.

»Meiner auch. Ich pack' es einfach nicht.«

»Was?«

Er hob die Flasche, und wir stießen schweigend miteinander an und tranken.

»Ich bekomme es nicht in den Kopf«, sagte Broussard, »warum mich das so fertigmacht, was ich in dem Haus gesehen habe. Ich meine, ich hab schon 'ne Menge Scheiße gesehen.« Er beugte sich vor und sah mich über die Schulter an. »Furchtbare Sachen, Patrick. Babys, die Abflußreiniger in der Flasche hatten, erwürgte Kinder, andere waren so geschlagen worden, daß ihre richtige Hautfarbe nicht mehr zu erkennen war.« Langsam schüttelte er den Kopf. «'ne Menge Scheiße. Aber irgendwas in diesem Haus ...«

»Der kritische Punkt«, warf ich ein.

»Hä?«

»Der kritische Punkt«, wiederholte ich. Ich nahm wieder einen Schluck Rum. Noch floß er nicht wie Öl, aber es würde nicht mehr lange dauern. »Du siehst etwas Furchbares, eine einzelne Sache nur, und es ist vorbei. Gestern haben wir so viele schlimme Sachen gesehen, da war der kritische Punkt erreicht.«

Er nickte. »So was Schlimmes wie in diesem Keller hab ich noch nie gesehen. Und das Kind in der Badewanne!« Er schüttelte den Kopf. »Da fehlen mir nur noch ein paar Monate bis zum zwanzigsten Dienstjubiläum, und dann ...« Er nahm noch einen Schluck und schüttelte sich, weil der Alkohol so brannte. Dann warf er mir ein schwaches Lächeln zu.

»Weißt du, was Roberta machte, als ich sie erschoß?«

Ich schüttelte den Kopf.

»Sie kratzte wie ein Hund an der Tür. Ehrlich! Kratzte und jaulte und heulte um ihren Leon. Ich war gerade aus dem Keller gekommen, hatte gerade diese beiden Kinderskelette in Kalk und Schotter versunken gefunden, das Ganze war eher eine Scheiß Geisterbahn, und dann sah ich Roberta da oben auf der Treppe. Mann, ich hab nicht mal geguckt, wo sie ihre Waffe hatte. Ich hab einfach nur losgeballert.« Er spuckte in den Sand. »Sie soll verrecken! Die Hölle ist noch viel zu gut für diese Nutte!«

Eine Weile saßen wir schweigend da und lauschten den quietschenden Ketten der Schaukeln. Auf der Straße fuhren Autos vorbei, vom Parkplatz der Elektronikfirma auf der anderen Straßenseite hörten wir ein Kratzen und Schlagen, dort spielten ein paar Kinder Hockey.

»Die Skelette?« fragte ich Broussard nach einiger Zeit.

»Nicht identifiziert. Das einzige, was mir der Amtsarzt sagen konnte, war, daß es sich um ein männliches und ein weibliches Skelett handelt. Er glaubt, beide sind nicht älter als neun und nicht jünger als vier. Er braucht noch eine Woche, bis er was weiß.«

»Zahnabdrücke?«

»Daran haben die Tretts auch gedacht. Beide Skelette weisen Spuren von Salzsäure auf. Der Arzt meint, die Tretts hätten die Kinder in der Scheiße eingeweicht und ihnen die Zähne rausgezogen, als sie weich wurden. Anschließend haben sie die Knochen in Kisten mit ätzendem Kalkstein gelegt.«

»Warum haben sie sie im Keller aufbewahrt?«

»Damit sie sie zwischendurch mal angucken konnten?« schlug Broussard vor. »Woher, zum Teufel, soll ich das wissen?«

»Eine von beiden könnte also Amanda McCready sein?«

»Auf jeden Fall. Oder sie liegt im See im Steinbruch.«

Ich dachte über den Keller und Amanda nach. Über Amanda McCready und ihre ausdruckslosen Augen, über ihre eingeschränkten Aussichten auf all die Dinge, auf die Kinder die größten Chancen haben sollten. Über Amandas leblosen Körper, der in eine mit Säure gefüllte Wanne geworfen wurde, über ihr Haar, das ihr wie Pappmaché vom Kopf abstand.

»Eine Wahnsinnswelt«, flüsterte Broussard.

»Die Welt ist absolut beschissen, Remy. Verstehst du?«

»Vor zwei Tagen hätte ich dir da noch widersprochen. Ich bin Bulle, okay, aber eigentlich habe ich Glück gehabt. Ich hab' eine tolle Frau, 'n schönes Haus, hab' das Geld über die Jahre gut angelegt. Und den ganzen Scheiß hab' ich bald hinter mir, wenn eines Morgens der Wecker klingelt und ich die zwanzig Jahre rumhab'.« Er zuckte mit den Achseln. »Aber dann passiert so was wie dieses ... dieses zerlegte Kind in diesem verfluchten Badezimmer, und plötzlich denkt man, toll, ich hab' ein Superleben, aber für viele Leute ist die Welt doch nichts weiter als ein Haufen Scheiße. Auch wenn die Welt für mich in Ordnung ist, ist sie für eine Menge Leute einfach die Hölle. Weißt du, was ich meine?«

»O ja«, erwiderte ich. »Ganz genau.«

»Nichts funktioniert.«

»Wie meinst du das?«

»Nichts funktioniert«, wiederholte er. »Verstehst du das nicht? Autos, Waschmaschinen, Kühlschränke und Hypotheken, Schuhe, Klamotten und so ... nichts funktioniert. Die Schulen funktionieren nicht.«

»Die öffentlichen wenigstens nicht«, schränkte ich ein.

»Die öffentlichen? Dann guck dir mal die Idioten an, die heutzutage von den Privatschulen kommen! Hast du schon mal mit einem von diesen affektierten Affen gesprochen? Frag die mal, was Moral ist, dann sagen die, eine Idee. Wenn man sie fragt, was Anstand ist, dann sagen die, ein Begriff. Guck dir doch diese Kinder an, die im Central Park ein paar Alkis verprügeln, wegen Drogen oder einfach nur aus Spaß. Schulen funktionieren nicht, weil die Eltern nicht funktionieren, und daran sind wieder *deren* Eltern schuld, weil nämlich gar nichts funktioniert, warum also soll man Energie oder Liebe oder sonst was investieren, wenn man am Ende doch angeschissen ist? Mensch, Patrick, wir alle funktionieren nicht. Dieser Junge gestern war wochenlang verschwunden, niemand hat ihn gefunden. Er war in diesem Haus, und Stunden, bevor er umgebracht wurde, wußten wir es schon, aber wir saßen in einem beschissenen Doughnutladen und haben darüber *gequatscht*. Dem Kind wurde der Hals durchgeschnitten, als wir eigentlich die Tür hätten eintreten müssen.«

»Wir sind die reichste, fortschrittlichste Gesellschaft in der Geschichte der Menschheit«, warf ich ein, »aber wir können nicht verhindern, daß ein Kind in einer Badewanne von drei Monstern zerlegt wird. Warum nicht?«

»Ich weiß es nicht.« Er schüttelte den Kopf und trat in den Sand unter seinen Füßen. »Ich weiß es wirklich nicht. Jedesmal, wenn man denkt, man hat die Lösung, kommen ein paar Aktivisten und sagen dir, daß du dich irrst. Bist du für die Todesstrafe?«

Ich hielt ihm meinen Becher hin. »Nein.«

Er hörte auf zu gießen. »Wie bitte?«

Ich zuckte mit den Achseln. »Nein. Sorry. Gieß doch weiter, bitte.«

Er füllte mir den Becher und hielt dann die Flasche an die Lippen. »Du hast Corwin Earle von hinten in den Kopf geballert und willst mir jetzt erzählen, daß du gegen die Todesstrafe bist?«

»Ich bin der Meinung, daß unsere Gesellschaft nicht das Recht dazu besitzt und die Intelligenz schon gar nicht. Die Gesellschaft soll mir erst mal beweisen, daß sie vernünftige Straßen bauen kann, danach können wir mal über die Entscheidung über Leben und Tod reden.«

»Aber trotzdem hast du gestern jemanden exekutiert.«

»Rechtlich gesehen hatte er die Hand an der Waffe. Und außerdem bin ich nicht die Gesellschaft.«

»Was soll denn der Scheiß schon wieder heißen?«

Ich zuckte mit den Schultern. »Mir selbst vertraue ich. Mit meinen Taten kann ich leben. Aber der Gesellschaft vertraue ich nicht.«

»Und deshalb bist du Detective geworden, Patrick? Das Gesülze vom edlen Ritter und so weiter?«

Ich schüttelte den Kopf. »Scheiß auf das Gesülze.«

Er lachte.

»Ich bin Detektiv, weil ... keine Ahnung, vielleicht weil ich immer gespannt bin, was als nächstes passiert. Vielleicht reiße ich den Menschen gern ihre Maske vom Gesicht. Deshalb bin ich noch lange kein guter Mensch. Ich mag nur einfach keine Leute, die sich verstecken und vorgeben, etwas zu sein, was sie nicht sind.«

Er hob die Flasche, und ich stieß mit dem Plastikbecher an.

»Was ist, wenn einer vorgibt, etwas zu sein, weil ihm die Gesellschaft diese Rolle zuweist, er aber in Wirklichkeit ganz anders ist, nämlich so, wie er es für richtig hält?«

Ich schüttelte den Kopf trotz des Alkohols. »Erklär mir das noch mal.« Ich erhob mich. Meine Beine waren wackelig. Ich ging zum Klettergerüst vor den Schaukeln und hockte mich auf eine Sprosse.

»Wenn die Gesellschaft kaputt ist, wie sollen wir als vorgeblich ehrenwerte Menschen dann in ihr leben?«

»Am Rande«, antwortete ich.

Er nickte. »Genau. Doch irgendwie müssen wir mit der Gesellschaft klarkommen, sonst sind wir ... ach, sonst sind wir abgedrehte Anarchos, Typen in Tarnanzügen, die sich über die Steuern aufregen und gleichzeitig über die Straßen fahren, die der Staat geteert hat. Stimmt's?«

»Denke schon.«

Er richtete sich schwankend auf und griff nach der Kette der Schaukel. Dann neigte er sich nach hinten und verschwand in der Dunkelheit. »Ich hab' mal einem Typen Beweisstücke untergeschoben.«

»Du hast was?«

Er beugte sich wieder vor, so daß das Licht wieder auf ihn fiel. »Echt. Das Schwein hieß Carlton Volk. Er hat monatelang Nutten vergewaltigt. Monatelang! Ein paar Luden haben versucht, ihn langzumachen, aber er hat sie verarscht. Carlton war ein echter Irrer, eine Kampfmaschine, einer, der sich selbst im Knast Respekt verschaffte. Mit dem konnte man nicht reden. Da hat mich unser Kumpel Ray Likanski angerufen und mir alles haarklein erzählt. Schätze, Skinny Ray hatte was für eine von den Nutten übrig. Egal. So, nun wußte ich, daß Carlton Volk die Nutten vergewaltigt, aber wie sollte er in den Knast kommen? Selbst wenn die Mädels ausgesagt hätten, was sie nicht wollten, wer hätte ihnen geglaubt? Wenn eine Nutte sagt, sie ist vergewaltigt worden, halten das alle für einen schlechten Witz. Als ob man eine Leiche umbringt – technisch nicht möglich. Ich wußte aber, daß Carlton schon zweimal ›lebenslänglich‹ hatte und nur auf Bewährung draußen war; da hab' ich eine Unze Heroin und zwei nicht registrierte Waffen in seinem Kofferraum versteckt, tief unter dem Ersatzreifen, wo er sie nie finden würde. Dann hab' ich eine abgelaufene Plakette über die gültige auf seinem Nummernschild geklebt. Wer guckt schon auf seine eigene Plakette, solange er nicht zur Inspektion muß?« Wieder verschwand er kurz in der Dunkelheit. »Zwei Wochen später wird Carlton wegen der alten Plakette angehalten, er regt sich tierisch auf, und das Schicksal nimmt seinen Lauf. Lange Rede, kurzer Sinn: Er wird als Schwerverbrecher zu zwanzig Jahren verurteilt, ohne Chance auf Bewährung.«

Ich wartete mit der Antwort, bis er wieder im Licht zu sehen war.

»Meinst du, das war richtig so?«

Er zuckte mit den Schultern. »Für die Nutten war es richtig, ja.«

»Aber ...«

»Ein Aber gibt's immer, wenn man so eine Geschichte erzählt, oder?« Er seufzte. »Aber so ein Schwein wie dieser Carlton, der blüht im Bau richtig auf. Hat jetzt wahrscheinlich mehr Jugendliche zur Verfügung, die wegen Einbruchs und ein bißchen Dealerei sitzen, als er jemals hätte Nutten vergewaltigen können. War es also für unsere Gesellschaft im ganzen richtig, was ich getan habe? Eher nicht. War es richtig für ein paar Nutten, um die sich sonst keiner geschert hat? Vielleicht ja.«

»Würdest du es noch einmal tun?«

»Patrick, das wüßte ich mal gerne von dir: Was würdest du mit einem Kerl wie Carlton machen?«

»Womit wir wieder bei der Todesstrafe wären, oder?«

»Bei der persönlichen Entscheidung«, korrigierte er, »nicht bei der Entscheidung der Gesellschaft. Hätte ich den Mumm gehabt, ihn umzunieten, wäre überhaupt niemand mehr von ihm geschändet worden. Da gibt es kein Wenn und Aber. Das ist einfach so.«

»Aber die Jugendlichen im Knast werden dann halt von jemand anders vergewaltigt.«

Er nickte. »Für jede Lösung gibt es ein neues Problem.«

Ich trank noch einen Schluck Rum und sah einen einsamen Stern, der über den dünnen Wolken und dem Smog am Himmel schwebte.

»Als ich vor der Leiche des Jungen stand, da hat etwas Klick gemacht«, erklärte ich. »Mir war plötzlich egal, was mit mir passierte, mit meinem Leben, mit allem. Ich wollte einfach nur ...« Ich streckte die Hände aus.

»Rache.«

Ich nickte.

»Und deshalb hast du dem Kerl eine in den Hinterkopf geblasen, obwohl er auf den Knien lag.«

Erneut nickte ich.

»Hey, Patrick, dazu sage ich nichts, Mann. Ich finde, daß wir manchmal das Richtige tun, aber vor Gericht kämen wir nicht damit durch. Vor dem prüfenden Blick der« – er deutete mit den Fingern Gänsefüßchen an – »Gesellschaft hätte es keinen Bestand.«

Wieder hörte ich das tuckernde Gewimmer, das Corwin Earle ausgestoßen hatte, sah ich das Wölkchen aus Blut, das aus seinem Nacken gespritzt war, hörte ich den dumpfen Aufprall seines Körpers auf dem Boden und die leere Patronenhülse über das Holz gleiten.

»In der Situation«, gab ich zu, »würde ich es wieder tun.«

»Aber hast du deshalb richtig gehandelt?« Remy Broussard kam zum Klettergerüst herüber und goß mir noch etwas Rum ein.

»Nein.«

»Aber falsch war es eigentlich auch nicht, oder?«

Ich sah zu ihm auf, grinste und schüttelte den Kopf. »Nein.«

Er lehnte sich neben mich gegen das Klettergerüst und gähnte. »Wäre toll, wenn wir auf alles eine Antwort hätten, oder?«

Ich betrachtete den Umriß seines Gesichts, das neben mir in der Dunkelheit leuchtete, und merkte plötzlich, daß etwas in meinem Hinterkopf ruckte und zerrte wie ein kleiner Angelhaken. Irgend etwas hatte er eben gesagt, das mich gestört hatte.

Ich sah Broussard an und fühlte, daß sich der Angelhaken tiefer in meinen Hinterkopf grub. Er schloß die Augen, doch aus irgendeinem Grund hätte ich ihn am liebsten geschlagen.

Statt dessen sagte ich: »Ich bin froh.«

»Worüber?«

»Daß ich Corwin Earle umgebracht habe.«

»Ich auch. Ich bin froh, daß ich Roberta umgebracht habe.« Er goß mir Rum nach. »Scheiße noch mal, Patrick, ich bin heilfroh, daß keiner von diesen durchgedrehten Wichsern das Haus lebend verlassen hat. Trinken wir darauf?«

Ich sah die Flasche an, dann Broussard und suchte in seinem Gesicht nach dem, was mich plötzlich so an ihm gestört hatte. Mir angst machte. Im Dunkeln und bei dem ganzen Alkohol konnte ich jedoch nichts erkennen, deshalb hob ich meinen Becher und stieß mit ihm an.

»Auf daß sie in alle Ewigkeit in den Körpern ihrer Opfer in der Hölle schmoren!« sagte Broussard. Er hob mehrmals die Augenbraue. »Kommt danach nicht ein Amen, Bruder?«

»Amen, Bruder.«

28

Lange saß ich im aschgrauen Halbdunkel meines vom Mond beleuchteten Schlafzimmers und sah Angie beim Schlafen zu. Ich ging die Unterhaltung mit Broussard immer wieder im Kopf durch. Dabei trank ich aus einem großen Becher Kaffee von Dunkin' Donuts, den ich mir auf dem Heimweg geholt hatte, und mußte lächeln, als Angie den Namen des Hundes murmelte, den sie als Kind gehabt hatte, und dann mit der Hand über das Kopfkissen streichelte.

Vielleicht hatte das Trauma über die Erlebnisse im Haus der Tretts die Gedanken ausgelöst. Vielleicht war es nur der Rum. Oder es lag daran, daß ich, je stärker ich mich bemühte, mir die Geschehnisse vom Hals zu halten, den Einzelheiten, den Details immer mehr Wert beimaß, einem beiläufig geäußerten Wort oder Satz zum Beispiel, der in meinem Kopf anfing zu klingeln und nicht mehr aufhörte. Woran es diesmal auch lag, heute abend auf dem Spielplatz hatte ich eine Erkenntnis gewonnen und eine Lüge entdeckt. Und zwar gleichzeitig.

Broussard hatte recht gehabt: nichts funktionierte.

Aber ich hatte auch recht gehabt: Auch noch so sorgfältig gepflegte Masken bekommen irgendwann Risse.

Angie drehte sich auf den Rücken und stöhnte leise, dann trat sie gegen die Decke, die sich um ihre Füße gewickelt hatte. Diese ungewohnte Bewegung – das Bein lag in Gips – weckte sie auf. Sie blinzelte, hob den Kopf, blickte auf das Gipsbein, drehte sich dann um und erkannte mich.

»Hey. Was …« Sie setzte sich auf und schob sich das Haar aus den Augen. »Was machst du da?«

»Ich sitze hier«, antwortete ich. »Ich denke nach.«

»Bist du betrunken?«

Ich hob den Kaffeebecher. »Nicht so, daß man's merkt.«

»Dann komm ins Bett.« Sie streckte die Hand aus.

»Broussard hat uns angelogen.«

Sie zog die Hand zurück und stützte sich damit ab, um sich aufzusetzen. »Was?«

»Letztes Jahr«, begann ich, »als Ray Likanski uns in der Bar eingeschlossen hat und dann verschwand.«

»Was war damit?«

»Broussard hat damals gesagt, er würde den Typ kaum kennen. Er wäre einer von Pooles Informanten.«

»Ja. Und?«

»Heute abend, als er schon einen halben Liter Rum intus hatte, hat er mir erzählt, Ray wäre sein Spitzel gewesen.«

Sie beugte sich zum Nachttisch herüber und knipste das Licht an. »Was?«

Ich nickte.

»Also … also hat er sich letztes Jahr vielleicht einfach vertan. Oder wir haben uns verhört.«

Ich sah sie an.

Schließlich hob sie die Hand und nahm mit der anderen die Packung Zigaretten vom Nachttisch. »Du hast recht. Wir verhören uns nicht.«

»Nicht beide zusammen.«

Sie zündete sich eine Zigarette an und zog die Decke hoch. Dann kratzte sie sich am Knie über dem Gips. »Warum sollte er lügen?«

»Vielleicht hatte er einen Grund zu verschweigen, daß Ray sein Informant ist.«

Ich trank einen Schluck Kaffee. »Möglich, aber das hört sich zu einfach an, oder? Im Fall Amanda McCready ist Ray sozusagen der Kronzeuge, und Broussard behauptet, er kenne ihn nicht. Das kommt mir ...«

»... fragwürdig vor.«

Ich nickte. »Bißchen schon. Und noch was!«

»Was denn?«

»Broussard setzt sich bald zur Ruhe.«

»Wie bald?«

»Weiß ich nicht genau. Hörte sich nach sehr bald an. Er meinte, er habe bald zwanzig Jahre um, und wenn es soweit sei, würde er sein Abzeichen abgeben.«

Sie zog an der Zigarette und betrachtete mich über die glühende Asche hinweg. »Gut, er hört auf. Und?«

»Letztes Jahr, kurz bevor wir zum Steinbruch hochstiegen, da hast du einen Witz gemacht.«

Sie legte die Hand auf die Stirn. »Ich?«

»Ja. Du hast so was gesagt wie: Wird Zeit, daß wir in Rente gehen.«

Ihre Augen leuchteten auf. »Ich hab' gesagt: Vielleicht ist es an der Zeit, die Arbeit an den Nagel zu hängen.«

»Und was hat er geantwortet?«

Sie beugte sich vor, stützte die Ellenbogen auf den Knien ab und dachte nach. »Er meinte ...« Mehrmals stach sie mit der Zigarette in die Luft. »Er meinte, das könnte er sich nicht leisten. Irgendwas mit Krankenhausrechnungen.«

»Wegen seiner Frau, oder?«

Sie nickte. »Sie hatte kurz vor der Hochzeit einen Autounfall gehabt, aber sie war nicht versichert. Er hatte einen Berg Schulden beim Krankenhaus.«

»Und was ist nun mit diesen Rechnungen passiert? Meinst

du, das Krankenhaus hat einfach gesagt, ach, du bist so ein netter Kerl, vergiß das Geld?«

»Eher unwahrscheinlich.«

»Absolut unwahrscheinlich. Ein armer Polizist verheimlicht, daß er einen wichtigen Zeugen im Fall McCready kennt, und sechs Monate später hat dieser Bulle genug Geld, um in den vorzeitigen Ruhestand zu gehen – und zwar nach nur zwanzig Dienstjahren, was viel weniger Pension ergibt als nach dreißig Dienstjahren.«

Eine Weile kaute sie auf der Unterlippe herum. »Kannst du mir bitte ein T-Shirt geben?«

Ich zog die Kommode auf, nahm ein dunkelgrünes T-Shirt der Saw Doctors aus ihrer Schublade und reichte es ihr. Sie zog es über den Kopf und trat die Decke zur Seite. Dann blickte sie sich nach den Krücken um. Als sie mich ansah, merkte sie, daß ich in mich hineinkicherte.

»Was ist?«

»Du siehst ziemlich komisch aus.«

Ihr Gesicht wurde dunkelrot. »Wieso bitte?«

»So wie du hier in meinem T-Shirt mit dem riesigen weißen Gipsbein sitzt.« Ich zuckte mit den Achseln. »Sieht einfach nur komisch aus.«

»Haha«, sagte sie. »Wo sind meine Krücken?«

»Hinter der Tür.«

»Bist du so lieb?«

Ich brachte sie ihr, und sie kam mühsam auf die Beine. Dann folgte ich ihr durch den dunklen Flur in die Küche. Die Digitalanzeige der Mikrowelle zeigte 4:04 Uhr an, und ich spürte die Müdigkeit in den Knochen und im Nacken, doch war mein Kopf vollkommen wach. Als Broussard auf dem Spielplatz von Ray Likanski sprach, hatte etwas in meinem Kopf aufgemerkt und arbeitete jetzt mit Volldampf. Das Gespräch mit Angie hatte mich nur noch mehr angespornt.

Während Angie uns eine halbe Kanne entkoffeinierten Kaffee kochte und Sahne aus dem Kühlschrank und Zucker aus dem Schrank holte, ging ich noch einmal die Nacht aller Nächte im Steinbruch durch, als wir Amanda McCready für immer verloren hatten, wie es schien. Ich wußte, daß sich die meisten Informationen, die ich nun versuchte, mir in Erinnerung zu rufen, in meinem Aktenordner über den Fall befanden, doch wollte ich jetzt noch nicht auf meine Aufzeichnungen zurückgreifen. Wenn ich über ihnen brütete, wurde ich bloß dorthin zurückversetzt, wo ich vor sechs Monaten schon gewesen war. Doch hier in der Küche alles noch einmal in Gedanken Revue passieren zu lassen, konnte neue Gesichtspunkte bringen.

Die Entführer hatten verlangt, daß vier Kuriere das Geld von Cheese Olamon im Austausch für Amanda brachten. Warum vier? Warum nicht nur einer?

Ich fragte Angie.

Sie lehnte sich gegen den Herd, kreuzte die Arme vor der Brust und dachte darüber nach. »Darüber habe ich nie nachgedacht. Scheiße, konnte ich denn so blöd sein?«

»Ist das ein Aufruf zur Einschätzung deiner Fähigkeiten?«

Sie runzelte die Stirn. »Du fandest es auch nicht seltsam.«

»Daß ich dumm bin, weiß ich ja«, gab ich zurück. »Aber gerade war von dir die Rede.«

»In den Steinbrüchen lief damals eine richtige Großfahndung, alle Zufahrtsstraßen waren gesperrt, und trotzdem haben sie niemanden gefunden.«

»Vielleicht hatten die Entführer einen Tip bekommen, wie sie fliehen konnten. Oder sie hatten ein paar von den Bullen geschmiert.«

»Oder aber es war in dieser Nacht gar keiner außer uns da.« Ihre Augen glitzerten.

»Du heilige Scheiße!«

Sie biß sich auf die Unterlippe und hob mehrmals die Augenbrauen. »Was meinst du?«

»Dann war es Broussard, der von seiner Seite aus geschossen hat.«

»Warum nicht? Wir konnten da draußen überhaupt nichts erkennen. Wir haben Mündungsfeuer gesehen. Wir haben *gehört,* daß Broussard sagte, er sei unter Beschuß. Aber haben wir ihn selbst währenddessen gesehen?«

»Nein.«

»Dann sollten wir nur aus einem Grund dort hoch: um seine Geschichte zu bestätigen.«

Ich holte tief Luft und fuhr mir durch das Haar an den Schläfen. Konnte es so simpel sein? Oder besser: Konnte es so ein abgekartetes Spiel gewesen sein?

»Glaubst du, Poole wußte Bescheid?« Angie drehte sich um, hinter ihr dampfte die Kaffeemaschine.

»Warum fragst du?«

Sie klopfte mit der Kaffeetasse gegen den Oberschenkel. »Er war es schließlich, der behauptet hat, Ray Likanski sei sein Informant, nicht Broussard. Und vergiß nicht, daß er Broussards Kollege war. Du weißt doch, wie das ist. Denk doch nur an Oscar und Devin, die kennen sich besser als ein altes Ehepaar. Die sind sich gegenüber absolut loyal.«

Ich dachte darüber nach. »Welche Rolle hatte Poole denn dann?«

Sie goß sich Kaffee ein, obwohl die Maschine noch nicht ganz durchgelaufen war. Aus dem Filter fielen Tropfen mit einem lauten Zischen auf die Heizplatte. »Weißt du was?« fragte sie und goß sich Sahne ein, »was mich die ganze Zeit so gestört hat?«

»Was denn?«

»Die leere Tasche. Ich meine, stell dir vor, du bist einer von den Entführern. Du hältst den Bullen oben auf der Klippe in Schach und schleichst dich ran, um das Geld zu holen.«

»Ja. Und?«

»Bleibst du dann etwa stehen und machst die Tasche auf, um das ganze Geld herauszunehmen? Warum nimmst du nicht einfach die Tasche mit?«

»Keine Ahnung. So oder so, was macht das schon für einen Unterschied?«

»Keinen großen.« Sie drehte sich um und sah mir ins Gesicht. »Es sei denn, die Tasche war von Anfang an leer.«

»Ich hab' sie aber gesehen, als Broussard sie von Doyle bekam. Da war sie bis obenhin mit Scheinen gefüllt.«

»Und als wir am Steinbruch waren?«

»Soll er sie bei dem Marsch auf den Hügel vielleicht ausgeleert haben? Wie denn?«

Sie schürzte die Lippen und schüttelte den Kopf. »Keine Ahnung.«

Ich erhob mich vom Stuhl, holte mir eine Tasse aus dem Schrank, doch rutschte sie mir aus der Hand, berührte die Kante des Tresens und fiel zu Boden. Ich ließ sie dort liegen.

»Poole«, sagte ich. »Verfluchte Scheiße, es war Poole. Als er seinen Herzinfarkt hatte, oder was immer das auch war, ist er auf die Tasche gefallen. Und als wir weiter mußten, hat Broussard die Tasche unter ihm hervorgezogen.«

»Dann ist Poole die Böschung wieder heruntergegangen«, fuhr Angie eilig fort, »und hat die Tasche an einen Dritten weitergegeben.« Sie hielt inne. »Und hat Mullen und Gutierrez umgebracht?«

»Glaubst du, sie haben eine zweite Tasche unter die Bäume gelegt?« fragte ich.

»Weiß ich nicht.«

Ich wußte es auch nicht. Eventuell konnte ich noch glauben, daß Poole zweihunderttausend Dollar Lösegeld abgegriffen hatte, aber daß er Mullen und Gutierrez exekutierte? Das ging mir doch ein bißchen zuweit.

»Wir sind demnach beide der Meinung, daß noch ein Dritter beteiligt gewesen sein muß.«

»Wahrscheinlich ja. Irgendwie mußten sie das Geld ja dort herausbekommen.«

»Und wer war das?«

Sie zuckte mit den Achseln. »Die Unbekannte, die auch Lionel angerufen hat?«

»Möglich.« Ich hob die Kaffeetasse auf. Sie war nicht zerbrochen. Nachdem ich festgestellt hatte, daß sie keinen Sprung davongetragen hatte, füllte ich sie mit Kaffee.

»Junge, Junge«, sagte Angie kichernd. »Das klingt wie an den Haaren herbeigezogen.«

»Was?«

»Die ganze Sache. Ich meine, ist dir klar, was wir hier behaupten? Broussard und Poole haben die ganze Sache für uns inszeniert? Zu welchem Zweck?«

»Für das Geld.«

»Meinst du, zweihundertausend sind genug, daß Menschen wie Poole und Broussard ein Kind umbringen?«

»Nein.«

»Warum also dann?«

Ich bemühte mich, eine Antwort zu finden, doch war es vergeblich.

»Glaubst du allen Ernstes, daß einer von den beiden in der Lage ist, Amanda McCready umzubringen?«

»Menschen sind zu allem fähig.«

»Ja, aber gewisse Menschen sind zu bestimmten Dingen absolut nicht fähig. Und diese beiden sollen ein Kind getötet haben?«

Ich erinnerte mich an Broussards Gesichtsausdruck und an

Pooles Stimme, als Poole von dem Kind erzählte, das sie in wäßrigem Zement gefunden hatten. Die beiden waren bestimmt gute Schauspieler, aber sie hätten schon vom Kaliber eines Robert De Niro sein müssen, wenn ihr Schmerz in dem Moment nur gespielt war und ihnen das Leben eines Kindes so gleichgültig war wie das einer Ameise.

»Hmm«, gab ich von mir.

»Ich weiß, was das heißt.«

»Was denn?«

»Dein Hmm heißt immer, daß du vollkommen von der Rolle bist.«

Ich nickte. »Ich bin vollkommen von der Rolle.«

»Willkommen im Club!«

Ich trank einen Schluck Kaffee. Wenn nur ein Zehntel von dem, was wir gerade angenommen hatten, zutraf, dann war direkt vor unseren Augen ein ziemlich großes Verbrechen begangen worden. Nicht einfach nur in unserer Nähe oder bei uns um die Ecke. Nein, wir hatten neben den Tätern gekniet, als es geschah. Es war direkt vor unserer Nase geschehen.

Habe ich übrigens schon erwähnt, daß wir unseren Lebensunterhalt als Detektive verdienen?

Kurz nach Sonnenaufgang kam Bubba vorbei.

Er hockte sich im Schneidersitz auf den Fußboden im Wohnzimmer und setzte seine Unterschrift mit schwarzem Edding auf Angies Gips. Mit der krakeligen Schrift eines Zehnjährigen schrieb er:

Angie,
Hals und Bein Bruch. Haha.

Ruprecht Rogowski

Angie strich ihm über die Wange. »Ooh. Du hast mit Ruprecht unterschrieben. Wie lieb von dir!«

Bubba errötete und schlug ihr auf die Hand. Dann sah er zu mir auf. »Was ist?«

»Ruprecht.« Ich schmunzelte. »Das hatte ich fast vergessen.«

Bubba erhob sich, und sein Schatten fiel auf meinen Körper und auf die Wand hinter mir. Er rieb sich das Kinn und lächelte gequält. »Weißt du noch, als ich dich das eine Mal geschlagen habe, Patrick?«

Ich schluckte. »In der ersten Klasse.«

»Weißt du noch, warum?«

Ich räusperte mich. »Weil ich dich wegen deinem Namen verarscht habe.«

Bubba beugte sich vor. »Sollen wir das noch mal wiederholen?«

»Äh, lieber nicht«, antwortete ich, doch als er sich umdrehte, fügte ich hinzu: »Ruprecht.«

Ich wich seinem Schlag aus, und Angie seufzte: »Männer! Diese Männer!«

Bubba hielt inne, und ich nutzte den Augenblick, um mich hinter dem Couchtisch zu verschanzen.

»Könnten wir vorliegende Angelegenheit nun endlich verhandeln?« Sie schlug das Notizbuch in ihrem Schoß auf und zog mit den Zähnen die Kappe vom Stift. »Bubba, du kannst Patrick auch später noch verdreschen.«

Bubba überlegte es sich. »Du hast recht.«

»Gut.« Angie kritzelte etwas in ihr Notizbuch und warf mir einen Blick zu.

»Hey«, Bubba zeigte auf ihren Gips, »wie kannst du mit dem Teil eigentlich duschen?«

Angie seufzte. »Was hast du nun herausgefunden?«

Bubba setzte sich auf die Couch und legte seine Füße mit

den Springerstiefeln auf den Couchtisch. Normalerweise lasse ich so etwas nicht durchgehen, aber wegen der Sache mit Ruprecht bewegte ich mich schon auf dünnem Eis, deshalb sagte ich nichts.

»Von den paar Leuten, die noch zu Cheese' Mannschaft gehören, habe ich erfahren, daß Mullen und Gutierrez absolut null von einem vermißten Kind wußten. Alle behaupten, sie sind in dieser Nacht nach Quincy gefahren, um einen Deal abzuwickeln.«

»Was für einen Deal?« wollte Angie wissen.

»Was Dealer halt so dealen: Drogen. An den Lagerfeuern wird erzählt, daß der Markt nach einer ziemlich trockenen Zeit nur so mit reinstem Heroin überschwemmt werden sollte.« Er zuckte mit den Achseln. »Aber das ist nie passiert.«

»Bist du dir sicher?« fragte ich.

»Nein«, sagte er langsam, als spreche er mit einem zurückgebliebenen Kind. »Ich habe mit ein paar Jungs von Olamons Gang geredet, und sie meinten alle, daß Mullen und Gutierrez nie davon gesprochen hatten, mit einem Kind zu den Steinbrüchen zu fahren. Außerdem hat keiner von Cheese' Leuten jemals ein Kind bei denen gesehen. Falls Mullen und Gutierrez die Kleine also tatsächlich hatten, haben sie das absolut geheimgehalten. Und wenn sie in der Nacht mit ihr nach Quincy fuhren, um sie loszuwerden, dann lief das auch vollkommen unter der Hand ab.«

Er sah Angie an und zeigte mit dem Daumen auf mich. »War der früher nicht mal ein bißchen cleverer?«

Sie grinste. »Nach der High-School ging es bergab, glaube ich.«

»Noch etwas«, fuhr Bubba fort. »Ich komme nicht dahinter, warum die mich in der Nacht nicht einfach umgebracht haben.«

»Ich auch nicht«, bestätigte ich.

»Alle Leute von Cheese, mit denen ich gesprochen habe, schwören Stein und Bein, daß sie nichts damit zu tun hatten. Ich glaube ihnen. Ich jage den Leuten Angst ein. Früher oder später hätte es einer von denen schon ausgespuckt.«

»Also ist der, der dich umgehauen hat ...«

»Nicht daran gewöhnt, ständig Leute umzubringen.« Er zuckte mit den Achseln. »Nur meine Meinung.«

In der Küche klingelte das Telefon.

»Wer ruft denn hier um sieben Uhr morgens an, verdammt noch mal?« fragte ich.

»Auf jeden Fall keiner, der unsere Schlafgewohnheiten kennt«, bemerkte Angie.

Ich ging in der Küche ans Telefon.

»Hey, Bruder«, meldete sich Broussard.

»Hey«, grüßte ich zurück. »Weißt du, wieviel Uhr es ist?«

»Ja. Tut mir leid. Hör mal, du mußt mir einen Gefallen tun. Einen großen.«

»Und zwar?«

»Einer von meinen Jungs hat sich gestern abend bei der Verfolgung eines Täters den Arm gebrochen, und jetzt fehlt uns einer in der Mannschaft.«

»Was für eine Mannschaft?« erkundigte ich mich.

»Football«, antwortete er. »Raub und Mord gegen Rauschgift-Sitte-Kind. Ich bin jetzt zwar bei der Fahrbereitschaft, aber wenn's um Football geht, gehöre ich immer noch zu Rauschgift-Sitte-Kind.«

»Und was hat das mit mir zu tun?« fragte ich.

»Mir fehlt ein Spieler.«

Ich lachte so laut, daß sich Bubba und Angie im Wohnzimmer den Hals nach mir verrenkten.

»Ist das komisch?« fragte Broussard.

»Remy«, erklärte ich ihm, »ich bin weiß und über dreißig.

An einer Hand habe ich einen beschädigten Nerv, und seit dem fünfzehnten Lebensjahr habe ich keinen Football mehr in der Hand gehalten.«

»Oscar Lee hat mir erzählt, daß du fürs College gelaufen bist und Baseball gespielt hast.«

»Um mein Studium zu finanzieren«, erwiderte ich. »Bei beiden war ich die zweite Garnitur.« Ich schüttelte schmunzelnd den Kopf. »Sucht euch jemand anders. Tut mir leid.«

»Ich hab' keine Zeit mehr. Das Spiel ist um drei. Los, komm, Mann. Bitte! Ich brauche einen, der sich den Ball unter den Arm klemmt und ein paar Meter läuft, der ein bißchen Defensive-End spielt. Laß mich nicht hängen! Oscar meint, du wärst der schnellste Weiße, den er kennt.«

»Ich nehme mal an, daß Oscar auch dasein wird?«

»Ja, klar. Spielt natürlich auf der anderen Seite.«

»Und Devin?«

»Amronklin?« fragte Broussard. »Das ist der Trainer von den anderen. Bitte, Patrick. Wenn du mir nicht aus der Patsche hilfst, sind wir aufgeschmissen.«

Ich warf einen Blick ins Wohnzimmer. Bubba und Angie sahen mich verwirrt an.

»Wo?«

»Harvard-Stadion. Drei Uhr.«

Einen Moment lang sagte ich nichts.

»Hey, Mann, wenn dir das hilft: Ich spiele Fullback. Ich mach' dir den Weg frei, ich sorg' dafür, daß du keinen einzigen Kratzer abbekommst.«

»Drei Uhr«, wiederholte ich.

»Im Harvard-Stadion. Bis dann!«

Er legte auf.

Umgehend wählte ich Oscars Nummer.

Zuerst konnte er nicht aufhören zu lachen. »Er hat es also gefressen?« brachte er schließlich heraus.

»Was hat er gefressen?«

»Den ganzen Blödsinn, den ich ihm erzählt habe, daß du so schnell bist!« Erneutes Gelächter, gefolgt von Husten.

»Was ist so komisch daran?«

»Haha«, erscholl es aus dem Hörer. »Haha! Und er läßt dich Running-Back spielen?«

»So sieht es wohl aus.«

Oscar lachte wieder.

»Sorry, ich bekomme den Witz einfach nicht mit!« sagte ich.

»Der Witz ist«, erklärte Oscar, »daß du besser nicht auf die linke Seite gehst!«

»Warum?«

»Weil ich als linker Angriffsspieler anfange!«

Ich schloß die Augen und lehnte die Stirn gegen den Kühlschrank. Von allen Geräten in der Küche war der Kühlschrank in diesem Moment sicherlich der Situation am ehesten angemessen. Größe, Gewicht und Gestalt erinnerten grob an Oscar.

»Bis später auf dem Platz!« Oscar johlte noch ein paarmal in den Hörer, dann legte er auf.

Ich wollte mich sofort ins Bett legen. Auf dem Weg dahin ging ich durch das Wohnzimmer.

»Wo willst du hin?« fragte Angie.

»Ins Bett.«

»Warum?«

»Hab' heute nachmittag ein wichtiges Spiel.«

»Was denn für ein Spiel?« wollte Bubba wissen.

»Football.«

»Was?« rief Angie laut aus.

»Du hast ganz richtig verstanden«, erwiderte ich. Ich ging ins Schlafzimmer und machte die Tür hinter mir zu.

Ihr Lachen klang mir noch in den Ohren, als ich einschlief.

29

Es kam mir vor, als hieße jeder zweite in der Mannschaft von Rauschgiftdezernat, Sitte und EG Kind mit Vornamen John. Es gab einen John Ives, einen John Vreeman und einen John Pasquale. Der Quarterback hieß John Lawn, und einer der beiden Wide Receiver hatte den Namen John Coltraine, doch wurde er von allen Jazz genannt. Ein großer, dünner, milchgesichtiger Detective vom Rauschgiftdezernat namens Johnny Davis spielte Tight-End in der Offence und Free-Safety neben D. John Corkery, Chef der Nachtschicht am 16. Revier. Der einzige außer mir im Team, der nicht zu Rauschgift, Sitte oder Kind gehörte, war der Trainer. Ein Drittel der Johns hatte einen Bruder im gleichen Dezernat, so daß John Pasquale Tight-End spielte, und sein Bruder Vic Wide-Receiver. John Vreeman wurde links in der Abwehr aufgestellt, während sein Bruder Mel rechts lauerte. John Lawn war angeblich ein guter Quarterback, mußte jedoch eine Menge Spott ertragen, weil er den Ball besonders gerne seinem Bruder Mike zuwarf.

Schließlich gab ich nach zehn Minuten auf, den einzelnen Gesichtern Namen zuzuordnen, und entschloß mich, alle so lange John zu nennen, bis ich korrigiert wurde.

Die übrigen Spieler der DoRights, wie sie sich nannten, trugen zwar andere Namen, doch ähnelten sie sich alle im

Aussehen, egal welche Statur oder Hautfarbe sie hatten. Sie sahen aus wie Polizisten, gaben sich alle gleichzeitig locker und überdrüssig, und ihrem Blick konnte man ablesen, daß sie immer auf der Hut waren, selbst wenn sie lachten. Sie alle vermittelten das Gefühl, daß man im Bruchteil einer Sekunde von ihrem Freund zu ihrem Feind werden konnte, und daß es ihnen nicht das geringste ausmachte. Die Entscheidung dafür lag auf jeden Fall beim anderen. Doch war sie einmal gefallen, reagierten sie sofort entsprechend.

Ich habe im Laufe der Jahre eine Menge Bullen gekannt, bin mit ihnen auf die Rolle gegangen, habe mit ihnen getrunken, habe ein paar von ihnen sogar als Freunde gewonnen. Doch selbst wenn man mit ihnen befreundet war, konnte man das nicht mit einer Freundschaft zwischen normalen Menschen vergleichen. Bei einem Polizisten war ich mir nie so ganz sicher, wußte nie ganz genau, was in seinem Kopf vorging. Immer blieben sie ein wenig reserviert und gingen höchstens dann ganz aus sich heraus, wenn sie unter sich waren.

Broussard schlug mir auf die Schulter und stellte mich der Mannschaft vor. Einige schüttelten mir die Hand, einige grinsten und nickten mir knapp zu, einer sagte: »Geil gemacht mit Corwin Earle, Mr. Kenzie.« Dann scharten wir uns um John Corkery, der uns seine Taktik erklärte.

Damit war es nicht weit her. Im Grunde ging es nur darum, was für aufgedonnerte Weicheicher die Jungs von Mord und Raub waren, daß wir in diesem Spiel für Poole kämpfen mußten, der offenbar nur dann lebend von der Intensivstation kam, wenn wir den anderen so richtig den Arsch aufrissen. Verloren wir, so waren wir für den Tod von Poole verantwortlich.

Während Corkery predigte, sah ich zum anderen Team hinüber. Oscar merkte es und winkte mir fröhlich zu. Er grinste so hämisch, daß er den Mund beinahe nicht mehr zubekam. Devin bemerkte ebenfalls meinen Blick und grinste. Dann stieß er ein brutal aussehendes Ungetüm mit dem verkniffenen Gesicht eines Pekinesen an und zeigte quer über das Spielfeld auf mich. Das Ungetüm nickte. Die übrigen Männer von Mord und Raub wirkten nicht ganz so kräftig wie unsere, dafür aber geschickter und schneller. Sie sahen drahtig aus, doch sollte man das nicht mit mangelndem Biß verwechseln.

»Hundert Kröten für den ersten, der einen von denen k.o. schlägt«, sagte Corkery und klatschte in die Hände. »Bringt die Schweine um!«

Das mußte das Ende seiner inspirierenden Rede gewesen sein, denn alle erhoben sich, schlugen die Fäuste aufeinander und klatschten sich ab.

»Wo bleiben die Helme?« fragte ich Broussard.

Einer der Johns ging gerade an mir vorbei. Er klopfte Broussard auf den Rücken und sagte: »Der Kerl macht Witze, Broussard. Wo hast du den denn gefunden?«

»Also ohne Helm«, stellte ich fest.

Broussard nickte. »Wir spielen auf Tuchfühlung«, erklärte er. »Wir gehen nicht auf die Knochen.«

»Aham«, sagte ich. »Klar.«

Mord und Raub, oder die HurtYous, wie sie sich nannten, gewannen die Seitenwahl und entschieden sich dafür, den Ball aufzunehmen. Unser Kicker drängte sie bis an ihre 11-Yard-Linie zurück, und als wir uns aufstellten, zeigte mir Broussard einen schlanken Schwarzen der HurtYous und sagte: »Jimmy Paxton. Das ist dein Mann. Leg ihm Handschellen an!«

Der Center der HurtYous schnappte sich den Ball, der Quarterback ließ sich drei Schritte nach hinten fallen, warf den Ball über meinen Kopf und traf Jimmy Paxton an der

25-Yard-Linie. Ich hatte nicht die geringste Ahnung, wie Paxton an mir vorbeigekommen war, und konnte mir schon gar nicht erklären, wir er bis zur 25er hatte gelangen können. Schon bewegten sich die Mannschaften vorwärts zur nächsten Scrimmagelinie.

»Handschellen, habe ich gesagt«, rief Broussard. »Hast du den Teil nicht mitbekommen?«

Ich sah zu ihm hinüber und entdeckte kalten Zorn in seinem Blick. Doch dann grinste er, und mir wurde klar, wie weit ihn dieses Lächeln in seinem Leben schon gebracht hatte. Es war einfach klassisch amerikanisch: jungenhaft und arglos.

»Mal sehen, was ich tun kann«, gab ich zurück.

Die HurtYous lösten ihr Huddle auf, und ich sah, daß Devin Jimmy Paxton von der Seitenlinie aus zunickte.

»Die versuchen es direkt wieder über mich«, kündigte ich Broussard an.

John Pasquale, der Cornerback, sagte: »Dann machst du's diesmal vielleicht besser, was?«

Die HurtYous schnappten sich den Ball, und Jimmy Paxton flitzte die Seitenlinie herunter. Ich raste hinter ihm her. Mit einem Flackern in den Augen schraubte er sich hoch und rief mir zu: »Bis dann, weißer Mann!« Doch sprang ich mit ihm in die Höhe, warf mich zur Seite und streckte den rechten Arm aus, traf das Leder und konnte den Ball ins Aus schlagen.

Gemeinsam landeten Jimmy Paxton und ich auf dem Boden, und da wußte ich, daß es nur der erste von vielen Zusammenstößen war, die mich am nächsten Tag ans Bett fesseln würden.

Ich stand zuerst auf und reichte Paxton die Hand: »Ich dachte, du wolltest irgendwohin.«

Er grinste und ergriff meine Hand. »Rede nur, weißer Mann. Du bist schon ganz außer Atem.«

Zusammen gingen wir die Seitenlinie zur Scrimmagelinie herunter. Ich sagte: »Nur damit du mich nicht mehr ›Weißer Mann‹ nennen mußt und bevor ich anfange, dich ›Schwarzer Mann‹ zu nennen und wir hier in Harvard einen Rassenkrieg auslösen: Ich heiße Patrick.«

Er schlug ein. »Jimmy Paxton.«

»Hallo, Jimmy.«

Devin ließ den nächsten Spielzug wieder über mich laufen, doch erneut schlug ich den Ball ins Aus, und Jimmy Paxton streckte vergebens die Hände aus.

»Da bist du ja bei einer ganz schön fiesen Truppe gelandet, Patrick«, sagte Jimmy Paxton, als wir das nächste Mal zur Scrimmagelinie gingen.

Ich nickte. »Sie halten euch für Weicheier.«

Jimmy nickte. »Weicheier sind wir nicht, aber auch keine abgedrehten Cowboys wie die Spinner da. Rausch, Sitte und Kind.« Er pfiff durch die Zähne. »Die sind immer als erste draußen, weil sie ganz verrückt nach dem Kitzel sind.«

»Was für ein Kitzel?«

»Die Action, der Höhepunkt. Bei denen kannst du das Vorspiel vergessen. Bei denen geht es gleich zur Sache. Verstehst du?«

Beim nächsten Spielzug war Oscar Fullback und legte beim Fangen drei Mann flach, und der Running-Back lief durch eine Schneise, die so breit wie mein Hinterhof war. Aber einer der Johns – Pasquale oder Vreeman, ich wußte es nicht mehr – hielt seinen Arm an der 36-Yard-Linie fest, und die HurtYous entschieden sich für einen Punt.

Fünf Minuten später begann es zu regnen, so daß der Rest der ersten Hälfte zu einer dreckigen, schmierigen Schlammschlacht wurde. Wir rutschten, glitschten, schleuderten durch den Matsch. Keine Mannschaft kam groß voran. Als Running-Back erlief ich bei vier Läufen ungefähr zwölf

Yards, später als Safety wurde Jimmy Paxton zweimal angeworfen, doch konnte ich den nächsten Hammer verhindern und wich ihm ansonsten nicht mehr von der Seite, so daß sich der Quarterback andere Receiver suchte.

Zum Ende der ersten Halbzeit hatten wir noch keinen Punkt gemacht, doch wurden wir langsam gefährlich. In der Red Zone der HurtYous machten die DoRights beim zweiten von vier Versuchen und einer Restspielzeit von nur noch zwanzig Sekunden einen Optionsspielzug. John Lawn warf mir den Ball zu, und ich sah ein gähnendes Loch, hinter dem sich nichts als Grün erstreckte. Mit einer geschickten Drehung wich ich einem Linebacker aus und lief auf die Lücke zu, den Ball unter den Arm geklemmt, den Kopf gesenkt, doch trat Oscar aus dem Nichts vor mich. Sein Atem dampfte im kalten Regen, und er traf mich so schwer, daß ich dachte, ich sei einer Boeing 747 in die Quere gekommen.

Als ich endlich wieder zu mir kam, war die Zeit um, und der Regen spritzte mir den Schlamm bis ins Gesicht. Oscar reichte mir seine riesige Pranke und zog mich hoch. Er schmunzelte verhalten.

»Mußt du kotzen?«

»Ich überleg's mir noch.«

Er gab mir einen Klaps auf den Rücken, den er wohl für einen harmlosen Freundschaftsbeweis hielt, der mich aber beinahe wieder mit dem Gesicht im Dreck landen ließ.

»Netter Versuch«, sagte er und ging zu seiner Bank.

»Ich dachte, wir spielen auf Tuchfühlung!« sagte ich an der Seitenlinie zu Remy, wo die DoRights eine Kühltasche mit Bier und Wasser öffneten.

»Wenn einer das macht, was Sergeant Lee gerade getan hat, wird mit harten Bandagen gekämpft.«

»Bekommen wir also Helme für die zweite Halbzeit?«

Er schüttelte den Kopf und nahm sich ein Bier aus der

Kühltasche. »Nein, keine Helme. Wir werden einfach gemeiner.«

»Hat es bei einem von diesen Spielen schon mal Tote gegeben?«

Er grinste. »Noch nicht. Kann aber passieren. Bier?«

Ich schüttelte den Kopf und hoffte, das Klingeln würde bald aufhören. »Ich nehme ein Wasser.«

Er gab mir eine Flasche, legte mir die Hand auf die Schulter und führte mich ein paar Meter von den anderen weg. Auf der Tribüne hatten sich ein paar Leute eingefunden, hauptsächlich Jogger, die sich auf den Treppen aufwärmen wollten und dabei zufällig auf das Spiel gestoßen waren. Ein großer Kerl saß alleine abseits, die langen Beine aufs Geländer gestützt, die Baseballkappe tief ins Gesicht gezogen.

»Wegen gestern abend«, sagte Broussard und ließ die Worte wirken.

Ich trank etwas Wasser.

»Ich hab' ein, zwei Sachen gesagt, die ich besser nicht gesagt hätte. War zuviel Rum, da hab' ich was durcheinandergebracht.«

Ich sah zu den griechischen Säulen hinüber, die sich hinter der Tribüne erhoben. »Zum Beispiel?«

Er trat vor mich, seine flackernden Augen zuckten unruhig. »Versuch bloß nicht, dich mit mir anzulegen, Kenzie.«

»Patrick«, verbesserte ich ihn und trat einen Schritt nach rechts.

Er folgte mir, das Gesicht nur wenige Zentimeter von meinem entfernt. Seine Augen flackerten. »Wir wissen beide, daß mir was rausgerutscht ist, was ich besser nicht gesagt hätte. Lassen wir es dabei bewenden und vergessen wir die Sache.«

Ich lächelte ihn freundlich, aber verwirrt an. »Ich weiß wirklich nicht, was das heißen soll, Remy.«

Er schüttelte langsam den Kopf. »Fang bloß nicht mit dieser Tour an, Kenzie. Verstanden?«

»Nein, ich ...«

Ich sah den Schlag nicht kommen, fühlte nur einen scharfen Stich in den Fingerknöcheln, da lag auch schon meine Wasserflasche auf dem Boden und sprudelte ihren Inhalt in den Dreck.

»Vergiß das Ganze, dann ist alles klar mit uns.« Jetzt war das nervöse Flackern aus den Augen gewichen, statt dessen glommen sie kalt wie rote Funken.

Ich blickte auf die Wasserflasche aus Plastik hinunter, die im Schlamm lag. »Und wenn nicht?«

»Diese Frage solltest du dir nicht mal im Traum stellen.« Er neigte den Kopf zur Seite und sah mir in die Augen, als wäre dort etwas, das vielleicht entfernt werden mußte, nur war er sich noch nicht sicher. »Haben wir uns verstanden?«

»Ja, Remy«, antwortete ich. »Verstanden. Sicher.«

Eine Minute lang hielt er meinem Blick stand. Er atmete ruhig. Schließlich hob er die Bierdose an die Lippen und trank einen großen Schluck.

»Officer Broussard, bitte«, sagte er und ging zu den anderen.

In der zweiten Halbzeit herrschte Krieg.

Regen, Schlamm und der Geruch von Blut hatten etwas Grausames in beiden Mannschaften freigelegt. In dem nun folgenden Gemetzel mußten drei HurtYous und zwei DoRights aufgeben. Einer von ihnen, Mike Lawn, wurde vom Platz getragen, nachdem Oscar und ein Arschloch vom Raub namens Zeke Monfriez ihn von zwei Seiten eingekeilt hatten und ihn beinahe zweiteilten.

Ich trug zwei schwer geprellte Rippen und einen Schlag in

die Nieren davon, nach dem ich am nächsten Morgen wahrscheinlich Blut pinkeln würde, doch verglichen mit den anderen blutigen Gesichtern, matschigen Nasen und den zwei Zähnen, die einer am First-Down-Mal ausspuckte, hatte ich noch Glück gehabt.

Broussard wechselte nach hinten und ließ mich für den Rest der Partie in Ruhe. Bei einem Spielzug platzte seine Unterlippe auf, doch nahm er den Schuldigen zwei Spielzüge später so hart in die Mangel, daß dieser eine ganze Minute lang hustend und kotzend auf dem Boden lag, bevor er wieder schwankend auf die Beine kam, als stände er auf Deck eines Schoners auf hoher See. Nachdem Broussard das arme Schwein zu Boden geworfen hatte, trat er nach ihm. Da drehten die HurtYous durch. Broussard stand hinter einer Mauer aus seinen Männern, während Oscar und Zeke versuchten, zu ihm durchzukommen. Sie schimpften ihn ein armseliges Arschloch, und Broussard sah zu mir herüber und grinste wie ein schadenfroher Dreijähriger.

Er hob den blutverkrusteten Finger und drohte mir damit.

Wir gewannen durch ein Field Goal.

Als einer, der, so wie jeder Junge in Amerika, in seiner Jugend unbedingt ein Sport-As werden wollte und der an Sonntagnachmittagen im Herbst noch immer fast alle Termine absagt, hätte ich eigentlich begeistert sein müssen, denn das war wohl meine letzte Begegnung mit dem Mannschaftssport, dem prickelnden Siegesgefühl und der sexuellen Komponente so einer körperlichen Auseinandersetzung. Eigentlich hätte ich in Jubel ausbrechen müssen, eigentlich hätte ich Tränen in den Augen haben müssen, als ich dort mitten auf dem Platz des ersten Footballstadions stand, das in diesem Land erbaut wurde, als ich die griechischen Säulen und den Regen sah, der auf die langen Holzbänke der Tribünen prasselte, als ich im Aprilregen noch einmal den Winter und den metallischen Geruch der Luft spürte und den Abend im kalten roten Himmel einsam näher kommen sah.

Aber all das merkte ich nicht.

Ich dachte, daß wir ein Haufen alberner, lächerlicher Männer waren, die nicht in der Lage zu sein schienen, das eigene Alter zu akzeptieren, dafür aber anderen Männern die Knochen brechen und das Fleisch zerreißen wollten, nur damit wir einen braunen Ball ein paar Meter oder Zentimeter weitertragen konnten.

Und als ich zu Remy Broussard hinübersah, der sich Bier über den blutigen Finger goß, die geplatzte Lippe damit betäubte und sich mit seinen Kumpels abschlug, bekam ich zusätzlich noch Angst.

»Erzählt mir was über ihn«, sagte ich in der Kneipe zu Devin und Oscar.

»Über Broussard?«

»Ja.«

Die Mannschaften hatten beschlossen, die Siegesfeier in einer Kneipe auf der Western Avenue in Allston abzuhalten, ungefähr eine halbe Meile vom Stadion entfernt. Die Bar hieß Boyne nach einem Fluß in Irland, der sich durch das Dörfchen schlängelte, in dem meine Mutter groß geworden war, und wo sie ihren Vater, einen Fischer, und zwei Brüder an die tödliche Kombination zweier Flüssigkeiten verloren hatte: Whiskey und das Meer.

Für eine irische Kneipe war das Boyne extrem gut beleuchtet. Die Helligkeit wurde von den fast weißen Holztischen, beigen Sitzecken und der glänzenden Theke noch unterstrichen. Irische Kneipen sind meistens dunkel; Mahagoni, Eiche und schwarze Bodendielen herrschen vor. Ich hatte immer vermutet, daß nur die Dunkelheit meinen Landsleuten diese Intimität gewährt, die sie bei ihren häufig vorkommenden Saufexzessen offenbar für nötig erachten.

Im hellen Licht des Boyne war deutlich zu erkennen, daß der Kampf auf dem Feld in der Kneipe mit anderen Mitteln fortgesetzt wurde. Die Männer von Mord und Raub blieben an der Theke und an den Stehtischen daneben stehen. Die Bullen von Rauschgift-Sitte-Kind nahmen den hinteren Teil der Kneipe ein, hockten sich auf Banklehnen, standen in Gruppen an der kleinen Bühne neben dem Notausgang und unterhielten sich so lautstark, daß die dreiköpfige irische Band nach nur vier Liedern zu spielen aufhörte.

Keine Ahnung, was der Wirt der Kneipe von den rund fünfzig ramponierten Männern hielt, die in seine nur mäßig besuchte Kneipe eingefallen waren, ob in der Küche ein paar Rausschmeißer auf ihren Einsatz warteten oder ob es eine Standleitung zur Wache von Brighton gab, aber man konnte nicht abstreiten, daß er heute richtig abkassierte. Ununterbrochen wurde Bier und Schnaps ausgeschenkt, und die Thekenmannschaft hatte Mühe, mit den Bestellungen aus dem hinteren Teil der Kneipe Schritt zu halten. Sie schickte Aushilfen los, die zerbrochene Flaschen und umgeworfene Aschenbecher einsammelten.

Broussard und John Corkery hielten hinten hof. Lautstark priesen sie die Tüchtigkeit der DoRights. Broussard drückte abwechselnd ein Taschentuch und eine kalte Bierflasche gegen die aufgeplatzte Lippe.

»Ich dachte, ihr zwei wärt Kumpel«, meinte Oscar. »Lassen euch eure Mamis nicht mehr zusammen spielen, oder habt ihr euch gestritten?«

»Das mit den Mamis«, antwortete ich.

»Ein Superbulle!« bemerkte Devin. »Kleiner Angeber, aber das sind sie alle bei Rauschgift und Sitte.«

»Aber Broussard ist in der EGK. Scheiße, nicht mal das mehr: Er ist bei der Fahrbereitschaft.«

»EGK war auch nur die letzten beiden Jahre«, stellte Devin richtig. »Davor war er eine Zeitlang bei Sitte und eine Zeitlang bei Rauschgift.«

»Schon ein bißchen länger.« Oscar rülpste. »Wir haben zusammen als Kontaktbeamte aufgehört, sind beide ein Jahr in Uniform rumgelaufen, dann ist er zur Sitte gegangen und ich zu Gewaltverbrechen. Das war '83.«

Remy stand zwischen zwei seiner Leute, die ihm von beiden Seiten die Ohren vollquatschten. Er hob den Kopf und sah durch die Kneipe zu Oscar, Devin und mir herüber. Dann hob er die Bierflasche und deutete eine Verbeugung an.

Wir hoben unsere Flaschen.

Er grinste, beobachtete uns eine Weile und wandte sich dann wieder seinen Freunden zu.

»Einmal Sitte, immer Sitte«, sagte Devin. »Diese verfluchten Kerle!«

»Nächstes Jahr packen wir sie!« sagte Oscar.

»Dann sind's nicht mehr dieselben«, widersprach Devin verbittert. »Broussard hört bald auf, Vreeman auch. Corkery ist im Januar dreißig Jahre dabei, ich hab' gehört, er hat sich das Haus in Arizona schon gekauft.«

Ich stieß ihn an. »Und du? Du mußt doch auch bald die dreißig um haben.«

Er schnaubte. »Soll ich in Pension gehen? Und dann?« Er schüttelte den Kopf und trank einen Wild Turkey.

»Wir verlassen diesen Verein erst, wenn wir mit den Füßen zuerst rausgetragen werden«, sagte Oscar und stieß mit Devin an.

»Warum interessierst du dich plötzlich für Broussard?« fragte Devin. »Ich dachte, nach der Sache bei den Tretts wärt ihr beiden Blutsbrüder.« Er sah sich um und schlug mir mit der Hand auf die Schulter. »Was übrigens ordentliche Arbeit war.«

Ich überhörte das Lob. »Broussard interessiert mich einfach.«

»Und deshalb hat er dir die Wasserflasche aus der Hand geschlagen?« fragte Oscar.

Ich sah ihn überrascht an. Ich war überzeugt, daß Broussard den Angriff mit dem Körper vor den anderen abgeschirmt hatte.

»Das hast du gesehen?«

Oscar nickte. »Hab' auch gesehen, was für einen Blick er dir zugeworfen hat, nachdem er Rog Doleman gefoult hat.«

»Und ich kann sehen, wie er die ganze Zeit zu uns rübersieht, während wir hier so beiläufig plaudern«, sagte Devin.

Einer der Johns schob sich zwischen uns und bestellte zwei Bier und drei Jim Beam. Er blickte auf mich herunter und stützte sich mit dem Ellenbogen auf meiner Schulter ab. Dann sah er Devin und Oscar an.

»Wie sieht's aus, Jungs?«

»Verpiss dich, Pasquale«, antwortete Devin.

Pasquale lachte. »Ich weiß, daß das liebevoll gemeint war.«

»Aber sicher«, gab Devin zurück.

Pasquale kicherte in sich hinein, der Barkeeper gab ihm die Biere. Ich lehnte mich zur Seite, als er die Gläser an John Lawn weiterreichte. Dann drehte sich Pasquale wieder zur Theke und wartete auf den Whiskey. Er trommelte mit den Fingern auf das Holz.

»Schon gehört, was unser Kumpel Kenzie bei den Tretts abgezogen hat?« Er blinzelte mir zu.

»Nur grob«, erwiderte Oscar.

»Hab' gehört, Kenzie saß bei Roberta Trett in der Küche in der Falle«, erzählte Pasquale. »Aber Kenzie hat sich geduckt, und Roberta hat nicht ihm, sondern ihrem Mann den Kopf weggepustet.«

»Nett geduckt«, bemerkte Devin.

Pasquale nahm den Jim Beam entgegen und warf ein paar Münzen auf die Theke. »Ducken kann er sich gut«, sagte er und streifte mich mit dem Ellenbogen am Ohr, als er die Gläser von der Theke nahm. Beim Umdrehen sah er mir in die Augen. »Aber eigentlich ist das eher Glück als Talent, das Ducken. Meinst du nicht?« Er drehte sich um, so daß er Oscar und Devin den Rücken zuwandte. Ohne mich aus den Augen zu lassen, trank er das Glas leer. »Aber das Schlechte am Glück ist, daß es irgendwann damit vorbei ist.«

Devin und Oscar drehten sich auf den Barhockern um und sahen ihm nach, als er an den anderen Gästen vorbei in den hinteren Teil der Kneipe ging.

Oscar zog eine halb gerauchte Zigarre aus der Hemdtasche und zündete sie an. Ausdruckslos beobachtete er Pasquale. Dann zog er an der Zigarre, und der schwarze, rissige Tabak knisterte.

»Sehr subtil«, bemerkte er und warf das Streichholz in den Aschenbecher.

»Was ist hier eigentlich los, Patrick?« fragte Devin mit monotoner Stimme, den Blick auf das leere Whiskeyglas gerichtet, das Pasquale stehengelassen hatte.

»Weiß ich auch nicht genau«, erwiderte ich.

»Du hast einen Feind bei den Cowboys«, sagte Oscar. »Kein kluger Schachzug.«

»War keine Absicht«, gab ich zurück.

»Hast du einen Verdacht gegen Broussard?« fragte Devin.

»Vielleicht«, antwortete ich. »Ja.«

Devin nickte, dann faßte er mich mit der Hand am Ellenbogen. »Egal, was du denkst«, sagte er und lächelte freundlich zu Broussard hinüber, »hör auf damit.«

»Und wenn ich das nicht kann?«

Oscars Kopf tauchte hinter Devins Schulter auf. Er sah mich mit seinem leeren Blick an. »Laß es sein, Patrick.«

»Und wenn ich nicht kann?« wiederholte ich.

Devin seufzte. »Dann kannst du vielleicht bald überhaupt nichts mehr.«

30

In der blinden Hoffnung, noch etwas ausrichten zu können, beschlossen wir, Poole im Krankenhaus zu besuchen.

Das New England Medical Center erstreckt sich über zwei Häuserblöcke. Die Gebäude und gläsernen Verbindungsgänge befinden sich in der Mitte von Chinatown, dem Theaterviertel und den schwer mitgenommenen Überresten der alten Combat Zone, dem ehemaligen Rotlichtviertel.

Schon am frühen Sonntag morgen ist es schwer, einen freien Parkplatz in der Nähe des New England Med zu finden; donnerstags abends ist es schlichtweg unmöglich. Im Schubert wurde die zigste Wiederaufführung von *Miss Saigon* gespielt, das Wang Center zeigte das neueste bombastische Musical von Andrew Lloyd Webber oder irgendeine andere ausverkaufte, aufwendig inszenierte musikalische Schonkost, so daß der untere Teil der Tremont Street von Taxis und Limousinen, Busineß-Anzügen und Pelzmänteln nur so wimmelte. Genervte Polizisten bliesen in ihre Pfeifen und leiteten den Verkehr in einem weiten Bogen um den Menschenauflauf und die bis in dritter Reihe parkenden Wagen.

Wir machten uns nicht einmal die Mühe, eine Runde um den Häuserblock zu drehen, sondern fuhren gleich in das Parkhaus des Krankenhauses, zogen ein Ticket und fanden erst im sechsten Stockwerk eine Lücke. Ich stieg aus und hielt Angie die Tür auf. Sie hievte sich auf die Krücken, ich warf die Tür hinter ihr zu und folgte ihr zwischen den Wagen hindurch.

»Wo ist denn der Fahrstuhl?« rief sie mir über die Schulter zu.

Ein junger Mann, so groß und drahtig wie ein Basketballspieler, antwortete: »Da entlang!« und wies nach links. Er stand gegen die Hecktür eines schwarzen Chevy Suburban gelehnt und rauchte eine schlanke Zigarre, die noch die rote Banderole mit der Aufschrift »Cohiba« trug.

»Danke«, sagte Angie, und wir warfen ihm im Vorbeigehen ein höfliches Lächeln zu.

Er grinste zurück und nahm die Zigarre aus dem Mund. »Er ist tot.«

Wir hielten inne. Ich drehte mich um und sah mir den Typ genauer an. Er trug eine marineblaue Fleecejacke mit einem braunen Lederkragen, darunter ein schwarzes Shirt mit V-Ausschnitt und eine schwarze Jeans. Seine schwarzen Cowboystiefel waren so ausgetreten wie die eines Rodeoreiters. Er streifte die Asche von der Zigarre ab, schob sie sich wieder zwischen die Lippen und sah mich an.

»Jetzt kommt die Stelle, wo Sie sagen müssen: ›Wer ist tot?‹«

»Wer ist tot?« fragte ich.

»Nick Raftopoulos«, antwortete er.

Nun drehte sich Angie auf den Krücken zu ihm um. »Wie bitte?«

»Den wollten Sie doch besuchen, oder?« Er breitete die Arme aus und zuckte mit den Schultern. »Tja, das geht jetzt aber nicht mehr, weil er nämlich vor einer Stunde gestorben ist. Herzstillstand infolge eines massiven Traumas, ausgelöst durch Schußverletzungen, die er sich auf der vorderen Veranda von Leon Trett zugezogen hat. Vollkommen normal unter diesen Umständen.«

Angie hoppelte los, und ich folgte ihr. Dann standen wir beide vor dem Mann.

Er lächelte. »Eure nächste Zeile lautet: ›Woher wissen Sie, wen wir besuchen wollen?‹« sagte er. »Los, fragt schon. Ist mir egal, wer.«

»Wer sind Sie?« fragte ich statt dessen.

Er hielt mir die Hand hin. »Neal Ryerson. Nennt mich Neal. Hab' leider keinen coolen Spitznamen, die Ehre wurde mir nicht zuteil. Sie sind Patrick Kenzie, und Sie sind Angela Gennaro. Ich muß schon sagen, Ma'am, selbst mit dem Gips und so wird Ihnen Ihr Foto nicht gerecht. Mein Daddy hätte gesagt, Sie sind ein echter Hingucker.«

»Poole ist tot?« fragte Angie.

»Ja. Tut mir leid. Sagen Sie, Patrick, könnten Sie mir kurz die Hand schütteln? Ist ein bißchen anstrengend, sie die ganze Zeit so auszustrecken.«

Ich drückte sie leicht. Dann hielt er sie Angie hin. Sie lehnte sich auf den Krücken zurück und ignorierte die Hand. Statt dessen sah sie Neal Ryerson ins Gesicht. Sie schüttelte den Kopf.

Er warf mir einen Blick zu. »Hat sie Angst vor Sackratten?«

Dann schob er die Hand in die Innentasche seiner Jakke.

Ich griff sofort an mein Holster.

»Keine Angst, Mr. Kenzie. Keine Angst.« Er zog eine kleine Brieftasche hervor und klappte sie auf. Darin war ein silbernes Abzeichen und ein Ausweis. »Spezialagent Neal Ryerson«, stellte er sich mit tiefem Bariton vor. »Justizministerium. Tata!« Er klappte die Brieftasche wieder zu und ließ sie zurück in die Jacke gleiten. »Abteilung Organisiertes Verbrechen, falls es Sie interessiert. Mensch, ihr seid ja zwei Plaudertaschen!«

»Warum halten Sie uns auf?« fragte ich.

»Weil ich, lieber Mr. Kenzie, heute nachmittag beim Football gesehen habe, daß Ihnen die Freunde weglaufen. Und ich bin gut als Freund.«

»Ich brauche aber keinen.«

»Sie haben vielleicht gar keine Wahl. Vielleicht muß ich Ihr Freund sein, ob es Ihnen paßt oder nicht. Und ich kann das ziemlich gut. Ich höre Ihnen zu, wenn Sie Schwänke aus Ihrer Jugend erzählen, geh' zusammen mit Ihnen zum Baseball und lasse mich ansonsten an allen angesagten Tränken dieser Stadt mit Ihnen sehen.«

Ich warf Angie einen Blick zu, und wir drehten uns um und gingen zurück zum Auto. Zuerst schloß ich ihre Seite auf. Ich wollte ihr gerade die Tür öffnen, als Ryerson sagte: »Broussard wird euch umbringen.«

Wir sahen ihn wieder an. Er zog an seiner Cohiba und löste sich von seinem Wagen, schlenderte mit weit ausgreifenden Schritten auf uns zu, als ginge er nach einer Spielzeit vom Basketballfeld.

»Und darin ist er wirklich gut, im Umbringen. Normalerweise macht er es nicht selbst, sondern übernimmt nur die Planung. Als Planer ist er erste Sahne.«

Ich nahm Angies Krücken und öffnete die hintere Tür, um sie auf dem Rücksitz zu verstauen. Ryerson mußte einen Schritt nach hinten machen. »Wir kommen schon klar, Spezialagent Ryerson.«

»Das haben Chris Mullen und Pharaoh Gutierrez bestimmt auch gedacht.«

Angie beugte sich nach draußen. »Hat Pharaoh Gutierrez für die Rauschgiftbehörde gearbeitet?« Sie holte ihre Zigaretten heraus.

Ryerson schüttelte den Kopf. »Nee. Er war ein Informant für die staatliche Einsatzgruppe zur Verbrechensbekämpfung.« Er trat vor und gab Angie mit einem schwarzen Zippo Feuer. »Er war mein Mann. Ich hab' ihn angeworben. Hab' ihn sechseinhalb Jahre bearbeitet. Er wollte mir helfen, Cheese festzunageln, und als nächstes sollte Cheese' Organisation auffliegen. Danach wollte ich mir Cheese' Lieferanten kaufen, einen gewissen Ngyun Tang.« Er zeigte gen Osten. »Hohes Tier in Chinatown.«

»Aber?«

»Aber«, er zuckte mit den Achseln, »Pharaoh wurde kaltgemacht.«

»Und Sie glauben, das war Broussard?«

»Ich glaube, daß er die Sache geplant hat. Er hat ihn nicht eigenhändig umgebracht, weil er zu sehr damit beschäftigt war, oben im Steinbruch so zu tun, als stände er von allen Seiten unter Beschuß.«

»Und wer soll dann Mullen und Gutierrez umgebracht haben?«

Ryerson sah zur Decke hoch. »Wer hat das Geld aus dem Steinbruch geholt? Wer war der erste, der in der Nähe der Opfer gefunden wurde?«

»Moment mal«, sagte Angie. »Poole? Sie glauben, Poole hat die beiden erschossen?«

Ryerson lehnte sich gegen den neben unserem Wagen parkenden Audi, nahm einen langen Zug von der Zigarre und blies den Neonröhren Rauchringe entgegen.

»Nicholas Raftopoulos. Geboren 1948 ins Swampscott, Massachusetts. Kam 1968, kurz nach seiner Rückkehr aus Vietnam, zur Polizei von Boston. In Vietnam hatte er den Silver Star verliehen bekommen und war – Überraschung! – ein erstklassiger Schütze. Sein Lieutenant sagte, Corporal Raftopoulos könne, und hier zitiere ich, ›einer Tsetsefliege aus fünfzig Metern das Arschloch wegblasen‹.« Er schüttelte den Kopf. »Diese Jungs von der Army, die haben so eine lebhafte Phantasie!«

»Und Sie glauben ...«

»Ich glaube, daß wir drei uns mal unterhalten müssen, Mr. Kenzie.«

Ich trat einen Schritt zurück und sah ihn mir genauer an. Er war mindestens 1,85 Meter groß. Das perfekt frisierte rotblonde Haar, sein lockeres Benehmen und der Schnitt seiner Kleidung sprachen für einen Mann mit Geld in der Familie. Jetzt erkannte ich ihn auch: Er war der Zuschauer, der heute nachmittag im Harvard-Stadion alleine hinten auf der Tribüne gesessen hatte. Er hatte sich auf den Sitz gelümmelt, die langen Beine auf das Geländer gelegt und sich die Baseballkappe tief in die Stirn gezogen. Ich konnte mir gut vorstellen, daß er sich nach dem Studium in Yale nicht hatte entscheiden können, ob er nun als Anwalt arbeiten oder sich bei der Regierung bewerben sollte. Beides bot die Möglichkeit, ein politisches Amt zu übernehmen, sobald das Haar an seinen Schläfen den richtigen, vertrauenerweckenden Grauton aufwies. Doch wenn er für den Staat arbeitete, durfte er eine Waffe tragen. Da war ihm die Entscheidung nicht schwergefallen.

»Hat mich gefreut, Neal.« Ich ging um das Auto herum zur Fahrertür.

»Das war kein Witz, als ich gesagt habe, er bringt euch um.«

Angie kicherte. »Und Sie wollen uns wahrscheinlich retten, wie?«

»Ich bin beim Justizministerium.« Er legte eine Hand auf die Brust. »Kugelsicher.«

Über das Dach des Crown Victoria sah ich ihn an. »Aber nur, weil Sie immer hinter den Menschen stehen, die Sie eigentlich schützen sollen, Neal.«

»Ups.« Er fuhr sich mit der Hand über die Brust. »Super Spruch, Pat.«

Angie schlug die Tür zu, ich tat es ihr nach. Als ich den Wagen anließ, klopfte Neal Ryerson an Angies Fenster. Sie runzelte die Stirn und sah mich an. Ich zuckte mit den Achseln. Dann ließ sie langsam die Scheibe herunter, und Neal Ryerson ging in die Hocke, einen Arm ins offene Fenster gestützt.

»Ich muß euch sagen, daß ihr einen riesengroßen Fehler macht, wenn ihr nicht hört, was ich zu sagen habe.«

»Wir haben schon viele Fehler gemacht«, erwiderte Angie.

Er lehnte sich zurück und zog an seiner Zigarre, blies den Rauch aber aus, bevor er sich wieder vorbeugte.

»Als ich klein war, nahm mich mein Vater immer mit zum Jagen in die Berge, nicht weit von unserem Wohnort entfernt, der hieß Boone, in North Carolina. Und vom ersten Mal an, als ich acht war, bis zu meinem achtzehnten Geburtstag hat mir mein Daddy nur eins eingebleut. Man muß nur auf eins wirklich aufpassen, nur auf eins: nicht auf den Elch oder das Reh, sondern nur auf die anderen Jäger.«

»Sehr tiefschürfend«, sagte Angie.

Er lächelte. »Und deshalb, Pat und Angie ...«

»Nennen Sie ihn bloß nicht Pat«, sagte Angie. »Er haßt das.«

Er hielt die Hand mit der Zigarre hoch. »Entschuldigung, Patrick. Wie soll ich das sagen? Der Feind ist unter uns. Verstehen Sie? Und er wird sich bald auf die Suche nach Ihnen machen.« Mit der dünnen Zigarre wies er auf mich. »Er hat sich heute sogar schon mit Ihnen unterhalten, Patrick. Wie lange wartet er noch, bis er aufrüstet? Er weiß genau, daß Sie früher oder später wieder vorbeikommen und die falschen Fragen stellen, auch wenn Sie sich im Moment ruhig verhalten. Mensch, deswegen seid ihr doch heute abend hier zu Nick Raftopoulos gefahren, oder? Ihr habt gehofft, er könnte euch ein paar von euren falschen Fragen beantworten. Jetzt könnt ihr fahren. Ich kann euch nicht aufhalten. Aber er läßt euch nicht in Ruhe. Die ganze Sache wird eskalieren.«

Ich sah Angie an, sie entgegnete meinen Blick. Der Rauch von Ryersons Zigarre stahl sich ins Auto und setzte sich in meinen Lungen fest.

Angie wandte sich wieder zu ihm und schob ihn mit einer Handbewegung vom Fenster fort. »Das Blue Diner«, sagte sie, »kennen Sie das?«

»Höchstens sechs Häuserblöcke entfernt von hier.«

»Bis gleich«, antwortete sie, und wir fuhren aus der Parklücke zur Ausfahrt.

Von außen sieht das Blue Diner abends wirklich cool aus. Als einziges Neonlicht in der Kneeland Street im Gewerbegebiet am Ende des Leather Districts schwebt eine große weiße Kaffeetasse über dem Namenszug »Blue Diner«, so daß die Gaststätte zumindest vom Highway aussieht, als sei sie den trüben Tagträumen Edward Hoppers entsprungen.

Ich weiß allerdings nicht, ob Hopper sechstausend Dollar für einen Hamburger gezahlt hätte. So viel verlangt das Blue Diner natürlich auch nicht, aber es ist schon eins von den besseren. Für das Geld, was ich hier für eine Tasse Kaffee zahlte, bekam man woanders schon ein Auto.

Nachdem uns Neal Ryerson versichert hatte, das Justizministerium übernehme die Rechnung, schlugen wir uns mit einem Kaffee und ein paar Cokes den Magen voll. Ich wollte zuerst einen Hamburger bestellen, doch dann fiel mir wieder ein, daß das Ministerium von meinen Steuergeldern bezahlt wurde, und schon wirkte Ryersons Großzügigkeit nur noch halb so eindrucksvoll.

»Fangen wir vorne an!« schlug er vor.

»Auf jeden Fall«, stimmte Angie zu.

Er goß sich Sahne in den Kaffee und reichte sie an mich weiter. »Wie fing alles an?«

»Mit der verschwundenen Amanda McCready«, antwortete ich.

Er schüttelte den Kopf. »Nein. Das war nur der Zeitpunkt, als ihr dazugestoßen seid.« Er rührte seinen Kaffee um, nahm den Löffel heraus und zeigte damit auf uns. »Vor drei Jahren erwischte ein Beamter des Rauschgiftdezernats namens Remy Broussard die Herren Cheese Olamon, Chris Mullen und Pharaoh Gutierrez, als er ein Hinterhoflabor in South Boston hochgehen ließ.«

»Ich dachte, die bekommen das Rauschgift aus Asien«, bemerkte Angie.

»Labor ist auch ein bißchen zu hochtrabend. Eigentlich zerstampften sie den Scheiß – Kokain war das damals – und verschnitten es mit Milchpulver. Broussard, sein Kollege Poole und noch ein paar Cowboys vom Rauschgift überraschten Olamon, meinen Zögling Gutierrez und noch ein paar andere Kerle. Bloß nahmen sie sie nicht fest.«

»Warum nicht?«

Ryerson zog eine neue Zigarre aus der Tasche, runzelte dann die Stirn, als er das Schild »BITTE KEINE ZIGARREN ODER PFEIFEN. DANKE« las. Er stöhnte, legte die Zigarre auf den Tisch und fummelte an der Zellophanfolie herum.

»Sie haben sie nicht verhaftet, weil es keinen Grund dazu gab, nachdem sie den Beweis verbrannt hatten.«

»Sie haben das Koks verbrannt«, sagte ich.

Er nickte. »So wie Pharaoh erzählt hat, ja. Schon seit Jahren waren Gerüchte im Umlauf, daß es beim Rauschgiftdezernat eine erbarmungslose Einheit gab, die den Auftrag hatte, Dealer da zu treffen, wo es ihnen am meisten weh tat. Also keine Razzien, die den Dealern auf der Straße nur noch einen besseren Ruf bescherten, sie in die Zeitung brachten und ihre Haftstrafen in die Höhe trieben. Nein. Diese Einheit hatte angeblich den Auftrag, zu vernichten, was sie vorfand. Und die Dealer dabei zusehen zu lassen. In erster Linie herrschte ja Drogenkrieg, wenn ihr euch noch erinnert. Und ein paar findige Bostoner Bullen hatten beschlossen, ihn wie Guerillakämpfer zu führen. Diese Bullen, erzählte man sich, waren wirklich unantastbar. Sie waren unbestechlich. Sie waren über jeden Zweifel erhaben. Wahre Fanatiker. Eine Menge kleinerer Dealer konnte ausgeblutet werden, ein paar Neulinge wurden direkt wieder aus der Stadt vertrieben. Aber die größeren Dealer wie Cheese Olamon, die Typen von der Winter-Hill-Gang, die Italiener und Chinesen sahen in diesen Razzien bald den Preis, den man in ihrem Geschäft halt zahlen mußte, und da sich die ganze Drogenszene schließlich abwärts entwickelte und die Razzien auch nicht viel effektiver waren als die anderen Strategien, wurde diese Einheit schließlich aufgelöst.«

»Und Broussard und Poole wurde zur EGK versetzt.«

Er nickte. »Mit noch ein paar Kollegen. Andere blieben beim Rauschgift oder wurden zu Sitte oder Haftbefehle versetzt, alles mögliche. Aber Cheese Olamon hat die Sache von damals nie vergessen. Und er hat den Bullen nie vergeben. Er schwor, daß er sich Broussard eines Tages kaufen würde.«

»Warum Broussard und nicht die anderen Bullen?«

»Pharaoh hat gesagt, Cheese fühlte sich von Broussard persönlich beleidigt. Nicht, weil er die Ware vor seinen Augen verbrannte, sondern weil Broussard sich dabei vor Cheese' Leuten über ihn lustig machte. Das hat sich Cheese zu Herzen genommen.«

Angie zündete sich eine Zigarette an und hielt Ryerson die Packung hin.

Er warf einen Blick auf die Zigarre, dann auf das Schild, das ihm das Rauchen verbot, und sagte schließlich: »Na gut, warum nicht?«

Er rauchte die Zigarette wie eine Zigarre; er inhalierte nicht, sondern paffte nur und ließ den Rauch kurz durch den Mund rollen, bevor er ausatmete.

»Letztes Jahr im Herbst wurde ich von Pharaoh kontaktiert. Wir trafen uns, und er erzählte mir, daß Cheese dem Bullen etwas heimzahlen wolle, das schon ein paar Jahre zurückläge. Er hat mir glaubhaft versichert, daß Cheese ›Rache ist süß‹ spielen will und daß Mullen ihm gesteckt hätte, es würde ein großer Tag für alle werden, die damals in diesem Lagerhaus dabei waren und sich demütigen lassen mußten, als Broussard mit seinen Jungs das Koks verbrannte und ihnen dabei ins Gesicht lachte. Abgesehen davon, hab' ich mich ein bißchen gewundert, warum Mullen und Pharaoh plötzlich so dicke sind, daß Mullen ihm was anvertraut. Pharaoh erzählte irgendwas, er wolle das Vergangene ruhen lassen, aber das kaufte ich ihm nicht ab. Meiner Meinung nach gibt es nur einen Grund, aus dem sich Pharaoh und Chris Mullen verbünden würden: aus Geldgier.«

»Also war eine Palastrevolte im Anzug«, sagte ich.

Er nickte. »Aber leider bekam Cheese Wind davon. Pech für Pharaoh.«

»Was hatte Cheese denn nun gegen Broussard in der Hand?« fragte Angie.

»Das hat mir Pharaoh nie erzählt. Er behauptete, Mullen wollte es nicht verraten. Meinte, dann wäre es keine Überraschung mehr. Am Nachmittag vor seinem Tod hab' ich das letzte Mal von Pharaoh gehört. Er erzählte mir, er und Mullen hätten tagelang Bullen durch die ganze Stadt hinter sich hergezogen, und am Abend wollten sie die zweihundert Riesen absahnen, Broussard vor allen bloßstellen und nach Hause gehen. Sobald die Sache durchgezogen war, wollte er Mullen und Broussard an mich verpfeifen – Pharaoh würde nicht lange brauchen, um herauszubekommen, was Broussard getan hatte. So würde er mir den größten Schub in meiner Karriere verschaffen, und ich würde ihn für alle Zeiten in Ruhe lassen. Dachte er wenigstens.« Ryerson drückte die Zigarette aus. »Der Rest ist bekannt.«

Angie runzelte verwirrt die Stirn. »Gar nichts ist bekannt. Scheiße! Agent Ryerson, haben Sie sich irgendeine Theorie zurechtgelegt, was Amanda McCreadys Verschwinden mit der ganzen Sache zu tun haben soll?«

Er zuckte mit den Achseln. »Vielleicht hat Broussard sie sogar selbst entführt.«

»Warum?« fragte ich. »Ist er einfach eines Tages aufgewacht und hat sich vorgenommen, ein Kind zu entführen?«

»Hab' schon seltsamere Dinge gehört.« Er beugte sich vor. »Hier, Cheese hatte etwas gegen ihn in der Hand. Was soll das schon sein? Alle Spuren führen uns immer wieder zu dem kleinen Mädchen zurück. Sehen wir uns das mal genauer an: Broussard entführt sie, vielleicht um dadurch die Mutter zu zwingen, die zweihundert Riesen herauszurücken, die sie Cheese abgeknöpft hat, wie Pharaoh mir erzählt hat.«

»Moment mal«, mischte ich mich ein. »Das habe ich sowieso nie verstanden: Warum hat Cheese denn Mullen nicht schon Monate, bevor Amanda verschwand, losgeschickt, um aus Helene und Ray Likanski herauszuprügeln, wo das gestohlene Geld war?«

»Weil Cheese die Abzocke selbst erst bemerkt hat, als Amanda verschwand.«

»Was?«

Er nickte. »Der Clou von Likanskis Plan war, wenn auch etwas kurzsichtig, das gebe ich zu, daß alle davon ausgehen würden, daß das Geld zusammen mit den Bikern und den Drogen beschlagnahmt worden war. Cheese hat drei Monate gebraucht, um die Wahrheit herauszufinden. Und das war am selben Tag, als Amanda McCready verschwand.«

»Das würde doch bedeuten, daß Mullen der Entführer war«, meinte Angie.

Er schüttelte den Kopf. »Das glaube ich nicht. Ich glaube eher, daß Mullen oder ein anderer von Cheese' Leuten an dem Abend zu Helene ging, um sie so lange fertigzumachen, bis sie sagte, wo das Geld ist. Statt dessen sah er Broussard, der das Kind entführte. Da hatte Cheese etwas gegen Broussard in der Hand. Er erpreßte ihn damit. Aber dann spielte Broussard beide Seiten gegeneinander aus. Er erzählt seinen Kollegen, daß Cheese das Kind gekidnappt hätte und Lösegeld verlangte. Cheese aber erzählt er, daß er das Geld zu den Steinbrüchen bringen und dort Mullen geben würde. Aber in Wirklichkeit wollte er sie in die Wüste schicken, das Mädchen kaltmachen und sich mit der Knete aus dem Staub machen. Er ...«

»Das ist doch Blödsinn«, widersprach ich.

»Warum?«

»Warum sollte Cheese damit einverstanden sein, daß er für den Entführer von Amanda McCready gehalten wird?«

»Er war ja nicht einverstanden. Broussard hat ihm ja gar nichts davon erzählt.«

Ich schüttelte den Kopf. »Broussard hat es ihm wohl erzählt. Ich war dabei. Im Oktober sind wir ins Gefängnis von Concord gefahren, weil wir Cheese über die Entführung befragen wollten. Wären er und Broussard Komplizen gewesen, hätten sie damit einverstanden sein müssen, daß die Schuld auf Cheese' Leute fiel. Warum sollte Cheese das tun, wenn er Broussard bei den Eiern hatte, wie Sie sagen? Wieso sollte er die Schuld für Entführung und Tod einer Vierjährigen auf sich nehmen, wenn er nicht dazu gezwungen wurde?«

Er zeigte mit der noch ungerauchten Zigarre auf mich. »Damit *Sie* es glauben, Mr. Kenzie. Habt ihr beiden euch noch nie gefragt, warum euch so tiefe Einblicke in die Ermittlungen der Polizei gewährt wurden? Warum gefordert wurde, daß ihr zur Übergabe mit in die Steinbrüche kommen solltet? Ihr wart Zeugen. Das war eure Aufgabe. Broussard und Cheese haben Ihnen, Patrick, im Gefängnis etwas vorgespielt. Der zweite Akt kam dann mit Poole und Broussard im Steinbruch. Eure Aufgabe war lediglich, die Vorstellung anzusehen und alles zu glauben.«

»Da fällt mir ein«, sagte Angie, »wie konnte Poole denn einen Herzinfarkt *vortäuschen*?«

»Mit Kokain«, erwiderte Ryerson. »Hab' ich schon mal gesehen. Es ist saumäßig gefährlich, weil Koks ohne weiteres einen echten Herzinfarkt auslösen kann. Aber wenn ein Mann von Pooles Alter und Beruf zusammenbricht, kommen nicht viele Ärzte auf die Idee, nach Koks zu suchen. Sie nehmen tatsächlich an, daß er einen Herzinfarkt hatte.«

Ich zählte zwölf Autos, die auf der Kneeland Street vorbeifuhren, bis einer von uns wieder sprach.

»Agent Ryerson, fassen wir noch mal zusammen.« Angies Zigarette im Aschenbecher war zu einem Bogen weißer Asche abgebrannt. Sie schob den Filter aus der Einkerbung, die ihn noch gehalten hatte. »Wir sind uns einig, daß Cheese Mullen und Gutierrez als Bedrohung empfand. Und wenn er nun der Meinung war, er müßte sie unschädlich machen? Und wenn das, was er über Broussard wußte, so schlimm war, daß er ihm einen Tip gab?«

»Er soll Broussard einen Tip gegeben haben?«

Sie nickte.

Ryerson lehnte sich zurück und sah aus dem Fenster auf die dunklen Gebäude an der Ecke South Street. Hinter ihm auf der Kneeland Street bemerkte ich einen der kastenförmigen, nußbraunen Lkws von UPS, ein alltäglicher Anblick in einer Stadt. Mit eingeschalteter Warnblinkanlage blockierte er die rechte Spur, und der Fahrer öffnete die Hecktür und holte einen Karren heraus. Dann lud er verschiedene Kisten aus und stapelte sie auf den Karren.

»Also geht ihr davon aus«, sagte Ryerson zu Angie, »daß Cheese dachte, er würde Mullen und Gutierrez verarschen, während Broussard alle drei zusammen verarschte.«

»Vielleicht«, sagte sie. »Vielleicht. Wir haben gehört, daß Mullen und Gutierrez dachten, sie würden dort im Steinbruch Drogen übernehmen.«

Der Mann von UPS schob die Karre am Fenster vorbei, und ich fragte mich, wer so spät abends noch Zustellungen bekam. Anwaltskanzleien, die über einem dicken Fall brüteten? Druckereien, die einen Termin einhalten mußten? Eine High-Tech-Firma für Computer, die das tat, was so eine Firma eben machte, wenn sich der Rest der Welt ins Bett legte?

»Und wieder kommen wir auf das Motiv zurück«, sagte Ryerson. »Wenn Cheese nun wußte, daß Broussard das Mädchen entführt hatte? Okay. Aber warum? Was hatte Broussard im Kopf, als er an dem Abend zu dem Haus ging und ein Kind mitnahm, das er noch nie gesehen hatte? Das ergibt doch keinen Sinn!«

Wie der Blitz kam der UPS-Mann wieder zurück. Sein Klemmbrett hatte er unter den Arm geschoben. Nun, da seine Sackkarre leer war, lief er schneller.

»Noch etwas«, sagte Ryerson. »Wenn wir es schon für möglich halten, daß ein hochdekorierter Polizist, der in einer

Einheit arbeitet, die Kinder *findet,* etwas vollkommen Verrücktes und anscheinend Unbegründetes tut und ein Kind entführt, wie soll er das angestellt haben? In seiner Freizeit beobachtet er das Haus so lange, bis die Mutter es verläßt, weil er von irgendwoher weiß, daß sie die Tür nicht abschließen wird? Das ist doch Schwachsinn!«

»Aber trotzdem glauben Sie, daß es genau so gewesen sein muß«, sagte Angie.

»Ja, ich hab' es im Gefühl. Ich weiß, daß Broussard das Kind geholt hat. Ich kann nur einfach keinen Grund dafür finden.«

Der UPS-Mann sprang in seinen Lkw und fuhr am Fenster vorbei. Er wechselte auf die linke Spur und verschwand aus meinem Blickfeld.

»Patrick?«

»Hä?«

»Hörst du noch zu?«

»Wenn man schon mal vor Gericht stand, geht das nicht.«

Angie berührte mich am Arm. »Was hast du gerade gesagt?«

Ich hatte nicht gemerkt, daß ich laut gesprochen hatte. »Man bekommt keinen Job bei UPS, wenn man vorbestraft ist.«

Ryerson blinzelte und sah mich an, als müsse er nun ein Thermometer holen und bei mir Fieber messen. »Was für einen Blödsinn reden Sie da?«

Ich blickte wieder kurz hinaus auf die Kneeland Street und sah erst Ryerson und dann Angie an. »Als Lionel das erste Mal bei uns im Büro war, erzählte er, daß er schon mal vor Gericht gestanden hätte – und zwar wegen einer größeren Sache –, bevor er sein Leben in den Griff bekam.«

»Ja, und?« fragte Angie.

»Wenn er also schon mal angeklagt war, müßte das irgendwo vermerkt sein. Und wenn das irgendwo steht, wie kann er dann einen Job bei UPS haben?«

Ryerson sagte: »Ich verstehe nicht...«

»Pssst.« Angie hob die Hand und sah mir in die Augen. »Glaubst du, Lionel...«

Ich rutschte hin und her und schob den kalten Kaffee von mir weg. »Wer hatte Zugang zu Helenes Wohnung? Wer konnte die Tür mit einem Schlüssel öffnen? Mit wem würde Amanda ohne weiteres, ohne einen Aufstand oder Lärm zu machen, mitgehen?«

»Aber er hat sich doch an uns gewandt!«

»Nein«, widersprach ich. »Das hat seine Frau getan. Er meinte immer nur: ›Danke, daß ihr uns zuhört, blablabla.‹ Der wollte uns so schnell wie möglich loswerden. Beatrice hat Druck gemacht. Weißt du noch, was sie gesagt hat, als sie bei uns im Büro war? ›Keiner wollte, daß ich herkomme. Helene nicht und mein Mann auch nicht.‹ Beatrice hat einfach nicht lockergelassen. Und Lionel, er liebt seine Schwester, ja. Aber ist er denn blind? Er ist doch nicht blöd. Wieso weiß er nicht, daß Helene mit Cheese zu tun hat? Wieso weiß er nicht, daß sie mit Drogen zu tun hat? Als er hörte, daß sie zwischendurch snieft, ist ihm die Kinnlade heruntergefallen. Das kann doch nicht sein! Ich rede höchstens einmal pro Woche mit meiner Schwester und sehe sie nur einmal im Jahr, aber ich wüßte, wenn sie mit Drogen zu tun hätte. Ist ja schließlich meine Schwester.«

»Was meinten Sie denn mit dieser Anklage?« fragte Ryerson. »Was hat das mit dem Rest zu tun?«

»Sagen wir mal, daß Broussard ihn damals festgenommen hat, ihn an der Angel hatte. Dann war ihm Lionel etwas schuldig. Kann doch sein?«

»Aber warum sollte Lionel seine eigene Nichte entführen?«

Ich dachte darüber nach. Ich schloß die Augen, bis ich Lionel vor mir sah. Das Basset-Gesicht mit den traurigen Augen, die Schultern, auf denen das Gewicht der ganzen Stadt zu lasten schien, die gequälte Anständigkeit in seiner Stimme – die Stimme eines Mannes, der nicht verstehen konnte, warum Menschen solch üble Dinge taten und ihre Pflichten vernachlässigten. Ich erinnerte mich an den selbstgerechten Zorn in seiner Stimme, als er Helene an dem Morgen, als wir sie mit ihrer Verbindung zu Cheese konfrontierten, in der Küche angeschrien hatte. An den Anflug von Haß in seiner lauten Stimme. Er hatte uns erzählt, daß Helene ihr Kind seiner Meinung nach liebte, daß sie sich gegenseitig Halt gaben. Aber wenn er gelogen hatte? Wenn er eigentlich vom Gegenteil überzeugt war? Wenn er von den Muttergefühlen seiner Schwester noch weniger hielt als seine eigene Frau? Als Kind von Alkoholikern und schlechten Eltern hatte er gelernt, seine Gefühle zu verstecken, seine Wut zu überspielen. Er hatte gar keine andere Wahl gehabt, damit er so ein Mensch und so ein Vater hatte werden können, der er nun war.

»Was wäre, wenn«, dachte ich laut, »Amanda McCready gar nicht von jemandem entführt wurde, der sie benutzen oder mißbrauchen oder als Köder einsetzen wollte?« Ich sah in Ryersons leicht skeptisches Gesicht, dann in Angies neugierige, aufgeregte Augen. »Was wäre, wenn Amanda McCready zu ihrem eigenen Besten entführt wurde?«

Ryerson sprach vorsichtig und langsam. »Sie meinen, der Onkel hat das Kind entführt ...«

Ich nickte. »... um es zu retten.«

31

»Lionel ist nicht da«, sagte Beatrice.

»Nicht da?« fragte ich. »Wo ist er denn?«

»In North Carolina«, antwortete sie. Sie trat einen Schritt zurück. »Kommt doch rein!«

Wir folgten ihr ins Wohnzimmer. Ihr Sohn Matt sah auf, als wir eintraten. Er lag bäuchlings mitten im Zimmer auf dem Boden und malte mit Unmengen von Buntstiften, Bleistiften und Kreidestiften auf einen Block. Er war ein hübsches Kind, besaß nur den Anflug des Hundegesichts seines Vaters, jedoch nicht die nach vorne geneigten Schultern. Die Augen hatte er von der Mutter, das Saphirblau strahlte unter den pechschwarzen Augenbrauen und dem welligen Haar hervor.

»Hi, Patrick. Hi, Angie.« Er sah Neal Ryerson aufgeschlossen und neugierig an.

»Hey.« Ryerson hockte sich neben ihn. »Ich bin Neal. Wie heißt du?«

Matt schüttelte ohne Zögern Ryersons Hand und sah ihm mit der Offenheit eines Kindes in die Augen, das gelernt hatte, Erwachsene zu respektieren, aber nicht zu fürchten.

»Matt«, antwortete er. »Matt McCready.«

»Schön, dich kennenzulernen, Matt. Was malst du denn da?«

Matt drehte den Block um, so daß wir alle sein Bild begutachten konnten. Strichmännchen in verschiedenen Farben versuchten, über ein Auto zu klettern, das dreimal so groß wie sie und so lang wie ein Flugzeug war.

»Wirklich toll!« Ryerson hob die Augenbrauen. »Und was ist das?«

»Die Leute wollen mit dem Auto fahren«, erklärte Matt.

»Und warum steigen sie nicht ein?« fragte ich.

»Weil die Tür doch zu ist«, antwortete Matt, als sei das offensichtlich.

»Aber sie wollen trotzdem hinein, nicht?« fragte Ryerson.

Matt nickte. »Die ham nämlich ...«

»Die *haben*, Matthew«, korrigierte ihn Beatrice.

Er blickte zu ihr auf. Zuerst war er ratlos, dann lächelte er. »Ja. Die haben nämlich Fernsehen da drin und Gameboys und Hamburger und, ach ja, und Cola.«

Ryerson versteckte sein Lachen hinter der Hand. »Dann kann man das ja verstehen.«

Matt lachte ihn an. »Ja.«

»Dann mal man schön weiter«, sagte Ryerson. »Das wird bestimmt hübsch.«

Matt nickte und drehte den Malblock wieder zu sich herum. »Als nächstes male ich Häuser dazu. Da fehlen noch Häuser.«

Und als wären wir nur Teil eines Traums, griff er wieder zum Bleistift und machte sich mit solch einer Konzentration an die Arbeit, daß wir und die ganze Welt um ihn herum in den Hintergrund traten.

»Wir kennen uns noch nicht«, sagte Beatrice.

Ihre kleine Hand verschwand in seiner Pranke.

»Ich bin Neal Ryerson. Ich arbeite für das Justizministerium.«

Beatrice warf einen Blick auf Matt und senkte die Stimme. »Hat Ihr Besuch etwas mit Amanda zu tun?«

Ryerson zuckte mit den Achseln. »Wir wollten mit Ihrem Mann ein paar Dinge besprechen.«

»Was denn?«

Ryerson hatte sich noch vor dem Verlassen des Restaurants einverstanden erklärt, daß wir Lionel und Beatrice auf gar keinen Fall in Panik versetzen wollten. Wenn sie ihrem Mann mitteilte, daß er verdächtigt wurde, verschwand er möglicherweise von der Bildfläche, und das Geheimnis um Amandas Aufenthaltsort blieb ungelöst.

»Ich will ehrlich sein, Ma'am. Das Justizministerium hat ein sogenanntes Büro zur Vorbeugung von Jugendkriminalität. Wir arbeiten im Rahmen der Nachsorge häufig mit dem Nationalen Zentrum für vermißte und mißbrauchte Kinder und mit der Nationalen Organisation für vermißte Kinder und deren Datenbanken zusammen. Ganz normale Arbeit.«

»Also gibt es keine Neuigkeit in diesem Fall?« Beatrice bearbeitete einen Zipfel ihres Hemdes zwischen Fingern und Handrücken. Dann sah sie Ryerson in die Augen.

»Nein, Ma'am, leider nicht. Wie gesagt, es handelt sich lediglich um Routinefragen für die Datenbank. Und weil Ihr Ehemann in der Nacht, als Ihre Nichte verschwand, als erstes am Tatort war, wollte ich das alles noch einmal mit ihm durchgehen; vielleicht gibt es noch irgend etwas, das ihm aufgefallen ist, eine Kleinigkeit hier oder da, die uns einen neuen Anhaltspunkt liefert.«

Sie nickte, und mir tat fast weh zu sehen, wie widerspruchslos sie Ryersons Lügen schluckte.

»Lionel ist bei einem Freund, der Antiquitäten verkauft. Ted Kenneally. Die beiden sind schon seit der Grundschule befreundet. Ted gehört das Kenneally Antiques in Southie.

Ungefähr einmal im Monat fährt er mit Lionel nach North Carolina und liefert ein paar Teile in einer Stadt namens Wilson ab.«

Ryerson nickte. »Das Antiquitätenzentrum von Nordamerika, ja, das kenne ich, Ma'am.« Er grinste. »Ich komme von da unten.«

»Ach. Kann ich Ihnen irgendwie behilflich sein? Lionel kommt morgen nachmittag zurück.«

»Ja, klar, Sie können mir helfen. Wenn es Ihnen nichts ausmacht, stelle ich Ihnen ein paar langweilige Fragen, die Sie mit Sicherheit schon tausendmal gehört haben, ja?«

Sie nickte eifrig. »Ja. Gerne. Wenn es irgendwie hilft, beantworte ich die ganze Nacht lang Fragen. Ich könnte einen Tee machen, hm?«

»Das wäre toll, Mrs. McCready.«

Während Matt malte, tranken wir Tee, und Ryerson stellte Beatrice eine Reihe von Fragen, die längst beantwortet waren: über die Nacht, in der Amanda verschwand, über Helenes Muttergefühle, über die erste, verrückte Zeit nach Amandas Verschwinden, als Beatrice die Suche nach der Kleinen organisiert, Kontakte zu den Medien hergestellt und die Straßen mit dem Bild ihrer Nichte vollgeklebt hatte.

Hin und wieder zeigte uns Matt, welche Fortschritte sein Bild machte, die Wolkenkratzer mit den schiefen Reihen viereckiger Fenster, die Wolken und Hunde, die er hinzugefügt hatte.

Ich bedauerte, hergekommen zu sein. Ich war ein Spion in diesem Haus, ein Verräter, der hoffte, Beweise zu sammeln, die Beatrices Mann und Matts Vater ins Gefängnis bringen würden. Bevor wir gingen, bat Matt Angie, auf ihrem Gips unterschreiben zu dürfen. Als sie es ihm erlaubte, leuchteten seine Augen auf, und er brauchte noch einmal eine halbe

Minute, um den richtigen Stift zu finden. Als er sich neben sie kniete und seinen Namen sorgfältig auf den Gips schrieb, spürte ich einen Schmerz hinter den Augen, und die Melancholie saß mir wie ein Felsblock auf der Brust. Ich stellte mir vor, was aus dem Leben des Kindes würde, wenn wir recht hatten, was seinen Vater betraf, wenn das Gesetz sich einmischte und diese Familie auseinanderriß.

Doch blieb mein Unrechtsbewußtsein stark genug, um selbst diese Scham zu ertränken.

Wo war Amanda?

Verdammt noch mal. Wo war sie bloß?

Nachdem wir gegangen waren, blieben wir vor Ryersons Wagen stehen. Er wickelte das Zellophan von einer seiner dünnen Zigarren und kappte die Spitze mit einem Cutter aus Sterlingsilber. Beim Anzünden sah er zurück zum Haus.

»Ist eine nette Frau.«

»Ja, stimmt.«

»Toller Junge.«

»Ja, er ist ein toller Junge«, stimmte ich zu.

»So eine Scheiße«, sagte er und sog an der Zigarre, während er sie anzündete.

»Genau.«

»Ich hab' vor, Ted Kenneallys Laden auszukundschaften. Wie weit ist der weg von hier, so ungefähr eine Meile?«

»Eher drei«, berichtigte Angie.

»Scheiße, ich hab sie nicht nach der Adresse gefragt.«

»Es gibt nur ein paar Antikläden in Southie«, sagte ich. »Der von Kenneally ist am Broadway, genau gegenüber von einem Restaurant namens Amrheins.«

Er nickte. »Wollt ihr mitkommen? Ist für euch beide jetzt möglicherweise sicherer, wo Broussard unterwegs ist.«

»Ja«, sagte Angie.

Ryerson sah mich an. »Mr. Kenzie?«

Ich blickte zum Haus der McCreadys zurück, sah die hellerleuchteten Wohnzimmerfenster, dachte an die Bewohner hinter diesen Fenstern und an den Tornado, der, ohne daß sie es merkten, ihr Leben umkreiste und an Stärke zunahm und immer heftiger wirbelte.

»Ich treffe euch später.«

Angie sah mich komisch an. »Was ist?«

»Ich treffe euch später«, sagte ich. »Ich muß noch was erledigen.«

»Was denn?«

»Nichts Wichtiges.« Ich legte die Hände auf ihre Schultern. »Ich treffe euch später. Okay? Bitte. Laß mich einfach machen.«

Nach einem langen Blick in meine Augen nickte sie. Es gefiel ihr nicht, aber sie brachte für meine Sturheit genausoviel Verständnis auf wie für ihre eigene. Und sie wußte, daß es manchmal sinnlos war, mit mir zu streiten, so wie ich das auch bei ihr wußte.

»Machen Sie keinen Blödsinn«, mahnte Ryerson.

»Aber nein«, erwiderte ich, »ich doch nicht.«

Es war ein kühner Versuch, aber er ging auf.

Um zwei Uhr morgens verließen Broussard, Pasquale und noch ein paar Mitglieder der Footballmannschaft der DoRights das Boyne. An der Art, wie sie sich auf dem Parkplatz voneinander verabschiedeten, konnte ich ablesen, daß sie von Pooles Tod gehört hatten. Ihr Schmerz war echt. Bullen nehmen sich nicht in den Arm, das ist ein ungeschriebenes Gesetz, es sei denn, einen von ihnen hat es erwischt.

Pasquale und Broussard unterhielten sich noch eine Weile auf dem Parkplatz, nachdem die anderen gefahren waren, dann umarmte Pasquale Broussard zum letzten Mal und schlug dem großen Mann auf die Schultern. Schließlich trennten sie sich.

Pasquale fuhr in einem Bronco fort, und Broussard ging mit den vorsichtigen, gehemmten Schritten eines Betrunkenen zu seinem Volvo Kombi und fuhr in östliche Richtung auf die Western Avenue. Ich ließ mich auf der fast leeren Straße ein Stück zurückfallen und hätte ihn fast verloren, als seine Rücklichter am Charles verschwanden.

Ich gab Gas, weil er an dem Knoten entweder auf den Storrow Drive abbiegen, die North Beacon herunterfahren oder auf den Mass Pike in östliche oder westliche Richtung fahren konnte.

Ich mußte mir den Hals verrenken, um den Volvo gerade noch zu entdecken, als er unter einer Laterne fuhr. Er war auf dem Weg zu den Zahlstellen auf dem Pike in westlicher Richtung.

Ich zwang mich, langsamer zu fahren, und passierte die Zahlstelle ungefähr eine Minute nach ihm. Etwa zwei Meilen später hatte ich seinen Volvo wieder eingeholt. Er fuhr auf der linken Spur mit ungefähr sechzig Meilen pro Stunde. Ich blieb zirka hundert Meter hinter ihm zurück und paßte mich seiner Geschwindigkeit an.

Die Polizisten von Boston müssen im weiteren Einzugsgebiet der Stadt wohnen, aber ich kenne einige, die diese Regelung umgehen, indem sie ihre Wohnungen in Boston an Freunde oder Verwandte untervermieten und selbst weiter draußen wohnen.

Auch Broussard lebte weiter draußen. Nach mehr als einer Stunde – wir hatten die Schnellstraße verlassen und waren schon über unzählige dunkle, schmale Landstraßen gefahren – landeten wir schließlich in der Stadt Sutton, die sich in den Schatten des Naturschutzgebiets Purgatory Chasm drückte und tatsächlich näher an den Grenzen zu Rhode Island und Connecticut lag denn an Boston.

Als Broussard in eine steile Zufahrt abbog, die zu einem kleinen braunen Cape-Cod-Haus hinaufführte, das hinter Büschen und kleinen Bäumen versteckt war, fuhr ich weiter bis zur nächsten Querstraße, wo die Hauptstraße vor einem hochaufragenden Kiefernwald endete. Ich wendete, und die Scheinwerfer durchschnitten die Dunkelheit, die hier viel tiefer war als in der Stadt. Fast erwartete ich, daß im Lichtstrahl plötzlich Tiere auftauchten, die auf Futtersuche durch die Nacht stöberten und mir mit ihren glühenden grünen Augen einen Mordsschreck einjagten.

Ich fuhr zurück und fand das Haus wieder, rollte jedoch noch achtzig Meter weiter, bis meine Scheinwerfer ein Haus mit geschlossenen Fensterläden beleuchteten. Ich bog auf die Zufahrt ab, die mit dem Mulch des letzten Herbstlaubs bedeckt war, und parkte den Crown Victoria hinter einer Baumgruppe. Die einzigen Geräusche an diesem Ort, diesem Nabel der Stille, machten die Grillen und der in den Bäumen raschelnde Wind.

Als ich am nächsten Morgen erwachte, starrten mich zwei wunderschöne braune Augen an. Sie waren weich, traurig und so tief wie die Schächte einer Kupfermine. Sie blinzelten nicht.

Ich zuckte ein wenig zusammen, als die lange, weißbraune Nase am Fenster schnupperte, und meine Bewegung irritierte das neugierige Tier. Bevor ich mir ganz sicher war, das Reh gesehen zu haben, hoppelte es schon über das Gras zu den Bäumen. Der weiße Spiegel blitzte noch einmal zwischen den Baumstämmen auf, dann war es verschwunden.

»Junge!« stieß ich aus.

Wieder blitzte etwas Buntes auf, diesmal hinter der Baumgruppe direkt vor mir. Es war gelbbraun, und durch eine Lücke zwischen den Stämmen konnte ich erkennen, daß Broussards Volvo auf der Straße vorbeifuhr. Ich wußte nicht, ob er nur kurz Milch holte oder auf dem Weg zur Arbeit in Boston war, doch wollte ich mir diese Gelegenheit nicht entgehen lassen.

Ich holte ein Set mit Dietrichen aus dem Handschuhfach, hing mir meinen Fotoapparat über die Schulter, strich mir durch die Haare und stieg aus. Ich ging die Straße hinauf, hielt mich am unbefestigten Straßenrand und genoß den ersten warmen Tag des Jahres unter einem so frischen blauen Himmel ohne Abgase, daß es mir schwerfiel zu glauben, daß ich mich noch in Massachusetts befand.

Als ich mich der Zufahrt zu Broussards Haus näherte, trat eine große, schlanke Frau mit langem braunem Haar hinter einer breiten Kiefer hervor. Sie hielt einen kleinen Jungen an der Hand und beugte sich mit ihm zu einer Zeitung, die er aufhob und ihr reichte.

Ich war schon zu nah, um mich umzudrehen. Sie sah hoch, schirmte die Augen mit der Hand ab und lächelte mir unsicher zu. Das Kind an ihrer Hand war vielleicht drei Jahre alt, und mit seinem blonden Haar und der hellen Haut sah es weder der Frau noch Broussard ähnlich.

»Hallo!« Die Frau erhob sich. Sie setzte sich den Jungen auf die Hüfte. Er lutschte am Daumen.

»Hallo.«

Sie war auffallend hübsch. Der breite Mund war leicht schief, links zog er sich ein wenig höher, aber das wirkte irgendwie sinnlich, wie der Anflug eines Lächelns, das alle Illusionen aufgegeben hatte. Nach einem nur flüchtigen Blick auf ihren Mund, die Wangenknochen und auf die goldglänzende Haut hätte ich sie ohne weiteres für ein ehemaliges Model gehalten, das sich ein Banker wie eine Trophäe hielt.

Dann sah ich ihr in die Augen. Ihr intelligenter, kalter, harter Ausdruck ließ mich mein Urteil revidieren. Diese Frau würde sich niemals von einem Mann vorführen lassen. Ich war mir sogar sicher, daß diese Frau überhaupt nichts mit sich machen ließ, was sie nicht wollte.

Sie bemerkte den Fotoapparat. »Vögel?«

Ich sah ihn an und schüttelte den Kopf. »Nein, Natur allgemein. Wo ich herkomme, gibt's nicht viel davon.«

»In Boston?«

Wieder schüttelte ich den Kopf. »Providence.«

Sie nickte, warf einen kurzen Blick auf die Zeitung und schüttelte das Tauwasser ab. »Früher wurden sie immer in Plastik gepackt, damit sie nicht naß werden«, sagte sie. »Jetzt muß ich sie eine Stunde ins Badezimmer hängen, bevor ich die Titelseite lesen kann.«

Der Junge auf ihrer Hüfte lehnte den Kopf schläfrig an ihre Schulter und starrte mich mit seinen himmelblauen Augen an.

»Was ist los, mein Schatz?« Sie küßte ihn auf den Kopf. »Müde?« Zärtlich strich sie ihm über das leicht rundliche Gesicht. Die Liebe in ihren Augen war greifbar, sie machte mir angst.

Als sie wieder zu mir herübersah, entschwand die Liebe, und für einen Moment spürte ich ihre Angst oder ihren Argwohn. »Da drüben ist ein Wald.« Sie wies die Straße herunter. »Da unten. Er gehört zum Naturschutzgebiet Purgatory Chasm. Da können Sie bestimmt ein paar schöne Bilder machen.«

Ich nickte. »Hört sich gut an. Danke für den Tip.«

Vielleicht hatte das Kind etwas gespürt. Vielleicht war es auch nur müde. Vielleicht war es nur ein kleiner Junge, der tat, was kleine Kinder gerne tun, denn er öffnete plötzlich den Mund und heulte.

»Oh, oh.« Sie lächelte, küßte ihn wieder auf den Kopf und schaukelte ihn auf der Hüfte. »Schon gut, Nicky. Ist schon gut. Komm, Mommy macht dir etwas zu trinken.«

Sie ging die Auffahrt hoch zum Haus, wippte den Jungen auf der Hüfte, streichelte ihm das Gesicht. Ihr schlanker Körper in dem schwarzroten Holzfällerhemd und der Jeans bewegte sich wie der einer Tänzerin.

»Viel Erfolg mit der Natur!« rief sie mir über die Schulter nach.

»Danke.«

Sie bog um die Kurve und verschwand mit dem Kind hinter dem Gebüsch, das das Haus von der Straße abschirmte.

Aber ich konnte sie noch hören.

»Nicht weinen, Nicky. Mommy hat dich lieb. Mommy paßt auf, daß alles gut wird.«

»Also gut, er hat einen Sohn«, sagte Ryerson. »Ja, und?«

»Hab ich noch nicht gewußt«, erklärte ich.

»Ich auch nicht«, bestätigte Angie, »und wir haben letztes Jahr im Oktober eine Menge Zeit mit ihm verbracht.«

»Ich habe einen Hund«, sagte Ryerson. »Das habt ihr bis jetzt auch noch nicht gewußt, oder?«

»Wir kennen Sie auch noch keinen ganzen Tag«, erwiderte Angie. »Und ein Hund ist kein Kind. Wenn sie einen Sohn haben und oft mit Leuten unterwegs sind, dann reden sie irgendwann von ihm. Von seiner Frau hat er oft gesprochen. Nichts Besonderes, einfach nur ›ich muß meine Frau anrufen‹ oder ›meine Frau bringt mich um, wenn ich wieder nicht zum Essen komme‹ und so weiter. Aber kein einziges Mal hat er von einem Kind erzählt.«

Ryerson sah mich im Rückspiegel an. »Was halten Sie davon?«

»Ich finde es komisch. Kann ich mal kurz Ihr Telefon benutzen?«

Er reichte es mir. Ich wählte und betrachtete dabei den Antiquitätenladen von Ted Kenneally, in dessen Fenster ein Schild mit der Aufschrift GESCHLOSSEN hing.

»Detective Sergeant Lee«, meldete sich Oscar.

»Hallo, Oscar«, grüßte ich ihn.

»Hey, unser Footballstar! Wie geht's deinen Knochen?«

»Tun weh«, antwortete ich, »höllisch weh.«

Seine Stimme veränderte sich. »Wie sieht's mit der anderen Sache aus?«

»Also, da hätte ich eine Frage für dich.«

»So eine Frage, bei der ich meine eigenen Leute verpfeifen muß?«

»Nicht unbedingt.«

»Dann schieß los! Ich sag' schon, ob sie mir gefällt oder nicht.«

»Broussard ist verheiratet, stimmt das?«

»Ja, mit Rachel.«

»Eine große Brünette?« fragte ich. »Auffallend hübsch?«

»Genau.«

»Und sie haben ein Kind?«

»Wie bitte?«

»Hat Broussard einen Sohn?«

»Nein.«

In meinem Kopf wirbelte etwas herum, und der pochende Schmerz vom gestrigen Fußballspiel verschwand.

»Weißt du das genau?«

»Klar weiß ich das. Kann er gar nicht.«

»Kann er nicht oder wollte er nicht?«

Oscars Stimme wurde ein wenig dumpfer. Ich merkte, daß er die Sprechmuschel mit der Hand abschirmte. Er flüsterte:

»Rachel ist unfruchtbar. Das war ein Riesenproblem für die beiden. Sie wollten unbedingt Kinder haben.«

»Warum haben sie keins adoptiert?«

»Wer läßt eine Exnutte schon Kinder adoptieren?«

»Sie war im Gewerbe?«

»Ja, da hat er sie doch kennengelernt. Damals war er noch bei der Mordkommission, Mann, genau wie ich. Seine Karriere ging den Bach runter, und er kam zum Rauschgift, bis Doyle ihn dort rausholte. Aber er liebt sie. Sie ist auch eine feine Frau. Eine Superfrau.«

»Aber kein Kind.«

Er sprach wieder normal. »Wie oft soll ich dir das noch sagen, Kenzie. Nein, kein verfluchtes Kind.«

Ich bedankte und verabschiedete mich. Dann reichte ich das Telefon an Ryerson zurück.

»Er hat keinen Sohn«, sagte Ryerson. »Hab' ich recht?«

»Aber ich hab' einen gesehen«, widersprach ich. »Das ist sein Sohn.«

»Wo hat er ihn dann her?«

Und da ergab plötzlich alles einen Sinn, als ich dort auf dem Rücksitz von Ryersons Wagen saß und Kenneallys Antiquitätenladen beobachtete.

»Was wollen wir wetten«, sagte ich, »daß die leiblichen Eltern von Nicholas Broussard, wer sie auch sind, ihren Job nicht gerade gut gemacht haben?«

»Heilige Scheiße!« stieß Angie aus.

Ryerson lehnte sich über das Lenkrad und starrte mit einem ausdruckslosen, betäubten Blick durch die Windschutzscheibe. »Heilige Scheiße!«

Ich dachte an den blonden Jungen, der auf Rachel Broussards Hüfte saß, an die Bewunderung, mit der sie ihm über das kleine Gesichtchen gestrichen hatte.

»Ja«, sagte ich. »Heilige Scheiße.«

32

Am Ende eines Apriltages, wenn die Sonne untergegangen, die Nacht aber noch nicht angebrochen ist, hüllt sich die Stadt in ein stummes, unbestimmtes Grau. Wieder neigt sich ein Tag dem Ende zu, wie immer schneller als erwartet. Fenster erleuchten in einem gedämpften Gelb oder Orange, Autos schalten die Scheinwerfer an, und die nahende Dunkelheit verspricht, bitter kalt zu werden. Es spielen keine Kinder mehr auf der Straße, sie waschen sich vor dem Abendessen Hände und Gesicht, schalten den Fernseher ein. Supermärkte und Spirituosenläden sind so gut wie leer. Blumenläden und Banken sind geschlossen. Nur noch gelegentlich hupt ein Auto; ein Ladengitter fällt ratternd nach unten. Und wenn man die Gesichter der Fußgänger und der vor den Ampeln haltenden Autofahrer genau betrachtet, sieht man, wie die unerfüllten Versprechen des Morgens ihre Mienen nach unten ziehen. Dann fahren sie weiter oder trotten nach Hause – was immer das für sie bedeutet.

Es war schon fast fünf Uhr, als Lionel und Ted Kenneally zurückkehrten. Als Lionel uns näher kommen sah, änderte sich sein Gesichtsausdruck. Und als Ryerson seine Plakette hervorholte und sagte: »Ich würde Ihnen gerne ein paar Fragen stellen, Mr. McCready«, wurde seine Miene noch hoffnungsloser.

Er nickte mehrmals, wohl mehr zu sich als zu uns, und sagte: »Die Straße hoch ist eine Kneipe. Sollen wir dahin gehen? Ich will das nicht zu Hause machen. Bis später, Ted.«

Das Edmund Fitzgerald war so klein, daß es wohl nur mit Glück noch eine Kneipe geworden war und kein Schuhputzerstand. Beim Eintreten erblickten wir eine kleine Fläche zu unserer Linken, die Platz für höchstens vier Tische bot. Vor dem einzigen Fenster erstreckte sich der Tresen. Unklugerweise war zusätzlich eine Musikbox hineingequetscht worden, so daß nur noch zwei Tische Platz fanden. Sie waren beide leer. An der Theke selbst konnten sieben, höchstens acht Leute sitzen, und an der Wand gegenüber standen noch einmal sechs Tische. Am hinteren Ende wurde der Raum wieder ein bißchen breiter. Dort warfen Dartspieler ihre Geschosse über einen Billardtisch, der so nah an der Wand stand, daß die Spieler auf drei von vier Seiten einen kurzen Queue benutzen mußten. Oder einen Bleistift.

Wir setzten uns an einen der beiden Tische mitten im Raum, und Lionel fragte: »Haben Sie sich am Bein verletzt, Miss Gennaro?«

Angie antwortete: »Wird schon wieder«, und holte ihre Zigaretten aus der Tasche.

Lionel sah mich an, doch als ich seinem Blick auswich, fielen seine Schultern noch weiter nach vorne. Zu den Felsblökken, die er immer mit sich herumtrug, kamen jetzt noch ein paar Wackersteine.

Ryerson legte einen Notizblock offen auf den Tisch und zog die Kappe von einem Filzschreiber. »Ich bin Spezialagent Neal Ryerson, Mr. McCready. Ich arbeite im Justizministerium.«

»Wie bitte, Sir?« fragte Lionel.

Ryerson klimperte mit den Augen. »Doch, doch, Mr. McCready. Bei der Bundesregierung. Sie sind uns einige Erklärungen schuldig. Meinen Sie nicht?«

»Worüber?« Lionel sah sich in der Kneipe um.

»Über Ihre Nichte«, antwortete ich. »Wirklich, Lionel, die Zeit der Lügen ist vorbei.«

Er sah kurz nach rechts zur Theke, als säße dort jemand, der ihm helfen könne.

»Mr. McCready«, fuhr Ryerson fort, »wir können jetzt die nächste halbe Stunde Hab-ich-nicht-gemacht, Hast-du-wohl-gemacht spielen, aber damit würden wir alle nur viel Zeit verschwenden. Wir wissen, daß Sie an der Entführung Ihrer Nichte beteiligt waren und daß Sie mit Remy Broussard zusammengearbeitet haben. Ihn wird es übrigens besonders hart treffen, so hart es nur geht. Und Sie? Ich biete Ihnen die Möglichkeit an, sich alles von der Seele zu reden, vielleicht läßt der Richter dafür Nachsicht walten.« Im Takt einer Uhr klopfte er mit dem Stift auf den Tisch. »Aber wenn Sie mich verarschen, dann gehe ich los und mache es auf die harte Tour. Und dann schmoren Sie so lange im Knast, daß Ihre Enkel schon einen Führerschein haben, wenn Sie rauskommen.«

Die Kellnerin kam und nahm die Bestellungen auf: zwei Cola, ein Wasser für Ryerson und einen doppelten Scotch für Lionel.

Während wir auf die Getränke warteten, sprach niemand. Ryerson tippte weiterhin mit seinem Stift wie ein Metronom auf die Tischkante und hielt den emotionslosen Blick auf Lionel gerichtet.

Lionel schien das nicht zu bemerken. Er starrte auf den Untersetzer vor sich, aber ich glaube, er nahm ihn gar nicht wahr; in Wirklichkeit sah er viel weiter, weiter als Tisch und Kneipe. Oberlippe und Kinn waren schweißbedeckt. Ich glaubte zu verstehen, daß er am Ende seines langen, nach innen gerichteten Blickes den traurigen Ausgang seiner Geschichte, sein verschwendetes Leben sah. Er sah das

Gefängnis. Er sah, wie ihm die Scheidungspapiere in die Zelle gebracht wurden und die Briefe an seinen Sohn ungeöffnet zurückkamen. Er sah Jahrzehnt auf Jahrzehnt, in dem er allein mit seiner Scham, seiner Schuld oder schlicht allein mit seiner Torheit war, daß er etwas Falsches getan hatte, was von der Gesellschaft im Scheinwerferlicht seziert und anschließend der Öffentlichkeit zum Fraß vorgeworfen wurde. Sein Bild würde in jeder Zeitung sein, sein Name mit Entführung gleichgesetzt werden, sein Leben böte Stoff für Talkshows, Groschenblätter und hämische Witze, an die man sich noch erinnerte, wenn die dazugehörige Geschichte schon längst vergessen war.

Die Kellnerin brachte unsere Getränke, und Lionel begann: »Vor elf Jahren war ich mit ein paar Freunden in einer Kneipe in der Innenstadt. Es kamen ein paar Männer herein, die Junggesellenabschied feierten, alle richtig betrunken. Einer von denen war auf eine Schlägerei aus. Er hatte es auf mich abgesehen. Ich schlug ihn. Einmal. Aber er fiel hin und brach sich den Schädel an. Bloß hatte ich ihn nicht mit der Faust geschlagen. Ich hatte einen Queue in der Hand.«

»Angriff mit einer tödlichen Waffe«, sagte Angie.

Er nickte. »Es war sogar noch schlimmer. Der Typ hatte mich geschubst, und ich hatte gesagt – ich kann mich zwar nicht mehr daran erinnern, aber es muß wohl stimmen –, ich hatte gesagt: Hau ab oder ich bring dich um.«

»Vorsätzlicher Mord«, bemerkte ich.

Er nickte wieder. »Ich wurde vor Gericht gestellt. Die Aussage meiner Freunde stand gegen die Aussage seiner Freunde. Und ich wußte, ich komme in den Knast, weil der Kerl, den ich geschlagen hatte, ein Student vom College war. Und nachdem er hingefallen war, konnte er angeblich nicht mehr lernen, weil er sich nicht mehr konzentrieren konnte. Er hatte ein paar Ärzte, die behaupteten, er hätte einen Hirnschaden. So wie der Richter mich ansah, wußte ich, daß ich ausgespielt hatte. Aber ein Mann, der an dem Abend in der Kneipe war und den keiner von uns kannte, sagte aus, daß der Typ, den ich geschlagen hatte, gesagt habe, er wolle *mich* umbringen, und daß er mit dem Schlagen angefangen habe und so weiter. Ich wurde freigesprochen, weil dieser Fremde ein Polizist war.«

»Broussard.«

Er warf mir ein verbittertes Lächeln zu und nippte am Scotch. »Ja. Broussard. Und wißt ihr was? Er hat oben im Zeugenstand gelogen. Ich weiß vielleicht nicht mehr so richtig, was mein Gegner alles gesagt hat, aber ich weiß ganz genau, daß ich ihn zuerst geschlagen habe. Warum, weiß ich nicht genau. Er ist mir auf den Sack gegangen, da bin ich sauer geworden.« Er zuckte mit den Schultern. »Damals war ich anders.«

»Also hat Broussard gelogen, Sie konnten gehen und hatten das Gefühl, ihm etwas zu schulden.«

Er hob das Glas, überlegte es sich dann jedoch anders und stellte es wieder auf dem Untersetzer ab. »Nehme ich an. Er hat nie mehr davon gesprochen, und im Laufe der Jahre freundeten wir uns an. Manchmal trafen wir uns zufällig, hin und wieder rief er mich an. Erst im nachhinein fällt mir auf, daß er die Verbindung aufrechterhielt. So ist er nun mal. Versteht mich nicht falsch, er ist ein netter Typ, aber er kann nicht anders, er muß die Leute immer beobachten, studieren, ob sie ihm eines Tages nützen können.«

»Viele Bullen sind so«, sagte Ryerson und trank sein Mineralwasser.

»Sie auch?«

Ryerson dachte kurz darüber nach. »Ja, schätze schon.«

Lionel nippte wieder an seinem Scotch und wischte sich mit der Serviette über die Lippen. »Letztes Jahr im Juli nahmen meine Schwester und Dottie Amanda mit an den Strand. Es war superheiß an dem Tag, wolkenlos, und Helene und Dottie lernten ein paar Kerle kennen, die was zu rauchen dabeihatten oder was weiß ich.« Er wich unseren Blikken aus und nahm einen großen Schluck Scotch. Als er weitersprach, war seine Miene getrübt und seine Stimme belegt. »Amanda ist am Strand eingeschlafen, und die beiden ... die haben sie da liegen lassen, stundenlang allein und unbeobachtet. Sie wurde geröstet, Mr. Kenzie, Miss Gennaro. Sie hatte schwere Verbrennungen an den Beinen und auf dem Rücken, kurz vor dem dritten Grad. Eine Hälfte ihres Gesichts war so angeschwollen, daß es aussah, als sei sie von Bienen angegriffen worden. Meine beschissene, schlampige, abartige Nuttenjunkieschwester hat zugelassen, daß die Haut ihrer Tochter verkohlte. Sie nahmen die Kleine mit nach Hause, und irgendwann ruft mich Helene an, weil Amanda – wie sie sagte – ›nervig drauf ist‹. Sie hörte einfach nicht auf zu weinen. Sie ließ Helene nicht in Ruhe. Ich gehe rüber und sehe, daß meine Nichte, dieses kleine vierjährige Kind, verbrannt ist. Sie hat Schmerzen. Sie schreit, weil es so weh tut. Und wißt ihr, was meine Schwester mit ihr gemacht hatte?«

Wir warteten, er umklammerte das Glas, senkte den Kopf und atmete ein paarmal durch.

Dann hob er den Kopf. »Sie hatte Bier auf Amandas Brandwunden gekippt. Bier. Um sie zu kühlen. Keine Aloe, kein Lidocain, hat nicht mal drüber nachgedacht, mit ihr zum Krankenhaus zu fahren. Nein, sie hat ein Bier auf sie gekippt, sie ins Bett geschickt und den Fernseher laut aufgedreht, damit sie das Weinen ihrer Tochter nicht hören mußte.« Er hob die geballte Faust, als wolle er auf den Tisch donnern und ihn entzweischlagen. »An dem Abend hätte ich meine Schwester umbringen können. Statt dessen bin ich mit

Amanda zur Notaufnahme gefahren. Ich habe Helene in Schutz genommen. Ich hab' gesagt, sie sei müde gewesen und sei zusammen mit Amanda am Strand eingeschlafen. Ich flehte die Ärztin an und konnte sie schließlich überzeugen, nicht die Jugendfürsorge anzurufen und es als Fall von Kindesmißhandlung anzuzeigen. Ich weiß nicht warum, ich dachte nur, sie würden uns Amanda wegnehmen. Ich hab' einfach...« Er schluckte. »Ich habe Helene gedeckt. So wie ich mein ganzes Leben lang andere gedeckt habe. In der Nacht nahm ich Amanda zu uns ins Haus, damit sie bei mir und Beatrice schlief. Die Ärztin hatte ihr etwas gegeben, damit sie besser schlafen konnte, aber ich lag wach. Ich hielt immer wieder die Hand über ihren Rücken und fühlte, welche Hitze er ausstrahlte. Es war, als ob – anders kann ich das nicht ausdrücken –, als ob man die Hand über ein Stück Fleisch hielt, das gerade aus dem Ofen kam. Ich sah sie schlafen und dachte, das kann so nicht weitergehen. Das muß ein Ende haben.«

»Aber, Lionel«, warf Angie ein, »was wäre passiert, wenn Sie Helene bei der Jugendfürsorge angezeigt hätten? Wenn Sie das öfter gemacht hätten, hätten Sie bestimmt ein Gesuch beim Gericht einreichen können, um Amanda zusammen mit Beatrice adoptieren zu können.«

Lionel lachte, und Ryerson schüttelte langsam den Kopf.

»Was ist?« fragte sie.

Ryerson knipste das Ende einer Zigarre ab. »Miss Gennaro, solange die leibliche Mutter keine Lesbe ist und in Utah oder Alabama lebt, ist es so gut wie unmöglich, ihr das Sorgerecht zu entziehen.« Er zündete die Zigarre an und schüttelte den Kopf. »Lassen Sie mich verbessern: Es *ist* unmöglich.«

»Wie kann das angehen, wenn sich die Mutter als ständige Gefahr für das Kind herausstellt?«

Wieder schüttelte Ryerson traurig den Kopf. »In diesem Jahr bekam eine Mutter in Washington, D. C. das uneingeschränkte Sorgerecht für ein Kind, das sie gar nicht kannte. Der Sohn hatte seit seiner Geburt bei Pflegeeltern gelebt. Die leibliche Mutter ist eine verurteilte Schwerverbrecherin, die das Kind zur Welt brachte, als sie auf Bewährung draußen war. Sie war hinter Gittern, weil sie ein anderes ihrer Kinder umgebracht hatte, das das reife Alter von sechs Wochen erreichen durfte. Als es vor Hunger schrie, sagte sich die Mutter, genug ist genug, und erstickte die Kleine, warf sie in eine Mülltonne und ging auf eine Grillparty. Nun hat diese Frau noch zwei weitere Kinder, von denen eins von den Eltern des Vaters aufgezogen wird, das andere bei Stiefeltern in Pflege ist. Alle vier Kinder haben einen anderen Vater. Die Mutter, die nur ein paar Jahre für den Mord an ihrer Tochter absaß, zieht nun ihr viertes Kind groß – vollkommen verantwortungsbewußt, da bin ich mir sicher –, das sie liebevollen Pflegeeltern genommen hat, die bei Gericht das Sorgerecht beantragt hatten. Das ist eine wahre Geschichte«, sagte Ryerson. »Können Sie nachlesen.«

»Das ist doch Blödsinn«, stieß Angie aus.

»Nein, es ist wahr«, widersprach Ryerson.

»Wie kann …« Angie ließ die Hände fallen und starrte in die Ferne.

»Wir leben in Amerika«, sagte Ryerson, »wo jeder Erwachsene das unveräußerliche Recht hat, seine Kinder zu fressen.«

Angie sah aus, als habe man ihr zuerst in die Magengrube und dann ins Gesicht geschlagen.

Lionel ließ die Eiswürfel in seinem Glas klirren. »Agent Ryerson hat recht, Miss Gennaro. Man kann überhaupt nichts tun, wenn eine schlechte Mutter ihr Kind nicht hergeben will.«

»Aber deshalb sind Sie noch nicht aus dem Schneider, Mr. McCready.« Ryerson zeigte mit der Zigarre auf ihn. »Wo ist Ihre Nichte?«

Lionel starrte auf die Asche von Ryersons Zigarre und schüttelte schließlich den Kopf.

Ryerson nickte und kritzelte etwas in sein Notizbuch. Dann griff er hinter sich und holte Handschellen hervor, die er auf den Tisch legte.

Lionel schob den Stuhl zurück.

»Bleiben Sie sitzen, Mr. McCready, oder ich lege als nächstes meine Waffe auf den Tisch.«

Lionel umklammerte die Armlehnen, blieb aber sitzen.

Ich fragte: »Sie waren also sauer auf Helene wegen Amandas Brandwunden. Was geschah als nächstes?«

Ich sah Ryerson an, und er blinzelte leicht und nickte unauffällig. Ohne Umschweife nach Amandas Aufenthaltsort zu fragen klappte nicht. Lionel machte einfach dicht und nahm die ganze Schuld auf sich. So würden wir sie nie finden. Aber wenn wir ihn wieder zum Reden brachten ...

»Meine UPS-Tour«, sagte er schließlich, »führt auch durch Broussards Bezirk. So blieben wir über die Jahre in Kontakt. Na ja ...«

In der Woche nach Amandas Sonnenbrand waren Lionel und Broussard zusammen trinken gegangen. Broussard hatte Lionel zugehört, der von der Sorge um seine Nichte, von seinem Haß auf seine Schwester und von seiner Befürchtung erzählte, daß Amandas Chancen von Tag zu Tag kleiner wurden, anders als ihre Mutter zu werden.

Broussard hatte alle Getränke bezahlt. Er war großzügig gewesen, und gegen Ende, als Lionel betrunken war, hatte er den Arm um ihn gelegt und gefragt: »Was ist, wenn es einen Ausweg gäbe?«

»Es gibt keinen Ausweg«, hatte Lionel geantwortet. »Die Gerichte, die ...«

»Scheiß auf die Gerichte«, hatte Broussard gesagt. »Scheiß auf alles, was du dir ausgedacht hast. Was ist, wenn es eine Möglichkeit gäbe, Amanda ein liebevolles Elternhaus zu verschaffen?«

»Wo liegt der Haken?«

»Der Haken ist, daß niemand je erfahren darf, was mit ihr passiert ist. Weder ihre Mutter, noch deine Frau, noch dein Sohn. Niemand. Sie verschwindet einfach.«

Broussard hatte mit den Fingern geschnippt.

»Puff. Als hätte es sie nie gegeben.«

Lionel brauchte ein paar Monate, bis er soweit war. In der Zeit war er zweimal bei seiner Schwester vorbeigegangen und hatte gesehen, daß die Tür offenstand. Helene war auf Besuch bei Dottie und hatte ihre Tochter allein gelassen. Im August kam Helene auf einer Grillparty von Lionel und Beatrice im Hinterhof vorbei. Sie war mit Amanda im Wagen eines Freundes herumgefahren und vollkommen betrunken. Sie war so besoffen, daß sie, als sie Amanda und Matt auf der Schaukel Schwung gab, ihre Tochter unabsichtlich vom Sitz warf und über sie fiel. Lachend lag sie auf dem Boden, und Amanda stand auf, wischte sich den Dreck von den Knien und sah nach, ob sie sich verletzt hatte.

Im Verlauf des Sommers hatte Amandas Haut an einigen Stellen Blasen geworfen und war vernarbt, weil Helene immer wieder vergaß, die Salben aufzutragen, die ihr die Ärztin in der Notaufnahme verschrieben hatte.

Und im September erzählte Helene dann, daß sie fortziehen wolle.

»Was?« fragte ich. »Davon habe ich gar nichts gewußt.«

Lionel zuckte mit den Achseln. »Im nachhinein war es nur eine von ihren verrückten Ideen. Sie hatte eine Freundin, die nach Myrtle Beach, South Carolina, gezogen war und einen Job in einem T-Shirt-Laden bekommen hatte. Sie erzählte Helene, dort würde immer die Sonne scheinen, der Alkohol würde in Strömen fließen, kein Schnee, keine Kälte mehr. Nur am Strand sitzen und hin und wieder ein T-Shirt verkaufen. Eine Woche lang redete Helene von nichts anderem mehr. Normalerweise hätte ich mir nichts draus gemacht. Sie redete ständig davon, woanders hinzuziehen, so wie sie auch immer glaubte, sie würde irgendwann im Lotto gewinnen. Ich weiß nicht warum, aber diesmal bekam ich Panik. Ich dachte nur noch, sie nimmt Amanda mit. Dann läßt sie sie allein am Strand oder in ihrem Bett liegen, und Beatrice und ich sind nicht mehr in der Nähe, um ihr aus der Patsche zu helfen. Ich bin einfach... einfach durchgedreht. Ich rief Broussard an. Ich traf mich mit den Leuten, die Amanda annehmen wollten.«

»Und die heißen?« Ryersons Stift schwebte über dem Block.

Lionel überhörte die Frage. »Sie sind klasse. Wirklich toll. Haben ein wunderschönes Haus. Und sie lieben Kinder. Ihre eigene Tochter war schon erwachsen, und nun, da sie ausgezogen war, fühlten sie sich einsam. Sie kommen ganz toll mit ihr klar«, sagte er leise.

»Sie haben sie also gesehen«, folgerte ich.

Er nickte. »Sie ist glücklich. Jetzt kann sie sogar lachen.« Etwas saß ihm im Hals, er mußte schlucken. »Sie weiß nicht, daß ich sie gesehen habe. Broussards oberstes Gesetz lautete, ihre Vergangenheit müßte ausgelöscht sein. Sie ist vier Jahre. Sie wird es vergessen, mit der Zeit. Ach nein«, sagte er langsam, »sie ist jetzt schon fünf, oder?«

Die Erkenntnis, daß Amanda ihren Geburtstag ohne ihn gefeiert hatte, machte sich auf seinem traurigen Gesicht breit. Schnell schüttelte er den Kopf. »Egal, jedenfalls habe ich mich dahin geschlichen und ihr mit ihren neuen Eltern zugesehen – sie macht so einen glücklichen Eindruck! Sie sieht ...« Er räusperte sich und wich unserem Blick aus. »Sie sieht geliebt aus.«

»Was geschah in der Nacht, als sie verschwand?« fragte Ryerson.

»Ich betrat das Haus durch die Hintertür. Ich nahm sie mit und sagte ihr, es wäre ein Spiel. Amanda liebt Spiele. Vielleicht, weil es sich bei Helene darauf beschränkte, in die nächste Kneipe zu gehen und Amanda vor den Computer mit dem Pac-Man zu setzen.« Er ließ einen Eiswürfel aus dem Glas in den Mund gleiten und kaute darauf herum. »Broussard wartete im Auto auf der Straße. Ich stand im Eingang und sagte Amanda, sie müsse jetzt ganz, ganz leise sein. Der einzige Nachbar, der uns hätte sehen können, war Mrs. Driscoll auf der anderen Straßenseite. Sie saß auf ihrer Veranda und konnte genau auf Helenes Haustür gucken. Als sie kurz im Haus verschwand, um sich eine Tasse Tee oder so zu holen, gab mir Broussard ein Zeichen. Ich trug Amanda zu seinem Auto, und wir fuhren los.«

»Und niemand hat etwas gesehen«, sagte ich.

»Keiner von den Nachbarn. Später bekamen wir aber heraus, daß Chris Mullen uns gesehen hatte. Er saß in seinem Auto und beobachtete das Haus. Er wartete darauf, daß Helene zurückkam, weil er herausfinden wollte, wo sie das gestohlene Geld versteckt hatte. Mullen erkannte Broussard. Cheese Olamon erpreßte Broussard, um das verschwundene Geld zurückzubekommen. Außerdem sollte er Drogen aus der Asservatenkammer stehlen und sie Mullen in der Nacht am Steinbruch übergeben.«

»Zurück zu der Nacht von Amandas Entführung«, sagte ich.

Mit seinen dicken Fingern holte er den zweiten Eiswürfel aus dem Glas und schob ihn in den Mund. »Ich erzählte Amanda, mein Freund würde sie zu ganz netten Leuten bringen. Ich würde in ein paar Stunden nachkommen. Sie nickte einfach nur. Sie war es gewohnt, bei Fremden abgesetzt zu werden. Ein paar Häuserblöcke weiter stieg ich aus und ging nach Hause. Es war halb elf. Meine Schwester brauchte fast zwölf Stunden, um zu merken, daß ihre Tochter weg war. Was sagt Ihnen das?«

Eine Weile waren wir so still, daß wir das Aufschlagen der Pfeile auf der Korkscheibe im hinteren Teil der Kneipe hören konnten.

»Ich hatte mir vorgenommen«, fuhr Lionel fort, »Beatrice von der Sache zu erzählen, wenn die Zeit reif war, dann würde sie es schon verstehen. Nicht jetzt sofort. Wenn ein paar Jahre ins Land gegangen waren, dann vielleicht. Ich weiß es nicht. Hatte es mir nicht richtig überlegt. Beatrice haßt Helene, und sie liebt Amanda, aber so eine Aktion ... Wißt ihr, sie glaubt an das Gesetz, an die Vorschriften. Sie hätte so eine Sache nie im Leben gutgeheißen. Aber ich hoffte, daß sie vielleicht irgendwann, wenn Gras darüber gewachsen war ...« Er blickte zur Decke auf und schüttelte leicht den Kopf. »Dann kam sie auf die Idee, sich an Sie zu wenden. Ich setzte mich mit Broussard in Verbindung, und er sagte, ich solle versuchen, ihr das auszureden, aber nicht zu auffällig. Wenn sie unbedingt wollte, sollte ich sie gewähren lassen. Am nächsten Tag erzählte er mir, wenn es hart auf hart käme, hätte er etwas gegen euch in der Hand. Hatte mit einem toten Luden zu tun.«

Ryerson sah mich mit erhobener Augenbraue und einem neugierigen Lächeln an.

Ich zuckte mit den Schultern und wandte den Blick ab, und in dem Moment sah ich den Typ mit der Popeye-Maske. Er kam durch den hinteren Notausgang herein, in der rechten ausgestreckten Hand eine .45 Automatik auf Brusthöhe.

Sein Partner schwang drohend ein Gewehr. Auch er trug eine Halloweenmaske aus Plastik. Das weiße Mondgesicht von Casper, dem freundlichen Geist, starrte uns an, als er durch die Eingangstür trat und rief: »Hände auf den Tisch! Alle! Los!«

Popeye trieb die beiden Dartspieler vor sich her. Ich wandte mich um und konnte gerade noch sehen, daß Casper den Riegel vor die Eingangstür schob.

»Hey du!« schrie Popeye mich an. »Taub? Die verdammten Hände auf den Tisch!«

Ich legte die Hände auf den Tisch.

Der Mann hinter der Theke sagte: »Oh Scheiße, bitte nicht.«

Casper zog an einer Kordel am Fenster, und ein schwerer, schwarzer Vorhang fiel vor die Scheibe.

Lionel neben mir atmete flach. Seine Hände lagen ausgestreckt auf dem Tisch, er bewegte sie nicht. Ryerson ließ eine Hand unter den Tisch sinken, Angie tat es ihm nach.

Popeye schlug einem der Dartspieler mit der Faust auf den Rücken. »Runter! Auf den Boden. Hände hinter den Kopf! Los! Mach schon!«

Beide Männer ließen sich auf die Knie fallen und falteten die Hände im Nacken. Popeye sah sie an und legte den Kopf schief. Ein schrecklicher Augenblick, der das Schlimmste befürchten ließ. Popeye konnte tun, was er wollte. Die beiden erschießen, uns erschießen, ihnen den Hals durchschneiden. Was ihm gerade einfiel.

Dem älteren der beiden trat er in den Hintern.

»Nicht auf die Knie. Auf den Bauch. Los!«

Neben mir ließen sich die Männer auf den Bauch fallen.

Ganz langsam wandte Popeye den Kopf und heftete die Augen auf unseren Tisch.

»Die verdammten Hände auf den Tisch!« zischte er. »Oder ihr seid tot.«

Ryerson zog die Hand unter dem Tisch hervor, hielt die leeren Hände hoch und legte sie dann flach auf den Holztisch, Angie ebenfalls.

Casper ging zur Theke gegenüber von uns. Er richtete das Gewehr auf den Barkeeper.

Zwei Frauen mittleren Alters, nach ihrer Kleidung zu urteilen Büroangestellte oder Sekretärinnen, saßen direkt vor Casper mitten im Raum. Als er das Gewehr anlegte, streifte er das Haar von einer der beiden. Sie zuckte zusammen und warf den Kopf zur Seite. Ihre Begleiterin stöhnte.

Die erste Frau sagte: »Oh Gott, oh nein.«

Casper sagte: »Ruhig Blut, die Damen. In ein, zwei Minuten ist das Ganze hier vorbei.« Er zog einen grünen Müllbeutel aus der Tasche seiner ledernen Bomberjacke und warf ihn vor dem Barkeeper auf die Theke. »Vollmachen! Auch das Geld aus dem Safe.«

»Ich hab' nicht viel«, erwiderte der Barkeeper.

»Steck rein, was da ist«, befahl Casper.

Popeye kontrollierte die Gäste. Er stand mit gespreizten Beinen und leicht gebeugten Knien da. Mit der .45 beschrieb er einen Halbkreis von links nach rechts und wieder zurück. Er war ungefähr dreieinhalb Meter von mir entfernt. Ich konnte ihn hinter der Maske ruhig und gleichmäßig atmen hören.

Casper hatte dieselbe Körperhaltung, nur richtete er das Gewehr auf den Barmann. Im Spiegel hinter der Theke beobachtete er den Rest der Kneipe.

Die Männer waren Profis. Absolute Profis.

Außer Casper und Popeye befanden sich noch zwölf Menschen in der Kneipe: Barkeeper und Kellnerin hinter der Theke, die beiden Männer auf dem Boden, Lionel, Angie, Ryerson und ich, die beiden Sekretärinnen sowie zwei Typen in der Nähe des Eingangs, die wie Lastwagenfahrer aussahen. Einer trug die grüne Jacke der Celtics, der andere eine alte, dick gefütterte Jacke aus Leinen und Jeansstoff. Beide waren Mitte Vierzig und kräftig gebaut. Vor ihnen auf der Theke stand eine Flasche Old Thompson mit zwei Schnapsgläsern.

»Laß dir Zeit!« sagte Casper zum Barkeeper, der sich hinter die Theke kniete und an etwas herumfummelte. Ich nahm an, er versuchte den Safe zu öffnen. »Mach einfach langsam, so als wäre nichts passiert, dann drehst du auch nicht an den Zahlen vorbei.«

»Tun Sie uns bitte nichts!« sagte einer der Männer auf dem Boden. »Wir haben Familie.«

»Halt's Maul!« sagte Popeye.

»Wir tun keinem was«, erkärte Casper, »solange ihr euch ruhig verhaltet. Seid einfach still. So einfach ist das.«

»Wißt ihr Arschlöcher überhaupt, wem diese Kneipe gehört?« fragte der Typ mit der Celtics-Jacke.

»Was?« fragte Popeye.

»Du hast mich schon verstanden, du Schwein. Weißt du, wem diese Kneipe gehört?«

»Bitte«, sagte eine der Sekretärinnen. »Seien Sie still.«

Casper wandte sich um. »Ein Held.«

»Ein Held«, wiederholte Popeye und sah sich den Idioten näher an.

Ohne die Lippen zu bewegen, flüsterte Ryerson: »Wo ist Ihre?«

»Am Rücken«, antwortete ich. »Und Ihre?«

»Im Schoß.« Er schob die rechte Hand einige Zentimeter weiter auf die Tischkante zu.

»Nicht!« flüsterte ich, als Popeye Blick und Gewehr wieder auf uns richtete.

»Ihr Arschlöcher seid so gut wie tot«, sagte der Lkw-Fahrer.

»Hören Sie doch auf zu reden!« flehte eine der Sekretärinnen. Sie hielt den Blick auf den Tisch gesenkt.

»Guter Vorschlag«, sagte Casper.

»Tot. Verstanden? Ihr verfluchten Schweine. Ihr verdammten Ärsche. Ihr verdammten ...«

Casper machte vier Schritte nach vorne und boxte dem Fahrer mitten ins Gesicht.

Er fiel von seinem Hocker und schlug so hart auf dem Boden auf, daß seine Schädeldecke brach. Wir alle konnten das Krachen hören.

»Noch Fragen?« wandte sich Casper an den Kumpel des Fernfahrers.

»Nein«, entgegnete der mit Blick auf den Tresen.

»Sonst noch jemand?« fragte Casper.

Der Barkeeper trat hinter der Theke hervor und legte die Mülltüte auf den Tresen.

In der Kneipe war es so still wie in einer Kirche vor dem Jawort.

»Was?« fragte Popeye und ging drei Schritte auf unseren Tisch zu.

Ich brauchte einen Augenblick, um zu verstehen, daß er mit uns sprach, und einen Moment später wußte ich mit letzter Gewißheit, daß jetzt alles furchtbar schnell furchtbar schiefgehen würde.

Keiner von uns bewegte sich.

»Was hast du gerade gesagt?« Popeye richtete die Waffe auf Lionels Kopf, und die Augen hinter der Maske flogen unsicher über Ryersons ruhiges Gesicht. Dann sah er wieder Lionel an.

»Noch ein Held?« Casper nahm die Tasche von der Theke und kam zu unserem Tisch herüber, das Gewehr auf meinen Nacken gerichtet.

»Ein kleiner Quatschkopf«, sagte Popeye. »Er redet Scheiße.«

»Hast du was zu sagen?« fragte Casper und richtete das Gewehr jetzt ebenfalls auf Lionel. »Hä? Dann sprich laut!« Er wandte sich an Popeye. »Paß auf die anderen drei auf.«

Popeye richtete seine .45 auf mich, so daß ich genau in den Lauf sehen konnte.

Casper ging noch einen Schritt auf Lionel zu. »Hört einfach nicht auf zu quatschen, hm?«

»Warum müßt ihr sie unbedingt ärgern? Die Typen sind bewaffnet«, sagte eine der Sekretärinnen.

»Sei leise«, sagte ihre Freundin.

Lionel sah die Maske an, die Lippen fest geschlossen. Seine Fingerspitzen gruben sich in die Tischoberfläche.

Casper sagte: »Ja, sicher, Mann. Klar. Erzähl du nur!«

»Ich brauch' mir diesen Mist nicht länger anhören«, rief Popeye.

Casper drückte die Mündung des Gewehrs auf Lionels Nasenrücken. »*Halt die Klappe*!«

Lionels Hände zitterten. Er blinzelte, weil ihm Schweiß in die Augen lief.

»Er will einfach nicht auf uns hören«, sagte Popeye. »Möchte einfach weiter seinen Müll erzählen.«

»War's das jetzt?« fragte Casper.

»Ruhig bleiben, bitte«, sagte der Barkeeper. Er hielt die Hände hoch.

Lionel sagte kein Wort.

Doch alle Anwesenden in der Kneipe würden hinterher das Gegenteil behaupten. In ihrem Schockzustand, den eigenen Tod vor Augen, würden sie sich nur an das erinnern, was die

Verbrecher jetzt sagten – daß Lionel geredet hätte. Daß alle an unserem Tisch gesprochen hätten. Daß wir die gefährlichen Männer nicht in Ruhe gelassen und sie uns deshalb umgebracht hatten.

Casper zog den Schlitten des Gewehrs zurück. Es klang, als würde eine Kanone abgeschossen. »Mußt du hier den großen Mann markieren? Geht es darum?«

Lionel öffnete den Mund. »Bitte«, sagte er.

Ich sagte: »Wartet!«

Das Gewehr schwenkte zu mir herüber. Die dunklen Löcher der Läufe waren wohl das letzte, das ich sehen würde.

»Detective Remy Broussard!« rief ich laut, damit mich alle in der Kneipe hören konnten. »Habt ihr das alle verstanden? Remy Broussard!« Ich blickte durch die Löcher in der Maske auf die tiefblauen Augen und entdeckte Angst und Unsicherheit in ihnen.

»Tun Sie's nicht, Broussard«, bat Angie.

»Haltet euer Schandmaul!« rief Popeye, doch verlor er langsam die Beherrschung. Die Sehnen in seinen Unterarmen traten hervor.

»Es ist vorbei, Broussard. Es ist vorbei. Wir wissen, daß Sie Amanda McCready entführt haben.« Ich hob den Kopf. »Haben Sie das alle gehört? Amanda McCready!«

Als ich mich ihm wieder zuwandte, gruben sich die kalten Metallrohre des Gewehrs in meine Stirn. Vor meinen Augen sah ich den angewinkelten roten Finger am Abzugbügel. Aus der Nähe wirkte der Finger eher wie ein Insekt oder ein rotweißer Wurm. Er sah aus, als habe er einen eigenen Kopf.

»Mach die Augen zu«, sagte Casper. »Ganz fest.«

»Mr. Broussard«, flehte Lionel. »Bitte tun Sie das nicht! Bitte!«

»Jetzt drück schon ab, verdammte Scheiße!« rief Popeye seinem Kumpan zu. »Los!«

»Broussard...« sagte Angie.

»Jetzt hört auf, diesen Scheißnamen zu sagen!« Popeye stieß einen Stuhl gegen die Wand.

Ich ließ die Augen auf, fühlte das runde Metall auf meiner Haut, roch das Schmieröl und das alte Schießpulver, sah den Finger am Abzug.

»Es ist vorbei«, sagte ich wieder, doch kam es durch meinen trockenen Hals und Mund wie ein Krächzen heraus. »Es ist vorbei.«

Lange Zeit sagte niemand etwas. In dieser absoluten Stille spürte ich, wie sich die Welt um ihre Achse drehte.

Broussard neigte den Kopf zur Seite, und ich sah diesen Ausdruck in seinem Blick, den ich schon gestern beim Footballspiel kennengelernt hatte, das brennende Flackern.

Dann wurde es von Resignation abgelöst, die sich langsam seines gesamten Körpers bemächtigte. Er ließ den Finger vom Abzug gleiten und senkte die Waffe.

»Ja«, flüsterte er. »Vorbei.«

»Willst du mich verarschen?« schrie sein Partner. »Wir müssen das durchziehen! Mann, wir müssen das machen. Wir haben Befehle! Los! Mach schon!«

Broussard schüttelte den Kopf, das Mondgesicht von Casper mit dem Kinderlächeln schwang hin und her. »Es ist vorbei. Laß uns gehen.«

»Das ist ganz und gar nicht vorbei, du Arsch! Kannst du diese Schweine nicht wegputzen? Fick dich, du Stück Scheiße. Ich kann's!«

Popeye hob die Hand und zielte mit dem Gewehr auf Lionels Gesicht, doch griff Ryerson nach der Waffe in seinem Schoß. Der erste Schuß, der in Popeyes linkem Oberschenkel steckenblieb, wurde durch den Tisch geschwächt.

Als Popeye nach hinten fiel, entlud sich sein Gewehr. Lionel schrie, griff sich an den Kopf und stürzte vom Stuhl.

Ryerson nahm die Pistole vom Tisch und schoß Popeye zweimal in die Brust.

Als Broussard den Abzug des Gewehrs betätigte, hörte ich deutlich die Pause – ein Sekundenbruchteil der Stille – zwischen dem Kontakt von Abzug und Patrone und der Explosion, die wie Donnerhall in meinen Ohren dröhnte.

Neal Ryersons linke Schulter verschwand in einer Wolke aus Feuer, Blut und Knochen. Sie schmolz, explodierte und verflüchtigte sich gleichzeitig in einer lärmenden Schallwelle. Ryerson fiel vom Stuhl, während Remy Broussard das qualmende Gewehr wieder hob. Der Tisch fiel mit Ryerson um. Seine Waffe rutschte ihm aus der Hand, fiel auf einen Stuhl und von dort zu Boden.

Angie hatte ihre Pistole ebenfalls gezogen, doch wich sie nach links aus, als sich Broussard zu ihr drehte.

Ich rammte ihm den Kopf in den Magen, legte die Arme um ihn und lief auf die Theke zu. Ich warf ihn mit dem Rükken gegen den Handlauf und hörte ihn grunzen. Dann schlug er mir mit dem Schaft des Gewehrs in den Nacken.

Meine Knie sackten zu Boden, ich ließ ihn los, und Angie schrie: »Broussard!« und feuerte ihre .38 ab.

Er warf mit dem Gewehr nach ihr, ich griff nach meiner .45. Das Gewehr traf Angie an der Brust. Sie fiel hin.

Broussard sprang über die beiden Dartspieler und rannte wie ein Profisprinter auf die Ausgangstür zu.

Ich kniff das linke Auge zu, zielte und drückte zweimal ab, als Broussard die Vordertür erreichte. Ich sah, wie sein rechtes Bein ausschlug und er es hinter sich herzog, bevor er um die Ecke bog, das Schloß entriegelte und nach draußen in die Nacht stürzte.

»Angie!«

Sie saß zwischen den umgeworfenen Stühlen. »Mir geht's gut.«

Ryerson rief: »Ruft einen Krankenwagen! Einen Krankenwagen!«

Ich blickte zu Lionel hinunter. Er wand sich stöhnend auf dem Boden, hielt die Hände vors Gesicht, Blut rann ihm durch die Finger.

Ich rief dem Barkeeper zu: »Los, einen Krankenwagen!«

Er griff zum Hörer und wählte.

Ryerson lehnte sich gegen die Wand, ein Großteil seiner Schulter fehlte, und schrie zur Decke empor. Sein Körper schlug wild umher.

»Er bekommt einen Schock«, sagte ich zu Angie.

»Ich mach' schon.« Sie krabbelte zu Ryerson herüber. »Ich brauche alle Handtücher, die da sind, und zwar sofort!«

Eine der Sekretärinnen sprang über die Theke.

»Beatrice«, stöhnte Lionel. »Beatrice.«

Das Gummiband, mit dem Popeyes Maske gehalten wurde, hatte sich gelöst, als er gegen die Theke fiel und Ryersons Kugeln sein Brustbein durchbohrten. Ich sah in das Gesicht von John Pasquale. Er war tot. Er hatte recht gehabt, gestern nach dem Footballspiel: Irgendwann ist es mit dem Glück vorbei.

Angie fing gerade ein Handtuch auf, das die Sekretärin ihr durch den Raum zuwarf. Sie sah mich an. »Hol Broussard, Patrick. Hol ihn dir!«

Ich nickte, während die Sekretärin an mir vorbeilief, sich neben Lionel hockte und ihm ein Handtuch an den Kopf drückte.

Ich suchte in der Jackentasche nach dem zweiten Magazin, fand es und verließ die Kneipe.

33

Ich folgte Broussards Spur über den Broadway und die Commercial Street, von wo sie in das Gebiet entlang der East Second Street mit seinen Lagerhäusern und Speditionen abbog. Die Spur war nicht zu übersehen. Beim Verlassen der Bar hatte Broussard die Caspermaske vom Gesicht gezogen. Sie lag auf dem Bürgersteig und sah mich mit einem zahnlosen Lächeln und leeren Augenhöhlen an. Frische Blutstropfen, die im Licht der Straßenlaternen glänzten, verrieten mir Broussards schwankenden Weg. Sie wurden dickflüssiger und größer, je tiefer sie in das spärlich beleuchtete Gebiet hineinführten, über das zerklüftete Kopfsteinpflaster, an den dunklen Lagerhallen, leeren Laderampen und Fernfahrer-Kaschemmen mit Vorhängen vor den Fenstern und Neonschildern vorbei, bei denen jede zweite Lampe kaputt war. Sattelschlepper auf dem Weg nach Buffalo oder Trenton rollten ächzend und polternd über die mit Schlaglöchern übersäten Straßen. Kurz tauchten ihre Scheinwerfer das Ende der Blutspur in Licht, Broussard hatte offenbar innegehalten, um ein Türschloß aufzubrechen. Vor der Tür hatte das Blut eine Pfütze gebildet und war gegen die Tür gespritzt. Ich hätte nie gedacht, daß ein Bein so bluten konnte, aber vielleicht hatte die Kugel den Oberschenkelknochen zersplittert oder eine Hauptschlagader getroffen.

Ich sah mir das Gebäude an. Es war sechs Stockwerke hoch und aus dem schokoladenbraunen Backstein erbaut, den man um die Jahrhundertwende verwendet hatte. Unkraut wucherte bis zu den Fensterbänken im Erdgeschoß, und die Bretter vor den Fenstern hatten Risse und waren mit Graffiti bemalt. Es war riesengroß, wahrscheinlich war es früher ein Lager für große Gegenstände oder eine Produktions- oder Montagehalle von Maschinen.

Beim Betreten erkannte ich, daß es eine Montagehalle gewesen war. Denn als erstes sah ich die Umrisse einer Fertigungsstraße mit Flaschenzügen und Ketten, die von den Dachsparren in sechs Metern Höhe herabhingen. Das Fließband selbst und die Laufrollen, die sich früher darunter befunden hatten, waren nicht mehr da, doch war das Gestell noch vorhanden, am Boden festgeschraubt. An den Ketten hingen gekrümmte Haken, die wie Finger winkten. Ansonsten war die Halle leer. Alles Wertvolle war entweder von Landstreichern oder Kindern gestohlen oder von den ehemaligen Besitzern herausgerissen und verkauft worden.

Rechts führte eine Eisentreppe ins nächste Stockwerk, die ich vorsichtig erklomm. In der Dunkelheit konnte ich die Blutspur nicht mehr erkennen. Angestrengt versuchte ich, in der Schwärze die durchgerosteten Stufen zu erahnen. Vorsichtig griff ich erst zum Geländer, bevor ich den nächsten Schritt tat, in der Hoffnung, auf Eisen zu treten und nicht auf eine wütende, hungrige Ratte.

Im ersten Stock hatten sich meine Augen ein wenig an die Dunkelheit gewöhnt, doch konnte ich nur einen leeren Speicher, Umrisse von umgekippten Paletten und den schwachen Schein der Straßenlaternen erkennen, der durch die trüben, zersplitterten, bleigefaßten Fenster fiel. Die Treppen waren in jedem Stockwerk immer an der gleichen Stelle angebracht, so daß ich mich, um die nächste Stiege zu erreichen, an der

Wand links entlangtasten und ungefähr fünf Meter zurückgehen mußte, bis ich die Lücke fand, das Gestänge aus dicken Eisenrohren erfühlte und die rechteckige Öffnung über mir erkennen konnte.

Als ich dort stand, hörte ich ein schweres metallisches Ächzen einige Stockwerke weiter oben, darauf den dumpfen Laut einer schweren Stahltür, die langsam ins Schloß fiel.

Ich nahm zwei Stufen auf einmal, stolperte mehrmals, bog im zweiten Stockwerk um die Ecke, lief zur nächsten Treppe. Jetzt rannte ich noch schneller, meine Beine hatten sich an einen Rhythmus gewöhnt, ahnten, wo sich in der Dunkelheit die nächste Stufe befand.

Auf keiner Etage war etwas zu sehen, doch in jedem Stockwerk warfen die Hochhäuser vom Hafen und der Innenstadt mehr Licht durch die bis auf den Boden reichenden Fenster. Das Treppenhaus war trotzdem dunkel, von den rechteckigen Öffnungen in der Decke abgesehen. Als ich die letzte Treppe erreichte, die den Blick auf den mondbeschienenen Himmel freigab, rief mir Broussard vom Dach etwas zu.

»Hey, Patrick, ich würde besser unten bleiben.«

»Wieso?« rief ich zurück.

Er hustete. »Weil ich meine Pistole auf die Öffnung gerichtet habe. Wenn du deinen Kopf durchsteckst, blas' ich ihn dir weg.«

»Oh.« Ich lehnte mich gegen das Geländer, roch den Hafenkanal und die kühle, frische Nachtluft. »Was hast du da oben vor, willst du dich wieder vom Hubschrauber rausholen lassen?«

Er kicherte. »Einmal im Leben ist genug. Nee, ich dachte einfach, ich setz' mich hier ein bißchen hin und guck' die Sterne an. Mann, du bist vielleicht ein beschissener Schütze!« zischte er.

Ich sah durch die Öffnung auf den Mond. Nach dem Klang

seiner Stimme zu urteilen, mußte er sich links vom Ausstieg befinden.

»Aber gut genug, um dich zu treffen«, sagte ich.

»Das war ein Scheiß Querschläger«, gab er zurück. »Ich zieh' mir die ganze Zeit Splitter aus dem Bein.«

»Meinst du damit, ich hab' den Boden getroffen und dann erst dich?«

»Genau das meine ich. Wer war denn der Typ?«

»Welcher?«

»Der mit dir in der Kneipe war.«

»Auf den du geschossen hast?«

»Ja, genau der.«

»Justizministerium.«

»Ohne Scheiß? Ich hab' ihn für so eine Art Spion gehalten. So verdammt ruhig war der. Hat drei Schüsse auf Pasquale abgegeben, als würde er Schießübungen machen. Als wär' das gar nichts. Als ich ihn am Tisch sitzen sah, wußte ich, die Sache läuft schief.«

Wieder hustete er. Ich schloß die Augen und lauschte gespannt, während er ungefähr zwanzig Sekunden lang vor sich hin röchelte. Als er aufhörte, war ich mir sicher, daß er ungefähr zehn Meter links von der Öffnung saß.

»Remy?«

»Ja.«

»Ich komme raus.«

»Dann hast du eine Kugel im Kopf.«

»Hab' ich nicht.«

»Nein?«

»Nein.«

Die Pistole entlud sich in der Nachtluft, die Kugel peitschte gegen den an der Wand befestigten Stahlträger der Treppe. Das Metall schlug Funken, als habe jemand ein Streichholz daran entzündet, und ich ließ mich auf die Stufen fallen, während die Kugel über meinen Kopf hinwegsauste, von einem anderen Metallstück abprallte und schließlich mit einem zischenden Geräusch links von mir in der Wand einschlug.

Ich blieb noch etwas liegen. Das Herz klopfte mir bis zum Hals – kein angenehmes Gefühl.

»Patrick?«

»Ja?«

»Hab' ich dich erwischt?«

Ich richtete den Oberkörper auf und kniete mich hin. »Nein.«

»Ich hab' dir doch gesagt, daß ich schieße.«

»Danke schön. Du bist echt klasse.«

Wieder erklang ein abgehacktes Husten, dann ein Gurgeln, und schließlich spuckte er aus.

»Hört sich nicht gerade gut an«, bemerkte ich.

Er gab ein rauhes Lachen von sich. »Sieht auch nicht gerade gut aus. Deine Kollegin hat wirklich 'ne Menge Zielwasser getrunken, Mann.«

»Hat sie dich erwischt?«

»Und wie. So gewöhnt man sich schnell das Rauchen ab.«

Ich lehnte mich ans Geländer, richtete die Pistole nach oben und schob mich vorsichtig hoch.

»Ehrlich gesagt«, meinte Broussard, »glaube ich nicht, daß ich auf sie hätte schießen können. Auf dich vielleicht schon. Aber auf sie? Weiß nicht. Ist nicht gerade etwas, das man gerne in seinem Nachruf lesen möchte, verstehst du? ›Er war ein zweifach ausgezeichneter Beamter der Polizei von Boston, ein liebevoller Ehemann und Vater mit einem Bowling-Durchschnitt von 252, der tierisch gut Frauen erschießen konnte.‹ Hm, das hört sich doch irgendwie ... Scheiße an, oder?«

Ich kauerte mich auf die fünftoberste Stufe, hielt den Kopf gesenkt und atmete mehrmals tief ein.

»Ich weiß, was du denkst: Aber Remy, du hast Roberta Trett von hinten erschossen. Stimmt. Aber Roberta war auch keine Frau. Verstehst du? Sie war ...« Er seufzte und hustete dann. »Keine Ahnung, was sie war. Jedenfalls keine Frau. Das trifft es nicht.«

Ich stellte mich aufrecht hin und blickte am Lauf der Pistole entlang auf Broussard.

Er sah nicht einmal in meine Richtung. Er saß gegen eine Entlüftungsanlage gelehnt, den Kopf in den Nacken gelegt. Vor uns erstreckten sich die gelben, blauen und weißen Lichter der Skyline der Innenstadt vor dem kobaltblauen Himmel.

»Remy!«

Er drehte sich zu mir um und richtete seine Glock auf mich.

So standen wir eine Zeitlang herum und wußten beide nicht, was passieren würde, wenn ein falscher Blick, ein unabsichtliches Zucken aus Nervosität oder Angst den Finger krümmen und eine Kugel mit einem Feuerblitz aus der Mündung katapultieren würde. Broussard verzog mehrmals vor Schmerz das Gesicht und sog zischend Luft ein. Auf seinem Hemd breitete sich ein Blutfleck aus, erblühte langsam wie eine hellrote Rose, die anmutig ihre tödlichen Blütenblätter entfaltete.

Das Gewehr auf mich gerichtet, den Finger um den Abzug gekrümmt, fragte er: »Kommt es dir auch vor, als wären wir plötzlich in einem John-Woo-Film?«

»Ich hasse John-Woo-Filme.«

»Ich auch«, erwiderte er. »Ich dachte, da wär' ich der einzige.«

Ich schüttelte den Kopf. »Ein Trittbrettfahrer von Peckinpah ohne dessen emotionalen Unterton.«

»Was bist du denn, ein Filmkritiker?«

Ich grinste angespannt.

»Am liebsten guck' ich mir Schnulzen an«, sagte er.

»Was?«

»Doch.« Er verdrehte die Augen. »Ich weiß, hört sich bescheuert an. Vielleicht liegt das daran, daß ich ein Bulle bin. Immer wenn ich mir so einen Actionfilm ansehe, denk' ich, so eine Scheiße. Verstehst du? Aber echt, legt einer *Jenseits von Afrika* oder *Love Story* in den Videorekorder, dann bin ich dabei.«

»Du steckst voller Überraschungen, Broussard.«

»Stimmt.«

Es war anstrengend, die Pistole so lange auf jemand gerichtet zu halten. Hätten wir schießen wollen, hätten wir es wahrscheinlich längst getan. Aber das haben wohl schon viele Leute gedacht, die kurz darauf erschossen wurden. Ich bemerkte, daß Broussard immer grauer im Gesicht wurde, daß ihm der Schweiß die Wangen herunterlief. Er würde nicht mehr lange durchhalten. So anstrengend es für mich war – ich hatte keine Kugel in der Brust und keine Splitter im Knöchel.

»Ich werde jetzt meine Pistole herunternehmen«, sagte ich.

»Deine Sache.«

Ich beobachtete seinen Blick. Doch starrte er nur ausdruckslos vor sich hin, vielleicht weil er wußte, daß ich ihn ansah.

Ich hob die Waffe gen Himmel und ließ den Finger vom Abzug gleiten, dann nahm ich sie in die Hand und stieg die letzten Stufen hoch. Ich stand auf dem mit Kies bedeckten Dach und sah mit hochgezogener Augenbraue auf ihn hinunter.

Er lächelte.

Dann legte er das Gewehr in seinen Schoß. Den Kopf lehnte er gegen die Lüftungsanlage.

»Du hast Ray Likanski Geld gegeben, damit er Helene aus dem Haus holt«, sagte ich. »Stimmt's?«

Er zuckte mit den Achseln. »Brauchte ihm noch nicht mal Geld geben. Hab' ihm gesagt, ich würde ihn bei einer anderen Sache laufenlassen. Mehr nicht.«

Ich ging zu ihm hinüber. Nun sah ich deutlich den dunklen Kreis auf seiner Brust, wo sich die Rosenblätter entfalteten. Er befand sich ein bißchen rechts von der Mitte. Langsam, aber stetig wurde das Blut herausgepumpt.

»Die Lunge?« fragte ich.

»Streifschuß, glaube ich.« Er nickte. »Mullen, dieser Wichser! Wär' der nicht dagewesen, wäre das Ganze ohne Probleme über die Bühne gegangen. Dieser Schwachkopf Likanski hat mir nicht gesagt, daß er Olamon abgegriffen hat. Das hätte die Sache verändert, das weiß ich genau. Kannst du mir glauben.« Er bewegte sich leicht und stöhnte vor Schmerz. »Da muß ich – ich, verdammt noch mal! – mit einem Versager wie Cheese gemeinsame Sache machen. Auch wenn ich ihn erledigt habe, das ging ganz schön ans Ego, Mann, das kann ich dir sagen.«

»Wo ist Likanski?« wollte ich wissen.

Er sah zu mir hoch. »Dreh dich mal um und guck rechts nach unten.«

Ich tat, wie mir geheißen. Der Fort Point Channel hob sich vom hellen, staubigen Ufer ab, floß unter der Summer und Congress Street und einigen Brücken hindurch und erstreckte sich bis zur Skyline des Bostoner Hafens mit seinen dunklen Gebäuden und Molen.

»Schläft Ray bei den Fischen?« fragte ich.

Broussard grinste mich müde an. »Denke schon.«

»Seit wann?«

»Damals an dem Abend im Oktober, als ihr beiden den Fall übernahmt, hab' ich ihn mir geholt. Er wollte sich gerade aus dem Staub machen. Hab' ihn über das Ding befragt, das er mit Cheese laufen hatte. Aber das muß ich ihm lassen, er ist nicht damit rausgerückt, wo er das Geld versteckt hatte. Hätte nie gedacht, daß er soviel Rückgrat haben würde, aber zweihundert Riesen lassen manche Leute wohl zur Höchstform auflaufen. Na ja, er wollte jedenfalls abhauen. Das wollte ich aber nicht. Dann wurde es handgreiflich.«

Er hustete stark, beugte sich vor und drückte die Hand auf das Loch in der Brust, das Gewehr auf dem Schoß hielt er fest.

»Du mußt hier vom Dach runter.«

Er sah mich an und wischte sich mit dem Handrücken über den Mund. »Ich glaube nicht, daß ich irgendwohin muß.«

»Los, komm! Sterben bringt doch nichts!«

Er schenkte mir sein wunderbares Jungenlächeln. »Komisch, ich würde im Moment genau das Gegenteil behaupten. Hast du kein Handy, um einen Krankenwagen zu rufen?«

»Nein.«

Er legte das Gewehr wieder auf seinen Schoß und holte ein schmales Nokia aus der Lederjacke. »Ich aber«, sagte er, drehte sich um und warf es nach unten.

Ich hörte, wie es leise scheppernd auf dem Bürgersteig sieben Stockwerke tiefer aufschlug.

»Keine Sorge«, kicherte er, »das Scheißding hat Garantie.«

Ich seufzte und setzte mich auf eine schmale Steigleitung am Rande des Daches.

»Du willst also unbedingt hier oben sterben.«

»Ich will auf keinen Fall in den Knast.« Er schüttelte den Kopf. »Ich vor Gericht? Nie und nimmer, Kumpel.«

»Dann sag mir, wo sie ist, Remy. Los, komm!«

Er riß die Augen auf. »Damit du sie dir holen kannst? Und sie zu diesem Scheiß Monster zurückbringst, die ihre Mutter sein soll? Fick dich ins Knie, Mann! Amanda bleibt, wo sie ist. Verstanden? Sie bleibt so glücklich, wie sie jetzt ist. Gut ernährt, sauber und umsorgt. Endlich hat sie ein bißchen Spaß im Leben, hat eine Chance. Wenn du glaubst, ich sag' dir, wo sie ist, Kenzie, dann zweifel' ich an deinem Verstand.«

»Die Leute, bei denen sie jetzt ist, haben sie entführt.«

»Oh nein. Falsch. Ich habe sie entführt. Das sind Leute, die ein Kind aufgenommen haben.« Er blinzelte mehrmals, da ihm der Schweiß in die Augen lief. Dann sog er den Atem ein, in seiner Brust rasselte es. »Du bist heute morgen bei mir zu Hause gewesen. Meine Frau hat mich angerufen.«

Ich nickte. »Sie hat bei Lionel angerufen und das Lösegeld gefordert, stimmt's?«

Er hob die Schultern und sah in die Ferne. »Du bei mir zu Hause«, sagte er dann. »Mann, das hat mich angekotzt.« Er schloß kurz die Augen. »Hast du meinen Sohn gesehen?«

»Das ist nicht dein Sohn.«

Er blinzelte. »Hast du meinen Sohn gesehen?«

Ich blickte kurz zu den Sternen auf, die klar am Himmel standen – eine Seltenheit in dieser Gegend. »Ich hab' ihn gesehen«, antwortete ich.

»Ein toller Junge. Weißt du, wo ich ihn gefunden habe?«

Ich schüttelte den Kopf.

»Ich war in der Sozialsiedlung Somerville und hab' mit einem V-Mann gequatscht. Ich war allein, und da hör' ich dieses Kind schreien. Und zwar so richtig, als würde es von Hunden gebissen. Und der Typ und die anderen Leute, die über den Gang gehen, hören es nicht. Die hören es einfach nicht. Weil sie es jeden Tag hören. Ich sag' also zu dem

V-Mann, er soll sich verpissen, geh' dem Geschrei hinterher und trete die Tür von einer Wohnung ein, die so richtig nach Scheiße stinkt. Da hab' ich ihn gefunden. Sonst war keiner in der Bude. Mein Sohn – und er ist mein Sohn, Kenzie, und wenn du das nicht glauben willst, kannst du verrecken – ist am Verhungern. Er liegt mit seinen sechs Monaten in einem Kinderbett und ist am Verhungern. Ich kann seine Rippen sehen. Die Schweine haben ihm die Hände zusammengebunden, Kenzie, und seine Windel ist so voll, daß es schon außen rauskommt, und er klebt … er klebt an der Scheiß Matratze fest, Kenzie!«

Broussards Augen quollen hervor, und sein Körper wurde hin- und hergeschüttelt. Er hustete Blut auf sein Hemd, verrieb es mit der Hand und schmierte es sich ans Kinn.

»Ein Baby«, flüsterte er schließlich, »das mit seinen wundgelegenen Stellen und seinen Fäkalien an der Matratze festklebt. Drei Tage lang lag es in diesem Zimmer und schrie sich die Lunge aus dem Hals. Keiner hat sich drum gekümmert.« Er streckte die blutverschmierte linke Hand aus und ließ sie auf den Boden fallen. »Keiner hat sich drum gekümmert«, wiederholte er leise.

Ich legte ebenfalls die Waffe in meinen Schoß und betrachtete die Lichter der Stadt. Vielleicht hatte Broussard recht. Eine ganze Stadt von Leuten, die sich nicht kümmerten. Ein ganzer Bundesstaat. Vielleicht sogar ein ganzes Land.

»Also hab' ich ihn mit nach Hause genommen. Ich kannte genug Leute, die zu ihrer Zeit Lebensläufe gefälscht haben. Einen davon habe ich bezahlt. Jetzt besitzt mein Sohn eine Geburtsurkunde mit meinem Nachnamen drauf. Die Unterlagen über die Sterilisation meiner Frau wurden vernichtet, dann wurden neue angelegt, in denen steht, daß sie erst nach der Geburt unseres Sohnes Nicholas die Einwilligung zu diesem Eingriff gab. Ich mußte nur noch diese letzten paar

Monate überstehen, dann wollte ich mich zur Ruhe setzen. Wir wären in einen anderen Staat gezogen, ich hätte mir einen laschen Job als Sicherheitsberater besorgt und meinen Sohn großgezogen. Und ich wäre sehr, sehr glücklich gewesen.«

Ich ließ den Kopf hängen und betrachtete meine Schuhe auf dem Kies.

»Sie hat ihren Sohn noch nicht mal als vermißt gemeldet«, sagte Broussard.

»Wer?«

»Die Schlampe, die meinen Sohn zur Welt gebracht hat. Sie hat nicht mal nach ihm gesucht. Ich weiß, wer es ist. Eine Zeitlang wollte ich ihr für die ganze Scheiße den Kopf vom Hals blasen. Hab' ich aber nicht gemacht. Und sie hat ihr Kind kein einziges Mal gesucht.«

Ich hob den Kopf und sah ihn an. Er sah stolz, zornig und tieftraurig aus, weil er in die Abgründe dieser Welt gesehen hatte.

»Ich will einfach nur Amanda«, sagte ich.

»Warum?«

»Weil das mein Job ist, Remy. Weil das mein Auftrag ist.«

»Und mein Job heißt schützen und dienen, du Idiot. Weißt du, was das bedeutet? Das ist ein Eid. Schützen und dienen. Das habe ich getan. Ich habe mehrere Kinder beschützt. Ich habe ihnen gedient. Ich haben ihnen ein gutes Zuhause gegeben.«

»Wie viele?« fragte ich. »Wie viele waren es?«

Er bewegte den blutigen Finger hin und her. »Nein, nein, nein.«

Plötzlich warf er den Kopf in den Nacken, sein Körper wurde steif. Der linke Absatz trat in den Kies, und der Mund öffnete sich weit zu einem geräuschlosen Schrei.

Ich fiel neben ihm auf die Knie, konnte jedoch nichts anderes tun, als zuzusehen.

Nach kurzer Zeit erschlaffte sein Körper, und er schloß die Augen. Ich hörte ihn ein- und ausatmen.

»Remy!«

Er schlug ein Auge auf. »Bin noch da«, brachte er undeutlich hervor. Er hob den Finger. »Du weißt, daß du Schwein hast, Kenzie. Riesenschwein.«

»Warum?«

Er lächelte. »Hast du's nicht gehört?«

»Was denn?«

»Eugene Torrel ist letzte Woche gestorben.«

»Wer ist ...?« Ich lehnte mich zurück, und er grinste breit, als er merkte, daß ich mich erinnerte: Eugene war der Junge, der zugesehen hatte, als wir Marion Socia umbrachten.

»Wurde in Brockton wegen einer Frau erstochen.« Wieder schloß Broussard die Augen. Sein Lächeln wurde weicher, verrutschte ein wenig. »Du hast echt Glück. Jetzt hab' ich nichts mehr gegen dich als eine wertlose Aussage von einem toten Loser.«

»Remy!«

Flackernd öffnete er die Augen, das Gewehr rutschte ihm aus der Hand in den Kies. Er beugte den Kopf zur Seite, griff aber nicht danach.

»Los, komm, Mann. Tu noch etwas Richtiges, bevor du stirbst. Du hast eine Menge Blut an den Händen.«

»Ich weiß«, lallte er. »Kimmie und David. Das hättest du im Leben nicht von mir gedacht, oder?«

»In den letzten vierundzwanzig Stunden hat es an mir genagt«, gab ich zu. »Du und Poole?«

Er schüttelte vorsichtig den Kopf. »Nicht Poole. Pasquale. Poole hat nie geschossen. Das kam für ihn nicht in Frage. Beschmutze sein Andenken nicht!«

»Aber Pasquale war doch damals gar nicht im Steinbruch.«

»Er war in der Nähe. Was glaubst du denn, wer Rogowski im Cunningham Park einen übergebraten hat?«

»Aber auch dann hätte Pasquale nicht genug Zeit gehabt, auf die andere Seite der Steinbrüche zu gelangen und Mullen und Gutierrez umzubringen.«

Broussard zuckte mit den Achseln.

»Wieso hat Pasquale Bubba eigentlich nicht umgebracht?«

Broussard zog die Stirn in Falten. »Mann, wir haben nie einen umgebracht, der keine direkte Bedrohung für uns war. Rogowski hatte keine Ahnung, also konnte er weiterleben. Du auch. Meinst du, ich hätte euch von der anderen Seite aus nicht treffen können, damals im Steinbruch? Nein, Mullen und Gutierrez waren eine direkte Bedrohung für uns. Und Mini-David, Likanski und leider auch Kimmie.«

»Vergessen wir Lionel nicht.«

Er sah noch bekümmerter aus. »Ich wollte nie auf Lionel schießen. Das fand ich nicht fair. Da hat einer Angst bekommen.«

»Wer?«

Er lachte kurz und kalt auf, auf seinen Lippen blieben kleine Blutstropfen zurück. Wieder schloß er vor Schmerz die Augen. »Denk einfach dran, Poole hat nie geschossen. Laß dem Toten seine Würde.«

Er verarschte mich vielleicht, aber ich verstand nicht ganz den Grund dafür. Wenn Poole Pharaoh Gutierrez und Chris Mullen nicht umgebracht hatte, mußte ich noch einmal gründlich nachdenken.

»Und die Puppe?« Ich tätschelte ihm die Hand, und er schlug ein Auge auf. »Das Stück aus Amandas T-Shirt im Steinbruch?«

»Ich.« Er fuhr sich über die Lippen und machte das Auge wieder zu. »Ich, ich, ich. Alles ich.«

»So gut bist du nicht. Nein, das kannst du nicht alles gemacht haben.«

Er schüttelte den Kopf. »Ach nein?«

»Nein«, gab ich zurück.

Wieder schlug er die Augen auf, und nun lag in ihnen eine kalte, klare Erkenntnis. »Rück nach links, Kenzie. Ich will die Stadt sehen.«

Ich gehorchte. Er starrte auf die Skyline, betrachtete lächelnd die schimmernden Lichter auf den Plätzen, das Pulsieren der roten Leuchtturmlichter und Sendemasten.

»'s schön«, sagte er. »Weiß' du was?«

»Was denn?«

»Ich liebe Kinder«, sagte er ganz schlicht und zärtlich.

Er schob die rechte Hand in meine, drückte sie, und so sahen wir über das Wasser ins glitzernde Herz der Stadt, betrachteten das samtene, dunkle Versprechen in ihren Lichtern, das von einem Leben in Schönheit kündete, von eleganten, wohlgenährten, behüteten Menschen, weich gebettet in ihre Privilegien hinter Glas, Backstein, Eisen und Stahl, mit gewundenen Treppenhäusern und der Aussicht auf das vom Mond beschienene Wasser. Überall war Wasser, sacht umspülte es die Inseln und Halbinseln, aus denen unsere Metropole bestand, und schirmte sie vor Häßlichkeit und Pein ab.

»Wow«, flüsterte Remy Broussard, und seine Hand entglitt mir.

34

»... worauf der später als Detective Pasquale identifizierte Mann antwortete: ›Wir müssen das machen. Wir haben Befehle! Los! Mach schon!‹« Die stellvertretende Staatsanwältin Lyn Campbell nahm die Brille ab und zwickte sich in den Nasenrücken. »Ist das korrekt, Mr. Kenzie?«

»Ja, Ma'am.«

»Ms. Campbell ist in Ordnung.«

»Ja, Ms. Campbell.«

Sie schob die Brille wieder auf die Nase und sah mich durch die dünnen ovalen Gläser an. »Und was genau, dachten Sie, bedeutete das?«

»Ich dachte, das hieße, daß jemand anders Detective Pasquale und Officer Broussard den Befehl gegeben hatte, Lionel McCready und wahrscheinlich auch uns im Edmund Fitzgerald zu töten.«

Sie blätterte durch ihre Aufzeichnungen, die inzwischen – seit sechs Stunden befand ich mich im Vernehmungszimmer 6A auf dem 6. Revier der Polizei von Boston – schon einen halben Notizblock einnahmen. Das Geräusch, wenn sie die mittlerweile spröden und aufgerollten Seiten umblätterte, die sie mit einem Kugelschreiber eifrig vollgekritzelt hatte, erinnerte mich an das Rascheln von Laub auf dem Bürgersteig im Spätherbst.

Außer mir und der stellvertretenden Staatsanwältin befanden sich noch zwei Beamte des Morddezernats im Raum, Janet Harris und Joseph Centauro, die mich beide nicht im geringsten zu mögen schienen, sowie mein Anwalt Cheswick Hartman.

Cheswick sah zu, wie Lyn Campbell eine Weile in ihrem Notizblock herumblätterte, dann sprach er sie an: »Ms. Campbell?«

Sie sah auf. »Hmm?«

»Ich verstehe, daß dies hier ein ganz besonderer Fall ist, über den mit Sicherheit ausführlichst in den Medien Bericht erstattet wird. Aus diesem Grund sind mein Klient und ich bisher kooperativ gewesen. Aber es ist schon ziemlich spät, meinen Sie nicht auch?«

Sie blätterte wieder um. »Der Staat Massachusetts interessiert sich nicht für das Schlafbedürfnis Ihres Klienten, Mr. Hartman.«

»Tja, das ist das Problem des Staates Massachusetts, denn ich interessiere mich durchaus dafür.«

Sie ließ die Hand auf den Notizblock fallen und sah ihn an. »Was denken Sie denn, daß ich tun sollte, Mr. Hartman?«

»Ich denke, daß Sie dieses Zimmer verlassen und mit Staatsanwalt Prescott reden sollten. Ich denke, daß Sie ihm sagen sollten, daß die Geschehnisse im Edmund Fitzgerald glasklar sind und auf der Hand liegen, daß mein Klient weder beschuldigt wird, für den Tod von Detective Pasquale verantwortlich zu sein, noch für den von Officer Broussard, und daß es Zeit ist, ihn gehen zu lassen. Beachten Sie bitte auch, Ms. Campbell, daß wir bis zu diesem Punkt uneingeschränkt kooperativ waren und es auch weiterhin sein werden, wenn Sie ein wenig die Regeln des Anstands beachten.«

»Das Arschloch hat einen Bullen erschossen«, sagte Detective Centauro. »Den sollen wir einfach so laufenlassen, Mr. Hartman? Das sehe ich aber anders.«

Cheswick faltete die Hände auf dem Tisch, überging Centauro und lächelte die Staatsanwältin an. »Wir warten, Ms. Campbell.«

Sie blätterte noch ein paarmal in ihren Aufzeichnungen herum in der Hoffnung, irgend etwas zu finden, für das sie mich festhalten konnte.

Cheswick blieb noch fünf Minuten länger. Er erkundigte sich nach Angie, während ich auf der Vordertreppe wartete und böse Blicke von den Polizisten kassierte, die durch die Türen des Gebäudes aus und ein gingen. Mir wurde klar, daß ich mich in nächster Zeit besser nicht beim Rasen erwischen ließ. Vielleicht den Rest des Lebens nicht mehr.

Als Cheswick zurückkam, fragte ich: »Wie sieht es aus?«

Er zuckte mit den Achseln. »Sie muß eine Weile dableiben.«

»Warum?«

Er sah mich an, als bräuchte ich ein Aufputschmittel. »Sie hat einen Bullen erschossen, Patrick. Ob in Notwehr oder nicht, sie hat einen erschossen.«

»Und, wärst du dann nicht besser ...?«

Mit einer Handbewegung schnitt er mir das Wort ab. »Weißt du, wer der beste Strafrechtler in dieser Stadt ist?«

»Du.«

Er schüttelte den Kopf. »Mein Juniorpartner Floris Mansfield. Und genau der ist drinnen bei Angie. Gut? Also reg dich ab. Floris bringt es, Patrick. Verstanden? Angie kommt schon zurecht. Aber sie hat noch viele Stunden vor sich. Und wenn wir zuviel Druck machen, dann scheißt der Staatsanwalt drauf und bringt es vor die Jury für eine Hauptverhandlung, nur um den Bullen zu zeigen, daß er auf ihrer Seite ist.

Aber wenn wir den Ball flach halten und nett sind, werden sich alle mit der Zeit beruhigen, müde werden und einsehen, daß es möglichst schnell ein Ende haben muß.«

Um vier Uhr morgens liefen wir den West Broadway hinauf. Der eisige Aprilwind fuhr uns in den Kragen.

»Wo steht dein Auto?« erkundigte sich Cheswick.

»Auf der G Street.«

Er nickte. »Fahr bloß nicht nach Hause. Das halbe Pressecorps wartet vor deiner Haustür. Ich will nicht, daß du mit ihnen sprichst.«

»Warum sind die nicht hier?« Ich sah mich über die Schulter nach dem Revier um.

»Falschauskunft. Der diensthabende Beamte hat absichtlich durchsickern lassen, daß ihr beide im Polizeipräsidium festgehalten werdet und nicht hier auf dem Revier. Bis Sonnenaufgang kann das noch halten, aber dann kommen sie zurück.«

»Und wo soll ich hin?«

»Das ist eine gute Frage. Du und Angie, ihr habt der Polizei von Boston mit oder ohne Absicht das dickste blaue Auge seit dem Skandal mit Charles Stuart und Willie Bennett verpaßt. Ehrlich gesagt, würde ich den Staat verlassen.«

»Ich meinte jetzt, Cheswick.«

Er zuckte mit den Achseln und drückte auf die Fernbedienung an seinem Autoschlüssel. Der Lexus piepte leise, und die Türschlösser öffneten sich.

»Ach, scheiß drauf!« sagte ich. »Ich geh' zu Devin.«

Er fuhr herum. »Zu Amronklin? Bist du verrückt? Du willst zu einem Bullen nach Hause?«

»In die Höhle des Löwen«, sagte ich mit einem Nicken.

Die meisten Menschen schlafen um vier Uhr morgens – nicht so Devin. Er schläft selten mehr als drei oder vier Stunden täglich, und zwar meistens am späten Vormittag. Den Rest der Zeit arbeitet oder trinkt er.

Er öffnete seine Wohnungstür in Lower Mills, und der ihm vorausgehende Whiskeygeruch sagte mir, daß er nicht gearbeitet hatte.

»Ach, unser Volksheld«, grüßte er mich und drehte mir den Rücken zu.

Ich folgte ihm ins Wohnzimmer, wo ein Kreuzworträtselheft offen auf dem Couchtisch neben einer Flasche Jack Daniel's, einem halbvollen Glas und einem Aschenbecher lag. Der Fernseher lief, aber ohne Ton, und aus den Lautsprechern klang leise »The Good Life« von Bobby Darin.

Devin trug einen Morgenmantel aus Flanell, darunter eine Jogginghose und ein Sweatshirt der Polizeiakademie. Er zog seinen Morgenmantel zusammen, setzte sich hin, hob das Glas, nahm einen Schluck und starrte mit glasigem Blick zu mir hoch, doch blieb er so unnachgiebig wie sein Charakter.

»Hol dir ein Glas aus der Küche!«

»Ich hab' keine Lust zu trinken«, gab ich zurück.

»Ich trink' nur alleine, wenn ich alleine bin, Patrick, verstanden?«

Ich holte mir ein Glas, und er goß mir großzügig ein. Dann hob er sein Glas.

»Aufs Bullentöten!« sagte er und trank.

»Ich hab' keinen Bullen getötet.«

»Deine Kollegin aber.«

»Devin«, sagte ich, »wenn du mich wie ein Stück Dreck behandeln willst, dann bin ich weg.«

Er zeigte mit dem Glas Richtung Tür. »Bitte, die Tür ist offen.«

Mit einer heftigen Bewegung stellte ich das Glas auf dem Couchtisch ab, so daß etwas Bourbon herausschwappte. Ich stand auf und ging zum Ausgang.

»Patrick.«

Mit der Hand auf dem Türknauf drehte ich mich um.

Keiner sagte etwas, nur Bobby Darins seidenweiche Stimme erfüllte das Zimmer. Ich stand auf der Schwelle, und alles, das in meiner Freundschaft mit Devin unausgesprochen und unreflektiert war, stand zwischen uns, und dazu sang Darin sein entrücktes Klagelied über das Unerreichbare, über die Kluft zwischen unseren Wünschen und dem tatsächlich Erlangten.

»Komm wieder rein!« forderte er mich auf.

»Warum?«

Er sah auf den Tisch, nahm den Stift aus dem Rätselheft und klappte es zu. Dann stellte er sein Glas darauf und blickte zum Fenster, in dem sich die erste schwache Spur des Tagesanbruchs zeigte.

»Weil ich außer den Bullen und meinen Schwestern keine anderen Freunde habe als Ange und dich.«

Ich setzte mich wieder und wischte den Bourbon mit dem Ärmel vom Tisch. »Die Sache ist noch nicht vorbei, Devin.«

Er nickte.

»Broussard und Pasquale haben von jemandem den Befehl für den Überfall bekommen.«

Er schenkte sich nach. »Und wahrscheinlich weißt du auch, von wem?«

Ich lehnte mich im Sessel zurück und nippte an meinem Glas, denn harte Sachen hatte ich noch nie besonders gemocht. »Broussard hat mir gesagt, Poole habe nicht geschossen. Nie. Ich habe die ganze Zeit gedacht, daß Poole derjenige war, der das Geld aus den Steinbrüchen geholt hat, der Mullen und Pharaoh abgeknallt und das Geld an jemand anderen weitergegeben hat. Aber ich wußte nie, wer dieser Dritte sein sollte.«

»Was für Geld? Wovon redest du da, zum Teufel?«

In der nächsten halben Stunde erzählte ich ihm die ganze Geschichte.

Als ich fertig war, zündete er sich eine Zigarette an und rekapitulierte: »Broussard entführt das Mädchen, Mullen beobachtet ihn dabei. Olamon erpreßt Broussard, damit er die zweihundert Riesen findet und zurückgibt. Broussard spielt ein doppeltes Spiel, er sorgt dafür, daß Mullen und Gutierrez erledigt und Cheese im Knast umgelegt wird. Richtig?«

»Der Tod von Mullen und Gutierrez gehörte zum Deal mit Cheese«, korrigierte ich. »Aber ansonsten, ja.«

»Und du hast gedacht, Poole hätte geschossen.«

»Bis ich bei Broussard auf dem Dach war.«

»Wer war es denn dann?«

»Na ja, es waren nicht nur die Schüsse. Jemand mußte Poole das Geld abnehmen und es vor 150 Bullen verschwinden lassen. Das konnte kein einfaches Streifenhörnchen machen. Das mußte einer von ganz oben erledigen. Der über jeden Zweifel erhaben ist.«

Er hob die Hand. »Hey, warte mal kurz. Wenn du meinst ...«

»Wer hat Poole und Broussard erlaubt, die Vorschriften zu umgehen und die Lösegeldübergabe ohne Beteiligung der Bundespolizei durchzuziehen? Wessen Lebensaufgabe ist es, Kindern zu helfen, Kinder zu finden, Kinder zu schützen? Wer war in jener Nacht in den Hügeln, gehörte zur Einsatzgruppe und brauchte niemandem außer sich selbst Bericht erstatten, wo er gewesen war?«

»Oh, Scheiße!« sagte Devin. Er trank einen Schluck und verzog das Gesicht. »Jack Doyle? Du glaubst, Jack Doyle hat damit zu tun?«

»Ja, Devin. Ich glaube, Jack Doyle ist derjenige.«

»Oh, Scheiße«, wiederholte Devin. Mehrmals. Dann herrschte eine Weile Schweigen, nur das Klicken der Eiswürfel in unseren Gläsern war zu hören.

35

»Bevor er die EGK aufbaute«, erklärte Oscar, »war Doyle bei der Sitte. Er war der Vorgesetzte von Broussard und Pasquale. Er hat ihre Versetzung zum Rauschgift befürwortet und sie einige Jahre später, als er zum Lieutenant befördert wurde, zur EGK geholt. Broussard hat es Doyle zu verdanken, daß er nicht als Ausbilder an die Polizeiakademie gehen mußte, als er Rachel heiratete und die hohen Tiere fast durchdrehten. Sie wollten, daß Broussard auf dem Zahnfleisch geht. Sie wollten ihn weghaben. Eine Nutte zu heiraten ist bei dem Dezernat so, als würde man sich als Schwuler outen.«

Ich nahm mir eine von Devins Zigaretten und zündete sie an. Fast sofort stieg mir das Nikotin in den Kopf, meine Beine wurden weich wie Watte.

Oscar paffte eine abgelutschte Zigarre, legte sie zurück in den Aschenbecher und blätterte seinen Stenoblock um. »Alle Versetzungen, Empfehlungen und Auszeichnungen von Broussard wurden von Doyle abgesegnet. Er war Broussards Förderer. Und auch Pasquales.«

Draußen war es inzwischen hell geworden, doch in Devins Wohnzimmer merkte man nichts davon. Die Fensterläden waren geschlossen, so daß innen noch immer tiefste Nacht herrschte.

Devin stand auf, nahm eine Sinatra-CD aus dem CD-Spieler und legte *Dean Martin's Greatest Hits* ein.

»Am schlimmsten ist nicht«, sagte Oscar, »daß ich vielleicht daran beteiligt bin, einen Bullen zu stürzen. Am schlimmsten ist, daß ich das tue, während ich mir diesen Schwachsinn hier anhören muß.« Er sah sich nach Devin um, der die Sinatra-CD gerade zurück in den Ständer stellte. »Mann, spiel doch mal Luther Allison, die Taj Mahal, die ich dir letztes Jahr zu Weihnachten geschenkt hab', irgendwas anderes. Meinetwegen höre ich mir sogar den Scheiß an, den Kenzie immer auflegt, diese mageren weißen Jungen mit dem Hang zum Selbstmord. Die haben wenigstens ein Herz.«

»Wo wohnt Doyle?« Devin kam zum Couchtisch herüber und nahm seine Tasse Tee, den Jack Daniel's hatte er kurz nach dem Anruf bei Oscar zur Seite gestellt.

Mit gerunzelter Stirn hörte Oscar Dino »You're Nobody Till Somebody Loves You« trällern.

»Doyle?« sagte Oscar. »Der hat ein Haus in Neponset. Ungefähr eine Meile entfernt von hier. Aber ich war mal auf einer Überraschungsparty zu seinem sechzigsten Geburtstag in einem anderen Haus in einer kleinen Stadt namens West Beckett.« Er sah mich an. »Kenzie, glaubst du wirklich, daß er das Kind hat?«

Ich schüttelte den Kopf. »Weiß nicht. Aber wenn er mit der Sache zu tun hat, dann wette ich, daß er ein Kind da oben hat.«

Angie wurde um zwei Uhr nachmittags entlassen, und ich holte sie am Hinterausgang ab, so konnten wir den Journalisten am Haupteingang ausweichen. Wir fuhren auf den Broadway und ordneten uns hinter Devin und Oscar ein, die das Warnblinklicht ausschalteten und über die Brücke auf den Mass Pike zufuhren.

»Ryerson wird es wohl schaffen«, erzählte ich Angie. »Aber sie wissen noch nicht, ob sie seinen Arm retten können.«

Sie zündete sich eine Zigarette an und nickte. »Und Lionel?«

»Hat das rechte Auge verloren«, antwortete ich. »Bekommt noch Beruhigungsmittel. Und der Fernfahrer, der von Broussard niedergeschlagen wurde, hat eine schwere Gehirnerschütterung, wird aber keine Folgeschäden davontragen.«

Sie öffnete das Fenster einen Spalt. »Ich mochte ihn«, sagte sie leise.

»Wen?«

»Broussard«, erwiderte sie. »Ich mochte ihn echt. Ich weiß, daß er in die Kneipe kam, weil er Lionel umbringen wollte und vielleicht auch uns, und er hatte sein Gewehr auf mich gerichtet, als ich abdrückte ...« Sie hob die Hände und ließ sie wieder in den Schoß fallen.

»Du hast dich richtig verhalten.«

Sie nickte. »Ich weiß. Das weiß ich wohl.« Sie betrachtete die zitternde Zigarette in ihrer Hand. »Ich denke nur ... ich bin nur traurig, daß alles so gekommen ist. Ich mochte ihn. Das ist alles.«

Ich bog auf den Mass Pike ab. »Ich mochte ihn auch.«

Wie ein Gemälde lag West Beckett im Herzen der Berkshire Mountains. Weiße Kirchtürme schlossen die Stadt auf beiden Seiten ein, und die mit Planken aus rotbrauner Kiefer verschönerte Main Street wurde von feinen Läden für Antiquitäten und Quilts gesäumt. Wie eine Porzellantasse in der Hand ruhte die Stadt in einem kleinen Tal, umgeben von dunkelgrünen Hügeln. An einigen Stellen lag noch Schnee, die weißen Tupfen schmückten das Grün.

Wie Broussards Haus auch lag das von Jack Doyle nicht direkt an der Straße, sondern befand sich, verborgen hinter

Bäumen, am Ende einer steilen Auffahrt. Doch diese Zufahrt war länger als bei Broussard, fast eine Viertelmeile lang, und führte tiefer in den Wald. Der nächste Nachbar wohnte fast zwanzig Kilometer weiter westlich, die Fensterläden seines Hauses waren jedoch geschlossen, der Schornstein rauchte nicht.

Wir parkten die Autos ungefähr zwanzig Meter von der Hauptstraße entfernt und liefen den Rest des Weges langsam und vorsichtig zu Fuß durch den Wald, nicht nur, weil uns die Natur so fremd war, sondern weil Angies Krücken auf dem unebenen Untergrund nur schlecht Halt fanden. Ungefähr zehn Meter vor der Lichtung, die Doyles flaches Waldhäuschen umgab, blieben wir stehen und betrachteten die rundherum laufende Veranda und die Holzscheite unter dem Küchenfenster.

Es stand kein Auto vor dem Haus, es schien leer zu sein. Wir warteten eine Viertelstunde, doch hinter den Fensterscheiben bewegte sich nichts. Aus dem Schornstein kam kein Rauch.

»Ich gehe rein«, sagte ich schließlich.

»Wenn er da ist«, gab Oscar zu bedenken, »dann hat er das Recht, auf dich zu schießen, sobald du die Veranda betrittst.«

Als ich nach meiner Pistole griff und das leere Holster berührte, fiel mir ein, daß sie von der Polizei beschlagnahmt worden war.

Ich drehte mich zu Devin und Oscar um.

»Auf keinen Fall«, sagte Devin. »Hier werden keine Bullen mehr erschossen. Nicht mal in Notwehr.«

»Und wenn er auf mich anlegt?«

»Dann versuch' zu beten«, gab Oscar zurück.

Ich schüttelte den Kopf, schob die Schößlinge vor mir zur Seite und wollte gerade losgehen, als Angie mich am Arm festhielt.

Ich blieb stehen. Wir lauschten und hörten einen Motor brummen. Von rechts näherte sich ein alter Geländewagen von Mercedes Benz, an dessen Kühlergrill ein kleiner Schneepflug befestigt war. Er rumpelte die Straße hoch und fuhr zum Haus hinauf. Vor der Treppe parkte er, die Fahrerseite uns zugewandt, und als sich die Tür öffnete, stieg eine rundliche Frau mit einem freundlichen, offenen Gesicht aus. Sie schnupperte die Luft und sah durch die Bäume direkt auf uns. Sie hatte wunderschöne Augen – das klarste Blau, das ich je gesehen hatte – und eine gesunde Hautfarbe vom Leben in den Bergen.

»Seine Frau Tricia«, flüsterte Oscar.

Sie drehte sich um und griff ins Auto. Zuerst dachte ich, sie hole eine Einkaufstasche mit Gemüse heraus, doch dann machte etwas in mir einen Sprung und erstarb.

Amanda McCready ließ ihr Kinn auf die Schulter der Frau sinken und starrte mich durch die Bäume mit schläfrigem Blick an. Sie lutschte am Daumen und trug eine rotschwarze Mütze mit Ohrenklappen.

»Da ist ja jemand eingeschlafen im Auto, hm?« sagte Tricia Doyle.

Amanda kuschelte den Kopf an Mrs. Doyles Hals. Die Frau nahm Amanda die Mütze ab und strich ihr über das Haar, das im hellen Licht unter den grünen Bäumen fast golden glänzte.

»Hilfst du mir, das Mittagessen zu machen?«

Ich sah, daß Amanda die Lippen bewegte, konnte jedoch nicht hören, was sie sagte. Wieder legte sie den Kopf zur Seite, und das schüchterne Lächeln auf ihren Lippen war so niedlich, so glücklich, daß es mir wie ein Messer in die Brust schnitt.

Wir beobachteten sie zwei Stunden lang.

In der Küche bereiteten sie Sandwiches mit Schmelzkäse zu. Mrs. Doyle stand an der Bratpfanne, und Amanda saß auf der Küchentheke und reichte ihr Käse und Brot. Sie aßen am Tisch, und ich kletterte auf den untersten Ast eines Baumes, um sie besser sehen zu können.

Bei Sandwiches und Suppe unterhielten sie sich, beugten sich zum anderen, gestikulierten mit den Händen und lachten mit vollem Mund.

Nach dem Essen wuschen sie zusammen ab, und danach setzte Tricia Doyle Amanda McCready auf die Theke und zog ihr wieder Mantel und Mütze an. Anerkennend sah sie zu, wie Amanda die Turnschuhe auf die Theke stellte und sie zuschnürte.

Tricia verschwand im hinteren Teil des Hauses, wohl um ihren eigenen Mantel und Schuhe zu holen, und Amanda blieb auf der Theke sitzen. Sie sah aus dem Fenster, und langsam wurde ihr Gesicht von einem schmerzlichen Gefühl der Verlassenheit erfüllt. Durch die Scheibe hindurch starrte sie etwas an, das sich jenseits des Waldes, jenseits der Berge befand. Ich wußte nicht, ob die markerschütternde Vernachlässigung in ihrer Vergangenheit oder die bedrückende Unsicherheit in ihrem jetzigen Leben – das sie mit Sicherheit noch immer für ein Märchen hielt – ihre Miene verdüsterte. In diesem Moment erkannte ich Amanda als die Tochter ihrer Mutter Helene, und ich wußte wieder, wo ich diesen Gesichtsausdruck schon einmal gesehen hatte. Es war in der Nacht gewesen, als ich Helene in der Kneipe getroffen hatte und sie versprochen hatte, Amanda nie wieder aus den Augen zu lassen, wenn sie noch eine Chance bekäme.

Tricia Doyle kam in die Küche zurück, und ein verwirrter Ausdruck – die Spur alter und neuer Schmerzen – überschattete Amandas Gesicht, wurde dann jedoch von einem zögernden, hoffnungsvollen Lächeln vertrieben.

Ich stieg vom Baum herunter, und die beiden traten zusammen mit einer gedrungenen Englischen Bulldogge auf die Veranda. Das gescheckte Fell des Hundes paßte farblich zu dem nackten, kahlen Hügel hinter dem Haus, wo noch vereinzelt Schnee in den Felsspalten lag.

Amanda tollte mit dem Hund umher und kreischte laut, als er über ihr stand und Geifer auf ihre Wange tropfte. Sie rappelte sich auf, und er lief hinter ihr her und sprang an ihren Beinen hoch.

Tricia Doyle hielt den Hund fest und zeigte Amanda, wie man ihn bürstete, und das Mädchen kniete sich hin und fuhr ihm ganz sanft über das Fell, so als bürste sie sich selbst.

»Das mag er nicht«, hörte ich sie sagen.

Es war das erste Mal, daß ich ihre Stimme hörte. Sie war neugierig, intelligent, deutlich.

»Er mag es, weil du es besser machst als ich«, antwortete Tricia Doyle. »Du bist viel sanfter als ich.«

»Ja?« Amanda sah zu Tricia Doyle auf und bürstete den Hund weiter mit langsamen, gleichmäßigen Bewegungen.

»Aber ja. Viel sanfter. Sieh dir mal meine alten Hände an, Amanda. Ich muß die Bürste so fest anfassen, daß es der alte Larry manchmal richtig zu spüren bekommt.«

»Wieso heißt er noch mal Larry?« Den Namen des Hundes sprach Amanda in hoher Tonlage aus, fast so, als würde sie singen.

»Das habe ich dir doch schon einmal erzählt«, antwortete Tricia.

»Noch mal, bitte«, sagte Amanda.

Tricia Doyle kicherte. »Als wir noch nicht lange verheiratet waren, hatte Mr. Doyle einen Onkel, der wie eine Bulldogge aussah. Er hatte dicke Hängebacken, so!«

Mit der freien Hand zog Tricia Doyle die Haut an ihren Wangen herunter.

Amanda lachte. »Sah er wie ein Hund aus?«

»Und wie, kleine Dame. Manchmal bellte er sogar.«

Amanda lachte erneut. »Gar nicht!«

»Oh doch. Wuff!«

»Wuff!« machte Amanda.

Dann fiel der Hund mit ein, und Amanda legte die Bürste zur Seite. Mrs. Doyle ließ Larry los, und die drei hockten sich hin und bellten einander an.

Für den Rest des Nachmittags bewegte sich keiner von uns zwischen den Bäumen oder sagte etwas. Wir sahen ihnen zu, wie sie mit dem Hund und miteinander spielten und das Haus mit alten Bauklötzchen nachbauten. Wir sahen zu, wie sie auf der Bank der Veranda saßen, eine Wolldecke über die Schultern gelegt, weil es kälter geworden war. Der Hund lag zu ihren Füßen. Amanda hatte den Kopf auf die Brust von Mrs. Doyle gelegt, diese sprach in Amandas Haare, und das Kind antwortete.

Ich glaube, wir alle dort im Wald fühlten uns schmutzig, klein und leer. Kinderlos. Wir hatten uns bisher als unfähig oder unwillig erwiesen, das Opfer der Elternschaft auf uns zu nehmen. Bürokraten in der Wildnis.

Hand in Hand waren sie zurück ins Haus gegangen, der Hund hatte sich zwischen ihren Beinen hineingequetscht. Kurz darauf kam Jack Doyle angefahren. Er stieg mit einer Schachtel unter dem Arm aus seinem Ford Explorer, und der Inhalt dieser Schachtel ließ Tricia Doyle und Amanda aufjauchzen, als er sie im Haus öffnete.

Die drei kehrten zurück in die Küche, und Amanda hockte wieder auf der Theke und plapperte ohne Unterlaß. Mit den Händen zeigte sie, wie sie Larry gebürstet hatte, dann zog sie die Wangen mit den Fingern herunter und ahmte Tricia nach, die den alten Onkel Larry nachgemacht hatte. Jack Doyle warf den Kopf in den Nacken und lachte, dann drückte er das kleine Mädchen an seine Brust. Als er sich von ihr lösen wollte, klammerte sie sich an ihn und rieb ihre Wange an seinen Bartstoppeln.

Devin holte ein Handy aus der Tasche und wählte die Nummer der Auskunft. Als sich jemand meldete, sagte er: »Das Büro des Sheriffs von West Beckett, bitte.« Leise wiederholte er die Nummer, die ihm durchgesagt wurde, und drückte dann die entsprechenden Tasten auf dem Handy.

Bevor er auf ANRUF drücken konnte, legte ihm Angie die Hand auf den Arm. »Was hast du vor, Devin?«

»Was hast du vor, Ange?« Er blickte auf ihre Hand.

»Willst du sie verhaften?«

Er sah zum Haus hinüber, dann zu Angie. »Ja, Angie, ich werde sie verhaften.«

»Das kannst du nicht machen.«

Er entzog ihr seine Hand. »O ja, das kann ich wohl.«

»Nein. Sie ist ...« Angie zeigte auf das Haus. »Hast du das nicht gesehen? Wie sie mit ihr umgehen? Sie ... mein Gott, Devin, sie *lieben* das Mädchen.«

»Sie haben sie entführt«, entgegnete er. »Hast du den Teil auch mitbekommen?«

»Nein, Devin. Sie ist ...« Angie senkte einen Augenblick den Kopf. »Wenn wir sie verhaften, dann kommt Amanda zu Helene zurück. Und die wird alles Leben in ihr vergiften.«

Devin sah Angie an, betrachtete ungläubig ihr Gesicht. »Angie, hör mir zu. Der da drinnen ist ein Polizist. Ich lass' nicht gerne einen Bullen auffliegen. Aber falls du es vergessen haben solltest, dieser Bulle hier hat Chris Mullen, Pharaoh Gutierrez und Cheese Olamon auf dem Gewissen, wenn er Cheese' Ermordung vielleicht auch nicht explizit angeordnet hat. Wahrscheinlich hat er aber angeordnet, daß Lionel McCready und ihr beiden umgebracht werden solltet. Er hat das Blut von Broussard an den Händen. Und das Blut von Pasquale. Er ist ein Mörder.«

»Aber ...« Sie sah verzweifelt zum Haus.

»Aber was?« Devin verzog verwirrt und verärgert das Gesicht.

»Sie lieben das Mädchen«, sagte Angie.

Devin folgte ihrem Blick auf das Haus, auf Jack und Tricia Doyle in der Küche, die Amanda an den Händen hielten und sie vor- und zurückschwingen ließen.

Beim Zusehen wurde Devins Gesicht weich. Ich spürte, daß er von Schmerz überwältigt wurde, als sich sein Blick verdüsterte und die Augen weiteten.

»Helene McCready«, sagte Angie, »wird dieses Leben dort zerstören. Ganz bestimmt. Das wißt ihr. Patrick, das weißt du auch.«

Ich wich ihrem Blick aus.

Devin atmete tief ein, dann warf er den Kopf zur Seite, als sei er geschlagen worden. Er schüttelte den Kopf, kniff die Augen zusammen, wandte sich vom Haus ab und drückte auf die Anruftaste seines Telefons.

»Nein«, sagte Angie, »nein.«

Wir sahen zu, während Devin mit dem Handy am Ohr wartete. Niemand meldete sich. Schließlich ließ er es sinken und drückte auf ENDE.

»Keiner da. Wahrscheinlich liefert der Sheriff gerade die Post aus, bei einer so kleinen Stadt.«

Angie schloß die Augen und holte tief Luft.

Ein Habicht flog über die Baumwipfel, durchschnitt die kühle Luft mit seinem schrillen Schrei, ein durchdringendes Geräusch, das mich an den empörten Aufschrei erinnerte, wenn man sich gerade verletzt hatte.

Devin schob das Handy in die Tasche zurück und nahm sein Abzeichen ab. »Zum Teufel. Machen wir es halt.«

Ich drehte mich zum Haus um. Angie packte mich am Arm und hielt mich zurück. Ihr Gesicht war wild und verzweifelt, das Haar fiel ihr in die Augen.

»Patrick, Patrick, nein, nein, nein. Bitte, um Himmels willen. Nein. Sprich mit ihm. Das können wir nicht machen. Das können wir nicht.«

»Das ist das Gesetz, Ange.«

»Das ist Scheiße! Das ist ... das ist falsch. Sie lieben das Kind. Doyle ist doch jetzt keine Bedrohung mehr.«

»Schwachsinn«, sagte Oscar.

»Für wen denn?« rief Angie. »Für wen ist er eine Gefahr? Jetzt, wo Broussard tot ist, weiß doch keiner, daß er daran beteiligt war. Er muß nichts mehr schützen. Er wird von niemandem mehr bedroht.«

»Wir sind eine Bedrohung!« sagte Devin. »Bist du auf Droge oder was?«

»Nur wenn wir deswegen etwas unternehmen«, erwiderte Angie. »Wenn wir jetzt einfach gehen und niemandem sagen, was wir wissen, dann ist es vorbei.«

»Er hat da drinnen das Kind von jemand anderem«, sagte Devin, das Gesicht zwei Zentimeter von ihrem entfernt.

Sie wirbelte zu mir herum. »Patrick, hör zu. Hör mal zu. Er ...« Sie stieß mich vor die Brust. »Tu es nicht. Bitte, bitte!«

In ihrem Gesicht lag keine Vernunft, keine Logik mehr. Nur Verzweiflung, Angst und unbezähmbarer Wille. Und Schmerz. Grenzenloser Schmerz.

»Angie«, sagte ich ruhig, »das Kind gehört ihnen nicht. Es gehört Helene.«

»Helene ist wie Gift, Patrick. Das hab' ich dir schon vor langer Zeit gesagt. Sie wird alles Gute in diesem Mädchen vergiften. Sie ist wie ein Gefängnis. Sie...« Die Tränen strömten ihr die Wangen herunter und sammelten sich in den Mundwinkeln, doch merkte sie es nicht. »Sie ist wie der Tod. Wenn du das Kind aus diesem Haus reißt, dann verurteilst du es zum Tode. Zu einem langsamen Tod.«

Devin sah zuerst Oscar, dann mich an. »Ich kann mir das nicht länger anhören.«

»Bitte!« Angies Ruf klang wie das Pfeifen eines Wasserkessels. Ihr Gesicht sank in sich zusammen.

Ich hielt sie an den Armen fest. »Angie«, sagte ich sanft, »vielleicht irrst du dich mit Helene. Sie hat dazugelernt. Sie weiß, daß sie eine schlechte Mutter war. Wenn du sie in der Nacht gesehen hättest, als ich...«

»Leck mich am Arsch!« sagte sie mit eiskalter Stimme. Sie entzog mir die Arme und wischte sich mit einer heftigen Bewegung die Tränen aus dem Gesicht. »Erzähl mir bloß nicht diese Scheiße, wie traurig sie ausgesehen hat. Wo hast du sie denn getroffen, Patrick, he? In einer Kneipe, oder? Ich scheiß' auf dich und diesen Blödsinn, daß Menschen sich bessern können. Menschen lernen nichts dazu. Sie ändern sich nicht.«

In ihrer Tasche kramte sie nach den Zigaretten.

»Wir haben nicht das Recht, darüber zu urteilen«, bemerkte ich. »Wir können...«

»Wer hat denn dann das Recht?« wollte Angie wissen.

»Die beiden auf jeden Fall nicht.« Ich wies auf das Haus hinter den Bäumen. »Diese Menschen haben beschlossen, andere danach zu beurteilen, ob sie in der Lage sind, ein Kind aufzuziehen. Was gibt Doyle das Recht, so eine Entscheidung zu fällen? Was passiert, wenn er sieht, daß ein Kind nach den Regeln einer Religion erzogen wird, die ihm nicht gefällt? Was passiert, wenn er keine Eltern mag, die schwul oder schwarz oder tätowiert sind? Was dann?«

Eisiger Zorn umwölkte ihr Gesicht. »Darüber sprechen wir hier nicht, und das weißt du ganz genau. Wir reden über diesen besonderen Fall und über dieses besondere Kind. Komm mir nicht mit deiner hochtrabenden Kackphilosophie, die dir die Jesuiten in der Schule eingetrichtert haben. Du hast einfach nicht den Mumm, das Richtige zu tun, Patrick. Keiner von euch. So einfach ist das. Ihr habt keinen Mumm.«

Oscar blickte zu den Bäumen auf. »Stimmt vielleicht.«

»Los!« sagte sie. »Nehmt sie fest. Aber ich werde nicht dabei zusehen.« Sie zündete die Zigarette an und drückte ihren Rücken durch. Mit der Zigarette zwischen den Fingern umklammerte sie die Griffe ihrer Krücken.

»Dafür werd' ich euch drei hassen!«

Sie humpelte davon, und wir sahen ihr nach, wie sie durch den Wald zum Auto ging.

In all meinen Jahren als Privatdetektiv war noch nie etwas so furchtbar oder aufreibend, wie Oscar und Devin dabei zuzusehen, als sie Jack und Tricia Doyle in der Küche ihres Hauses verhafteten.

Jack versuchte nicht einmal, sich zu wehren. Zitternd saß er auf dem Küchenstuhl. Er weinte, und Tricia kratzte Oscar, der ihr Amanda aus den Armen riß. Amanda kreischte und schlug mit den Fäusten auf Oscar ein. »Nein, Oma! Nein! Ich will nicht mit! Ich will hierbleiben!«

Der Sheriff reagierte auf Devins zweiten Anruf und kam wenige Minuten später die Auffahrt hochgefahren. Beim Betreten der Küche schaute er verwirrt: Amanda lag wie leblos in Oscars Armen, und Jack hatte den Kopf auf Tricias Bauch gelegt. Sie schaukelte ihn, und er weinte.

»O mein Gott«, flüsterte Tricia, der klar wurde, daß das

Leben mit Amanda, die Freiheit, daß einfach alles ein Ende gefunden hatte.

»O mein Gott«, wiederholte sie, und ich fragte mich, ob Er sie wohl hörte, ob Er Amanda an Oscars Brust wimmern hörte, ob Er Devin hörte, der Jack die Rechte verlas, ob Er überhaupt etwas hörte.

EPILOG

Das große Wiedersehen

Das große Wiedersehen, wie sich die *News* am nächsten Morgen in ihrer Schlagzeile ausdrückte, wurde am Abend des 7. April um 20.05 Uhr auf allen lokalen Kanälen live übertragen.

Im hellen Scheinwerferlicht sprang Helene von der Veranda, kämpfte sich durch die Menge von Journalisten und empfing Amanda aus den Händen einer Sozialarbeiterin. Sie stieß einen Schrei aus, die Tränen rannen ihr übers Gesicht, sie küßte Amanda auf Wange und Stirn, Augen und Nase.

Amanda schlang die Arme um den Hals ihrer Mutter und vergrub das Gesicht an ihrer Schulter. Mehrere Nachbarn brachen in frenetischen Beifall aus. Orientierungslos sah Helene auf. Dann begann sie schüchtern und vorsichtig zu lächeln, blinzelte in die Lichter, streichelte ihrer Tochter über den Rücken, und ihr Lächeln wurde breiter.

Bubba stand vor meinem Fernseher im Wohnzimmer und sah zu mir herüber.

»Dann ist ja wohl alles in Ordnung«, sagte er. »Oder?«

Ich nickte in Richtung Fernsehen. »Sieht ganz so aus.«

Er sah sich um, als Angie mit einer Kiste den Flur entlanghumpelte, sie zu den anderen vor der Eingangstür stellte und zurück ins Schlafzimmer hüpfte.

»Warum haut sie dann ab?«

Ich zuckte mit den Schultern. »Frag sie doch.«

»Hab' ich schon. Will sie mir nicht sagen.«

Wieder zuckte ich mit den Achseln. Ich traute mich nicht zu sprechen.

»Hey, Mann«, sagte Bubba. »Ich hab' ein schlechtes Gewissen, wenn ich der Frau beim Umzug helfe. Verstehst du? Aber sie hat mich drum gebeten.«

»Ist schon gut, Bubba. Schon gut.«

Im Fernsehen erzählte Helene einem Journalisten, sie sei bestimmt die glücklichste Frau der Welt.

Bubba schüttelte den Kopf und ging zu den aufgestapelten Kisten vor der Tür, lud sich ein paar auf und trottete damit die Treppe hinunter.

Ich lehnte mich in den Türrahmen des Schlafzimmers und sah Angie zu, die T-Shirts aus dem Wandschrank nahm und aufs Bett warf.

»Kommst du klar?« fragte ich sie.

Sie nahm eine Handvoll Kleiderbügel von der Stange. »Ja, sicher.«

»Ich finde, wir sollten darüber reden.«

Sie glättete die Falten auf dem obersten T-Shirt. »Wir haben darüber gesprochen. Im Wald. Ich habe nichts mehr zu sagen.«

»Ich schon«, gab ich zurück.

Sie öffnete den Reißverschluß einer Kleiderhülle, schob den Stapel mit den T-Shirts hinein und zog den Reißverschluß wieder zu.

»Ich schon«, wiederholte ich.

»Ein paar von den Bügeln gehören dir«, sagte sie. »Ich bring' sie dir zurück.«

Sie griff nach den Krücken und drehte sich zu mir um.

Ich blieb stehen, versperrte ihr den Weg.

Sie senkte den Kopf und sah zu Boden. »Willst du da auf ewig stehenbleiben?«

»Weiß ich nicht. Was meinst du?«

»Ich überlege nur, ob ich die Krücken wieder zur Seite lege. Wenn ich mich nicht bewege, werden die Arme nach einer Weile taub.«

Ich trat zur Seite, und sie ging nach draußen, wo sie Bubba auf der Treppe traf.

»Auf dem Bett liegt noch ein Kleidersack«, sagte sie. »Das ist dann alles.«

Danach humpelte sie die Treppen hinunter, und ich hörte, wie sie die Krücken in die eine Hand nahm, während sie sich mit der anderen am Geländer festhielt und Stufe um Stufe abwärts hüpfte.

Bubba nahm die Hülle mit den Klamotten vom Bett.

»Mann, was hast du bloß mit ihr gemacht?«

Ich dachte an Amanda, die in Tricia Doyles Armen auf der Bank der Veranda saß, an die Decke, die sie sich zum Schutz vor der Kälte umgelegt hatten, wie sie leise und vertraut miteinander sprachen.

»Ihr das Herz gebrochen«, antwortete ich.

In der darauffolgenden Woche wurden Jack Doyle, seine Frau Tricia und Lionel McCready von einer bundesstaatlichen Jury der Kindesentführung, Freiheitsberaubung und Gefährdung eines minderjährigen Kindes und grober Fahrlässigkeit gegenüber einem Kind angeklagt. Außerdem wurde Jack Doyle des Mordes an Christopher Mullen und Pharaoh Gutierrez sowie des versuchten Mordes an Lionel McCready und Bundesagent Neal Ryerson beschuldigt.

Ryerson wurde aus dem Krankenhaus entlassen. Die Ärzte hatten seinen Arm retten können, doch war er verkümmert und nicht zu gebrauchen – vielleicht sogar für immer. Er kehrte nach Washington zurück, wo ihm die Verantwortung für das Zeugenschutzprogramm übertragen wurde.

Ich wurde vor die Anklagejury bestellt und aufgefordert, all mein Wissen über diesen Fall zu Protokoll zu geben, der von der Presse »Copnapping-Skandal« getauft worden war. Niemand schien zu merken, daß diese Bezeichnung irreführend war. Sie bedeutete, daß Cops, also Polizisten, entführt wurden und nicht selber die Entführer waren. Dennoch wurde dieser Name bald als Synonym für den Fall verwendet, so wie Watergate für die verschiedenen Übertretungen und Korruptionsaffären Nixons stand.

Vor der Jury wurde mein Bericht über die letzten Minuten mit Remy Broussard auf dem Dach nicht zugelassen, weil er nicht zu beweisen war. Ich mußte mich darauf beschränken, nur das anzugeben, was ich während der Recherche beobachtet und in meinen Aufzeichnungen niedergeschrieben hatte.

Für den Mord an Mini-David Martin, Kimmie Niehaus, Sven »Cheese« Olamon und Raymond Likanski, dessen Leiche niemals gefunden wurde, wurde niemand angeklagt.

Der Bundesstaatsanwalt erzählte mir, daß Jack Doyle wohl nicht für den Tod von Mullen und Gutierrez verurteilt werden würde, daß aber seine Strafe für die Kindesentführung ziemlich hoch ausfallen würde, weil seine Beteiligung an den Morden offensichtlich war. Er würde wohl nie wieder ein Gefängnis von außen sehen.

Rachel und Nicholas Broussard verschwanden in der Nacht, als Remy starb, mit unbekanntem Ziel. Die Verteidigung nahm an, daß sie die zweihunderttausend Dollar von Cheese dabeihatten.

Eins der Skelette im Keller von Leon und Roberta Trett wurde als das eines fünfjährigen Jungen identifiziert, der zwei

Jahre zuvor im westlichen Vermont verschwunden war. Das andere gehörte einem siebenjährigen Mädchen, das noch nicht identifiziert und auch nicht als vermißt gemeldet worden war.

Im Juni sah ich bei Helene vorbei.

Sie umarmte mich herzlich mit ihren knochigen Armen. Mir tat der Nacken weh. Sie roch nach Parfüm und hatte knallroten Lippenstift aufgelegt.

Amanda saß auf der Couch im Wohnzimmer und sah sich eine Comedy über den alleinerziehenden Vater von frühreifen sechsjährigen Zwillingsschwestern an. Der Vater war Gouverneur oder Senator oder sonst etwas Hohes, jedenfalls war er immer im Büro, doch soweit ich sehen konnte, hatte er kein Kindermädchen für seine Töchter. Ein spanischer Hausdiener kam ständig herein und lamentierte in einem fort über seine Frau Rosa, die immer Kopfschmerzen hatte. Er machte unaufhörlich sexuelle Anspielungen, und die Zwillinge lachten wissend, während der Gouverneur versuchte, streng dreinzublicken und gleichzeitig sein Lachen zu verbergen. Das Publikum war begeistert. Bei jedem Witz drehte es durch.

Amanda saß einfach nur da. Sie trug ein rosa Nachthemd, das dringend gewaschen werden mußte. Sie erkannte mich nicht.

»Schätzchen, das ist Patrick, mein Freund.«

Amanda sah mich an und hob die Hand.

Ich winkte zurück, doch sie sah schon wieder fern.

»Sie ist ganz verrückt nach dieser Serie. Stimmt's, Kleines?«

Amanda antwortete nicht.

Helene lief mit gesenktem Kopf durchs Wohnzimmer und klemmte sich Ohrringe ans Ohr. »Mann, Patrick, Bea haßt dich echt, weil du das mit Lionel gemacht hast.«

Ich folgte ihr ins Eßzimmer, wo sie Utensilien vom Tisch in ihre Tasche packte.

»Deshalb hat sie meine Rechnung wohl noch nicht bezahlt.«

»Du kannst sie doch verklagen«, erwiderte Helene. »Oder? Könntest du doch, oder?«

Ich ging nicht darauf ein. »Und du? Haßt du mich auch?«

Sie schüttelte den Kopf und drückte das Haar an den Schläfen an. »Bist du blöd? Lionel hat meine Tochter entführt. Auch wenn er mein Bruder ist, er kann mich am Arsch lekken. Sie hätte sich dabei etwas tun können. Verstehst du?«

Etwas zuckte leicht in Amandas Gesicht, als ihre Mutter »am Arsch lecken« sagte.

Helene fuhr mit der Hand durch drei grellbunte Plastikreifen und schüttelte den Arm, damit sie übers Handgelenk fielen.

»Gehst du aus?« fragte ich.

Sie lächelte. »Siehst du doch. Hier, dieser Typ: er hat mich im Fernsehen gesehen, und jetzt denkt er, ich bin so was wie ein Star.« Sie lachte. »Ist das nicht Wahnsinn? Na ja, er hat mich eingeladen. Er ist echt süß.«

Ich sah zu dem Kind auf der Couch.

»Was ist mit Amanda?«

Helene lächelte mich breit an. »Dottie paßt auf sie auf.«

»Weiß Dottie das schon?« fragte ich.

Helene kicherte. »In fünf Minuten, ja.«

Ich betrachtete Amanda, auf deren Gesicht sich das Bild eines elektrischen Dosenöffners aus dem Fernsehen spiegelte. Die Dose öffnete sich wie ein Mund mitten auf ihrer Stirn, ihr eckiges Kinn war in Blau und Weiß gebadet. Ohne jedes Interesse starrte sie in die Kiste, während der Jingle gespielt wurde. Ein Irish Setter löste den Dosenöffner ab, sprang über Amandas Stirn durch ein grünes Feld.

»Der Kaviar unter den Hundefuttermarken«, sagte die Stimme. »Denn ihr Hund hat es verdient, wie ein vollwertiges Familienmitglied behandelt zu werden.«

Hängt vom Hund ab, dachte ich. Oder von der Familie.

Ein unkontrollierbares Gefühl des Überdrusses traf mich in der Magengrube, verschlug mir den Atem und verschwand genauso schnell, wie es gekommen war. Ihm folgte ein Pochen, das sich in meinen Knochen festsetzte.

Ich mußte alle Kräfte mobilisieren, um das Eßzimmer durchqueren zu können. »Wiedersehen, Helene.«

»Ach, gehst du schon? Tschüs!«

An der Tür hielt ich inne. »Tschüs, Amanda.«

Amandas Blick war auf den Fernseher geheftet, das Gesicht leuchtete grau. »Tschüs«, gab sie zurück, doch ich wußte, daß sie mit dem spanischen Hausdiener sprach, der zu seiner Rosa zurückkehrte.

Draußen lief ich eine Weile herum und gelangte schließlich zum Ryan-Spielplatz, wo ich mich auf die Schaukel setzte, auf der ich mich mit Broussard unterhalten hatte. Ich betrachtete das unfertige Becken des Froschteiches, wo Oscar und ich das Leben eines Kindes vor dem verrückten Gerry Glynn gerettet hatten.

Und jetzt? Was hatten wir jetzt getan? Welches Verbrechen hatten wir im Wald von West Beckett und in der Küche verübt, als wir ein Mädchen seinen Eltern entrissen hatte, die keinen gesetzlichen Anspruch auf es hatten?

Wir hatten Amanda McCready nach Hause gebracht. Mehr hatten wir nicht getan, sagte ich mir. Das war kein Verbrechen. Wir hatten sie ihrer rechtmäßigen Mutter zurückgegeben. Nicht mehr, nicht weniger.

Das hatten wir getan.

Wir hatten sie nach Hause gebracht.

Port Mesa, Texas
Oktober 1998

Eines Abends schaltet sich Rachel Smith in Crockett's Last Stand in das Gespräch von einigen Betrunkenen ein, die darüber streiten, wofür es sich zu sterben lohnt.

Für das Vaterland, sagt einer, der frisch vom Wehrdienst kommt. Die anderen trinken darauf.

Für die Liebe, sagt ein anderer, und erntet lautes Gejohle.

Für die Dallas Mavericks, schreit einer. Wir sterben für sie, seit sie in der Ersten Liga sind.

Gelächter.

Für eine Menge Sachen lohnt es sich zu sterben, sagt Rachel Smith, als sie an den Tisch tritt. Ihre Schicht ist vorbei, sie hält ein Scotchglas in der Hand. Jeden Tag sterben Menschen, sagt sie. Wegen fünf Dollar. Oder weil sie dem Falschen im falschen Moment in die Augen gesehen haben. Oder für die Garnelen.

Am Sterben kann man niemand messen, sagt Rachel.

Woran sonst? ruft jemand.

Am Töten, antwortet Rachel.

Einen Moment herrscht Schweigen. Die Männer in der Kneipe sehen Rachel an, deren bestimmte, ruhige Stimme zu dem Ausdruck paßt, der manchmal in ihrem Blick liegt, und der einen nervös macht, wenn man zu genau hinsieht.

Schließlich sagt Elgin Bern, der Kapitän der Blue's Eden

und der beste Garnelenfänger von Port Mesa: Für was würdest du denn töten, Rachel?

Rachel lächelt. Sie hebt das Glas, so daß sich das Neonlicht über den Billardtischen in den Eiswürfeln fängt.

Für meine Familie, sagt Rachel. Und zwar nur für sie.

Einige Männer lachen nervös.

Ohne auch nur darüber nachzudenken, fügt Rachel hinzu. Ohne zu zögern.

Ohne das geringste Erbarmen.

Danksagung

Meine Lektorin Claire Wachtel und meine Agentin Ann Rittenberg verwandelten ein heilloses Durcheinander wieder einmal in ein ordentliches Manuskript, das viel besser geworden ist, als ich verdient habe. Mal, Sheila und Sterling lasen die Rohfassung und sprachen sie mit mir durch. Vielen Dank auch an Sergeant Larry Gillis von der Staatspolizei Massachusetts, Abteilung für Öffentlichkeitsarbeit, an Mary Clark von der Thomas Crane Public Library in Quincy sowie an Jennifer Brawer vom Verlag William Morrow und Francesca Liversidge vom Verlag Bantam UK für ihre wohlwollende Einsatzbereitschaft.